푸른 빛을 깨치다

푸른빛을 깨치다
ⓒ 원성혜 2013

초판1쇄 인쇄　2013년 5월 25일
초판1쇄 발행　2013년 5월 30일

지은이　　원성혜

펴낸이　　박대일
편집　　　이문영 · 임수진 · 손수지 · 임유리 · 신지연
교정　　　박준용
마케팅　　송재진
표지디자인　김은희

펴낸곳　　파란미디어
출판등록　2004년 9월 14일 제313-2004-00214호

주소　　　121-897 서울시 마포구 성지1길 32-36 (합정동)
전화　　　02. 3141. 5589(영업부) 070. 4616. 2012(편집부)
팩스　　　02. 3141. 5590
전자우편　paranbook@gmail.com
블로그　　paranbook.egloos.com
트위터　　@paranmedia

ISBN　978-89-6371-082-2(03810)

*이 책의 판권은 지은이와 파란미디어에 있습니다.
　이 책 내용의 전부 또는 일부를 재사용하려면 반드시 양측의 서면 동의를 받아야 합니다.

*잘못된 책은 구입하신 서점에서 바꾸어 드립니다.

푸른 빛을 깨치다

원성혜 장편소설

파란

들어가는 글

얘, 너 눈이 진짜 예쁘구나. 난 너처럼 예쁜 눈을 한 사람은 처음 봐.

그것이 그 애가 나에게 처음으로 한 말이었다. 그리고 그 아이는 내게 그런 말을 해 준 첫 사람이었다.
아니, 유일한 사람이었다.

지금도 똑똑히 기억하고 있다. 귓가를 간질이던 봄바람의 향기를. 어디선가 풍덩거리던 잉어의 꼬릿짓 소리를. 정수리에 내리꽂히던 햇볕의 따가움을.
아이는 조그마한 손을 들어 내 눈꺼풀을 쓰다듬었다. 나는 고개를 돌리지 않았다. 계집애의 색동옷이 아프도록 선명하게 시야에 박혔다. 하늘빛도 신록의 연둣빛도 흐드러진 분홍빛도 아이의 색동 소맷자락에 다 파묻혔다.

　열세 해 동안 무채색으로 어둡게 덮여 있던 나의 세상에 돌연 꽃빛깔이 펼쳐지기 시작했다. 눈을 감아도 아이가 전해 준 색이 사라지지 않고 심장을 가득 채웠다.

　빛은,
　그렇게 내게 왔다.

1

"아버님, 소자는 우둔하여 도무지 아버님의 뜻을 헤아릴 수가 없습니다."

아버지와 아들은 다과상을 사이에 놓고 마주 앉아 있었다. 창호지를 통과한 초봄의 약한 햇살이 방 안을 미지근하게 데우는 중이었다. 젊은 선비 민명하는 드디어 용기를 내어 아버지에게 그간의 불만을 털어놓기로 하였다.

명하의 아버지 민우상 공은 천천히 수염을 쓰다듬으며 아들이 말을 잇기를 기다렸다. 그가 오래 참았다는 것은 알고 있었다.

"예하의 나이 이제 열여덟이나 되었습니다. 어찌하여 아직도 유안을 그 아이의 곁에 두시는 것입니까? 소자, 세간의 소문이 두려워 벗들과 대화를 나누기도 저어됩니다."

아들의 근심 어린 얼굴을 바라보며 민 공은 잠소潛笑하였다.

"세간의 소문이라니. 유안은 집 안에서만 예하와 함께 있는 것 아니냐. 바깥출입을 할 때면 몸을 완전히 숨기거늘 무엇이 그리 염려되더냐."

명하는 눈을 방바닥으로 향하며 찡그렸다.

아버님께서 저리 모르는 척하신다면 곤란하다. 차마 입 밖으로 내어 여쭙기에는 민망하고 부끄러운 이야기가 아닌가. 걱정하는 것은 남들의 입방아 따위가 아니다.

그러나 아버지는 끝까지 모른 척하지는 않았다.

"예하와 유안은 친남매간이나 다름없다. 네가 우려하는 그런 일은 일어나지 않을 터이니, 너무 초조로워하지 않아도 될 것이다."

아버지의 말씀은 명하를 안심시키고자 함이었고 그 음성 또한 태연하였다. 그러나 말을 들은 아들은 오히려 경악했다.

"친남매라니, 말씀이 참으로 놀랍습니다. 아무리 함께 자라다시피 하였어도 반상의 구별과 신분의 고하가 분명하거늘, 어찌 예하가 저 눈 푸른 상것의 누이 취급을 받는다는 말씀입니까. 저 아이는 아버님의 금지옥엽이자 제 하나뿐인 동기가 아닙니까."

불쾌감으로 굳어진 아들을 바라보는 아버지의 시선은 너그러웠다. 명하가 유안의 존재를 마뜩잖게 생각한다는 것은 이미 여러 해 전부터 알고 있었으며 기실 당연한 일이었다. 아니, 나이 찬 여아의 곁에 장성한 사내가 따라다니는 건 누가 생각해도 괴이한 일이었다.

민 공은 가끔 아들에게 모든 것을 이야기하고 싶은 유혹을 느끼기도 했다. 그러면 훨씬 편해질 것 같았다. 그러나 아직은 말해 줄 때가 아닌 터. 그리고 아들이 알 필요가 없는 게 다행스러운 상황. 그는 명하와의 대화를 여기서 끝내기로 했다.

"예하가 시집을 가면 너와의 물리적인 인연은 거지반 끊어질 것이다. 허나 유안은 예하를 따라갈 터이니, 이 험한 세상에서 예하를 지켜 줄 오라비는 유안이라 하여도 될 만하지 않겠느냐. 신분이나 혈연을 말한 게 아니라 저 아이의 버팀목이 되어 준다는 의미에서 남매라 한 것이니 너무 언짢아하지 말거라."

다독이는 듯 단호한 아버지의 말씀에 명하는 벌어진 입을 다물지 못했다.

"아버님, 그 무슨……."

민 공은 대답 없이 서안의 책을 펼치며 표정으로 '이제 그만.' 하고 선언했다. 잠시 머뭇거리던 명하는 어쩔 수 없이 자리에서 일어섰으나 발걸음이 제대로 떨어지지 않았다. 혹을 떼러 갔다가 붙이고 온 기분이었다. 아니, 뒤통수를 세게 얻어맞은 느낌이었다.

'시집갈 때 유안을 딸려 보내신다고?'

아버님께서는 대체 무슨 생각을 하고 계시는 것인가. 왜 아버님께서는 유안에게 저리도 의지하시는 겐가. 그리고 예하는 어째서 그렇게까지 그를 필요로 한다는 말인가.

그의 발걸음이 절로 내당 쪽으로 향했다. 후원에서 왁자한

웃음소리가 들렸다. 계집종들에 둘러싸여 예하가 그네를 타고 있는 모양이었다.

중문을 들어서자 진달래빛 치마를 한껏 나부끼며 하늘 높이 날아오르는 누이의 모습이 보였다. 정월의 찬바람이 꽤나 쌀쌀했지만 그네를 구르고 있는 예하의 뺨은 발그레하게 상기되어 있었다. 꽃은 피지 않았으나 설령 백화가 만발했다 하여도 예하에 가려 아무것도 보이지 않았을 것이다. 막 피어나는 꽃봉오리 같은 누이는 볼 때마다 눈이 부실 만큼 고와서, 명하는 기분이 찜찜함에도 미소 짓지 않을 수가 없었다.

그는 꽤 긴 시간 이백 리 길 떨어진 서원에서 수학하다가 돌아온 지 이제 겨우 서너 달이 된 참이었다. 길 떠나기 전 마지막으로 본 누이는 아직 어린애였다. 이제는 누가 보아도 여자가 된 예하를 대할 때마다 명하는 흐뭇하고 흔흔欣欣하였다. 누구에게든 자랑하고픈 누이. 맑고 단정하고 총명한 예하. 저 어여쁜 아이의 오라비는 이 세상에 단 하나, 나뿐이 아닌가.

"도련님 나오셨습니까?"

그의 기척을 느낀 유안이 몸을 깊이 숙여 인사했다. 깔깔거리며 예하를 올려다보던 계집종들도 일제히 고개를 떨어뜨렸다. 예하만이 아직 그가 온 것을 모른 채 하늘로 치달아 오르는 중이었다.

"그래. 날이 좋구나."

시큰둥하게 답하며 명하는 유안을 일별했다. 분명히 방금까지 웃고 있었건만 자신을 발견하자마자 표정을 싹 거두는 사내에게 도저히 호감을 가질 수가 없다. 어린 시절에는 간혹 어울리기도 했지만, 어느 순간부터 명하는 그를 싫어하게 되었다. 유안은 예하를 대할 때만 웃었다. 처음부터 그랬다. 명하는 그런 그의 태도가 늘 괘씸하였다.

"여인들끼리 노는 자리에 어찌하여 사내인 네가 있는 것이냐?"

여상한 음성 뒤 은근히 날 선 명하의 물음에 유안은 대답하지 않았다. 검푸른 눈을 아래로 내리깐 채 상전의 책責을 받는 그에게서는 일말의 억울한 기색도 보이지 않았다.

하지만 유안은 서 있는 모습만으로도 위협적이었다. 그는 대개의 사내들보다 키가 한 뼘은 더 크고 근골이 미끈하여 마치 맹수를 보는 것 같았다. 게다가 검은 무복을 입고 칼을 찼으니 누구라도 마주치면 길을 둘러 갈 만하였다. 호위 무사로 더없이 적합한 사라는 것만은 명하도 부인하기 어려웠으나, 같은 남자로서 대하기 유쾌하지 않은 것도 사실이었다.

그제야 오라비를 발견한 예하가 그네를 멈추고 땅으로 내려서더니 부랴부랴 그에게 예를 갖추었다.

"오라버니, 오셨어요? 유안은 제가 그네를 밀어 달라 하여 여기 있게 되었습니다. 이제 그만 놀 것이니 일을 하도록 보내겠습니다."

헐떡이는 숨을 누르며 유안을 위해 변명하는 누이의 모습에 명하는 미간을 좁혔다.

예하도 마찬가지였다. 누이가 풀어진 표정을 할 때는 유안과 함께 있을 때뿐이었다. 오라비를 대하는 그녀의 태도는 항상 예의 바르기 그지없었고 그만큼 거리도 분명했다. 명하는 그런 예하가 괘씸하지는 않았고, 몹시 서운했다.

"유안, 너는 아가씨께 흠이 되지 않도록 늘 조심하라. 양가의 규수 곁에 사내가 얼쩡거린다는 말이 혹여나 세간에 돌아서는 아니 되는 것이야. 너희 적각赤脚들도 각별히 입조심해야 한다."

말을 마친 명하는 그대로 돌아섰다. 예하와 차라도 마시며 기분을 풀려고 온 길이었으나 유안을 보고 더 언짢아졌다. 자칫 예하를 나무라게 될까 두려워졌고, 유안을 거슬려 하는 속내가 누이를 불편하게 할까 신경 쓰였다.

'오라비라니.'

아버지의 말씀이 떠올라 명하는 얼굴을 찌푸렸다. 예하도 아니고 아버님이, 그 무슨 순진하기 짝이 없는 말씀이신가.

'저자의 나이 올해 스물다섯이다. 그야말로 수컷으로서 완전히 성숙한 때가 아닌가. 저리도 소려昭麗한 예하를 보며 과연 저자가 딴마음을 품지 않을 수 있단 말인가? 아버님은 진실로 그리 믿으신다는 말일까?'

같이 자랐다 해도 그는 피 한 방울 섞이지 않은 남이다. 아무리 자기 신분을 자각하고 삼간다 하여도 사내의 뜨거운 혈기는 쉬이 다스려지는 것이 아니다. 유안은 십 년이 넘게 예하의 그림자로 지냈으니 다른 여인을 가까이할 기회도 없었을 터였다.

아무리 곱씹어 봐도 명하는 자신의 걱정이 기우라고는 생각되지 않았다.

"오라비라니."

그는 흰 손으로 얼굴을 쓸었다. 단지 염려라고만 규정할 수는 없는 트적지근한 감정이 뱃속 어딘가에 있었다. 남녀칠세부동석이라 하여 친오라비인 자신도 예하와 내외하며 지내야 했다. 목련처럼 뽀얀 누이가 아무리 사랑스러워도, 보고 싶을 때마다 얼굴 보러 올 수도 없었다. 그것이 세상의 법도였다. 그런데 유안은 왜 예외인가. 유안이 무엇이라고.

불공평하지 않은가. 오라비인 그는 함께하지 못한 누이의 어린 날을 저 천한 것이 나눈 것이다. 귀하디귀한 예하의 웃음을 저자는 값없이 누리고 있는 거다. 더구나 아버님 말씀대로라면, 앞으로도 누이의 삶을 유안이 돌본다는 것 아닌가.

"천부당만부당한 말씀이다. 예하의 오라비는 천지간에 나 하나인 깃을."

하얀 도포 자락에 찬바람을 휘감으며 명하는 발걸음을 옮겼다. 미간의 주름이 좀처럼 펴지지 않았다.

"아이고야……. 분위기 쎄했습니다요."

아가씨를 위해 찻상을 들이며 예하의 몸종 향월이가 혀를 찼다. 예하는 면경 앞에서 흐트러진 머리카락을 정돈하는 중이었다.

"오라버니께서 나를 경계해 하신 말씀이니 꼭 너희들을 책하신 것은 아니다. 너무 주눅들 것 없다."

이제 예하를 모신 지 반년 남짓 된 신출내기 향월은 혀를 깨물며 어깨를 움츠렸다.

"주눅들 수밖에 없는걸요. 전 아직도 이 댁 분들이 다 두렵습니다요. 도련님은 엄하시고, 무사님은 가까이만 가도 오금이 저릴 만큼 겁나고……."

유안에 대한 얘기가 나오자 예하가 빙긋이 웃으며 몸을 돌렸다.

"너는 유안이 무서우냐?"

이름을 듣기만 해도 섬뜩한 듯 향월은 몸을 떨었다.

"진정 아가씨는 무사님이 조금도 겁나지 않으셔요? 전 살면서 저리 뼈대가 큰 사람은 처음 보았습니다요. 어깨가 제 아비의 두 배는 되는 것 같던걸요. 목소리는 낮은데다 표정도 없으시니 도무지 무서워하지 않을 재간이 없습니다요. 게다가 그 눈은, 그 눈이란……."

이야기를 차마 맺지 못하고 몸서리치는 향월을 보며 예하는 고개를 갸웃했다.

"네가 보기에도 유안의 눈이 이상한 모양이구나. 신기하지. 나는 그 눈이 세상에서 제일 예쁘던데 말이다."

에구머니. 향월은 고개를 절절 흔들며 손사래를 쳤다.

"색깔로만 보면 곱지요. 네, 맞는 말씀이셔요. 하지만 사람이 어찌 그런 눈동자를 가진답니까. 저승사자거나 짐승이면 몰라도 말입니다요. 산길에서 그 시퍼런 눈을 마주치면 몸이 다 얼어붙어서 호신虎神님 나 잡아 잡수, 납작 엎드리고 말 것 같은걸요."

계집종의 엄살에 예하는 부드럽게 미소 지었다.

향월은 유안이 얼마나 다정하게 웃는지 보지 못해 그런 생각을 하는 것이다. 청옥같이 깊은 눈이 얼마나 맑고 아름다운지 가까이서 들여다본 일이 없어 저런 말을 하는 거다.

낯선 것이 모두 무서운 건 아니란다, 향월아.

"근데 무사님은 어쩌다가 저런 눈을 갖게 되셨대요?"

평소 잡담을 거의 하지 않는 예하가 모처럼 말상대가 되어주자 신이 난 모양이었다. 어린 계집종은 호기심으로 두 눈을 반짝이며 예하 곁으로 바짝 당겨 앉았다.

"유안은 아비가 양인洋人이라 하더라. 선선왕先先王이셨던 효종孝宗대왕 때 양인들이 제주로 표류해 왔는데, 그들 중 한 사람과 조선 여인 사이에서 태어났다고 들었다."

현재의 임금님이 나라를 물려받으신 지 일추 15년이 되었다. 선왕先王이신 현종顯宗께서 치세하신 기간도 15년이었다. 그 아버님이셨던 효종께서는 고작 10년을 재위하고 붕어하셨다. 남만인南蠻人이라 불린 머리 노란 자들이 흘러들어 온 게 효종 4년, 자기들의 나라로 돌아간 것은 현종 5년과 7년 두 차례에 걸쳐서였으니, 아비가 언제 떠났든 유안은 아비의 얼굴을 기억하지 못할 것이다.

"양인들은 몸피가 큰 모양입디다요?"

이어지는 향월의 물음에 예하는 '글쎄.' 하고 대답했다.

그녀라고 양인을 직접 본 일이 있는 건 아니었다. 다만 유안을 보고 짐작할 따름이었다. 아마도 가슴이 넓고, 피부가 희고, 콧대가 날카로운 자들이 아닐까 하고.

"그렇구면요. 쇤네는 모친이 태교를 잘못해서 눈이 그런가 했습지요."

고개를 끄덕이며 향월이 중얼거렸다. 회임 중에 태교를 등한히 하면 눈이 우묵한 아이를 낳는다고들 믿고 있으니 당연한 생각이었다. 유안의 눈은 빛깔이 다를 뿐 아니라 유난히 깊어, 예하에게는 더 신비로웠고 향월에게는 더 섬뜩했다.

"그나저나 사내들이란 참 무정합니다요. 여편네와 자식 버리고 자기 나라로 훌훌 돌아간 양인들은 마음이 편했을까요?"

"그들에게도 그들의 가문이 있지 않겠느냐. 타국에서 생을 마치고 싶지는 않았겠지."

양반다운 예하의 말에 향월은 입술을 삐죽 내밀었다. 이제 열다섯쯤 된 향월은 막 사내들에게 관심을 갖기 시작한 나이라, 바람 같은 남자와 남겨진 여자 이야기가 남의 일 같지 않은 모양이었다.

"그러면 여기서 살림을 차리지 말았어야지요. 씨만 내깔겨 놓고 휙 떠나 버리면 어쩐답니까."

예하는 부정하지 않았다. 아비가 남아 있었더라도 유안의 삶에 큰 도움이 되지는 못했겠지만, 정신적으로는 차이를 끼쳤을 것이다.

오래전 일이지만 그녀는 기억하고 있었다. 처음 유안을 만나던 날, 꽃비가 뿌리던 봄날, 마주 섰던 소년의 눈이 얼마나 아름다웠으며 그 표정은 얼마나 공허하였던지. 키가 훌쭉하게 큰 소년의 차가운 뺨이 어린 마음에도 얼마나 아팠던지.

"말씀 여쭌 김에 말입니다요. 아가씨는 왜 그리 별난 것들을 배우십니까? 다른 댁 규수들은 언문이나 자수 정도 익히는데, 아가씨는 온갖 희한한 걸 다 하셔서 쇤네는 깜짝 놀랐습니다요."

모처럼 조곤조곤 대꾸해 주는 주인아씨에게 묻고 싶은 게 많은 듯 계집종이 은근하게 다가왔다. 향월이는 호기심이 많은 아이구나. 예하는 웃었지만 그 호기심에 부응해 주지는 않았다.

"그저 아버님이 익히라 하셔서 따르는 것일 뿐, 나는 깊은 뜻은 모른다."

조금 있으면 역관께서 오실 것이니 너는 늦지 않게 준비하는 것이 좋지 않겠니? 아가씨가 부드럽게 물리치자 궁금한 것을 다 캐내지 못한 향월은 구시렁거리며 자리에서 일어섰다.

양반의 따님이란 시집갈 준비만 잘하면 되건만, 예하 아가씨는 외국말을 비롯하여 온갖 잡다한 것들을 배우고 있었다. 오라버니 되는 명하 도련님이 대놓고 못마땅한 기색을 하였지만 아버님을 거역하지는 못하는 모양이었다. 아가씨의 어머님은 오래전에 돌아가셨으니 싫다 소리를 하실 수가 없었다.

어린 여종 향월이 보기에, 이 댁은 조금 이상했다. 아니, 정확히 말하자면 어르신과 아가씨가 이상했다. 명하 도련님은 향월과 비슷한 상식을 가지고 계신 듯했으니. 집을 오래 떠나 계셔서 그런지도 모르지만.

역관은 한어漢語와 만주어를 가르쳤다. 방문을 열어 놓고 발을 치고 예하는 스승과 마주하여 수업을 들었다. 민우상 공이 딸의 스승으로 데려온 역관은 제법 이름 높은 통사관通事官이었으나 이제는 일선에서 물러나 신진新進들을 키우는 중이라 했다. 자신을 가르치는 일을 비밀로 하는 대신 웃돈을 받는 것으로 그녀는 알고 있었다.

참으로 명민하십니다.

늙은 역관은 수시로 감탄하곤 하였다. 하나를 가르치면 열을 안다더니, 그에게 배우는 신진 중에 이렇게 깨달음이 빠른 자가 없었다. 한어는 어려서 익힌 한자와 더불어 거의 막힘이 없었고, 만주어도 어지간한 설인舌人의 수준을 넘어선 지 오래였다. 예하가 양반인데다 여인인 것이 스승은 때로 안타깝게 느껴졌다.

"오늘 수업은 이만하고, 이 서책의 내용을 따로 복습하시면 되겠습니다. 다음에 뵐 때까지 다 익히실 것으로 믿어 의심치 않습니다."

돈은 많지만 중인의 신분인 역관은 제자에게 절을 하고 자리에서 일어섰다. 열린 방문 바깥쪽에 무복을 한 사내가 여느 때처럼 앉은 것을 보았지만, 평소와 마찬가지로 말을 섞지 않은 채 그는 방을 나섰다. 사내가 귀동냥으로 수업에 참여하고 있는 게 분명했으나 아는 척할 이유는 없었다. 중인으로 치부

致富하며 한세상 큰 탈 없이 살아온 그에게는 나름의 처세관이 있었다. 모르는 것이 약. 때로는 사내의 실력이 궁금하기도 했지만 묻는 것은 금기였다.

스승이 떠나자 방문을 사이에 두고 안쪽의 예하와 마루의 유안이 책을 주고받았다.

"서책을 가져가. 나보다 네가 앞서니 하룻밤이면 다 외겠지. 내일 돌려주렴."

유안은 책을 한번 펼쳐 본 후 머리를 들었다.

"여기서 다 읽고 가겠습니다. 한 식경만 허락하시면 돌려 드릴 수 있을 것입니다."

예하는 윤곽이 뚜렷한 그의 얼굴을 잠시 쳐다보다가 고개를 저었다.

"날씨가 아직 차다. 이 시간에 한데 앉아 있는 것은 몸에 해로워."

그러나 유안의 침착한 목소리는 언제나처럼 예하를 압도했다.

"춥지 않습니다. 저는 강건하여 바깥과 안의 구분도 느끼지 못합니다. 이곳에서 읽게 해 주십시오."

두 사람의 눈이 마주쳤다.

유안의 짙푸른 눈은 말하고 있었다. 조금 더 곁에 있기를 원합니다.

예하는 그의 눈이 두렵다는 다른 이들의 말을 여전히 이해할 수 없었다. 깊이를 알 수 없는 유안의 눈은 그저 아름다울 뿐, 절대 무섭지 않았다. 차마 입술로 흘러나올 수 없는 다정한 말을 해 주고, 꾸밈없는 그녀의 모습을 온전하게 비추는, 그녀에게만 허락된 창이며 거울이기에.

유안黝眼이란 이름은 '검푸른 눈'이라는 뜻으로 아버님이 지어 주신 이름이다. 본래는 이름도 없는 천한 아이였다고 들었다.

그러나 어쩌면 그의 아비는 자국에서 고귀한 사람이었을지도 모르는 일이다. 그렇지 않고서야 그가 저런 아인雅人으로 자랄 수 있었을까. 저렇게 명석하고 굳세며 청표淸標한 사람으로 성장할 수 있었을까.

"그럼 그리하든지."

늘 그랬듯, 예하가 물러섰다.

"대신 이걸 입도록 해."

그녀는 반닫이를 열더니 남자용 배자를 꺼내 유안에게 내밀었다.

"일전에 네가 잡아 온 짐승 털을 덧대 보았어. 겨울이 다 간 지금에야 완성하게 돼서 미안하구나."

그의 검은 무복에 맞춰 적자주색으로 마련한 전배자를 유안은 묵묵히 받아 들었다. 토끼털을 댄 전토시를 건넨 지 채 열흘도 지나지 않았고 무복 안의 솜저고리도 그녀가 만든 것이었지만, 예하는 미안하다고 한 번 더 속삭였다.

유안이 감사의 뜻으로 고개를 숙였다. 그러자 하나로 묶은 검은 머리채가 그의 어깨 위로 쏟아져 내렸다. 머리색만은 어미를 닮은 듯, 그는 비단처럼 윤이 나는 새카만 머리를 하고 있었다. 눈처럼 흰 피부와 대조되어 유난히도 검어 보이는 머리였다.

"바깥에서 네가 책을 읽는 동안 나는 방 안에서 수를 놓을게. 다 읽거든 알려 줘."

조심스럽게 방문을 닫은 후 수틀을 꺼내 든 예하는 문 가까이로 자리를 잡고 촛대를 옮겼다. 날이 맑아 달이 있겠으나 그녀의 불빛이 유안에게 도움이 되었으면 하고 바랐다.

사위四圍는 빠른 속도로 어두워져 갔다. 유안은 소리 없이 책을 읽었고 예하는 조용히 수를 놓았다. 사르륵 책장 넘어가는 소리와 사각사각 바늘 움직이는 소리만이 정적을 깨며 부드럽게 공기를 울렸다. 예하는 창호 너머 유안을 볼 수 없었으나, 촛불이 그려 낸 예하의 그림자는 그녀와 함께 그의 곁을 지켰다.

꽃향기도 풀벌레 소리도 달무리도 없이 그저 창백하고 건조한 정월의 저녁이었다.

두 사람은 끝까지 아무 대화도 나누지 않았다.

멀리서 아가씨의 방 쪽을 건너다본 향월이 에구머니나 까무러쳤다가 황급히 내당의 문단속을 하였다.

명하 도련님이 밤에는 내당 쪽으로 건너오시는 법이 없어 천만다행이라고, 어린 여종은 가슴을 쓸어내리며 중얼거렸다.

2

화선지에 먹이 스미듯 잿빛 구름이 하늘 가득 번져 나고 있었다.

빗기운이 묵직했다.

연신 하늘을 올려다보며 발길을 재촉하는 행인들 사이에 예하와 향월이 있었다. 얼마 전 폐물幣物을 보내온 댁에 답인사를 드리고 돌아가는 길이었다. 집을 나올 때부터 날이 꾸물꾸물했건만 멀지 않은 댁이라 만만하게 본 것이 실수였다. 결국 굵은 빗방울이 뒤통수를 두드리기 시작하였다.

"아가씨, 이걸 어쩝니까? 어디 들어갈 데도 없고 큰일입니다."

향월이 발을 동동 구르며 예하의 어깨를 감쌌다. 귀한 댁 규수가 비에 쫄딱 젖는 건 남부끄러운 일이지만 그렇다고 뛸 수도 없는 노릇이었고, 생판 모르는 상민의 집에 들어가 쉬자고 할 수도 없으니 그야말로 진퇴양난이었다.

"집에 가면 아가씨를 제대로 모시지 못했다고 하님들한테 혼쭐나게 생겼습니다."

오히려 의연한 예하 곁에서 향월은 제 몸이 젖는 것도 모른 채 우왕좌왕 안달하는 중이었다.

"괜찮다. 장옷을 둘렀으니 그럭저럭 견딜 만할 것이야. 거의 다 왔으니 조금만 재게 움직이면 되지 않겠니."

저 뒤 어디쯤에 유안이 있을 테고 그가 나선다면 예하를 업든 가마를 구해 오든 상황이 곧 해결되겠지만, 목숨이 달린 일이 아니면 유안은 공개적인 장소에서 모습을 드러내지 않게 되어 있었다. 예하는 뒤를 돌아보지 않았다.

그녀들은 최대한 비를 덜 맞으려 허리를 숙인 채 종종걸음을 쳤다. 겨울비는 체온을 다 빼앗으니 겹옷 안쪽까지 모질게 파고들었다. 이가 덜덜 떨릴 만큼 차가운 얼음비였다.

"이것을 쓰십시오."

아래를 향한 시선에 문득 커다란 유혜油鞋 한 쌍이 나타나 예하는 고개를 들었다. 난데없는 미성의 주인은 길쭉하고 호리호리한 남자였다. 빗물이 얼굴을 때려 상대를 분간하기 쉽지 않았지만 큰 갓을 썼으니 양반일 것이다. 손에 든 갈모를 그녀들에게 내밀고 있는 그는, 아마도 미소 짓고 있는 듯하였다.

"기름 먹인 종이로 만든 것입니다. 어깨를 가릴 만큼 크니 유용하게 사용하실 수 있을 겁니다."

"아효, 살았습니다요, 아가씨."

반가워 날치며 갈모를 받으려는 향월의 손목을 예하가 잡았다. 그녀는 몸을 숙여 상대에게 인사를 올렸다.

"고맙습니다만 저희에게 이것을 주면 선비님께서는 어찌하시려는지요. 저는 장옷을 걸쳤으니 괜찮습니다. 여인이 갈모를 쓰고 가는 모양도 과히 좋지는 않을 터이니 후의만 받고 사양하겠습니다."

어차피 집은 멀지 않았다. 비에 젖은 형상도 우습겠지만 삿갓도 아닌 갈모를 쓴 여인네의 모습이란 그야말로 광대 꼴일 것이다. 일반적인 법도와 어긋나는 삶을 살고 있는 예하였으나 그럴수록 남들 눈에 띄는 짓은 피해야 했다. 남정네들이 갓 위에 덮어쓰는 갈모를 여자에게 내미는 상대의 저의도 석연치는 않았다.

남자에게 대답할 겨를을 주지 않고 그녀가 몸을 돌리자 향월이 투덜거리며 종종 따랐다. 아가씨 말씀이 다 옳긴 합니다만, 너무 팍팍하게 구시는 것 아닙니까? 아이는 불만을 쏟아냈다. 힐끔힐끔 뒤를 돌아보며 아직 그 자리에 서 있는 선비의 눈치를 살피는 것도 잊지 않았다. 잘생겼는데…….

"저 선비님이 아가씨를 마음에 두어 저러는 게지요. 지난번 까칠하게 구실 때부터 쇤네가 알아봤습니다요."

향월의 말에 예하가 눈을 크게 떴다. 지난번이라니?

어쩐지. 못 알아보셨구나. 향월은 짐짓 탄식하며 무심한 아가씨를 안타까워했다.

"달포 전에 저잣거리에서 마주친 선비님입지요. 그때 단도 때문에 찬바람이 오가지 않았습니까요."

그제야 사건을 기억해 낸 예하가 탄성을 질렀다. 아하…….

그날도 향월만 데리고 바깥나들이를 하던 중이었다. 시전市 廛에 나가 소용되는 물건을 사고 눈요기하던 중, 벌여 놓은 물품 중에서 단도가 눈에 들어왔다. 여인들이 품고 다니는 몸칼과 같은 형태면서 크기만 좀 더 큰, 자진自盡용이 아니라 남을 공격하기 위한 장도였다.

"손잡이에 박힌 이 돌이 무어요?"

그녀의 질문에 상인은 심드렁하게 대답했다.

"청옥석입니다. 조선에서 구하기 힘든 물건이지요. 본래 권문세가 댁에 납품할 것이었으나 손잡이 안쪽으로 조그만 흠이 있다고 거절당했지 뭐요. 아가씨가 사신다면 빈값에 드리리다."

예하는 눈을 빛내며 칼을 들여다보았다. 처음 그녀의 눈길을 끈 것은 손잡이의 청옥이었다. 간포채(柬埔寨;캄보디아)에서 들여온다는, 유안의 눈동자처럼 청청靑靑하고 아름다운 돌. 그런데 보면 볼수록 탐나는 물건이었다. 백은으로 만든 칼집의 세공이 정교하고 기품 있었다. 예리한 칼날도 살기를 내뿜기보다는 날카로운 절개를 상징하는 듯 우아하고 단정했다. 가진 것을 다 털어야 살 수 있는 것이겠지만 꼭 갖고 싶었다.

"얼마면……."

그때였다.

"내가 살 터이니 넘기시오."

기척도 없이 옆에 나타난 선비 하나가 소맷자락으로 그녀의 시야를 가리며 칼을 덥석 집어 드는 게 아닌가.

놀라고 분한 마음에 고개를 돌린 그녀를 선비가 마주 쳐다보았다.

"아녀자가 쓰기엔 아까운 물건 아니오? 내가 사겠소이다."

예하는 어이가 없어 잠자코 그를 쳐다보았다. 그런 그녀의 곁에서 향월이 흥흥거리며 중얼댔다. 자기가 더 아녀자같이 생겨 가지고는…….

칼을 손에 쥔 선비는 계집종의 말을 듣지 못한 듯 예하만을 보고 있었다. 향월의 말이 그르지는 않아, 선비는 여인이라 하여도 믿을 만큼 선이 고운 사람이었다. 망건 아래 반듯한 이마며, 가늘고 길게 굽어진 아미蛾眉, 연지를 바른 양 붉은 입술까지, 여인으로서도 절색이라 할 만큼 미목수려眉目秀麗한 자였다. 그러나 울대뼈가 두드러진 것이 분명 사내였다.

"물건의 소용에 대해서는 선비님께서 왈가왈부할 일이 아니지요. 흥정을 먼저 시작한 것이 소녀이오니 소녀가 이야기를 끝내는 게 옳지 않겠습니까?"

예하의 대답에 선비는 입술 한쪽을 비스듬히 올렸다. 의외의 반항이 재미있다는 듯. 혹은……, 그런 반응을 기대했다는 듯?

"그렇소이까? 아녀는 양보의 부덕을 익히며 자라는 게 아니었습니까? 외간 사내에게 목을 빳빳이 하여 대꾸하는 것은 양갓집 규수의 행실에 어긋나는 일이 아닌지요."

묘하게 도발하는 듯한 말투에 예하는 입술을 뾰족하게 오므렸다. 저가 언제 나를 본 일이 있다고 행실 운운 가르치려 드는가. 말을 할 수밖에 없게 만든 건 제가 아닌가.

그러나 그녀는 기죽지 않았다. 양보할 생각도 전혀 없었다. 칼을 갖고 싶었고, 그녀에게 권리가 있었고, 사내는 부당했다. 그녀는 잘못하지 않았다.

"그야말로 편리한 남자들의 논리로군요. 힘이 세다 하여, 사내라 하여, 약한 자들을 밀치고 우선권을 주장한다면 그것이야말로 배운 자가 할 일이 아니지 않습니까? 약육강식하는 짐승과 사람이 다른 점은 자기보다 약한 것들을 짓밟지 않는 선한 마음에 있다고 저는 믿습니다만."

표정 없이 담담한 예하의 옆모습을 선비는 뚫어질 듯 바라보았다. 입술 끝이 좀 더 당겨지며 숨길 수 없는 즐거운 기색이 떠올랐다. 그는 이제 칼 따위에는 관심이 없는 듯 보였다.

"어차피 여인이 은장도를 사는 것은 도피의 목적 아닙니까? 나약하다는 게 그다지 자랑할 만한 일은 아니라고 생각합니다만. 아가씨는 다른 겁니까?"

무례하기 짝이 없는 남자의 말에 예하는 이를 사리물었다.

그녀는 자결을 염두에 두고 칼을 사려는 게 아니었다. 예하는 목숨보다 정절이 중요하다고 생각하지 않았다. 억울하다고 말하고 싶었다. 당신 말대로 연약한 내가 무기 하나 갖는 게 왜 비난받을 일이냐고 부르짖고 싶었다.

그러나 뭔가 말하려고 입을 열었던 그녀는, 그대로 고개를 돌렸다. 얼굴에서 조용히 분기를 걷어 냈다.

무슨 소용이겠는가. 무엇이 달라지겠는가. 눈앞의 사내를 설득한다 한들.

예하는 말없이 셈을 치렀다. 주상께서 상평통보를 주조하시어 유통을 장려한 것이 이미 여러 해 전이나 아직 널리 쓰이고 있는 것은 아니어서, 그녀는 품에 지니고 있던 황옥 노리개를 내어 단도와 교환했다. 장사치는 상당히 흡족한 듯 선비에게 눈길도 주지 않고 그녀와 계산을 마쳤다. 남자는 빙글빙글 웃을 뿐 더 이상 그녀를 방해하지 않았다.

그것이 그날의 사건이었다. 상민들의 생활을 자주 내다보라 명하신 아버님의 뜻에 따라 나갔다가 겪은 일이었다. 돌아서는 그녀들을 지켜보는 선비의 눈길을 느꼈으나 그뿐이었다.

"우연치고는 과하지 않습니까? 제가 보기에는 그 선비님이 우리 뒤를 밟은 게 아닐까 싶은뎁쇼."

향월의 호들갑스러운 말에 예하는 눈을 동그랗게 떴다.

"설마 보복을 하려는 건 아니겠지."

자신이 다소 맹랑했던 것은 사실이었지만, 앙심 품고 쫓아다닐 만큼 못되게 굴었다고는 생각지 않았다. 상대도 양반인데 설마 그 정도로 속이 좁을 거라고는 믿고 싶지 않았.

보복이라뇨, 아가씨는 어찌 그리 둔하십니까요. 향월이 기가 차다는 듯 이마를 짚었다.

"당연히 그 선비님이 아가씨를 그려 그러시는 게지요. 아, 이거야말로 정말 이야기책에나 나올 만한 꿈같은 일 아닙니까? 게다가 그 선비님은 빼어난 귀남자였는데요. 좀 여자같이 생기긴 했지만 키도 크시고……, 비에 젖은 모습에서 색기가 흘렀다니까요."

고작 열다섯인 계집종의 입에서 색기라는 말까지 나오는 것이 우스워 예하는 실소失笑했다. 언문을 가르쳤더니 틈만 나면 이야기책을 붙잡는 모양이었다.

"설령 그렇다 하여도 나와는 관계없는 일이구나."

향월의 꿈을 짓밟는 것은 미안했지만, 그게 현실이었다. 그 선비가 진실로 그녀에게 마음이 있어 접근했든, 알 수 없는 우연 혹은 인연이든, 신기해서 관심을 갖는 것이든, 다 부질없는 일이었다.

"양반 부녀인 나는 사내를 마음에 둘 수도 언모힐 수도 없는 일이다. 아마도 가문을 위해 정략으로 혼인할 테고, 혼례식에서 처음 본 낭군을 사모하고자 노력하며 일평생을 보내야 하겠지."

열여덟 피어나는 소녀가 그리기에는 너무 메마른 미래였으나 그녀의 운명은 그렇게 결정되어 있었다. 마음을 죽인, 웃음도 눈물도 모르는 목석같은 여인을 이 시대는 원하고 있기에. 반가의 여인은 감정 따위 가질 수 없는 것이기에.

그래도 남녀상열은 그런 게 아닌뎁쇼. 중얼거리는 향월을 쳐다보며 그녀는 미소 지었다. 그리고 생각했다. 진심을 말하자면 때로 나는 향월 네가 부럽다고. 너희들은 비록 남의 손에 인생이 좌지우지될망정 자기 마음에만은 솔직해도 되는 것 아니냐고. 좋다고, 싫다고, 기쁘다고, 슬프다고, 사랑한다고 하는 것, 나에게는 그런 것마저 허락되지 아니하였다고.

그나저나 유안은 어디 있는 거지? 겨우 도착한 집 안으로 총총히 들어서며 그녀는 슬쩍 뒤를 돌아보았다.

그는 보이지 않았다.

호의를 거절당한 선비가 발길을 돌리던 중에 서늘한 푸른 눈과 스쳤다는 것은, 그녀로서는 알 수 없는 일이었다.

비에 젖어 돌아왔다고 시비侍婢들이 한바탕 난리를 친 후에야 예하는 산술 수업을 받을 수 있었다. 산술을 가르치는 스승은 이름난 상단에 속한 상인이었다.

중국에서는 오래전부터 주판을 발명해서 쓰고 있었지만, 조선 사람들은 수괘를 짚는 암산이 편하다며 잘 사용하지 않았다. 스승은 그녀와 유안에게 주판을 제공했다.

"임진란 때 우리로부터 주판을 들여간 왜倭에서는 벌써부터 이를 적극 이용한다고 합니다. 조선에서 아직도 활용치 않는 것은 안타까운 일입니다. 정확도나 속도 면에서 암산과 비교할 수 없는데 말이지요."

스승은 유안이 함께 수업을 받는 것에 의문을 품지 않았다. 어차피 산술이란 중인 이하에서 쓰는 기술이므로 그런가 보다 생각하고 있었다. 아가씨가 산술을 배우는 건 다소 의외였으나, 사실 큰살림을 경영하는 안주인이 셈에 밝은 것은 굉장히 유익한 일이었다.

"이 댁 어르신께서는 참으로 현명하십니다. 임금님께서 화폐 사용을 장려하시면서 상업의 비중이 높아지고 있지 않습니까. 지금이야 돈이 지배하는 세상이 아닙니다만 형편은 바뀌는 법이지요. 오늘날 배워 두신 것이 반드시 쓰일 일이 있을 겝니다."

시대에 앞서가는 자의 은근한 자부심을 피력하며, 그는 흐뭇한 표정으로 제자들을 번갈아 보았다. 예하 아가씨는 명석하고 이해력이 뛰어났다. 치밀하여 실수가 없었으며 물건의 가치를 어림하는 안목도 있었다. 무사는 암산이 빨랐고, 어떤 거래가 성공하고 또 이익이 남는지에 대한 통찰력이 있었다. 뿐만 아니라 상단의 구성과 업무에 상당한 관심을 보였다.

재미 삼아 꺼내 본 장사 이야기가 환영받아 흡족했던 상인은, 무역의 행태와 다른 나라 사람들의 생활에 대해서까지 곧잘 뒷이야기를 해 주곤 했다. 공식적인 상단의 움직임은 나라로부터 일일이 간섭받지만 역관과 결탁한 음성적인 상업은 이문이 좋다고. 자기는 송화강松花江을 지나 흑룡강黑龍江까지도 가 본 일이 있다고. 거기에는 유안처럼 눈 색깔이 다른 자들이 살고 있다고.

"그럼 흑룡강 주변에 살고 있는 자들은 양인입니까?"

예하의 질문에 상인은 아니라며 고개를 저었다.

"선선왕이신 효종 때 청국淸國과 나선(羅禪;러시아)이 국지전을 벌인 일이 있었습니다. 흑룡강 주변 국경 지대의 나선인들이 자꾸만 남하해 와서 청국에서 골머리를 썩였더랬지요. 조선 조총수들의 실력이 월등하다는 말을 들은 청에서 파병을 요청하자, 청국의 군사력을 가늠해 보고 싶었던 효종 임금께서는 군사를 보내셨습니다."

잠깐 말을 끊은 상인은 유안을 똑바로 쳐다보았다.

"두 차례의 나선정벌은 대성공이었고, 양인들은 다 북방으로 밀려갔습니다. 허나 십 년이나 거기 살았던 자들이 핏줄을 남기지 않았겠습니까. 지금 남아 있는 후손들은 모두 피가 섞인 자들입니다. 여기 이 무사님처럼 말입니다."

유안은 표정 하나 없는 창백한 얼굴로 상인의 말을 듣고 있었다.

예하는 조용히 고개를 숙였다. 청에서도 흑룡강이면 외진 지역. 그 변방에 남아 있는 양인의 후손들은 인생을 어찌 살아냈을까. 점령군이었던 아비가 쫓겨 간 후 아무것도 모르는 어린애들과 그 어미들은 얼마나 핍박받았을까. 눈 빛깔과 머리색이 다르다고 돌팔매질 당하며 자라지 않았을까. 유안처럼.

"흑룡강에 파병된 조총수는 아니셨을 것 아닙니까. 어찌하여 그 먼 데까지 가셨는지요?"

유안이 진지한 얼굴로 질문하자 상인은 너털웃음을 웃었다.

"하하, 물론이지요. 다녀온 것은 불과 몇 년 전이었습니다."

그러고는 가슴팍을 툭툭 두들기더니 말을 이었다.

"장사꾼은 돈이 되는 곳이면 어디라도 가는 법이랍니다. 나선은 조선과 직접 교류가 없으나 청을 통해 흘러 들어가는 조선 물건도 적지는 않지요. 인삼이 그러하고 은이 그러합니다. 그러니 직접 교역에 나서 보겠다는 생각을 가져 봄 직하지 않습니까. 오가는 거리가 너무 멀어 효율성이 떨어지기에 접었을 뿐, 그곳도 사람 살 만하고 나선과의 무역은 짭짤했던 게 사실입니다."

흔치 않은 유안의 질문에 예하는 불안한 시선으로 그를 훔쳐보았다.

혹 가고 싶은 것일까?

비슷한 처지의 사람들이 있는 곳으로. 낯선 사람들일망정 설움을 공유할 수 있다면 오랜 벗보다 나을지도 모르는 일이니. 국경을 넘나드는 벽안의 상인들은 그를 짐승 쳐다보듯 하지 않을지도 모르니.

그녀는 입술을 깨물며 고개를 놀렸나.

'어떻게 가지 말라고 할 수 있겠어. 언젠가 내가 시집을 가면 유안은 홀로 남게 된다. 이 집안에서, 나 말고 누가 있어 그를 사람으로 취급해 줄까.'

오라버니인 명하가 그를 꺼리는 것은 일찍부터 알고 있었다. 아버님은 유안을 신뢰했으나 정을 주고 있지는 않았다. 십수 년을 함께 산 비복들이야 그에게 속정이 있겠지만, 유안은 노비가 아니었거니와 그들에 비해 너무 배운 게 많고 지나치게 귀족적이었다.

키워 주신 아버님 은혜에 보답하라고, 남아서 일생 봉사하라고, 그녀는 차마 강요할 수 없을 것이다. 만약 그가 떠나기를 원한다면 아버님을 속이고 가문을 배신하더라도 그를 놓아주고 말 거다. 예하는 자신이 그러리라는 것을 알았다.

 수업이 끝나고 스승이 떠난 시각은 해거름에 공기가 부옇게 물들 때쯤이었다.
 방문을 나서던 유안이 문득 예하를 돌아보았다. 긴 머리카락을 어깨 한편에 늘어뜨린 옆모습이 황혼 속에 아스라했다.
 예하는 날이 갈수록 준수해지는 그의 모습에 가슴이 저리는 아픔을 느꼈다. 굴곡이 단호한 턱 선도, 결 바른 성품을 드러내는 선명한 입술도, 머리칼처럼 새카맣고 기다란 속눈썹도, 누가 먼저 이 집을 떠나든 오래 그녀의 곁에 머물 수는 없으리라.
 '차라리 네가 계집이었다면 평생 내 곁에 있을 것을.'
 그녀는 가끔 생각했다. 여인이었어도 유안은 무척 아름다웠을 거라고. 호위를 할 만큼 무예에 출중하지는 못했겠지만, 잔잔한 웃음으로 주인의 푸념을 들어 주며 풍진 세상 함께 늙어 갈 수 있었을 것이라고.
 그러나 혈연도 아니고 동성도 아닌 두 사람의 인연은 깊었을망정 길지는 못할 게 자명한 것이었다.
 "뒤를 따르는 자가 있다는 건 알고 계시지요?"
 감상에 젖어 있던 그녀를 유안의 낮은 목소리가 깨웠다. 뒤를 따라? 말뜻을 알아듣지 못하던 그녀는 한참이 지나서야 긍정했다.

"그래. 향월이가 그런가 보다 하더라."

알고 있고, 유안도 물론 알고 있을 거라 생각하였다.

그의 시선이 아래로 향했다. 약간 주저하는 듯하더니, 유안의 입술이 천천히 다시 열렸다.

"오늘만이 아니었습니다."

예하는 진심으로 놀랐다. 향월의 말이 헛소리가 아니었다는 사실에 당황스러웠다. 사내가 쫓아다니다니, 반가의 규수로서는 부끄러운 일이 아닌가.

그녀는 짐짓 태연한 척 물었다. 위험하냐?

계략 따위 모르는 그녀였으나 순간 머릿속에 여러 가지 생각이 스쳐 지나갔다. 처음부터 작정하고 접근한 것이었나? 시비를 논한 것은 의도적이었던가? 다시 말 걸 기회를 기다리며 호시虎視하고 있었다는 건가?

설마.

유안은 시선을 들지 않은 채 고개를 저었다. 아닙니다. 위험하지는 않습니다.

"그렇다면 내버려두렴."

차분한 그녀의 대답에 그가 눈을 들었다. 예하를 쳐다보지 않고 한동안 뜸을 들이던 유안은, 감정을 죽인 목소리로 혼잣말처럼 덧붙였다.

"따로 만나고 싶으십니까?"

예하는 가만히 그를 바라보았다.

유안의 표정에는 아무것도 떠올라 있지 않았다.

"아니. 그렇지 아니하다."

선언 같은 예하의 답을 듣고, 그는 목례하며 돌아섰다. 마루 아래로 내려서는 뒷모습을 황금빛 석양이 물들였다. 머리에 광배를 얹은 듯 고요한 뒤태에 예하의 가슴이 또다시 지끈 조였다.

그렇지 아니하다.

그렇지 않아. 누군가를 만나고 싶지 않아.

하지만 결국에는······.

예하는 손으로 이마를 짚었다. 더 이상은 생각할 수 없다. 생각하고 싶지 않다. 생각해도, 아무 소용없다.

이별이 멀지 않았다는 것은 누가 말해 주지 않아도 피차 알고 있는 일이었다.

아버지 민우상 공이 남매를 불러 앉힌 것은 그로부터 사흘이 지난 후였다.

말씀은 간결했다.

"예하에게 혼담이 들어왔다. 나는 허혼을 생각하고 있구나. 명하 네 생각을 묻고자 한다."

3

쨍그랑.

"누구냐!"

왈칵 문을 열어젖힌 명하의 눈에 들어온 것은 떨어진 칼집을 줍는 유안이었다. 지나던 계집종이 서슬에 놀라 목을 움츠렸다. 참새 두엇이 푸르르 날아올랐다. 명하는 눈살을 찌푸렸다.

"송구합니다. 잠시 손이 미끄러졌습니다."

정중하게 허리를 굽히는 유안의 모습에는 한 조각 흐트러짐도 없었다. 그러나 명하는 콧방귀를 뀌며 그의 속내를 훑었다. 네놈도 평정을 잃을 때가 있구나. 아무려면.

예하의 혼인 이야기는 명하 자신에게도 충격이었다. 하물며 저자야 오죽하랴. 그는 더 이상 유안을 꾸짖지 않고 장지문을 닫았다. 방 안에는 명하 못지않게 놀란 예하가 눈을 동그랗게 뜨고 아버지의 설명을 기다리고 있었다.

이어진 민우상 공의 말씀은 그들의 예상을 뒤엎는 것이었다.

"남인南人 가문이다."

＊

"나는 네가 내 속을 이리 뒤집을 줄 몰랐구나. 서인西人 규수를 집에 들이자 하다니."

어머니의 한숨 섞인 넋두리에 정수겸은 조용히 눈을 내렸다. 석류빛 입술이 잠시 달싹였으나 다시 다물어졌다. 그는 어머님이 충분히 불평하시도록 시간을 드리기로 했다.

"네 아버님께서 조정에 몸 붙이지 못하고 저리 한직에 머물고 계신 것이 다 서인이 득세한 탓 아니더냐. 그런데 어찌 서인 며느리를 본단 말이냐. 나는 도무지 용납이 되지 않는다."

이후로도 어머니의 하소연은 한동안 계속되었다. 서인이 정권을 쥔 지 무려 오십 년이 되었다. 북인北人은 자취를 감춘 지 이미 오래였고, 수겸이 속한 남인은 서인의 눈치를 보며 근근이 명맥을 유지하고 있을 뿐이었다. 금상今上이 집권한 초기에 잠시 남인 정권이 들어선 일도 있었지만 채 오 년도 되지 않아 내쳐졌고 그 이후로 십 년이 흘렀다. 인생 전부를 서인을 향한 증오로 일관해 온 어머니로서는 이가 갈리는 것이 당연했다.

"게다가 그 댁은 중전마마의 가문이 아니더냐. 우리가 얼마나 하찮아 보이겠느냐. 망신당할 일을 생각하니 피가 마른다."

민우상 공의 댁에서는 아직 대답이 없었다. 그 댁에도 물론 놀라운 일이었을 것이므로, 당장 내치지 않은 것만으로도 희망을 품을 수 있다고 수겸은 생각했다. 사실 이 혼사는 수겸의 집에서 반대하고 자시고 할 일이 아니었다.

　"중전마마의 친정 쪽이라 하나 그 댁 어르신은 당쟁에 큰 관심이 없으신 초연한 분으로 알고 있습니다. 아버님께서도 실리를 좇아 사신 지 오래되었구요. 그저 고운 며느리 본다고 생각하시면 좋지 않을까 싶습니다. 그 댁에서도 아마 제 사람됨을 알아보고 있는 중이겠지요."

　수겸의 어머니 신씨는 안타까움과 자랑스러움이 섞인 표정으로 아들을 물끄러미 보았다.

　내가 어찌 이리도 청수淸秀한 아들을 낳았나 싶을 정도로 이목구비 섬세하고 수려한 미장부美丈夫였다. 잇속에 밝고 현실적인 아버지를 닮지도 않고, 재십권에 혈안인 친정 식구들과도 달라, 그저 서재에 파묻혀 학문에만 몰두하는 조용하고 몸가짐 바른 아들이었다.

　뭇 여인네의 가슴을 뛰게 하는 미남자임에도 여색에 관심조차 없던 아들이 어쩌다가 당파가 다른 여인에게 마음을 빼앗겼다는 것인지 어머니는 그저 속상할 뿐이었다.

　"그리도 그 규수가 좋더냐? 반가의 아가씨가 길거리를 돌아다녔다는 것만으로도 이 어미는 마음에 들지 않는다."

　얼마나 미색이 출중하기에 우리 아들을 꾀었는가. 어머니는 얼굴 한번 본 일 없는 규수에게 미움이 솟아오르는 걸 느꼈다.

차라리 기방에도 다니고 놀 만치 놀았더라면 적당한 처녀와 혼인하여 그럭저럭 살았을 것을, 민우상 공의 여식이 아니면 혼인하지 않겠다고 강경하게 나오는 아들에 아버지도 어머니도 놀랄 수밖에 없었다. 아들의 고집에 못 이겨 혼담을 넣었으나 당연히 거절당할 거라고 생각하는 중이었다. 만약 성사된다면 명문가와 사돈을 맺는 경사에 아들이 그 댁으로 가는 게 아니라 며느리를 들이는 것이니 손해 볼 일은 아니었지만, 어머니는 감정적으로 그저 언짢을 뿐이었다.

어머니의 푸념을 한참 들어 드린 후에야 수겸은 방으로 돌아왔다. 차남인 그의 작은사랑은 바깥채에서도 제일 외진 곳에 자리하고 있었다. 수수한 서안에 진서珍書로 가득한 책시렁뿐, 장식 없이 정결한 방이었다. 선비에게 어울리는 공간이었다.

그러나 서탁 앞에 앉은 수겸은 낯빛을 바꾸었다.

방금 어머니에게 보여 주던 순하고 무던한 표정이 아니라, 안광 형형한 매의 얼굴이었다. 그리고 그의 잇새에서 비어져 나오는 짧은 바람 소리에 병풍 뒤로부터 민첩하게 인영이 나타났다.

"알아보았느냐?"

적색 무복을 입은 땅딸막한 사내가 한쪽 무릎을 꿇고 고개를 숙였다.

"예, 도련님. 드나드는 자들을 여러 날 감시하고 풍문도 낱낱이 알아보았나이다. 민우상 공 댁 아가씨는 한어와 만주어, 산술, 기초 도법基礎刀法, 기본 의약 사용법을 배우는 것으로 확인되었습니다. 물론 음식 솜씨도 좋고 자수와 길쌈도 익혔다 합니다."

사내가 전한 말에 수겸은 말없이 눈을 치켜떴다. 예사롭지 않은 처녀라는 건 이미 알고 있었으나, 아버지가 작정하고 그런 잡학을 가르친다는 것은 놀라운 일이었다.

그의 입가가 소리 없이 길게 늘여졌다.

'알아 갈수록 흥미로운 규수가 아닌가.'

연염妍艷한 외모는 물론이거니와 여인에게서 찾기 힘든 배짱에 남다른 가정교육까지, 서방이 권력을 잡는 것에만 혈안이 된 누님들과 다르고 사치나 일삼는 형수님과도 다이多異하다.

'재미있구나.'

남들 앞에서는 세상 물정 모르는 서생으로만 보이던 수겸의 고운 눈매가 쥐를 발견한 고양이처럼 반짝반짝 빛났다.

'재미있어.'

이십여 년 살아온 지루한 인생에 이렇게 가슴 뛴 일이 있었던가. 그는 입가에 떠오른 웃음을 지울 수가 없었다.

수겸이 예하를 처음 본 것은 단도를 사느라 말을 섞었던 날보다 한참 전이었다. 전에 없이 북촌北村에 발걸음을 했던 그는, 동네 부녀들이 민우상 공 댁에 몰려들어 장이며 건건이를 얻어 가는 모습을 우연히 보게 되었다. 배고픈 백성들이 부잣집에 산나물 따위를 떠넘기고 대신 부식을 얻어 가는 건 춘궁기의 관행으로 새로울 것 없는 장면이었다. 그의 눈길을 끈 것은, 안주인으로 그 역할을 감당하고 있는 조그마한 여자였다.

앳된 소녀였다. 키도 크지 않았고 얼굴도 작았다.

예뻤다. 눈망울이 초롱초롱하고 입술은 꽃분홍색이었다.

어렸지만 익숙한 듯, 산전수전 다 겪은 상민의 아낙네들에게 조금도 눌리지 않고 먹을 것을 들려 보내는 중이었다. 목소리 한번 높이는 법이 없었으나 모두들 그녀에게 순종하였고, 후한 표정으로 사람들을 대했지만 위엄이 있었다. 그저 귀한 집 따님이라서가 아니라 속이 야물게 영근 사람만이 보일 수 있는 안찬 모습이었다.

그런데 이상하게, 수겸에겐 소녀의 단정함 이면으로 묘한 이질감 또는 위화감 같은 게 보였다. 저건 대체 뭘까. 그는 눈을 뗄 수가 없었다. 그 자신이 반악(潘岳;진쯤나라의 유명한 미남 문인)의 환생이라는 말을 들을 만큼 외모가 뛰어났기에, 여간해서 미모에 홀리는 법 없었던 수겸이었다. 아니었다. 그의 마음을 끈 건 소녀의 얼굴이 아니었다. 심지어 현모양처다운 자질도 아니었다. 무언가 전혀 다른 것이었다.

이후 곧잘 그녀를 보았다. 일단 눈에 들어와 그런지 어디에 가든 그녀가 있었다. 책방에도, 화방에도, 시전에도, 또한 약방에도. 드디어 칼을 파는 장사치 앞에도.

대체 저 처자가 관심을 갖지 않는 분야는 무엇일까?

호기심을 견디다 못해 결국 말을 붙이게 된 거였다. 아니, 시비를 걸었다고 보는 편이 옳을 것이다.

그리하여 그녀에게서 배어나는 이질감의 정체를 드디어 확인한 그는, 웃고 말았다. 그건 양갓집 규수에게 허락되지 않은 당돌함과 더불어 이 사회의 누구도 가져서는 안 되는 반항심이었다. 그런 걸 애써 누르고 있으니 위화감이 들 수밖에 없는 것이었다. 그런 것을 몰래 품고 있었으니 눈이 갈 수밖에 없었던 거다.

'아아, 어여쁘고 불쌍하고 기특하여라.'

가뜩이나 무료한 인생에 따분한 여자를 더해 발목이나 묶이는 일 따위, 그는 원해 본 적 없었다.

'하지만 저 여자라면 괜찮을지도.'

수겸은 그 길로 아버지를 찾아뵈었다.

'그래, 가져야겠다, 저 깜찍한 것을.'

평소 쌓아 둔 신뢰는 헛되지 않아, 부모는 그의 청을 들어주었다.

"하옵고, 아가씨의 신변을 맡고 있는 자는 말씀하신 대로 눈 푸른 무사였습니다. 어렸을 적부터 빈우상 공께서 기두어 키운 인물이라 합니다. 그 외에는 도는 말이 없었나이다."

수겸의 기쁜 낯빛에 살짝 그림자가 졌다.

대충 짐작했던 일이었다. 그러나 확인된 것은 또 달랐다.

"알았다. 수고하였노라. 내 일간 너희 근거지에 들를 것이니 채비들을 해 놓도록 하여라. 날이 풀리기 전에 한 건 올리기로 하자."

손짓으로 수겸이 물러가라 하자 사내는 병풍 뒤 쪽문을 통해 사라졌다. 서책과 먹의 향기로만 채워졌던 방 안에 퀴퀴한 냄새가 찌꺼기처럼 남았다. 수겸은 방문을 열었다.

'눈 푸른 무사라.'

그는 붉은 입술에 비스듬히 냉소를 걸며 방 안으로 들어오는 찬 공기를 들이마셨다. 폐를 휘도는 자극적인 찬기에 정신이 쨍쨍해지는 것 같았다.

'간간하군. 유쾌한 것은 아니나 흥미로워.'

가느다란 손톱으로 아랫입술을 천천히 훑자 그의 웃음이 손가락을 따라 번졌다.

저만치 계집종들이 얼빠진 듯 얼굴 붉히는 것이 보여 수겸은 평소의 온화한 표정으로 재빨리 되돌아갔다. 진중한 몸짓으로 문을 닫았다. 가면 뒤 본모습을 들키는 시시한 짓을 할 수는 없는 일이므로.

장지문에 등을 기댄 그는 소리 죽여 조금 더 웃었다.

가는 겨울을 아쉬워하듯 쨍하니 맑고 추운 오후였다.

새파란 하늘에서 쏟아지는 깨끗한 햇빛이 칼날을 빛내고 머리카락과 함께 물결쳤다. 내딛고 물리는 걸음은 바위처럼 단단하되 구름처럼 가벼웠다. 보통 사람은 들지도 못할 것 같은 큰 칼을 자유자재로 휘두르며, 유안은 공중을 날고 지면에 포복했다. 커다란 몸이 움직이는 모양이 믿을 수 없을 만큼 유연하고 우아했다.

예하는 나무 그늘에 숨어 유안의 몸놀림을 넋 놓은 채 지켜보고 있었다.

이 시간은 유안이 무예를 연마하는 때였다. 민우상 공은 예하에겐 단도를 이용하는 기본 호신술만 가르쳤으나, 유안에게는 최고의 무사를 붙여 무술을 익히게 하였다. 도법부터 시작해서 활쏘기며 말타기며 택견까지 무엇 하나 치우침 없이 고루 배운 유안은, 타고난 체격과 체력을 바탕으로 더 이상은 누구로부터 무언가를 배울 수 없을 정도의 경지에 도달한 듯했다.

아름답고, 심지어 장엄하기까지 했다. 유안이 공기를 가르며 흘러 다니는 모습은.

"향월이 은밀한 전갈을 가져왔어."

하실 말씀 있으면 하라는 듯 유안이 동작을 멈추고 칼을 정돈하자 예하가 비로소 말을 꺼냈다. 그녀는 한 발짝 앞으로 나서며 그를 올려다보았다. 눈동자에 선명하게 하늘이 비쳤다.

"나와 혼담이 있는 선비께서 따로 보기를 청하셨네. 법도에는 맞지 않는 일이지만……, 만나는 게 나을까?"

그는 시푸른 눈으로 예하를 뚫어지게 보나가 반문하였다.

"만난다고 혼인 여부를 아가씨께서 결정하실 수 있는 건 아니지 않습니까."

그의 말에 예하는 머뭇거리며 고개를 숙였다.

유안은 후회했다. 마음 아프게 만들고 싶었던 게 아니었건만, 질책하는 모양새가 되어 버리고 말았다.

혼인 이야기가 나온 후로 예하는 줄곧 유안의 눈치를 보고 있었다.

'널 두고 가서 미안해.'

입 밖으로 내지는 않았으나 그녀의 표정은 늘 그렇게 말했다.

'나 없이도 꼭 행복해야 해. 응?'

엄마 없는 집에 어린 남동생만 두고 시집가는 누나처럼, 그녀는 안타까운 얼굴로 그를 보곤 하였다.

유안은 눈을 부드럽게 하려고 애쓰며 입을 다물었다.

지난번 그 선비입니다. 아시는 겁니까?

그렇게 묻고 싶었으나 그는 묻지 않았다.

머리를 숙인 채로 예하가 약간 웃었다.

"그래, 맞아. 내가 정할 수 있는 건 아무것도 없지. 그래도 말이야, 한번 만나면 어쩐지 내가 결정한 것 같은 기분이 들 거 같아서."

"자리를 마련하신다면 제가 모시겠습니다."

토를 달지 않는 유안의 말에 그녀는 조금 더 웃었다.

민우상 공은 혼처가 그녀에게 적합하다고 생각한다 하였다. 명하는 예하가 너무 어리다고 했다가 한 소리를 들었다. 매파는 신랑감이 무척 훌륭한 남자라고 말했다. 아무도 그녀의 의견 같은 건 묻지 않았다.

유안의 말이 옳았다. 상대를 만난들 무슨 소용이며 그 자리에 그가 동석한들 무슨 상관일까. 신랑감이 마음에 들면 어쩔 것이며 부소浮疏한 소인배면 또 어찌하겠다는 것일까. 어차피 그녀의 일생은 다른 모든 여인들과 마찬가지로 처음부터 끝까지 자신의 의지와 무관하게 결정되고 말 것을.

그럼에도 예하는 남자를 만나기로 결정했다.

"그래. 함께 있어 줘. 그리고 너도 그 사람을 보아 줘."

최대한 그에게 좋은 감정을 품기로 미리 결심하였다.

"반듯한 사람이었으면 좋겠다, 그렇지?"

유안은 떠오르는 상념을 감추기 위해 그녀로부터 시선을 돌렸다.

반듯한 사람이 아니라 하여도 그 역시 아무것도 할 수 없는 일이기에.

만남은 반半공식적인 자리가 되었다. 남의 눈을 피해 물레방앗간 따위에서 만날 수는 없지 않느냐는 명하의 건의로 어렵사리 남자가 집에 초대되었다.

평소 공의 높은 학문을 우러러 왔기로 한 수 가르침을 받으러 왔나이다.

남인 가문의 아들은 그렇게 인사하고 잠시 공맹孔孟에 대한 질문을 하다가 명하의 안내로 후원을 구경하러 나갔다. 서서 우연을 가장하여 예하와 마주칠 예정이었다.

눈빛이 영발映發한 청년이었다. 누구나 그렇듯 보이는 게 전부는 아닐 테지만, 자신의 집에 청혼서를 넣은 배짱은 높이 살 만하다고 민우상 공은 생각했다.

"그래. 예하만이라도 빼낼 수 있다면."

그는 쓴웃음을 머금었다. 요사이 혼잣말이 늘었구나 싶었다.

마음이 약해진 건 최근 들어 임금이 그를 자주 쳐다보는 탓일 거다. 착각이라 무시하고 싶었지만 그렇지 않을 가능성이 높았다. 알고 있었다.

그래서 이 시점에 들어온 의외의 혼담이 예하에 대한 조상의 보우하심일지도 모른다고 민우상 공은 생각했다.

그랬으면 좋겠다고 바랐다.

바람이 쌀쌀하고 낮은 구름이 찌뿌듯하게 낀 날이었다.

예하는 그를 바로 알아보았다. 쉽게 잊을 수 없는 얼굴이었다. 그린 듯한 눈썹과 풍성한 속눈썹, 새하얀 치아를 돋보이게 하는 농홍濃紅한 입술, 분명하면서도 섬세한 얼굴 윤곽. 갓의 널따란 양태 아래 반쯤 가려진 그의 얼굴은 다시 보아도 여인인가 싶을 만큼 미려美麗했다. 곁에 선 향월이가 뭐 마려운 강아지처럼 움찔거리며 얼굴을 붉히는 게 느껴졌다.

"저를 알아보시겠습니까?"

수겸의 물음에 예하는 말없이 인사로 답했다. 물론입니다.

"부디 지난번의 만남을 불쾌하게 기억하고 계시지 않기를 바랍니다."

은근한 그의 목소리에 그녀는 눈을 똑바로 들었다.

명하 오라버니가 귀띔해 준 바, 그는 골샌님이었다. 음주도 여색도 잡기도 일절 관심이 없고 오로지 집과 암자를 오가며 공부에만 몰두하는 사람이라 했다. 야망도 없는 듯 과거는 보지 않은 채 그저 순수 학문에만 전념인, 온유하며 아랫사람들에게 너그러운 선비라는 평판이었다.

그런데 그날 저자에서 칼은 대체 왜 사려고 했던 것일까?

"비 오던 날은 호의를 거절당해 슬펐습니다."

수겸은 부드러운 얼굴로 따뜻하게 말했다. 어지간한 여자라면 호의를 거절할 수 없을, 거부하기 힘든 눈빛이었다.

외모가 매우 준수하다. 그럼에도 사치하는 것 같지는 않았다. 학문이 깊다고 하였다. 지나칠 만큼 이상적인 신랑감이다.

게다가 그녀를 직접 보고 혼담을 넣은 터이니 아마도 귀히 여겨 줄 것이다. 그녀만 마음을 줄 수 있다면 더할 나위 없이 안복安福한 생활을 누릴 수 있을 거다.

……그런데 그날은 왜 내게 시비를 걸었던 걸까?

탐색하는 그녀의 눈길을 잠자코 받아 내던 수겸은 몸을 돌려 뜰을 걷기 시작했다. 향월을 몇 걸음 뒤에 처지게 하고 예하도 그 뒤를 따랐다.

"사내란 마음에 담은 여인 앞에서 말이 많아지는 법이라 합니다. 관심을 끌고 싶어 허세를 부리곤 한다지요. 감언이설을 늘어놓고 싶은 마음을 애써 누르고 있다는 것만 알아주셨으면 합니다."

남자는 말끝에 미소를 머금었다. 흐린 날 갑자기 해가 난 것처럼 주변을 환하게 물들이는 아름다운 웃음이었다. 뒤에서 향월의 오매나오매나 동동거리는 소리가 들렸다.

"아직 저에게 큰 관심은 없으실 테니 제가 여쭙기로 하지요. 아가씨에 대해 들려오는 이야기들이 있었습니다. 어찌하여 그런 것……들을 배우십니까?"

그녀 쪽을 돌아보지 않고 무심한 듯 묻는 말에 예하는 발걸음을 멈췄다.

푸른빛을 깨치다 49

뒷조사를 한 걸까? 어른들이 알아냈을 리는 없다. 그렇다면 본인이 직접 캐내었다는 말일까.

당돌한 모습을 보았으면서도 용납한 것만으로 이미 의아한 일이었다. 그런데 그 정도까지 알면서 혼인을 원한다는 건가?

"아버님께서 가르치시니 따를 뿐, 저는 깊은 뜻은 모릅니다."

속마음을 감춘 예하는 외운 것처럼 정답을 내놓았고 수겸의 웃음이 깊어졌다.

"당색이 다름에도 불구하고 제가 이 청혼에 기대를 갖는 것은 존공尊公께서 남다른 식견을 가지셨다 믿기 때문입니다. 존경하고 흠모하지 아니할 수 없습니다."

아직 순이 돋지 않은 나뭇가지를 손바닥으로 쓸며 그는 천천히 말을 이었다.

"저는 정치에 큰 관심이 없습니다만, 세상 돌아가는 이치에는 무지하지 않다고 생각합니다. 달도 차면 이우는 법. 세상에 영원한 양지는 없고 추수 때 봄날의 굶주림을 대비하지 않으면 낭패를 겪기 십상인 거겠지요."

너희 서인의 권력은 무궁할 성싶으냐 말하고 싶은 걸까?

예하는 아니라고 생각했다. 그런 이야기는 자신에게 해 보았자 쓸데없는 것이다.

그렇다면?

"불가해不可解한 세상에서 덜 다치고 살아남는 길은, 스스로 무기를 지니는 방법밖에 없겠습니다. 혹자는 무예를 익히고, 또 어떤 이는 사람을 모으고, 그럴 수 없는 경우에는 생존을 위한 기술을 연마해야 하지 않겠습니까."

그녀는 곱고 유순해 보이는 남자의 얼굴을 빤히 쳐다보았다. 아버님이 하셨던 것과 똑같은 말을 그가 하고 있었다.

여인이 닦아야 할 일과 사내가 알아야 하는 것을 모두 배워라.

양반이 할 일은 물론, 아랫것들이 하는 거친 일도 다 익혀라.

……그리고 숨겨라.

수겸은 흰 치아를 드러내며 화사하게 웃었다.

"그게 제가 추측할 수 있는 이유였습니다. 무척 궁금했기에 여러 날을 생각해 보았지요. 다소 무리가 되는 결론이었지만 다른 답이 떠오르질 않더군요. 아마도 아가씨의 아버님께서는 혹시 닥칠지도 모르는 겨울을 준비하여 두신 모양이다, 생각했습니다. 그래서 남인 따위의 혼담도 바로 거절치 아니하고 숙고하시는 건가 보다, 하고."

납득하기 어려운 발상이었다. 어느 누가 권력의 정점에서 실각을 염려하여 딸에게 잡학을 가르친단 말인가? 그러나 수겸은 더 나은 설명을 찾아낼 수 없었고 그건 예하도 마찬가지였다.

두 사람의 눈이 마주쳤다. 남자는 그녀에게로 한 발짝 다가서며 거리를 좁혔다.

"오늘 아가씨를 뵙자고 무례한 청을 넣은 것은, 아가씨를 안심시켜 드리기 위함이었습니다. 꽉 막힌 답답한 사내라는 소문

푸른빛을 깨치다

을 혹 들으셨을까 싶어서, 또는 잠시의 스침으로 강퍅한 자라 오해하실까 싶어서, 제가 아가씨를 품을 만큼 유연한 사람이라는 믿음을 드리고 싶었지요."

물론 아가씨를 연모하는 마음이 너무 커 그저 뵙고 싶었던 게 제일 큰 이유였구요. 일부러 들릴 듯 들리지 않을 듯 입속으로 흐리며 그는 덧붙였다. 예하는 반응하지 않았다.

수겸은 몸을 빙그르르 돌려 천천히 뜰을 훑었다.

알 수 있었다. 보이지 않지만 어딘가에 '그'가 있다는 걸. 기척은 느껴지지 않았으나 분명히 그녀의 곁을 맴돌고 있었다. 사왕死王처럼 무섭고, 늑대보다 날렵하며, 요신妖神인 듯 매혹적이라는 그가.

"늘 그림자처럼 따르는 호위가 있다 들었습니다."

남자의 말에 예하는 자기도 모르는 사이에 짧게 미소 지었다. 수겸은 놓치지 않았다.

"그렇습니다. 요사이 이름도 흉흉한 무뢰배들이 설쳐 위험하다 해서요."

금상이 즉위한 후 난폭한 자들이 소위 '검계劍契'를 결성하여 양민의 안전을 위협하는 경우가 부쩍 늘었다. 살주계다 살략계다 홍동계다, 피의 맹세로 덩어리 지은 거친 자들이 양반을 죽이고 부녀자를 겁탈하며 관가와 양반의 재물을 빼앗았다. 기생의 기둥서방 노릇을 하며 뒤를 봐주거나 떼인 돈을 받아 주기도 했고, 추노도 하였다. 포도청에 잡혀 와서도 자해하며 반항하는 등 무도함이 가관이라 했다.

그들을 경계한다는 그녀의 뻔한 대답에 수겸은 눈을 가늘게 뜨며 웃음을 삼켰다. 진실로 무뢰한들을 염려하는 것이라면, 나돌아다니지 않으면 될 것 아닌가.

"호위가 색목인이라는 게 사실입니까?"

그의 질문에 예하는 순순히 그렇다고 대답했다.

"사내를 가까이 두는 것이 좋아 보이지는 않습니다만?"

그녀는 남자와 눈을 마주쳤으나 아무 말도 하지 않았다.

변명도 무사에 대한 설명도 하지 않는 예하를 잠시 지켜보던 수겸은 표정을 바꾸며 호쾌한 웃음을 터뜨렸다.

"하하, 제가 속이 좁았습니다. 기르는 개를 상대로 투기하다니, 장부답지 못했군요. 이해하십시오. 여인에게 관심을 품은 일이 처음이라 그렇습니다."

짐짓 관대한 표정을 지어 보이며 수겸은 다시 걷기 시작했다. 예하는 웃지 않았다. 향월만이 가슴을 졸이며 그들의 눈치와 어딘가에 있을 유안의 기색을 살필 뿐이었다.

두 사람은 그렇게 좀 더 거닐며 뜰의 나무에 대한 대화를 나누다가 예의 바르게 헤어졌다.

"아가씨, 시집을 가셔도 무사님이 따라가는 건 설마 아니겠지요?"

충분히 멀리 와서야 향월이 조심스럽게 주인에게 물었다.

글쎄.

예하는 말끝을 흐렸다. 아침나절 민우상 공이 그녀를 불러

하신 말씀이 생각나 마음이 무거웠다. 혼인을 하면 유안은 그 댁으로 따라 들어갈 수는 없으나 멀지 않은 곳에서 그녀를 살필 거라는. 일생 예하의 곁에서 맴돌며 그녀를 지킬 것이라는.

"이 세상 어떤 서방이 자기 색시 따라 사내가 오길 바라겠습니까? 그것도 저리 훤한 사내를. 눈이 좀 거시기하긴 하지만……."

물론 신랑은 유안이 가까이 있다는 걸 알 수 없을 것이다. 하지만 저 사람이라면 눈치채지 않을까? 예하는 자문했다. 만날 때마다 다른 느낌이라 종잡기 어려운 사람이었으나, 그는 밖으로 알려진 것처럼 샌님은 아닌 게 확실했다. 예하는 그를 대하며 시종 긴장감을 느꼈다. 왜인지는 설명하기 힘들었지만.

예하에게서 대답이 없자 향월은 묻지도 않은 말을 나불나불 이었다.

"천한 것들 사이에 무사님을 연모하는 계집이 널렸다고 들었습니다요. 기생들까지도요. 곱고 화려한 걸 좋아하는 그네들이야 보석 같은 무사님 눈이 무섭지 않겠지요. 더구나 힘이 장사니 밤일도 잘할 것이라고……. 아이쿠, 송구합니다."

언제나 솔직한 향월이 귀여워 예하는 웃음을 띠고 물었다.

"그래서 너도 유안을 연모하기로 하였느냐?"

"아이고, 저는 저런 사내는 싫습니다요."

어린 계집종은 단박에 그녀의 농을 잘라 냈다.

저런 사내라?

아무것도 모르는 향월은 천진한 목소리로 덧붙였다.

"무사님이야 아가씨께 목숨을 바친 사내가 아닙니까요. 전 무지렁이라도 저를 젤로 아껴 주는 사내가 좋습니다요. 마음의 반도 가질 수 없다면 그를 어찌 제 사내라 하겠는지요."

천출이고 배운 것이 없으나 향월은 곱게 생긴 아이였다. 뺨을 분홍빛으로 물들이며 사랑을 꿈꾸는 어린 종의 모습에 예하가 가볍게 한숨지었다.

"그렇구나. 내가 유안의 발목을 묶어 두고 있는 게로구나."

그대로 발걸음을 옮기는 주인을 따라 향월이 호들갑스럽게 종종걸음을 쳤다.

"아유, 아가씨. 그런 뜻이 아닌뎁쇼. 삐치셨습니까요?"

예하는 향월의 말에 긍정도 부정도 하지 않고 묵묵히 처소로 향했다.

시집을 가면 헤어지게 되리라 믿었건만 그렇지 않다고 한다.

유안은 알고 있을까? 일생을 내 그림자로 살아야 한다는 사실을. 꿈을 펼치지도, 같은 처지의 사람들을 찾아 떠나지도 못하고, 한낱 아녀자의 뒷모습이나 좇으며 평생을 보내야 한다는 걸. 사랑하는 여인이 생겨도 그 여인보다 나의 안위를 우선으로 여겨야 한다는 것을.

유안은 어떤 마음일까?

억울하고 절망스러울까? 분하고 아쉽고 원망스러울까?

아니면, 어쩌면, 나처럼 혹시……, 조금은 기쁜 걸까?

예하는 손을 들어 눈을 덮었다.

스스로의 뻔뻔스러움에 헛웃음이 나왔.

푸른빛을 깨치다

4

아가씨, 바다를 보신 일이 있습니까? 저는 해안가에 살았는데, 바다란 정말 멋집니다.

그래? 어떤데?

끝없이 넓고 끊임없이 움직여서, 무섭지만 포근합니다. 그리고 굉장히 파랗답니다.

니 눈처럼?

제 눈보다 훨씬 깊습니다. 제 눈은 그저 기괴할 뿐이지요.

그렇지 않아. 난 아직까지 니 눈보다 더 예쁜 건 본 적이 없는걸? 하지만 그 말을 들으니까 나도 바다를 보고 싶구나. 나중에 데려가 줘. 그래, 내가 열 살이 되었을 때가 좋겠다.

네, 아가씨. 아가씨가 열 살이 되면 제가 바다를 보여 드릴게요. 꼭.

*

꽉 찼던 달이 마침내 이지러졌다.

선선왕 때부터 무소불위의 권력을 휘두르던 서인의 거두 송시열宋時烈이 파직되었다. 표면적으로는 희빈 장씨 소생의 첫아들을 원자로 삼고자 하는 임금을 그가 꼬장꼬장하게 거역했던 게 문제였다. 하지만 한 꺼풀 걷고 보면 임금이 서인에게 진저리가 났다는 것이 진짜 이유였다.

민우상 공은 마치 올 일이 왔다는 듯 담담한 표정이었다. 스물하나의 나이에 영의정의 아들을 역모로 몰아 능지처사하신 주상이다. 무슨 일이든 하실 수 있는 분이었다.

"이런 날을 대비하여 예하를 남인 가문에 시집보내려 하신 것입니까?"

명하의 물음에 민 공은 긍정했다.

남인의 부상浮上은 예견된 바였다. 주상께서 정궁을 멀리하고 장씨를 총애하실 때부터 서인들의 기반은 흔들리기 시작했다고 보아야 했다. 주상의 희로喜怒가 지나치게 분명하고 하루에도 몇 번씩 감정이 변한다는 사실을 고려할 때, 남인이라고 영원히 권력을 누리지는 못할 테지만.

다행히 수겸의 아버지 정원대는 남인 중에서도 정치보다 장사에 골몰하는 현실적인 위인이었다. 서인이 무너져도 혹은 다시 집권해도, 출가외인이 된 예하는 안전할 것이다. 민우상 공은 아들에게 그렇게 말했다.

"형편이 달라졌다고 종가에서 혼인을 용납하지는 않겠지요. 소자의 짧은 소견으로는 오히려 더 맹렬히 반대하지 않을까 싶습니다."

당연한 일이었지만 민씨 문중에서는 남인과 사돈 맺겠다는 그를 이해해 주지 않았다. 대로한 문중 어른들을 상대로 버티는 민 공을 보며 수겸의 무엇이 그토록 아버지를 사로잡았는지 궁금했던 명하는, 그들이 남인이라는 사실 자체가 혼인의 핵심이란 걸 비로소 깨달았다.

"이번 일의 불똥이……, 어디까지 튀리라고 보십니까?"

조심스러운 아들의 질문에 민 공은 헛헛하게 웃었다.

"그걸 어찌 알겠느냐."

우리는 괜찮을 거라는 말을 듣고 싶었던 명하는 심란하여 눈을 떨구었다.

아버님이 소년이셨던 인조仁祖 임금 치세에는 역모와 그로 인한 멸문이 흔한 일이었다. 이후 수십 년간 비교적 평온한 시대가 이어졌으나 금상은 선대先代 왕들과는 다른 분이었다. 자신에게는 낯선 일들이 아버님께는 절실하게 느껴졌을 수도 있다는 생각이, 명하는 들었다.

"아버님께서는 만에 하나까지 상정하고 계신 겁니까? 예하에게 유안을 붙여 두신 것도 그런 염려를 하셨던 까닭입니까?"

아버지는 한동안 침묵했다.

민우상 공은 이번에야말로 아들에게 모든 것을 털어놓아야 한다고 생각했다. 혼자 모든 것을 품어 온 그는 불길한 예감으로 밤잠을 설친 지 오래였다. 더 늦기 전에 명하와 어깨의 짐을 나누고 훗일을 대비하는 것이 옳았다.

"만에 하나라……."

그러나 오래 망설이던 그는, 결국 말을 돌리고 말았다. 아직 터지지 않은 일을 발설하여 명하를 근심의 나락으로 끌어내릴 용기가 나지 않았다. 예민한 아들에게 평화로운 시간을 조금 더 허락해 주고 싶었다.

"내쳐졌다가 언젠가 다시 복권되기도 하는 것이 정치판이다. 허나 버려져 있는 시간 동안 어떻게 살아 내느냐는 중요한 문제인 게지. 사내인 너는 어차피 가문과 운명을 함께할 수밖에 없다지만, 계집애인 예하는 어찌할 것이냐? 시집가기 전에 사달이 나서 혼자 버려지면, 어떻게 생계를 꾸려 갈 것이냐? 만에 하나 관비로 전락하는 일이 생긴다면, 그땐 또 어찌할 것이냐? 다른 건 몰라도 그 꼴만은 면해야 할 것 아니냐. 목숨 걸고 지켜 주는 자 하나 있다면 전국을 유랑하며 숨어 살다가 언젠가 사면된 집으로 돌아올 수 있겠으나, 관비로 더럽혀진 뒤에는 그럴 수도 없지 않느냐."

아버지의 말에 명하는 진저리를 쳤다.

관비官婢란 그저 관에서 잡일하는 여종이 아니다. 한양에서라면 혹 그럴 수도 있겠지만, 지방으로 보내질 경우 백이면 백 창기娼妓로 취급된다. 그것도 기생들처럼 편하게 지내며 손님을 받는 것이 아니라, 온갖 허드렛일 다 하면서 중앙에서 내려

푸른빛을 깨치다

온 관리들의 밤 시중을 들어야 하는 비천하기 그지없는 신분인 것이다. 언젠가 다시 가문이 일으켜진다 하여도, 한번 관비가 된 여자들의 인생은 되돌릴 수 없다.

"그래서 생활에 필요한 기술을 가르치고 유안을 붙이신 거로군요."

명하는 아버지의 치밀함에 전율하지 않을 수 없었다. 아버지는 용의주도하신 분이었다. 그리고 어떤 의미에서는 주상보다도 더 냉혹한 분이었다. 사람의 감정마저 목적을 위해 이용하신 것이니.

지난번에 무어라 하셨던가. 두 사람은 남매와 같다고?

그렇지 않다. 아버님도, 아니, 아버님이야말로 너무나 잘 알고 계신 거다. 유안이 예하를 애틋하게 볼 수밖에 없다는 것을. 다른 인간관계를 모두 단절시키고 예하만 바라보게 키우셨는데, 그에게 어떻게 다른 선택이 가능하다는 말인가.

순진한 예하가 강아지를 키우듯, 동무를 사귀듯, 혹은 오라비를 대하듯 준 정을 그는 생명수로 들이마셨다. 아비도 어미도 벗도 하나 없는 유안에게 의미 있는 존재는 예하뿐이었고, 그가 살아가는 목적은 그녀의 곁을 지키는 것밖에 없었다. 다른 사내들에게는 건사해야 할 가문과 명분이 있지만 유안한테는 예하 이외에 아무것도 없으니, 만에 하나 가문에 해가 닥쳐 예하의 처지가 위급해진다면 모든 걸 희생하고 그녀를 위해 기꺼이 몸을 던질 자는 아버지도 오라비도 서방도 다른 누구도 아닌 바로 유안인 것이다.

"다행히도 무던한 집에 시집보내게 되었으니, 그저 별 탈 없기만을 바랄 뿐이다. 근일 내로 허혼서를 보낼 것이니 혼인이나 서두르도록 하자."

아버지의 말에 명하는 지난번 신랑감과의 만남을 떠올렸다. 평판대로 온화하고 겸손한 청년이었다. 큰 뜻을 품은 장부보다 오라비의 눈에 낫게 보였다. 이대로 혼인만 이루어진다면 예하는 유안이 필요치 않은 순탄한 인생을 살게 될 것 같았다.

시집가란 말에 감정 동요를 보이지 않는 걸 보니 다행히도 예하는 유안에게 다른 감정이 없는 모양이었다.

문제는 유안이다. 예하가 시집간 후에도 근처를 맴돌아야 하는 사내.

그는 온전하게 예하를 지킬 자인가? 혹 그에게 물리는 일은 일어나지 않는 것일까? 정념情念과 그리움이 지나치면 독이 될 수도 있는 것 아닌가.

방으로 돌아온 그는 계집종을 시켜 유안을 불렀다. 그리고 모습을 나타낸 유안에게 밑도 끝도 없이 질문했다. 너는 괜찮은 것이냐?

유안은 가만히 상전의 설명을 기다렸다.

"사내끼리 허심탄회하게 말해 보기로 하자. 넌 예하가 시집가 사는 모습을 지켜보며 견뎌 낼 자신이 있는 게냐?"

아주 어렸을 때 '넌 왜 예하하고만 노는 거냐!' 하고 소리 질렀던 기억이 났다. 예하에게도 화를 내곤 했다. '유안이만 싸고 돌지 마!' 하며.

푸른빛을 깨치다

유치했다. 어린애답게. 지금이라고 딱히 나아진 것도 없지 싶었다. 다만 이제는 예하가 그를 떠난다고 하니 묘한 연민이 느껴지는 것이다. 아버님이 유안을 이용했다 듣고 나니 묵은 정 같은 게 마음에 까슬한 거다.

뜻밖의 질문에 유안은 굳은 얼굴로 명하를 바라보았다.

말없이 자기를 마주 보는 사내의 모습에 명하는 짜증이 났다. 가타부타 말도 없느냐, 뻣뻣한 자식.

"상전이 물었으면 뭐라 대답을 해야 할 것 아닌가."

"제 감정에 마음 쓰실 필요 없지 않으십니까."

유안의 반문 아닌 반문에 명하는 눈썹을 찡그렸다. 잠깐 품었던 연민의 마음이 순식간에 휘발돼 버렸다. 건방진 놈. 그래, 네 말이 옳긴 하다. 내가 왜 너 따위의 감정에 신경 쓰는가.

"네 감정이 중요한 게 아니다. 혹시라도 시집간 예하에게 누가 될까 봐 그러는 것이지. 시댁 어른들이나 신랑이 너의 존재를 미심쩍게 생각해서는 안 되니까 말이다."

순간 명하의 뇌리에 날카로운 의문이 떠올랐다.

누이는 알고 있는가, 저 남자의 마음을?

예하도 무자비한 건가, 아버님처럼?

유안은 마치 명하의 머릿속을 들여다본 것처럼 대답하였다.

"아가씨는 맑고 정결한 분입니다. 그런 아가씨께 폐가 되는 일은 결코 하지 않으니 염려 놓으십시오. 저는 그저 그림자일 뿐입니다."

명하는 턱을 쓸며 눈을 돌렸다.

막상 마주 대하니 또 비위에 거슬린다. 도무지 트집 잡을 데 없는 행동거지도, 감추어지지 않는 총명함과 재주도, 이국적인 수려한 외모도 성미에 맞지 않는다.

무엇보다 불편한 건 이렇게 매순간 신경 곤두세우는 스스로이다. 유안은 아무 감정도 보이지 않는데 왜 명하 자신만 그를 미워했다가 안쓰러워했다가 하는 것일까. 무슨 답을 듣겠다고 따로 불러서 위로 아닌 위로를 건넨 걸까. 예하를 잘 부탁한다고 말하고 싶었던 걸까, 새삼스럽고 생뚱맞게.

유안은 끝내 석상 같은 표정을 풀지 않았고, 명하는 그에게 물러가라 할 수밖에 없었다. 두 사람의 만남은 언제나처럼 짧았으며 늘 그렇듯 쌍방 모두에게 언짢았다.

허리 숙여 예를 갖춘 후 돌아선 유안은 가슴속을 할퀴어 대는 외침을 눌러서 안으로 삭였다.

무표정으로 일관했지만 속이 들쑤셔지지 않은 건 아니었다.

'괜찮지 않으면, 그러면 어쩌란 말인가.'

이제 와서 왜 욕심내지 않느냐고 묻는 상전은 너무나 잔인하다. 욕심을 품는 것은 당연하나 절대 드러내선 안 된다고 다그치는 상전은, 나를 동정하는 건가 조롱하는 건가.

무슨 답을 듣고 싶은 것인가. 아가씨를 죽도록 사모하니 보쌈이라도 하겠노라는? 아니면 순전히 도련님 오해시고 나는 아가씨께 흑심 따윈 없다는? 혹은 걱정해 줘서 감사하다는?

어깨가 경직되고 주먹에 힘이 들어갔다.

'나더러 어쩌라는 것인가.'

처음부터 결정되어 있었던 일이 아니던가. 두 사람의 운명은 가깝지만 결코 닿지 않는 나란한 선이 아니던가.

새로울 것도, 새삼스러울 것도, 달라진 것도 아무것도 없지 않은가.

유안은 고개를 들어 하늘을 올려다보았다.

하늘은 늘 그렇듯 높고 맑고 무념하였다.

예하의 깨끗한 눈빛처럼.

예하는 외가를 방문하기로 했다. 혼인을 허락받을 일은 아니나, 허혼하기 전에 어른들께 여쭙는 게 옳은 일이었다. 어머니가 돌아가신 후 발걸음이 뜸했던 외가로 그녀가 유안만을 동행하여 떠났다. 아버님은 그녀더러 오래 머물다 오라 하셨다.

조랑말은 발씨가 진중하고 유순했다. 조반하고 떠난 길이라 느긋한 일정이었다. 삼한 지나 사온인지, 이월로는 꽤 푹한 날이었다. 두 사람의 발걸음이 조금씩 느려지면서 마음도 차차 풀어지기 시작했다.

"늘 함께 있었어도 우리가 이렇게 길을 떠나는 건 처음이구나."

예하가 말고삐를 잡은 유안에게 나지막한 소리로 속삭였다. 비록 반나절 길 짧은 여정이었지만 혼인 전 마지막 걸음이라 생각하니 기분이 남달랐다.

대답을 기다리는 말이 아니었기에 유안은 입 밖으로 답을 내지 않았다. 그는 말 잔등을 가볍게 쓰다듬으며 예하를 바라보았다.

 '앞으로도 이렇게 모실 일은 없겠지요…….'

 이제 그녀의 곁에 설 사람은 정해졌다. 미목수려한 귀공자, 부호의 차남, 학문 깊은 선비. 자신처럼 한 단 아래에 서지 않고 앞장서서 그녀를 이끌 남자.

 그리고 저만치 뒤에 보이지 않게 자신이 따르게 될 것이다. 지금처럼 그녀의 곁을 지킬 날은, 사는 동안 다시 오지 않을지도 모른다.

 "그날……."

 예하는 장옷을 조금 내려뜨려 얼굴을 드러내며 말을 걸었다.

 "……들었니? 정 선비와 내가 나눈 이야기를."

 정확히 집자면, 정 선비가 너를 '기르는 개'라 부른 대목을.

 유안은 아니라고 대답했다. 예하는 믿지 않았다. 그의 귀가 짐승보다 더 밝은 것을 알고 있다. 당초에 물을 필요도 없었지만 그저 미안하다 말할 구실이 필요해 꺼낸 이야기일 뿐이었다. 그렇지만 그는 그녀에게 사과할 기회를 주지 않았다.

 "내가 시집가면 너도 집을 나와 시댁 근처 어딘가에 머물러야 한다는 거……."

 그녀는 곁눈으로 유안의 깎은 듯한 옆모습을 쳐다보았다.

 "……알고 있지?"

 이번에도 그는 대답하지 않았다. 알고 있을 거다, 물론.

 "너는……, 내게 묶여 있는 운명이 원망스럽지 않니?"

 그녀의 말에 유안이 작게 웃었다. 예하의 명치 언저리가 시

푸른빛을 깨치다

큰했다. 차마 그를 더 바라보지 못하고 그녀는 장옷을 추켜올렸다.

'어린 시절엔 같이 많이도 웃었는데.'

가슴 깊은 곳에 눌러둔 추억이 바삭거리며 흩날리기 시작했다.

예하의 어린 날 속에 유안이 없는 장면은 한 조각도 없었다. 함께 새집을 찾아다니고 꽃꿀을 따먹고 잠자리를 잡았다. 연을 날리고 봉숭아물을 들이고 알밤을 주웠다. 처음 본 날부터 그는 그녀의 것이었고, 두 사람 모두 서로의 존재를 당연하게 받아들였다.

키가 큰 유안에게 업혀 보는 세상은 신기하고 놀라웠다. 어딜 가든 무얼 하든 철없는 어린 아가씨가 뽈뽈거리고 쫓아다니는 통에 하인들에게 꾸지람을 들었지만, 그녀가 혹 넘어져 무릎이라도 깨지면 억울하게 벌을 받았지만, 그는 화내지 않았다. 기억 속의 유안은 항상 웃었다. 주인이랍시고 일만 벌이는 계집애를 한 번도 성가셔 하지 않았다. 그는 늘 예하의 편이었고, 그와 함께 있으면 좋았다. 가 보지 못한 바다란 게 어떤 것인지 몰랐지만, 그를 볼 때면 너른 바다를 대하는 듯 든든하고 안심이 되었다.

'언제부터였을까, 네 웃음이 겉웃음이 되기 시작한 것은.'

두 사람은 영원히 어린애일 수는 없었다.

'언제부터였던가, 너를 향해 웃을 때 내 마음이 아파지기 시작했던 것은.'

그리고 두 사람의 관계는 세상에서 용인 받을 수 없는 기형적인 형태였다.

"마음에 둔 여인이 있지 않니? 뭇 여인네들이 너를 향해 가슴을 태운다고 들었다."

조심스런 그녀의 물음에 유안의 웃음이 조금 커지고 조금 더 공허해졌다.

"뜬소문은 흘려들으십시오."

"너야말로 성가成家할 나이가 아니냐."

헛말일 수가 없었다. 저렇게 단단하고 아름다운 남자를 여자들이 연모하는 것은 당연하지 않을까.

유안은 눈을 들어 그녀를 쳐다보았다. 그녀는 어렸을 때처럼 또랑또랑한 눈동자에 깊은 애정을 담아 그를 보고 있었다. 티끌만 한 불순물도 섞여 있지 않은, 순결한 영혼이 비쳐 나는 눈이었다.

"말씀하신 대로 제 운명은 아가씨께 묶여 있습니다."

그의 음성은 단정하고도 단호했다.

처음부터 그랬습니다.

아가씨도 처음부터 아셨지요.

유안의 가슴속 그녀는 단 한순간도 추억이 아니었다. 막 맺힌 꽃봉오리 같은 예하를 본 그날부터, 그는 그녀를 심장에 담아 키웠다. 볕이 너무 뜨겁진 않을까, 빗줄기가 거세진 않을까, 보듬어 안고 두 손으로 감싸며 지극한 마음으로 보살폈다. 한 번의 곁눈질도 없이, 한순간의 후회도 없이, 유안은 예하만을 가꾸며 살아왔다.

그의 손이 닿기에는 너무 높은 곳에 피어 버린 꽃이라는 것을 알면서도 멈출 수는 없었다. 꺾으면 시들어 버린다는 걸 알기에 감히 허튼 욕념欲念을 품어 본 일도 없었다.

"그러나 내 운명은 네게 묶여 있지 않다. 불공평하지 않니."

그녀의 목소리는 단정했으나 단호하지 못했다. 철이 들면서부터 늘 그랬듯, 그녀는 그에게 미안해하고 있었다.

유안은 손을 들어 그녀의 손등을 덮으려 하다가 조용히 도로 내렸다.

무엇이라 말할 것인가. 원망하지 않는다고, 불공평해도 좋다고, 아가씨와 이별하지 않고 계속 지켜볼 수 있는 것만으로도 감사할 뿐이라고, 그렇게 말하면 예하는 어떻게 생각할까. 만개한 꽃향기에 취하여 바라보는 것만으로도 행복하다 하면, 그녀는 무어라 말할까.

유안은 그녀에게 대답해 주지 않았다. 푸르고 아름다운 눈으로 지그시 예하를 바라보았으나 아무런 말도 하지 않았다. 아니, 할 수 없었다.

그의 눈동자를 빨려 들 듯 응시하며 예하가 한숨을 흘렸다.

"나는 끝내 바다를 보지 못하는 거로구나."

유안과 함께 바다에 갈 수 있다 믿었던, 어리석도록 천진했던 때가 있었다. 바다를 앞에 두고 꼭 그의 눈이 더 예쁘다고 말해 줘야지, 매일 생각했었다. 지금도 예하는 유안의 눈동자가 세상에서 가장 아름답다고 확신하지만, 그녀가 바다와 그를 비교할 수 있는 날은 영원히 오지 않을 것이다.

예하는 눈을 돌려 눈앞에 펼쳐진 길을 보았다. 얼었다가 녹은 길이 축축하게 시선 닿는 끝까지 이어져 있었다. 가라 하여 가는 길이며, 오라 하면 돌아올 길이었다. 그녀에게 샛길로 빠지는 일은 허락되어 있지 않았다.

"네 눈 같은 바다를 꼭 보고 싶었는데. 혼인하여 규중에 매이면 내 평생 바다를 접할 일은 없겠지……."

기억 속 어린 계집애가 앙증맞은 목소리로 보석같이 예쁜 눈을 가진 사내애에게 어리광을 부리고 있었다.

열 살이 되면 바다를 보러 가자, 우리. 꼭.

예하는 그 아이가 부러웠다.

유안은 그 아이를 사랑했다.

5

흐리고 탁한 오후였다. 며칠 혹한이 계속되더니 날이 풀리며 안개가 세상을 뿌옇게 메웠다. 앞이 제대로 보이지 않는데다 땅마저 질척거려 말의 발걸음이 느렸다.

민우상 공은 등을 꼿꼿이 세운 채 멀리 회색 연무 속 아무것도 보이지 않는 곳에 시선을 고정하고 있었다.

과인은 기만당하는 걸 좋아하지 않아.

주상은 엎드린 대신들을 향해 일갈하였다.

조선은 과인의 것이야. 산천도, 백성도, 재물도 다 말이지.

아니길 바랐건만, 임금은 모두 알고 있었던 것이다.

신하로서의 본분을 망각하고 살아남기를 바라서는 안 되겠지.

그러니 왕의 위협은 민우상 자신을 향한 것임에 분명했다.

평소보다 훨씬 더딘 걸음으로 집에 도착했을 때는 말도 사람도 축축했다. 겨울 안개는 건강에 해롭다며 호들갑을 떠는 아랫것들을 물리고, 민 공은 혼자 옷을 갈아입었다.

"아버님, 부르셨습니까?"

장지문 밖에서 명하가 기척을 내었다.

민우상 공은 대답 없이 손수 문을 열어 아들을 방으로 불러들였다.

잇단 숙청의 피바람 속에 왕의 부름으로 궁에 갔던 아버지가 무사히 돌아와 명하는 적이 안심한 눈치였다. 깨끗한 얼굴에 수심과 안도의 기색이 함께 서려 있었다.

민 공은 그런 아들을 향해 입을 열었다.

마지막 순간이 온 것이다. 더 이상은 미룰 수 없다. 그는 마음이 차분하게 가라앉는 것을 느꼈다.

"본디 내가 유안을 붙이고자 하였던 건 예하가 아니라 너였다, 아들아."

이야기는 그렇게 시작되었다.

*

예하가 떠나겠다고 했을 때 모두가 말렸다. 외조모님도, 올케도, 향월마저도. 유안만이 '제가 모시겠습니다.'라고 말하였다.

자꾸만 떨리는 손목을 붙잡아 가며 그녀는 봇짐을 꾸렸다.

옷가지와 필수품 등속을 챙겨 넣었지만 짐은 많지 않았다. 시비 하나의 옷을 빌려 허름하게 차려입은 예하는 눈물짓는 외조모께 절을 올리고 끝끝내 외가를 나섰다.

제가 다녀올 테니 아가씨는 제발 그냥 기다리고 계시어요. 향월이 몇 번이나 애원하며 그녀를 만류했다. 하지만 예하는 알고 있었다. 저 어린아이는 옥문 근처에만 가도 오금이 저려 주저앉고 말 것이다. 길잡이만 해 주어도 고마운 일. 어차피 예하가 직접 자초지종을 들어야 할 상황이었다.

향월이 울며 달려온 게 오늘 점심나절, 아이가 가져온 소식은 아버지가 전격 하옥되었다는 충격적인 것이었다.

"하옥이라니?"

파직되었던 송시열 대감이 귀양길에 올랐다는 말은 들었으나 일이 이렇게 전개될 줄은 꿈에도 몰랐다. 면직도 아니고 하다못해 자택 연금도 아니고, 하옥이라니.

"나리께서 아가씨더러 일이 어떻게 될지 모르니 절대 집으로 돌아오지 말라 하셨어요. 도련님은 벌써 종적을 감추셨구요. 이런 말씀을 전하게 돼 송구하기 짝이 없습니다, 아가씨."

예하는 향월의 울먹이는 얼굴이 꿈인가 싶었다.

"죄목이 뭐라 하더냐?"

떨리는 목소리로 계집종에게 묻다가, 그녀는 제풀에 도리질을 쳤다.

"네가 알 리가 없지. 애썼다. 내 알아서 하마."

탈진하다시피 한 향월을 물리고 예하는 눈두덩을 양손으로 지그시 눌렀다.

차가운 머리가 핑핑 돌았다. 가슴은 쿵쾅쿵쾅 뛰고 있으나 남의 심장인 듯 낯설었고, 스스로도 놀랄 만큼 냉정하게 그녀는 상황을 곱씹고 있었다. 무얼 어떻게 알아서 하겠다는 건지 계획을 가지고 한 말은 아니었지만 무언가를 해야 하는 건 확실했다.

아버지가 잡혀갔다.

그녀더러 돌아오지 말라고 한 것은 단순한 경계일 수도 있지만 형편이 극악으로 치달을 수도 있다는 뜻이었다. 더 나쁜 것은 오라버니를 빼돌렸다는 사실. 아버지가 최악을 예상하고 있음을 그녀는 인정하지 않을 수 없었다. 전에 없이 외가에 오래 머물라 하셨을 때 이상하다 느꼈어야 했는데, 자기감정에 휘둘리느라 거기까지 생각이 미치지 못했다.

'그렇다면 이런 상황에서 내가 할 수 있는 일은 무엇이며 해야 하는 일은 무얼까.'

예하는 눈을 들어 맞은편의 유안을 쳐다보았다. 그는 근심이 가득한 얼굴로 그녀를 보고 있었다.

"여기 있을 수는 없어."

한참 만에야 예하가 입을 열었다.

"외가댁에 폐가 된다. 아직은 나나 오라버니를 수배하지 않았겠지만, 어떻게 돌아갈지 모르는 일이야. 넋 놓고 있을 때가 아니구나. 떠나야겠다."

푸른빛을 깨치다

"어디로 말씀입니까?"

유안의 물음에 그녀는 이마를 짚었다. 어디로? 그건 모르겠다. 하지만······.

"아버님을 뵈어야지."

현재의 상황을 가장 잘 이해하고 있는 사람은 아버님일 터였다. 집으로 오지 말라고 하셨으니 집으로는 가지 않는다. 아버님을 뵈러 간다면 옥이 될 거였다.

"나는 알고 있는 게 아무것도 없지 않니. 설명을 들어야 운신의 향방을 정할 수 있을 것 같아. 잠시 몸을 피하면 되는 건지, 아예 깊이 숨어야 하는 것인지, 오라버니는 어디로 가셨는지, 여쭈어야겠어."

유안은 그녀를 만류하지 않았다.

예하의 외가는 정보에 어두웠다. 이종아우 하나가 조정에 몸담고 있었지만 지금은 지방에 근무 중이라, 여인들만 가득한 외가에서 그녀에게 소식을 전해 줄 사람은 아무도 없었다. 자칫 두 손 묶인 채 뒤통수를 맞지 않으려면 그들이 직접 움직여야 하는 게 맞았다. 아버지를 위해서도, 외가를 위해서도, 그리고 그녀 자신의 안위를 위해서도.

문득 정수리에 기분 좋은 묵직함이 느껴져 예하는 눈을 올려 떴다. 유안이 손을 들어 가만가만 그녀의 머리를 쓰다듬고 있었다. 커다란 손은 황망한 와중에도 따뜻하여, 갑자기 눈물이 치솟아 그녀는 콧등을 찡그렸다.

"오랜만이구나. 네가 머리를 쓰다듬어 주는 게."

잊었다고 생각했던 온기는 너무나도 익숙했다. 예하는 눈을 감았다.

버릇없이 아랫것이 상전의 몸에 손을 댄다며 매를 맞은 일이 있었다. 그 이후 유안은 예하를 만지지 않았다. 그녀는 아직 어렸고 그가 더 이상 업어 주지도 안아 주지도 않는 게 무척 서운했지만, 그가 매를 맞는 건 더 싫었기에 꾹 참았었다. 아마 두 사람이 남의 눈치를 제대로 보기 시작한 계기였을 것이다.

"네가 있어서 다행이야."

그녀가 작게 중얼거렸다. 유안은 그녀의 말에 대답하듯 부드럽게 웃었다. 아직도 심장이 불규칙하게 뛰었지만 식었던 몸은 그의 체온으로 데워지고 있었다. 마음이 차차 가라앉으며 제자리를 찾아가는 게 느껴졌다.

이 손 하나 붙잡고 갈 것이다.

그녀는 오래 절망하고 있을 틈이 없었다. 움직여야 했다. 그래서 움직였다. 신속하게.

감옥은 삼엄했다. 험상궂은 옥리들의 모습이 보이자 모든 것이 지나칠 만큼 실감나 예하는 몸을 떨었다. 굵은 창살과 거적때기가 깔린 흙바닥, 절로 코를 막게 하는 묵은 악취, 컴컴하여 음침한 실내. 생전 처음 접하는 세상의 저변에 가슴이 콱 막히는 것 같았다.

끼니때에 맞춰 사식을 장만해 온 죄수의 식솔들이 그나마 분위기를 시끌벅적하게 만들어 주고 있었다. 예하 일행도 그

속에 끼어들어 아버지를 찾았다. 지체 높은 사람은 옥리들도 함부로 대하지 못하는 법인지 다행히도 민우상 공은 비교적 깨끗한 옥에 홀로 앉아 있었다. 아버지의 온전한 모습을 확인한 예하가 깊은 한숨을 내쉬며 다가섰다.

"나리."

익숙한 목소리에 민 공은 잠시 눈을 번뜩였으나 곧 무심한 표정을 하고 딸을 맞았다. 누구도 부녀 상봉이라고 생각할 수 없을 만큼 덤덤한 모습이었다.

"이게 무슨 일이옵니까?"

목소리가 떨리는 것을 애써 감추며 예하는 보자기를 풀어 음식을 펼쳤다. 유안은 구석에 기대선 채 엿듣는 자가 없는지 좌우를 살피고 있었다. 아버지는 기름진 음식에는 손을 대지 않고 잠잠히 술잔만을 집었다.

"상황이 좋지 않다."

짓씹는 듯한 아버지의 말에 딸은 절망했다.

"평생 정쟁과 무관하게 사셨건만 결국은 이런 사달을 겪으셔야 한단 말입니까."

저만치에 사대부인 것으로 보이는 다른 죄수들이 보였다. 그들은 하나같이 굳센 표정을 하고 있었다. 모르긴 해도 송시열 대감의 유배나 원자 책봉에 관해 소신을 펼쳤던 유림들인 듯, 지금 죽어도 할 말은 다 하겠다는 결연함을 느낄 수 있는 얼굴이었다.

하지만 아버지는 송시열 대감과 정치적 노선이 같지도 않거니와 눈에 띄는 행동은 일절 삼가셨던 분이었다. 아무리 후궁이 왕자를 생산했다 하여도 중전의 가문을 함부로 할 수는 없는 법이다. 그런데, 이게 뭐란 말인가.

"명하를 찾아라."

민 공은 다른 말 없이 예하에게 일렀다.

"내 이곳에서는 너에게 긴말을 할 수가 없노라. 오라비에게 다 전하였으니 명하를 만나 시키는 대로 따르거라. 명하는."

주변을 한번 훑은 민우상 공은 유안을 향해 말을 던졌다.

"유안, 네 고향으로 향하고 있을 것이다."

유안이 눈을 크게 깜빡였다. 그리고 공손하게 읍을 하였다. 민 공은 만족한 듯 술을 들이켰다.

"아버님께서는 어찌 되십니까?"

딸의 애절한 눈빛에 아버지의 눈이 잠시 흔들렸다. 술잔을 손바닥으로 감싸 쥔 그는 고개를 들어 거친 천장을 보다가 다시 천천히 딸을 직시했다.

"나는 무사할 수도 있고 그러지 못할 수도 있으리라. 그러나 아마도 내 생전 너를 다시 볼 수는 없지 싶구나. 아비가 완부頑腐하여 너희들의 생을 곤고하게 만들어 미안하다."

예하는 하늘이 무너지는 것 같아 바닥을 두 손으로 짚었다.

아버지가 호위를 붙이고 잡학을 가르치는 일이 예사롭지 않다는 건 철들면서 깨달았던 일이었다. 그러나 그걸 몰락과 연결하여 생각하기에는 일상이 너무 평화로웠다. 불과 며칠 전까지 혼례를 준비하고 있지 않았던가. 하루아침에 이렇게 천지가

푸른빛을 깨치다

뒤집혀도 되는 것인가.

　담담한 표정을 회복한 민 공이 유안에게 눈길을 돌렸다.

"유안아."

이름을 불린 젊은 무사는 조용히 머리를 숙였다.

"내 너에게 따로 부탁하지 않아도 예하를 지켜 주리라 믿는다."

　언제나 그렇듯 말수가 적은 유안은 대답하지 않았다. 그저 고개를 더 깊이 조아리는 것으로 복종의 뜻을 전하였다.

　민우상 공은 유안의 모습을 찬찬히 들여다보았다.

　건실하게 견강堅剛하게 잘 자라 주었다.

　늠름하고 듬직하였다.

　그리고 예하를 죽도록 앙련仰戀하고 있는 게 분명했다.

　그의 기억 속으로 먼 옛날 언덕배기에서의 한 장면이 스쳐 지나갔다. 발밑에 꿇어 엎드린 유안의 어미는 간절한 눈으로 애원하였다. 이 아이가 나리의 집안을 지킬 것이라고. 내 아들로 인해 나리의 가문은 멸절되지 아니하고 명맥을 이으리라고. 그러니 아들을 거두어 달라고.

　죽을 날을 받아둔 당골네의 자식을 건 마지막 참언讖言이었다.

　민 공은 알지 못하였다. 그 말이 이루어질지 그러지 못할지. 자신이 그 말을 정말로 믿고 있는지 그저 담아 두고만 있는 것인지.

　그 말이 의미하는 게 과연 무엇인지.

"혼인에 관하여서는……."

민우상 공의 목소리에 옅게 고통이 배어드는 것을 예하와 유안은 느꼈다.

"……일이 이렇게 되기 전에 치렀더라면 좋았을걸 그랬구나. 그랬다면 예하 너라도 평탄하게 살 수 있었을 터인데, 안타까운 일이다."

예하는 눈물이 나려는 것을 애써 감추며 아버지의 눈을 바라보았다. 아버지는 따사롭게 미소 지었다. 사랑스런 내 딸아, 안쓰러운 내 아가. 그의 얼굴은 그렇게 말하고 있었다.

"만에 하나 우리가 다시 만나는 날이 온다면, 혼담도 이어질 수 있을 것이다. 그 댁에서 정식으로 파혼을 전해 오지는 않았느니라. 그러나 지금으로선 잊고 있어야 될 터이니."

아버지의 짧은 식사와 당부의 말은 그렇게 끝났다. 명하를 찾아 그의 뜻을 따라라. 오라비를 찾기 전까시는 유안에게 모든 것을 의탁하여라. 민 공은 마지막으로 그렇게 말하였다.

옥졸들이 사람들을 쫓아내기 시작했다. 보따리를 제대로 챙기지도 못한 채 하염없이 눈물을 흘리면서 예하는 아버지를 돌아보며 걸었다. 순식간에 늙어 버린 민우상 공이 얼굴에 흐린 웃음을 띠며 고개를 끄덕였다. 믿어지지 않는 이별이었다.

너무 우시면 의심을 삽니다. 유안의 짧은 귓속말에 흐느낌을 삼키려고 해도 제대로 되지 않아 예하는 그의 등에 얼굴을 묻었다. 잔울음이 그녀의 어깨를 흔들었다. 낮게 한숨을 흘린 유안이 팔을 뻗어, 탈진한 아내를 부축하는 서방인 척 예하를 당겨 안고 출입구로 향했다.

바깥은 이미 컴컴했다. 옥 안의 눅눅하고 탁한 공기 대신 냉랭한 밤바람이 그들을 휘갈겼다. 젖은 뺨이 얼어붙는 것도 모른 채 예하는 가슴이 터지도록 울었다. 고초를 겪더라도 함께한다면 좋을 것을, 아버지는 자식들만 보내고 혼자서 다 짊어질 요량이었다. 가지 않겠다고, 대신 겪겠다고 감히 말할 수 없는 딸은 오열하였다.

유안은 예하의 흐트러진 머리카락을 귀 뒤로 넘겨 주며 그녀를 도닥였다. 말이 의미를 가질 수는 없는 일이라, 그는 침묵했다.

멀리서 향월의 코 푸는 소리가 들렸다. 아이는 민 공 댁으로 돌아갔다가 향후 처분에 따르면 되리라, 유안은 생각하였다. 자신 역시 약간의 불편이 더해질 뿐 삶이 완전히 달라지는 건 아닐 터였다. 세상이 거꾸로 되어 진창에 처박힌 것은 오로지 예하, 그의 소중하고 귀한 아가씨뿐이었다.

"제가 있습니다, 아가씨."

위로가 되지 않을 거라 생각했으나 그는 조심스레 입을 열었다.

"나리나 도련님을 제가 대신할 순 없겠지만, 아가씨를 홀로 두는 일은 결코 없을 겁니다. 제 목숨이 붙어 있는 한 아가씨와 함께할 것이니 조금은 의지하여 주십시오."

엄지손가락으로 볼에 흐른 눈물을 문지르며 유안은 예하와 눈을 맞췄다.

무너진 채 울고 있는 작은 여자. 하루아침에 험한 세상에 내팽개쳐진 고귀한 영혼. 아무리 총명하고 야무지다 해도 예하는 세상 물정 모르는 어린 아가씨일 뿐이다. 얼마나 암담할 것인가. 얼마나 무서울 것인가.

'내가 눈물 닦아 줄게. 내가 손잡아 줄게. 네 오라비를 다시 만날 때까지 너는 온전히 내가 지킬게. 고향이란 곳에서 뭐가 우릴 기다리고 있을지 모르지만, 네가 다시 웃을 수만 있다면 난 무슨 짓이든 하겠어. 그러니 날 믿어 다오.'

눈물 그렁한 예하의 눈동자를 바라보며 유안은 온 힘을 다하여 마음을 전했다.

전심으로 그녀를 지킬 것이다. 길을 찾고, 끼닛거리를 구하고, 잠자리를 마련하고, 살아남기 위한 모든 일을 기꺼이 감당할 것이다. 적이 있다면 벨 것이다. 아프지 않게, 아무도 해치지 못하게, 그가 예하를 부듬을 것이다.

이름은 호위 무사였으나 물리적으로 그녀를 지킬 일 같은 건 아직 없었다. 안전한 세상에서 밝게 자라 온 예하는 그가 쌓은 무예도 지식도 필요로 하지 않았었다. 그녀에게서 눈길을 뗀 일은 한 번도 없었지만 그렇다고 그의 보호가 무슨 소용이 있었던 건 아니었다.

'이제 내 몫을 하는 건가.'

그는 예하의 속눈썹에 맺힌 맑은 눈물방울을 보곤 이를 물었다.

사람이란 이렇게도 이기적인 것인가 하는 생각이 문득 들었다. 애중愛重하는 사람이 물에 빠져 허우적거리고 있는데, 그 손을 잡아 올릴 사람은 나 하나라는 사실이 어찌 조금이나마 뿌듯할 수 있단 말인가. 저 뺨이 기댈 어깨가, 저 눈으로 바라볼 희망이 나뿐이라는 것에 어떻게 의미를 부여할 수 있다는 건가.

얼굴을 감싼 손에 힘이 들어갔다. 눈앞의 여자가 아파하는 것은 그의 탓이 아니었지만, 유안은 그녀에게 미안했다. 예하는 아무것도 모른 채 그의 손에 기대어 울음을 조금씩 삼키고 있었다.

돌연.

검기가 느껴져 그는 머리를 들었다.

"잠깐."

유안은 재빨리 몸을 돌려 예하를 등 뒤로 세웠다.

옥사쟁이들이 지니고 있는 둔한 창 따위가 아니었다. 예기가 느껴지는 양날의 검. 한 개도 아니었다. 여러 방향에서 차고 날카로운 쇠붙이의 기색이 오싹하게 그들을 옥죄어 왔다.

"누구냐?"

유안은 목소리를 높이지 않았다. 그러나 그들은 들은 모양이었다.

차르륵.

비단 스치는 소리가 매끄럽게 공기를 울렸다. 유안뿐 아니라 예하도 들었다. 그녀는 부은 눈을 비비며 소리가 나는 방향으로 고개를 틀었다. 어둑한 밤 그늘을 지나 흰 옷자락이 바스

락거리며 그들을 향해 다가왔다.

"모시러 왔습니다."

낯설지 않은 남자의 미성이 노긋하게 밤하늘에 울려 퍼졌다.

누구더라?

예하가 눈을 크게 떴다.

감옥을 둘러싼 횃불 틈으로 낭창한 사내의 몸이 나타났다. 큰 갓을 쓰고 하얀 도포를 입은 남자는, 사이를 가로막은 유안은 보이지도 않는지 어깨 너머 예하에게만 다정한 시선을 보냈다.

"접니다, 예하 아가씨."

그는 정수겸이었다.

좌우로 칼 든 협객들을 거느리고 손에는 사방등을 든 키 큰 남자가, 불빛에 얼굴을 일렁이며 상냥한 미소를 지었다.

"정혼녀를 모시러 제가 왔습니다. 함께 기십시다."

예하는 유안의 등 뒤에서 고개를 내밀고 의외의 방문객을 쳐다보았다.

어떤 여자라도 거부할 수 없을 달콤하고 매혹적인 미소의 주인을.

소름끼치도록 아름다운 그의 웃음에,

유안은 푸른 눈을 부릅떴다.

6

명하는 홀로 산기슭을 걷고 있었다.

곳곳에 그의 얼굴이 그려진 방이 붙어 마을을 통과하는 것이 무척 부담스러웠다. 자신의 모습이라고 생각되지 않을 만큼 조악한 용모화였으나 눈썰미 좋은 사람은 알아볼지도 모를 일이었다. 소매가 좁은 두루마기에 패랭이를 쓰고, 그는 가급적 사람들의 눈을 피해 걸었다. 길은 거칠고 끼니를 거르는 경우가 비일비재했다. 한 발짝 두 발짝 내딛을 때마다 그의 마음에 분노가 끓어올랐다.

'대체 아버님은 왜 그런 무리한 일을.'

아무리 노력해도 아버지가 내린 결정을 수긍하기 어려웠다.

왜 이 판국에 이르도록 아무것도 말해 주지 않으셨던가. 어째서 나와 아무 의논도 않고 가시밭길을 택하신 건가. 멸문의 위험을 무릅쓸 만큼, 가족을 사지로 내몰고 당신의 목숨을 버릴 만큼, 선대왕과의 약속이 그리도 중했단 말인가. 지금의 임금은 임금이 아닌가.

부족함 없이 자라 탄탄대로를 눈앞에 두었던 그에게는 현재의 고생도 앞으로의 고난도 받아들여지지 않았다. 그럴 만한 가치가 있는 일이 아니었다.

먼지를 타 거무스름해진 미안美顔을 손으로 문지르며, 명하는 남쪽으로 남쪽으로 발길을 옮겼다.

그저 아버지가 살아남아 주기만을 매 발걸음마다 기원할 뿐이었다.

*

정수겸의 집, 아니, 수겸의 아버지 정원대의 집은 서소문西小門 근처에 자리하고 있었다. 공적으로는 궁중에 물품을 공급하는 장흥고長興庫의 주부主簿이며 사사로이는 한강을 이용한 교역으로 부富를 쌓은 정원대였다. 남인이었지만 양화진楊花津과 마포麻浦나루가 인접한 서촌西村에 거주하는 것이 당연하다 할 만했다.

밤을 틈타 조용히 들어가는 중에도 예하 일행에게 비친 집의 규모는 예사롭지 않았다. 검소한 수겸과 달리 그 아버지는 과시적인 성품인 모양으로, 시커먼 하늘을 배경으로 그들을 내려다보는 서까래마저도 재물을 이고 있는 형상이었다.

예하는 후원 깊숙한 곳에 자리한 별당으로 안내되었다. 미리 준비한 듯 그녀를 맞이하기 위한 모든 채비가 되어 있었다. 훈훈한 불빛 아래 따뜻한 식사와 보송한 이부자리까지, 마치 근친親親에서 돌아온 안주인을 맞이하는 친숙한 안방 같은 느낌이었다.

"우선은 요기를 하고 주무십시오."

　향월을 곁방으로 식사하라 보낸 수겸이 예하에게 다정히 말을 건넸다.

"충격이 크셨을 것입니다. 허나 지금은 기운을 차리는 게 중요합니다. 이야기는 내일 나누어도 늦지 않을 것 같습니다."

　부어서 흉해진 눈두덩을 감추며 예하는 공손히 허리를 숙였다. 검객을 서넛이나 데리고 나타난 모습에 적잖이 놀랐으나, 지금 당장으로선 그의 배려가 고마울 수밖에 없었다. 밥은 들어갈 것 같지 않았지만 어딘가에 등을 기대 쉬고 싶은 건 사실이었다.

"아가씨의 몸종만으로는 불편하실 터이니 내일 아침에 시비 하나를 수발들러 보내겠습니다. 부디 모두 잊고 오늘 밤은 편안하게 쉬십시오. 연용娟容이 많이 상하셔서 마음 아픕니다."

　유안에게 눈길 한번 돌리지 않고 예하와만 대화한 수겸은 사근사근하게 그녀를 위로한 후 방을 나갔다.

　그의 모습이 사라지고 문이 닫히자 예하가 주르르 무너지듯 자리에 앉았다. 유안도 무릎을 굽혀 그녀 앞에 마주 앉았다. 깜빡이는 불빛 속 그녀의 얼굴은 꺼질 듯 작고 창백했다.

"선비님의 말씀이 옳습니다. 우선은 식사하고 쉬십시오. 지금은 무언가를 생각하기 힘드실 겁니다."

여러 가지 일이 일어난 긴 하루였다. 머리가 정상적으로 움직이기에는 너무 지쳤을 것이다. 예하의 탈진한 모습이 땅바닥에 짓이겨진 목련 꽃잎 같아 유안은 가슴이 저렸다.

"참담하신 것 압니다. 하지만 아가씨는 혼자가 아니라는 사실 잊지 마십시오. 저도 있고……, 선비님도 아가씨를 찾으러 오지 않았습니까. 마음을 굳게 가지셨으면 합니다."

그녀를 안아 다독이고 싶은 마음을 누른 채 그는 커다란 손을 들어 예하의 머리에 얹었다. 눈물이 들러붙은 얼굴을 끄덕이며 예하가 '응.' 하고 대답했다.

잠시 그렇게 그녀의 조그마한 머리통을 쓰다듬던 유안은 몸을 일으켜 방을 나섰다. 그녀가 식사하는 모습을 지켜봐 주고 싶었지만 지금은 혼자 두는 편이 나을 거리는 생각이 들어 참았다.

방 바깥에는 수겸이 뒷짐을 진 채 희뿌연 달을 올려다보며 서 있었다. 유안이 나오는 기척을 느꼈겠으나 그는 아는 체하지 않았다. 뒷모습에 대고 허리를 숙인 유안이 자기에게 주어진 방으로 들어가자, 그제야 남자가 발걸음을 옮기는 소리가 들렸다.

'칼을 든 자가 셋.'

유안은 꼽아 보았다.

선비는 사라졌으나 인기척이 완전히 저문 것은 아니었다.

푸른빛을 깨치다 87

아까의 검객 중 몇이 별당 주변을 서성이고 있었다. 아가씨를 보호하는 것이라 생각했지만 다소 의문스런 구석은 있었다. 지금 당장 아가씨를 잡으러 군사가 올 만한 상황은 아니지 않은가.

그는 한쪽 무릎을 세우고 벽에 기대앉았다.

'저 선비의 정체는 무엇일까.'

세간의 평판과 실제 모습이 다르다는 것은 처음부터 알고 있었다. 그래도 위험한 존재라고 생각지는 않았건만, 칼잡이들을 부린다는 건 전혀 다른 차원의 문제였다.

'감옥을 찾아오느라 임시로 고용한 자들일까?'

그러기에는 주종 관계가 지나치게 명확해 보였다.

'정수겸이 비밀리에 거느리는 세력이란 말인가?'

그렇다면 그는 의외로 위험한 무엇일 수도 있었다.

유안은 눈을 내려 그를 위해 차려진 상을 일별했다. 그야말로 하인을 위한 상이었다. 고봉밥에 새우젓, 김치, 그리고 푸성귀.

방 자체는 예하의 방과 마찬가지로 정갈하고 우아했다. 하지만 그녀 방에는 나비 촛대가 있었고 이 방은 호롱불이 밝히고 있었다. 예하 방에는 비단 이불이 있었으나 그의 이부자리는 무명도 아닌 삼베였다.

'분수를 알라는 걸까.'

쓴웃음이 났다. 그렇게 경계하지 않아도 괜찮으련만. 아니면 그저 개를 개답게 취급하겠다는 건가.

피곤이 몰려와 그는 마른세수를 했다. 그에게도 많은 감정이 휘몰아쳤던 하루였다. 거둬 준 주인이 화를 입고, 십수 년간 잊었던 고향으로 가라는 명을 받고, 다시는 느낄 수 없을 거라 믿었던 예하의 체온을 느꼈다.

자신의 손바닥을 들여다보고 있자니 만감이 교차했다. 기억하고 있던 것보다 훨씬 따뜻한 예하. 믿을 수 없을 만큼 보드랍고 말랑말랑한 예하. 손가락에 감겨들던 가느다란 머리카락의 감촉이 아직도 생생해 그는 한숨을 삼켰다.

'잠시나마 주제넘게 예하의 보호자를 자처하였지.'

검푸른 눈동자에서 으스름하게 불빛이 흘러내렸다.

민우상 공이 그에게 예하를 부탁한 순간부터 정수겸이 나타난 때까지, 잠시 그는 예하의 보호자였지만 더 이상은 아니었다. 그가 해 줄 수 없는 일들을 베풀며 그녀의 혼약자가 나타났다.

'참으로 다행스런 일이 아닌가.'

이를 사리물었다.

다행이다, 다행이야. 아가씨가 지붕 있는 거처에서 편히 쉬게 돼서. 하룻밤이라도 허접한 숙소에 묵지 않아도 돼서. 남자의 마음이 변하지 않았다는 걸 알게 되어서.

팔을 들어 눈을 덮으며 더 이상 생각하지 않으려 애썼지만, 답이 나오지 않는 물음이 머릿속을 맴돌며 그를 짓쳤다. 우리들은 고향으로 향할 수 있을 것인가? 명하를 만날 수 있을까? 그곳에는 무엇이 기다리고 있는 걸까? 떠나지 못하게 되면 어떡할 것인가?

……예하는 무엇을 원할까.

향월이 있는 방에서만 수저 달가닥거리는 소리가 들릴 뿐 예하 쪽에서는 밤새 아무 소리도 들리지 않았다.

초가 다 타 저절로 꺼진 후까지도, 이불 펴는 소리마저 들려오지 않았다.

일주일이 흘렀다.

예하는 다시 눈물을 흘리지 않았고 수겸은 그녀가 식사를 제대로 하지 않아도 나무라지 않았다.

여기 머무십시오.

수겸은 그렇게 말했을 뿐이었다.

소식을 알아봐 드릴 테니 불필요한 근심일랑 앞서 하지 마시고 그저 편안하게 계십시오. 여하한 일이 생겨도 혼약은 지킬 것입니다. 아가씨는 이미 제 안사람이니 그리 생각하시기 바랍니다.

그는 친절하고 예의 발랐다. 예하에게 소일거리가 될 만한 것들을 시비 편에 보내기도 하였고, 직접 찾아와 뜰을 산책하기도 했다. 아내로 생각한다 말하였으되 조급하게 다가서지 않고 거리를 지켜 주며 그녀를 위로하였다. 만면에 아름다운 웃음을 머금은 채.

"듣기 좋은 말일 뿐이지."

어느 오후, 수겸이 없는 틈을 타 예하가 중얼거렸다. 유안은 눈을 들어 그녀를 보았다. 두 사람은 마루에 나란히 앉아 이제 막 올라오기 시작한 봄꽃을 보는 중이었다.

그들이 머물고 있는 별당은 이전에 정원대의 애첩이 기거하던 곳이라 했다. 아기자기하게 꾸며 놓은 연못이며 섬세하게 손질된 꽃나무가 화려한 건물과 잘 어울려 여심에 흡족할 만한 공간이었다. 섬돌 하나까지 비싸 보이지 않는 것이 없었다.

"어떻게 혼약을 지킬 수가 있겠어. 가문이 기울었는데. 나를 여기 둔 것만으로도 어른들께서 싫어하실 거야. 그러니 인사도 시키지 않는 거지."

덤덤하게 말하는 그녀에게 유안은 대꾸하지 않았다. 그녀의 말이 옳았다. 설령 민우상 공이 무죄 방면되어 복권된다 하여도 혼인은 이뤄지지 못할 것이다. 세상이 남인에게로 기우는 게 확실한 지금, 저 정도 잘난 아들을 굳이 사그라지는 서인 가문에 엮을 이유는 없을 터이므로.

'만약 민 공이 죄를 받아 가문이 화를 입는다면.'

예하도 유안도 입 밖에 내어 말하지는 않았으나 둘 다 수겸의 속마음을 알 것 같았다. 그렇게 되면 그는 예하를 첩으로 삼으려 할 것이다. 손안에 들어온 새, 날아갈 곳도 벗어날 힘도 없는 예쁜 새를, 거둔 자가 취하는 건 당연하지 않은가.

"아버님의 분부는 어찌하시렵니까?"

유안이 조심스럽게 물었다. 듣는 귀가 사방에 있으니 말은 가려서 해야 했다.

예하는 하늘을 한번 올려다보고는 한숨을 쉬었다.

"내가 이 댁에 머물면 너는 떠나도 되지 않겠니."

하늘에는 흰 구름이 바람을 따라 흘러가고 있었다.

"모실 상전도 복종해야 할 명령도 없게 되었으니, 너 가고 싶은 곳으로 가면 좋겠다. 조금 더 자유로운 곳으로, 그림자가 아닌 사람으로 살 수 있는 어딘가로."

그녀는 자기가 했던 말을 떠올렸다.

네가 있어서 다행이야.

그와 헤어지고 싶지 않았다. 어디서 살든 어떤 인생을 겪든, 예하는 유안과 함께하고 싶었다. 하지만 이미 충분히 일방적인 관계였던 두 사람이다. 이제는 놓아줄 때가 된 것 아닐까.

"머물고 싶으신 겁니까?"

유안의 물음에 그녀는 대답할 수 없었다.

아버님의 분부를 따라 유안의 고향으로 가면 무엇이 기다리고 있는가? 거기에는 살 길이 있는 걸까? 아버님은 왜 그런 힘든 과제를 내리셨을까? 명하 오라버니는 나에게 어찌하라 할 건가? 그때가 되어도 유안을 놓아줄 수 있을까?

"우습구나. 내 마음대로 결정할 수 있는 건 하나도 없다고 불평해 놓고서, 막상 내가 무언가를 결심해야 한다고 생각하니 자신이 없네."

떠나겠다고 해도 수겸이 순순히 놓아줄 것 같지는 않았다. 그래도 떠나야만 한다면 그리해야 할 것이다. 다만, 확신이 없었다. 안전한 도피처를 버리고 거친 길을 걸어 미지의 무엇을 향해 갈 용기도 없었다. 유안과 자신 두 사람 모두의 인생을 망쳐 버릴까 무서웠다. 그냥 무력한 척 손 놓고 주저앉아 숨어 버리고 싶은 욕망이 자꾸만 고개를 들었다.

"나는 나약한 사람이구나."

조그맣게 웃음을 흘리며 예하는 유안을 올려다보았다. 조금의 책망도 없이 그저 모든 것을 받아 주는 표정으로, 언제나처럼 그는 그녀를 보고 있었다. 그 가슴속에도 바람이 있고 원망願望하는 무엇이 있으련만 유안은 드러내는 법이 없었다. 그래서 안심하고 어리광을 부리곤 하지만, 가끔은 그의 속을 들여다보고 싶었다. 네 심장 속에는 무엇이 있니……, 묻고 싶었다.

정수겸의 아버지 정원대는 아들을 물리고 담뱃대에 불을 붙였다.

혼약은 파기되었다. 그가 이들에게 전한 말은 한마디였다. 수겸은 별말 없이 조용히 떠났다.

아들이 별당에 감춰 둔 여자 문제로 아내가 한바탕 소동을 벌인 터였다. 죄인의 딸을 거둬서 무슨 변을 당하려는 게냐, 신씨는 수겸에게 닦달했다. 임금은 중전을 폐하겠다고 하였고 중전의 가문인 민씨 집안은 일어설 가망이 없었다. 아내의 걱정은 당연한 것이었다.

정원대는 보료에 비스듬히 기대어 담배를 빨았다.

아들이 민씨 처녀에게 보이는 집착은 이전에 한 번도 본 일 없는 유형이었다. 학문 외에 아무것도 관심이 없었던 아들, 분명 영특하고 두뇌 회전이 빠름에도 모든 것에 무심하였던 아들이 발 빠르게 움직여 어디선가 여자를 찾아왔다. 게다가 아무도 접근하지 못하게 가둬 놓고 천천히 여자의 기력을 빼앗고 있었다.

'수겸이가 무언가를 알고 있을 리는 없고…….'

비단옷에 담뱃재가 떨어지지 않도록 조심스레 연기를 내뿜으며 그는 입맛을 다셨다.

아들은 여자 자체에밖에 흥미를 보이지 않았다. 이대로라면 민씨 집안이 어떻게 되든 아들은 처녀를 취할 것이다. 호패도 지니지 않는 여인 하나쯤 신분을 위장하는 건 일도 아니었다. 아내가 아무리 분기탱천해도, 시키는 대로 좋은 집안 규수를 정실로 들이기만 하면 첩은 아들의 소관이었다.

'이대로 집에 두면…….'

아비 된 자의 심정으로, 아들이 원하는 여자를 갖게 내버려 두고 싶은 마음도 들었다. 그러면 모든 게 평화로울 터였다.

그렇지만 무언가 꺼림칙한 느낌을, 그는 지울 수가 없었다.

경신년庚申年 환국과는 비교할 수 없이 대대적으로 일이 진행되고 있었다. 왕은 희빈의 아들로 원자를 책봉하고 반대하는 신료들을 죄 내몰았다. 아무 짓도 저지르지 않은 중전에게 투기 죄를 물어 폐비를 선언하고, 빗발치는 상소에 엄벌로 대응했다. 왕은 서인을 모두 몰아내기로 결심한 것이 분명하였다.

그러나 정원대는 의문을 품지 않을 수 없었다.

'민우상은 왜?'

그의 사돈이 될 뻔한 민우상은 임금에게 상소 따위 내지 않았다. 비록 중전 가문의 방계라 노론에 속해 있었지만 그는 사실상 아무런 짓도 하지 않았다. 그런데 임금은 그를 하옥한 것으로도 모자라 일반 옥사에서 빼내어 따로 가두고 아들인 민명하에게 수배령을 내리기까지 했다는 것이다.

정치에 발을 담그지는 않았으나 시류에 민감할 수밖에 없는 장사치 정원대는 곳곳에서 미심쩍은 정보를 접하고 의문했다.

'임금은 왜 민우상을?'

그 자신이 비둔肥鈍한 몸을 움직이긴 어려웠던 정원대는 사람을 풀어 냄새를 맡게 했다. 상단에는 날렵한 자가 많았다. 정원대의 수족인 그자들은 옥리를 매수하고 소문을 수집하며 민우상의 주변을 맴도는 중이었다.

민우상 공이 감금돼 있는 옥을 지키다가 조금이라도 수상한 기색이 있으면 내게 알리도록 하라.

그는 기다리기로 했다. 뭔가 그럴 듯한 이야기가 들려오기를. 왕과 민우상 사이에 숨겨져 있는 무엇인가를.

그게 뭔지 확인되기 전까지는 민예하에 대한 처분을 결정할 수 없을 것이었다.

정원대는 담배를 깊이 빨아들였다.

아버지의 방을 나온 수겸은 별당으로 향했다.

이제 봄 내음이 완연한 후원은 어여뻤다. 분홍 진달래와 노랑 개나리, 젖빛의 목련. 초록이 올라오기 전의 꽃들은 순하게 팔랑였으나 결코 연약하지 않았다. 그리고 그 꽃들 사이에 예하가 있었다. 어딜 가든 그녀를 따르는 사나운 개와 함께.

좋지 않은 소식을 전하는 장면이 활기차지는 않았다. 아버지가 풀려날 기미는 없고 오라비도 수배되었다는 소식에 그녀는 혈색을 잃었다. 수겸은 순간 비틀하는 예하의 팔을 잡았다.

"염려치 마십시오. 설사 존공께서 유배를 당하신다 하여도 제가 뒤를 보아 드릴 것입니다. 모든 것이 원만할 터이니 저만 의지하십시오."

두 발짝 떨어진 곳에선 유안이 푸른 눈으로 그를 쏘아보고 있었다.

아무리 보아도 정수겸이라는 사람은 아버지에게 의탁한 범부가 아니었다. 그들의 뒤를 밟아 낸 것도 본인의 모사謀事인 듯했고, 거느린 협객들의 움직임도 정원대의 수하라 보기엔 지나치게 은밀했다. 게다가 지금 그의 말을 허세라고 치부하지 않는다면, 스스로 닦아 놓은 자산도 있다는 것 아닌가.

"말씀은 감사합니다만 언제까지나 선비님의 신세를 지고 있을 수는 없습니다. 형편이 그러하다면 혼약은 당연히 물러졌을 것. 인연도 끊어진 제게 과한 친절은 온당치 않겠지요."

곧 쓰러질 것 같은 안색으로 꼬장꼬장하게 버티는 예하를 보며 수겸은 서글픈 눈을 했다.

"무슨 말씀입니까. 어떤 일이 있어도 아가씨는 저의 사람입니다. 그런 서운한 말 마시고 안으로 들어가십시다."

예하의 팔을 부축해 들어가며 수겸은 처음으로 유안과 시선을 마주했다. 설핏 그의 입술이 기울어지며 웃음이 지나간 것을 유안은 보았다. 등골이 서늘해지는 차가운 속웃음이었다.

"아가씨께 드릴 선물이 있습니다."

예하와 마주 앉은 수겸은 바깥에 들리도록 부러 목소리를 높였다.

"어렵게 구해 온 것이니 부디 위로가 되었으면 합니다."

다정한 미소와 함께 그가 내놓은 것은 놀랍게도, 예하가 챙겨 나오지 못한 패물이었다. 노리개와 가락지, 향낭, 괴불줌치, 어머니가 물려주신 비녀에 뒤꽂이까지, 그녀가 소중하게 간직했던 값나가는 것들이 모두 그의 손안에 있었다.

"이것들을 어떻게 구해 오신 겁니까? 죄인의 집이라 드나들 수 없었을 텐데요?"

수겸을 올려다보는 예하의 눈빛엔 두려움이 서려 있었다. 그녀 역시 자신의 혼약자가 예사롭지 않은 사람이란 걸 눈치채고 있었지만, 지금의 행동은 예상을 크게 웃도는 것이었다.

"훔쳤지요."

수겸이 화사하게 웃으며 대답했다. 예하는 숨을 멈췄다.

당황하여 표정을 어떻게 해야 할지 몰라 그녀는 눈만 깜빡였다. 이 사람은 더 이상 순진한 선비인 척하지 않으려는 걸까? 나에게 잘 보일 이유도 없어졌다는 뜻일까?

바깥에 선 유안도 어깨를 굳히고 방 안의 소리에 귀를 기울였다.

'저자가 드디어 본색을 드러내기로 한 것인가.'

수겸은 입가에 미소를 띤 채 예하를 쳐다보았다. 웃음을 머금고는 있었으나 눈빛이 날카로웠다. 중대한 비밀을 털어놓는 사람처럼, 그는 상체를 조금 그녀 쪽으로 숙였다.

"아가씨, 저와 함께 즐거운 인생을 살지 않으시렵니까?"

눈을 동그랗게 뜬 여자와 시선을 맞추며 수겸은 웃음기를 완전히 걷었다.

"저는 인생이 참 지겹더이다. 잘생겼다, 총명하다 칭찬받는 것도 식상하고, 입신양명을 꿈꾸게 되지도 않더군요. 그릇도 안 되는 왕을 모시겠다고 왜 내가 그 고생을 해야 합니까?"

예하는 말없이 그의 이야기를 기다렸다. 수겸은 작정하고 속내를 털어놓기로 한 모양이었다.

"그렇다고 엇나가고 맘대로 굴면 천덕꾸러기가 되어 불편할 뿐이겠지요. 어려서부터 영악했던 저는 그런 어리석은 짓을 할 생각은 없었습니다. 착한 아들, 선량한 선비로 보이는 편이 사는 데 훨씬 편리하거든요."

그는 성공적으로 잘해 나가고 있었다. 세간에 도는 그의 평이 증명하듯이.

"사람들을 속이며 사는 건 신나는 일이었습니다. 아무도 모른다, 누구도 나를 의심하지 않아. 밤이면 양반의 집을 털고 관아의 재물을 훔쳐 내는 검계의 수괴가 나라고는 이 세상 누구도 상상하지 못해……. 얼마나 짜릿한지 아가씨는 아실까요?"

예하는 자기도 모르게 헉 숨을 들이마시며 뒤로 몸을 당겼다.

검계? 관원들을 비웃고 나라를 어지럽히며 양민을 괴롭히는 불한당?

그 괴수라고, 당신이?

수겸은 그녀를 놀랜 것이 만족스러운 듯 크게 웃더니, 부드럽게 손사래를 치며 부정했다.

"오해 마십시오. 저는 살인이나 겁탈 같은 파렴치한 짓에는 가담하지 않습니다. 그런 핫길의 일을 즐길 정도로 저급한 사람은 아니니 믿어 주십시오. 그렇다고 의적인 척할 생각은 없습니다만."

그는 친절하게 설명을 덧붙였다. 우리는 계契의 이름을 짓지도 않은 채 다른 검계들 사이에 몸을 숨겨 움직인다. 매화 가지를 남길 만큼 과시를 좋아하진 않고, 홍길동같이 백성 편이라 우기지도 않으며, 장길산처럼 세상을 뒤집겠다고 나대는 것도 아니다. 그저 평소 거슬리던 자들을 조금씩 솎으고 그들의 재물을 유용하게 쓰는 것뿐이다. 합법적인 일은 아니나 악행이라고도 생각하지 않는다.

"저는 무예를 닦을 기회를 갖지는 못했습니다. 그리고 싶은 생각도 없었구요. 무예 따위 사면 되는 것 아닙니까? 제 휘하에 있는 자들은 모두 무술에 출중합니다만 머리는 그에 미치지 못하지요. 계획을 짜는 것도, 정보를 모으는 것도, 시기를 결정하는 것도 모두 제가 하기 때문에 그들은 저에게 절대복종합니다. 충분한 재물을 분배받으니 불평도 없습니다. 무인들이란 단순하거든요."

문 바깥에서는 유안이 꼿꼿이 선 채 자기에게 하는 것 같은 수겸의 말을 듣고 있었다.

"어째서 제게 그런 말씀을 해 주시는 겁니까?"

핏기 바랜 입술을 깨물며 예하는 물었다. 가문이 결딴나 오갈 데도 없는 자신에게 굳이 그런 속사정을 털어놓는 이유를.

"제가 아가씨를 마음에 담은 것은 아가씨가 다른 처녀들과 무척 달랐기 때문입니다."

수겸은 다시 입가에, 이번에는 눈가에도, 살포시 웃음을 올렸다.

"우리의 첫 만남을 기억하십니까? 그때 아가씨는 저의 도발에 무척이나 억울해하셨지요. 복종이 당연시되는 일상이, 자신의 가치가 아닌 걸 강요하는 세상이, 아가씨는 싫었던 겁니다. 그럼에도 나는 그리 믿지 않는다고 외치기는 어려우셨습니다. 자기 발등을 찍는 결과를 낳을 뿐이니까요. 제가 그러했듯이 말입니다."

칼을 두고 언쟁하던 장면이 깜빡거리며 스쳐 지났다. 항변한들 무엇이 변할까 하는 생각에, 분개하던 도중에 입을 꼭 다물어 버렸던 기억을 예하는 떠올릴 수 있었다.

"물론 아가씨는 저처럼 약빠른 사람은 아니십니다. 그러나 규중에 갇혀 서른여섯 가지 장과 서른여섯 종류의 김치를 담고 번번이 낙방하는 남편의 과거길 엿이나 고며 살기에는, 아는 것도 가진 재주도 용납할 수 없는 것도 너무 많으신 거지요. 안 그렇습니까?"

그는 손을 내밀어 예하의 작은 손을 쓰다듬었다. 그녀는 움찔 놀랐으나 손을 빼지는 못했다.

"아가씨더러 제 나쁜 장난에 가담하시라는 건 아닙니다. 하지만 관습에 묶이지 않고 분방하게, 스스로를 얽매지 않고 유쾌하게, 그렇게 살아도 좋지 않겠습니까? 재미나게 한세상 살아도 괜찮지 않겠습니까? 저는 아가씨와 함께라면 인생을 갑절은 즐겁게 살 수 있을 거라고 생각했습니다. 그게 아가씨와 혼인을 원했던 이유이며 지금 이렇게 부모님도 모르시는 가슴속 밑바닥을 다 드러내 보이는 까닭입니다."

예하는 눈을 내리깔았다. 혼인은 물 건너간 이야기가 되었다. 하지만 남자는 그녀를 놓아줄 생각이 없음을 분명히 밝히고 있었다.

"아가씨께는 참으로 죄송한 이야기입니다만, 제가 꿈꾸는 이상적인 반려는 사실 본처로는 적합하지 않습니다. 아가씨가 저희 집안에 며느리로 들어오면 어쩔 수 없이 제사를 모시고 시부모 봉양에 시간을 쏟아야만 하겠지요. 일이 이렇게 되기를 바란 것은 결코 아니었으나……."

껄끄러운 이야기를 매끄럽게 하기 위해 수겸은 표정을 가다듬었다.

"……별도로 거처를 얻어 기거하시면, 원하시는 대로 무엇이든 할 수 있을 겁니다. 저와 함께 세상 구경을 다닐 수도 있고, 여인이라 몸 사릴 필요 없이 풍류도 즐길 수 있으십니다. 물자는 제가 부족하지 않게 댈 것이니 원하시면 혜민서 같은

푸른빛을 깨치다

곳에서 의술을 펴며 구휼에 참여하실 수도 있겠지요."

예하는 순간 가슴이 두근거렸다. 아주 짧은 찰나 그녀는 생각했다.

'바다를 보러 갈 수도 있나요?'

"다만 개는 키우실 수 없습니다."

잡고 있는 예하의 손을 꼭 쥐며 수겸이 단호하게 덧붙였다. 예하의 가슴이 철렁 내려앉았다.

"이 모든 게 아가씨를 위해서라는 둥, 듣기 좋은 말로 현혹하진 않겠습니다. 다른 사람들은 다 속여도 아가씨에게만은 솔직하기로 했으니까요. 저의 희락喜樂을 위해 아가씨를 원합니다. 하지만 나쁜 거래는 아니라고 생각합니다."

수겸은 눈을 갸름하게 떴다.

"잘 생각해 보십시오, 아가씨. 지금 아가씨가 저희 집을 나가시면 옥에 계신 부친께 폐가 될 뿐입니다. 행여 잡히시기라도 하는 날이면 존공의 치명적인 약점이 되겠지요."

목소리를 가라앉혀 침착하고 냉정하게 그는 예하의 아픈 곳을 찔렀다.

"저라면 아가씨를 그저 사라진 것으로 만들어 드릴 수 있습니다. 공께서 무슨 연유로 주상과 맞서게 된 일인지는 알지 못하나, 뜻을 굽히지 않고 소신대로 사실 수 있도록 아가씨가 숨어 드리는 게 옳지 않겠습니까?"

시선을 똑바로 마주친 채 예하는 침을 삼켰다.

마주 앉은 남자는 무서운 사람이었다. 상냥한 약속으로 마음을 녹였다가, 현실을 들이대며 그녀의 목을 졸랐다가, 유용한 모든 방법을 동원해 그는 원하는 것을 손에 넣으려 하고 있었다.

물론 그렇게 공을 들이지 않아도 힘으로 얼마든지 가질 수 있었겠지만. 그리하지 않은 것만도 감사하다 생각해야 하겠지만.

"저는 아가씨의 편입니다."

수겸이 힘을 풀며 맞잡은 손을 가볍게 흔들었다.

"제가 그다지 좋은 사람은 아닐지 모르나 아마 좋은 남편은 될 수 있을 겁니다. 나라에 몸 바치는 충신이나 부모에게 헌신하는 효자보다 곁을 지켜 주는 다정한 사내가 여인에겐 더 나은 것 아닙니까? 모쪼록 제 진심을 알아주시기 바랍니다."

다시 부드러운 태도로 그녀를 회유하고 그는 방을 떠났다. 천진해 보이기까지 하는 여미(麗靡)한 미소를 방 안 가득 흩뿌리고.

예하는 무릎을 세우고 두 팔로 얼굴을 감싸 파묻었다.

정수겸은 그녀가 생각하고 싶지 않았던 많은 것들을 수면 위로 올려놓았다. 긍지 높고 자존심 강한 민예하는 더 이상 발붙일 데가 없었다. 운명은 그녀를 절벽 아래로 떨어뜨렸고 드리워진 동아줄은 한 개였다. 한때 그녀의 보물이었던 노리개들이 방바닥에서 무심하게 반짝이고 있었지만 그녀의 현실은 결코 영롱하지 못했다.

선택의 여지가 많지 않구나. 갈 수 있는 길이 뻔하구나.

푸른빛을 깨치다

저 사람 말대로 산다 하여도 내 인생이 자유로운 것은 아니겠지. 가라 하면 가는 길, 돌아오라 하면 와야 하는 길. 나는 저 사람이 정해 준 대로 흘러 다니며 살아야 하는 것이겠지.

이제는 유안도 없이.

그럴 수 있을까.

'아버님.'

눈물이 흘러내려 동그란 무릎을 적셨다.

"유안."

입술이 떨려 그녀는 말을 맺지 못했다.

……나는 왜 이리도 무능력한 것일까, 응?

댓돌 아래에는 스쳐 간 수겸의 뒷모습을 지켜보며 유안이 서 있었다.

유안은, 치를 떨며 커다란 주먹을 부르쥐었다.

7

"너와 나의 인연은 여기서 끝난 것 같다."

 등을 똑바로 펴고 앉아, 표정 없이, 예하는 유안에게 선언했다.

 수겸과 대화를 나눈 지 꼭 이틀 만의 일이었다.

 유안은 굳은 입매를 숨기지 못한 채 턱을 치켜들었다.

"저를 내치실 필요는 없지 않습니까."

 네 아버지의 명을 좇아 둘이 함께 가자고 강요할 수는 없었다. 명을 받은 것은 예하였고, 어떤 인생을 살지 결정하는 것도 그녀의 몫이었으므로. 하지만 그는 그녀를 떠날 생각이 전혀 없었다.

"그날 듣지 않았니. 너는 남지 못해."

 지난 이틀 밤낮으로 고민했지만 결론은 처음부터 나와 있었다. 아버지에게 걸림돌이 될 수는 없었다. 수겸이 무섭고 그의 소실로 살아갈 일생이 굴욕스러웠으나 그녀로서는 이게 최선이었다. 그리고 그 인생에 유안은 끼어들 수 없었다.

"어차피 저는 이 댁에 있을 사람이 아니었습니다. 주변을 지키며 그림자로 살게 되어 있지 않았습니까."

정상적으로 혼례를 치렀어도 마찬가지였다. 다 감수하고 그녀의 곁에 남기로 하지 않았던가. 멀리서 바라보며 안위를 돌보며, 그렇게 살기로 하지 않았던가.

예하는 입술을 깨물며 그를 노려보았다.

"아버님이 계셨으면 너의 뒤를 보아 주셨을 테지만 이제는 아무도 없어. 내 주위를 맴돌면서 무슨 수로 생계를 유지하겠다는 거니? 무예라도 팔겠다는 거야? 너도 도적질하는 무리에 낄 테야?"

그것만은 안 되는 일이었다. 예하의 마지막 긍지였다. 유안을 더럽힐 순 없었다. 가진 재주를 자랑하지 않아도 은은하게 빛이 배어나는 사람. 아니, 감추려고 기를 써도 숨길 수 없는 휘요(輝耀)한 영혼. 유안은 그녀의 그림자로 묶여 버리기에 너무 아까운 사람이었다. 하물며 시정잡배에 섞여 일생을 탕진하도록 내몰아서는 절대 안 되는 거였다.

"그런 것은 제가 알아서……."

"내가 싫어!"

예하가 언성을 높였다.

"안 그래도 눈치 보며 지내야 할 텐데 너 때문에까지 노심초사하긴 싫어. 낭군에게 들킬까 가슴 졸이며 살고 싶지 않아."

유안은 대꾸하지 않고 잠시 말을 골랐다. 그는 그녀의 말을 조금도 믿고 있지 않았다.

"나리의 분부대로 저와 함께 내려가시지요, 아가씨. 제가 있는 이상 관군에게 붙잡히는 일은 없을 겁니다. 나리께 폐가 되지 않습니다. 아니, 나리의 명을 따라야 마땅하지 않겠습니까."

유안은 목소리를 부드럽게 하여 그녀를 달랬다.

정수겸과 함께하는 예하의 인생이 행복할 거라고 생각되지 않았다. 화려한 독사뱀 같은 사내. 아름답고 상냥하지만 언제 낯을 바꿀지 모르는 간교한 자. 언젠가 그녀가 늙고 병들면, 그녀와 함께 지내는 것이 더 이상 '즐겁지' 않으면 그는 양심의 가책 따위 없이 예하를 버릴 것 아닌가. 정처正妻도 아닌 첩실, 내팽개쳐도 그만 아닌가.

그렇게 버림받으면 예하는 어찌한단 말인가. 예하는, 예하는. 목숨보다 소중한 나의 예하는.

나마저 그녀의 곁에 없다면.

"아버님께 필요한 사람은 명하 오라버니다. 처음부터 나를 불러 분부하신 것도 아니었어."

그녀는 고개를 돌렸다.

"가라. 이제 나와의 연은 다했다 생각하고 어디든 너 가고 싶은 데로 가. 흑룡강까지 올라가서 같은 처지의 사람들을 만나는 것도 좋겠지. 무얼 하든 잘살 수 있을 거라 믿는다."

푸른빛을 깨치다

무척 노력했지만 그녀의 목소리는 가느다랗게 떨렸다. 예하는 한 번 더 입술을 깨물었다.

"그럼 저와 함께 흑룡강변에 가십시다."

유안이 내놓은 뜻밖의 말에 그녀가 홱 머리를 돌렸다.

그는 검푸른 눈에 깊이를 알 수 없는 진심을 담아 예하를 직시하고 있었다. 예하는 눈을 커다랗게 치떴다.

가슴이 뜨끈했다. 그게 무슨 뜻이야? 물음이 떠오르는 것을 그녀는 다급하게 눌렀다. 뺨이 상기되는 걸 도리질로 막았다. 말도 안 되는…….

"말도 안 되는 소리."

그녀의 목소리는 차가웠다.

"내가 왜 너를 따라 이국땅에 가서 고생을 자초하겠니. 여기에 안락하고 평온한 삶이 기다리고 있는데. 처지가 빈궁해졌으니 격이 낮아진 것뿐, 내가 그분의 짝이라는 사실은 변하지 않아. 다른 말할 것 없다."

그의 말을 기다리지 않고 예하는 자리에서 일어섰다. 구르듯 뛰쳐나온 바깥은 눈물이 나도록 화창했다. 꽃향기가 너무 강해 숨이 막혔다. 햇볕이 뜨거워 열이 났다. 제대로 눈을 뜰 수가 없었다.

유안은 그녀를 따라 나오지 않았다.

며느리 될 뻔한 네 사정은 나도 안타깝다만, 네가 우리 집에 이리 기대는 것은 도리가 아니다. 우리 가문까지 너로 인

해 잘못되기를 바라는 게냐? 언감생심 내 아들의 소실 자릴 바란다면 더더군다나 안 될 말이다. 혼인 전부터 첩이나 거느리는 사내한테 제대로 된 혼처가 나설 것 같으냐? 하물며 그 첩이 죄인의 딸이라는 소문이라도 돌아 보아라. 네가 수겸이의 앞길을 막으려는 게 아니라면 이래서는 아니 되는 것이다.

수겸의 어머니가 별당을 찾았다. 아들을 그다지 닮지 않은 어머니는, 고상한 태도를 유지했으나 노여움은 숨기지 않았다. 서슬 퍼런 책망은 전갈을 듣고 온 수겸이 어머니를 모셔 갈 때까지 계속되었다.

아무 말 못 하고 꾸중을 다 받아 낸 예하는 기운이 빠져 대청마루에 주저앉았다. 향월이 눈치를 보며 슬슬 그녀에게 다가왔다.

"괜찮으셔요, 아가씨?"

예하는 힘없이 웃어 보였다. 뺨을 때리셨다 해도 할 말 없는 그녀였다. 처지가 원통하고 서러웠지만 입장 바꿔 생각해 보면 이해가 되고도 남았다.

"요새 가뜩이나 기운 없으신데⋯⋯. 이러다 병나실까 두렵습니다요."

향월은 혀를 쯧쯧 차며 예하의 안색을 살폈다. 민우상 공이 잡혀 들어간 후 통 식사를 못 하던 예하가, 요 사흘은 아예 곡기를 끊다시피 하였다.

"무사님은 어딜 가셨는지 코빼기도 안 보이시고⋯⋯."

무사님이라도 계시면 아가씨가 억지로라도 식사를 하실 텐

푸른빛을 깨치다 109

데. 향월은 툴툴거렸다. 아이는 모르고 있었다. 예하가 수저도 들지 않게 된 건 유안이 사라진 후부터라는 사실을.

'가 버렸어.'

예하는 꽃이 만발한 정원을 초점 없는 눈으로 쳐다보았다.

초록과 다홍이 뒤섞인 봄 뜰은 생명력으로 가득했다. 짧은 삶을 누리며 나비가 날고, 훈풍에 꽃잎이 흘러 다니고, 그녀의 마음과 달리 세상은 화사하기만 하였다.

'가랬다고 인사 한마디 없이 그냥 떠나 버렸어.'

살아온 시간 전부를 함께했건만 유안은 쌓인 정도 없었는지 바람처럼 사라져 버렸다. 어디로 가겠노라는, 행복하시라는 작별의 말도 없이 자취를 감췄다.

'내가 말을 모질게 해서, 너 같은 거랑 안 간다고 해서, 그 온유한 사람을 화나게 했어.'

웃는 얼굴로 보내고 싶었는데. 축복해 주고 싶었는데. 마음과 달리 냉랭하게 그를 쫓아내고 말았다.

예하는 기둥에 머리를 기대고 눈을 감았다.

유안 없이 지내는 것은 상상했던 것보다 훨씬 더 괴롭고 외로웠다. 늘 곁에 있던 사람의 부재는 가슴에 찬바람을 일으켰고, 세상 천지간에 나 하나 남았다는 절감은 땅속으로 발목을 잡아당기는 것 같았다.

하지만 더 괴로운 것은, 그를 아프게 했다는 것이었다.

그리고 그를 실망시켰다는 사실이었다.

'미안해. 다 거짓말이었어. 너만 같이 있어 주면 남편 같은 거

필요하지 않아. 안락하고 평온한 삶이 좋아서 너를 거절한 게 아니야. 기뻤어. 함께 가자고 말해 줘서 사실은 정말 기뻤어. 하지만, 하지만……, 내가 너한테 그러면 안 되는 거잖아.'

잘했다고, 옳은 결정이었다고 몇 번이고 되뇌어 보아도 후회의 찌끼는 마음에서 사라져 주지 않았다.

'유안 말대로 잡히지 않고 오라버니한테 갈 수 있었을지도 몰라.'

하지만 그러면 유안은 다시 오라버니를 모셔야 해. 오라버니는 그를 함부로 부렸을 거야.

'그를 따라 멀리 떠나 버렸으면 이 집에서 이런 꼴은 안 당했을 텐데.'

아니야, 유안한테 짐이 돼선 안 돼. 혼자면 몰라도 나 같은 걸 짊어지고 흑룡강처럼 먼 곳까지 갈 순 없어.

그에게 자유를 줄 수 있는 유일한 기회였다. 용기도 확신도 없으면서 미련으로 들러붙어 유안의 인생을 좀먹어서는 안 되는 거였다. 그는 원하는 곳으로 가서 뜻대로 살 만한 자격이 있는 사람이었다.

기운 없이 눈을 떴다. 흐린 시야로 저만치에 흰 도포를 나부끼며 걸어오는 수겸이 보였다. 어머니로 인해 상처받은 그녀를 달래러 오는 것이리라. 매끈한 그의 자태가 키 작은 관목 사이로 수려했다.

그녀와 눈이 마주친 수겸은 발걸음을 빨리했다. 예하의 초췌한 꼴을 보자니 기분이 언짢아져 그는 속으로 혀를 찼다.

'충견이 떠나고 나니 생기가 다 빠지셨군.'

만개한 꽃 속의 예하는 처연하고 메마르고 버석했다. 여전히 아름답지만 빛이 바랜 듯, 향기 없는 가화假花 같은 모습이었다.

'그자의 자리가 그리도 컸단 말인가…….'

사실은 알고 있었는지도 모른다. 그가 없는 그녀는 완전한 존재가 아니라는 사실을. 그래서 더 경쟁심을 불태우며 치졸하게 굴었는지도 모른다. 꽃의 주인은 수겸 자신이어야만 했기 때문에.

비록 거래로 시작했어도 끝까지 자신을 덤덤하게 대할 수는 없으리라고 그는 믿어 왔다. 이제껏 미소 한 번이면 안 넘어온 여자가 없었던 터, 그녀라고 별스런 예외일 리 없었다. 그런데 공을 잔뜩 들이고 웃음 뒤 속살까지 보여 주며 진심을 피력했는데도 그녀는 여전히 마음을 꼭 닫은 채였다.

그런 그녀라 더 유혹적이지만, 안달 나는 이 기분이 미치도록 짜릿한 것도 사실이지만, 역시 집 나간 개 따위에게 연연하고 있는 꼴은 보기 싫었다. 손쉽게 이겼는데도 이긴 것 같은 기분이 아니었고, 언제까지 저렇게 시들거릴 건가 생각하니 짜증스러웠다. 유안을 내쫓은 것이 잘못이었나, 심지어 그런 생각까지 들어 수겸은 눈살을 찌푸렸다.

'아니다. 정을 떼는 데 시간이 필요한 거지. 저렇게 힘들어할수록 더 내게 기댈 수밖에 없을 것이다. 내가 정성스레 꿀을 빨아 주면 곧 본래의 빛깔을 되찾을 게야.'

꽃이란 나비를 거부할 수 없는 법이다. 그는 스스로의 매력을 잘 알고 있었다.

정수겸은 따뜻하고 부드러운 표정으로 예하에게 다가섰다.

"어머님께는 내가 잘 말씀드렸으니 다시 오시지 않을 거외다. 오늘 일은 미안하오."

그는 예하에게 쓰는 말투를 의식적으로 바꾸었다. 이제 자신은 그녀의 남편이나 다름없으므로.

수겸의 말대로 신씨는 다시 예하를 찾아오지 않았다.

그녀를 은밀히 방문한 사람은 그의 아버지인 정원대 주부였다. 석반夕飯 직전, 향월이 상을 차리러 부엌에 들어간 호젓한 시간이었다.

"내 너에게 긴히 할 말이 있노라."

그를 처음 보는 예하는 긴장했다. 시아버지가 될 정 주부는 비록 살이 쪄 본래의 풍모를 잃었으나 젊었을 적에는 상당한 미남이었을 듯했다. 눈빛이 날카롭고 입가에 웃음이 삐딱한 것이 결코 너그러운 인상은 아니었다.

정원대 역시 말로만 듣던 민예하를 찬찬히 훑어보았다. 좋은 집 여식답게 자태나 거동이 우아했지만 입술을 야무지게 다문 품이 고집깨나 있어 보였다. 사내들의 승부욕을 자극하는 유형이로군. 그는 아들의 집착이 이해되는 듯해 소리 없이 일소一笑했다.

빈 촛대의 그림자가 길어지도록 그는 한참을 말없이 앉아만 있었다. 향월이 석반을 들이지 못한 채 바깥을 서성거리다가 물러갔다.

분위기는 점차 경직되어 갔고 예하의 마음도 차차 불편해졌다.

정원대가 원하는 대로.

"영존令尊께서는 죄를 피하기 어려우실 듯하다. 수겸이가 전하였겠다만."

마침내 그가 입을 떼었고 예하는 가만히 고개를 숙인 채 듣기만 하였다.

"오전에 내자內子가 다녀갔다 들었다. 표현이 거칠었을망정 그 사람이 틀린 말을 하지는 않았을 게다. 네가 여기 있는 것은 우리 가문에 위험한 게 사실이니."

무언가가 있다고 생각한 그의 추리는 옳았다. 임금이 민우상을 독대하였다. 친히 옥에까지 다녀갔다는 것이다.

매수해 둔 옥리가, 주위들은 정보의 편린을 행수를 통해 그에게 전해 왔다. 임금이 분노하더라고. 민우상을 닦달하며 무언가를 털어놓으라 하더라고. 네 자식들의 안위를 염려한다면 뻗대지 말라 하였다고. 그러나 민우상은 나는 아무것도 모른다며 꼿꼿이 버티더라고.

정원대는 오후에 다녀간 행수의 말을 저녁 내내 곱씹은 터였다. 그가 찾아온 것은, 마침내 결론에 도달했기 때문이다. 그는 망설임 없이 엄혹嚴酷하게 말을 이었다.

"너의 신분을 바꾼다 하여도 세상은 의심의 눈길을 거두지 않을 게다. 수겸이처럼 융통성 없는 사내가 처도 얻기 전에 작첩作妾하였다 하면, 누구나 그게 너라고 생각하지 않겠느냐. 네가 관에 끌려가는 건 시간문제일 것이다."

거기까지 생각지 못했던 예하가 치맛자락 사이로 작게 주먹을 쥐었다.

그렇구나. 바깥과 단절해 산속에 숨기라도 하지 않는 한 아무리 신분을 숨겨도 누군가가 의심할 만한 상황이구나.

그렇다면 내가 수치를 감수하며 이곳에 남는 의미가 무엇이란 말인가.

"내가 너를 내놓는다면 너는 잡혀가서 고초를 겪게 되겠지. 너에게 죄가 있는 것은 아니나 연좌되어 관비가 될지도 모르는 일이다. 네 곱게 자랐어도 관비가 무엇인지는 대충 알고 있으리라 생각한다만."

한층 냉담해신 성원대의 말에 예하는 움찔 어깨를 떨었다.

관비라니.

역모에 연루되지 않는 이상 죄인의 식솔이라고 모두 관비가 되는 것은 아니었다. 그러나 예하는 거기까지 알지 못했고, 정원대는 예하가 더 많이 두려워하기를 바랐다. 눈앞의 어린 계집은 그에게 더 이상 며느릿감이 아니었다. 목적하는 것을 갖기 위해 사용할 패, 궁窮을 잡기 위해 미끼로 내던져야 하는 졸卒일 뿐.

"그리하지 않고 너를 보호할 방법이 무엇이 있나 생각해 보았다."

푸른빛을 깨치다

그는 침착하게 말을 끌었다.

"네가 안전하게 내 집에 속할 방법은 단 하나, 내가 너를 첩으로 삼는 길뿐이구나."

예하는 기함하여 눈을 커다랗게 뜨고 시아버지라 믿었던 남자를 쳐다보았다.

그의 음성은 여전히 냉랭했고 눈길도 차갑기만 했다. 욕정이 아니라 계산에서 비롯된 결과물이었다. 정원대가 그녀에게 내뱉은 말은.

"나는 이미 여러 첩을 거느렸으니 다시 축첩한다 해도 새삼 세상의 눈을 끌 일이 아니다. 수겸이와는 경우가 많이 다르지."

그는 아들처럼 눈을 기름하게 뜨며 고저 없이 말을 계속했다.

"나라고 아들이 아끼는 계집을 뺏고 싶은 것은 아니다. 허나 수겸이가 미련을 버리지 못해 위험을 자초해서는 안 되니, '첩으로 삼은 척'할 수는 없는 일이구나. 네가 그 길을 선택한다면 실제로 내 계집이 되어야 할 것이다. 그 점 분명히 알고 결정하기 바란다."

정원대는 예하에게 선택권을 주었다. 관비가 되든지 자신의 첩이 되든지, 그녀가 알아서 정하라고.

예하는 몸이 땅속으로 꺼져 드는 것 같아 입도 벙긋할 수 없었다. 화를 낼 주제는 되지 못했고 울며 매달리기에는 상대가 너무 단단했다. 대안을 내놓을 수도 없었고 거래를 제안할 무엇을 갖고 있지도 않았다. 그의 자비심의 한계는 분명했다. 그리고 솔직히 말해, 그의 말은 한마디도 틀린 것이 없었다.

끝까지 건조한 표정을 깨뜨리지 않은 정원대는 '이틀 말미를 주마.' 하고 방을 나섰다. 아들에게 이 일을 전하여 행여 그 애가 허튼짓을 저지르게 한다면 네가 우리 집과 척지려는 것으로 알겠노라, 차게 덧붙이는 것도 잊지 않았다.

시아버지가 될 뻔했으나 이제 자신을 품으려 한다고 말한 냉혹한 자가 사라진 후, 모든 것이 얼어붙었다. 공기는 조각조각 갈라져 내리고 그 파편이 예하를 무자비하게 찔러 댔다. 예하는 방바닥에 엎드려 울지도 못하고 숨을 헐떡였다.

관비가 되고 싶지 않았다.

하지만 정원대의 첩으로 살고 싶지도 않았다.

수겸이 좋았던 건 아니었다. 언제나 그가 불편했고 정체를 안 후에는 무서웠다. 그러나 처음부터 혼인의 상대라 생각하고 있었기에 소실 자리라도 감수하고자 했다. 할 수 있다고 믿었다.

그런데 그의 아버지라니?

이건 인륜에 어긋나는 일이 아닌가. 목숨을 부지하기 위해 그렇게까지 몰염치해져야만 할까.

"유안."

그녀는 자기도 모르게 유안을 불렀다.

묻고 싶었다, 유안에게. 나는 어떻게 하면 좋으냐고. 무엇이 최선이냐고.

"도와줘."

애원하고 싶었다. 나약하고 어리석은 내가 감당하기에 너무 무거운 짐이라고. 붙잡아 달라고. 나를 버리지 말아 달라고.

하지만 그는 곁에 없었다.

그를 내쫓은 것은, 다른 누구도 아닌 그녀 자신이었다.

예하는 절망하여 흐느꼈다.

저녁상에 손도 대지 않고 물린 예하는 일찌감치 자리를 펴고 누웠다.

온몸의 기력이 다 떨어져 손끝 하나 꼼짝할 수가 없었다.

속사정을 모르는 향월이 근심스런 눈으로 바라보았으나 예하는 아이를 다독일 기분이 아니었다. 돌아가 쉬라 이르고 이불을 끌어안은 채 웅크려 모로 누웠다.

멍하니 빈 머리로 벽만 바라보아도 시간은 속절없이 흘렀다. 시한으로 받은 이틀을 향해 밤이 무심하게 깊어 가고 있었다. 밤새 우는 소리가 그녀의 마음처럼 청승스러웠다.

도망칠까 생각해 보았다.

여자 혼자 어디로 어떻게 도망친단 말인가. 하루도 못 지나 누군가에게 발각될 게 분명하다. 그러면 아버지의 발목을 잡고 종국에는 관비가 되고 말 것이다.

자진할까.

시체가 발견되면 관에서 조사가 나올 테고 그녀를 감춰 주었던 이 댁은 죄를 입을 터였다. 죽더라도 무고한 집안에 해악을 끼치고 싶지는 않았다.

나름대로 총명하다 믿었건만, 나는 참 쓸모없는 사람이구나. 예하는 자괴감에 쓰게 웃었다. 어학도 산술도 자수도 길쌈도 이 상황에서는 아무 소용이 되어 주지 않았다. 손발이 다 잘린 것처럼 그녀는 그저 누워 있기만 할 뿐이었다.

얼마나 오래 그러고 있었는지 알 수 없었다. 삼경이 지났는지 부엉이도 더 이상 우짖지 않았다.

점점 더 말똥말똥해지는 눈을 어둠에 고정하고 있던 예하에게 귀에 익은 소리가 아주 작게 들려왔다.

벌떡.

일어나 앉았다.

그럴 리가 없어. 환청이야.

가슴이 미친 듯이 뛰었다. 또 그 소리가 들리는지 확인해야 하는데, 가슴 뛰는 소리 때문에 아무것도 들리지 않을 것 같아 그녀는 애가 탔다. 조용히 해. 제발 조용해 줘!

그러나 그 소리는 다시 들려왔다. 이번에는 조금 더 선명하게.

"아가씨."

……환청이 아니었다.

예하는 두 손을 들어 입을 가렸다. 입술이 바들바들 떨리기 시작했다. 절로 그의 이름을 외치고 말 것 같아 그녀는 손가락에 힘을 주었다.

"가십시다. 꼭 필요한 것만 챙기십시오. 유사시에 대비해 패물은 가져가시는 게 좋겠습니다."

푸른빛을 깨치다

마치 미리 약속한 길을 떠나자는 듯이 유안은 침착한 목소리로 지시하였다. 그는 어느새 그녀의 곁에 앉아 있었다. 캄캄한 어둠 속에서 푸른 눈이 달처럼 빛났다.

"너는 떠난 게 아니었니? 왜, 왜 돌아온 거야? 넌······, 넌 내 말이면 뭐든지 따르는 거 아니었어?"

솟아오르는 눈물을 가득 머금은 채 예하는 말을 더듬거렸다. 돌아와 준 게 눈물 나도록 고마우면서도, 이럴 때가 아니란 걸 알면서도, 그녀는 응석을 부리고 있었다. 유안이 가 버렸던 게 사실은 너무나 야속했던 모양이다. 가랬잖아. 왜 도로 왔어. 아니, 당초에 왜 가 버렸어······.

휘장처럼 드리워진 검은 머리 사이 그의 흰 얼굴이 온화했다.

"그렇게 생각했습니까, 아가씨?"

나지막하게 속삭이며 유안은 그녀의 뺨에 손바닥을 대었다. 얼굴이 무척 가까웠다. 빠져들 것처럼 아름다운 눈동자가 바로 코앞에 있어 예하는 숨을 내쉬지 못하고 삼켰다.

"전 아가씨 말씀이면 뭐든 따르는 게 아닙니다. 아가씨의 행복이 무엇인가 생각할 뿐이지요. 선행이든 악행이든, 무슨 짓이라도, 당신의 행복을 위해서라면 저는 할 것입니다. 설령 아가씨가 화를 낸다 하여도."

천천히, 젖어 드는 뺨을 엄지손가락으로 문지르며 유안이 다정하게 읊조렸다.

"이곳에 아가씨의 행복은 한 조각도 남아 있지 않습니다. 그러니 우리는 갈 겁니다."

부드럽지만 단호한 그의 음성에 예하는 정신없이 고개를 끄덕였다.

'그래, 난 행복해지고 싶어. 너랑 같이 있고 싶어. 이런 데 갇혀 치욕스런 삶을 살고 싶지 않아.'

유안은 그녀에게 웃어 주었다. 여윈 얼굴에 뽀얗게 화기和氣가 돌아오는 것을 보니 가슴이 저렸다. 어쩔 수 없이 혼자 둔 며칠 동안, 여자는 많이 상해 있었다.

'가자, 예하야. 여기 있는 것은 오욕汚辱과 멍에뿐이니, 미련도 후회도 없이 훌훌 떠나자꾸나. 우리를 기다리는 무엇인가를 찾아.'

갈등은 끝났다. 수레바퀴는 제 방향을 찾아 굴러가기 시작했다. 어디까지가 운명이고 어디서부터 자유의지인지는 알 수 없으나, 그들은 이제 가야만 하였다.

채비에 시간이 오래 걸리지는 않았다. 간소히게 꾸린 보따리를 가슴에 품고 예하가 유안의 등에 업혔다.

"저는 두 손을 다 써야 할 수도 있으니 아가씨가 매달리셔야 합니다. 너무 힘들면 쉬어 갈 테니 말씀하십시오."

두 팔을 목에, 다리를 옆구리에 감고 예하는 있는 힘껏 그에게 매달렸다. 유안의 등은 기억하고 있는 것보다 더 넓고 더 따뜻했다. 너무도 익숙한 체취에 긴장이 절로 녹아내리는 게 느껴졌다.

'어떻게 이 사람 없이 살 생각을 했을까.'

예하의 입술에 편안한 미소가 떠올랐다. 이제 아무것도 두

푸른빛을 깨치다

렵지 않았다. 불확실한 미래도, 흔들리는 운명도, 그 무엇도 더 이상 불안하게 느껴지지 않았다. 숨을 쉬는 것처럼 자연스럽게 예하는 그에게 자신을 맡겼다.

바람이 귓가를 맹렬히 스쳤다. 눈을 감고 있었지만 몸이 아래위로 요동치는 것이 느껴졌다. 밤공기는 차고 그의 몸은 뜨거웠다.

그녀는 그에게 어디로 가는지 묻지 않았다. 언제까지 하늘을 날아야 하는지도 묻고 싶지 않았다. 그들은 지붕을 뛰어넘고 벽을 타며 세상의 끝을 향해 달려가는 중이었다. 이대로 영원히 질주할 수 있다면 그것도 좋겠구나. 예하는 생각하였다.

그렇게 두 사람은 정원대의 집을 떠나 남으로 남으로 밤을 지쳐 내달았다.

"말씀하신 대로 그들이 떠났습니다, 나리."

조 행수가 머리를 조아리며 아뢰었다. 밤새 예하의 동정을 살핀 그의 눈에는 핏발이 서 있었다.

정원대는 흡족하여 수염을 쓰다듬었다.

"아이들은 붙였겠지?"

"예, 날랜 아이 둘을 보냈으니 수시로 기별이 올 것입니다."

"소식이 오면 바로바로 내게 알리도록 하게. 자네도 알다시피 이번 일은 큰 도박이야. 막판에는 내가 직접 내려가야 할 듯하이."

그는 입술을 비딱하게 기울이며 웃음을 흘렸다. 가늘어진 눈이 기대감으로 빛을 뿜었다.

졸이 움직여 주었구나.

내가 몰아붙인 대로.

그는 보료에 등을 기대며 두 손을 마주 비볐다.

아들에게는 안된 일이었다. 그러나 어쩔 수 없는 일. 만사에는 희생양이 필요한 법이니.

"가거라, 민예하."

순진하고 사랑스런 계집애야, 나를 위해 길잡이가 되어 주렴.

그의 잇새로 나지막이, 웃음 섞인 속삭임이 흘러나왔다.

"네가 가는 곳에 금이 있단다."

8

명하는 눈을 떴다. 흐린 시야에 보인 것은 예하의 얼굴이었다. 정신이 혼미한 중에도 반가워 손을 뻗고 싶었지만 팔이 무거웠다.

"괜찮아요?"

예하 목소리가 아닌데……. 명하는 생각했다. 그럼 저건 누굴까?

아, 어머님인가 보다.

하지만 어머님은 돌아가셨는데. 그렇다면 나도 죽은 건가?

점점 의식이 또렷해지는 게 그러나 죽은 것 같지는 않았다. 힘겹게 눈을 올려 마주한 얼굴을 보니, 모르는 여자였다.

"누구시죠?"

갈라진 그의 입술에 여자가 물수건을 대 주었다.

"다행입니다. 고비는 넘겼네요."

*

 희뿌옇게 여명이 밝아 올 때쯤 예하는 유안의 등에서 내렸다. 한양에서는 밤에만 움직이는 것이 안전하겠습니다. 그녀에게 설명하며 유안은 골목길을 돌아 어딘가로 그녀를 이끌었다.
 예하는 한 번도 와 본 일 없는 낯선 동네였다. 집집마다 화려한 등롱이 걸려 있고 새벽밥 짓는 기색은 없는, 그녀가 살던 곳과는 사뭇 다른 느낌의 마을이었다. 아니, 마을이라는 표현이 그다지 어울리지 않는 지역이었다.
 "화가유항花街柳巷입니다."
 어리둥절해 있는 그녀에게 유안이 덤덤히 말해 주었다. 예하의 얼굴이 확 붉어졌다.
 늘어선 집 중에서도 제일 화려한 집의 대문을 지나, 그는 구석의 쪽문을 열었다. 여러 번 와 본 듯 거침없는 그의 행동에 예하는 눈을 홉떴다. 그들이 들어선 곳은 안채인지, 유곽의 냄새 없이 모든 것이 고요하게 잠들어 있었다.
 똑똑. 똑. 똑똑.
 약속해 둔 신호처럼 유안이 마루를 두들기자 잠시 후 방문이 열렸다. 양팔을 뻗어 문을 활짝 열고 나온 여인은 그들을 보고, 아니, 유안과 함께 있는 예하를 보고, 놀란 듯했다.
 "어서 오십시오, 서방님."

곧 표정을 수습한 여인은 깊게 몸을 굽혀 절하며 그를 맞았다. 서방님이라니? 예하는 뒷목이 뻣뻣하게 굳도록 긴장했으나 유안은 태연하였다.

"미안하지만 한 나절만 쉬어 가게 해 주시오. 다른 이들과는 마주치지 않았으면 하오."

자다가 나왔을 텐데도 여인은 굉장히 아름다웠다. 화사한 미모에다 목이 길고 허리가 낭창낭창한 것이 여자의 눈으로 보아도 가슴이 떨릴 정도였다. 그녀는 예하를 힐끗 한 번 더 보더니 말없이 뜰로 내려서서 그들을 안내하였다. 짧은 순간 그 시선에서 불쾌감이 비쳐 예하는 괜스레 뜨끔했다.

두 사람이 안내된 곳은 안채 중에서도 깊숙한 곳, 호젓하고 은밀한 별저였다. 본시는 귀한 손님을 접대하는 공간인 듯했지만 지금은 아무도 없는 모양이었다. 여인은 다시 한 번 예하를 돌아보더니 유안에게 물었다.

"두 분이 방을 같이 쓰십니까?"

억양 없는 질문에 예하가 목덜미까지 빨개졌다. 유안은 간단히 '아니요.'라고만 대답하였다. 여인은 마주 보는 방 두 개를 가리키며 편하신 대로 넉넉하게 쉬시라 말했다.

"일단은 주무시고, 기침起枕하시거든 제게 기별을 주십시오. 식사를 준비하겠습니다."

유안을 향해서 말했지만 그녀의 눈길은 예하를 향하고 있었다. 눈을 마주치지는 않고 목 아래로만 훑어 내린 여인의 표정은 마치 '어린애잖아?' 하고 말하는 것 같았다. 설핏 비웃음도 스친 것처럼 예하에겐 보였다.

"그럼 저는 물러가겠습니다, 서방님."

옷자락을 팔락이며 돌아서는 여인에게서 분내가 물씬 풍겼다.

"그럼 들어가서 좀 쉬……."

"저 사람이 왜 널더러 서방님이라고 하는 거야?"

유안의 말을 자르며 예하가 날카롭게 물었다. 스스로의 말투에 놀라 곧 누그러졌지만 이미 말은 뱉은 후였다.

"저이들은 누구나 그렇게 부릅니다. 의미가 있는 것은 아닙니다."

그는 당황하지 않았다.

의미가 없어?

화류계의 풍습을 알 리야 없었지만 그녀는 그의 말이 믿어지지 않았다. 유안의 말대로 누구에게나 서방님이라 부른다 해도, 여인이 그를 부른 억양은 결코 예사롭지 않았다. 여자인 예하를 의식해 과시하는 티가 확실히 났었다.

예하는 유안의 담담한 얼굴을 가만히 바라보았다. 묻고 싶은 게 많았다. 어떻게 여기를 드나들게 된 건지. 나밖에 모르는 줄만 알았는데 너에게도 다른 생활이 있었다는 말인지. 저들과의 관계가 무엇이기에 수상쩍게 찾아온 우리를 군말 없이 숨겨주는 건지.

하지만 자고 일어나서 밥을 먹은 후에 묻기로 하고 참았다. 그녀를 업고 밤새 달린 그를 성가시게 하고 싶지 않았기에. 저

푸른빛을 깨치다

들이 누구든 지금 자신들을 도와주는 것은 감사한 일임에 확실하기에. 무엇이 선先이고 무엇이 후後인지 정도는, 아무리 피곤하고 부대끼는 상황이라 해도 잊어서는 안 된다고 그녀는 생각했다.

희끄무레하던 동녘에서 불그스름한 빛이 천지로 번져 가고 있었다. 몸은 물 먹은 솜처럼 늘어지는데도 정신이 쉬지 못하니 잠을 이룰 수가 없었다. 유안과 떨어져 혼자 남자 곧바로 온갖 상념이 머릿속을 시끄럽게 울려 대서 예하는 몇 번이나 뒤척이며 돌아누웠다.

아버님. 오라버니.

검계의 수괴인 혼약자.

관비와 첩.

생각해 보았자 괜한 일들이었지만 떨쳐 버려지지 않았다. 잠시 숨어 있던 불안과 근심이 자꾸만 소용돌이치며 가슴을 뒤흔들었다.

긴장을 눅이며 억지로 청한 선잠 틈으로, 어수선하지만 선명한 꿈이 비집고 들어오기 시작했다. 꿈속에는 아버지도 있고 오라버니도 있었다. 그들은 예하에게 웃어 보였으나 가까이 와 주지는 않았다. 조금 서글픈 표정을 짓고 있는 것도 같았다. 그쪽으로 가려고 발을 떼는데 누가 손목을 잡아끌었다. 돌아보니 수겸이었다. 아니, 수겸의 아버지였다. 아니, 그건 유안이었다.

예하는 눈을 한 번 떴다가 스르르 다시 감았다. 잠들면 괴로운 꿈을 이어 꿀 것이라 생각했으나 천근같은 눈꺼풀을 도저히 들 수가 없었다.

꿈은 이어졌다. 생시에서 들어간 지 금방이라 꿈인 걸 알았지만, 아버지에게 가지 못하는 건 역시 슬펐다. 그런데 유안이 갑자기 그녀의 손목을 놓아주더니 몸을 돌리는 게 아닌가.

예하는 아버지도 오라비도 잊고 그의 발길이 향하는 곳만 바라보았다. 거기에는 여인이 기다리고 있었다. 있는 대로 곱게 치장한, 복사꽃처럼 고운 여인이었다.

가지 마.

그녀의 외침을 듣지 못했는지 유안은 성큼성큼 여인에게 다가갔다. 여인의 만면에 행복한 웃음이 번지고 그도 여인을 향해 마주 웃었다. 은근하고 친밀한, 예하가 본 일 없는 낯선 표정이었다.

가지 마.

이번에는 그녀의 말을 들었는지 유안이 돌아보았다. 하지만 조금 난처한 얼굴을 하더니 여인의 어깨를 감싸 안고 등을 돌려 버렸다. 여인이 기쁜 낯빛으로 그에게 몸을 붙였고 두 사람은 그대로 예하에게서 멀어져 갔다.

가지 마. 가지 마. 가지 마.

눈물을 흘리며 그를 향해 달음박질을 했지만 두 사람을 따라잡을 수 없었다. 연무 속으로 남녀의 모습이 사라지기 시작했고 그녀는 치맛자락에 걸려 넘어졌다. 심장이 뜯겨져 나가는 것처럼 아팠다.

눈을 떴다.

완전히 잠을 깬 예하는 일어나 앉았다. 아마도 아주 잠깐의 쪽잠이었던 듯, 새벽빛도 여전히 흐릿할 뿐이었다. 하지만 그녀는 밤새 악몽에 시달린 사람처럼 땀에 젖어 있었다. 가슴은 꿈속에서와 똑같이 너무나 시렸다.

저고리를 움켜잡았다.

"유안은 나만 두고 가지 않아."

입 밖으로 소리 내어 중얼거리며 예하는 이마의 식은땀을 훔쳤다. 꿈속의 절망감, 상실감은 그가 없었던 며칠간의 고통과 맞물려 심장을 난도질해 놓았다.

"살아 있는 이상 절대 혼자 내버려두지 않는다고 했어. 유안은 식언하지 않아."

그는 한 번도 그녀를 버린 일이 없었다. 버림받았다고 믿었던 시간에도 그는 그녀의 곁에 있었다. 그러니 어떤 일이 있더라도 나를 떠나지 않을 것이다, 유안은. 믿어야만 했다. 믿지 않고는 살아갈 수 없다.

잠깐 떨어져 있었을 뿐인데도 그가 너무 그리워, 예하는 가슴 언저리를 손바닥으로 문질렀다.

자리에 누워 천장을 바라보고 있노라니 여러 가지 잔상이 스쳐 지났다. 유안은 고요한 방 안에서 머리를 차갑게 식히며 깊은 숙고에 빠져들었다.

예상했던 대로, 자신이 떠난 것으로 판명되자 정수겸은 감시를 풀었다. 유안은 그의 관심사가 예하뿐이었다고 확신할 수 있었다.

그러나 정원대가 예하를 겁박한 것은 예상치 못한 일이었다.

왜 그랬을까. 그자는 뭘 알고 있는 걸까. 어째서 무리수를 두었을까.

도발인 건 알았다. 그러나 어쩔 수 없었다. 떠나야만 하였다. 그런 중늙은이의 첩 따위로 예하를 줄 수는 없었으므로.

유안은 눈을 감고 복잡하게 꼬인 실타래를 천천히 굴려 보았다.

처음부터 모든 걸 꿰고 있던 사람은 민우상 공 하나였다. 이제는 명하에게 다 전해졌을 것이므로, 사실상 열쇠를 쥐고 있는 사람은 명하이다.

자신과 예하는 명하를 만나려면 '어디'로 가야 하는지 알지만 거기에 뭐가 있는지는 모른다.

아마도……, 정원대는 무엇을 찾아야 하는지 아는 모양이다.

명하를 수색하고 있다는 것으로 보아, 임금도 그 '무엇'에 혈안이 된 듯하다.

정수겸은 예하를 찾아 나설 거다. 그러면 그도 '어디'와 '무엇'에 대해 알게 될 수밖에 없을 것이다.

유안은 거칠게 마른세수를 했다. 민우상 공이 숨겨 놓은 '무엇' 따위 그는 아무 관심도 없었다. 하지만 그것으로 인해 여러 사람의 운명이 뒤틀렸고, 그 중심엔 가녀리고 무구한 예하가 있다.

"갈 수밖에 없다."

상전의 명을 어기지 못해서가 아니다. 민우상 공이 그를 거둬 키웠다고 그의 마음속 주인인 것은 아니므로. 하지만 그의 주인, 예하에게 인생을 되찾아 주기 위해서는 엉킨 실타래를 풀어야만 하였다.

자신의 고향에 가 명하를 만난다고 예하가 평온한 일상을 되찾는 건 아닐지도 모른다. 그러나 해 보지도 않고 그녀가 떠돌이로 누추한 삶을 살도록 방기할 수는 없는 일. 예하에게 약속한 대로 유안은 그녀가 행복해지기 위한 모든 가능한 일을 할 것이다. 비록 그것이, 잠시 손에 쥔 예하를 영원히 놓는 것을 의미한다 할지라도.

유안은 그녀 앞에서는 감추어야 했던 깊은 한숨을 내쉬었다.

정수겸이 이야기한 생의 무의미 같은 것은 그도 일찌감치 깨달은 바였다. 무엇이든 손만 뻗으면 잡을 수 있는 수겸에게는 인생이 뜬구름이었던 모양이다. 아무것도 가질 수 없었던 유안에게는 삶이란 신기루였다. 다른 점이 있다면, 수겸은 남의 것을 건드리는 일탈로 지루함을 잊으려 했고, 유안은 단 하나 소중한 것을 지키는 데 목숨을 걸었다는 점이다. 그리고 지금 수겸은 자신의 하나뿐인 보물을 강제로 뺏으려 하는 중이었다.

줄 수도 있었다. 어차피 유안 자신의 것도 아니었으므로. 그가 예하를 행복하게 해 줄 수만 있다면 그리하겠노라 각오하고 있었다. 그러나 그는 보배를 품을 그릇이 아니었고, 그저 소유와 과시에 목마른 얄팍한 영혼일 뿐이었다. 그러니 수겸에게 예하를 주지는 않을 것이다.

그는 예하의 방 쪽으로 돌아누웠다.

'이런 데 데려와 마음이 많이 안 좋겠지.'

귀하게 자란 아가씨가 유곽에 발걸음을 하다니, 생각할 수도 없는 일이다. 더구나 적대감 그득한 시선까지 받아 내야만 했으니 잘못한 것 하나 없이 모욕당한 예하는 얼마나 불쾌했을까.

기방을 찾아든 것은 어쩔 수 없는 선택이었다. 하지만 그는 마음이 편치 않았다. 여기는 눈도 입도 가시도 많은 곳. 길게 머물러서는 안 되는 자리였다.

'좋은 꿈 꾸면서 자렴, 예하야.'

유안의 입가에 애틋한 미소가 떠올랐다. 그녀에겐 육체적으로나 정신적으로나 길고 힘든 밤이었을 것이다. 잠깐이나마 그녀가 달게 잘 수 있기를, 유안은 진심으로 바랐다.

아침상이 들어왔다. 늙수그레한 찬모가 독상을 들여 예하의 앞에 놓고 나갔다. 문을 닫지 않아 그녀는 맞은편 방 유안의 모습을 볼 수 있었다.

그 역시 그녀와 마찬가지로 독상을 받았다. 차이가 있다면, 아까의 미인이 열 배는 더 화려한 자태로 그의 곁에 바짝 붙어 앉아 있다는 것이었다.

푸른빛을 깨치다 133

예하는 수저를 드는 둥 마는 둥 하며 두 사람의 모습을 훔쳐보았다. 여자란 저런 거였나. 생뚱맞은 생각이 들 만큼 여인은 여자답고 요요姚姚하였다. 간드러지는 눈웃음이나 붉게 벌린 입술은 물론, 정성스레 찬을 챙기는 세심함이며 나긋나긋한 몸짓이며. 여인은 예하가 상상해 본 일도 없는 갖은 아양을 부리며 유안을 시중들고 있었다.

'저래서 남자들이 기방을 찾는 거구나. 법도나 따지는 뻣뻣한 부인과는 향기부터 다를 테니.'

예하는 자기도 모르게 입술을 꼭 깨물었다.

'좋을까? 좋겠지. 유안도 남자니까.'

너른 방 한가운데에서 꽃 같은 여인에게 대접받고 있는 유안은 기품이 넘쳤다. 긴 검은 머리가 윤기로 반짝였고, 반듯한 이목구비에 깨끗한 피부까지 어느 귀공자보다도 수려한 모습이었다. 예하의 집에서는 아랫것으로 천대받았지만 이곳의 그는 제 가치에 합당하게 귀한 사람으로 받들어지고 있었다.

낯선 장면이었다. 누군가가 유안을 깍듯이 공경하는 모습.

절대 나쁘지 않았다. 그녀의 소중한 사람을 다른 이들도 존중해 주길 늘 바라 왔기에.

향월은 헛말을 전한 것이 아니었다. 그는 정말로 뭇 여인들의 흠모의 대상이었다. 당연하고도 자연스러운 일이었다. 물론이다.

달가닥.

그녀는 숟가락을 놓았다.

이상하게도 입맛이 없었다.

"홍자단이 떠난 것은 알고 오신 겁니까?"

묵묵히 식사를 마친 유안에게 여인이 물었다. 그는 고개를 저었다. 여인은 한숨을 폭 쉬며 넋두리처럼 중얼거렸다.

"참 무심도 하십니다. 자단이 있을지도 모르는데 다른 계집을 데려오시다니요."

남의 말을 엿듣고 싶지는 않았으나 귀가 절로 쫑긋 서는 바람에 예하는 여인의 말을 곱씹었다.

자단이라고 딴사람이 또 있구나. 저 여인이 다가 아니구나. 그 홍자단이란 사람은 유안과 더 각별했던 모양이구나.

가슴이 욱신거리기 시작했다. 이제 그는 예하로 인해 장래를 망쳤을 뿐 아니라 짝을 찾을 수도 없게 되어 버렸다. 그림자로 살게 한 것으로도 모자라 여인을 바라고 사랑을 품을 기회마저 그녀가 그에게서 빼앗았다.

그에게 미안했다. 그를 원하는 누군가에게 미안하였다. 하지만 어쩔 수 없게 되었다. 예하 역시, 예하야말로, 유안 없이는 살아갈 수 없으니까. 무섭도록 절실하게 알아 버렸으니까. 하는 수 없는 일이다.

'아냐, 미안하지 않아. 저 사람은 내 거야.'

예하는 눈을 질끈 감고 도리질을 쳤다. 잘못 생각한 거다. 조금도 미안하지 않다.

누가 어떤 식으로 그와 인연을 맺었다 해도 상관없는 일이다. 유안은 그녀에게 목숨을 약속하였고, 그러니 그는 예하의 것이었다. 선택은 유안이 한 거였고 설령 마음이 변한다 해도 이젠 늦었다. 그녀는 누구에게도 그를 양보할 생각이 없었다. 위선과 자기기만은 끝났다.

그는, 예하의, 것이었다.

죽음이 두 사람을 찢을 때까지.

비록 예하는 그의 것이 아니라 하여도.

*

열린 방문 앞에서 수겸은 분노하였다.

흐트러진 이부자리로 보아 급히 떠난 게 분명했다. 가져간 것은 패물뿐, 몸을 가볍게 하여 예하는 바람처럼 날아가 버렸다.

해가 중천에 이르도록 발견하지 못했다는 사실에 화가 났다. 요사이 예하가 자리를 보전하다시피 한 탓에 다들 내버려 둔 것이 문제였다. 수겸 자신조차도 일부러 점심때가 되어서야 찾아오지 않았던가.

'교활한 늑대 자식.'

이가 갈렸다. 개가 순순히 주인을 떠났다 믿은 스스로가 바보였다. 안심하고 감시를 거둔 자신이 어리석었다. 이부자리는 차가웠고 다 잡았던 새가 도망가 버린 새장은 휑뎅그렁하니 적막했다. 이겼다 믿은 싸움에서 패배한 수겸의 가슴도 서늘하게 식어 들었다.

그는 붉은 입술을 신경질적으로 문지르며 생각에 잠겼다.

'어째서?'

무언가 석연하지 않았다. 분명 예하는 자신과 함께하는 인생을 받아들였다. 단지 개가 부추겨 떠났다고 보기에는 그녀의 각오가 나름대로 공고했었다. 결심을 뒤집고 야반도주한 까닭이 뭘까. 모르는 사이에 무슨 일이 일어난 걸까.

어젯밤 아버지가 다녀갔다는 말은 들었다. 그러나 아버지는 예하 일에 심드렁했던 터. 어머니처럼 그악스럽게 굴지 않았을 것이다. 그녀의 변심을 아버지와 연관 짓기는 어려웠다.

'대체 어디로 간 건가?'

수겸은 냉정하게 생각하려고 노력했다. 첩이 되는 게 자존심 상한다고 여자가 길에서 떠도는 인생을 택했을 리는 없었다. 어딘가로 향하고 있을 게 분명하였다.

'민명하인가?'

관심도 갖지 않았던 예하의 오라비 명하가 문득 떠올랐다. 수색을 피해 숨어 버린 그를, 만약 특정 장소에서 만나게 되어 있는 거라면, 찾아 떠난 것일 수도 있다. 명하 역시 아무 기약 없이 마냥 숨어 살지는 않을 터. 수겸 자신은 비웃곤 했지만 선비라는 것들은 차라리 억울하게 죽음을 당할지언정 비루하게 도망 따위 다니지 않는 법이다. 어쩌면 그들 사이에는 모종의 약속 같은 게 있었는지도 모를 일이었다.

'그렇다면.'

그는 고운 눈썹을 모으며 눈을 가느다랗게 떴다.

"너, 아가씨를 모시던 아이야, 이리 좀 들어와 보거라."

목소리를 높이자 문 밖에서 서성이던 향월이 소스라치게 놀라더니 쭈뼛쭈뼛 들어왔다.

아이는 죽을 맛이었다. 민우상 공 댁으로 애저녁에 돌아갔어야만 했으나 아가씨와 함께 남은 향월이었다. 설마 아가씨가 혼자만 도망쳐 버릴 줄은 몰랐다. 아니, 이 지경에 이르러 이 댁을 훌쩍 떠날 수 있다고는 생각도 하지 못하였다. 그것도 이리 잘난 선비님을 내버리고.

"향월이라 하였더냐?"

달처럼 흰한 선비님이 자기 이름을 기억하는 데 놀라 향월은 얼굴을 붉혔다. 차마 입을 떼지도 못하고 고개만 끄덕였으나 수겸은 무례하다 꾸짖지 않았다.

"내가 참으로 난감한 꼴을 당하였구나. 그렇지 아니하냐?"

섬세한 눈가에 수심을 가득 담고, 그는 안타까운 한숨을 내쉬었다. 예하에게는 그다지 먹히지 않았으나 수겸은 계집 다루는 법을 꽤 잘 알고 있었다.

"아무래도 아가씨의 호위 무사가 나쁜 맘을 먹은 듯하다. 순진한 아가씨를 꾀어 유괴하였으니 이를 어찌하면 좋단 말이냐."

그의 콧날은 우수에 젖었고 목소리는 물기를 머금어 촉촉하였다. 고개를 사선으로 돌리고 눈을 내린 모습은 순정을 짓밟힌 사내의 상처를 가슴 저리도록 생생히 전했다. 향월은 수겸이 불쌍해서 어찌할 바를 몰랐다.

"형편이 극악하다 보니 아가씨가 내 진정마저도 곡해하신 것 같구나. 내 마음을 몰라주신 것을 야속타 하여 무슨 소용이 있겠냐만……."

그는 기다란 손가락을 들어 아랫입술을 스윽 훑다가 떨어뜨리며 탄식했다. 무심한 듯 계산된 행동에 향월의 뺨이 달아올랐다.

"……갈 곳도 없는 분이 길에서 변이나 겪지 않으시려는지, 행여 아랫것에게 욕이나 당하시는 건 아닌지, 나는 걱정이 태산이다."

무사님이 아가씨를 해롭게 할 리는 없는데. 향월은 잠깐 생각했다.

허나 남녀 사이는 모르는 것. 함께 고생하다 보면 정분이 싹틀 수도 있겠다 싶었다. 향월은 미간을 찌푸렸다.

'아가씨의 인연은 이 고운 선비님이야. 이렇게 상냥한 분을 두고 천출 사내와 맺어져서는 안 되지. 아무리 무사님이라 해도 그건 안 될 일이지.'

표정에 다 드러나는 아이의 마음을 읽고 수겸이 넌지시 물었다.

"혹 아가씨가 갈 만한 곳을 알고 있느냐? 내 꼭 아가씨를 찾고 싶구나. 너도 그렇지 아니하냐?"

향월은 망설였다. 예하가 어딜 갔는지 정확히는 알지 못했으나 두 사람이 대화 속에 유안의 고향을 언급하는 걸 한번 건너들은 일이 있었다. 나를 믿고 느슨하게 말한 걸 텐데, 그걸 발설해도 되는 것일까? 마음이 찜찜해 향월은 입을 다물었다.

하지만 수겸은 눈치로 감을 잡았다.

푸른빛을 깨치다

"내가 아가씨께 해를 끼칠 까닭이 없지 않느냐. 내 진심을 너마저 의심한다면 서운하다."

칠십 먹은 할머니도 미남 앞에서는 가슴이 떨린다고 했다. 향월은, 자신과 엮일 가능성이 전혀 없는 사람임에도 불구하고, 아름다운 수겸의 하소연에 마음이 약해지는 걸 느꼈다.

"저……, 쇤네는 다른 것은 모르옵고……."

머뭇거리는 계집종을 앞에 두고 그는 끈기 있게 기다렸다.

"……무사님의 고향에 대해 말씀 나누시는 걸 들은 일은 있사와요."

원하는 답을 들은 수겸은 향월에게 화사하게 웃어 주었다.

"고맙구나. 네 나를 믿어 주어 기쁘고, 아가씨가 간 곳을 짐작할 수 있게 되어 다행이다."

분에 넘치는 상전의 인사에 향월은 다시 얼굴을 붉히며 몸을 비비 꼬았다.

수겸은 눈을 감고 잠시 생각을 정리했다.

'색목인의 고향. 어디인가?'

그는 이십대 중반의 청년이었다. 선왕 재위 시에 출생한 자일 것이다. 선선왕 때 한자리했던 박연(朴淵;벨테브레)의 후손이라기에는 나이가 맞지 않았고, 북쪽의 나선이나 청을 통해 양인의 피가 흘러들어 왔다는 말은 들은 일이 없었다.

그렇다면, 왜를 통해 도망쳤다던 남만인의 핏줄일 공산이 컸다.

'이십오 년 전, 그들은 어디 살았는가.'

눈을 뜬 그는 나긋하게 향월에게 말을 걸었다.

"대강 알겠구나. 우리가 서두르면 아가씨를 따라잡을 수 있을지도 모른다."

우리?

향월은 당황했다.

"나와 함께 가 주지 않으련? 네가 있으면 아가씨가 나를 덜 경계할 것 같아서 그런다. 연모하는 분이 눈앞에서 도망쳐 버린다면 너무나 마음이 아플 것 같구나. 너의 거취에 관해서는 노비 문서를 사들여 확실히 할 터이니 안심해도 괜찮다."

이 말은 온전히 진실이었다. 계집종은 움직임에 거치적거리겠지만 예하를 대면한 순간 유용하게 사용될 패였다. 아니, 기실 그가 향월에게 한 말은 모두 진실이고 진심이었다. 다만 말의 효과를 높이기 위해 표현에 다소 기교를 넣었을 뿐이다.

향월은 거절할 수 없었다. 어차피 돌아가 봤자 다른 집에 노비로 보내질 팔자, 이 댁에서 사 주어 아가씨와 선비님을 모실 수 있다면 더 바랄 것 없는 처지였다. 먼 길 갈 일이 암담하긴 했으나 그 길 내내 선비님과 함께일 거라고 생각하면 꼭 나쁜 것도 아니었다. 더구나 무척 친절하시지 않은가. 힘들게 부려먹지는 않으실 것 같았다.

어렵사리 고개를 끄덕이는 향월에게 수겸은 기쁜 낯으로 답했다.

"그래. 가급적 빨리 떠나려 하니 채비를 서두르도록 해라. 내 너의 마음은 잊지 않으마."

푸른빛을 깨치다

공연히 얼굴을 붉힌 향월이 방을 나가자 잠깐 혼자 앉아 있던 수겸은 휘파람을 불었다. 문이 열리고 적색 무복을 입은 땅딸막한 사내가 들어와 그의 앞에 부복했다.

"길을 떠날 것이다. 일행에 계집이 끼었으니 허튼짓 않을 아이들로 몇 고르도록 해라. 너와 나만 뒤에 처지고 나머지는 앞서 가며 길을 트는 게 좋겠다. 장비 너는 평복을 하고."

장비라 불린 사내는 읍하더니 수겸에게 물었다.

"먼저 떠나는 아이들은 어디로 보내오리까?"

수겸은 천장을 한번 올려다보았다.

부질없는 짓일지도 몰랐다. 성공이 보장되지 않는 사냥질은 낭비라는 생각도 했다. 그러나 이대로 놓아 버릴 마음은 들지 않았다.

틀릴 수도 있었다. 하지만 맞기를 기원하는 수밖에 없었다.

"행선지는 강진康津이다. 전라도 강진."

그의 말이 떨어지자 장비는 지체 없이 방을 나섰다. 수겸도 채비를 차리러 작은사랑으로 발길을 옮겼다.

그리하여 모두가 길을 떠나게 되었다. 명하도, 예하와 유안도, 그들을 쫓는 정원대의 가병家兵들도, 향월을 동반한 수겸과 그의 협객들도, 각기 정보의 한 조각씩을 쥐고 같은 것을 향해 움직였다.

봄꽃이 한차례 물갈이를 하는 춘삼월의 끝자락이었다.

목적지와 노정路程은, 같고도 달랐다.

9

초조하다. 불안하다. 마음에 들지 않는다.

말 잔등에서 내려다보이는 푸른빛이 수겸은 죄 거슬렸다. 최대한 서둘러 떠났지만 예하를 따라잡을 일은 요원했다. 목적지를 추측할 뿐 이동 경로를 알고 있는 것은 아니었으므로.

수겸은 생각했다.

그자는 개일 뿐이다.

혹은 늑대일 수도 있다.

문제는 개가 아니라 예하였다. 본래 견고한 신뢰로 묶여 있던 두 사람이다. 인정하고 싶지 않지만 유안은 상당히 잘난 사내였다. 거느리는 아랫것에서 생명을 맡긴 보호자로 격상된 지금, 예하의 눈에 그는 지나치게 멋질 것이다. 하나부터 열까지 그에게 의지할 수밖에 없는 예하가 이전보다 짙은 빛깔의 감정을 품게 될 가능성은 아주 높았다.

수겸은 기분이 몹시 좋지 않았다.

*

예하와 유안은 결국 깊은 잠을 자지 못한 채 기방을 나섰다. 술자리가 떠들썩한 저녁 무렵이었다. 드나드는 손님과 시종들을 피해 구석의 쪽문으로, 허름한 차림을 한 남녀가 짐을 하나씩 지고 걸어 나갔다.

골목길엔 술집으로 향하는 한량들의 웃음소리가 낭자했다. 금상의 화폐 정책을 바탕으로 상업이 발달하다 보니 금전적으로 여유 있는 자들이 늘어나고 술집이 성업하게 되었다. 희빈 장씨의 당숙인 장현張炫이 중국에서 들여온 투전鬪牋 또한 화폐의 출현에 힘입어 전국을 휩쓰는 중이었다. 술과 여자와 노름, 이 세 가지를 제공하는 기방은 연일 문전성시를 이루었다.

원칙적으로 양반의 출입이 금지되어 있는 곳이라 기방의 주 고객은 부유한 중인들이었다. 그중에서도 신분은 낮으나 임금을 가까이서 모시는 별감別監이란 자들과, 세상을 알아야 한다는 구실로 기방에 드나드는 무관들이 한양의 유흥가를 좌지우지하는 핵심 세력이었다. 기방은 그들을 중심으로 온갖 불의한 일들이 모의되는 조선 사회의 뒷면, 날것 그대로의 완력이 지배하는 어두운 곳이었다.

"이제 말해 줄 수 있니? 어떻게 여기 출입하게 된 건지?"

잠깐의 관찰만으로도 예하는 이곳이 그녀가 속해 있던 세계와 판연히 다른 별세상임을 알 수 있었다. 유안은 이 세계와 어떤 끈으로 연결돼 있는 걸까? 그녀는 의문했다.

질문을 받은 그는 잠깐 망설이더니 초립을 만지작거리며 고개를 숙였다.

"아가씨가 방으로 들고 나면 나리께서 저를 이리로 보내곤 하셨습니다. 악공의 신분으로 피리를 불며 연회에 참석하였지요. 그렇게 수집한 정치판 이야기들이 간혹 나리께 유용했던 것으로 알고 있습니다."

"아버님이 네게 간자間者 일을 시키셨다고?"

의외의 대답에 예하는 눈을 동그랗게 떴다. 유안은 예하에게 어색하게 웃어 보였다.

'대체 난 이 사람에 대해 뭘 알고 있었지?'

그녀는 경악했다.

나밖에 모르는 숙맥이라고 믿었건만, 세상 돌아가는 소식을 누구보다 먼저 접한 첩자였단 말이야? 밤마다 호사스런 잔치에서 기녀들에 둘러싸여 음악을 연주했다고?

"이런 곳에 드나들다 보면 여러 유형의 사람을 만나게 됩니다. 정 선비의 아버지 정 주부도 몇 번 보았지요. 잇속에 밝은 사람이나 정치와는 무관하다고 나리께 보고 드린 일이 있었습니다. 정 선비는 발걸음한 일이 없었구요. 아마 그의 수하는 드나들었을 거라 믿습니다만."

비로소 그녀는 아버지가 유안에게 자신을 부탁했던 까닭을 알 것 같았다. 그는 단지 무예나 기술에만 능한 게 아니라 시류를 읽고 대처할 수 있는 능력까지 가진 것이었다. 사람을 파악하는 법, 대화의 행간을 읽는 법까지, 그는 긴 시간 보고 배운 거였다. 그런 유안이 자신의 명령이면 무어든 따를 거라 생각했다니 얼마나 어리석었나 싶었다.

그는 약간 껄끄러운 듯 예하를 내려다보고 있었다. 보여 주고 싶지 않은 모습이었을지도 모른다는 생각이 문득 들었다. 그녀를 항상 아이 취급하는 유안이기에, 어른들의 지저분한 세상에 발 담근 자신을 드러내고 싶지 않았을 수도 있었다.

그녀는 조심스레 손을 뻗어 그의 소맷자락을 잡았다.

"내가 널 늘 든든하게 생각하는 건 알지?"

아침상 앞의 기녀처럼 산드러지게 마음을 표현할 수 있으면 좋으련만, 예하는 그런 애교를 배우지 못했다. 전심으로 믿고 따르는 소중한 사람에게 겨우 이런 정도의 몸짓밖에 할 수 없는 자신이 한심해서 슬펐다.

하지만 유안은 미소를 지어 주었고, 어스름 저녁 빛에 온후한 그 표정은 언제나처럼 그녀에게만 다정했다. 아까 기녀에게는 보여 주지 않았던 얼굴이었다, 분명히.

"인사 없이 그냥 가도 괜찮은 거야?"

조그맣게 묻는 예하의 말에 그는 이편이 덜 번거롭다고 짧게 답했다.

"그 사람들이랑은……, 깊은 사이였니?"

말을 해 놓고 보니 너무나 민망한 표현이어서 예하는 고개를 숙였다.

 상관없다, 상관없어, 아무리 다짐해도 사실은 상관없지 않은 모양이었다. 유안은 나를 떠나지 않아, 몇 번이나 되뇌어도 또다시 불안했다. 그 사람이 아무리 예뻐도 남이야, 유치하게 중얼거려 봐도 대답을 기다리는 가슴은 불규칙하게 두근거렸다.

 "저이들은 상처가 많은 사람들입니다. 음악으로 위로를 받은 거겠지요. 그러다 보니 음악을 전하는 제가 달리 보이기도 했던 모양입니다. 제게는 다른 의미는 없었습니다."

 유안의 대답은 담백했다. 저들이 나를 좋아한 것은 사실이다. 나는, 아니다.

 예하는 마음이 놓이는 중에도 어쩐지 가슴 한구석이 시큰해지는 기분이었다. 마치 주제넘은 연민을 느낀 듯.

 "그래. 잊어버리고 있었구나. 네가 피리를 잘 불었지."

 아스라한 옛 기억을 떠올리며 그녀는 중얼거렸다. 행복한 추억이 그려낸 잔웃음이 얼굴에 떠올랐다.

 아직 바깥출입이 자유롭던 어린 시절, 유안은 그녀를 데리고 뒷동산에 올라가 피리를 불어 주곤 하였다.

 긴 머리를 휘날리며 피리를 부는 유안이 정말 예뻐 턱을 괴고 주저앉아 하염없이 보았다. 파란 눈을 반쯤 덮은 길고 짙은 속눈썹을, 피리에 가볍게 닿은 붉은 입술을, 미끈하게 흐르는 손가락의 움직임을.

 시간 가는 줄 모르고 그의 피리 소리를 들었다. 섬세하고 풍

푸른빛을 깨치다

부하지만 청승스럽지 않은, 그만의 우아한 음악을.

맑은 날 나뭇잎 사이로 흐르는 청명한 피리 소리가 얼마나 좋았는지 모른다.

눈을 지그시 감고 선율에 몰입하는 유안의 모습이 얼마나 멋졌는지 모른다.

"다음에 안전한 곳에서 또 들려 드릴게요."

그녀의 마음을 읽은 그가 부드럽게 말했다. 예하는 수줍게 웃어 보이며 고개를 끄덕였다.

터울 많이 지는 오빠를 따라가는 어린 여동생처럼 예하는 덩치 큰 유안의 뒤를 바짝 따랐다. 하늘엔 둥실 달이 떠올랐지만 그녀의 눈에는 그가 더 크고 밝아 보였다. 사치스럽게 차려입은 사내들이 곁을 지났지만 그 누구보다도 유안이 가장 잘나 보였다.

"인경 칠 때까지 이렇게 걷다가 이후에는 다시 어제처럼 업어 드리겠습니다. 내일 아침쯤에는 도성 밖으로 나갈 수 있을 테니 거기서부터는 낮에 움직이도록 하지요."

유안은 예하에 맞춰 보폭을 줄이며 걸었다. 어깨 아래 자그마한 그녀에게서 잠시도 눈길을 떼지 않았다.

그녀는 예뻤다. 폭이 좁고 빛깔 없는 무명 치마를 입었지만, 양가의 규수가 쓰는 장옷 대신 평민의 쓰개치마를 둘렀지만, 예하는 변함없이 곱고 사랑스러웠다. 어쩌면 신분이 주는 무게를 덜어 버려 오히려 더 가뿐하고 발랄해 보이는 것 같기도 하였다.

갈 길이 멀고 험함에도 불구하고, 유안은 입가에 배어 나오는 미소를 거둘 수가 없었다.

도성 밖 마장리馬場里에 도착한 것은 아침이었다. 등짐을 가슴에 매고 예하를 업은 채 밤새 달린 유안은 다소 피로해 보였다. 아름다운 흰 얼굴에 거무스름하게 그림자가 져 푸른 눈이 더 깊어 보였다.

예하도 곤했다. 유안의 등이 아무리 편안해도 거기서 잠들 수는 없는 일이었다. 이 동네 명물이라는 가리국밥을 받아 들었지만 입이 깔깔해 넘어가지 않았다.

"여기서 말을 사려고 합니다."

유안이 말했다.

"이곳에 큰 목마장이 있습니다. 게다가 이 지역엔 이주민이 많아 우리에게 크게 신경 쓰지 않을 겁니다. 말을 타면 아무래도 기동력이 나아지겠지요."

위험부담은 있었다. 남녀가 함께 말을 타고 움직이면 걷는 것보다 눈길을 끌 가능성이 높았다. 하지만 예하가 전라도까지 걸어 내려가는 건 무리였고, 최소한의 의식주를 해결하려면 야행夜行만 해서는 안 되니 그가 그녀를 업고 걷는 데도 한계가 있었다.

"기방에는 북쪽으로 올라갈 것처럼 언질을 남겨 두었습니다. 혹시 뒤따르는 자가 있더라도 따돌릴 수 있겠지요."

유안은 누구도 믿지 않았다. 예하와 자신은 세상에 단둘뿐

푸른빛을 깨치다

이었다. 기녀들은 물론이거니와, 마음 깊은 곳까지 까발려서 말하자면, 그는 명하나 민우상 공도 온전히 신뢰하지 않았다. 그들에게는 예하보다 더 소중한 무엇인가가 있었다.

"이제부턴 마을을 통과하면서 가게 되겠지? 내가 찬모로 날품을 팔아서 노자를 벌게. 금붙이를 파는 건 수상해 보일 테니까 어지간하면 안 하려구."

억지로 국밥을 욱여넣으며 예하가 말했다. 유안은 눈썹을 찌푸렸다.

"그런 일 안 하셔도 됩니다. 아가씨께 험한 일 시킬 생각 조금도 없습니다. 제가 장작을 패도 노잣돈은 나옵니다."

예하는 고개를 저었다.

"하게 해 줬으면 좋겠어. 너한테 뭔가 조금이라도 도움이 되고 싶구나. 난 여전히 너의 주인이지만……"

조금 망설이며 입술을 깨물다가 그녀가 말을 이었다.

"……더 이상 네 상전은 아니야."

말을 해 놓고 나니 어쩐지 눈물이 날 것 같아 예하는 머리를 숙였다.

그의 상전이고 싶지 않았다. 이 짧은 여정에서만이라도 그저 사람 대 사람으로 유안을 대하고 싶었다. 그에게 의지하고 그를 신뢰하는 작은 존재로 솔직하게 유안을 올려다보고 싶었다. 강한 척하지 않고 연약한 모습 그대로 그의 손에 매달려서 가고 싶었다.

유안은 말없이 그녀를 바라보았다. 내 처지가 형편없으니 네 상전 노릇을 해 줄 수 없다. 그녀의 말은 그런 뜻이 아니었다. 영원히 그의 주인일 수밖에 없는 여자는 스스로 한 발짝 내려딛으며 두 사람 사이에 남들이 쌓아 놓은 벽을 깨뜨려 버렸다.

유안은 수저를 조용히 놓았다.

위험하다.

식사를 마친 그들은 말을 한 필 샀다. 먹는 양에 비해 힘이 세다던 마주馬主의 자랑이 거짓은 아니었던 듯, 말은 두 사람을 함께 태우고도 힘든 기색 없이 씩씩하게 잘 걸었다.

"제게 기대서 조금 주무십시오. 그러시고 나면 저는 내리겠습니다."

예하는 졸지 않았다. 유안에게 업혀 이틀 밤을 날았으나 등 뒤의 그는 또 다른 느낌이었다. 단단하고 묵직한 팔이 그녀의 몸을 감싸고 있었다. 심장 소리가 안정된 울림으로 그녀를 다독였고 따뜻한 숨결이 정수리 위로 쏟아져 내렸다. 익숙하지만 가슴 설레는, 진하지만 결코 불쾌하지 않은 유안만의 체취가 부드럽게 그녀를 휘감았다.

"다시 같이 길 떠나는 날이 있을 줄은 몰랐지."

감상에 젖어 예하는 속삭였다.

그와 함께 외가에 갔던 것이 불과 얼마 전이었다. 마지막이라고 생각했던 첫 동행.

그때와는 모든 것이 달랐다. 눈앞에 펼쳐진 길은 더 이상 얼음 섞인 진흙 길이 아니고 매끄러운 연초록 봄 길이었다. 그녀는 그의 상전이기를 포기했고 두 사람은 같은 말에 함께 올라 있었다. 혼약은 파기되었다. 그리고 이 길은 한번 가면 다시 돌아오지 못할지도 모르는 기약 없는 길이었다.

"이런 날이 올 거라곤 생각도 하지 못했구나."

그녀가 내쉬는 작은 한숨에 유안이 예하의 어깨를 가볍게 쥐었다가 놓았다.

예하는 심란했다. 아주 복잡한 심경이었다. 유안은 그녀를 위로하고 있었지만, 그녀는 자기가 정말 위로받고 싶은 건지 판단하기 어려웠다.

머리에서는 알고 있었다.

'나는 지금 굉장히 어려운 처지에 놓여 있어. 아버님과 오라버니가 위험하고 가문의 존폐가 불분명한 상황이야. 평생 도망 다니며 살아야 할지도 몰라. 유안은 나 때문에 덩달아 힘들게 되었어.'

그런데 가슴은 다르게 말하는 것이었다.

'유안과 함께 바라보는 드넓은 하늘이 좋아. 촉촉한 꽃길을 같이 걸어서 좋아. 우리 두 사람뿐이니까 누구의 눈치도 보지 않고 유안한테 웃을 수 있고 그 미소를 보며 가슴 아파하지 않아도 돼. 그래서 행복해⋯⋯.'

길가에는 아름드리나무들이 굳세게 서 있었다. 둥치가 사람 서넛 합쳐 놓은 것 같고 가지는 열댓 명을 가릴 만큼 무성한, 마을의 수호신 같은 고목들이었다.

"저건 느티나무입니다. 보통 마을 어귀에 심고 근처에 성황당을 짓곤 하죠. 집 안에는 안 심지만요."

귓가에 속살거리는 유안의 음성에 흠칫 놀란 예하가 어깨를 움츠렸다. 의지와 상관없이 뺨이 달아올라 당황스러웠다. 무슨 말을 하고 있는지도 모른 채 그녀는 급하게 물었다.

"왜? 어째서 느티나무는 집 안에 안 심지?"

유안이 고개를 기울여 그녀의 옆얼굴을 빤히 쳐다보았다. 집 안에 큰 나무를 심지 않는 것은 울타리 안에 나무가 있는 형상이 한자의 곤고할 곤困 자와 같기 때문이라는 걸, 예하가 모를 리 없었다. 하지만 그녀는 얼굴을 돌려 버렸고, 무안해할까 싶어 유안은 다른 설명을 덧붙였다.

"은행나무나 느티나무같이 오래 사는 나무는 귀신을 부르고 음기를 세게 한다고 해서 집 안에 심지 않습니다. 게다가 거목을 자르면 동티가 난다고 해 함부로 베지도 못하니 뜰에 두었다가는 애물단지가 되고 말지요. 그래서 성황당 가까이 심는 거겠죠. 귀신을 모시는 곳이니까요."

예하는 나무를 다시 쳐다보았다. 늠름하기 그지없었다. 느티는 육중하고 은행은 우아하고, 어느 쪽이나 유안을 닮은 듯 든든하였다. 뭇사람들 눈에 귀신과 재앙을 부르는 두려운 존재일지 모르지만 그녀에게는 믿음직한 수호 정령이었다. 유안이 그러하듯이.

'정신이 어떻게 된 걸까? 무얼 봐도 유안으로 보이니.'

하늘은 그의 눈빛을 생각나게 했다. 나무는 건장하고 유연한 그의 몸을 떠올리게 하였다. 하얀 구름은 유안의 살갗 같아 만져 보고 싶었고 영산홍은 입술처럼 보드라워 보였다. 생명력으로 가득한 초록 풀잎은 유안의 머리카락처럼 찰랑찰랑 윤기가 났다.

바로 뒤에 본인을 앉혀 둔 채, 예하는 세상 만물에서 유안을 보고 있었다. 너무 피곤해서 제정신이 아닌 모양이었다. 아니면 그의 향기에 취해 정신이 몽롱한 모양이었다.

"내려서 잠시 꽃을 보시겠습니까? 새로 핀 꽃들이 참 예쁩니다."

유안이 예하를 번쩍 들어 말에서 내려 주었다. 그의 말대로 길가에 핀 꽃이 무척 고왔다. 이파리가 돋기 전에 피었던 이른 봄꽃은 다 지고 사월은 새로운 꽃으로 가득 차 있었다.

"이 희고 조그만 꽃은 말발도리라고 합니다. 보라색 잔꽃의 이름은 털개화구요. 아가씨는 모란이나 작약에 익숙하시겠지만 길에서 보긴 어렵죠. 아, 저기 금대화도 피기 시작했네요. 처음에는 황록색이다가 붉게 변하는 희한한 꽃이랍니다."

커다란 손으로 조심조심 꽃잎을 쓰다듬으며 유안은 예하에게 꽃 이름을 가르쳐 주었다. 길가에 핀 야생화들은 하나같이 작고 소박했지만 초라하지 않았다. 보고 있으면 웃음이 나오는 기특한 꽃들이었다.

"저 종이처럼 생긴 꽃은 뭐야? 굉장히 특이하다."

그녀가 가리킨 곳에는 흰 닥종이를 십자로 엮어 놓은 것 같은 꽃들이 나무 가득 피어 있었다.

"산딸나무입니다. 꽃잎이라고 생각하신 건 사실 꽃이 아니고 그 가운데 뭉쳐 있는 게 꽃이랍니다."

꽃에 손가락을 댄 채 예하는 경탄의 눈으로 유안을 쳐다보았다.

"넌 어떻게 꽃에 대해서까지 그렇게 잘 알아?"

부드럽게 웃으며 약간 쑥스럽다는 듯이 그가 대답했다.

"제가 늘 따다 드렸지 않습니까."

그랬다. 꽃이 필 때마다 유안이 한 아름씩 꺾어다 주었다. 매일매일 새로 갖다 주는 꽃으로 봄여름 그녀의 방은 숨 막힐 정도의 향기에 잠겨 들곤 하였다.

"그래도 이름을 다 꿰고 있는 줄은 몰랐지……."

예하는 어쩐지 부끄러웠다. 생각해 보니 그는 정말 다정했었다. 그때는 당연하게 생각했던 일이었다. 꽃을 받을 때마다 기쁘고 좋았지만, 오늘은 어떤 꽃을 갖다 주려나 설레며 기다렸지만, 당연하게 받아들였던 게 사실이었다.

그런데.

"그 사람들한테도 꽃을 준 일이 있었어?"

머릿속에만 머물러야 했던 말이 입 밖으로 튀어나와 예하는 소스라치게 당황했다. 손사래를 치며 몸을 트는데 유안의 즉답卽答이 들렸다.

"아니요. 아무한테도 꽃을 꺾어 준 일은 없습니다. 아가씨밖에 없었습니다. 저에게서 꽃을 받은 여인은, 아니, 사람은."

그의 대답은 마치 그녀의 속마음을 읽은 듯 불필요하게 상

푸른빛을 깨치다

세하고 단호했다. 안 그런 척하면서도 계속 기녀들을 신경 쓰고 있던 예하는 달아오른 얼굴을 돌릴 수가 없었다. 그에게 뒷모습을 보이는 것만으로도 죽도록 창피했다.

이게 무슨 유치한 강샘일까.

"저기, 저 뒤에 있는 쪼그만 꽃은 뭐야? 벌이 굉장히 많이 모였네?"

분위기를 바꿔 보려고 예하는 뒤쪽을 손가락질하며 물었다.

"그건……, 홍자단이라고 하는 꽃입니다. 찔레의 일종이지요. 꽃은 자잘하고 볼품없지만 꿀이 많은가 봅니다."

생각지도 못했던 이름에 예하의 가슴이 지끈했다.

홍자단.

분명 유안과 관계있다는 기녀의 이름이었다.

자단이란 이름은 이 꽃에서 딴 걸까? 그럼 그이는 어제 본 기녀처럼 화려한 사람이 아니라 저 꽃처럼 올망졸망 귀여운 여자일까? 그럼에도 거부할 수 없는 색향을 풍겨 남자를 사로잡는 매혹적인 여인인 걸까?

꽃망울을 만지는 손끝이 가늘게 흔들렸다.

유안이 머리를 갸웃하더니 그녀에게로 다가왔다.

"열이 있습니까, 아가씨?"

그의 커다란 손이 이마에 닿자 예하는 정말로 고열이 뻗치는 것 같았다. 움찔 뒤로 물러나려 했지만 나무에 걸려 그럴 수 없었다. 유안은 미간을 모았다.

"밤바람을 쐰 것이 나빴나 봅니다. 얼굴도 빨갛고 말이죠.

오늘은 노숙을 해야 하는데 큰일이네요."

아직 한양 가까운 곳이라 남의 집에 들어가 묵겠다고 하기는 어려웠다. 숙박 시설 같은 것은 나루터 근처가 아니면 찾기 힘들었고, 기방에서 얻어 온 주먹밥이 있으니 하룻밤 산기슭에서 자는 게 제일 나은 방편이었다. 예하도 잘 알고 있었다.

"아냐, 아프지 않아. 꽃향기가 너무 강해서 좀 어지러웠나 보다. 괜찮아."

예하는 자꾸만 초라해지는 자신을 추스르며 허리를 폈다. 두 사람에게 남아 있는 여정은 아직 길었지만 쓸데없는 불안이나 의심으로 축내기엔 너무 짧았다. 서로의 존재를 누리기에도 부족한 날들을 무의미한 부러움 따위로 낭비할 수는 없었다.

"가자. 노숙이라니, 말만 들어도 가슴이 두근거리는구나."

그녀는 생긋 웃으며 유안의 팔을 잡아끌었다. 유안이 순간 그답지 않게 얼굴을 붉힌 것은, 돌아서서 씩씩하게 걷던 그녀는 볼 수 없었다.

노숙이란 예하가 생각한 것처럼 낭만적이지는 않았다. 밤이 되자 꽤 추웠다. 모닥불을 피웠지만 축축한 삭정이는 활활 타주지 않았다. 기방에서 얻어 온 주먹밥은 말라비틀어졌고 작은 산짐승들이 지나가는 소리가 선뜩했다.

"냇물이 너무 차가워서 얼굴이 얼어 버린 거 같아."

세수를 마친 예하가 손으로 얼굴을 문지르며 투덜거렸다. 유안이 웃었다. 씻지 않으셔도 예쁜데 춥게 왜 그러셨어요.

푸른빛을 깨치다

풀이 누운 땅바닥에는 그가 가져온 큰 보자기가 두 겹으로 깔려 있었다. 그는 두루마기를 벗어 예하의 어깨에 덮어 주었다.

"춥고 딱딱해서 잠들기 힘드실 겁니다. 제 무릎을 베고 누우세요."

이까지 닦았더니 온몸이 덜덜 떨리는 게 사실이었다. 그녀는 꽤 오랫동안 망설였지만 결국 유혹에 졌다.

"따뜻하긴 한데 딱딱하기론 목침 못지않은걸."

발쪽을 보고 허벅지에 모로 누운 그녀가 민망함을 감추려 중얼거렸다. 유안은 하하 크게 웃었다.

"곤하실 겁니다. 꿈 없이 푹 주무세요. 제가 있으니 짐승도 귀신도 못 옵니다."

그가 허리를 굽히고 상냥하게 속삭였다. 밤이라 풀어 내린 그의 머리카락이 그녀 귀 뒤쪽으로 살랑거렸다. 네가 이렇게 잘 웃는 사람인 줄 아무도 모를 거야……. 공연히 흐뭇해서 예하는 혼자 웃었.

눈앞에 그의 큰 발이 보였다. 그 아래로는 수풀과 잡목이 모닥불 빛에 푸르죽죽했다. 눈을 조금 들었더니 별빛 총총한 밤하늘이 보였다.

눈꺼풀이 점점 느리게 깜빡였다.

"네가 나오는 꿈을 꿨으면 좋겠다."

잠꼬대처럼 웅얼거리며 예하는 눈을 감았다. 몸도 마음도 완전히 이완되어 순식간에 깊은 잠에 빠져들어 버렸다. 얼마

만에 이렇게 편안한 마음으로 잠드는 걸까. 마지막 순간에 잠깐 생각했을 뿐 그녀는 곧 의식을 놓았다.

유안은 꼼짝도 하지 않고 예하를 내려다보며 앉아 있었다.

보이는 것은 갸름한 옆얼굴, 통통한 귓불, 가느다란 목.

느껴지는 것은 뽀얀 숨소리, 가볍게 오르내리는 어깨, 속눈썹의 잔잔한 떨림.

그녀의 얼굴은 동그랗고 조그맣고 잠든 모습마저 야무지게 또랑또랑했다.

하지만 예하는 더 이상 어린애가 아니었다. 이 세상 누구보다 유안 자신이 잘 알고 있었다. 사람들이 아직 그녀를 아이로 생각하고 있을 때조차도 그에게는 예하가 그 이상의 무엇이었다.

손가락을 들어 올린 유안은 예하의 얼굴선을 따라 허공에 윤곽을 그렸다. 천천히. 손은 목 근처까지 갔다가 멈추어 아래로 내려가지도 못하고 얼굴을 쓰다듬지도 못한 채 굳었다.

이를 사리물었다.

만지고 싶었다. 그러나 할 수 없었다. 울고 있는 그녀를 머리를 쓰다듬어 달랬었지만, 몸을 붙이고 함께 말을 탔지만, 등에 업고 밤공기를 갈랐지만, 지금 이 순간 그녀에게 손을 댈 수가 없었다.

아무도 꾸짖을 사람 없고 예하 역시 나무라지 않을 텐데, 그녀의 몸에 손가락 끝도 댈 수 없었다.

한번 닿으면 떼지 못할 것 같았다. 지금은.

유안은 주먹을 쥐며 손을 잡아당겼다. 아까 그녀가 잡았던 팔꿈치가 욱신거렸다. 아주 어렸을 적을 빼면, 예하가 먼저 닿아 온 것은 처음이었다. 그녀의 살갗이 닿았던 곳이 불을 맞은 듯 뜨거웠다.

그는 깊은 한숨을 내쉬었다.

"나를 흔들리게 하면 안 됩니다, 아가씨."

마치 그의 말을 들은 듯 그녀가 코를 살짝 실룩였다. 유안은 씁쓸하게 웃으며 머리카락을 쓸어 올렸다.

"비겁하구나. 예하한테 책임을 전가하다니."

팔을 뒤로 뻗어 몸을 느슨하게 기댄 그는 고개를 한껏 젖히고 하늘을 보았다. 산골의 별은 곧 떨어질 듯 서로 부딪치며 와글거리고 있었다. 머리카락이 바람에 눈을 가렸다. 모닥불 숯내 사이로 백랍나무 꽃향기가 진하게 났다.

"나는 네가 행복하기만 하면 되는데."

늘 하던 다짐이 자신의 귀에 공허하게 울렸다. 유안은 눈을 감았다. 그의 의지를 배반한 마음의 소리가 입술을 비집고 느리게 흘러나왔다.

"어쩌지, 예하야? 자꾸만 욕심이 생기려고 해……."

10

"누가 우리를 남매라고 믿겠어?"

예하는 유안의 계획이 그다지 미덥지 않았다. 남매인 척하고 마을에 들어가자니. 새하얗고 눈 푸른 그와 벌써 봄볕에 그을린 조그마한 그녀는 누가 보아도 혈연으로 생각될 리 없었다.

"이복이라 할밖에요. 그래도 그게 제일 안전한 설정 아닙니까. 부부라고 하면 방을 따로 쓸 수가 없으니까요."

"그거야 그렇지만……."

구시렁거렸지만 예하라고 딱히 대안이 있는 건 아니었다. 아가씨와 종자從者로 행세하면 의심을 살 테고 반대여도 마찬가지일 것이다. 그리고 물론 한방을 쓸 수는 없었다.

"사람들과 마주치는 걸 가급적 피할 생각이지만 전혀 접점 없이 갈 수는 없습니다. 인간답게 살려면 말이지요. 저야 생나

물에 들짐승만 먹으며 살 수도 있겠으나 아가씨껜 제대로 된 식사와 숙소가 필요합니다."

야행과 한뎃잠으로 지친 그녀의 얼굴을 안타깝게 내려다보며 유안은 달래듯 말했다.

마침 그들이 지나는 마을에는 잔치 준비를 하는 집이 있었다. 크게 세도 있는 가문은 아닌 듯했으나 어쨌든 양반 댁으로, 동리에서는 비교적 행세하는 집으로 보였다. 예하와 유안은 그 집을 기웃거리며 날품 팔 일이 있는지 물었다. 청지기가 반색을 하며 유안의 호패를 맡아 들었다.

"잘되었네. 처자는 부엌에서 일을 거들고 젊은이는 힘쓰는 일을 하게. 모내기철이라 일손 구하기가 쉽지 않아. 삯은 섭섭잖게 쳐 주실 걸세."

예하가 아낙네들 손에 이끌려 가는 걸 확인한 유안은 남자들과 더불어 차일을 치고 유둔油芚을 깔며 무거운 것을 날랐다. 잔치는 굉장히 호사스러울 모양이었다. 사등롱紗燈籠과 양각등羊角燈이 곳곳에 달렸고 갖가지 문양 화려한 병풍이 둘러졌다. 준비된 자리도 만화방석滿花方席에 등메에 담방석까지 사치스럽기 짝이 없었다. 심지어 타구唾具나 요강도 죄 백동과 옥으로 만든 것이었다.

보이는 것보다 재물이 많은 집인가 싶기도 했지만 대체 무슨 잔치인가 궁금해지기도 해, 그는 부러 다른 일꾼들 가까이에서 일하며 그들의 대화에 귀를 기울였다. 품 파는 자들은 대부분 나이 먹은 동네 사람들이었는데, 집주인이 마을에서 그다지 존경받는 사람은 아닌 모양인지 그들 사이의 대화가 자못 비아냥스러웠다.

"오늘 오는 손님이 과거 급제한 사람이라며? 귀향길에 잘 보여서 콩고물이나 얻어먹으려고 이 난리를 치는 거라대?"

"그러게. 급제한 사람 집에는 기둥이 무너질 만큼 사람들이 몰려든다더니 참말인가 보네. 생판 남인데도 이리 법석을 떠는 걸 보니."

과거가 치러진 게 언젠데 이제야 귀향하다니 한양에서도 꽤나 놀았나 보다. 유안은 쓰게 웃으며 생각했다. 우습고도 한심한 일이었다. 과거 시행 과정에서의 부정과 비리는 이미 공공연한 비밀이었고, 거기 들어간 뒷돈의 본전을 뽑으려니 차후 백성들을 수탈하는 것은 당연한 수순이다시피 했다. 그렇게 탐관오리가 되겠노라 각오한 급제자들에게 다시 뇌물을 바치며 뒷배를 부탁하는 토호土豪들의 관행 역시 새삼스러울 것 없었다.

"그나저나 여자 하나 또 죽어 나가게 생겼구먼."

유안 가까이 있던 사내가 중얼거렸다. 다른 사내 하나가 맞장구를 쳤다.

"그러게 말일세. 이 집에서는 누굴 바치려나? 객첩客妾을 사양할 만큼 양심적인 놈일 리가 없겠지?"

"객첩이 뭡니까?"

유안이 슬쩍 대화에 끼어들었다. 자기네들끼리 이야기하던 동네 사람들은 외지인을 잠시 경계의 눈으로 보다가, 서로 눈빛을 주고받더니 목소리를 낮춰 슬그머니 대답해 주었다.

"양반네들이 저지르는 아주 더러운 짓이지. 자네는 한양서 왔는가? 우리 같은 지방 사람들은 다 안다네."

"쉿. 이 집 식솔들이 들으면 안 돼. 지들도 찔리긴 할 거거든."

다행히도 그들은 유안의 눈 빛깔에 그다지 관심을 기울이지 않았다. 그보다는 낯선 이에게 추문을 들려주는 즐거움이 더 큰 듯했다.

"객첩이란 게 뭐냐면 말이지, 과거 급제하고 귀향하는 선비를 대접하면서 바치는 여자일세. 주인의 첩인 경우도 있고 딸일 수도 있지. 종년은 안 돼. 천한 여자를 바치면 우습게 보는 거냐고 싫어하거든."

기생집 드나들며 다양한 인간 군상을 보아 온 유안이었지만 그 말에는 놀라지 않을 수가 없었다. 천민부터 왕족까지, 제 식구는 누구나 귀하게 생각지 않던가. 생면부지의 남에게 피붙이를 바치다니?

"그럼 그 여자는 어떻게 되는 겁니까? 따라가서 급제자의 부인이나 첩이 됩니까?"

유안의 물음에 사내들은 껄껄껄 큰 소리로 웃었다.

"아이고, 순진한 청년일세. 그럴 리가 있나. 남자한테는 아무런 책임도 없다네. 그저 하룻밤 품고 버리면 그만인 게지. 귀향길에 열 명 넘게 건드리는 경우도 있다던데, 그걸 어떻게 다 건사해."

그들은 히죽거리며 농을 주고받았다. 좋겠다, 누구는. 아무것도 모르는 조강지처는 서방 과거 급제했다고 춤을 추며 기다리겠지. 그런데 그리 접대 받으면 보답은 하나. 그거야 지 맘이지 뭐…….

유안은 경악하여 진저리를 쳤다.

"양가의 여인들이 그렇게 노리개로 취급당한다구요?"

예하가 자라는 모습을 지켜본 그는 양갓집 규수란 게 무엇인지 잘 알고 있었다. 다들 집안에서 다소곳하게 자란 딸들이 아니었겠는가. 시집가서 현모양처로 살겠노라 부덕婦德을 익힌 처녀들이 아니겠는가. 정절을 목숨보다 소중하게 여기도록 교육받지 않았겠는가. 그런데 창기처럼 밤 시중을 들고 그대로 내팽개쳐지다니.

"불쌍한 여자들이지. 과부면 자식도 있고 남들 앞에 떳떳하기라도 하지만 그런 여자들은 평생 오라비 눈치 보며 뒷방에 숨어사는 신세야. 우리 같은 상민이면 어찌어찌 시집을 갈 수도 있겠지만 양반이니 그럴 수도 없고. 사실 나이 먹어 보니 양반이 꼭 부럽기만 한 건 아니더라고."

처음 이야기를 꺼냈던 사내가 혀를 쯧쯧 차며 이야기를 마무리 지었다. 저쪽에서 청지기가 다가오자 그들은 다시 천연덕스레 일에 몰두했고 유안도 더 이상은 그들과 말을 섞지 않았다.

마음이 좋지 않았다. 인생이 공평하지 않고 산다는 건 수치를 감수해야 하는 일이라는 것은, 그 자신 자라 온 날들을 통해 잘 알고 있었다. 하지만 그에게는 스스로를 지킬 최소한의 무력이라도 있었다.

그것마저 없는 여인들은 꺾이고 짓밟혀도 우는소리 한번 못 하고 살아야만 하는 게 약육강식의 이 세상이었다. 남자 형제의 출세를 위해 양가의 규수가 객첩이 되고, 관비는 뭇 사내의 공유물이며, 예악을 전하는 기능인인 기녀는 물건으로 취급당했다. 심지어 공주도 청국에 끌려가 지배자의 첩이 되었고, 어렵사리 환향한 부녀자들은 남편의 가문에서 더럽다고 버림받았다. 삶이란 여자들에게 특별히 더 잔인하고 혹독했다.

'예하도 내가 없었더라면.'

민우상 공의 딸에 대한 애정의 소산이었다. 유안이라는 존재는.

그가 무엇을 획책한 것인지, 왜 이런 사달이 벌어졌는지는 알 수 없지만 처음부터 이런 날을 염두에 두고 자신을 예하에게 붙인 것만은 확실했다. 유안은 오로지 예하를 지키기 위해 길러진 인형人形이며 금혁金革이었다. 수겸의 말대로, 번견番犬이었다.

'공께서는 나를 어디까지 신뢰하고 있는 걸까.'

딸이 기르던 개에게 물릴 가능성은 생각해 보지 않았을까. 내게 예하를 빼앗아 달아날 배짱은 없다고 믿었을까. 정염情炎에 눈이 멀어 모든 것을 배신할 거라고는, 정말 조금도 생각하지 않은 걸까.

자신을 보는 명하의 눈에는 의심이 선명했다. 그는 솔직하고 서툴렀다.

민 공에 대해서는 말하기 어려웠다. 자신의 마음은 알고 있을 것이다. 그럼에도 불구하고 고양이에게 생선을 맡겨 둔 까닭은 무엇일까.

'공의 믿음에 보답하기 위해 자제하는 것이 아닙니다.'

유안은 스스로를 속이지 않았다. 그러기에는 그가 자기 마음을 들여다본 시간이 너무 길었다.

'배반 따위 지금이라도 할 수 있습니다. 모리배가 되어도 배은망덕하다 하셔도 가진 명예가 없는 제겐 무의미할 뿐입니다. 그러나 저는, 예하가 누릴 수 있는 지복至福을 향유하기를 바랍니다. 저보다 나은 처지에 있는 사람과 맺어져 평화롭고 안온하게 살기를 원합니다. 그게 제가 예하를 감히 욕심내지 못하는 까닭입니다.'

단 한 번도 자신이 다른 사내들보다 못하다고 생각해 보지 않았다. 천한 신분에 남에게 묶인 형편이라는 점을 빼면, 그는 늘 스스로에게 당당했다. 이 세상 누구보다 예하에게 깊은 사랑을 줄 자신도 있었다.

하지만 이 사회는 신분이 모든 것을 결정하는 곳이었다.

"쉽지 않구나."

그가 내뱉은 탄식에 옆에서 일하던 사람이 힐끗 그를 돌아보았다.

쉽지 않다, 쉽지 않아. 상하가 분명하던 때에도 자억自抑은 쉽지 않았고 그녀가 천진한 얼굴로 내게 매달리는 지금은 훨씬 더 힘들다. 나란히 달리던 평행선이 꼬여 버린 이제 그걸 다시 풀어야 한다는 건 상상만으로도 생살을 찢는 것처럼 고통스럽다. 예하의 웃는 얼굴을 보는 게 행복한 만큼, 그 웃음에 의미를 부여하지 않기란 어렵다.

예하는.

예하는 나를.

그는 묵묵히 짐을 져 날랐다. 이를 물었다. 고개를 저었다.

알고 싶지 않다.

예하가 어떤 마음으로 나를 보는지는, 조금도 중요하지 않다.

잔치는 시끌벅적하게 밤늦게까지 계속되다가 겨우 마무리되었다. 아버지와 오라비가 검소했던 탓에 그런 구경을 처음 해 본 예하는 쟁반을 들고 오가는 짬짬이 잔치 마당을 엿보며 눈이 휘둥그레지곤 하였다. 화려하게 차려입은 기녀들의 칼춤도 가객歌客과 금객琴客들의 협주도 감탄이 절로 나는 구경거리였다. 잔치 내내 유안이 못마땅한 얼굴을 하고 있었던 게 마음에 걸렸을 뿐 그녀는 나름대로 즐거운 하루를 보냈다. 비록 힘들었지만 천한 일을 한 것도 아니고 술자리에 직접 나갈 일도 없었는데, 그녀는 그저 뒤에서 왔다 갔다만 했는데도, 유안은 아주 불편한 얼굴로 그녀를 쳐다보고 있었다. 내가 일하는 게 그리 싫은 걸까? 예하는 고개를 갸웃거리며 생각했다.

뒷정리가 오래 걸려 한밤중이 되어서야 부엌을 나섰지만 아직 남자들이 기거하는 행랑채에는 인기척이 없었다. 집으로 돌아가는 손님들을 배웅하느라 멀리까지 나간 모양이었다. 예하는 피곤한 몸을 끌고 계집종들과 함께 방에 들어가 머리를 빗기 시작했다. 그때 나이 지긋한 여종 하나가 문을 열더니 그녀를 바깥으로 불렀다.

"그래도 양민인데 종들과 같이 자게 하기는 미안하다는 마님의 말씀이 계셨소. 댁은 별당에 방을 따로 주신다 하니 그리로 가오. 일을 도와준 건 도와준 거고, 어쨌든 손님이니 편한 거처를 주신다는 말씀이라오."

뜻밖의 배려에 예하는 조금 놀랐다. 하지만 생각해 보니 양천良賤의 구분이 당연하긴 하여, 그녀는 보따리를 챙겨 들고 여종을 따라나섰다. 여비女婢들이 이것저것 물어 대면 곤란할 뻔했는데 잘됐다는 생각도 잠깐 했다. 유안이 들었으면 과하다 여겼을 호의였지만, 예하는 아무 의심도 품지 않았다.

별당으로 들어선 그녀는 한 번 더 놀라야만 했다. 누가 쓰던 별당인지 가재도구가 호사스런데다가 비단 금침이 준비되어 있었다. 게다가 문을 사이에 두고 반으로 갈라져 있는 방의 한편에 목욕물이 끓고 있는 게 아닌가.

"씻고 쉬시구려. 본시 손님 접대에 후한 댁이라오. 삯은 내일 아침에 주신다 하였소."

덤덤하게 말하고 여종은 그대로 사라져 버렸다.

순진한 예하일망정 이 정도의 후의는 당황스러웠다. 어정쩡하게 옷 보통이를 손에 쥔 채로 방 안을 둘러보니, 별당이라 했음에도 타구와 재떨이를 갖추고 사랑방처럼 꾸며져 있는 것이 이상했다. 귀한 남자 손님들을 모시는 방인가? 그녀는 의아해

푸른빛을 깨치다

하며 조심스레 방 귀퉁이에 앉았다. 묘한 향기가 공기 중에 느껴지고 약간 어질어질한 기분이 들었다.

주저하며 고요한 방 안에 한동안 앉아 있던 예하는 결국 주섬주섬 일어나 몸을 씻었다. 누구 물어볼 사람이 있는 것도 아니었고, 친절을 거부할 이유도 없었으며, 식어 가는 목욕물을 보는 심정이 안타까웠기 때문이다. 하루 종일 말을 탔고 노숙까지 한 데다 오늘은 기름 냄새에 절었으니 목욕이 반갑지 않을 수가 없었다.

따끈한 물은 몸을 노곤하게 풀어 주었고 그녀의 긴장도 편안하게 누그러들었다. 어제는 꽃구경에 오늘은 잔치 구경이었으니 도망 다니는 신세로는 꽤 호사였네, 그녀는 빙긋이 웃으며 잠시의 사치를 감사하게 누렸다.

유안이라면 반드시 경계했을 상황이었지만, 예하는 세상 무서운 걸 아직 잘 모르고 있었다.

저벅저벅.

문밖에서 발소리가 들려온 것은 목욕을 끝내고 옷을 입던 도중이었다. 소리가 댓돌에 와 멈추어, 예하는 젖은 머리를 어깨 한편으로 늘어뜨린 채 문간에 기대 귀를 기울였다. 한밤중의 별당이니 목적 없이 지나는 사람일 리는 없었고 방문자는 그녀에게 볼일이 있는 사람일 터였다.

유안이 찾아왔나? 너니, 유안?

그런데.

벌컥.

방문이 열리고 성큼 안으로 들어선 사람은 낯선 남자였다. 예하는 깜짝 놀라 뒷걸음질을 쳤다. 그녀의 눈앞에서 방문이 도로 쾅하고 닫혔다.

"누, 누구십니까?"

등잔만 하게 눈을 치뜨고 물었지만 상대는 대답하지 않았다. 싱긋, 웃는 입술 사이로 술 냄새가 진하게 풍겨 왔다. 예하의 등골을 타고 본능적인 전율이 쫙 흘러내렸다.

"민우상의 딸이지?"

생각지도 못한 그의 물음에, 아니, 확신에 찬 선언에 그녀는 정신이 아찔했다.

'나를 알아봐?'

알아본 게 문제가 아니었다. 캄캄한 밤중 외진 곳의 별당이었다. 유안은 어디 있는지 알 길도 없고 예하는 술 취한 남자와 단둘이 한방에 있었다. 웃고 있는 남자의 눈에는 기대감이 그득했다. 그가 바라는 게 무언지는 묻지 않아도 확실하였다.

진땀이 솟아나기 시작했다.

"소리 질러도 소용없다. 다 양해된 일이니라."

느긋하게 부채를 펼쳐 들며 남자는 천천히 다가왔다. 술기운인지 목욕물의 훈기 때문인지 혹은 다른 무엇이 달아올라서인지, 그의 얼굴에도 땀이 끈끈했다.

"내 너를 보고 곧 알았노라. 일찍이 급제하였다고 네 아비에게 인사하러 간 날 먼발치서 보았었지. 시간이 꽤 지났다만 잊히지 않는 미모라서 말이다. 허드렛일 하는 계집들 사이에서

푸른빛을 깨치다

눈에 확 띄더군."

예하의 머리가 한 대 맞은 것처럼 쇳소리를 내며 울렸다.

'아버님께 인사하러 와? 그럼 당신은 우리 아버지 쪽 사람이 잖아. 나한테 이러면 안 되는 거잖아?'

그런 그녀의 생각을 비웃듯 남자는 술이 묻어 번들거리는 턱을 치켜들었다.

"임금한테 거슬러서 정권을 뺏긴 바보 같은 서인 관료들, 바로 네 아비 같은 자들 때문에 나는 급제를 했는데도 앞길이 막혀 버렸다. 촌것들이야 아직 아무것도 모른 채 나한테 굽실거린다만, 서인인 내 미래란 뻔한 거라고."

남자는 생각만큼 취하지 않은 것 같았다. 욕정의 꺼풀을 쓴 눈동자에서 분원忿怨과 절망이 선명하게 배어나고 있었다. 단순히 술 취한 무뢰한인 것보다 더 무서운 느낌이라 예하는 가슴이 섬뜩했다.

삼십대 중반으로 보이는 갓 쓴 사대부. 길에서 마주쳤다면 여인들에게 예를 갖춰 줄 만한 멀쩡한 선비. 잔치의 주빈으로 급제의 즐거움을 누리던 쾌남.

그러나 지금 이 순간, 그는 함부로 해도 되는 계집을 함부로 하기로 결심한 색한色漢일 뿐이었다.

"나는 나름대로 선의를 보이는 것이니라. 이건 모두에게 득이 되는 일이거든."

그는 거만하게 부채질을 하며 그녀를 내려다보았다.

"이 집에서는 나한테 딸을 바치지 않아도 되니 좋고."

냉소 가득한 남자의 말을 그녀는 알아들을 수 없었다.

"나야 못생긴 시골 처녀보다 네가 백번 낫고."

점점 진해지는 웃음에 예하의 다리가 후들거렸다.

"너는 내가 입을 다물어 줄 테니 가던 길 갈 수 있어 다행이고."

턱 밑에 닿아 오는 손가락에 소름이 끼쳤다.

"저리 비켜요."

그녀가 낮게 속삭였다. 공기의 기류가 확 바뀌었다. 남자는 가슴팍에 느껴지는 차가운 금속의 감촉에 동작을 멈췄다.

예하가 두 손으로 모아 쥐고 있는 것은 칼이었다. 언제나 품고 다니는 장도. 유안의 눈처럼 푸른 돌이 박혀 있는 백은의 아름다운 칼.

그녀는 자기 손이 떨리고 있는 걸 알았다. 이만저만 떨리는 것이 아니었다. 아니, 손뿐 아니라 온몸이 사시나무 떨 듯 부들부들 떨고 있었다. 호신술을 배웠다고 실제로 사람을 찔러 본 일이 있는 건 아니었고, 닭 모가지조차 비틀어 본 일 없는 예하였다. 무기가 없어도 상대는 건장한 남자였다. 칼을 손에서 놓치는 순간 모든 것은 끝이었다. 잘 알고 있었다. 무서웠다. 떨리는 것이 당연하였다.

그러나 그녀는 이를 악물었다.

바보같이 당하기만 할 생각은 없었다.

"검법을 배웠습니다. 해치고 싶지 않으니 물러서시오."

제대로 나오지 않는 목소리를 쥐어짜며 예하는 눈빛을 가다

푸른빛을 깨치다

들었다. 픽. 상대가 웃는 바람에 기가 꺾였으나 내색하지 않았다. 어쨌든 아직은 그녀가 유리했다.

'가슴뼈 아래쪽에서 위로 찌르면 심장. 절대 늑골 사이에 칼이 박히지 않게. 정중앙으로.'

배운 것을 떠올리며 예하는 손에 힘을 주었다. 온 정신을 모아 칼끝에 시선을 고정하고 다른 것은 생각하지 않으려 애썼다. 실패하면 어떻게 되나. 내가 다치는 건 아닐까. 그대로 더럽혀지고 마는 건가. 유안의 얼굴을 어찌 볼까. 성공하면 나는 살인자가 되는가. 잡히면 극형을 당하나……, 그만.

정신이 흐트러져 그녀는 호흡을 다시 가다듬었다.

남자가 눈을 내리더니 가냘픈 예하의 손목을 힐끗 보고는 가소롭다는 표정을 지었다. 하지만 가슴 한복판에 닿아 있는 쇠붙이가 부담되는지 그녀에게 더 이상 다가오지는 못했다. 그렇다고 물러서지도 않았다. 그렇게 모든 것이 바짝 긴장하여 정지된 상태로 시간이 흘렀다.

칼끝처럼 날카롭게 마음을 모으며 예하는 각오를 굳혔다.

'움직이면 바로 찌른다.'

한순간의 호흡에 모든 것이 달려 있다. 그 한순간을 놓치면 그녀는 칼을 떨어뜨리고 바닥에 눕혀지는 것이다. 흔들리고 있을 때가 아니었다.

숨이 차차 정돈돼 가기 시작했다. 머리가 차가워졌다.

'유안.'

그녀는 단 한 가지만 생각했다.

상대를 죽이고 나를 지킨다. 그리고 유안을 다시 만난다.

'유안을 다시 만난다.'

떨리던 손이 진정되었다. 눈빛에 힘이 실렸다. 남자가 약간 동요하는 눈치를 보였다.

그러나 남자는 움직이지 않았다. 예하도 칼을 밀어 넣지 않았다. 움직인 것은 전혀 다른 물체였다.

획.

그건 정말 찰나에 일어난 일이었다. 예하의 눈앞에 서 있던 남자가 방바닥에 쾅당 굉음을 내며 쓰러진 것은. 그리고 그 위에 익숙한 뒷모습이 팽팽하게 근육을 조이며 바짝 걸터앉은 것은.

순식간에 역전된 상황에 예하는 칼을 떨어뜨리고 말았다.

"유……."

"파렴치한 놈."

예하의 비명을 잘라 낸 그의 목소리는 저게 내가 아는 유안의 음성이 맞는가 싶을 만큼 낮고 굵고 무시무시했다. 바닥에 깔려 있는 남자가 겁에 질려 히익 비명을 질렀다.

"사, 살려……."

목을 졸려 제대로 소리를 낼 수 없는 남자가 가까스로 쇳소리를 밀어냈다. 그는 숨을 쉬지 못해 거의 졸도 직전이었다. 게다가 시커멓게 드리운 머리카락 사이 백분을 바른 듯 창백한 얼굴이라니, 그것도 모자라 저승사자처럼 시퍼렇게 번뜩이는 눈동자라니, 남자는 이미 넋이 거지반 나가 버린 상황이었다.

"여염의 처녀들을 탐하는 것으로 부족하던가? 명문가 아가씨가 욕심나던가? 너 따위가 감히 넘볼 수 있는 분이 아니다."

씹어뱉듯 일갈하며 유안은 손에 힘을 주었다. 남자의 눈이 희번덕거렸다. 입에서 거품이 나기 시작했다.

유안의 뒷모습을 보며 예하는 공포를 느꼈다. 그의 전신에서 흘러나오는 살기는 위장이 아니었다. 죽어, 죽어. 그는 진심으로 남자를 죽이려고 하는 중이었다. 온몸의 뼈에 힘을 잔뜩 주고 자신의 체중을 손에 전부 실어 그는 남자를 누르고 있었다. 평소의 침착하고 온유한 유안은 온데간데없고, 그녀가 보는 것은 적의 목덜미를 물어뜯는 한 마리 맹수였다.

"죽이지 마!"

예하는 달려들어 유안을 뒤에서 안았다. 부르르. 그가 경련했다.

"죽이면 안 돼. 살인자가 되어서는 안 돼. 그냥 떠나면 되잖아, 응?"

예하는 애원했다. 지금 이 남자를 죽인다고 나아질 건 아무것도 없다고. 살인자라는 오명을 덧입고 관의 추적이 더 거세어질 뿐이라고. 아까 자신은 몸을 지키기 위해 각오한 일이었지만 이제는 도망칠 수 있으니 그만하라고. 제발, 제발 이성을 되찾아 줘, 유안!

그의 몸통 앞으로 깍지 낀 그녀의 손이 덜덜 떨리고 있었다. 잠시 동작을 멈추고 숨을 고르던 유안은 마침내 아귀힘을 풀고 천천히 몸을 세우며 그 손을 쓰다듬었다. 그의 손가락이 제

어되지 않는 힘으로 뻣뻣하게 굳어 있어 예하는 가슴이 뭉클했다. 그를 이렇게 몰아세운 것도, 자칫 중죄를 저지를 뻔하게 만든 것도, 유안의 마음을 아프게 만든 것도 다 그녀의 탓이었다. 그녀가 잘못한 일은 아니었지만.

그가 일어섰다. 숨만 붙어 헐떡이고 있는 남자를 내버려둔 채 유안은 그녀를 옆구리에 들쳐 안았다. 한 팔로 예하를 지탱하고 다른 팔로 칼과 짐을 든 그는 한마디 말없이 밤길로 뛰쳐나가 날듯이 달리기 시작했다.

예하는 맞바람에 숨을 쉴 수 없어 고개를 돌린 채 유안의 옆모습을 올려다보았다. 업혔을 때는 듣지 못했던 그의 숨소리가 온몸으로 전해져 왔다. 본 일 없고 느낀 일 없는, 분노로 거칠어진 숨소리였다. 굵은 목에는 핏줄이 새파랗게 곤두서 꿈틀거렸고, 그녀를 안고 있는 팔에서도 근육이 뒤틀리며 계속 움직이는 게 느껴졌다.

먼 곳을 바라보고 있는 남자의 검푸른 눈은 두렵도록 깊고 뜨거워 보였다.

산속으로 들어와서야 유안은 그녀를 내려놓았다.

"무서우셨지요? 이제 괜찮습니다."

평정을 되찾은 목소리에 다리에서 힘이 빠져 예하는 그의 가슴에 머리를 기대었다.

"응응. 진짜 무서웠어."

무서웠다. 남자도 무서웠고 칼을 거머쥔 자신도 무서웠고 의지와 무관하게 치닫고 있는 현실도 무서웠다. 그리고 예하 자신과 관련된 일이면 유안이 이성을 잃을 수도 있다는 사실이 무서웠다.

그녀의 정수리에 그가 커다란 손을 올려놓았다. 톡톡. 위로의 도닥거림은 평소 그대로의 유안이었다. 예하의 두려움을 다 가져가 버리는 크고 든든한 손. 하지만 그녀는 느낄 수 있었다. 아직도 미세하게 그의 손이 떨리고 있다는 것을.

"그래도……."

예하는 혀가 꼬이는 것 같은 기분으로 어렵사리 말을 꺼냈다.

"……나 배운 대로 잘했어. 그렇지?"

분위기를 무르느라 부러 어리광을 섞은 예하의 속삭임에 유안은 한숨을 삼키며 대답했다.

"잘하셨습니다. 씩씩했어요."

잘하긴 뭘 잘해. 다칠 수도 있었잖아. 죽을 수도 있었잖아. 그런 무모한 짓을 하면 안 되는 거야. 배웠다고 누구나 칼을 쓸 수 있는 건 아니란 말이다. 예하야.

"나야말로 그 사람 죽이려고 했었어. 그래야 도망칠 수 있으니까. 조금 다치게 하는 정도로는 아무 소용없으니까. 나 생각보다 무서운 여자였네."

생각하니 몸서리가 쳐져, 예하는 그의 굵은 몸통을 꽉 껴안았다. 유안의 체온을 머리부터 발끝까지 나눠 갖고 싶었다. 사람을 죽이려던 표독한 여자라도 그가 밀어내지 않는다는 걸 새삼 확인하고 싶었다.

"죽이실까 봐 제가 뛰어든 겁니다. 아가씨 손에 피를 묻혀서는 안 되니까요."

새빨간 거짓말이다. 그런 생각을 할 겨를 따위 없었다. 눈이 뒤집히고 보이는 게 아무것도 없었다. 예하가 말리지 않았더라면 완전히 이성을 잃고 사내를 죽여 버리고 말았을 것이 분명했다. 유안은 자기 말에 쓴웃음도 지을 수 없었다.

"내가 누군지 알고 있었어."

들릴 듯 말 듯 숨과 섞여 나온 그녀의 말에 유안의 어깨가 경직되었다.

예하가 별당에서 따로 잔다는 말을 전해 들은 순간 그는 그녀가 제물이 되었음을 직감했다. 집주인은 객첩으로 딸 대신 낯선 여자를 바치기로 한 것이리라. 그러나 이해가 되지 않았다. 뒷감당을 어찌하려고?

'그렇군. 그자가 예하를 알아보고 집주인과 협상을 한 거로군. 네 딸 말고 저 여자로 하자. 입막음은 내가 하겠다. 모른 척만 해라…….'

이제야 모두 납득한 유안은 치밀어 오르는 분노로 이를 갈았다. 저희들끼리 하는 더러운 짓에 무고한 여자를 끌어들이고는, 약점을 쥐었으니 괜찮다고 믿었단 말인가. 남의 불행을 그리 이용해 먹으며 하늘이 두렵지 않을까.

예하는 그에게 매달린 채 눈을 꼭 감고 있었다. 유안도 팔을 내려 예하를 껴안았다. 여자는 작고 보드랍고 연약해서 품 안에서 그대로 꺼져 버릴 것만 같았다. 가늘게 떨리는 어깨가

푸른빛을 깨치다　　179

안쓰럽고 팔딱이는 심장 소리가 애틋해 그의 가슴이 무너져 내렸다.

이 여자는 왜 이렇게 예뻐서 뭇 사내들이 죄 탐내는 것일까.

아주 잠깐, 조금 떨어져 있었을 뿐 아니었던가. 그 짧은 틈을 타 나에게서 이 여자를 뺏어 가려 했단 말인가.

저들이 무엇인데. 십 년이 넘게 미치도록 사랑하면서도 감히 욕심내지 못하는 이 여자를, 더럽히고 상처 내고 발목을 분질러 주저앉히려 하는 것인가. 무슨 권리로. 내가 어떤 마음으로 이 여자를 키웠는데. 내가 무슨 각오로 이 여자를 지켜 왔는데.

그는 그녀의 동그란 머리통을 가슴에 꽉 눌러 붙이고 그 위에 자기 얼굴을 파묻었다. 머리카락이 쏟아져 내려 아직 땋지 못한 예하의 머리카락과 뒤섞이며 한 몸처럼 엉켜들었다. 그녀에게서는 희미하게 물 향기가 났고 유안은 숨을 쉴 수가 없었다.

"다치시면 안 됩니다."

목소리가 낮게 갈라져 제대로 나와 주지 않았다.

'아프면 안 돼. 상하면 안 돼.'

그녀의 어깨를 안은 손에 괴롭도록 힘이 들어갔다.

유안은 이를 악물고 저항했다. 심장을 찢는 솔직한 감정에. 머리에서 허락하지 않는 가슴의 짓거리에. 마음의 빗장을 부수고 사태처럼 쏟아져 내리는 뜨거운 사랑을 기를 쓰고 막아 내려 발버둥 쳤다.

그러나 너무 늦었다는 것을 알고 있었다.

'다른 남자의 것이 되어서도……, 안 돼.'

항복의 선언은 서글프고 처절하며 고통스러웠다.

혼약 같은 막연한 말과는 다른 것이었다. 다른 사내가 그녀에게 달라붙어 있는 장면을 눈으로 본 것은. 그건 불을 그림으로 보는 것과 화염에 데는 것만큼 다른 것이었다. 그건 의지 따위로 제어할 수 있는 감각이 전혀 아니었다. 절대 아니었다.

'난, 싫어서, 다른 사람 손이 너에게 닿는 건 참을 수가 없어서…….'

가진 일 없다고 믿었던 소유와 독점의 열망이, 가슴 깊은 밑바닥에서 소용돌이치며 마음을 흙탕물로 뒤헝클고 범람해 넘쳤다. 휩쓸려 떠내려가지 않을 도리가 없었다.

'아아, 너를 갖고 싶어. 사실은 언제나, 언제나 너를 갖고 싶었어.'

인정하지 않을 수 없는 강렬한 욕망에 유안은 몸을 떨었다.

예하는 아무것도 모른 채 아기처럼 그에게 안겨 있었다. 놓아주어야 하는데 놓아지지 않았다. 밀어내야 하지만 그럴 수가 없었다.

더 이상은 자제도 부정도 그에게 가능하지 않았다.

한번 쏟뜨린 마음은 다시 되돌릴 수 없고, 이제 그는 눈을 돌리지 못한 채 자신의 애염愛焰을 마주 보게 되고 말았다.

푸른빛을 깨치다

11

정원대가 민우상을 대면하는 것은 이번이 처음이었다. 마지막이 될 가능성도 높았다. 시절이 변하지 않았더라면 사돈으로 인연을 이어 갔을 두 사람이었지만 지금의 만남은 형과 색을 완전히 달리하는 음밀陰密한 것이었다. 꼭 필요해 마련한 자리였으나 편안할 수는 없었다.

꼬장꼬장한 늙은 선비겠거니 했던 예상을 뒤엎고, 민우상은 선이 부드러운 미장부였다. 감옥 생활로 다소 수척한 기색이 있을 뿐 날 선 느낌도 보이지 않았다. 저런 사람이 어쩌자고 왕에게 거역해 고초를 겪은 걸까? 정원대는 속으로 혀를 찼다. 세상에는 어리석은 사람들이 너무나 많다.

"고생이 많으셨습니다."

의례적인 그의 인사에 상대도 예의 바르게 답했다. 마음 써

주셔서 감사합니다.

두 사람이 앉아 있는 곳은 민우상의 집 정자였다. 습기를 담은 바람이 눅눅하게 옷에 휘감겨 왔지만 불쾌할 정도는 아니었다. 돌본 이 없는 꽃나무들이 다소 초라해 보일 뿐이었다. 주인이 부재했던 집은 잠깐 새에 빛이 바래 쇠락의 냄새를 풍겼다.

임금은 얼마 전 그를 옥에서 풀어 자택에 안치安置시켰다. 등 치고 배 만진다더니, 그가 뻣뻣하게 나오자 회유 작업에 들어간 모양이었다. 임금이 몸 달아 있는 건 확실하구나. 정원대는 생각했다.

"금의 소재를 알려 주신다면."

에두르는 말 없이 본론으로 들어간 정원대의 직격에 민우상은 어깨를 굳혔다.

"자제분들의 안전을 제가 책임지고 맡겠습니다."

길고 경직된 침묵이 흘렀다. 민우상은 표정 없이 정원대를 바라보았고, 정원대는 그의 시선을 묵묵히 혼연渾然하게 버텨 냈다. 노회한 두 남자 사이의 탐색은 진지하고 치밀하였다.

"이제 와서."

마침내 말을 받은 민우상은 천천히 차를 한 모금 들이켰다.

"그게 무슨 말씀입니까, 하는 것은 공을 우롱하는 짓이겠지요."

정원대는 짐작했던 것보다 더 수완이 좋은 사람이었다. 저 집에 시집갔더라면 예하는 안전하였을 것을. 민우상은 씁쓸하게 생각했다.

찻잔을 내려놓고 그는 다음 말을 숙고했다. 그걸 어떻게 아는가 하는 질문은 무의미할 것이다. 네 감히 금을 탐내느냐 하여도 소용없는 일일 터이다. 장사꾼 정원대가 내놓은 거래가 그에게 이익인가 아닌가, 자신도 그런 시각으로 접근해야 할 일이었다.

"어떻게 안전을 책임지겠다는 것인지요?"

그의 물음에 정원대는 신중하게 대답했다.

"국외로 빼돌려 드리겠습니다. 어차피 조선 땅에서 금을 안고 살아갈 방법은 없지 않습니까. 금이 없고 자제분들도 종적을 감추면 종국에는 주상께서도 당신이 잘못 짚었나 하실 겁니다. 공의 노후 역시 제가 보장해 드리지요."

이런 거래를 제안하지 않아도 괜찮았다. 불과 며칠 전까지만 해도. 민예하가 숨어든 곳이 그들이 잘 아는 기방이라 아랫것들이 방심하지만 않았더라도. 정원대는 새삼 끓어오르는 분을 삼켰다.

두 사람이 떠난 후 기방의 권속들로부터 입수한 정보는 완전히 날조된 내용이었다. 도망자들은 생각보다 용의주도했고 추적자를 혼란에 빠뜨리는 방법으로 시간을 벌었다. 북쪽을 헤매며 여러 날을 허송한 정원대는 고민 끝에 정공법을 택하여 결국 민우상을 찾아오게 된 것이었다.

민우상은 정원대의 얼굴을 지그시 응시했다. 그가 어디까지 아는지 불분명하나, 국외 도주를 거론하는 것으로 보아 금의 출처나 소재를 제대로 짚고 있는 건 아니었다. 그렇다면 그는 아군이 될 수 없었다. 이제라도 모든 것을 안다면 정원대는 아이들의 발목을 잡아 주저앉힐 터이므로. 아니, 사실은 거래 자체가 가능하지 않았다. 민우상은 남에게 금을 넘길 생각이 조금도 없었기에. 아이들의 안전이라는 말에 잠깐 혹한 것뿐이었다.

"혹……, 어디서 난 금인지 여쭈어도 되겠습니까?"

상대의 부정적인 심경을 느낀 정원대는 행간을 읽기 위해 넌지시 물어보았다. 오래된 비밀일수록 누군가에게 털어놓고 싶은 법이다. 민우상은 지쳤을 것이다. 어쩌면 쓸 만한 이야기가 묻어 나올 수도 있었다.

"선선왕의 북벌 자금입니다."

의외로 망설이지 않고 선선히, 민우상은 답을 해 주었다. 정원대는 놀랐으나 민우상으로서는 숨길 이야기도 아니었다. 어디 있느냐만 끝까지 함구하면 그만이다. 그리고 너무 오랫동안 동등한 대화 상대를 만난 일이 없었던 그는 정원대의 추측대로 지쳐 있었다. 혼자 가슴속에 품어 온 생각은 점차 화석화되어 갔고, 가끔 그는 자신이 옳은지 그른지조차 분별이 되지 않았다.

"선선왕이시던 효종께서 따로 갈무리해 두셨던 군자금입니다. 금의 본디 출처에 대해서는 말씀드릴 수 없습니다만, 또한 저도 직접 본 일은 없습니다만, 아직 거기에 있다면 적은 양은 아니리라 생각합니다. 그러니 주상께서 저러시는 게지요."

정원대는 눈살을 찌푸렸다. 그렇다면 그건 처음부터 왕의 돈이 아닌가. 어찌하여 뻗대며 아니 내놓는 것일까?

당연한 그의 생각을 읽고 민우상은 조금 웃었다.

"저는 선선왕을 숭모하였습니다."

잠시 소년처럼 옛 기억에 빠져드는 그의 모습을 정원대는 잠자코 응시하였다.

"가까이서 모시기에는 어린 나이였습니다만, 그분의 기개와 지략을 깊이 흠모하였지요. 함께 북벌을 논하던 신하들이 모두 딴생각에 빠져 있는 동안에도 저와 몇몇 선진들만은 진심으로 그분의 꿈을 따랐었습니다."

이제는 다 물 건너간 일이 되었지만 효종께서 살아 계실 때만 하여도 북벌은 헛된 망상이 아니었다. 청을 건국한 만주족의 인구는 한족의 십분지 일. 조선에서 쳐들어간다면 남쪽으로 쫓겨 간 한족도 더불어 궐기할 터였고, 그랬다면 소수민족인 만주족을 쫓아내고 북방의 너른 땅을 차지하는 것도 불가능한 일이 아니었다. 숭명주의崇明主義에 빠진 신하들의 꿈은 청 대신 명을 다시 옹립하는 것이었으나, 효종은 달랐다. 그는 조선이 이전의 넓은 땅을 되찾기를 바랐다.

"설마 이제 와서 북벌을 생각하시는 건 아니겠지요?"

정원대는 비웃음이 치밀어 오르는 것을 애써 참으며 정중하게 물었다. 당초에 시대착오적인 발상이라고밖에 생각할 수 없었던 북벌. 그 역시 어린 나이였지만 임금의 북벌론에 코웃음을 쳤던 기억이 아직도 생생했다.

세상은 앞으로 나아가는 자들의 것이고 새로운 걸 받아들이지 못하면 발전이란 없다. 게다가 싸움이란 상대를 보아 가며 하는 법이지, 문文만 죽어라 받들어 모셔 온 조선이 초원에서 말달리던 야만족과 전쟁이 될 리가 없지 않은가. 호란을 두 번이나 겪었으면서 아직도 모른단 말인가.

"물론입니다. 지금 북벌은 아무 의미가 없는 죽은 말이지요. 다만 선선왕께서 그 금은 꼭 나라를 수호하는 데 써 달라 유언하셨기에……."

민우상은 그의 조소를 읽지 못한 듯 덤덤히 이야기를 이었다.

"민생을 위해서도 아니고 임금 개인을 위해서도 아니고, 신하들의 당쟁에 소모되지도 않게, 그리 지켜 달라 하셨기에 지금까지 간직해 온 것입니다. 선선왕처럼 웅지를 품은 임금께서 나타나시기를 기다리며 말입니다."

어처구니가 없어 정원대는 눈을 크게 떴다. 선선왕의 아들은 선왕, 그 선왕의 아들은 바로 금상이 아닌가. 직계로 이어지는 왕통에 조금의 불순물도 없지 않은가. 그런데 굳이 신하에게 재물을 맡기고 내 후손을 심사해서 돌려주라 하였다니.

"선왕인 현종께서는 온유하셨지만 강한 분은 아니었습니다. 평생 신하들에게 휘둘리시다가, 이런 말씀 입에 담기 참람하기 그지없으나, 타살의 의혹을 남긴 채 큰 업적 없이 승하하셨지요. 그분께서 금을 물려받으셨더라면 신하들에 끌려 흐지부지 소모하셨을 공산이 큽니다. 더 일찍 붕어하셨을 가능성도 있습니다."

현종뿐 아니라 효종 본인도 독살 당했다고 민우상은 믿고 있었다. 세상이 무너지듯 하루아침에 죽어 버린 젊은 왕. 그는 죽기 전에 총애하는 신하 몇몇만 불러 은밀히 금에 대해 당부했던 것이다. 아무도 믿지 마라. 함부로 내돌리지 마라. 임금이 신하들 위에 제대로 군림하는 날이 오거든, 그리고 그 임금이 패악치 아니하고 현군이거든, 그때 금을 돌려주라. 그 전에는 너희들이 굳게 지켜 다오. 내 꿈을 생각하듯, 나를 기억하듯 그리 지켜 다오.

"그러나 금상께서는 신하들을 쥐락펴락하시는 강한 임금이 아닙니까. 어째서 금상께 돌려 드리는 것도 꺼리십니까?"

정원대의 남은 의문에 민우상이 고개를 끄덕이며 대답했다.

"강하시지요. 지나치게 강하십니다. 하지만 치우침이 심하고 변덕스러우십니다. 신하들을 쥐고 있다 하나 실은 그 순간 총애하는 신하들에게 일시적으로 휘둘리는 것뿐이지요. 무언가를 한 길로 오래 추진하실 성품이 아니에요. 그래도 너그러움을 보여 주셨더라면, 합하여 드렸을지도 모릅니다. 허나 아시다시피 금상은 잔인하십니다."

기대를 품고 기다리던 현 임금이 즉위 후 보여 준 일련의 행동들은 그의 꿈을 산산이 짓밟았다. 약관의 나이에 영의정의 아들을 찢어 죽이고, 선선왕께서 몹시도 예뻐하셨던 조카 삼형제를 궁녀와 간통했다 하여 처단했다. 신성불가침으로 여겨지던 성리학 이념마저 정쟁에 결부시켜, 율곡을 문묘에 종사하더니 다시 뒤집어 파해쳤다. 정궁을 폐하겠다 선언하고 늙은 신하를 사지로 내몰았다. 민우상은 임금을 용납할 수 없었다.

"주상께서 금의 존재를 어떻게 아셨는지는 모르겠습니다. 세상에 영원한 비밀은 없겠지요. 그분의 관점에서는 당신의 물건을 제가 억지로 점유한 것이니 역적이라 생각하시는 것도 당연합니다. 그러나 분명히 하고 싶은 것은……."

그는 눈을 들어 정원대를 쳐다보며 말을 이었다.

"그 금은 백성의 세금으로 만들어진 것은 아닙니다. 그러니 어디까지나 선선왕과 그 심복들에게 소유권이 있는 것이지요. 혹시라도 백성의 고혈을 묻어 둔다 오해 마시기를 바랍니다."

금을 맡았던 세 사람 중 둘이 금상 즉위 직후 조정을 떠나 낙향했다. 가장 젊었던 민우상이 금의 처결권을 짊어졌고, 차마 미련을 버리지 못한 채 남아 임금의 그릇을 살폈다. 이런 날을 두렵게 예감하였기에 예하에게 유안을 붙이고 잡학을 가르쳤다. 무거운 짐을 물려받을 명하가 안쓰러워 아무 말도 하지 않은 채 키웠고, 임금에게 발각되지 않고 순탄하게 넘어가기를 진심으로 바랐었다.

"솔직하게 털어놓지요. 혹시 주상께서 처음에 유화책을 쓰셨다면 저도 마음이 약해졌을지 모릅니다. 제게도 가족이 있고 가문은 소중하니까요. 그러나 주상께서는 대뜸 제 목을 조르셨고 아이들은 이미 금을 찾아 떠났습니다. 이제는 돌이킬 수 없는 일이 되었군요. 이제 와 주상께 금을 바친다 하여도 저는 용서받지 못할 것입니다."

전체의 흐름을 이해하려고 노력하던 정원대는 풀리지 않는

푸른빛을 깨치다 189

마지막 의문을 물음으로 내놓았다.

"당색이 같은 신료들에게 털어놓고 금을 공유할 생각은 아니 해 보셨습니까?"

민우상은 이마를 찡그리며 눈길을 내렸다.

"내 입으로 말하기 싫습니다만, 선선왕도 선왕도 서인에 의해 붕어하셨다고 저는 믿고 있습니다. 어찌 그들에게 선선왕의 금을 넘길 수 있겠습니까?"

그에게 같은 편은 아무도 없었다. 임금도 신료들도 모두 적이었다. 가끔은 자신이 너무 강퍅하여 오히려 효종 임금의 뜻을 저버린 것은 아닌가 의구심을 품을 때도 있었으나, 다시 생각해 보아도 역시 금을 가질 만한 자격을 가진 자는 없었다. 그러니 그가 지킬 수밖에 없었다. 그러니 자식에게 넘겨주고 지키라 할 수밖에 없었다. 명하가 아버지만큼 그 금에 의미를 부여해 줄지는 알 수 없는 일이었으나.

정원대는 눈앞 초로의 사내에게 진한 존경과 경멸을 동시에 느꼈다. 그 자신은 죽었다 깨어나도 가질 수 없는 강직함. 부러질망정 휘지는 않겠다는 개결한 의지. 그러나 달리 말하자면 나만 옳다는 오만함. 아무도 믿지 않는다는 독선. 그런 것에 대한 양가적兩價的인 감정이었다.

"제게 속내를 진술하게 드러내 보이심은, 그런 각오로 지켜온 금을 네게 넘길 수는 없다는 말씀이겠군요."

그의 말에 민우상은 약간 미안한 듯이 웃었다. 그건 모든 것을 버릴 각오로 왕의 칼 앞에 목을 내민 사람만이 지을 수 있는 초연한 미소라, 정원대는 기분이 좋지 않았다. 어쩌면 사돈이 될 뻔했던 남자에게 감정적으로 이끌리는 자신이 마음에 들지 않았다. 아들도 며느릿감도 모두 뒷전으로 밀고 차지하고자 했던 금에 대한 열망이 처음 보는 사람을 향한 연민으로 사그라지는 것을 원치 않았다.

"제 제안은 거절당한 것으로 알겠습니다. 유감스럽지만 하는 수 없군요. 이제라도 임금께 금을 바치고 가문을 구하시라 말씀드리기에는 정치판을 좀 아는지라, 차마 빈말도 하지 못하겠습니다. 모쪼록 건강하시기를 바랄 뿐입니다."

그는 정중하게 인사하고 다시 볼 일 없을 남자와 작별했다.

'저렇게 민혜敏慧할 수 있다면 좋았을 것을. 이렇게 완둔頑鈍하지 않았다면 편했을 것을. 명하가 저렇게 자라 주었더라면, 선비답지 못하다 겉으로 책할망정 속으로는 안심이 되었을 텐데.'

정원대보다 약간 연상인 민우상은 떠나는 남자의 뒷모습을 보며 그가 부럽다고 생각했다.

칼자루는 이제 아들에게 넘어갔다. 민우상은 더 이상 아무것도 할 수 없고 아들이 어찌 운신하여 어떠한 결과를 낳든 지켜보는 수밖에 없었다. 그의 임금은 금상이므로 어쩌면 명하는 아버지와 다른 결론에 도달할지도 모른다. 성리학 이념대로 자란 아들이기에, 젊은 나이임에도 아버지보다 더 용직庸直한 명하이기에, 그는 아버지가 틀렸다고 생각할지도 모른다. 아들이 충忠을 택할지 효孝를 구할지 신信을 따를지는 알 수 없는 일이었다. 어쩔 수 없다. 누구나 자기 인생을 자기 소신에 따라 사는 것이다.

그는 눈을 감고 딸 예하를 생각하였다.

그저 예쁘기만 한 딸. 사내들의 소신이라는 것에 인생이 뒤틀린 고운 딸. 민우상에게 예하는 전혀 다른 차원의 존재였다.

행복해라, 예하야.

누구와 함께여도 좋고 어디서라도 좋다. 오라비를 떠나도 좋고 나라를 배신해도 좋다. 너는 남자들의 허울 좋은 명분에 희생된 가여운 아이일 뿐이니, 우리 같은 건 잊고 다만 행복해 다오.

예하와 유안이 명하를 발견하면 그것도 괜찮을 것이고 그냥 떠돌며 다른 인생을 살아도 나쁘지 않다고 그는 생각했다. 많은 아버지들이 딸에 대해 그러하듯이, 민우상도 예하에게 바라는 건 아무것도 없었다. 해 주지 못한 것들이 미안하고 안타깝고 가슴 저릴 뿐.

민우상이 그렇게 자식들을 추억하는 동안, 그의 집을 나선 정원대는 조 행수를 가까이 불러 건조하게 명을 내렸다.

"민 공이 이제껏 부임했던 임지를 다 확인하여 내게 보고해라. 민예하를 따르는 무사가 이 집에 온 것이 언제인지 알아보아라. 조만간 무역을 위해 떠날 상단은 어디가 있는지 알아 두라. 바닥부터 다시 시작한다. 서둘러라."

흩어져 있는 조각들을 모아 판을 새로 짜야 했다. 대화는 헛되지 않았다. 백성의 세금이 아니라 하였으니 금은 외국에서 들어왔거나 아직도 외국에 있는 것일 수 있었다. 민우상이 금을 직접 본 일 없다 함은 숨겨 둔 게 금이 아니라 그 위치를 적은 문서라는 뜻이었고, 그렇다면 그건 그가 지나온 동선 속 어딘가에 감춰져 있을 가능성이 높았다. 민우상이 주상에 대한 기대를 버린 시점과 덩치 큰 무사를 데려다 키우기 시작한 날은 연관성이 있을 터였다. 우연 따위는 염두에 둘 때가 아니었다.

여러 걸음 늦었지만 아직 승산은 있다. 금이란 쉽게 처분할 수 있는 물건이 아니니 민예하 일행이 먼저 찾는다 해도 빼앗으면 그만이다. 이쪽이 숫자로도 능력으로도 월등한 상황이다.

그래도 그 과정에서 민우상의 자녀들을 해하지는 않으리라, 정원대는 생각했다. 그건 민우상에 대한 연민 같은 감상적인 이유에서가 아니었다. 그건 그의 철칙이었다. 권모술수와 편법, 사기를 거리낌 없이 행하는 정원대였지만 인간이 피를 뿌리면 피값을 치르는 거라 믿었다. 그리고 굳이 살상을 저질러야 할 이유도 없었다. 그가 원하는 것은 금이지 민명도 민예하도 아니므로. 아들 정수겸과는 달리.

아들.

수겸이는 대체 어디 있는가.

그는 이마에 깊게 주름을 잡았다. 예하를 찾겠다며 집 나간 아들은 감감무소식이었다. 마음 여린 애한테서 첫정을 끊어 낸 내 탓이라 어머니는 자책하며 앓아누웠지만, 아버지는 처음으로 자신이 둘째 아들을 잘 모르고 있었는지도 모른다는 생각을 품기 시작한 참이었다.

서늘한 예감에 그는 몸을 떨었다.

아들은 민우상의 식솔을 해할지도 모른다.

아들의 목적은 금이 아니라 민예하이기 때문에.

*

비가 오는 걸 바라보는 게 이렇게 기분 좋은 일인 줄 몰랐다. 진녹색으로 젖어 드는 상추 이파리가, 호박잎의 오목한 중심에 고인 빗물이, 이다지도 청량하고 신선한 느낌인 줄 이전에는 알지 못했다.

집주인이 마을에 내려간 터라 집은 고즈넉했다. 빗방울 떨어지는 소리만이 토독토독 일정한 울림으로 흩어질 뿐 인기척도 짐승의 흔적도 없는 산속 외딴집은 기억나지 않는 요람이 이랬을까 싶을 만큼 아늑하였다.

명하는 툇마루에 앉아 봄비 내리는 모습을 지켜보고 있었다.

무릎에 얹힌 하얀 손은 부기가 거의 빠져 이제 본래의 길쭉한 형태를 되찾은 듯했다. 산채를 뜯던 중에 난 생채기만 방황의 흔적인 양 남아 있을 뿐이었다. 그는 씁쓸하게 웃었다. 공자 왈 맹자 왈 잘난 척했지만 제 몸 하나 건사하지 못하는 무능력한 사내였던 자신이 우스웠다.

의식을 잃었던 게 언제였는지는 모르겠다. 토끼라도 잡아먹을 수 있었다면 좋았겠지만 그럴 재주가 없었던 그는 풀을 뜯어먹으며 산속을 헤매던 중이었다. 마을을 한번 피하기 시작하니 점점 내려갈 용기가 없어져, 피곤과 우울에 극도로 날카로워진 채 방향도 확신하지 못하고 숲을 떠돌고 있었다. 눈을 떴을 때 이 집에 있었다. 은초 중독이에요, 집주인이 정신을 차린 그에게 말해 주었다.

오랫동안 간 없이 날채소만 먹다 보니 체내에 염분은 모자라고 은초(銀硝;질산칼륨)의 비중이 높아져 맥이 약해진 끝에 의식불명이 된 것이다. 몸이 쇠약해졌을 뿐 아니라 무기력하고 정신이 혼동되며 매사에 무심해졌을 거라고 여자는 말했다.

명하는 그 말에 조금 안심했다. 그가 마을로 갈 의지가 생기지 않았던 것은 어쩌면 그 탓이었는지도 모를 일이다. 꼭 자신의 정신력이 약해 그런 건 아니었을지도 모른다.

'언제까지 여기 빌붙어 있을 생각인가.'

대답을 생각하고 싶진 않았지만 질문은 떠올랐다. 내 것이 아닌 이 평화를 언제까지 누릴 수 있을까. 언제면 기운이 날까. 언제면 현실을 직시할 수 있을까.

그는 호박꽃에 송알송알 맺힌 빗방울을 쳐다보았다. 노란색을 투명하게 비춰 내는 물방울이 예뻤다. 역시 이전에는 깨닫지 못했던, 눈여겨본 일 없는 아름다움이었다.

"나와 계셨네요. 비가 와서 쌀쌀한데 괜찮아요?"

얼기설기 엮은 산울타리 사이로 집주인이 모습을 나타내며 물었다.

도롱이를 쓴 그녀는 좀 더워 보였다. 굳이 오늘같이 비 오는 날 마을에 가지 않아도 되련만, 바느질감 얻어 온다며 다녀온 참이었다. 명하 때문이었다. 잘 알고 있었다. 군식구 거둬 먹이려니 당연히 양식도 품도 더 드는 것이었다.

"괜찮소. 그러는 그쪽이야말로 젖어서 어찌하려오?"

두 사람 사이의 호칭은 애매했다. 한두 마디 이야기해 본 것으로 그가 양반임을 바로 알아차렸지만 여자는 신분을 숨기고 있는 게 분명한 명하를 서방님이나 도련님이나 선비님이라 부를 수 없었다. 명하도 마찬가지였다. '나는 과부'라고 담담하게 말한 여자를 낭자라 칭할 수는 없었고 무슨무슨댁 이렇게 부르는 것도 하대하는 것 같아 이상했다. 두 사람은 결국 '저기요.' 혹은 '이보시오.' 같은 모호한 말로 대충 호칭하며 며칠을 보냈다. 이제 제법 익숙해진 듯도 하였다.

여자는 방에 군불을 때 습기를 날리며 밥을 안쳤다. 푸성귀 이외에 나올 게 없는 살림이었지만 명하를 위해 영양가 있는 것을 내놓으려 안간힘을 쓰는 게 보였다. 밤새 바느질감을 붙잡고 있더니 계란 한 개를 구해 온 모양이었다. 집주인도 영양 상태가 좋아 보이지는 않았건만.

"이제 다 나았으니 신경 안 써도 되오. 생면부지의 남에게 이만하면 되었소."

"마음에도 없는 소리 하지 마요."

기껏 인사를 차렸더니 여자는 대뜸 퉁을 놓았다. 겪다 보니 적응이 되었지만 처음엔 저 말투에 당황했었다. 정중함이라곤 찾아볼 수 없는 거침없는 말씨. 그렇다고 못 배운 여자냐 하면 그런 것도 아니었다. 식사 예절이나 몸가짐에서 분명 몸에 밴 교양이 느껴졌다.

"그래도 투덜거리는 거보다 듣기 좋네요. 철이 좀 드셨나 보오."

입가에 웃음을 띠며 여자는 묵은 젓갈에서 곰팡이를 걷어 냈다. 명하는 자기도 모르는 사이에 얼굴이 찌푸려지는 걸 느꼈지만 고개를 돌리며 아무 말도 하지 않았다. 그녀 말대로 투덜거리는 건 이제 그만해야 하지 싶었다.

의식불명에서 깨어나 그녀를 처음 본 순간부터 그는 줄곧 짜증을 부려 대었다. 몸이 부어 불쾌하다, 이런 꼴로 사느니 죽는 편이 나았다, 어쩌자고 날 살려 놓은 거냐, 음식이 너무 짜서 못 넘기겠다, 몸에서 냄새가 난다, 어딜 만지냐 혼자 씻겠다, 힘들어 못 씻겠다, 베개가 딱딱하다, 이불이 성기다, 벌레가 있다, 덥다, 춥다, 눅눅하다…….

물에 빠진 사람 건졌더니 보따리 내놓으라는 거냐며 여자는 어이없다는 표정을 지었지만 그래도 어찌어찌 그의 요구에 맞춰 주곤 하였다. 물론 가끔은 깨끗하게 무시함으로써 상황을 명쾌히 정리하기도 했다.

잠자리를 정할 때가 바로 그런 경우였다.

한방에서 잔다고? 남녀가 유별한데?

경악한 명하에게 덤덤하게 말했다.

우리 집에서 법도 따윈 의미 없어요. 댁이 날 안 덮치면 그

만이지.

그게 끝이었다. 노골적인 표현에 그가 얼굴을 붉히자 그녀는 웃음 섞어 이렇게 덧붙였다.

하긴 덮칠 기운이나 있겠어?

바깥에서 자고 싶지도 않고 주인을 쫓아낼 수도 없었던 명하가 못 이기는 척 수그러질 수밖에 없었다.

아궁이 앞 여자가 쿡쿡 웃는 걸 들으며 명하는 인정하지 않을 수 없었다. 자기가 그런 식으로 마음에 쌓인 응어리를 풀고 있었다는 것을.

그가 까다롭고 깔끔한 대갓집 도련님인 건 사실이었다. 하지만 은인에게 부당한 불평을 늘어놓을 만큼 경우 없는 인간은 아니었다. 음식이 짜다니. 염분이 부족해 죽어 가던 자신이 아니었던가. 베개가 불편하다니. 돌을 베고 한뎃잠을 청하던 처지였지 않은가. 절을 해도 시원찮을 마당에 코실코실 잔소리를 늘어놓으며 구시렁대는 건 무슨 뻔뻔함이란 말인가.

그는 아버지에게 임금에게 자신이 처한 현실에 화가 났고, 그걸 여자에게 투덜거리는 형태로 녹여 내고 있었던 것이다. 다시 말해, 그녀에게 응석을 부리고 있었다.

"오래 참으셨소. 이제 불평불만은 그만할 테니 너무 어린애 취급 마오."

귀 뒤쪽으로 목덜미까지 벌게지는 것을 느끼며 그는 중얼거렸다.

여자는 명하와 비슷한 연배로 보였지만 한 번 시집갔던 사람이라 그런지 어딘지 어머니연然하는 느낌이 있었다. 장성한 남자가 되어 여자로부터 철딱서니 없는 아들 취급을 당하는 것은 묘한 기분이었다. 조금 불쾌하기도 하고, 계면쩍기도 하고, 왠지 약간은 즐거운 것도 사실이었다. 인정하고 싶지는 않았지만.

"혹시……, 마을에서 눈 파란 사내의 소문 같은 거 들은 일 있소?"

명하는 아까부터 궁금하던 것을 여자에게 물었다. 눈을 마주치지 않고 별일 아닌 듯 말을 던지자 그녀는 잠깐 생각하는 시늉을 하더니 고개를 저었다.

"아니요. 색목인이 이런 시골구석에 올 리가 없잖아요. 그런 이야기는 처음 들어요."

여자의 부정에 그는 조용히 한숨을 삼켰다.

아무것도 알지 못했다. 예하와 유안이 아버지의 명을 받았는지 혹 아닌지, 자신과 마찬가지로 길을 떠난 것인지, 깊숙이 숨어 버렸는지, 모든 게 감감할 뿐이었다. 언제쯤 두 사람의 소식을 들을 수 있으려나 기약도 없었다.

'그래도 무소식 쪽이 나은 게지.'

답답한 건 차치하고 일단 관에 잡혔다는 비보를 듣지 않는 것만으로도 천만다행이다 싶었다. 유안과 함께 있으니 괜찮으려니, 아직은 안심해도 될 모양이었다.

명하는 이마를 쓸었다.

잘 알고 있었다. 어서 떨치고 일어나 아버지의 뜻을 받들러

나서야 한다는 사실을.

그는 오라비였고 상전이었으며 아들이자 신하였다. 모든 게 자신의 어깨에 걸려 있었고 아무도 그 짐을 덜어 줄 수 없었다. 오다가다 만난 여자에게 어리광이나 부리는 날들이 끝없이 허락될 리 없었다.

그러나 아직은 칼을 물고 전장에 돌아 나갈 용기가 나지 않았다. 아버지가 부여한 사명을 붙안고 광야를 헤쳐 나갈 만큼 회복되지 않았다. 상한 몸과 마음을 아물려서 누이와 금을 찾으러 가려면 좀 더 시간이 필요했다. 정말로 그랬다.

'조금만, 조금만 더.'

명하는 눈을 들어 비 뿌리는 하늘을 올려다보았다.

촉촉한 대기가 상냥했다. 젖은 흙냄새를 품은 봄바람이 부드러웠다. 여자는 곰살갑게 굴지 않았으나 편안한 사람이었다. 아무도 내게 혹독하지 않으니 나도 스스로한테 약간은 너그러워도 되는 것 아닐까, 명하는 생각했다.

"식사하러 와요."

여자가 머릿수건을 풀며 그를 불렀다.

단 한 개의 달걀이 따끈한 속살을 드러낸 채 명하를 기다리고 있었다. 성한 데만 적당히 건져낸 젓갈과 구멍이 숭숭 난 상추가 개다리소반에 듬뿍했다. 공기에는 까슬한 보리밥이 꽉꽉 눌려 담겨 있었다.

명하는 여자와 겸상을 하고 앉아 젓가락을 들었다. 빗소리는 기억나지 않는 어머니의 자장가처럼 다정했고, 여자가 껍질을 까 준 달걀은 특별날 것 없는 맛이었지만 충분히 포만飽滿하였다.

"거친 음식 편하게 드시는 걸 보니 그새 촌사람 다 되셨소."

반쯤 놀리듯 또 반은 대견한 듯 여자가 웃는 바람에, 몌하는 머쓱하여 애꿎은 숭늉만 들이켜야 했다.

보리숭늉이 달았다.

*

줄기차게 내리는 봄비에 유안들은 발이 묶여 버렸다. 그리고 예하가 열이 많이 났다.

낮은 언덕 아래 움푹 파인 곳에 두 사람은 비를 피해 웅크리고 있었다. 동굴 같은 것을 기대하기에는 터무니없이 작은 야산이었기에 그저 직접 비를 맞는 것만 면하자 생각하고 찾아든 것이었다. 하지만 땅이 다 젖어 흙바닥에 앉아 있는 그들은 꼴이 말이 아니었다.

"많이 아픕니까?"

근심으로 가라앉은 유안의 물음에 예하는 고개를 저었다. 그러나 눈이 풀어지고 뺨이 빨갛게 익은 것이 한눈에 보아도 열이 심했다. 계속된 긴장과 충격, 무리한 여행, 익숙하지 않은 노동. 아프지 않은 게 오히려 이상할 만한 상황이었다. 가슴이 답답해서 유안은 고개를 돌렸다.

답이 없었다. 말은 끌고 오지 못했고 인가에 내려가는 것은

푸른빛을 깨치다

불가능했다. 아픈 예하를 업고 비를 맞으며 달릴 수도 없는 일이니 그저 이렇게 하늘만 보고 있어야 했다. 비가 내리기 시작한 건 새벽녘부터였고 쉽게 그칠 것 같지 않았다. 어젯밤 내내 달렸지만 두 사람은 문제의 마을에서 그리 떨어지지도 못했다.

"추워."

줄곧 말없이 있던 예하가 보랏빛으로 말라붙은 입술을 어렵게 떼었다. 흠뻑 젖은 치마 위에 앉아 팔로 몸을 껴안고 있는 그녀는 신열과 오한으로 반쯤 정신이 나간 것 같았다. 목덜미에 달라붙은 머리카락이 성가신지 잘 움직여지지 않는 손가락으로 떼고 있었는데 그 동작이 말할 수 없이 굼떴다.

유안은 깊은 한숨을 여러 번 내쉬고, 두 손에 얼굴을 파묻곤 한참 번민했다. 그리고 결국은 예하를 조심스레 끌어당겼다.

"이리 와요. 안아 줄게요."

그녀는 짐짝처럼 스르르 딸려 왔다. 몸이 놀라울 만큼 뜨거웠다. 그러니 그만큼 추울 것이다.

"오해하지 마시구요. 이렇게 해야 덜 추우니까……"

예하에게 하는 말인지 자신에게 하는 말인지 불분명하게 유안은 중얼거렸다.

그녀를 당겨 무릎에 앉힌 그는 자기 저고리를 헤쳐 맨가슴에 예하를 안고 다시 옷을 그녀 위로 덮었다. 그리고 팔을 둘러 꼭 안았다. 아까부터 이렇게 해야 한다는 걸 알고 있었지만 차마 용기가 나지 않았던 것이다.

"따듯하다……"

희미하게 웃으며 예하가 중얼거렸다. 뺨이 움직이는 작은 진동에 유안의 가슴팍이 간질거렸다.

"기억나니? 우리 옛날에도 이런 비슷한 일 있었는데."

몽롱한 의식 속에 옛 생각이 나는지, 그녀가 그에게 말을 걸었다.

"아주 옛날인데……, 딴 건 생각 안 나지만 하여튼 이렇게 비가 오는 날 산에 있었어."

유안의 입술에서 나지막하게 탄식이 흘러나왔다.

그랬다. 비슷한 일이 있었다. 잊고 있었다니 믿을 수가 없다.

그리고 예하보다 훨씬 컸던 그는 일단 떠올리니 자세한 것까지 다 기억이 났다. 달콤하고 가슴 저릿저릿한, 인생에 획을 하나 그었다고 할 만한 사건이었다.

예하기 일곱 살이나 여덟 살쯤 되었던 때였을 것이다. 따라서 유안은 열넷 혹은 열다섯이었다. 날이 습하고 우중충했던 늦여름의 어느 오후였다.

여느 때처럼 예하를 데리고 뒷산에 놀러 갔던 유안은 예하에게 매미를 잡아 주고 있었다. 자기보다 키가 갑절은 큰 그가 기다란 작대기로 매미를 떨어뜨리는 게 아이는 무척 신기하고 재미있는 모양이었다. 까르르까르르, 귀여운 웃음소리가 매미 울음보다 더 맑았고, 그 웃음소리에 신이 난 유안은 사냥에 한층 더 열을 올렸다.

푸른빛을 깨치다

매미에서 개구리로, 도롱뇽으로, 포획물은 계속 바뀌었고, 두 사람은 처음 생각과 달리 꽤 산속 깊이 들어가게 되었다. 비가 갑자기 쏟아진 건 전혀 계산에 들어 있지 않았다.

"와, 비 많이 온다."

보통 때 같으면 비가 오자마자 방으로 들어가야 했을 것이기에, 장대비를 맞고 있는 게 아이는 무척 즐거운 모양이었다. 두 팔을 쫙 벌리고 하늘을 쳐다보며 예하는 빗속을 깡충깡충 뛰놀았다. 하지만 주인집 아가씨의 안전을 책임진 유안은 걱정이 태산이었다.

"빨리 집에 가야겠습니다. 벌써 흠뻑 젖으셨어요."

다른 아이 같으면 싫다고 더 놀겠다고 떼를 쓸 만도 하건만, 아이는 고개를 끄덕이며 쫄레쫄레 그를 따라나섰다. 여간해서 유안을 힘들게 하지 않는 착한 아이였다, 예하는. 그러나 아이들이 감당하기에는 비가 너무 많이 온 게 문제였다. 어린 그들은 잘 몰랐지만 그때는 호우가 쏟아지는 계절이었던 것이다.

"어쩌지? 길이 끊겼네."

유안은 새파랗게 질려 어찌할 바를 몰랐다. 갑자기 쏟아진 폭우에 길이 떠내려가고 그 자리를 가로질러 거센 물줄기가 굽이치고 있었다. 둘러 가려고 사방을 돌아보아도 관목과 잡풀로 무성한 산은 어린애들에게 길을 열어 주지 않았다. 게다가 여기저기 흙이 무너져 내려 땅 자체가 너무나 불안하게 느껴졌다. 발 디딜 곳이 없었다.

예하를 돌아보았다. 머리와 옷이 다 젖고 발은 진흙으로 엉망이었다. 비가 너무 거세어 눈을 제대로 뜨지도 못하는 모양이었다. 그럼에도, 돌아갈 방법이 없다는 걸 아이도 알았을 터인데, 어린애라 그런지 그다지 불안해 보이지 않았다. 그나마 다행이었다. 울고불고 하면 어쩌나 유안은 내심 걱정하고 있었던 거였다.

"일단 어디 가서 비를 좀 피해야겠습니다."

그는 아이의 손을 꼭 잡고 오던 길로 돌아갔다. 지나오며 얕게 파인 굴 같은 것을 하나 본 게 생각났기 때문이다. 짐승이 살기에는 작아 보였으니 둘이서 비를 피할 만할 것이었다.

아이들은 굴속에 몸을 꼭 붙이고 앉아 내리는 비를 나란히 쳐다보았다. 비는 도무지 그칠 기색이 없고 날은 자꾸만 어두워지고 있었다. 유안의 가슴은 근심으로 바짝바짝 타들어 갔다. 지금쯤 집에서는 난리가 났을 텐데. 내가 아이를 유괴라도 했다고 생각하면 어쩌나. 그는 초조해서 예하를 돌아볼 여유가 없었다. 아이가 옆구리를 쿡쿡 찌를 때까지는.

"춥다, 유안아. 배도 고파."

예하는 커다란 눈망울로 그를 올려다보며 입을 삐죽 내밀고 있었다.

아차. 그렇겠구나. 어쩌지.

오래 있을 계획이 아니었던 터라 먹을 것을 가져온 게 없었다. 아니, 있구나. 소매 속의 갱엿 하나가 손에 잡혔다. 유안은 기쁜 마음으로 얼른 그걸 꺼내 예하에게 내밀었다.

방긋.

푸른빛을 깨치다

얼마나 좋은지 예하는 뺨을 볼록하게 만들며 사랑스럽게 웃었다. 그러고는 엿을 반으로 뚝 잘라 한쪽을 유안의 입에 밀어 넣었다.

"저는 괜찮······."

"니가 배고프면 내가 속상해. 나는 쪼끄마니까 반만 먹어도 배 안 고파."

또랑또랑한 눈으로 소년을 올려다보며 예하는 남은 엿을 자기 입에 넣고는 그에게 머리를 기대 왔다.

"맛있다. 그리고 너한테 기대니까 안 춥다."

유안은 어쩐지 울고 싶은 기분이 돼서 슬그머니 팔을 예하의 어깨에 둘렀다. 아이가 가슴에 들어오니 그도 추운 걸 잊을 수 있었다. 그리고 마음을 가득 채웠던 걱정이 차차 빗물에 씻겨 내려가는 것처럼 느껴졌다.

예하가 잠이 드는 것 같았다. 깜빡깜빡 고개를 떨어뜨리며 졸던 아이는 마지막으로 자그마하게 중얼거리더니 단잠에 빠져들었다.

"유안아, 난 너랑 같이 있어서 하나도 안 무서워······."

그는 잠든 아이의 머리를 쓰다듬으며 웃었다. 나도 너랑 같이 있으니까 안 무서워.

다음 날이 되어 사람들이 찾으러 올 때까지 아이들은 꼼짝도 안 하고 굴속에 숨어 있었다. 비는 그쳤지만 길이 도로 생긴 것은 아니었고 그가 예하를 업고 건널 만한 물길도 아니었기에 위험을 무릅쓰기보다는 누군가 찾아 주기를 기다리는 편이 낫겠다는 생각이었다. 그리고 예상대로 그들이 왔다. 하나같이 창백하게 질린 얼굴들이었다.

짝.

콰당.

"대체 예하를 어디까지 데리고 나간 거냐! 그리고 비가 오기 시작하면 즉시 돌아왔어야지, 어린애가 추운 데서 꼬박 이틀을, 그러다 무슨 일이라도 났으면 어쩔 뻔했느냐!"

민우상 공은 아랫사람에게 손을 대는 법이 없는 온화한 주인이었지만 그날은 예외일 수밖에 없었다. 유안은 이해하였다. 얼마나 걱정했겠는가. 얼마나 화가 났겠는가. 그 화가 유안을 향해 터질 수밖에 없는 건 당연했다.

그가 이해할 수 없었던 건 예하였다. 평소 아버지에게 거스르는 법 없는 착한 딸 예하가, 안겨 있던 유모의 팔에서 펄쩍 뛰어내리더니 소리소리 지르며 아버지의 팔에 매달리는 게 아닌가.

"그러지 마세요, 아버님! 유안이의 잘못이 아닙니다. 제가 떼를 써서 멀리까지 갔어요. 제 잘못이에요. 유안이는 저한테 먹을 것도 주고 춥지 않게 잘해 주었어요!"

화를 다스리지 못한 민우상 공은 팔을 휘둘러 말리는 딸을 떼어 냈다. 그런데 그 동작이 좀 과했다. 예하가 나가떨어지며 땅바닥에 뒤통수를 부딪친 것이다. 아이의 깨진 머리에서 검붉은 피가 흘러나왔고 그걸 본 계집종들이 비명을 질러 댔다.

"예하야, 예하야, 괜찮니? 아가, 아가, 아버지가 미안하다.

그러려는 게 아니었는데……."

당황한 민우상 공은 땅에 엎드려 예하를 안아 올리며 어쩔 줄 몰라 했다. 안 그래도 흙과 빗물로 더러워진 작은 몸이 피범벅까지 되었으니 그야말로 만신창이였다. 게다가 축 늘어져 있어, 유안도 겁이 더럭 나서 아이를 바라보았다. 민 공은 연신 예하를 흔들며 의식이 있는지 확인하려 하였다.

마침내 아이가 감았던 눈을 느릿하게 떴다. 몹시 아픈지 얼굴을 잔뜩 찡그리고는, 예하는 작은 입술을 오므리며 아버지에게 힘겹게 중얼거렸다.

"괜찮아요, 아버님. 일부러 그러신 거 아니니까요."

아이가 무사한 것이 확인되자 아버지는 안도의 한숨을 내쉬며 예하를 껴안았다. 그러나 예하는 조그만 손바닥으로 아버지의 가슴을 밀어내더니 끝내지 못한 말을 이었다.

"그러니까, 그러니까요, 아버님. 아버님도 알아주셨으면 좋겠어요. 유안이도 일부러 그런 거 아니에요. 네?"

예하는 커다랗고 예쁜 눈에 눈물을 그렁그렁 달고 있었다.

방으로 돌아온 유안은 울었다. 하염없이, 내장이 다 쏟아져 나오는 기분이 들도록 울었다. 그렇게 죽을 만큼 운 일은 그 이전에도 이후에도 없었다.

그리고 생각했다. 다짐하고 또 다짐했다. 나는 저 아이를 위해서 산다고. 저 아이를 지키고 행복하게 해 주기 위해 내 목숨과 인생을 다 바친다고.

나를 절대적으로 믿어 주는, 세상에 단 하나뿐인 내 편, 저 사랑스러운 계집애를 위해.

유안은 예하의 어깨를 부드럽게 문질렀다. 돌아온 옛 기억은 가슴이 먹먹하도록 생생하고 아름다웠다. 그때의 감정은 조금도 변색되지 않고 그와 함께 성장하며 지금껏 삶을 지탱해 온 것이었다. 그리고 그 사랑스런 아이는 더없이 아름다운 여자로 자라나 그의 심장을 가득 채우고 지금 이렇게 그에게 기대 있는 것이다.

"난 말이지, 너만 있으면 아무것도 무섭지 않아."

신열로 달아오른 뺨을 그의 목에 비비며 예하가 조그맣게 속삭였다.

"다 잘될 거야. 그렇지? 네가 이렇게 곁에 있어 주니까 아무 문제없어. 그렇지?"

목구멍에서 뜨겁게 치밀어 오르는 것을 감당하기 어려워 유안은 눈을 감았다.

어린아이였던 때와 똑같이 올곧고 깨끗한 마음으로 예하는 그를 믿고 있었다. 그가 꽃을 꺾고 싶어 몸부림친다는 건 꿈에도 모른 채. 그의 마음속에 들끓고 있는 정념을 상상조차 하지 못한 채.

"그럼요, 다 괜찮습니다. 제가 아가씨를 지킬 거니까요."

가라앉은 목소리로 최대한 다정하게 대답해 주자 그녀는 새근새근 규칙적인 숨소리를 내기 시작했다. 아직 열이 높았지만 오한은 덜해진 모양이었다. 힘을 빼고 편안하게 기대어 잠을 청하는 것 같았다.

유안은 주룩주룩 내리는 빗줄기를 가만히 바라보았다.

비가 장막처럼 드리운 시야는 어둡고 우울했다. 피어오르던 꽃망울들이 거친 비에 떨어져 내리고 바닥에는 널따란 나뭇잎들이 시체처럼 흩뿌려져 있었다.

'세상에는 빛 한번 보지 못하고 스러져 가는 생명이 너무나 많구나.'

그는 생각했다.

누가 꺾지 않아도, 꽃은 질 수 있었다. 아무리 소중하게 키워도, 꽃은 떨어질 수 있었다. 그렇다면 꽃의 행복이란 대체 무엇일까.

고개를 저었다.

궤변이다.

사람은 간사한 것이었다. 나약하고 이기적일 수밖에 없는 존재였다. 형편이 바뀌고 관계가 달라지자 그 미세한 균열을 타고 마음이 쩍쩍 갈라지더니 와르르 허물어져 버렸다. 마치 오래전부터 그렇게 되기를 기다렸다는 듯이.

유안은 예하를 내려다보았다.

그녀를 이성으로 의식하기 시작한 시점이 언제였는지는 기억나지 않는다. 남들이 두 사람 사이를 훼방 놓기 시작한 때였을 수도 있고, 예하가 조심하는 걸 느껴서였을 수도, 또는 그 자신이 남자라고 자각한 때였는지도 모른다. 마음을 다 바쳐 가꾸어 온 꽃이 망울을 부풀리며 황홀한 향기를 피우는 것에 숨 막히고 가슴 두근거려 눈을 뗄 수 없게 되고 말았다.

그러나 아무것도 할 수 없었다. 해서는 안 되었다. 하지 않았다. 그는 꽃을 가꾸는 사람일 뿐 주인은 될 수 없었기에.

명하의 동무들이 집에 오면 무슨 핑계를 대서든 먼발치서 예하를 보고 가곤 하였다. 그럴 때마다 어깨를 쫙 펴고 으스대며 명하가 말했다. 니들 따위보다 백배는 잘난 일등 신랑한테 시집보낼 거다, 우리 예하는. 넘보지 마라.

넘보면 안 되었다. 유안은 일등 신랑이 될 수 없었으므로. 예하는 세상 모든 걸 다 가진 남자의 짝이 되어야 마땅하므로.

억지로 꺾으면 꽃은 시든다. 그렇게 저질러 버리기엔 그녀를 너무 사랑했다.

그녀를 잃으면 그가 부서진다. 살아가는 의미는 예하 하나였으니까.

그렇다면 답은 분명했다. 꽃을 가꾸는 사람으로 그녀의 곁에 남으리라.

매일매일 스스로에게 말했다. 나는 예하를 욕심내지 않는다. 그녀의 행복을 지켜보며 살 수 있으면 그것으로 족하다. 매일매일, 수백 번씩, 다른 생각이 비집고 들어올 틈이 없도록. 완전히 세뇌되도록.

다 거짓이었다. 이제는 안다. 이제는 인정한다.

언제나 그녀를 원했다. 예하를 안는 꿈을 수도 없이 꾸었으나 아침이면 지워 버렸을 뿐이다. 명하가 들쑤시지 않아도 그녀의 혼약은 그를 찢어 놓기 충분했다. 알고 보니 정수겸이 나

푸른빛을 깨치다 211

쁜 놈이라, 대놓고 싫어해도 되어서, 사실은 다행스러웠다. 기뻤다. 좋았다. 예하를 품에 안은 채 이렇게 숨어 버릴 수 있어서, 아무도 없는 곳에 둘만 있을 수 있어서, 그녀가 불행해진 걸 알면서도 그는 행복했다.

유안은 바람에 흩날리는 머리카락을 쓸어 하나로 묶었다. 머리카락은 물기를 머금어 끈끈하고 무거웠다. 끝없이 가라앉는 그의 마음처럼.

'예하는.'

그녀를 당겨 안았다. 작은 몸은 저항하지 않고 그의 심장에 곧바로 닿아 왔다.

예하는.

예하는 나를.

쓰디쓴 웃음이 입가에 떠올랐다.

무엇이 달라졌다고 그녀의 마음을 바라는가. 나는 예하를 명하에게 돌려주러 가는 길이고 그녀는 하늘 아래 가장 행복한 여인이 되어야 한다. 꽃을 갖고 싶다 깨달았다고 꺾어도 되는 것은 아니고, 더 이상 자신을 속일 수 없게 된 나만 환부를 드러낸 채 고통을 감수해야 할 뿐이다.

유안은 예하의 머리를 가만가만 쓰다듬으며 생각하였다. 어쩌면 나는 비가 그치지 않기를 바라는 것인지도 모르겠다고. 이대로 시간이 멈춰 버렸으면 좋겠다고.

비는 두 사람의 몸과 마음을 적시고 체온을 전하며 그렇게 눈물처럼 흘러내렸다.

12

"전하께서 내게 전권을 주셨다."

길고 흰 수염을 쓰다듬으며 사내가 곁의 부관에게 말했다.

"나는 전하의 신뢰에 반드시 부응해 드려야 해. 그러니 우리는 놓고 있을 겨를이 없다."

임금은 아무 정보도 주지 않은 채 민명하를 찾아내 지도를 빼앗아 오라고만 했다. 생각하기에 따라 덤터기를 썼다고 볼 수도 있었으나 사내는 그것이야말로 자신에 대한 지존의 신뢰와 기대라고 믿었다.

한때 천의 초립 날리며 유흥가를 주름잡던 무예별감武藝別監이었건만, 작은 실수로 어이없이 한순간에 내쳐졌던 그였다. 이건 인생을 되돌릴 절호의 기회였다. 결코 헛되이 날려 버릴 수 없었다.

"남쪽으로 향한 게 분명하니 크게 벗어날 수 없을 것이다."

여기저기 쑤시고 뒤집어엎으면 두려움에 사로잡힌 누군가가 고변해 오리라, 민명하든 그 누이동생이든 내 눈을 끝까지 피할 수는 없으리라, 사내는 믿었다. 실지로 과거 급제자라 자칭한 유생이 찾아와 말하지 않았던가. 민閔가의 여식이 종자와 함께 경기 땅을 지났노라고.

짧지 않은 시간 영욕을 함께해 온, 수족 같은 부관과 군졸들이 그의 말에 호응하여 창칼을 내질렀다. 더러는 이를 갈았고 혹은 발을 구르기도 했다. 타인의 아첨과 복종을 당연히 누려 온 그들에게 지난 시간은 견디기 힘든 굴욕이었다. 반드시 다시 치고 올라가 거들먹거리는 것들의 코를 납작하게 해 주어야 하였다. 어떤 수단과 방법을 써서라도.

"내 반드시 그들을 잡아내어 성은에 보답하리라."

흰 수염의 사내는 그을린 얼굴에 투박한 웃음을 띠며 남쪽을 향해 말을 몰았다.

*

고추꽃에 하얗게 부서지는 햇빛이 보송했다. 저보다 큰 잎사귀에 가려 있는 작은 꽃이었지만 햇살은 놓치지 않고 깊이까지 찾아들어 온기를 뿌렸다. 모처럼 비가 그치고 나비와 벌들이 제 세상을 만난 양 붕붕거리는 오후였다.

"저 꽃은 향기가 없답니다. 그저 색깔로 벌을 부르는 거라 하대요. 허옇기만 한 저 색이 뭐가 좋아 날아드는 건진 모르겠지만."

명하와 여자는 콩나물 수북한 채반을 사이에 두고 마주 앉아 있었다. 지렁이 꼼지락거리는 텃밭을 바라보며 여자와 콩나물을 다듬는 모습은, 그가 자신의 일생에 단 한 번도 넣어 그려본 일 없는 장면이었다. 하물며 그 여자가 고추꽃처럼 새하얀 치마저고리를 입은 과부인 건 꿈에라도 상상할 수 없던 일이었다.

붓만 잡아 보았던 흰 손으로 콩나물 대가리의 미끈거리는 껍질을 벗겨 내며 명하는 처음으로 여자에게 개인적인 질문을 했다.

"왜 과부가 되었소?"

그동안 아무것도 묻지 않았던 건 조심스러워서가 아니라 그 자신의 문제로 머리가 가득 차 있었기 때문이었다. 문득 그녀에게 이제껏 별반 관심이 없었다는 생각이 들었다. 여자가 자기에게 관심을 가져 주느냐만 신경 썼을 뿐.

"……일흔 넘은 남자한테 재취도 아니고 삼취로 들어갔거든요. 첫날밤에 신랑이 죽어 버립디다."

여자의 답은 즉각 나오지 않았다. 하지만 남의 이야기처럼 담백한 대답이었다.

"열녀문 세우고 싶다면서 나보다 나이 많은 의붓아들들이 자결을 강요하더라구요. 그래서 도망쳤지요. 얼굴도 제대로 못 본 늙은 신랑한테 무슨 정이 있다고 세상 버리겠어. 개똥밭에

푸른빛을 깨치다

굴러도 이승이 좋은 거지."

　말투는 자조적이었으나 내용은 적잖이 무거웠다. 명하는 손을 내리고 여자를 빤히 바라보았다. 놀랍게도, 여자가 민망해하며 눈길을 돌렸다. 그런 모습을 보는 건 처음이었다.

"뭐, 딱히 불쌍하게 생각하실 건 없어요. 잘살고 있잖아."

　여자는 우물우물 말끝을 흐렸다.

　잘살고 있는 건가.

　명하는 미간을 찌푸렸다.

　시집에서 도망치고 친정에서 거부당한 젊은 여자가, 이런 산속에 숨어들어 손바닥만 한 밭뙈기 부쳐 먹으며 삯바느질로 살아가려면 얼마나 힘들겠는가. 노리고 덤벼든 사내놈들은 없었겠으며 등쳐 먹으려는 팍팍한 이웃은 없었겠는가. 잘산다는 말의 의미를 알기는 하는 것인가.

　여자는 얼굴이 제법 고왔다. 손은 거칠었으나 얼굴이 매끈했고 웃는 상이어서 호감 가는 외모였다. 체면에 짓눌리지 않는 양민이었다면 지금쯤 재가하여 다복하게 살고 있을 수도 있었다. 물론 신분을 숨기고 사는 중이니 지금이라도 괜찮은 사내를 발견하면 시집갈 수도 있을 터였다.

"양반이라면, 사내라면, 진절머리가 납디다. 저들 좋은 대로 남의 인생을 흔들어 대는 사람들이 죄 밉습디다. 내가 왜 남이 하라는 대로 살고 죽고 해야 돼? 그래서, 다 꼴 보기 싫어서, 산에 처박혀 혼자 산 거예요."

　지금은 웃고 있지만 긴긴 날들을 울면서 보낸 것이다. 세상이 원망스러워, 힘없는 자신이 한심하여, 온몸에 가시를 곤두세우고 거기 찔려 피를 흘리며 살아온 거다. 여자의 메마른 입술에서 차마 나오지 못한 말을 명하는 다 듣고 말았다.

"그러면서 왜 나를 데려온 겁니까? 나야말로 원수 같은 사내에 양반 아니오."

어쩐지 말이 퉁명스럽게 나왔다. '그럼 죽어 가는 사람을 그냥 둡니까?' 따위의 대답을 듣는다면 화가 날 것 같은 기분이 들었다. 그런 말을 하면 짜증 부리고 타박을 놓으리라. 당신 주제에 남 참견할 힘이 어디 있다고 오지랖도 넓게 나댔느냐 구박하리라. 내가 아니었어도 다른 누구였어도 구했을 거냐고 트집 잡으며 속 좁게 굴리라. 그는 잠시 말도 안 되는 다짐을 했다.

그런데 그녀의 답은 예상과 전혀 다른 것이었다.

"쓸쓸해서요."

여자는 그를 쳐다보지 않았다.

"그리고 아무도 오지 않는 산길에서 혼자 죽어 가고 있는 댁이 나 못지않게 쓸쓸해 보여서요. 양반이고 사내인데도."

웅얼거린 그녀는 채반을 챙겨 들고 횡하니 나가 버렸다.

남은 명하는 가슴에 뭐가 꽂힌 것 같은 기분에 여자가 앉아 있던 빈자리를 물끄러미 바라보았다.

그녀의 말이 맞았다. 원하지 않는 금을 찾아 방황하다 죽음의 코앞에 다다른 그는 정말로 고독하고 외로웠다. 아버지의 절개에 희생되어야 하는 자신이 가련했고 모든 것을 쥐고 있던 소년 시절이 떠올라 고통스러웠다. 한 점 핏줄 예하가 마지막으로 보고 싶었지만 그녀마저 유안의 것이라 억울했다. 자신을 두고 일찍 죽어 버린 어머니가 새삼 원망스러웠다. 세상에 그의 편은 하나도 없고 웃고 있던 것들은 일시에 등을 돌렸다.

명하는 웃었다.

여자는 알아본 것이다. 두 사람이 동류라는 것을. 그에게 말해 주고 싶었을 거다. 삶이 버거운 사람은 너 하나만이 아니라고.

기운도 어지간히 차리신 거 같으니 집안일도 좀 거드시죠?

그래서 그에게 일을 시켰던 건가 보다. 어느 정도 몸을 추스르고 나자 그녀는 그를 일터로 내몰았다. 텃밭의 잡초를 뽑고 겨우내 삭은 지붕을 고치며 익숙하지 않은 궂은일에 투덜거리다가, 명하는 어느 순간 깨달았다. 참으로 오래간만에 잡생각 없이 마음이 편하다는 것을.

하늘이 눈부시다는 걸 느낀 게 언제였나 싶었다. 부엌의 보리쌀 한 줌이 마음 든든하게 느껴지는 건 신기한 경험이었다. 누군가 그를 향해 웃어 주고 밤에 다른 이의 숨소리를 들으며 잘 수 있어 안심이 되었다. 평범한 아낙에게 구박이나 받는 일상이 이토록 평온하게 다가올 거라고는 상상해 본 일도 없었다. 모든 것이 평화로웠다. 마음을 옭죄고 있던 근심은 다 부질없게 여겨졌다.

최근의 사건으로 지쳤을 뿐 아니라, 꽤 오랫동안 자신의 영혼은 여유 없이 바짝 당겨져 있었다는 생각이 그는 들었다. 잘나야 한다는 강박관념으로, 인정받고 싶다는 열망으로, 기대에 부응하려 노심초사하느라, 힘들었던 것 같았다.

명하는 여자가 꼬물거리고 돌아다니는 마당 쪽으로 고개를 돌렸다.

'쓸쓸했던 거구나.'

다시 생각할 필요도 없이 너무나 당연한 일이었다. 내 투정을 웃으며 들어 주는 바람에 그녀의 삶이야말로 상처로 얼룩진 거란 사실을 알지 못했을 뿐이다. 내 문제에만 매몰돼 있어 남을 돌아볼 여유가 없었던 거였다. 늘 그랬듯 민명하는 자기중심적이고 자기 어려움만 커다랗게 보는 사람이었기 때문에. 게정거리고 탓할 줄만 알았지 연민하고 배려하는 법은 배우지 못했기 때문에.

이제야 그런 게 보이니 얼마나 부끄러운 일인가. 아니, 이제라도 그런 게 보이니 다행인가? 아니, 끝까지 보이지 않았더라면 차라리 나았을 것을.

그날 밤, 여자에게 등을 돌리고 누워 명하는 어렵사리 말을 꺼냈다.

"내일 떠나려 하오."

여자가 벌떡 일어나 앉았다. 생각보다 더 격한 반응이었지만 예상치 못했던 것은 아니었다. 그는 턱을 굳게 다물었다.

쓸쓸하다는 말을 듣고 바로 떠난다 함은 무정하고 매몰찬 짓이었으나 그럴수록 가는 게 맞았다. 외로운 영혼 둘이 한집에 계속 머물면 엉켜들어 떼어 낼 수 없게 될 것이므로. 시간이

푸른빛을 깨치다

흐를수록 점점 더 떠나기 싫어질 게 분명하기 때문에.

가야 한다. 명하에게는 할 일이 있었다. 아무리 싫어도 해야 하는 일. 선왕의 유지를 받잡고 아버지의 뜻을 따르는 일. 비록 몰골은 초라해졌지만 그는 뼛속까지 선비였다. 의무를 접고 달콤한 일상에 안주하는 건 그의 신념에 위배되는 것이었다. 그러니 마음이 더 약해지기 전에 지금 떠나야만 했다.

여자는 말이 없었다. 명하는 돌아보지 않았다.

'내세가 있다면 은혜를 갚으리다.'

그는 눈을 꼭 감고 중얼거렸다.

어차피 그와 깊은 인연을 맺을 사람은 아니었다. 여자를 거둘 주제도 아니었거니와 처지도 달랐다. 명하는 금을 건사해야 했고 여력이 있다면 예하를 챙겨야 하였다. 비 맞은 상추가 아무리 싱싱해도 난이 될 수는 없는 법. 결국 그는 민씨 집안의 맏아들, 그 외에 다른 무엇이 되는 건 가능하지 않았다.

밤은 무겁고 길었다. 그믐밤의 한기에 가슴도 버석하게 말라붙었다. 든 자린 몰라도 난 자린 안다고, 자신이 떠난 후에 혼자 밥 먹고 혼자 잘 여자가 눈에 아물거려 명하는 잠을 이룰 수가 없었다. 이기적일망정 모질지 못한 그에게 짧은 인연의 끝은 고통스러웠다.

새벽녘 선잠이 들었다가 깼을 때 여자는 없었다. 차라리 얼굴을 안 보고 떠나는 게 나으리, 씁쓸히 생각하며 방을 나서니 바깥에서 그녀가 기다리고 있었다. 등짐을 진 모습이었다. 놀랍게도.

"이게 무슨……."

명하가 입을 벌리자 입술을 꼭 깨물던 그녀는 눈을 아래로 내리깐 채 불퉁스럽게 대답했다.

"또 그런 꼴을 당하려고 혼자 가요? 불안해서 못 보내요. 내가 따라다니면서 밥도 해 주고 마을 소식도 알아봐 줄 테니 데리고 가요. 아니, 내가 데려다 줄게요. 쫓기는 몸인 거 다 안단 말이에요."

명하는 마루에 털썩 주저앉았다.

다 알아.

여자가 눈을 들어 그의 시선을 마주했다. 그녀의 눈에는 안쓰러움과 절박함이 공존하고 있었다. 정말로 명하가 못 미덥고, 한편으론 다시 혼자가 되는 게 너무 두려운 것이다.

"겁나잖아요. 자신 없잖아요. 그러니까 내가 같이 가 줄게요. 내 뒤에 얼굴 가리고 그냥 숨어 있으면 돼요. 나를 여자로 책임지라는 뜻이 아니에요. 댁이 굉장히 좋은 집 도련님이라는 거도 나 알아. 그냥 목석지에 도착할 때까지만 동행하게 해 줘요. 그다음엔 얌전히 집에 올 테니까요."

한참을 앉아 있던 명하는 말없이 일어나 집을 나섰다. 돌아보지 않고 앞만 응시한 채로 빠른 걸음으로 걸었다.

여자가 뒤따르는 게 느껴졌다. 멈추지 않고 걸음을 늦추지도 않고 그는 그냥 걸었다. 그녀의 안위를 책임질 수 없었다. 마음은 더더욱 감당할 수 없었다. 하지만 돌아가라고 하지 않았다. 쓸쓸해서, 여자가 쓸쓸한 걸 알아서, 차마 혼자가 더 좋다고 말할 용기가 나지 않았다.

　그렇게 두 사람이 동행을 시작했다. 말도 섞지 않고 묵묵히 떨어져 걷는 퍽퍽한 동행이었다. 그러나 명하의 마음은 자꾸만 젖어 들었다. 눈물이 날 것 같아 해를 쳐다보며 그는 흰 얼굴을 문질렀다. 누군가가 나를 진심으로 아껴 준다는 것은, 생소하고 따뜻한 일이라 좀 많이 벅찼다. 이렇게 못 이기는 척 함께 가는 거야말로 이기적이기 짝이 없는 일이라는 걸 알면서도, 명하는 그녀를 허락했다.

　처음으로, 그는 유안과 예하가 서로를 어떤 마음으로 바라보는지 알 것 같은 기분이 들었다.

*

　어떡하면 좋을까.

　유안은 예하를 바라보며 눈을 가늘게 떴다.

　남장을 시킬 생각이었다. 남매 아닌 형제로 행세하면 예하를 알아보는 사람도 피하고 사내들의 눈길에서도 벗어나지 않을까 싶었다.

　눈앞에는 이마에 띠를 두르고 남복을 한 예하가 쭈뼛거리며 서 있었다. 유안은 고개를 저었다. 이건 아니다.

　"안 되겠습니다. 도로 갈아입으세요. 남자라는 생각이 조금도 들지 않는데다가 얼굴을 드러내야 하니 오히려 더 위험합니다."

좁은 어깨에 말랑말랑한 뼈대가 천생 여자였다. 아무리 나이 어린 소년이라 해도 저런 골격을 갖지는 않는다. 게다가 남복을 하니 묘하게 색기를 풍겨 그쪽 취향이 아닌 사내들까지 돌아보게 만들 판이었다. 어지간한 무뢰한이 아니면 여자한테 집적거리지 못하지만 상대가 남자라 생각하면 한번 만져 보자 어쩌구 하며 들러붙을지도 모른다. 안 된다.

예하도 어색했는지 군말 없이 본래의 옷으로 갈아입었다.

그럼 이제 어떡한다?

"사실 문제는 내가 아니라 너야. 우리가 수배됐다고 해도 내 얼굴은 아는 사람이 아니면 확인할 수 없잖니. 그렇지만 너는 '푸른 눈'이라는 한마디로 바로 설명된단 말이야."

그래서 결국 변장은 유안 쪽이 하게 되었다. 궁리 끝에 내놓은 답은 맹인 오라비와 누이 설정이었다. 지난번에 호패를 맡겨 놓고 일하다가 찾지 못한 채 도망친 유안은 어차피 일자리를 구할 수도 없는 처지였다.

"이 천은 어디서 난 겁니까?"

얇은 천을 눈에 두르고 나무 작대기를 지팡이 삼아 짚으니 그럭저럭 맹인처럼 보이는 것도 같았다. 유안이 눈을 가린 하얀 비단을 만지작거리며 물었다. 촉감이 상당히 좋은 갑사甲紗였다.

예하는 우물쭈물하다가 기어들어 가는 소리로 대답했다.

"부, 불쾌하다면 미안하다. 달리 흰 천이 없어서……, 음, 내 속치마를 뜯었어."

애기를 들은 유안도 말한 예하도 일시에 얼굴을 새빨갛게 붉혔다.

"아, 저기, 모닥불이 다 꺼졌나 확인해 보겠습니다."

유안이 벌떡 일어나 가 버리자 예하는 그 뒷모습을 한번 보고는 짐 보퉁이를 다시 챙겼다. 빗물과 흙으로 더럽혀진 옷 뭉치, 패물, 그리고 고운 비단 치마저고리가 한 벌 들어 있었다. 속치마는 한쪽 귀퉁이가 길게 찢어진 채였다. 보는 것만으로도 얼굴이 화끈거려 그녀는 고개를 돌렸다.

황진이가 그녀를 사모하다 죽은 동네 청년의 관에 속치마를 덮어 주었다는 일화는 유명하다. 귀양 떠나는 남편에게 자신의 체취가 밴 속곳을 챙겨 보냈다는 부인의 이야기도 들은 적 있었다. 속옷의 의미란 그런 것이다. 아무리 유안과 예하가 긴 시간 함께 살았다고 해도 남녀 사이에는 선이 있는 법이고, 오늘 예하는 그 선을 넘어 버린 셈이었다. 그의 맨가슴에 얼굴을 파묻고 밤을 보낸 것과 마찬가지로 해서는 안 되는 행동이었다.

예하는 입술을 깨물었다.

"지금은 비상 상황이야."

괜찮다. 다 괜찮은 일이다. 어쩔 수 없으니까, 아무도 못 보니까, 상관없다.

그녀는 붉게 달아오른 뺨을 손바닥으로 훔치고 일어섰다. 저만치 그녀가 오기를 기다리며 서 있는 유안의 모습이 보였다. 길고 크고 넓은 윤곽이 남자답고 믿음직스러웠다. 눈을 가려 물빛 눈동자가 보이지 않아도, 검은 무복이 아닌 초라한 평복을 입었어도, 여전히 힘과 젊음이 생생하게 뿜어 나오는 매혹적인 모습이었다.

두근.

심장이 그의 아름다움에 반응했다.

예하는 가슴에 손바닥을 대고 눌렀다. 머리를 천천히 저으며 유안 쪽으로 발을 옮겼다.

이것만은 안 된다. 상관없지 않다.

그들이 들어선 마을은 묘하게 가라앉아 있었다. 아니, 어수선하다는 표현이 더 맞을 수도 있었다. 소읍小邑이 주는 아늑한 느낌도 아니고 빈촌貧村에서 볼 수 있는 찌든 분위기도 아닌, 이상하게 흉흉洶洶하고 탁한 인상이었다.

지나는 사람마다 그들을 한 번씩 쳐다보았다. 덩치 큰 맹인 사내와 조그마한 계집. 수상쩍게 보인다 해도 할 말은 없었지만 외지인에 대한 경계가 유난히 심하다 싶은 시선이었다. 잘못 들어왔나 하는 생각이 들었다. 그러나 더 이상의 노숙은 무리였다.

의외로 숙소는 금방 구할 수 있었다. 혼자 사는 할머니가 그들을 받아들여 주었다.

다만.

"호패를 보았으면 좋겠구먼."

관도 대갓집도 아닌 서민 가정에서 객의 호패까지 확인할 거라고는 생각지 못했던지라 그들은 적잖이 당황했다. 성인 남자라면 늘 지녀야 하는 호패는 신분을 증명하는 유일한 수단이었다. 없이 다니면 도망친 노비나 죄인이라고 의심받기 십상이었다.

"아, 저, 오라버니가 어디다 흘린 모양이에요. 눈이 안 보이다 보니 그만. 어쩌죠?"

예하가 진땀을 숨기며 방긋거렸다.

다행히 할머니는 그들을 믿는 듯했다. 그렇구먼. 낮게 중얼거렸을 뿐 더 이상 문제 삼지 않고 선선히 두 사람의 기숙을 허락해 주었다. 유안은 눈이 안 보여 아무 일도 할 수 없었지만 예하는 허드렛일을 도와주기로 했다. 며칠 푹 쉬면서 기력을 보충하자, 두 사람의 계획은 그랬다.

"오라비는, 거, 타고난 맹인이신가?"

부엌으로 따라온 예하에게 할머니가 물었다. 그녀는 그렇다고 대답했다.

"남매가 닮지는……, 않았네."

예상했던 질문이라 예하는 허둥대지 않았다. 사실은 어미가 다르노라, 준비한 답을 내놓았을 뿐이다.

할머니는 이런저런 질문을 띄엄띄엄 던졌다. 어디서 오는 길이냐, 어디로 가느냐, 무엇을 하며 생계를 꾸려 왔느냐 따위.

본래 시골 사람들일수록 남의 일에 관심이 많은 법이라 그녀는 그런가 보다 하였다. 묻는 표정이 굳어 있었으나 심상하게 넘겼다. 신분이 불분명한 그들을 흔쾌히 받아들여 준 고마운 주인 아닌가. 그저 기꺼울 뿐이었다. 아는 얼굴 하나 없는 시골에서 누군가가 그들의 뒷덜미를 노리고 있을 거라는 생각은, 당연히 눈곱만큼도 들지 않았다.

그날 밤에는 아무 일도 일어나지 않았다. 유안은 혼자 방을 쓰고 예하는 할머니와 함께 잤다. 모처럼 따뜻한 방바닥에 등을 대니 몸이 천근같이 늘어져, 녹아 버린 엿처럼 달고 곤하게 잘 수 있었다. 일이 터진 것은 아침밥을 짓던 때쯤이었다.

"죄인은 오라를 받아라!"

서슬 퍼런 외침에 예하는 깜짝 놀라 부엌에서 뛰쳐나왔다. 좁은 뜰을 포졸들이 한가득 메우고 서 있어 가슴이 철렁 내려앉았다. 그다음 순간엔 더 놀라야만 했다. 방 안에서 유안이 포승줄에 묶여 끌려 나오는 게 아닌가.

"유……."

이름을 부르려다가 입을 막은 그녀에게 유안은 표시 나지 않게 고개를 저어 보였다.

이미 늦었나. 지금이라도 예하를 안고 도망치면 좋겠지만, 몸이 움직여지지 않는 걸 보면 어젯밤 식사에 무언가 나쁜 것이 섞여 있었던 모양이다. 포졸들이 예하를 뒷짐 지우는 걸 보며 이를 물었으나 약기운이 떨어질 때까지는 움직일 수 없을 것이다. 그러니 잠시 참아야만 했다.

왜 잡혀가는 걸까? 얼굴을 알아본 자가 있었을까? 양반을 반 죽여 놓고 도망친 상것이라 수배되고 있었나? 유안의 머리가 멍한 와중에 빙빙 돌았다. 예하는 함부로 취급하지 말아 줬으면 좋겠는데.

두 사람이 동헌 앞에 꿇어앉혀진 것은 이제 막 해가 부옇게 솟아오를 정도의 이른 나절이었다. 그럼에도 수령이나 아전들은 물론 구경하러 온 것 같은 마을 사람들로 동헌 뜰은 붐볐다. 하나같이 눈에 적의와 불안한 기운이 어려 있는 것이, 평범하게 구경 나온 백성들이라 생각하기에는 다소 수상했다. 유안은 자신들이 발을 잘못 들여놨다는 걸 뒤늦게 확신했다.

"너희들이 전국을 돌아다니며 선량한 백성들의 재물을 빼앗는다는 부부 도적단이냐?"

수령의 일갈에 예하와 유안은 입을 딱 벌렸다. 여러 가지 가능성을 생각하며 여기까지 끌려왔지만 이런 말을 들을 거라곤 생각해 보지 않았다. 도적이라니.

"무슨 말씀이십니까, 사또. 저희는 평범한 나그네일 뿐입니다. 도적질 같은 건 한 일 없습니다."

예하가 부르짖었다. 유안은 입을 다물고 주변 공기를 살폈다.

이건 모함이다. 계략이다. 이 자리에 있는 모든 사람들이 한통속이 되어 우리를 옭아매는 중이다.

왜.

"저자들의 짐에서 도난당한 물건이 발견되었느냐?"

수령이 묻자 노리老吏가 한발 나서며 예하의 보퉁이를 풀어놓았다.

"예이. 저들 것으로 보기 어려운 금붙이며 패물이 보따리에 들어 있었나이다. 얼마 전 남南씨 집에서 도둑맞은 은수저도 함께 있었사옵니다."

예하는 눈을 등잔만 하게 뜨고 자기 짐을 노려보았다. 보석류가 들어 있는 것만으로도 의심받기 충분한 상황이긴 했다. 하지만 저 은수저는 무엇이며 대체 어떻게 저기 들어가 있는 것일까?

"게다가 저 사내는 소경이 아님에도 거짓 행세를 하며 사람들을 속이고 있습니다. 소인은 소경 형제가 있는지라 저자가 가짜임을 곧 알 수 있었습니다. 그것만으로도 수상하기 짝이 없는 일 아닙니까?"

구경꾼 중에 누군가가 소리 질렀다. 그 말에 인상을 찌푸리며 유안을 쳐다본 수령은 포졸들에게 눈가리개를 풀라고 명했다. 유안은 반항하지 않았다. 어차피 다 밝혀질 일. 숨긴다고 감춰질 것도 아니었다.

흰 천이 풀어지고 드러난 시푸른 눈에 수령을 포함하여 죄다 숨을 힉하고 들이켰다. 그들 중 양인을 직접 본 사람은 한 명도 없을 것이다. 도둑에다 사기꾼에 색목인이라니. 오싹한 조합에 모두들 치를 떨었다.

"저자가 마을에 들어온 게 언제냐?"

그러자 앞으로 끌려 나온 것은 그들이 묵었던 집 주인, 혼자 사는 할머니였다.

"다, 닷새는 되었나이다. 그사이 밤마다 마당에서 이상한 소리가 들렸사온데, 아마도, 저, 저 사내가 도적질 다니느라 난 소리였나 봅니다."

푸른빛을 깨치다 229

예하는 경악하여 할머니를 쳐다보았다. 그들이 온 것은 어젯밤이었다. 닷새라니.

할머니는 부들부들 떨면서 불안하게 눈동자를 굴리고 있었다. 누가 보아도 의심쩍은 건 저쪽이겠건만, 사또와 관속들은 유안의 푸른 눈을 본 후로 그들이 범인이라 심증을 굳힌 듯했다.

"호패를 내보여라."

수령이 명했다.

그러나 유안은 호패를 내놓을 수 없었다. 수령의 눈에 확신이 서리는 것을 보며, 그는 비로소 깨달았다. 그들은 '호패를 지니고 있지 않았음에도' 숙박을 허락받은 게 아니었다. '호패가 없어 죄를 뒤집어쓰기 알맞은 사람들이었기에' 환영받았던 것이다.

머리를 절레절레 흔들며 수령이 구실아치들에게 지시했다.

"저들을 옥에 가두어라. 내 웃전에 보고를 올리고 처벌을 결정하리라."

그렇게 그들은 어이없이 옥에 갇혔다. 아직 해가 완전히 뜨지도 않은, 마을에 들어온 지 채 만 하루도 지나지 않은 때였다. 마치 발밑이 꺼지며 함정에 빠지듯 두 사람은 촘촘하게 짜인 계략에 걸려들고 말았다.

"넌 몸이 괜찮은 거니?"

전혀 힘을 쓰지 못하고 늘어져 있는 유안을 향해 창살 건너의 예하가 물었다. 유안 정도의 남자가 아직도 온전히 회복하지 못한 걸 보면 무슨 약인지 꽤 독한 것이었던 모양이다. 누구의 사주를 받은 건지는 모르나 노파는 처음부터 작정하고 그들을 덫에 가둔 거였다.

"괜찮습니다. 오후쯤 되면 힘을 낼 수 있을 것 같습니다."

분하고 이가 갈렸지만 유안은 낙망하지 않았다. 기운만 돌아온다면 저런 포졸들 따위 아무것도 아니다. 예하를 다치지 않게 건사하는 게 문제일 뿐, 도망치는 것 자체는 크게 어려운 일일 리 없었다.

다만, 그렇게 도망치면 정말로 범법자로 낙인 찍혀 어딜 가든 쫓기는 신세가 될 터였다.

"결백을 증명할 방법은 없을까?"

예하가 중얼거렸다. 엎친 데 덮친 격이라고, 지금까지도 정체를 들키지 않을까 불안하기 짝이 없었건만 도둑 누명까지 썼으니 생각할수록 어이없는 일이었다.

"진범이 나타나지 않는 한 우리가 뒤집어쓰겠죠. 은수저는 일부러 갖다 넣은 게 분명하고, 아가씨의 패물도 출처를 댈 수는 없는 일이니까요."

혀가 꼬인다. 유안은 쓰게 올라오는 물을 구석에 뱉었.

두 손으로 창살을 쥐고 예하는 그를 안타깝게 바라보았다. 가로막는 살이 없다면 이마의 땀이라도 쓸어 주련만, 두 사람 사이는 가깝고도 멀었다.

그런 그녀의 마음을 잘못 이해한 유안이 빙그레 웃으며 손

푸른빛을 깨치다

을 내밀었다.

"이리 와요."

창살 사이로 팔을 뻗어 그의 손바닥에 손을 얹자, 유안은 그녀의 손가락을 꼭 쥐었다.

"걱정하지 마십시오. 관찰사한테까지 보고가 올라가려면 짧아도 이틀이고, 그때쯤이면 제가 펄펄 날고 있을 겁니다. 조총이라도 가졌다면 모를까, 평범한 군졸들은 스무 명이 덤벼도 끄떡없어요."

예하가 순하게 고개를 끄덕였고 유안은 그런 그녀가 애틋해 이를 물었다.

'괜찮아. 무서워하지 마. 설마 내가 널 다치게 할까. 네 예쁜 얼굴이 상하도록 내버려두기야 할까.'

도둑에게는 몸에 '절도'라고 써넣는 묵형墨刑이 일반적이었다. 여자들에게는 행해지지 않는 법이었지만 늘 지켜지는 건 아니었다. 예하가 자자刺字된 모습을 아주 잠깐 상상한 것만으로도 몸서리가 처져 유안은 잡고 있던 그녀의 손을 끌어당겼다.

그리고.

손등에 입술을 갖다 대었다. 전에 없던 그의 행동에 예하가 어깨를 움찔했다.

그녀의 손은 그사이에 많이 거칠어져 있었다. 속상한 건 예하가 이런 더러운 곳에서 며칠을 보내야 한다는 사실이었다. 귀하디귀한 그의 아가씨가 초숙草宿으로도 모자라 옥살이까지 감수해야 한다는 것이었다.

"아가씨."

약기운일까. 고개를 들어 자신을 바라보는 그의 눈빛이 평소보다 짙었다. 예하는 자기도 모르게 숨을 멈춘 채 그를 마주 보았다.

유안이 손을 뻗어 천천히 그녀의 뺨을 어루만지기 시작했다. 그가 뺨에 손을 댄 것은 여러 번 있었던 일인데도 어쩐지 오늘은 느낌이 달랐다. 손바닥이 살갗에 달라붙는 것 같은 감촉이 낯설었다. 이상했다. 그런데 싫지 않았다. 그의 손가락이 움직이는 속도에 맞춰 자신의 심장이 불규칙하게 두근거리는 게 무서울 뿐이었다.

"예하 아가씨."

못된 약 탓이다. 유안은 터져 나오려는 숨을 억눌러 삼키며 생각했다. 알아 달라고 말하고 싶은 건, 내 마음을 눈치채 달라고 하고 싶은 건, 순전히 이성을 마비시킨 저 약 때문이다. 고백을 할 수도 없거니와 만에 하나 사랑을 들키더라도 이런 더럽고 냄새나는 감옥 속에서여서는 안 되는데, 뻔히 알면서, 너는 왜 그렇게 둔하니, 내가 널 사랑하는 걸 아직도 모르니, 속삭이고 싶은 강렬한 충동을 느끼는 것은 오로지 저 사악한 약물 때문이다.

그는 힘겹게 손을 걷었다. 벽에 등을 기대고 고개를 젖히며 세운 무릎에 두 팔을 얹었다. 천장이 빙글빙글 돈다. 가슴은 뜨겁게 두방망이질 친다.

"좀 자겠습니다."

갈라진 목소리로 말하고 유안은 입을 다물었다. 눈을 꾹 감았다. 눈이 제멋대로 그녀를 탐욕스럽게 바라보고 입이 아무 말이나 지껄일까 두려워 닫아 버렸다.

자고 일어나면 맑은 정신으로 그녀를 대할 수 있을 거다. 그러면 계획을 세워야지. 어느 시점에 어떻게 탈출하면 좋을지.

그는 걱정하지 않았다. 예하가 위험에 빠지는 일은, 자신이 함께 있는 이상, 절대 일어나지 않을 것이므로.

예하는 귀 뒤까지 새빨개진 얼굴로 창살에 붙어 앉아 잠에 빠진 그를 오랫동안 바라보았다.

옥리가 그들을 데리고 나간 것은 다음 날이었다. 오전부터 바깥이 시끄럽고 어수선하더니 오후에 옥문이 벌컥 열렸다. 생각보다 이른 걸. 유안은 생각했지만 어차피 몸은 다 회복된 참이었다. 그는 감옥으로 들어오는 식사에 일절 손을 대지 않았다. 허기졌지만 약에 취해 몸을 가누지 못하는 것보다 백배 나았다.

밖에서 두 사람을 기다리고 있는 장면은 전혀 예상 밖의 것이었다. 쨍하니 맑은 하늘 아래 장관이 펼쳐져 있었다. 좁은 동헌 뜰을 가득 메운 백성들과 그들 사이에 사천왕처럼 무서운 얼굴로 서 있는 역졸들. 그리고 높은 곳에 꽃가지가 늘어진 관을 쓰고 부채로 얼굴을 가린 생소한 인물. 한 단 아래에 불편한 얼굴로 서 있는 어제의 수령.

"어사가 온 모양입니다."

유안이 예하에게 속삭였다. 예하는 눈을 동그랗게 떴다. 말로만 듣던 암행어사를 실물로 보다니. 어사라고 생각하며 보아 그런지 부채로 얼굴을 가린 사람한테서 기품과 위엄이 흐르는 듯했다.

"그럼 우리의 무고함을 밝혀 주려나?"

그랬으면 좋겠다. 탐관오리보다 더한 어사도 많다 하고 암행어사라고 다 유능한 것도 아니겠지만, 최소한 고을 수령처럼 동네 사람들의 말만 듣고 외지인을 단죄하지는 말았으면 좋겠다.

유안은 눈을 가늘게 떴다. 무죄 방면되기에는 자신들이 너무 수상해 보이는 게 사실이었다. 어사가 예하를 알아보지 않는 이상 결백하다고 생각할 리 없다. 그리고 어사가 그들을 알아보는 건 무척 곤란한 일이었다. 그는 뒤로 묶인 두 손을 살살 움직여 결박의 매듭을 조금씩 느슨하게 하며 중앙으로 걸어 나갔다.

"이자들의 죄목은 무엇인가?"

두 사람이 멍석에 꿇어앉자 어사가 가라앉은 목소리로 수령에게 물었다. 어디서 들은 목소리 같은데? 순간 예하는 고개를 갸웃하며 생각했다.

"닷새 전 남씨 집에서 은수저 일습을 도둑맞은 사건이 있었나이다. 저들의 봇짐에서 도난당한 물건이 나와 붙잡아 두었습니다. 관찰사께 보고를 올렸으니 근일 내에 답을 주실 것으로

푸른빛을 깨치다

기다리고 있는 중입니다."

"그러한가. 그런데 당초에 그들의 짐을 수색하게 된 연유는 무엇인고?"

어사는 억양의 변화 없이 수령에게 되물었다.

"아, 그것은, 저들이 묵던 집의 주인 노파가 수상하다 신고했기 때문입니다."

사또의 답에 어사는 고개를 끄덕였다. 그리고 문제의 노파를 불러 앉혔다. 수령도 모자라 어사까지 상대하게 된 노파는 긴장으로 거의 죽을 것 같은 모습이었다. 온몸이 학질 걸린 사람처럼 떨리고 있었다.

"노온老媼은 무엇을 근거로 저들을 눈여겨보았는가?"

"평, 평민이라 보기에는, 해, 행동거지에 품위가 있는지라, 거거거……, 겉도는 느낌이, 강했사옵니다……."

노파의 음성은 개미 소리 같고 수도 없이 끊어져 알아듣기 어려웠다. 어사는 눈을 찌푸렸다.

그는 주위를 둘러보며 또 누구 저들을 수상하다 느낀 이가 있었는지 물었다. 백성들이 일시에 숨을 죽였으나 마침내 한 사내가 앞으로 나서며 떨리는 목소리로 고했다.

"소인은 저들이 마을에 들어올 때부터 사내가 맹인이 아닌 것을 알았나이다. 굳이 자신을 숨기려는 자가 아니면 무엇하러 그런 행동을 하겠습니까?"

흠.

얼굴을 가린 부채를 살랑살랑 흔들며 어사는 잠시 생각에 잠겼다.

"남씨 집 말고 다른 데도 도난 사건이 일어났는가?"

그러자 수령이 기다렸다는 듯이 대답했다. 지난 한 달 동안 인근 고을에서 수차례의 절도 사건이 발생하였다고. 하나같이 몸에 지니기 쉬운 금붙이나 은수저 같은 것들이었다고. 공교롭게도 우리 마을만 안전하였던 터라 이웃 원員들이 우리 중에 도적이 있는 것 아니냐고 의심하던 참이었다고. 그러다 마지막에는 우리 마을에서도 사건이 터진 것이라고.

이야기를 들은 어사는 고개를 끄덕이더니 무언가 말하려는 듯 부채를 조금 내렸다. 그러자 초승달처럼 선명하게 그려진 눈썹 아래 길고 풍성한 속눈썹이 보였고, 이어 크고 또렷한 눈매와 말끔한 콧날이 드러났다.

모여 있던 백성들이 어사의 발월發越한 용모에 놀라 웅성거리기 시작했다. 그러나 예하와 유안은 그들과 전혀 다른 이유로 기절초풍하도록 놀랐다.

어사가 예하와 눈을 마주쳤다. 입술은 보이지 않았으나 그녀를 내려다보는 눈가에는 분명히 웃음이 걸려 있었다.

하지만 예하는 웃을 수 없었다.

어사의 차림을 하고 동헌에 앉아 좌중을 제압하고 있는 사람은, 놀랍게도, 그녀가 잘 아는 사람이었다.

정수겸이었다.

푸른빛을 깨치다

13

"죄인들은 진실로 인근을 배회하며 도적질을 일삼았는가? 억울하다면 너희의 무고함을 증명해 보라."

어사의 호령은 추상같았으나 예하는 물에 빠진 사람이 배를 발견한 것처럼 힘이 솟았다. 정 선비다. 과거도 안 본 그가 어사일 리는 절대 없고 이 모든 것은 그녀를 빼내기 위한 연극이 확실했다. 관원들을 상대로 어사 사칭이라니 어지간한 배짱이 아니고선 어림없는 일이었지만, 골샌님의 탈을 쓰고 검계를 이끌며 권력을 조롱하는 정수겸이라면 눈 하나 깜짝하지 않고 사기를 치고도 남을 것이다. 그러고 보니 둘러선 역졸들도 어디선가 본 듯한 인상이었다.

"저희들은 이 마을에 들어온 지 하룻밤 만에 잡혀 온 것이옵니다. 닷새나 묵으며 남씨 댁에서 은수저를 훔쳤다는 말은 모두 거짓입니다. 다른 마을이라니요. 산으로만 다녀 마을엔 들어간 일도 없습니다."

그녀가 목소리를 높여 결백을 부르짖자 어사 아래 서 있던 수령이 물었다.

"어찌하여 산으로만 숨어 다녔단 말인가? 그것만으로도 충분히 의심스럽지 않은가. 게다가 맹인 행세를 한 연유는 무엇인가?"

예하는 말문이 막혔다. 답을 하고 나선 것은 유안이었다.

"소인들은 도망혼逃亡婚을 한 사이입니다. 부모가 사람을 풀어 찾고 있는지라 어쩔 수 없이 인가를 피해 다니게 되었습니다. 남들과 다른 눈이 이목을 끌어 맹인 행세를 한 것이오니 부디 긍휼히 여겨 주소서."

수령은 어사를 올려다보았다. 도망혼이 결백의 증거가 될 수는 없다. 그들의 수상쩍음에 대한 변명이 될 뿐. 반면 짐에서 나온 은수저는 범죄의 명백한 증거였다.

어사는 두 사람을 보며 생각에 잠겨 있다가 다시 좌중을 향해 말문을 열었다.

"저들이 닷새 동안 마을에 있었다면, 그간 저들을 보거나 말을 나눠 본 자는 누가 있는가. 앞으로 나서 보라."

그러자 쭈뼛쭈뼛 몇 사람이 가운데로 나왔다. 유안이 맹인 행세했다고 지적한 사내와 중년의 남자 하나, 그리고 얼굴도 제대로 못 드는 젊은 아낙이었다. 물론 말 한마디 섞은 일 없는 사람들이었다.

푸른빛을 깨치다 239

어사는, 수겸은, 그들을 한동안 내려다보았다. 눈빛이 차갑고 침묵은 무거워 증인들은 침도 제대로 삼키지 못했다. 예하는 간절한 눈으로 그를 올려다보았다. 당신은 알잖아요, 내가 도둑질 따위 하지 않는다는 걸. 저 사람들이 전부 거짓말하고 있다는 걸. 입 밖으로 내진 못했지만 그녀는 힘껏 절규하고 있었다.

"너희들은 집이 어디냐? 저 노파와 가까운 이웃인가?"

마침내 어사가 묻자 그들은 서로 얼굴을 쳐다보더니 주저하며 허리를 숙였다.

"예, 저희는 이웃하고 삽니다만……. 소인은 저 노파의 조카이옵고……."

처음 나섰던 사내가 대답하자 부채로 다시 가려진 어사의 얼굴에 아무도 보지 못하는 찬웃음이 떠올랐다.

"수령, 저자들의 집을 뒤지라. 남씨 집의 은수저를 제외한 다른 도난 품목이 나타나는지 샅샅이 뒤져야 하노라."

난데없는 그의 말에 수령은 당황했으나 서슬 퍼런 어사에게 말대답을 할 수는 없었다. 관원들이 명을 받아 나섰고 어사의 역졸 몇이 그들과 동행했다. 모여 있던 백성들이 웅성거렸다. 왜 증인들의 집을 뒤지라고 하는 거지? 일부는 의문했고 또 다른 일부는 사색이 되었다.

유안은 망설였다. 지금이라도 포승을 풀고 예하와 함께 도망칠 수 있다. 그러나 수겸의 수하는 포졸 따위보다 훨씬 날랜 자들이니 충돌이 일 수밖에 없었다. 마음에 들지는 않지만 수겸이 그들의 결백을 밝혀 준다면 발걸음이 가벼울 것도 사실이었다. 문제는 그가 예하를 곱게 보내 줄 리 없다는 것.

거의 다 풀어진 오라를 손으로 슬쩍 휘감고 유안은 일단 포졸들이 돌아오기를 기다렸다. 그의 눈에 증인이라 나선 자들의 초조함이 역력했다. 수겸이 뭔가 제대로 짚어 내긴 한 모양이었다.

"사또, 사또! 이것 좀 보십시오!"

숨이 턱에 닿도록 달려 들어온 이방의 손에 금두꺼비와 옥떨잠, 그리고 밀화蜜花동곳이 들려 있었다. 이어 뛰어온 포졸은 양색단兩色緞과 은죽절銀竹節을 들고 있었다. 본 일도 없는 호화로운 물건의 모습에 자리에 있던 사람들이 입을 떡 벌렸다. 어사의 명이라 받들긴 했으나 시큰둥했던 수령 역시 의외의 결과물에 입을 다물지 못했다.

"이건……."

창을 꼬나 쥔 포졸들이 무리 지어 앉아 있는 '증인'들을 압박하며 둘러쌌다. 이방은 그중 맹인 문제를 거론했던 사내를 가리키며 물건이 저자의 집에서 나왔다고 말하였다. 수령이 눈을 홉떴고 어사는 눈가를 곱게 접으며 만족스런 웃음을 흘렸다.

"오가작통법이 문제인 게지."

그의 입에서 나직하게 흘러나온 말에 수령이 고개를 돌렸다.

"다섯 집이 한꺼번에 처벌 받을 것 같으니 뒤집어씌울 대상이 필요했던 게야. 마침 외지인이 들어왔으니 얼마나 만만하게 보였겠는가."

수령이 '아하.' 하고 무릎을 쳤다. 유안도 무슨 소린지 바로 알아들었다. 예하는 처음 듣는 말이었다.

오가작통법五家作統法이란 조선 초부터 실시되다가 현 임금이 즉위한 후 강화된 향촌 정책이었다. 평민 다섯 가구를 한 덩어리로 묶어 놓고, 한 통 안에서 절도, 강도, 역모 등이 나오거나 혹 은닉해 주는 경우 통 전체를 변방 오지로 강제 이주시키는 법이다. 호패법과 더불어 호구 파악에 유용하게 사용되기도 했지만 지금과 같은 부작용을 낳는 경우도 있었다.

도적은 하나였다. 그 도적을 감싸지 않을 수 없는 이웃이 넷 있었을 뿐. 그리고 암암리에 그들을 지원하였던 마을 주민들이.

고개를 숙인 채 부들부들 떨고 있는 이웃들과 달리 도적 당사자는 체념한 듯하면서도 당당한 얼굴을 하고 있었다.

"너는 장길산의 숨은 세력이냐?"

그러나 어사가 차가운 음성으로 묻자 그의 등이 눈에 띄게 흠칫 굳었다.

"조무래기 절도범이 여러 마을을 누비며 도적질을 하기는 쉽지 않다. 하물며 남을 음해하자고 이웃을 충동질하는 건 아무나 할 수 있는 일이 아니지."

수령이 당황하여 '장길산이라니…….' 허둥거렸다.

"네 무엇이 그리 떳떳한가. 그렇게 훔쳐 낸 재물을 백성을 위해 쓸 것이므로? 네가 모함하여 구렁텅이에 빠뜨린 저 사람들은 이 나라의 백성이 아니더냐? 도적은 그저 도적이지 의적 따위가 어디 있단 말인가?"

어사는, 수겸은, 비아냥거리는 기색을 감추지 않았다. 그는 눈을 들어 청중을 한 바퀴 둘러보더니 좀 더 목소리를 높였다.

"너희들은 양반에게 토호질당해 억울하고 분한가? 그럴 수 있다. 허나, 수탈하는 자는 악하고 수탈당하는 자는 선하다는 생각은 틀린 것이다. 지금 여기 너희의 이웃을 보라. 아니, 너희 자신을 들여다보라. 평소 선량한 자들이 아니었던가? 남의 불행에 가슴 아파할 줄 아는 평범한 사람들이 아니었나? 필부필부匹夫匹婦도 자신들의 이익과 안녕을 위해서라면 얼마든지 사악해질 수 있는 것이다. 인간이란 그런 거다. 힘이 있는 자는 군림하고 힘없는 자는 지배받는 것. 너희가 착취당하는 것은 무력해서이지 결코 선해서가 아니다."

수겸은 시선을 유안에게로 돌렸다. 섬세한 눈가에 비웃음이 선명히 떠올랐다.

"비굴함을 겸양이라 착각하는가. 도덕적이어서가 아니라 용기가 없어서 갖지 못하는 것이지. 위선 떨지 마라. 역겹다."

둔기로 머리를 얻어맞은 것처럼, 유안은 충격을 받았다. 수겸은 그를 향해 말하고 있었다. 나는 처음부터 네가 우스웠다고. 뻔히 보이는 욕망을 헌신이라는 가면 뒤에 숨기고 지고지순한 척하는 네놈은 나보다 훨씬 저급하다고. 너는 절대 예하를 가질 수 없을 거라고.

좌중을 압도한 냉정한 어사의 매력에 모두가 잠시 넋을 놓았다. 정신을 차린 것은 수령이었다. 장길산과 내통하고 있는

푸른빛을 깨치다

것으로 의심되는 주동자는 꽁꽁 묶여서 옥으로 향했다. 그를 도와 거짓 증언을 한 주민들은 차후 변방으로 강제 이주될 것이라는 말과 함께 일단 집으로 보내졌다. 사건을 구경하던 마을 사람들은 떨떠름한 기분을 털지 못한 채 관아를 나섰다.

그리고 유안과 예하의 처분만 남았다.

"너희들은 무죄가 밝혀졌으니 갈 길을……."

"잠깐."

수령의 말을 자르며 자리에서 일어선 수겸은 부채를 소리 나게 접으며 얼굴을 드러냈다. 그의 얼굴을 처음 본 관속들이 그 아름다움에 숨을 몰아쉬었다. 가까이 있던 수령은 이미 본 얼굴임에도 공연히 목덜미를 붉히며 흠흠 헛기침을 했다.

"그대들은 애꿎게 누명을 썼으니 위로가 필요할 터. 내 휘하들이 이끄는 대로 따라가도록 하라. 약간의 노자와 객려客旅에 필요한 물품을 지급할 것이다."

속셈 선명한 그의 배려에 유안은 이를 물었다. 그러나 어사의 너그러움을 입이 마르도록 칭찬하고 있는 수령 앞에서 됐다고 거절할 수는 없었다.

포졸들이 오라를 풀고 두 사람을 자리에서 일으켰다. 생각 같아서는 그냥 뛰쳐나가고 싶었지만 이 자리를 모면해야 이후가 편할 것을 알기에 유안은 예하의 손을 꼭 잡은 채 수겸의 검객들을 따랐다. 포승에 묶여 앉아 있을 때보다 훨씬 조밀한 긴장감이 그들 사이를 팽팽하게 채웠다.

유안이 예상한 대로, 검객들은 그들을 사람의 눈이 닿지 않는 공터로 이끌었다. 분명 강제로 예하를 뺏어 가려 할 테니 무력 충돌은 불가피할 것이다. 이쪽은 무기가 없으므로 가급적 빨리 몸을 빼는 편이 좋았다. 그는 예하의 손을 놓치지 않도록 바짝 붙어 섰다.

그런데.

"아가씨!"

예하의 몸종 향월이 나무 밑에 숨어 있다가 반색을 하며 뛰어오는 것이었다. 몸종을 알아본 예하도 순간적으로 반가워 웃음을 띠었다. 그러나 다음 순간 향월의 시선이 향한 곳을 보고는 화들짝 놀라 유안에게서 손을 뺐었다.

"아."

예하의 입에서 당황한 음성이 흘러나왔다. 향월의 눈치와 유안의 기색을 동시에 살피며 어찌할 바 모르는 그녀에게 향월이 새파란 얼굴로 매달렸다.

"실낱설마했건만……. 아니 됩니다, 아가씨. 안 되어요. 아무리 무사님이 멋있어도 무사님과 정분이 나시면 안 됩니다요. 아가씨의 정인은 정 선비님이잖습니까. 오늘도 아가씨를 구하러 오셨잖습니까!"

다음 일은 아주 순식간에 벌어졌다. 수겸의 검객이 유안과 예하가 손을 놓은 틈을 타서 예하를 확 끌어당기려 한 것. 눈 한 번 깜박일 만큼의 시간만큼 그보다 앞서 유안이 다시 예하를 품에 가둔 것. 검객들이 죄 칼을 뽑으며 두 사람을 에워싼 것. 향월이 자지러지게 비명을 지른 것.

푸른빛을 깨치다

"아가씨를 내놓아라. 네 아무리 무예에 출중하다 해도 맨몸의 사내 하나가 칼 든 자 여섯을 이길 수는 없을 것이다."

어느 틈에 따라왔는지 어사모를 벗어던진 수겸이 부채를 펼치며 날카롭게 외쳤다. 오후의 햇살이 사내들의 그림자를 땅에 길게 끌었다. 지키려는 자와 앗으려는 자, 그동안 상대를 무시하는 척 고개를 돌리던 두 남자가 드디어 눈을 부라리며 정면으로 마주 섰다.

"당신의 첩실로 가기에는 너무나 고귀한 분이오."

딱딱한 유안의 말에 수겸은 코웃음을 쳤다.

"아가씨를 아끼는 마음은 갸륵하다만, 도망혼 운운하며 네 여자인 척하는 건 꼴사납더구나. 개 주제에 주인을 넘보더냐? 네 주인은 너의 음욕을 알고 계시냐?"

유안은 대꾸하지 않았다. 바들바들 떨고 있는 향월을 턱짓으로 밀어내고, 그는 예하를 옆구리에 단단하게 안았다. 그들을 겨눈 칼날이 반경을 좁히며 밀고 들어왔다.

아가씨를 다치게 하면 안 된다.

그건 피아彼我간에 잘 알고 있는 일이었다. 칼을 든 자도 칼을 받아 낼 자도, 예하를 방패로 삼을 생각 같은 건 하지 않았다.

휙.

맨몸이라 믿었던 유안의 손에서 의외의 표창이 날았다. 예상치 못한 일격에 검객 하나가 쓰러졌고 그 순간 짱짱하게 당겨져 있던 기의 흐름이 이지러지며 사내들의 집중이 흩어졌다.

가까이에 있던 자가 소리를 지르며 칼을 휘둘렀다. 때를 놓칠세라 유안이 그자의 손목을 걷어차자 칼이 포물선을 그리며 길게 날았고, 유안은 예하를 안은 그대로 하늘로 박차고 올라 칼을 낚아채 꼬나 쥐었다.

검은 머리채를 휘날리며 내려서는 그의 모습에 무리가 움찔거리며 뒤로 물러섰다. 그의 손에서 번뜩이는 칼날은 다른 사람이 들고 있는 것과는 차원이 다를 만큼 위압적이었다.

수겸은 눈을 갸름하게 뜨고 유안과 예하를 바라보았다. 옥살이로 땟국물이 줄줄 흐름에도 조금도 기품이 손상되지 않은 예하는, 보기 싫을 만큼 유안에게 찰싹 달라붙어 있었다. 그녀를 꽉 껴안은 유안의 검푸른 눈에서는 여자를 빼앗기지 않겠노라는 단연斷然한 의지가 흘러넘쳤다.

'각성한 건가?'

그는 입가를 삐뚜름하게 올렸다.

날갑잖은 일이지만 꼭 나쁜 일은 아닐지도 모른다고 수겸은 생각했다. 사내가 제 감정을 이기지 못하고 들이대면 두 사람 사이의 신뢰엔 잔금이 가기 시작할 테니. 그러면 의외로 쉽게 무너져 버릴 수도 있으니.

그래도 수겸 앞에서 뒤꽁무니만 뺄 수는 없었던지 그의 수하들이 일제히 칼을 내려치며 유안에게 덤벼들었다. 맞부딪치는 칼에서 챙챙 뜨거운 금속음과 함께 희푸른 불꽃이 튀었다.

하지만 예하와 한 몸처럼 붙어 있는 유안을 제대로 베기는 어려운 일이었다. 그녀를 끼고 한 손만으로 다섯 개의 칼을 대

푸른빛을 깨치다

적하는 데도 유안은 힘든 기색이 없었다. 공격 없이 방어만 하고 있었으나 누가 보아도 완벽하게 우세했다.

양쪽 다 살기를 뿜지 않는 상태에서의 접전은 그다지 길지 못했고 지키려는 자에게 유리할 수밖에 없었다. 결국 에움을 빠져나와 달리기 시작하는 유안을 수겸은 굳은 얼굴로 지켜보았다. 검객들이 뒤를 쫓고 있지만 다시 맞부딪친다 해도 승산이 높아질 리는 없었다. 수겸이 틀렸던 것이다. 맨몸의 사내 하나는 칼을 든 자 여섯보다 강했다.

"짜릿한 추격전도 반복되니 짜증나는군."

그의 차가운 말에 가까이 있던 향월이 움찔 몸을 떨었다.

겨우 찾아낸 그들이었다. 눈이 시퍼런 도적이 잡혔다는 말에 볼썽사나운 어사 흉내까지 내며 손에 넣은 예하였다. 그런데 이렇게 어이없이 놓치는 것인가. 수겸은 처음으로 자신이 무예를 익히지 않았던 것을 후회했다.

"방법을 바꿔야겠어. 같은 짓을 되풀이해서는 안 되지."

그가 개라 부르는 맹수는 생각했던 것보다 몇 배는 강했다. 절제란 저런 것이구나 감탄할 만큼 칼을 휘두르는 동작에 군더더기가 없었다. 수겸의 모욕으로 마음이 흐트러졌을 법도 하건만 여유 만만하였다.

유안과 함께 있는 이상 절대 예하를 되찾아 올 수 없다는 걸 수겸은 분명히 깨달았다. 그러니 두 사람을 떼어 놓아야만 했다. 무슨 수를 써서든.

다만, 그건 좀 더 나중의 이야기가 될 것이다. 지금은 그들을 따라잡을 수 없으므로. 다시 맞닥뜨릴 날까지 지혜를 짜내며 기다려야 할 거다.

수겸은 거듭 맛보는 패배감에 입술을 피가 나도록 깨물었다.

'유안은 어떻게 이리도 빨리 달리는 걸까? 사람이 맞나?'

예하는 정신을 차릴 수가 없었다. 추격자들을 떨어뜨리려 부러 나무 사이로 빠져나가는 바람에 부딪칠까 걸릴까 무서워 더 어지러웠다. 그가 얼굴을 꼭 안고 있었으므로 덤불에 쓸리거나 하진 않았지만 귓가의 바람 소리에 얼이 다 빠져 버렸다. 밤에 달리는 것과 또 다른, 모든 것이 선명해서 더 아찔한 대낮의 질주였다.

마침내 그의 속도가 차차 줄어들기 시작했다. 약간 가빠진 숨을 고르며 유안이 그녀를 내려다보았다. 어린아이를 안은 것처럼 앞으로 예하를 안고 있었기에 두 사람의 눈이 지척에서 마주쳤다.

"힘드셨지요? 이제 쉬어도 될 듯합니다."

그녀는 고개를 저었다.

"내가 힘들 게 뭐 있어. 날 안고 달려온 네가 고생이었지."

땅에 발을 디디니 감촉이 낯설었다. 유안 품에 안겨 있는 데 너무 익숙해졌나 보다. 예하는 보이지 않게 웃었다. 사람이 사치스러워지는 건 순식간인 모양이었다.

"동향東向하다가 북쪽으로 도로 올라왔습니다. 마을에 들어

가는 건 당분간 자제해야 할 테고 그자들이 산도 이 잡듯이 뒤질 테니까요. 차라리 뒷걸음질 치는 편이 안전하지 싶습니다."

바보같이 내가 산으로만 다녔다고 털어놔서……. 예하는 조금 시무룩해졌다.

"넘어진 김에 쉬어 간다고, 며칠 편하게 지내다 다시 출발하는 것도 괜찮겠지요. 일단 오늘은 이 골짝에 머물고……. 아마 이쪽 방향이 맞을 겁니다."

유안이 두리번거리며 길을 안내했다. 예하는 뒤를 바짝 쫓으며 궁금해져 그에게 물었다.

"여기 와 본 일 있어?"

그의 얼굴이 아주 잠깐 멍해지더니 웃음으로 부드럽게 펴졌다.

"가마만 타고 다니셨으니 아가씨는 모르시겠군요. 여기는 유성입니다. 온천에 가끔 오셨잖아요. 제대로 된 탕에야 갈 수 없지만 제가 눈여겨봐 둔 노천 온천이 있으니 거기서 몸이라도 씻고 움직이려구요."

아, 유성. 한밭.

아버지는 간혹 열병에 걸린 것처럼 앓아누울 때가 있었는데 그렇게 앓고 난 끝엔 꼭 온천에 와서 한동안 쉬다 가곤 하였다. 그리고 그럴 때마다 예하와 유안도 동행했었다.

"그렇구나. 온천이라니 반갑네. 너나 나나 지금 아주 거지꼴이다."

예하가 웃음을 띠자 유안도 따라 웃었다. 금이야 옥이야 자란 아가씨임에도 불편을 참아 내며 따라와 주는 예하가 그는 새삼 고맙고 예뻤다. 그녀는 '파란만장한 인생이야. 흥미진진해.' 어쩌구 종알거리며 웃고 있었다. 지나온 길만큼 남은 길도 험할 거라는 두려움은 티끌만큼도 보이지 않았다. 유안에 대한 온전한 신뢰로 가득한 천진한 얼굴이었다.

"근데 표창은 대체 어디다 숨겨 논 거였어?"

호기심에 찬 그녀의 물음에 유안은 슬그머니 바지 자락을 걷어 올렸다. 버선 안쪽으로 표창과 단도가 수북이 꽂혀 있었다. 에구머니나.

"마을 입구에 숨겨 둔 대검은 못 찾겠지만 대신 칼 하나를 얻었으니 든든하네요. 제법 잘 벼려 둔 듯합니다."

아까 빼앗은 검객의 칼을 이리저리 돌려 보며 유안은 만족한 표정을 지었다. 하지만 예하는 잃어버린 칼이 아까웠다.

"너 그 칼 오랫동안 간직하고 몸에 익혀 둔 건데……. 속상하겠다."

유안은 '무슨 그런 말씀을.' 하는 표정으로 어깨를 으쓱했다.

"물건에 의미를 두는 일은 없어서요. 아가씨만 무사하시면 됐지 다른 건 중요하지 않습니다. 굳이 아깝다 한다면 아가씨가 만들어 주신 배자와 토시가 아쉽죠."

무심한 듯 다정한 그의 말에 예하는 조금 뺨을 붉혔다. 그리고 품에서 장도를 꺼내어 조심스레 손바닥으로 쓰다듬었다.

"난 물건에 대한 미련을 못 버려서. 어머님이 물려주신 패물들도 소중하고, 무엇보다도 이 장도는 남다른 의미가 있구나.

나를 수치로부터 지켜 준 고마운 칼이기도 하고, 또……."

속눈썹을 살짝 내리깔며 볼을 분홍색으로 물들이는 그녀의 모습에 유안은 눈을 찡그렸다.

"정 선비를 생각나게 해서 그렇……습니까? 그 칼을 사시던 날 정 선비를 처음 만나셔서요?"

생각해 보지 않았다. 예하가 그를 마음에 담고 있을 거라고는.

왜? 가문이 정한 혼약자일 뿐이라서? 첩으로 삼겠다는 모욕적인 말을 한 그를 진심으로 좋아하게 될 리 없으니까? 그는 예하의 순결한 영혼에 어울리지 않는 간교한 협잡꾼이므로?

그러나 수겸이 매력적인 남자인 건 사실이었다. 게다가 예하 같은 성격은 한번 마음을 정하면 변심하지 않는 유형이다. 비록 그 아버지의 첩이 되라는 황당한 소릴 듣고 도망치긴 했지만 원래는 유안을 내치고까지 그의 곁에 남겠다고 했었다.

그리고 보니 아까도 수겸을 보고 반색하는 티가 역력했다. 비록 그의 손을 잡고 돌아갈 수는 없었지만 예하는 내심 수겸을 원했는지도 모른다. 당연히 예하가 수겸보다 자신을 가깝게 여길 거라 믿어 온 건, 착각이었을지도 모르겠다.

짧은 시간 유안의 머릿속을 수많은 생각이 스쳐 지났고, 그는 자기도 깨닫지 못하는 사이에 입매를 굳혔다.

그러나 예하는 눈을 커다랗게 뜨고 도리질을 했다.

"무슨 그런 말을. 아냐, 그런 게 아니라."

그녀는 잠시 머뭇머뭇하더니 수줍은 듯 말을 이었다.

"여기 박혀 있는 돌이, 청옥이, 네 눈 색깔과 똑같아서 말이다. 처음부터 그래서 산 거였거든. 정말 예뻐서."

뜻밖의 말에 유안은 눈을 크게 떴다.

이 여자는 알고 있는 걸까. 저런 말을 하면 내가 어떤 심정이 되는지. 억지로 누르고 있는 마음이 얼마나 들쑤셔지는지. 저렇게 상기된 얼굴로 심장을 녹일 것 같은 말을 속삭이면 나는 도대체 어떡하란 말인가.

그가 몸을 돌렸다. 말없이 풀숲을 헤쳐 나가는 뒷모습에 잠깐 당황했지만 예하도 곧 그를 따라나섰다. 쑥스러워하긴. 그녀는 혼자 빙긋 웃으며 그의 옷자락을 거머쥐었다. 적에게 포위당해도 낯빛 하나 변하지 않는 유안이지만 의외로 작은 일에 부끄러워한다는 건 이미 알고 있었다.

"저쪽에서 훈김이 올라오는 걸 보니 저긴가 봅니다."

마른 골짜기로 꽤 깊이 들어가 다시 동굴 속으로 한참 내려간 후에야 그들은 찾던 온천에 도착할 수 있었다. 유안은 노천 온천이라고 표현했지만 사실 그보다는 더운물이 솟아 나오는 우물이라고 보는 편이 맞았다. 반질반질한 바위에 둘러싸인 구멍은 좁고도 상당히 깊어 보였다.

"간헐천間歇泉인 것 같더군요. 오늘은 운이 좋습니다. 뜨거운 물이 솟고 있으니 말이지요."

조선 땅의 온천은 어디나 그렇게 펄펄 끓지 않는다. 손을 넣으면 따끈한 정도. 심신의 피로를 풀기 딱 알맞은 온도였다.

"우리랑 같이 왔으면서 언제 이런 덴 또 봐 뒀니?"

푸른빛을 깨치다

예하는 그의 신출귀몰함이 새삼 놀라워 웃었다. 주인들과 같은 탕을 쓸 수는 없으니 돌아다니며 자신만의 욕탕을 찾아낸 모양이었다.

"그런데 수심이 꽤 깊습니다. 제가 서면 물이 가슴까지 오니까 아가씨는 얼굴이 잠길 것 같은데요."

그는 미간을 찌푸렸다. 당연히, 예하는 헤엄 같은 것은 칠 줄 몰랐다. 손바닥으로 주변의 바위를 슬슬 쓸어 보고는 예하도 이마를 찡그렸다.

"바위도 미끄럽네. 매달려서 씻기는 좀 힘들겠는데."

더운물이 아래에서 유혹하고 있는데 들어가지는 못한 채 두 사람은 한참 쭈그리고 앉아 있었다. 같은 생각을 하고 있긴 했지만 차마 입 밖으로 내긴 민망해서 서로의 눈치만 보는 중이었다.

'선을 또 넘으면 안 되는데.'

예하는 입술을 잘근 깨물었다.

'뭐 어때. 비상 상황인데.'

신체적인 접촉은 이미 충분히 과도했다. 그에게 폭 안겨서 여기까지 오지 않았나. 이제 와서 무슨 내숭일까. 물속이라고 다를 건 또 무언가.

결국 생각을 말로 내놓은 것은 예하였다.

"불편하겠지만 네가 좀 잡아 주면 어떻겠니?"

유안은 대답하지 않았다. 그 대신 그는 손을 들어 얼굴을 거칠게 쓸었다. 민망해진 예하가 다급하게 덧붙였다.

"저기, 네가 먼저 씻고 말이야, 그다음에 잠깐만 붙들어 주면 금방 씻을게. 오래 귀찮게 하진 않을 거야."

그녀의 말에 대답 없이 자리에서 일어선 유안은 저고리를 벗었다. 저벅저벅 걸어가 물속으로 풍덩 뛰어든 그는 물을 끼얹어 얼굴을 씻더니 그제야 그녀에게 말했다.

"머리도 감으셔야 할 테니 풀어 두세요."

예하는 황급히 몸을 돌리고 땋은 머리를 풀었다. 감옥에서 산속에서 얼마나 먼지를 탔는지 뻑뻑해서 잘 풀어지지도 않았다. 갑자기 얼굴은 얼마나 더럽고 흉할까 싶어 기분이 나빠졌다.

찰박찰박. 뒤에서 물 끼얹는 소리가 들렸다. 동굴이라 소리가 조금 울리면서 퍼졌다. 겨울이라면 더운물 근처에 짐승들이 꼬이겠지만 계절이 계절이니만큼 다들 찬물 찾아 떠난 모양이었다. 동굴 안에 살아 있는 것이라곤 뜨거운 물을 내뱉고 있는 온천과 유안과 그녀뿐이었다.

"들어오세요. 붙잡아 드릴게요."

그의 말에 그녀가 돌아앉아 발을 물속으로 들이밀었다. 유안이 양팔을 내밀어 그녀의 겨드랑이에 끼고 몸을 가뿐하게 들어 올렸다. 찰랑. 가벼운 소리와 함께 예하도 물에 잠겼.

"잠깐만. 머리 먼저 적시고."

너무 가까운 곳에 있는 유안과 눈을 마주치기 민망해 그녀는 정수리 끝까지 물속에 담갔다. 숱 많은 검은 머리채가 물 위로 흔들흔들 쓸려 다니는 것을 느끼고 숨을 꾹 참았다가 올라

푸른빛을 깨치다

오니 다시 코앞에 유안의 얼굴이 있었다. 당연히.

그는 머리를 다 뒤로 넘겨 얼굴을 완전히 드러내고 있었다. 평소에는 묶어도 조금은 흘러내리기 마련이기에, 하나도 가려지지 않은 얼굴을 이렇게 가까운 거리에서 본 건 처음인 것 같았다. 동굴 속까지 스며든 희미한 빛에 그 얼굴은 정말 희고 숨이 멎을 만큼 아름다웠다.

'이마가 단정하구나.'

머리카락이 난 모양이 참 보기 좋았다. 넓지도 좁지도 않은 이마를 둘러싸고 촘촘히, 완만한 선을 그리며 머리칼이 자라고 있었다.

'눈썹은 저리도 짙고.'

지나치게 휘지 않고 직선에 가까운 그의 눈썹은 남자답고 강인한 인상을 주었다. 쭉 뻗은 날렵한 콧대와 함께.

'눈은 언제 봐도 오묘해.'

단지 파랗다고 이렇게 아름답다면 양인들이란 죄 미남자일 것이다. 그럴 리는 없다. 유안의 눈은 푸르면서 깊고, 차갑지 않고, 신비로웠다. 아무리 들여다봐도 싫증나지 않는 매혹적인 눈동자였다.

'입술은 오늘따라 더 빨가네.'

흰 피부에 대비되어 선명한 그의 입술이 온천의 열기 탓으로 평소보다 더 짙붉었다. 입술 아래 굳게 다물어진 턱은 섬세한 선을 그리며 결후結喉를 지나 굵고 단단한 목으로 이어졌다.

'저 가슴에 얼굴을 파묻은 게 도대체 몇 번이야.'

민망해 얼굴이 화끈거렸지만 일자로 길게 가로지른 그의 빗장뼈와 그 아래 넓게 벌어진 가슴에서 눈이 떼어지지 않았다.

'어깨가……, 저렇게 생겼구나.'

둥그스름하게 튀어나온 어깨와 매끈하게 굴곡진 두꺼운 팔. 그의 몸도 얼굴과 마찬가지로 어두운 동굴 안에서 희뿌옇게 빛을 냈다.

예하는 다른 건 아무것도 생각하지 못하고 넋을 잃은 채 그를 바라보았다. '내가 이게 무슨 짓이람. 여인네 목욕 훔쳐보는 색한처럼.' 하고 잠깐 어이없어 했지만 곧 잊어버렸다.

찰랑.

유안이 손바닥에 물을 담아 천천히 그녀의 이마에 부었다.

찰랑찰랑.

따끈한 물방울이 그녀의 뺨과 콧등, 귀를 타고 느릿하게 흘러내렸다. 어둠 속 유안의 짙은 눈도 자기 손에서 흐르는 물방울을 따라 움직였다. 위에서 아래로, 조금씩.

예하는 물에 젖어 달라붙은 옷이 신경 쓰이기 시작했다. 아가씨일 때는 속옷을 몇 겹이나 챙겨 입었지만 평민은 그러지 않는다. 홑겹 저고리 아래 가슴 선이 그대로 드러난 것 같았다. 그러나 내려다볼 용기는 없었다.

그가 어깨를 잡고 있는 손에 힘을 주는 게 느껴졌다. 반대편 손으로는 여전히 물을 끼얹고 있었다. 느릿느릿. 차르르.

'내가 닦을게.'라고 말해야 할 것 같았다. 하지만 예하는 입을 열 수가 없었다. 물방울 떨어지는 소리만 퐁당퐁당 나고 숨

푸른빛을 깨치다

소리조차 들리지 않는 고요한 공간에서 두 사람의 거리가 너무 가까웠다. 어둑하고 축축한 대기 속 두 사람의 몸이 너무 뜨거웠다.

뽀드득.

그의 엄지손가락이 그녀의 뺨을 문질렀다. 갑자기 얼굴 가득 검댕과 때가 묻어 있을 거란 생각이 들었다. 휙 고개를 돌렸다.

"불쾌합니까?"

유안의 목소리가 동굴 안에 울려 퍼졌다. 이렇게까지 꺼울림이 심했었나? 예하는 자기 귀가 잘못된 것 아닐까 생각했다. 나지막한 그의 음성이 동굴 구석구석을 치고 몇 번이나 그녀에게 다시 들려왔다.

"내가 만지는 거……, 기분 나쁩니까?"

목소리가 낮게 갈라진 것 같았다. 갈라질 이유가 없는데. 이 동굴은 소리를 뒤트는 이상한 곳이 분명하다.

"그, 그럴 리가 없잖아. 불쾌하다니. 네가 만지는 건데."

그녀는 더듬더듬 대답했다. 왜 이런 식으로 묻는 걸까. 내가 고개를 돌려 화난 걸까. 그렇지만 너무 창피한걸.

하지만 확실히 이전과 달랐다. 감옥 속에서처럼, 손가락이 뺨에 달라붙는 느낌이었다. 그가 변한 건가 내가 변한 건가. 왜 다른 감촉인 걸까.

유안은 이를 악물었다.

물에 젖은 여자는 평소보다 몇 곱은 더 예뻤다. 삼단 같은 머리카락으로 얼굴을 반쯤 가리고, 꽃잎처럼 고운 입술을 살짝 열고, 부끄러운 듯 옆모습을 보이며 그의 손길을 받아 내고 있었다.

'네가 만지는 거라 불쾌하지 않다.'라니.

여자는 아무것도 모른 채 그의 심장을 터지도록 흔들어 대고 있었다. 그건 무슨 뜻일까. 내가 특별한 사람이라서? 아니면 가족이니까? 여자는 그가 이런 번민을 하는 것조차도 모른 채 순진한 얼굴을 하고 있을 뿐이었다.

눈으로라도 그녀를 더럽혀선 안 된다고 생각했다. 하지만 자꾸만 그녀를 보게 된다. 달라붙은 옷 아래 가냘픈 어깨를. 뽀얀 목덜미를.

손을 내려 허리를 잡아 보고 싶다. 팔을 당겨 가슴에 안고 싶다. 사랑한다고, 아주 오래전부터 널 사랑했다고, 너를 갖고 싶어 미칠 것 같다고 다 털어놓고만 싶다.

그는 에히의 얼굴에 닿아 있는 손가락을 부드럽게 미끄러뜨렸다.

불쾌하지 않아.

내가 만지는 거니까.

그럼, 내 얼굴이 네게 닿으면.

내 숨이 네 숨과 섞이면.

그래도 기분 나쁘지 않을까? 응?

유안은 자기가 미쳤다고 생각했다. 뜨거운 물과 수증기와 동굴의 탁한 공기로 머리가 흐려진 모양이다. 아니면 수겸이

푸른빛을 깨치다

신경을 건드려 그런지도 모른다. 그 앞에서는 태연한 척했지만 수겸은 유안 마음속의 깊은 어딘가를 자극했다.

'용기가 없어 갖지 못해.'

그런 걸까.

'비굴함이 몸에 뱄어.'

정말 그런 것일까.

수겸의 말을 예하도 다 들었다. 그러니 어쩌면 그녀도 눈치챈 것 아닐까. 그럼 드러내 보여도 되는 거 아닐까. 그런 합리화를 하고 싶었다. 넘쳐흐르는 마음을 가둬 두기가 너무 힘들어서, 미친 척하고 그냥 전부 쏟아 내고 싶었다. 혼자 삭여야 한다고, 들키면 관계를 망치고 모든 걸 깨뜨릴 수도 있다고, 잘 알고 있었는데 그런 걸 지금은 다 잊어버렸다.

입 맞추고 싶어.

가슴이 두근두근 정신없이 뛰었다.

입 맞추고 싶어.

머리가 빙글빙글 돈다. 아무 생각이 안 난다.

입 맞추고 싶어.

숨을 쉴 수가 없다. 그녀의 입술에 닿지 않으면 다시 숨 쉴 수 없을 것 같다.

유안은 하얀 손가락을 그녀의 뺨에 멈춘 채 얼굴을 서서히 숙였다. 예하가 눈을 커다랗게 떴다가, 두 사람의 코가 닿을 만큼 가까워지자 파르르 속눈썹을 내리며 감았다. 유안의 마지막 이성이 물었다. 그건 무슨 뜻이니, 예하야? 허락이야? 괜찮은 거야? 내가 너에게 닿아도 돼?

 망설였다. 기다렸다.

 그녀는 눈을 뜨지 않았다.

 마침내, 그녀의 젖은 입술에 물방울처럼 가볍게 그의 입술이 닿았다.

 그는 아무것도 느끼지 못했다. 입술이 촉촉한지 매끄러운지 부드러운지 말랑한지 그 어떤 것도 느낄 수 없었다. 뜨거운 것이 핏줄에 휘돌지도 않았다. 머리를 터질 듯이 채운 것은 단 하나의 깨달음.

 예하가 나를 거부하지 않아…….

14

치마가 연잎처럼 수면에 펼쳐졌다. 길고 탐스러운 머리채가 그 위로 흩뿌려졌다. 물 위에 눕듯이 몸을 젖히고 예하는 유안의 입맞춤을 받았다.

아까부터 나던 유황 냄새가 사라졌다. 물방울 떨어지던 소리도 멈췄다. 들리는 거라곤 오로지 두 사람의 젖은 입술이 스치는 소리. 허파를 채우는 것은 간간이 섞여 드는 서로의 단숨결.

차마 속입술을 열고 들어오지도 못한 채 유안은 그녀의 입술을 머금고 조심스레 더듬었다. 뺨을 거머쥔 손이 가늘게 흔들리고 있었다.

예하는 생각했다. 이러면 안 돼.

자꾸만 생각이 멈추려고 하였다. 아무러면 어때.

그의 어깨에 팔을 두르고 싶었다. 겨우 참았다. 입술을 열어 주고 싶었다. 억지로 눌렀다. 물 위로 맥없이 떠 있는 양팔을 움츠리며 너무 늦었지만 주먹을 꼭 쥐었다. 머리 꼭대기까지 아찔하게 치받는 감각을, 이대로 모두 맡겨 버리고 싶은 감정을 간신히 추스르며 그녀는 있는 힘껏 손을 뻗어 유안을 밀었다. 안 돼, 안 돼. 절대로 안 돼!

팍.

힘은 많이 모자랐지만 그 의사는 충분히 전달되었다. 유안이 칼을 맞은 것처럼 그녀에게서 떨어져 나갔다.

"헉헉……."

예하는 가쁜 숨을 몰아쉬었다. 수증기가 뿌옇게 앞을 가려 그의 얼굴이 보이지 않았다. 다행이었다. 보였더라면 마음이 약해졌을지도 모른다. 다시 그 품에 안겨 들었을지도 모른다. 그러나 그의 상처받은 얼굴은 그녀에게 보이지 않았다. 그래서 그녀는 한 번 더 용기를 낼 수 있었다.

"의지가지없이 너에게 의탁하고 있으니 내가 만만하게 보이더냐."

예하의 목소리가 쥐어짜듯 갈라졌다.

"아니면 이런 날이 오기를 오래전부터 고대하고 있었던 것이더냐!"

그녀의 부르짖음은 공기를 찢을 듯 날카로웠다.

예하를 붙잡고 있던 유안의 손에서 주르륵 힘이 빠졌다. 그녀는 몸을 돌려 바위 끝을 붙잡고 물에서 빠져나왔다. 젖은 옷이 몸에 감기는 걸 틀어쥐고 휘휘 동굴 바깥까지 걸었다. 햇빛 눈부신 숲으로 들어서자 눈물이 왈칵 쏟아졌다.

땅바닥에 주저앉아 두 손으로 얼굴을 가렸다. 해를 보기가 부끄러웠다. 살아 있는 것이 수치스러웠다. 가슴이 갈가리 찢어지는 것같이 아팠다. 후회스러웠다. 밉고 미안했다. 온몸을 뒤흔드는 감당하기 힘든 감정의 소용돌이에 예하는 이성을 되찾을 수가 없었다.

유안에게 화가 났다.

그에게 내뱉은 말은 모두 진심이었다. 배신감에 속이 부글거렸다. 내가 바닥까지 떨어지길 기다리고 있었던 걸까 치가 떨리도록 분했다. 내심 우리 가문이 주저앉은 게 기뻤던 걸까 생각하면 용서할 수가 없었다.

머리칼을 쥐어뜯었다. 아니다. 그게 아니다. 물귀신은 나고 용서받을 수 없는 것도 나다.

비상 상황이라는 핑계로 그에게 들러붙었던 건 누군가. 아버님과 오라버니의 생사조차 모르면서 유안과 둘만 함께라고 뻔뻔스럽게 행복해하지 않았던가. 나를 예뻐해 주는 게 기뻐 어쩔 줄 모르지 않았나. 그의 품에서 가슴 두근거려 하며 입맞춤에 응하지 않았던가.

"뒤집어씌우고 저만 순진한 척."

스스로의 저열함에 구토가 났다. 내게 무슨 자격이 있다고, 나야말로 알게 모르게 꼬리를 흔들어 놓고, 솔직하게 마음을 보여 준 사람한테 칼을 꽂는단 말인가. 유안이 무슨 잘못을 했기에 이런 꼴을 당해야 하나.

눈물이 흘러내렸다.

그에게 미안하고 그가 받았을 상처만큼 그녀도 아팠다. 당장이라도 달려가 껴안고 아니라고 용서해 달라고 말하고 싶었다.

그러나 예하는 유안에게 사과할 수 없었다. 그러면 그의 마음을 받아들일 수밖에 없기 때문에. 그러면 모든 것이 물거품처럼 사라져 버릴 것이기에.

"미안하다, 유안. 하지만 내가 너를 좋아하면 너는 죽어."

심장을 깨듯 부서지며 나온 자신의 말이 너무 슬퍼서 예하는 무릎에 얼굴을 묻었다.

기억은 멀고 먼 옛날로 달려 잊고 지냈던 공포 속으로 그녀를 몰아넣었다.

예히가 유안을 나른 눈으로 보기 시작한 건 열두 살쯤 되던 때였다. 가장 가까이 있는 이성에게 연모의 정을 느끼는 것은 몸과 마음이 자라나는 소녀들이 그저 거쳐 가는 과정이었을지도 모른다. 혹은 유안이 너무 잘나서였을 수도 있고, 아니면 모든 게 운명이었을 수도 있다. 몸이 달라지며 세상을, 사람을 보는 눈도 달라졌다. 이전엔 깨닫지 못했던 것들이 새삼스럽게 마음에 들어오기 시작했다.

유안의 목소리가 저렇게 남자다웠어?

어깨가 멋지게 각이 졌구나.

푸른빛을 깨치다

손톱이 연하고 단정한 빛깔이었네…….

유안이 다정하게 웃어 주면 가슴이 두근거렸다. 그가 침묵하면 신비했고 입을 열면 지혜로워 보였다. 깡충깡충 유안을 쫓아다니던 어린애는 사라지고, 예하는 몇 걸음 떨어진 곳에서 눈으로만 그를 좇는 소녀가 되어 있었다. 말문이 막히고, 뺨이 붉어지고, 고개를 외로 꼬지 않고는 그의 앞에 서 있기조차 힘들어, 그를 섭섭하게 했지만 어쩔 수 없었다.

유안은 그때 열아홉. 이제 막 골격이 굵어지며 소년에서 남자로 탈바꿈하던 시기였다. 겨우 어린애 티를 벗기 시작한 예하를 여자로 보아줄 리 만무했다. 어서 자라고 싶었던 그녀는 밥도 열심히 먹었고 예쁘게 보이려고 몸단장도 신경 쓰기 시작했다. 눈을 초롱초롱 빛내며 그를 쳐다보다가 시선이 마주치면 새초롬한 표정을 지으며 돌아서기도 하였다. 세상에 유안보다 더 근사한 남자는 없을 거라 굳게 믿고 그에게 어울리는 여자가 되고 싶어 공부도 자수도 더 열심히 했다. 매일매일 구름을 탄 것처럼 설레고 불안한 기분이면서도 행복했다.

그런 그녀를 어느 날, 지금은 낙향하고 없는 유모가 불러 앉히더니 날벼락 같은 소리를 했다.

유안을 좋아하시면 안 됩니다.

예하는 이게 무슨 말인가 멍하니 유모의 얼굴을 바라보았다. 유안을 좋아하는 건 숨을 쉬고 밥을 먹는 것만큼 당연한 일인데, 좋아하지 말라니?

아가씨가 그 아이를 좋아하시면 아가씨는 손가락질을 당

하고 유안은 목숨을 잃습니다.

죽어?

더 알아들을 수 없는 말이라 그녀는 눈을 크게 뜨고 유모의 설명을 기다렸다. 그네는 한숨을 내쉬더니 안쓰럽다는 듯 예하의 손을 꼭 쥐었다.

아가씨와 유안은 신분이 다르잖습니까. 신분을 뛰어넘어 남녀가 맺어질 수는 없습니다. 만약 아가씨와 유안이 서로 좋아하게 되는 날이면 반상의 법도를 어겼다 하여 둘 다 죽임을 당하게 된답니다. 그렇지 않고 아가씨만의 짝사랑이라면 위험의 싹을 잘라 내기 위해 대감마님께서 유안을 쫓아내시겠지요.

커다란 충격을 받은 예하는 얼굴이 굳어진 채 더듬거렸다.

그, 그럼, 유안이 양반이 되거나 내가 상민이 되면? 혹시 그렇게 되면 괜찮은 거야?

바보 같은 질문이라 생각하면서도 지푸라기를 잡는 심정으로 그녀는 물었다. 그러나 유모는 고개를 크게 저음으로써 예하의 마지막 희망을 끊어 냈다.

그렇지 않습니다. 신분이 바뀌어도 소용없답니다. 실제로 그런 예가 있었지요……

유모는 옛날이야기를 하는 것처럼 조선에서 정말 일어났던 일을 말해 주었다.

오래전, 예종睿宗 임금 시절 영의정까지 지낸 강순康純이라는 사람이 있었다. 남이南怡 장군이 역모의 죄를 입고 처형당할

푸른빛을 깨치다 267

때 연루되어 거열형車裂刑을 당한 사람이었다. 그의 남겨진 아내는 중비仲非라는 이름이었는데, 남편의 원수였던 유자광柳子光의 집에 노비로 보내져 비참한 삶을 이어 가던 중 우여곡절 끝에 과거 자기 집 노비였던 막산莫山과 살림을 차리게 되었다. 중비는 이미 종의 몸이 되어 종과 구합遘合한 것이라 원칙적으로는 문제가 될 수 없었다. 그러나 조선 사회는 한때의 주인과 종이 살을 섞고 사는 것을 용납하지 않았다. 결국 남노男奴와 안주인이 간음했다 하여 두 사람은 함께 참수형을 당하고 말았다.

이 세상은 그런 곳입니다, 아가씨.

유모는 다시 한 번 크게 한숨을 쉬었다. 악역을 담당한 기분이 썩 내키는 건 아니었지만 돌이킬 수 없게 일이 커지기 전에 막아야만 했다. 예하는 새하얗게 질린 채로 눈만 깜빡거리고 있었다.

아가씨가 유안을 귀히 여기신다면 지금 당장 마음을 잘라 내십시오. 그와 길게 함께 지내고 싶으면, 그리하셔야 합니다. 총명한 분이니 사리 판단은 하실 수 있으리라 믿습니다.

유모가 전달하고자 한 바는 잔인하도록 확실하게 예하에게 전해졌다. 두 사람은 절대 인연을 맺을 수 없고, 그걸 꿈꾸는 것조차 목숨을 버려야 할 만큼 위험한 일이다. 예외는 없다. 무슨 일이 일어난다 하여도.

그날 밤 예하는 방구석에 웅크리고 앉아 밤새 울었다.

유안이 좋았다. 그가 너무 좋아서, 그와 떨어져 사는 인생은 생각할 수도 없었다. 그러니 당연히 그의 색시가 될 거라 믿었다. 그녀 자신 쪽으로도 유안 쪽으로도 다른 사람을 끼워 넣는 건 있을 수 없는 일이었으니까.

하지만 유안이 죽는 건 싫었다. 유안이 없어지는 건 싫었다. 망나니가 큰 칼로 그의 목을 뎅겅 자르는 모습이 눈앞에 어른거려 토할 것 같았다. 아름다운 얼굴이 고통으로 일그러지고 잘린 몸뚱이에서 피가 뿜어 나오는 장면이 생생하게 그려졌다. 그건 안 되는 일이었다. 자기 잘못으로 그를 죽여서는 안 되는 거였다. 저렇게 좋은 사람이 계집 하나 잘못 만나 목숨을 잃어서는 안 되는 것이었다.

그 밤이 지나고 예하는 첫사랑을 묻었다. 그녀만 감정을 다스리면 유안은 죽지도 쫓겨나지도 않고 그녀의 곁에 있어 줄 수 있었다. 아버님이 가르치는 대로 지식과 무예를 익히고 좋은 것을 먹으며 평탄하게 살 수 있었다. 언젠가 고운 여인을 만나 다복한 가정을 이룰 거였다. 예하 자신의 손으로 유안을 행복하게 해 줄 수는 없겠지만 최소한 그에게 주어진 복을 빼앗는 일은 피할 것이었다.

그렇게 마음을 접었다.

그 후로 육 년이 흘렀다.

예하는 비 오듯 흐르는 눈물을 두 손으로 가렸다. 어렸어도 사랑은 아팠다. 가슴을 송곳으로 찌르는 것 같은 통증을 오래 참아 내고 나서야 미련을 버릴 수 있었다. 어차피 유안은 나를

푸른빛을 깨치다

누이로밖에 안 본다고, 그러니 나에게도 유안은 오라버니와 마찬가지라고 겨우겨우 힘겹게 묻은 마음이었다.

그런데 이게 뭐란 말인가. 유안은 언제부터 나를 여자로 보고 있었던 걸까. 나는 왜 몰랐을까. 아니, 나는 정말 몰랐을까? 어쩌면 그저 모른 척하고 싶었던 거 아니었을까? 아닌 척, 모르는 척, 그렇게 아슬아슬하게 버텨 온 것 아니었을까?

무슨 상관일까. 이젠 다 부질없는 일이 돼 버렸는데.

젖은 몸에 바람이 스며들어 한기가 느껴졌다. 볕을 받아 따끈따끈해진 바위 위로 그녀는 흐느적거리며 올라가 앉았다. 감기 걸려선 안 되니까, 이젠 아파도 유안에게 안아 달라고 할 수 없으니까 알아서 옷을 말려야만 했다.

몸이 햇볕에 더워져도 마음은 데워지지 않았다. 과거도 현재도 미래도 무엇 하나 바꿀 수 없고, 이제 거짓 행복의 짧은 꿈마저 꿀 수 없게 되어 버린 그녀는 추웠다.

추적이는 눈물을 훔치며, 예하는 자기 자신을 향해 고통스럽게 속삭였다.

나는 널 사랑하지 않아,

유안.

*

"또 이런 꼴을 당한 거요!"

명하가 낮은 음성으로 으르렁댔으나 여자는 시뻘겋게 손자국이 난 손목을 대수롭지 않게 문질렀다.

"신경 쓰시지 말라니깐요."

어찌 모른 척하라는 말인가. 명하는 미간을 잔뜩 찌푸렸다. 품을 팔러 나갈 때마다 어딘가에 상처를 입고 돌아오는 여자가 안타까워 화가 났다.

여자가 동행하기 시작한 이후 그는 마을을 피하지 않았다. 마음 바닥에서 뭉글뭉글 솟아오르는 두려움을 애써 떨치며 인가人家 가까이에서 움직였다. 그녀가 아무리 산에서 살았다 하나 타지의 지형에까지 밝은 건 아니었고, 명하는 여자를 단 채로 산길에서 조난당하는 일 따위 원하지 않았다.

여자는 기꺼운 얼굴로 동네에 들어가 궂은일을 하고 소식을 알아보며 그의 발과 눈이 되어 주었다. 자기는 일하면서 먹었다며 콩비지나 개떡을 얻어다 그에게 먹였고, 무얼 주고 바꿨는지 새 짚신도 가져다주었다.

그러나 그렇게 돌아오는 길 눈에 한 번은 상처를 달고 왔다.

이년, 네가 감히 우리 서방한테 꼬리를 쳐!

자태 고운 외지 여자의 출현을 불안하게 여긴 다른 여인으로부터 생강짜를 당한 결과였다.

근본도 모르는 계집이니 남의 남자나 홀리고 다니는 게지!

사내들이 홀로 나타난 새얼굴을 보고 군침을 흘려 대는 통에 동리 여인들은 여자가 밉살스러울 수밖에 없었던 거였다.

그녀는 불평 한마디 없이 흐트러진 머리카락을 정돈하고 손톱자국이 난 얼굴에 쑥을 이겨 바를 뿐이었다.

푸른빛을 깨치다

"그러게 내가 같이 가 준다 하지 않았소. 나를 보면 여인들이 마음을 놓을 것 아니오."

명하는 신경질적으로 중얼거렸다. 같은 대화의 반복인 걸 알았으나 그가 해 줄 수 있는 건 그런 말밖에 없었다.

"그렇겠지요. 허나 댁의 얼굴을 가까이서 보고 누가 상민이라 믿겠어요. 당장 수상하게 여겨 용모화를 갖다 비교하지 않겠냐구요."

여자는 말도 안 된다며 손사래를 쳤다.

명하의 제안은 온당한 것이었다. 그도 알고 여자도 알 일이었다. 마을 여인들이 여자를 견제하는 건 그녀가 혼자 다니기 때문. 저희 서방들보다 몇 곱절 잘난 사내를 들이밀면 금방 마음을 놓을 게 자명했다. 그러지 않는다 해도 최소한 대놓고 핍박하지는 못할 것이었다.

하지만 그건 선후가 뒤바뀐 일이라며 여자는 단칼에 거절하곤 하였다.

"내가 그쪽을 돕느라 같이 다니는 거지, 그쪽더러 날 지켜 달라는 게 아니라니까요."

그리고 덧붙였다. 산에 혼자 살던 시절에는 더한 꼴도 수없이 겪었노라고. 오밤중에 사내가 들이닥치기도 하고, 그 부인이 빗자루를 들고 쫓아오기도 하였다고. 그래도 여기는 떠나면 그만이니 한결 수월하다고.

속이 부글부글 끓어 명하는 얼굴을 쓸었다.

억울한 일에 너무나 익숙한 여자였다. 이제껏 그렇게 살아

온 것도 안쓰러워 죽겠건만, 명색이 사내가 되어 여자의 바람막이 하나 되어 주지 못하고 몸을 사려야 하는 현실이 치욕스러웠다.

아니, 바람막이 따위가 다 무엔가. 그에게 힘이 있었던 시절이라면, 자신이 아직 도련님이었던 때라면 이런 건 일도 아니었다. 굳이 얼굴을 내보일 필요도 없이 무례한 자들을 불러다 치도곤하면 그만이었다. 혈혈단신 아등바등 살아가는 여자에게 힘을 보태 주진 못할망정 어찌 그리 모질게 구느냐 일갈하며 정의를 실현해 줄 수 있었다.

누가 감히 그의 앞에서 고개나마 들겠는가. 누가 함부로 그가 아끼는 사람을 홀대한단 말인가.

그런데 명하에게는 더 이상 아무런 힘이 없었다.

얻어먹고 보살핌을 받을 뿐 여자에게 줄 게 아무것도 없었다.

"내가 언젠가 복권되면."

잇새로 내뱉은 말에 여자가 눈을 돌려 그를 쳐다보았다.

명하는 거기서 말을 멈추었다.

'복권이라니.'

순간 떠오른 진심이 선뜩해 그는 치를 떨었다.

'아버님은 내게 임금을 배반하고 조선 땅을 떠나라 하지 않았던가. 우리 가문에게 부여된 사명은 금을 지키는 일이라 하지 않았나. 내가 다시 도련님이 되는 일 따위는 영원히 일어나지 않을 터인데 무슨 헛된 생각인가.'

원치 않는 일이었다. 그냥 하기 싫은 게 아니라, 옳은 일이라는 확신이 없었다. 그래도 당연히 따르리라 생각해 왔다. 아버님이 명령하신 일이었기에.

하지만 왜?

'사명이란 대체 무엇이지? 태어나서 지금까지 한결같이 믿고 따랐던 가치관은 충 아니었나? 그게 뒤집혀 버렸는데 어째서 효는 아직도 절대적인 거야?'

목숨을 걸고 해야 하는 일이 정말 최선인지 알 수 없어 명하는 혼란했다. 의무가 주어졌으면 선택권도 있어야 마땅하다는 생각이 들었다. 가진 걸 다 빼앗기고 무거운 짐만 짊어지는 건 부당하다고 여겨졌다.

곁에서는 여자가 바지런히 손을 놀려 먹을 걸 차려 내고 있었다.

그녀가, 명하가 지금 가지고 있는 유일한 것이었다. 아무 관계도 아니고 어떤 구속도 없지만 여자는 그의 손안에 들어 있었다. 일시적이라는 한계를 감수하면서까지 기꺼이 자신의 것이 되어 준 여자가, 신분도 이념도 가족도 다 놓쳐 버린 그에게 남아 있는 단 하나의 소중한 것이었다.

'나한테 의미 있는 건.'

명하는 생각했다. 이 순간 자신에게 명분 아닌 의미로 다가오는 건 금이나 충성의 맹세 같은 것이 아니라고. 여자에게 갚음하고 싶은 진심 하나라고. 물질로, 마음으로, 혹은 그보다 더한 것으로.

그는 손으로 얼굴을 쓸며 눈을 감았다.

……그러려면 어떻게 해야 하는 걸까.

깊은 고뇌의 한숨이 나지막이 흘러나왔다.

*

해가 질 때쯤 두 사람의 옷이 대충 말랐다. 유안은 그녀에게 집에서 입던 비단옷을 입으라고 했다. 당분간 이 근방에서 머물러야 하기 때문에 아는 사람에게 신세를 질 거라고, 그리고 그 집을 찾으려면 예하가 아가씨 행세를 해 줘야 한다고 말하였다. 그녀는 조용히 그가 시키는 대로 차려입었다.

두 사람은 눈을 마주치지 않았다. 유안은 유령처럼 창백한 얼굴을 하고 낮은 목소리로 꼭 필요한 말만 했다. 그녀에게 어떤 변명도 원망도 없었다. 예하의 마음을 회유하려는 시도도 하지 않았다. 예하 역시 입을 꼭 다물고 조용히 움직일 뿐이었다.

유안이 그녀를 이끌고 간 곳은 태전(太田;대전) 변두리였다. 그는 장옷으로 얼굴을 잘 가리라 당부하며 그녀에게 '최 참판 댁 기첩妓妾의 거처'를 찾으라고 했다.

"최 참판이라면 모르는 사람이 없을 테니 지나는 아낙들에게 물으면 곧 찾지 않을까 생각합니다. 저를 보면 수상하게들 생각할 테니 몸을 숨기고 있겠습니다."

그의 말대로 사람들은 비단옷 차려입은 예하를 경계하지 않앉다. 친절하게 안내해 주는 대로 따라가 보니 작지만 잘 지은 기와집이 나타났다. 최 참판이 낙향하며 데려온 기생과 살림을 차렸다는 집은, 주인의 취향을 보여 주는 듯 아기자기하게 가꾸어져 있었다. 예하는 갑자기 그 기생이 누군지 알 것 같다는 생각이 들었다.

"뉘신지요?"

마침 외출에서 들어오던 참인 모양이었다. 계집종 하나를 거느린 여자가 장옷을 내리며 문 앞에 선 예하에게 고개를 갸웃했다. 기적에서는 완전히 몸을 뺀 모양으로, 차림새가 여염의 아낙처럼 단정하고 말끔했다.

"저는……, 유안의 전갈을 가지고 온 사람입니다."

여자의 안색이 확 변했다. 예하는 입술을 깨물며 그녀의 얼굴을 뜯어보았다. 지난번에 본 기녀와는 전혀 다른 분위기였다. 조그마하고 오종종한 생김새에 몸매도 가냘파, 웃음을 팔며 살았다고는 도저히 생각할 수 없는 여자였다.

"일단 들어오십시오."

여자는 예하를 안채로 안내했다. 계집종이 다과를 들여오는 동안 예하는 실례가 되지 않는 선에서 방 안을 둘러보았다. 거문고가 세워져 있고 벽에는 표구한 자수가 걸려 있었지만 그 밖의 문갑이나 화류장이나 소소한 생활 소품은 모두 작고 귀여운 느낌이었다. 주인을 빼닮은 분위기였다.

"유안 서방……, 아니, 그분께서는 잘 계십니까?"

조심스럽게 묻는 목소리에 불안과 기대가 묻어 있었다. 예하는 공손하게 대답했다.

"곧 이리로 올 것입니다. 제가 들어오는 것을 확인하면 온다고 하였습니다."

"오신다구요?"

여자의 눈이 커졌다. 곧 사라졌지만 목 쪽으로 홍조가 선명하게 떠오르는 것을 예하는 놓치지 않았다.

"아씨, 방금 오신 손님의 일행이라며 웬 남자분이 찾아오셨습니다."

때마침 바깥에서 계집종이 고하는 소리가 들렸다. 휙, 바람 소리가 날 만큼 여자의 고개가 돌아갔다.

"어서 뫼시, 아니, 내가 나가마."

허둥지둥 문을 열고 나간 여자의 얼굴에서는 도저히 숨길 수 없는 반가움과 그리움이 뚝뚝 흘렀다. 댓돌 아래 유안 역시 굳은 표정을 풀고 기쁜 듯 웃고 있었다.

"오랜만이오, 홍지단."

사내가 안방에 들어갈 수는 없다는 유안의 말에 따라 세 사람은 후원의 정자에 앉았다. 계집종이 다과를 옮긴 후 자리를 비켰다. 예하는 자단이 너무나 많은 것을 알고 있는 데 놀랐다.

"민우상 공께서는 다시 사가私家로 돌아오셨다 합니다. 자택 연금이라 보면 되겠지요. 미복을 한 전하께서 두어 번 들르셨다 들었습니다."

푸른빛을 깨치다

예하는 가슴을 쓸어내렸다. 아버님이 아직도 옥에 계시거나 험한 곳으로 귀양을 간 게 아니라니 얼마나 다행인가 싶었다. 이대로 없었던 일이 되어 주었으면 생각했지만 그런 기대를 할 형편은 아닌 듯했다. 홍자단은 조금 미안한 표정을 지었다.

"그사이 아가씨도 수배되셨습니다. 용모화는 나붙지 않았지만요. 오라버니 되시는 도련님이 잡히셨다는 말은 아직 없습니다."

"폐를 끼치고 싶지 않으나 우리가 형편이 꽤 어렵소. 며칠만 머물게 해 주면 고맙겠소."

유안의 정중한 부탁에 여자는 눈을 곱게 접었다.

"당연한 말씀을 하십니까. 얼마든지 쉬어 가십시오. 바깥어른께서는 당분간 한양에 머무신다 하였습니다."

그녀를 보고 있노라니 예하는 그녀의 이름이 왜 홍자단인지 알 것 같았다. 볼품없다 할 만큼 자그마한 체구. 그러나 자세히 들여다보면 오밀조밀 예쁜 얼굴. 한양의 기녀처럼 눈에 띄게 교태를 부리는 게 아닌데도 묘하게 사람의 마음을 끄는 몸짓과 표정. 남자들이 안아 주고 싶어 할 만한, 방에 들어앉히고 하루에도 몇 번씩 들여다보고 싶을 만한, 종알종알 속삭이는 어여쁜 입에 쪽 입 맞춰 주고 싶다 여길 만한, 자단은 그런 여자였다.

"아가씨께서도 내 집이다 생각하고 편안하게 계십시오. 마침 새로 장만한 이불 한 채가 있으니 두 분이 쓰시면 좋겠습니다. 누추한 집이나 손님이 간혹 들르시어 별당도 있답니다. 거기 계시면 번다한 이목을 피할 수 있겠습니다."

상냥하기 그지없는 자단의 말에 예하는 얼굴을 붉혔다. 유안을 사모하면서도 다른 남자의 아내가 되어 버린 여자가, 그가 데리고 온 자신에게 지극 정성을 베푸는 건 정말 이상한 일이었다. 그럼에도 위화감이 전혀 느껴지지 않는 게 또 더 이상했다.

"아가씨는 방을 혼자 쓰셔야 하오. 나는 행랑에 머물면 좋겠소이다."

한양에서 그랬던 것처럼 유안은 담담하게 주인의 오류를 짚어 주었다. 자단은 눈을 똥그랗게 뜨고 두 사람을 번갈아 보았다.

"어머, 그럼 아직……?"

아직이라니. 예하가 난감해하자 자단은 웃음을 터뜨렸다.

"오해해서 죄송합니다. 전 당연히……. 뭐, 좋습니다. 방은 많으니까요."

맑게 웃는 여자는 조금 전까지와 또 다른 느낌이었다. 장난꾸러기 같은 짓궂은 웃음이 무척이나 어울렸다. 험한 인생을 살아왔을 텐데도 조금도 때 묻지 않은 분위기에 예하는 문득 부럽다는 생각이 들었다. 자신은 그사이 엄청나게 변한 듯도 하여서.

생각해 보면 그렇게 오래 떠돈 것도 아니었다. 그러나 얼마 만에 마음 편하게 쉬어 보는 건가 싶었다. 홍자단이라는 여자는 믿어도 될 만한 사람인 모양이었고, 며칠 쉬어 간다고 했으

푸른빛을 깨치다

니 그동안 더운밥 먹으며 기력을 회복하면 좋을 성싶었다.

'마음 편하게.'

생각해 놓고 우스워 예하는 쓴웃음을 흘렸다. 마음이 편할 수가 있을까. 앞날은 여전히 암울하고 갈 길은 멀기만 한데.

아니, 아니다. 그녀는 머리를 흔들었다.

그런 게 아니다.

유안이 마음 쓰여 어떻게 마음이 편할 수 있을까. 피를 철철 흘리는 게 눈에 보이는데 어떻게 더운밥이 목구멍에 넘어갈까.

눈을 들어 그를 보니 자단과 조용조용 아는 사람들의 안부를 나누고 있었다. 본래 남들 앞에서 속내를 잘 드러내지 않는 사람이고 웃음도 헤프지 않았지만 자단 앞에서는 웃는 모습을 보이는 모양이었다. 다만, 그 웃음이 납밀蠟蜜처럼 해쓱하고 딱딱했다.

그가 미안하다고 해 주길 바랐다. 실수였다고, 다신 안 그러겠다고 하면 속아 주는 척하려고 했다. 사내는 어쩔 수 없구나, 흉보고 용서하는 체할 수 있었다.

그러나 유안은 그러지 않을 것이다. 실수가 아니니까. 모두 진심일 테니까. 미안하다고 해서 자기 마음의 순도를 떨어뜨리는 짓은 도저히 할 수 없을 거니까. 그건 그녀에 대한 모독이라고 믿고 있을 테니까.

표정을 수습하기 어려워 예하는 가만히 고개를 떨구었다. 또 눈물이 나려고 했다. 손만 뻗으면 되는 곳에 유안이 있는데 두 사람의 거리는 너무나 멀었다.

피를 흘리고 있는 건 유안만은 아니었다.

"논산論山에 어사가 나타났다며?"
"그러게. 억울하게 도적 누명 쓴 사람들을 구해 줬다는구먼. 현명하기가 이를 데 없었다 하데."
"제대로 된 어사 보는 게 좋은 수령 만나는 거보다 더 힘든데. 우리 동네는 안 오나……."

목로木爐에 술잔을 놓고 기대서서 사내들이 대화를 나누고 있었다. 삿갓을 쓴 유안은 비를 피하는 척하며 그들의 이야기를 엿들었다. 어사는 논산에서의 활약 이후 자취를 감추었다 하였다.

'어사가 다시 나타날 리야 없지…….'

지금쯤 수겸은 절치부심하며 다음 계획을 짜고 있을 것이다.

지난번 어사놀음은 꽤 훌륭한 작전이었다고 유안은 인정하지 않을 수 없었다. 잔꾀 많은 그에게 어울리는 역할이었다. 원치 않았지만 이쪽이 빚을 진 것도 사실이었다.

아직 한 번도 맞닥뜨리지 않은 관군이 물론 가장 위험했지만, 유안에게 보다 구체적인 위협은 기실 정수겸이었다. 그는 집요하고 두뇌 회전이 빨랐다. 게다가 무력도 갖추고 있으니 결코 만만하게 볼 수 없는 상대였다. 먼젓번은 맥없이 당했지만 다음엔 훨씬 보강된 인력으로 덮쳐 올 게 확실했다.

'정원대는…….'

분명히 따라나섰을 텐데 아직 흔적이 잡히지 않는 걸 보면 그의 졸개들은 유안의 계산대로 길을 잘못 들어 시간을 낭비한 모양이었다. 그 말인즉슨 남하하는 그들과 조만간 만날 수도 있다는 의미였다. 태전을 떠나는 시점을 잘 골라야만 했다.

유안은 보슬비가 내리는 길을 터벅터벅 걸었다. 구슬처럼 손에 잡히는 빗방울이 어깨를 적시지도 못한 채 굴러 내리고 있었다. 시야가 안개 낀 것처럼 뿌옇고 몽롱했다.

특별한 소식도 중요한 정보도 없는 마을길을 그는 그저 걸었다. 곧 외곽으로 빠져나가면 논두렁을 하염없이 걷게 될 테고 다시 숲으로 들어가 오후를 보내고 나면 홍자단의 집에 돌아갈 시간이 될 것이다.

지금 돌아가도 되었다, 물론. 그저 그럴 용기가 없을 뿐.

'나는 무슨 짓을 한 건가.'

자책의 회한은 조금도 희석되지 않고 며칠째 그를 찢어발기고 있었다.

'이렇게 될 걸 몰랐다는 건가. 그럴 리가. 뻔히 알면서. 나는.'

자제력 하나만큼은 자신 있다 믿어 왔건만, 예하와 관련돼서는 아니었다. 이런 꼴이 될 줄 알았으면서도 '혹시나' 하는 실낱같은 희망에 모든 걸 걸고 말았다. 올려다보는 눈망울이 지나치게 사랑스러워서, 손끝에 닿아 오는 피부가 참을 수 없이 보드라워서, '어쩌면'이라고 스스로를 납득시키며 해서는 안 되는 일을 해 버렸다.

배신감에 치를 떨던 그녀의 눈을 잊을 수가 없다. 오라비에게 범해진 기분이겠지. 아니, 그야말로 기르던 개에게 물린 느낌이겠지. 그녀의 외침이 귓가에서 떨쳐지질 않는다.

의지가지없이 너에게 의탁하고 있으니 내가 만만하게 보이더냐.

'아니다, 예하야. 그렇지 않아. 그저 너를 너무나 사랑하는 것뿐이야.'

이런 날이 오기를 오래전부터 고대하고 있었던 것이더냐!

'틀려. 네가 진창에 처박혀 고생하길 바랐을 리가 없잖아. 거둬 주신 나리가 고초를 겪길, 명하가 사지를 헤매길, 내가 기다렸을 리가 없잖아.'

하지만 마음속 아주 깊은 어딘가에서 기뻐하고 있었던 거 아니야?

묻는 사람은 더 이상 예하가 아니었다. 거칠고 신랄한 자신의 음성을 향해 그는 고개를 저었다. 아니야. 그럴 리가 없어.

그 애하고 둘만 보내는 시간이 너무 좋아서, 원래 있었던 자리로 올려 보내고 싶지 않았잖아. 발목을 잡고 네가 있는 데로 끌어내려 묶어 두고 싶었잖아. 흑룡강변에 같이 가자고 한 말이 너의 진심이었잖아.

'그건 예하가 정수겸 따위의 첩이 되려고 하니까······.'

그래서 산 설고 물 선 곳으로 끌고 가 지지리 고생을 시키려고? 그게 네가 잘난 척 내세우던 예하의 행복이란 거냐? 웃기지 마. 예하의 행복도 네 욕심보단 한참 뒷전이었어. 넌 그냥 그 애를 갖고 싶어 어쩔 줄 모르는 거잖아.

"그래! 그 애를 갖고 싶어! 그래서, 그게 나빠? 왜 나는 안 되는 거지? 왜 나는 그 애를 가지면 안 되냐고!"

큰 소리를 지르며 유안은 주먹을 뻗었다. 커다란 나무 둥치에 주먹이 박히자 우수수 비에 젖은 나뭇잎이 떨어져 내렸다. 그 서슬에 삿갓이 벗겨지고 빗방울이 머리카락을 두드렸다.

"거의 다 가지고 있었는데. 사실은."

쓰라린 후회에 목소리가 떨려 나왔다.

그랬다. 다 가지고 있었다. 예하의 절대적인 신뢰. 따스한 미소. 수줍은 듯 매달리는 온기. 어느 누구도 갖지 못한 것을 그는 가지고 있었다.

그것으로 만족했어야 했는데 그러지를 못했다.

유안은 초점 잃은 눈으로 펼쳐진 보리밭을 바라보았다.

세상은 고요하고 미쳐 날뛰는 것은 그 혼자뿐이었다.

"이제……, 다시는 그 뺨에 손을 대지 못하겠지."

두 번 다시 그녀의 머리를 쓰다듬을 수도 안아 줄 수도 없을 거다. 너와 함께 있으니 나는 아무것도 무섭지 않다고, 예하는 더 이상 그렇게 말해 주지 않을 것이다.

그는 머리를 부여잡고 무릎을 꿇었다.

조금 더 가지려다가, 송두리째 갖고 싶어 욕심을 부리다가, 손안에 쥐고 있던 유일무이한 것을 완전히 부서뜨리고 말았다.

절망이다.

15

미안해요.

뭐가?

실은 집 떠나기 전에 눈 파란 사람 소문 들은 일 있어요. 잔칫집에 지승사사'가 나타났다고.

……왜 내게 숨긴 게요?

말해 줬으면 더 일찍 떠났을 거잖아요. 그래 그랬어요. 몸도 성치 않은 사람 길 나설까 봐.

…….

오늘 품 팔았던 집에서는 다른 이야길 들었어요. 도적 누명을 쓸 뻔했다 합디다. 여기서 멀지 않은 데라던데.

고맙소.

화내는 게 아니고?

아니오. 고맙소. 진심이오.

유안이 명하를 발견한 것은 우연이 아니었다. 위험을 감수하며 사람 많은 곳에 나다니는 모양이 자기를 알아봐 달라는 듯 보였다. 대낮이고 큰길가였다.

처음에는 설마 했다. 삿갓을 비스듬하게 들어 올리며 기연가미연가 오래 처다보았으나 찌푸린 얼굴에 깐깐해 보이는 인상은 분명 명하였다. 다만 세 발짝 정도 뒤에 따라다니는 낯모르는 여인이 확신을 흐리게 만들 뿐이었다.

"거리를 충분히 두고 저를 따라오십시오."

지나치며 조용히 말을 건네자 상대가 화들짝 놀라는 게 느껴졌다. 유안은 돌아보지 않고 저벅저벅 걸었다. 두 사람도 더 이상 티를 내지 않고 그가 걷는 대로 따라왔다.

어디로 가나.

그는 망설였다. 홍자단의 집에 데려가는 것은 지나친 폐가 될 터였다. 그러나 길에서 대화하는 건 위험했다. 그리고 예하를 오라비와 만나게 해 주어야 하였다. 그녀는 명하로부터 들어야 할 이야기가 많았다.

'나는 이렇게 자단을 이용해 먹기만 하는구나.'

자조했지만 달리 도리가 없기에 결국 그는 홍자단의 집으로 발걸음을 옮겼다. 삿갓 아래로 쓴웃음이 떠올랐다. 사람의 마음이란 이다지도 명확한 권력 구조를 만들어 내는 것이다. 홍자단은 그를 향해, 그는 예하를 향해, 마음은 사랑하는 사람만을 위해 일방적으로 움직이고 있었다.

 오누이의 상봉은 눈물겹고 절절했다. 예하는 오라비의 마른 뺨을 쓸며 북받쳐 울었고, 명하는 누이의 거칠어진 손이 안쓰러워 어쩔 줄을 몰랐다. 살아 있으니 다행이다, 몇 번이나 되풀이하는 기쁨의 속삭임이 오히려 서글프고 더 애절했다. 혼자일 때는 내일 일만 근심하던 두 사람이었으나 피붙이를 만나자 모든 것이 백배는 더 현실감 있게 다가오는 것이었다.

 "저희는 자리를 비켜 드릴 테니 깊은 대화 나누십시오. 부인께서는 저와 함께 가시어 좀 쉬시면 좋겠습니다."

 눈치 빠른 자단이, 민우상 공의 무사 소식만 명하에게 전하고는 그의 동행을 데리고 사라져 주었다.

 유안은 잠시 망설였다. 나도 비켜야 하는가.

 그때 명하가 그를 향해 말했다.

 "너도 모두 들어야 할 이야기다. 좀 앉아라."

 몇 달 만에 본 명하는 상당히 분위기가 달라져 있었다. 유안은 무엇이 그를 변화시켰을까 잠깐 생각했다. 생전 처음 경험한 고된 방랑인가, 아버지의 뜻을 받들어야 한다는 사명감인가, 혹은 존재감 희미하게 그를 따라다니는 저 여인 때문인가.

 명하는 담담한 표정으로 이야기를 꺼냈다. 반은 믿고 반은 믿지 않는 이야기. 반은 공감하고 반은 분노할 수밖에 없는 이야기. 얼마 전이었더라면 핏대를 세우고 꺼냈을 이야기를 이제는 침착하게 두 사람에게 해 줄 수 있었다.

 "선선왕이신 효종 임금 때 청과 나선이 국경인 흑룡강변에서 부딪친 사건이 있었다. 그때 임금께서는 두 차례에 걸쳐 조총수들을 파병하셨고 그걸 나선정벌이라고 부른다."

 이야기의 시작은 뜻밖이었다. 서인과 남인의 당쟁이나 세자 책봉을 둘러싼 중전과 희빈의 갈등이 아닌, 뜬금없는 먼 나라 옛이야기에 예하는 눈을 동그랗게 떴다. 그건 산술 스승이던 상인이 그들에게 해 주었던 것과 같은 이야기였고, 그녀는 유안처럼 푸른 눈을 가진 자들이 모여 사는 지역으로만 기억했던 흑룡강이 의외의 맥락에서 다시 거론되는 것에 놀랐다.

 "일은, 그 조총수 중 한 명이, 죽이려고 했던 나선 병사로부터 목숨을 살려 주면 자기네 군자금을 넘겨주겠다는 제안을 받은 데서 시작되었다고 한다. 나선은 상당한 부를 자랑하는 나라로, 부동항을 확보하겠다는 의욕에 꽤 많은 금을 청국으로 유입하여 감춰 두었다는 거였지. 의심쩍어하면서도 조총수는 그를 살려 놓았고 병사는 약속대로 금을 그에게 건넸다. 하지만 일개 군사가 금을 가지고 귀국하는 건 가능하지 않았다."

 명하의 이야기는 계속되었다. 조총수는 꽤 신중한 사람이었던 모양으로, 누구에게도 말하지 않고 금을 숨긴 후 조선으로 돌아와 당시 임금의 심복이었던 모某 대감에게 은밀히 사건의 전말을 아뢰었다. 그리고 그 이야기는 곧바로 주상께 전해지게 되었다. 임금은 흥분했다. 나선이 청을 공략하는 데 쓸 정도의 군자금이라면 우리가 북벌에 쓸 만한 분량이리라, 그는 기뻐하며 금을 국내로 반입할 계획을 구상하기 시작했다. 그러나 임금은 그 일을 철저히 비밀에 부쳤다. 표면상으로 함께 북벌을 꿈꾸는 서인들이 속으론 다른 생각을 하고 있는 걸 알아 버린 임금은 함부로 금을 내돌리지 않으려고 경계했다.

 이후의 이야기는 두 명의 왕이 죽고 고집스러운 그의 아버지가 금을 지키기 위해 금상과 맞선 현재까지로 이어졌다. 아버님은 성정 급하고 잔혹한 임금에게 금을 넘기고 싶어 하지 않는다, 이미 조선 땅에서 살 수 없게 돼 버린 우리가 흑룡강까지 가서 금을 찾아 보존하거나 가능하면 잘 운용하여 선선왕의 뜻에 합당한 때 내놓을 수 있기를 바라신다, 선선왕께서는 그 금이 오로지 국가의 수호를 위해서만 쓰이기를 원하셨다, 이런 날을 대비해 우리 세 사람에게 필요한 것들을 가르쳐 둔 것이었다, 등등.

 충격적인 이야기에 예하와 유안은 입을 다물지 못했다. 생각도 못 했던 이야기였다. 금이라니. 그것도 군자금으로 쓸 만큼 많은 양의 금이라니. 그래서 주상께서 아버님을 닦달했다 딜랬다 몸 달아 하시는 거로구나. 그래서 정원대가 예하에게 말도 안 되는 위협을 해 가며 도발하여 내몬 거로구나.

 "그래서 유안의 고향에 가면 금의 행방에 대한 단서가 있다는 건가요?"

 예하의 물음에 명하는 고개를 끄덕였다.

 "그래, 남원南原 동구 밖 서낭당 아래 지도를 묻어 두셨다고 하는구나. 아버님이 남원부사로 계시던 때에, 유안을 처음 데려오셨을 무렵에 말이다."

 유안은 남원이 고향이었다. 전라병영이 있던 강진에서 양인들이 여수麗水로 순천順天으로 뿔뿔이 흩어질 때 그의 아비는 남원으로 보내졌다고 한다. 아비가 본국으로 떠난 후 그곳에서 자라던 유안을 민 공이 귀경길에 데려온 거였다. 그의 어미로부터 간청을 받고, 언젠가 쓸 데가 있으리라는 예감에, 예하의 곁에 붙여 자식들의 호위로 키운 것이었다.

"아버님은 언제나 그렇듯 예하 너에게는 무르셨다."

명하는 조금 씁쓸하게 웃더니 말을 이었다.

"막상 상황이 벌어지니 너를 타국 멀리 보낼 일이 걱정되셨던 모양이지. 너와 유안을 만나게 되면 함께 떠나고, 혹 만나지 못하거든 나 혼자 가라 하셨다. 어차피 금을 물려받아 전하는 책무는 내가 져야 할 터이니."

그도 어학과 잡학을 익혔다. 세 사람 모두 외국에서 자생이 가능한 사람들이었다. 하지만 야생에서 살아남는 법을 알고 있는 것은 유안 하나였기에 명하는 홀로 떠날 생각 같은 건 없었다.

아니, 그는 떠날 생각 자체를 버린 터였다.

"아버님의 말씀을 따를지는 미지수다. 나는 아직 마음의 결정을 하지 않았다."

명하의 말에 예하와 유안은 눈을 크게 떴다. 그가 아버지의 명을 거역할 거라는 상상은 해 본 일이 없었다.

"있는지 없는지도 확실치 않은 금에 가문과 목숨을 걸어야 할 이유를 모르겠구나. 난 조선을 떠나고 싶지 않다. 낯선 나라에 가서 하층민으로 살고 싶지 않다. 지금이라도 금을 바치면 전하께서 용서해 주고 가문을 복권시켜 주시지 않겠느냐. 나는 그 희망을 품고 지도를 찾으러 가는 것이니, 예하 너는, 유안도 물론이고, 내가 어떤 결정을 내리든 내 뜻에 따라 주기 바란다."

이미 많은 숙고를 거친 명하의 말에 예하는 비록 당황했으나 내색하지 않고 그러겠노라 대답했다. 어차피 그녀는 가문을 책임진 오라비의 결심에 왈가왈부할 자격을 가지고 있지 않았다. 과연 임금이 쉽사리 용서해 주려나, 의문이 일었으나 오라비라고 그런 생각을 안 해 본 건 아닐 것이다.

"일단은 남원으로 내려가자. 네 사람이 함께 움직이는 건 눈길을 끌 테니 지금까지처럼 각기 행동하는 게 낫지 싶구나. 남원에서 만나 지도가 있는지 확인한 후에 최종 결정을 내리는 게 온당하다고 본다. 서로의 흔적을 놓치지 않도록 조심해야 할 테고."

예하는 인정히지 않을 수 없었나. 삼시, 들떴었다. 다른 곳도 아닌 흑룡강이다. 몇 번이나 그곳을 입에 올렸던가. 유안과 같은 사람들이 모여 있는 곳. 조선과 교류도 없는 동떨어진 곳. 그런 데서 새로이 살아가는 인생은 전혀 다른 색깔을 띨 수도 있지 않을까, 힘들고 고되어도 자유로운 삶일 수 있지 않을까, 그런 짧은 꿈으로 가슴이 두근거렸었다.

"나와 동행하고 있는 사람은."

묻지도 않은 말을 문득 명하가 꺼냈다.

"내가 위기에 처했을 때 구해 준 은인이다. 지금도 세상 물정에 어두운 나를 두와 길잡이가 되어 주고 있지. 가문이 복권되는 날이 오면 은혜를 갚으려 하고 있으니 너희들도 예의를 갖추어 대해 주기 바란다."

예하는 명하의 눈에 비친 복잡한 감정의 끄트머리를 보고 다소 당황했다. 신뢰와 미안함과 안쓰러움과 정이 배어나는 오라비의 눈. 가리는 것 많고 까다로운 명하가 누군가에게 곁을 준 것 자체가 신기했거니와 그게 여인인 건 더 놀라운 일이었다.

여인은 비녀를 꽂고 있었으니 처녀는 아니었다. 그렇다고 오라비가 낭군이라고는 전혀 생각되지 않았다. 늘 유안과 자신의 관계를 못마땅해하던 오라비가 그 못지않게 기형적인 관계를 맺고 있는 것이 그녀는 어쩐지 반가웠다.

"고마우신 분이군요. 나가서 제대로 인사를 드려야 하겠습니다. 오라버니의 은인이라면 제게도 더없이 특별한 분이지요."

그녀는 오라비에게 조용히 인사하고 방을 나섰다.

명하는 따라 일어서려는 유안을 붙잡았다.

"너는."

예하의 발소리가 완전히 사라질 때까지 그는 말없이 유안을 노려보며 기다렸다.

쾅.

난데없이 멱살을 쥐고 벽에 밀어붙이는 손을 뿌리치지 못한 채 유안은 놀란 얼굴로 명하를 내려다보았다. 예하의 오라비는 눈에 살기를 가득 담고 그의 푸른 눈을 쏘아보고 있었다.

"무슨 일이 있었던 게냐. 왜 이리 너희 두 사람 사이가 서어齟齬해. 무슨 일이냐, 왜 그런 거야!"

유안은 대답을 하지 못하고 가만히 숨을 죽였다.

오라비는 오라비였다. 짧은 시간 함께 있었던 것만으로도 그는 두 사람 관계의 비틀림을 감지해 낸 것이다. 그리고 명하가 추측하는 이유는 아마 사실과 상당히 근접해 있을 거였다.

"네가 결국 예하를 물어뜯은 거냐? 해서는 안 될 일을 한 게야? 대답해라! 겁간이라도 한 것이야?"

분노로 새카맣게 타오르는 그의 눈을 내려다보며 유안은 이를 물었다. 그리고 명하의 손을 세게 뿌리쳤다.

팍.

그에게서 불신과 의혹의 눈초리를 받은 것이 한두 해가 아니었지만 이번은 좀 많이 아팠다. 떳떳하지 못해서이기도 하고 억울해서였기도 하며 서운한 마음도 들었다.

너는 나를 조금 이해해 줘도 되지 않는가.

"모욕하지 마십시오."

단호한 유안의 부정에 명하가 약간 누그러지는 기색을 보였다. 하지만 다른 형태의 언짢은 감정이 다시 그의 얼굴에 가득했다. 자조의 웃음이 설핏 떠올랐다.

"이제 너도 나를 우습게 보느냐. 형편이 이리되니 상전 취급할 수 없더냐."

예하가 했던 말을 그녀의 오라비가 똑같이 하고 있었다. 유안은 화가 났다. 그런 게 아니다. 왜 그렇게밖에 생각하지 못하

푸른빛을 깨치다 293

는 건가. 내게도 마음이란 게 있어서 이럴 수밖에 없다는 걸, 당신들을 얕봐서 이러는 게 아니라는 걸, 왜 당신도 예하도 알아주지 않는가.

"늘 묻고 싶었습니다. 어째서 저를 그렇게 미워하십니까?"

푸르스름하게 이글거리는 눈으로 유안이 낮게 속삭였다. 명하는 그 말에 잠시 어이없어 하더니 하하, 코웃음을 치고는 그에게 반문했다.

"내가 너를 미워한다고? 말은 바르게 해야지. 네가 나를 무시해 온 것 아니냐. 나야말로 묻고 싶더라. 왜 그리 나는 네 안중에도 없는 건지."

명하는 손을 들어 흰 이마를 쓸었다. 인상을 찌푸리고 고개를 돌린 그는 흐릿하게 웃음을 흘리며 방문을 열었다.

"됐다. 무슨 말인지도 모르겠지, 넌."

그러고는 그대로 방을 나섰다.

유안은 눈을 가늘게 뜨고 그 뒷모습을 바라보았다. 명하와 그 사이의 앙금은 무언가 그가 모르는 형태를 띠고 있었다. 하지만 그걸 캐묻고 바로잡기에는 너무 피로했다. 산적해 있는 감정의 숙제가 너무 많았다. 예하와의 일만으로도 당장 무너져 버릴 만큼 버거웠다.

그 역시 예하처럼 잠깐 가슴이 설렜었다. 흑룡강 이야기에. 그러나 순간의 꿈이었을 뿐이다. 금이 임금의 손에 들어가고 가문이 오명을 벗으면 예하도 제자리로 돌아가리라. 그는 기쁘면서도 서글픈 기분으로 앞일을 생각했다. 예하가 나를 받아 주지 않아서 차라리 다행이었구나. 머리를 쓸어 올리며 쓰게 웃었다.

그는 조용히 방을 나서 자기에게 주어진 방으로 향했다. 제자리로 돌아간 예하의 곁에 자신의 자리가 있을지는, 무척이나 의심스러운 일이었다.

명하가 집주인에게 어느 방을 쓰면 좋으냐고 묻자 홍자단은 약간 망설이는 얼굴을 했다. 저, 도련님께서는 독방을 쓰시는 겁니까? 자단의 질문에 명하는 고개를 저었다.

"객이 이리 많은데 제각기 방을 쓸 수는 없지요. 나와 함께 온 부인은 어디 있습니까?"

그녀가 가리키는 대로 발걸음을 옮기며 그는 혼자 웃었다. 남들 눈에 자신들은 어떻게 비칠까 갑자기 궁금해졌다. 쪽을 찐 여인과 관군을 피해 도망치는 도령. 데면데면하게 떨어져 걷지만 방은 함께 쓰는 사이. 이게 만약 남이었다면 명하 자신이 앞장서서 비난했을 만한 상황이지 싶었다.

여자는 방 안에 앉아 자단이 들여 준 떡을 접시에 차려놓고 있었다. 그가 들어서자 반가운 낯을 하며 떡 접시를 그의 앞에 밀어 놓았다.

"아직 식사 때가 되지 않았으니 일단 이걸 잡수라고 합니다. 맛이 좋아 보이니 어서 드세요. 이런 음식 본 게 언젠지 기억도 안 나네요."

명하는 떡을 한번 쳐다보고 다시 여자를 보았다. 여자는, 그

푸른빛을 깨치다

사이 목욕을 했는지 말간 얼굴을 하고 있었다. 자단에게 얻은 새 옷을 입어 그런가 보송보송하니 전에 없이 예뻤다.

"먼저 드시오. 나는 좀 쉬고 싶소."

기억도 안 날 만큼 예전에 먹었다는 맛난 음식을 여자에게 먼저 먹이고 싶었다. 그는 벽에 기대앉아 그녀를 빤히 바라보았다. 눈을 빛내며 갖은색떡을 집어먹는 모습이 짠했다.

"아가씨가 절세미인이십니다. 자랑스럽겠어요."

여자는 부러워하는 표정을 지었다. 그게 반드시 예하가 미인이라서만은 아니라는 걸, 명하는 알고 있었다. 시집에서도 친정에서도 버림받고 혼자 힘겹게 살아온 여자와 달리 예하는 주변에 그녀를 아껴 주는 사람이 많았다.

"댁도 고운 얼굴이오."

공연히 무뚝뚝하게 그가 말했다. 그 말은 사실이었다. 여자는 함께하는 시간이 길어질수록 더 곱다래 보였다. 하물며 말끔하게 차려입은 오늘은 더 말할 것도 없었다.

"이렇게 미색 출중한 여자하고 한방 쓰면서 아무렇지도 않은 걸 보면 그쪽은 진정한 선비인가 보오."

여자가 피식 웃었다.

명하는 고개를 돌리며 슬그머니 얼굴을 붉혔다. 그럼 방 하나 더 달라 하리까?

그의 물음에 여자의 웃음이 조금 헛헛해졌다.

"오늘만 따로 자면 무슨 소용이에요? 어차피 내일부터는 또 함께 지낼 수밖에 없는데. 이렇게 좋은 방에서 같이 있는 게 좀 그런 거뿐이지."

그는 붉어진 얼굴을 쓸었다.

쭉 같이 지내 왔음에도 환경이 달라지니 의식이 되고 신경이 쓰이기는 했다. 내가 무슨 배부른 소릴, 생각했지만 어쩌면 아무렇지도 않았던 날들이 이상했던 건지도 모른다.

"나를 '그쪽'이라고 안 부르면 안 되겠소?"

생뚱맞은 불평에 여자가 눈을 치뜨며 물었다.

"그럼 뭐라고 부르리까?"

우물우물 입속으로 명하가 중얼거리자 그걸 들은 여자의 눈이 한결 더 커졌다.

"서방님이라고 불러요?"

"그래요, 그래. 어차피 우린 남들 눈에 부부로 보이는 게 좋지 않소? 나도 부인이라고 부를 테니 그냥 서방님이라고 해요. 그쪽이나 댁이라고 부르다 의심 사는 거보다 낫지 않냐고."

명하는 약간 짜증스럽게 대답했다. 새삼스럽게 호칭을 거론하는 게 우스웠지만 뭔가 이 기괴한 관계에 성격을 부여하고 싶다는 생각이 들었다. 거짓이라도 좋고 임시방편인 것도 알고 있지만 어쩐지 부부 흉내를 내 보고 싶은 바람이 생겼다.

그건 예하와 유안을 만났기 때문인지도 모르겠다. 두 사람 사이에 무언가가 있었다는 사실이 신경에 거슬려서, 불편해졌을망정 한 걸음 앞으로 나간 둘이 부러워서, 꼴 보기 싫어서, 객기를 부리는 건지도 모르겠다.

여자가 싫다고 하면 어쩌나, 명하는 곁눈질로 그녀를 힐끔

보았다. 그녀는 고개를 푹 숙이고 있었다.

"내 성은 이李가입니다."

뜬금없는 말에 명하가 미간을 좁혔다.

"혹시 누가 묻거든 이씨 부인이라고 말해 주세요……."

개미처럼 기어들어 가는 목소리로 그녀가 말을 이었다. 명하는 가슴을 무언가로 얻어맞은 것처럼 충격을 받았다. 그건, 여자의 성이 이씨였기 때문은 물론 아니었다. 그녀의 뒷목이 꽃분홍색으로 선명하게 물들어 있는 것을 보았기 때문이었다. 뻣뻣하고 거침없는 여자가 보여 준 수줍기 그지없는 모습은 아찔하도록 선정적이었다. 선정적이라니. 그런 단어를 생각해 낸 게 너무 민망해 명하는 고개를 돌렸다.

"내가."

그는 자기 목도 붉어지는 것을 느꼈다.

"비록 지금은 사내 체면 구기면서 부……인에게 의지하고 있지만, 내가 곁에 있소. 그러니 부인……은 혼자가 아니오. 앞으로도 그럴 게요. 다시 쓸쓸해하거나 하면 화낼 테니 알아서 하오."

어색한 침묵이 흘렀다. 여자는 평소 같지 않게 손가락을 조물거리며 가만히 앉아 있었고 명하도 그답지 않게 시선을 이리저리 돌리며 부채질을 했다.

"더, 더워서 잠시 나갔다 오리다. 저녁도 모처럼 제대로 먹게 될 테니 떡을 너무 많이 들진 마오."

명하는 두루마기 자락을 휘날리며 문을 열고 나섰다.

묘하게 설레는 이 느낌을 뭐라 설명해야 할지 알 수 없었다.

여자의 애정은 분명히 과도했고 그가 감당하거나 책임질 수준이 아니었지만 그럼에도 그는 기뻤다. 서로에게 익숙해져 가는 것이 두려웠으나 두려움은 차차 희석돼 가고 있었고 밀어낼 수 있는 단계는 이미 지난 지 오래였다. 여전히 앞일은 어느 것 하나 짐작할 수 없었지만, 복권을 떠올린 순간부터 막연히 명하는 여자를 놓는 일은 없을 거라 생각하고 있었다.

'어서 문서를 찾아서 주상께 올려야지.'

명하는 마음을 다져 먹었다.

모든 게 다 잘될 것 같은 오후였다. 동생을 찾았고, 이러니저러니 해도 의지가 될 수밖에 없는 유안도 만났으며, 일방적으로 기대기만 하던 여자한테 모처럼 으스대기까지 했다. 애매하게나마 그녀에게 약속 같은 것까지 해 줄 수 있어서 나름 흡족하고 뿌듯한 기분이었다.

주상께 용서를 받는다고 여자에게 무얼 줄 수 있을지는 몰랐다. 하지만 지금 같지는 않을 거다. '무언가'를, 틀림없이 저 고맙고 예쁜 여자한테 줄 수 있을 것이다.

문서가 꼭 거기 있기를, 그리고 금도 찾을 수 있기를, 그리하여 그들이 온전히 사면받을 수 있기를, 명하는 진심으로 기원했다.

그건 예하나 유안의 속마음과 반드시 똑같지는 않았다.

명하와 이 부인은 다음 날 새벽 떠났다. 편한 잠자리에서 푹

잔 사람치고는 명하의 눈이 너무 빨갰지만, 그는 들뜨고 행복해 보였다. 천한 기첩인 홍자단에게 건네는 감사 인사도 예의 바르기 그지없었다. 다만 예하에게 '돌이킬 수 없는 일은 하지 마라.' 의미심장한 한마디를 남길 때 예전의 그를 떠올리게 하는 날카로운 모습을 보였을 뿐이었다.

"왜 지금 관군에 투항하지 않는 거지, 오라버니는?"

두 사람의 모습이 완전히 사라진 후 예하가 중얼거리자 곁에 있던 유안이 가라앉은 목소리로 대답했다.

"혹시라도 지도가 없을까 두려우신 거겠죠. 관군을 끌고 갔는데 거기 아무것도 없으면 임금을 기만했다 하여 죄가 더해지지 않겠습니까. 일을 확실히 한 후에 아뢸 생각이시겠지만……, 만약 지도가 끝내 발견되지 않는다면 도련님의 계획은 죄 틀어지고 말 겁니다."

그렇구나.

예하는 입술을 오므렸다.

아직도 넘어야 할 산이 많았다. 무엇이 최선인지도 알 수 없었지만 원한다고 그대로 된다는 보장도 전혀 없었다. 설령 무사히 남원까지 가서 지도를 찾아낸 후 임금께 바친다고 해도, 혹 지도에 적힌 곳에서 금이 발견되지 않으면 그땐 또 거짓을 아뢰었다는 누명을 쓰게 될 거다. 미래는 불투명하고 한 치 앞을 볼 수 없는 불안한 나날이 그 불확실한 미래까지 쭉 이어져 있었다.

그녀는 유안의 옆모습을 쳐다보았다.

그를 보고 있으면 가슴이 시큰거렸다. 그가 안 보이면 눈물이 났다. 오라버니가 나타나는 바람에 잠시 잊은 듯했지만 사실은 매순간 유안의 존재가 머릿속에 가득했다.

"넌."

무슨 말을 할지 생각도 않고 던진 말에 유안이 고개를 돌렸다. 두 사람의 시선이 얽히고 오랫동안 침묵이 흘렀다. 어느 쪽도 눈을 떼지 못한 채 한참을 그렇게 서로 바라보았다.

넌 어떻게 할 생각이니.

너는 이 불편함을 언제까지 참을 수 있니.

내가 집으로 돌아가면 넌 어떡할 거니.

이제는 시집간 내 근처에 머물러 주지 않겠지, 넌?

유안이 먼저 시선을 내렸다. 흰 얼굴에 떠오른 고통의 빛이 그녀의 가슴을 난자했다.

'만약 흑룡강으로 금을 찾으러 가게 된다면, 너는…….'

끝내 한마디도 입 밖으로 내지 못한 채 예하는 돌아서서 방으로 향했다.

멀찌감치 선 홍자단이 두 사람 사이의 심상치 않은 기류를 가만히 지켜보고 있었다.

16

"저와 차라도 함께 하지 않으시겠어요? 이웃이 살구편을 가져다주었는데 아주 맛이 좋답니다."

자단이 웃으며 그녀를 청했다.

예하는 감사하다 답하고 다상에 마주 앉았다. 자단이 썩 편하지는 않았으나 오라비를 보내고 심란하던 터의 초대라 고마웠다.

"바깥어른이 세勢가 있으시니 이것저것 갖다 주는 사람이 많네요. 기첩이지만 굄을 받는지라 무시하기 어려운가 봅니다. 본가와 떨어져 있으니 눈치 볼 일도 없고 말이지요."

껄끄러울 수도 있는 이야기를 그녀는 아무렇지도 않게 산뜻하게 했다. 말투에 조금도 자조적인 느낌이 없었다.

예하는 자단의 초객招客이 평범한 인사치레라고 생각하고 있었다. 따라서 그녀가 갑자기 유안의 이야기를 꺼냈을 때는, 좀 놀랄 수밖에 없었다.

"저와 유안 서……, 아니, 유안님과의 사이가 궁금하지 않으셔요?"

방글방글 웃으며 묻는 자단에게 예하는 열없게 마주 웃었다. 그랬다. 차마 물어볼 수는 없었지만 사실 무척 궁금했다. 그저 악공과 기녀의 우정이라고 보기에는 공유하고 있는 게 굉장히 많아 보였고 신뢰의 깊이도 상당한 것 같았다. 유안이 자신을 사랑해 왔다는 걸 알면서도 혹시나 하는 생각이 들 수밖에 없는 관계였다.

그녀의 말없는 긍정에 자단은 눈을 가늘게 휘며 함뿍 눈웃음을 지어 보였다. 여자가 보아도 사랑스럽기 그지없는 얼굴이었다.

"제가 목매고 사모한 거였죠, 유안님을."

예하가 뭐라고 말하려 하자 자단은 손사래를 쳤다.

"워낙 인기가 많으셨거든요. 피리 솜씨는 물론이거니와 외모며 성품이며 뭐 하나 나무랄 데가 없으니까요. 저희 같은 계집들을 무시하는 법도 없으셨구요. 천한 일을 하다 보면 마음에 생채기가 많이 생기는 법이라, 저런 분을 대하면 기대고 싶어지는 게 당연하답니다."

예하는 잠자코 고개를 끄덕였다. 그 마음이 이해되는 듯도 하였다. 여자라면 누구나 유안에게 마음이 끌릴 테고 하물며 외롭고 괴로운 인생을 사는 그녀들이야 더 말할 나위도 없을 것이다.

"아가씨는 혹 저분을 연모하신 일이 없으세요? 오랫동안 같이 지내신 것으로 아는데, 그런 마음이 생기지 않던가요?"

떠보는 듯도 하고 정말 궁금한 듯도 한, 난데없는 자단의 질문에 예하는 당황했다.

"무슨 그런 말씀을……."

다소 어이없다는 듯 얼버무리다 보니 미안한 기분이 들었지만 하는 수 없었다. 예하는 말을 잇지 않고 입을 꼭 다물었다. 연모했다, 혹은 연모한다, 하지만 그래서는 안 된다, 이런 답을 할 수는 없는 일이기에.

"아아, 아가씨는 유안님을 사내로 보지 않으시는 거구나. 하긴, 아가씨에겐 어울리는 분이 따로 있으시겠죠. 아무래도 신분의 벽은 무시하기 어려운 거니까……."

이번에는 자단이 고개를 끄덕였다. 살구편을 하나 집어 입에 넣고는 잠깐 생각에 잠겼던 그녀는 장난꾸러기 같은 웃음을 짓더니 목소리를 은밀하게 낮췄다.

"천한 것이니 천한 말을 하는구나, 그리 생각하고 양해해 주세요. 아가씨와 유안님이 아무 관계도 아니라 하니 드리는 말씀인데, 사실 유안님은 사내로서 정말 최고랍니다. 겉으로는 수려하지만 차가운 분인데, 둘만 있으면 얼마나 뜨겁고 다정하신지……. 그러니까 밤에 말이에요."

예하의 얼굴이 순식간에 핏기를 잃었다.

그러나 자단은 돌처럼 굳어 버린 그녀의 표정을 무관심으로 오해한 것인지 한층 더 열기를 섞어 말을 이었다.

"귀한 댁 아가씨께 드릴 말씀은 아니지만 저희 같은 창기들은 수많은 사내들을 상대해 보았거든요. 간혹 난폭한 자도 있고 또 기운 없는 자도 있지요. 멀쩡해 보여도 제 구실 못 하는 사내들이 널렸구요. 한데 유안님은 보이는 곳만큼 보이지 않는 곳도 아름다운 데다가 어찌하면 계집을 녹이는지 너무나 잘 아시지 뭐예요. 평소 같으면 꿈도 못 꿀 상냥한 말씀을 해 주시고, 부드럽게 따뜻하게 어루만져 주시고, 정말 소중하게 여겨진다는 기분이 들게 하신다니까요. 타고나신 것 같아요."

예하는 다과상 아래 손을 손가락이 파고들도록 움켜쥐었다. 온몸의 피가 죄 빠져나가 버린 것 같았다. 손에 감각도 느껴지지 않았다.

'나한테만 다정한 게 아니었어? 나만 바라본 거 아녔어? 기녀들과 잠자리를 함께하며 밀어를 속삭였던 거야?'

이성적으로 생각하려고 이를 악물었다. 그녀에겐 유안을 비난할 자격이 없다. 그녀를 절대 가질 수 없는 유안이 다른 여인에게서 위로를 찾았다 해도 아무도 욕할 수 없다. 하물며 그를 차갑게 뿌리친 예하 자신은 연민을 느낄망정 그에게 화를 내서는 안 되는 거였다.

그런데.

정신을 잃을 만큼 화가 났다.

그녀의 그런 마음을 아는지 모르는지 자단은 좀 더 노골적인 이야기를 꺼내 놓았다.

"저렇게 단단한 품에 안기면 아무 생각이 안 나죠……. 어머, 처녀이신 아가씨 앞에서 별말을 다 하네. 하지만 아가씨도 결국은 아실 거니까요. 나중에 서방님 되실 분이 잘해 주셔야 할 텐데. 사내는 역시 밤에 진가를 드러내는 법이랍니다. 사내의 손길과 입술이 닿는 곳마다 여인의 몸에서 꽃이 피는 거거든요. 부끄러움도 잊을 만큼 뜨거워져서, 내 몸이 내 것이 아닌 것 같고, 강건한 허릿짓에 맞춰 흔들릴 때마다 아찔아찔 정신이 나가는 것 같고…….

무얼 떠올리는지 뺨을 감싸 쥐고 도리질치는 자단에게 예하는 살의를 느꼈다. 차마 마주 보고 있을 수가 없어, 눈을 질끈 감았다. 그러자 눈웃음치는 자단의 위에 겹쳐진 유안의 몸이 그려졌다. 그의 입술이 그녀의 입술에 맞물리고 두 사람의 혀가 흥건하게 엉키는 게 보였다. 살과 살이 닿고 다리가 조여들고 있었다. 밤의 향락에 탐닉하는 남녀가 거친 숨을 몰아쉬며 서로를 껴안고 뒹구는 장면이 눈앞에서 보는 것처럼 참을 수 없이 선명했다.

"그만."

예하는 눈을 치떴다.

"그만해요. 역겨워 들을 수가 없어. 어떻게 그런 말을 입에 담을 수가 있지요? 당신은 수치도 모릅니까?"

절로 언성이 높아지고 관자놀이에 핏대가 섰다. 온몸이 부들부들 떨렸다. 차갑게 식었던 몸은 분노로 다시 뜨거워지고 있었다. 목소리는 갈라지다 못해 쇠를 긁는 소리로 변해 버렸다.

"역겨워요?"

자단이 천진한 표정으로 웃었다.

"뭐가요? 남녀가 서로 사랑하는 게 더러운가요?"

"유안은 당신을 사랑하지 않잖아요! 애정 없이 몸만 섞는 게 그럼 더럽지 않나요?"

거의 외치다시피 내뱉자 머리가 핑하니 돌았다. 도무지 진정이 되지 않았다. 더러워, 더러워, 역겨워서 참을 수가 없어. 꼭 쥔 주먹이 바들거렸다.

두 손을 쭉 내밀더니 자단은 예하의 손을 억지로 펴서 잡았다. 역한 느낌이 배가倍加되어 손을 빼려고 했지만 그녀는 꼭 쥔 손을 놓지 않고 예하의 눈을 응시했다.

"유안님을 사랑하지요?"

기습 공격을 당했다. 예하는 눈을 크게 뜨고 이제 웃음기가 완전히 사라진 자단의 눈을 마주 보았다.

"그래서 불쾌하고 화가 나는 거지요? 유안님이 다른 여인을 안았다고 하니까, 질투로 미칠 것 같지요?"

스르륵. 손에서 힘이 빠졌다. 지금 이 여자가 뭐라고 하는 거야······.

자단은 느릿하게 고개를 저었다. 귀엽고 사랑스럽던 기녀는 어디론가 사라지고 거기엔 이해심 많은 큰언니처럼 엄하고도 자상한 얼굴을 한 여인이 있었다.

"유안님은 아무하고도 아무 관계도 맺지 않았어요. 제가 죽도록 애원해도 손 한번 잡아 주신 일 없었어요. 그분은 한 조각

붉은 마음으로 아가씨만 사랑하고 있으니까요."

얼이 빠져 예하는 자단을 바라보고만 있었다. 혀를 쯧쯧 찬 자단이 그녀의 손등을 부드럽게 어루만졌다.

"다 거짓말이었어요. 무례하고 천박한 말씀 저도 민망했지만, 아가씨의 진심을 알고 싶어 꾸며냈던 거예요. 이렇게 떨 만큼 그분을 사랑하면서, 왜 그분을 허락하지 않나요? 아직 자기 마음을 모르고 있었던 건가요? 설마 오라버니처럼 여기고 있다고 착각하셨던가요?"

그녀의 말 한마디 한마디가 생명을 가진 것처럼 예하의 가슴에 박혀 들었다.

그를 사랑해.

다른 여자를 안는 건 싫어.

질투로 죽을 것 같아.

나한테서 눈 돌리지 말아 줘.

"아직도 모르겠거든 아까 제가 드린 말씀에서 여자를 본인으로 바꿔 생각해 보셔요. 유안님이 아가씨를 안는 장면을 떠올리면, 그래도 역겹나요? 더러운가요? 두근거리고 황홀한 게 아니라 정말로 수치스럽게 느껴지시나요? 그래요?"

예하는 입술을 깨물었다. 이 못된 여자가 시키는 대로 하고 싶지 않다. 그럼에도 자기도 모르는 사이에 그림을 그리고 말았다. 그 넓은 가슴에 자신을 안는 유안을, 커다란 손으로 그녀의 등을 어루만지는 모습을, 물에 젖은 옷을 벗어 낸 두 사람이 어둑하고 따스한 동굴에서 사랑을 나누는 장면을.

더럽지 않았다. 그의 입술도 손길도 무엇 하나 역겹지 않았다. 그럴 리가 없었다. 아름답고 달콤한 환상에 가슴이 두근거렸다. 음욕을 절제하도록 교육받은 양가의 규수임에도 불구하고, 몸을 가득 채운 열기에 스스로 소스라쳐 놀랄 만큼 그녀는 생생하게 유안을 느꼈다.

"저는 말입니다."

예히의 손을 놓으며 자단은 조용히 자기 이야기를 시작했다.

"한 번도 원하는 걸 가져 본 일이 없었습니다. 신분도, 재물도, 그리는 사람의 애정도 말이지요."

그녀의 음성은 담담했으나 듣는 사람에게 호소하는 애잔함이 있었다.

"유안님을 정말 사모했습니다. 이제까지도 앞으로도 그런 분은 두 번 만날 수 없을 거라고 생각해요. 겉으로는 굳건하지만 속은 더없이 포근한 분이지요. 아마 그 포근함은 아가씨 한 분만을 위한 거겠지만요."

예하는 콧등이 시큰거리는 것을 참으며 그녀의 이야기를 들었다. 같은 사람을 사랑하는 딴 여인의 이야기는 낯설지 않고 친근했다.

"천한 계집의 고백을 불쾌해하지 않으셨습니다. 미안하다 하셨지요. 마음이 이미 다른 여인에게 묶여 있어 어쩔 수 없다고, 평생 얻지 못할 여인이나 마음을 속일 수는 없다고, 그리 말씀하셨습니다."

가슴이 찌르르 아파 온다. 예하는 유안의 사랑이 너무 커서 아팠다. 나는 너를 묻고 다른 사람에게 시집가려 했는데 너는 나 하나만 보며 살려고 했던 거니.

"유안님과 제가 상신相信할 수 있었던 건 두 사람이 닮았기 때문일 거라고 생각합니다. 아무것도 갖지 못했지만 원하는 걸 뺏기 위해 상대를 상처 낼 수 없는 사람들인 거죠, 우리는."

그녀를 만나고 처음으로, 예하는 자단의 얼굴에 고통이 담기는 걸 보았다.

"연모했을 뿐 아니라 연민하였습니다. 저 자신이 고스란히 비치는 것 같았어요. 그래서 아가씨를 꼭 뵙고 싶었고, 아가씨의 마음은 어떤지 알고 싶었습니다. 아가씨가 다른 누군가를 가슴에 담고 있다면 유안님도 저처럼 사모의 정을 접는 수밖에 없겠지요. 마음이란 그런 거니까요. 하지만."

자단은 예하를 바라보았다.

"아가씨는 유안님을 사랑하고 계시네요. 잘못 볼 수 없을 만큼, 착각이 불가능할 만큼 뜨겁게 연모하시네요. 그런데 왜 그분을 내쳐서 상처입히는 건가요? 이미 충분히 힘들게 살아온 분, 솔직하게 보듬어 주면 안 되는 겁니까?"

그녀의 비난에, 예하는 숨이 막혔다.

'당신이 뭘 알아.'

울고 싶었다.

'내가 어떤 마음으로 그 사람을 밀어내고 있는지 당신은 몰라.'

창백한 얼굴의 그녀를 향해 자단이 나지막하게 속삭였다.

"이제 모든 게 달라졌잖아요. 두 분은 법도 따위에 묶인 관계가 아니잖아요, 더 이상은."

"아니요."

예하는 거친 목소리를 가다듬기 위해 침을 꿀꺽 삼켰다.

"아무것도 달라지지 않았어요. 내가 유안의 마음을 받아들이면 기다리고 있는 건 죽음뿐이죠. 우리한테 미래는 없어요. 천지가 뒤집힌다 해도."

"유안님이 죄를 받을까 두려운가요? 상전을 탐했다고? 그럼 유안님한테 물어보세요. 잠시라도 아가씨를 소유하는 삶을 원하는가 아니면 평생 곁에서 맴돌며 살아 내기를 택하겠는가."

약간 격앙된 목소리를 냈던 자단이 다시 표정을 가다듬었다.

"미래가 없다지만 현재가 있잖아요. 두 분은 언제 관군에게 잡힐지 모르는 사람들 아닌가요. 잡히면 영원히 다시 못 볼지도 모르는 거 아닌가요. 그럼 미래 따위에 연연하지 말고 지금 이 순간만 소중히 해야 하는 거 아닐까요. 헤어지게 된 후에 후회하지 않도록 말이에요."

눈물이 쏟아질 것 같아 예하는 눈을 깜빡였다.

자단의 말을 따르고 싶었다. 유안을 잡고 싶었다. 두려워 보지 못했을 뿐 진실은 줄곧 거기 있었고 예하야말로 이미 오래전부터, 아니, 처음부터 유안을 사랑하고 있었다. 이 세상 누구보다도 무엇보다도 그를 원했다, 절실하게.

하지만 자신의 감정은 홀로 감당해야 하는 몫. 유안의 목숨은 그보다 중하지 않은가. 그녀 자신에게 미래가 없다고 유안이 같이 죽어야 하는 건 아니지 않은가.

자단은 그녀의 눈을 들여다보며 간절하게 마지막 한마디 진심을 전했다.

"이루어질 수 없는 사랑이란 없다고 저는 생각해요. 단 하나, 짝사랑만 빼면 말이지요. 그러니 아가씨는 사랑을 이루세요. 물거품처럼 스러져 가야 하는 건 저의 짝사랑뿐이니까요."

자단의 얼굴에서 예하는 서글픈 외사랑의 고통을 읽었다. 가슴이 저려 차마 훔쳐보기도 미안한 절실한 마음이었다. 사모하는 사람의 행복을 위해 다른 여인을 설득할 만큼 깨끗하고도 지극한 사랑이었다.

'이 여인이라면 지옥의 불구덩이라도 유안과 함께 뛰어들 수 있을까.'

예하는 젖어 드는 눈을 감았다.

'목숨을 지킨다는 명목으로 그를 불행하게 하는 나와, 목숨보다 마음이 더 중요하다고 주장하는 이 여인 중에, 누가 더 유안을 사랑하는 걸까.'

유안이 내민 손을 잡지 못하는 건, 결국 내가 양반 아가씨이기 때문인 건가. 다르다고 잘난 체했건만 나 역시 제도와 인습의 올가미에 심혼心魂이 매여 있는 건가. 의지대로 살고 싶다 하면서 한 번도 그럴 용기를 갖지 못했던 나는, 끝내 자유로워질 수 없는 것인가.

여기, 아무것도 갖지 못했으나 사랑 앞에 부끄러움 없는 이 여인처럼, 투명해질 수 없는 걸까, 나는.

비척거리며 일어나 예하는 자단의 방을 나왔다.

발길이 흔들리고 마음도 울렁거렸다.

아팠다.

관군이 들이닥쳤다. 아무도 예상하지 못했던 일이라 다들 혼비백산했지만 두 사람은 비밀 벽장 속으로 몸을 숨기는 데 아슬아슬하게 성공했다.

"이게 무슨 짓입니까! 여기가 어느 분의 거처인지 알기는 하는 겁니까?"

홍자단의 목소리는 비단을 찢듯 날카로웠다. 그러나 밀려든 병사들은 전혀 괘념치 않는 듯했다.

"고변이 들어왔소. 이 댁에 수배자가 숨어 있다는 고변 말이오. 전하께서 진노하여 찾으시는 자니 어떤 사정도 봐주지 말라는 명령이외다."

우두머리로 보이는 흰 수염의 사내가 차가운 목소리로 내답했고 그의 지휘 하에 병사들은 집 안을 송두리째 뒤집었다. 털고 뒤지고 흔들고 찌르고, 분명 생포하라는 명령이었을 텐데 그런 배려는 조금도 보이지 않았다. 물건 부서지는 소리와 푹푹 창 박히는 소리에 벽 속에 숨은 예하는 신경이 끊어지는 것 같았다.

"이리 패악을 떨어 놓고 아무것도 나오지 않으면 어찌하실 게요!"

자단이 화를 냈다. 실제로 샅샅이 뒤졌어도 명하가 발견되

푸른빛을 깨치다

지 않자 군사들의 행동이 슬그머니 얌전해지기 시작했다. 그러나 흰 수염의 사내는 그다지 미안한 기색이 아니었다.

"우리는 공무를 수행할 뿐, 사사로운 감정으로 이리한 게 아니니 너무 불쾌하게 생각지 마시오. 최 참판께서도 그 정도는 이해해 주시지 않을까 생각합니다."

자단은 입술을 깨물었다. 아무리 그래도 이게 본가라면 저런 짓은 하지 못했을 것이다. 천첩이어도 총애를 한 몸에 받는 애첩이거늘 너희들이 어찌 이리한단 말인가. 그녀는 노여움 가득한 눈으로 떠나는 병사들의 뒷모습을 노려보고 있었다.

어두운 벽장 속에서 예하는 부들부들 떨었다.

도주를 시작한 후, 아니, 아버지가 잡혀간 이후 그녀가 직접적으로 생존을 위협받은 건 이게 처음이었다. 그간 이런저런 험한 꼴을 많이 당했지만 진짜 '관군'이 '죽일 듯이' 덤벼든 일은 이전에 없었다.

그래서 현실감이 들지 않았었다. 자단이 그녀에게 '언제 관군에게 잡힐지 모르는데'라고 말해도 막연한 남의 이야기 같았다. 정말로 두 사람의 목숨이 풍전등화라는 생각 같은 건 절실하게 하질 못했었다.

죽음.

이별.

도망칠 수 있을지 몰라도 물리칠 수는 없는 적.

자단과의 대화 이후 사고가 제대로 되지 않아 멍하니 방에 앉아 있었던 그녀였다. 생각은 머릿속에서 빙글빙글 제자리돌

기만 하고 방향을 잡아 움직여 주지 않았다. 그런데 지금 이 순간 머리칼이 쭈뼛 서며 현실이 얼음처럼 차디차게 살갗을 할퀴었다.

그녀는 시선을 돌려 유안을 올려다보았다. 굳은 옆모습을 보이고 있었지만, 그 역시 동요하고 있는 게 분명했다.

유안은 이를 악물었다. 관군의 행패는 생각보다 훨씬 지독했다. 지방의 관속이라 보기에는 지나치게 험악한 게 아마도 한양에서 내려온 수색대가 아닌가 싶었다. 그렇다면 저 수염 허연 자가 앞으로 두 사람, 아니, 세 사람의 앞길을 가로막는 중대한 위협이 될 것이다. 만만치 않아 보였다.

'오늘 아침 웃는 낯으로 떠난 명하는 아직 무사한 걸까.'

태전에서 남원까지는 먼 길이었다. 이렇게 무지막지한 수색에 걸리면 몸 어딘가는 망가질 것 같은데, 주상께 모두 드리겠노라 명하의 한마디로 진정 해결될 일인지, 유안은 의심하지 않을 수 없었다.

"나는."

떨리는 목소리로 속삭이며 예하가 유안의 옷깃을 잡았다. 흠칫, 그가 경련하자 바르르 놀라 곧 손을 떼었다.

"무섭다, 유안."

작게 중얼거리고 그녀는 고개를 숙였다.

무섭다. 무서워. 유안이 곁에 있으면 아무것도 무섭지 않아야 하는데 그가 가까이 있어도 함께 있는 게 아니라 무섭다.

그에게 안아 달라고 할 수 없어서, 손을 잡고 기댈 수가 없

푸른빛을 깨치다

어서, 예하는 죽을 것같이 외롭고 겁이 났다. 오늘 벽장에서 끌려 나갔더라면, 따로 압송되어 죽을 때까지 다시 못 만나게 되었다면, 생사도 알지 못한 채 영겁의 시간을 그리워하며 살아야만 한다면, 생각만으로도 경기를 일으킬 만큼 무서웠다.

유안은 말없이 예하를 바라보았다. 괜찮다고, 걱정할 거 없다고 말해 줘야 하는데 입술이 떨어지지 않았다. 눈앞에 펼쳐진 현실은 냉혹하고 잔인했다. 생명 다 바쳐 그녀를 지킬 것이지만 불의의 일이 생길 수도 있었다.

그리고 자신에게 아직도 내가 있으니 무서워하지 말라고 말할 자격이 있는지 유안은 확신할 수 없었다.

밤이 되었다. 모처럼 맑은 달이 천지를 부유스름하게 비추고 있는데 저녁나절 나간 유안은 늦도록 돌아오지 않았.

"들어가 주무시지요. 설마 무슨 일이야 있겠습니까. 유안님은 수배가 된 것도 아닌데요."

그렇긴 하죠……. 자단의 말에 고개를 주억거리면서도 예하는 방으로 들어가지 못했다.

"저는 먼저 들어가겠습니다. 혹시 무슨 일 있으면 깨워 주세요."

자단이 조용히 처소로 사라졌다.

혼자 남은 예하는 맥없이 댓돌에 주저앉아 달빛에 물든 뜰을 쳐다보았다.

자단이 심어 놓은 꽃들은 자양화紫陽花, 작약, 능소화같이 양반집 정원에서 주로 볼 수 있는 것들이었다. 안전하게 보호받고 있었던 때, 공유할 미래는 없었을망정 각자에게는 삶이 보장되어 있던 시절 그녀의 뜰처럼 익숙했다.

예하는 고개를 뒤로 젖히고 하늘과 바람을 느꼈다.

불안한 자유로 채워진 밤공기가 서늘했다.

'나는 단 한 번의 기회를 차 버리는 걸까.'

정해진 인생 속에서 그녀는 절대로 유안의 손을 잡을 수 없게 되어 있었다. 이렇게 다 엎어진 지금에만 주어진 선택이었다. 모순되게도.

이런 날이 오기를 오래전부터 고대하고 있었던 것이더냐!

자신이 유안에게 모질게 내뱉었던 말이다. 기다렸을 리야 없겠지만, 운명의 전환점이 닥쳐오자 유안은 그녀에게 손을 뻗었다. 잔인한 비난을 감수하면서까지 마음을 보이며 부딪쳐 왔다.

그러나 체념하고 순응하는 삶을 증오해 왔음에도 그리로 돌아가기를 원했던 그녀는, 그 손을 뿌리쳤다. 그것이 올바른 결정이며 자신의 사랑 방식이라고 믿었다. 하나 어쩌면 그녀의 행동은 이기심에서 비롯된 건지도 모른다. 유안을 망쳤다는 죄책감을 감당하고 싶지 않아 도망쳐 버린 걸지도 모른다.

흔들려선 안 된다고 생각했다. 하지만 일단 사고의 방향이 돌려지고 나니 어느 것 하나 이전처럼 생각할 수 없었다. 어떡해야 옳은지, 어느 게 답인지, 절제와 희생과 헌신과 열정 중 무엇이 진짜 사랑인 건지, 예하는 도무지 알 길이 없었다.

마음이 원하는 길, 가고 싶은 길은 사실 선명했다.

그럼에도 마지막 한 발짝을 내딛을 엄두가 나지 않았다.

시간이 많이 흘렀다. 아마 앉은 채로 졸았던 모양이다. 정신을 차렸을 때는 주변이 캄캄했다.

아, 틀렸다.

밤이 깊어 새카만 것이 아니었다. 그녀는 눈이 가려진 채 누군가에게 끌려가는 중이었다.

더럭 겁이 나 몸을 비틀었지만 꽉 붙들린 팔은 움직여지지 않았고 다리만 버둥거릴 수 있을 뿐이었다. 입에도 뭔가가 물려 있어 소리를 낼 수도 없었다. 으음, 으음, 제대로 말이 되지 않는 빈 목소리가 재갈에 막혀 둔탁하게 나오다 말았다.

두려움에 등골이 오싹했다. 마음을 가라앉히려 애쓰며 정신을 모아 봤지만 두려움은 사라져 주지 않았다.

'관군은 아니야.'

그것 하나는 알 수 있었다. 붙잡고 있는 누군가의 움직임이 아주 조용하고 조심스러웠기 때문이다.

그렇다면 정 선비인가?

어떻게 내가 거기 있는 줄 알고?

일단 관군이 아니라 생각하니 예하는 마음이 조금 놓였다. 정 선비라면 크게 해코지를 하지는 않을 것이다. 기운을 빼지 말아야겠다는 생각도 들었다. 지금도 장도를 가지고 있으니 여차하면 지난번처럼 대항할 수도 있을 거다. 그러려면 헛되게 힘을 낭비해서는 안 되었다.

그녀를 안고 있는 사람이 걸음을 멈추더니 문을 열었다. 발에 땅이 닿는 게 느껴졌다. 공기가 온화하고 묵향이 그윽한 게 실내였다.

붙잡았던 손이 떨어져 나갔다. 그녀는 팔을 뒤로 묶이고 눈을 가린 채 방바닥에 주저앉았다.

훗.

귓가에 누군가의 숨결이 뜨끈하게 느껴져 소름이 쫙 끼쳤다. 흐읍, 비명이 나가다가 걸렸다. 풋, 가볍게 웃는 소리가 들리더니 그건 곧 남자의 미성으로 형태를 바꾸었다.

"무서워하지 마십시오, 아가씨. 납니다."

눈을 가린 안대가 벗겨져 나가자 아주 가까운 곳에 그린 것처럼 아름다운 정수겸의 얼굴이 있었다. 예상했던 바라, 그녀는 많이 놀라지 않았다. 그저 화가 났을 뿐이다.

"소리를 지르지 않겠다고 약조하시면 재갈을 풀어 드리죠."

소리 지른다고 무슨 소용일까. 그녀는 고개를 끄덕였다. 그가 빙긋 웃더니 손을 머리 뒤로 둘러 입을 가린 수건을 풀어냈다. 잔기침이 나왔다.

"이런, 이런. 모시고 온 자가 거칠었습니다. 손을 묶다니요. 자국이라도 생겼을까 걱정이네요."

꿀을 머금은 듯 달콤하게 속삭이며 수겸은 그녀의 손목을 문질렀다. 살갗에 닿아 오는 선뜩한 감촉에 예하는 진저리를 쳤다. 그의 손은 뱀처럼 차끈했다.

"무례하셨습니다. 제가 무슨 죄인이나 짐짝입니까. 강제로 업어 오다니요."

딱딱한 음성으로 예하가 불쾌감을 표현하자 수겸은 서글프게 웃었다.

"그러길래 왜 도망 같은 걸 치셨습니까. 우리는 장래를 약속한 사이가 아니었습니까? 나는 아가씨와 내 마음이 통했다고 생각했는데요."

예하는 입술을 오므렸다. 사실 수겸에게 아무 말 없이 뛰쳐나온 건 어떤 의미에서 부당했다고 볼 수 있었다. 그로서는 예하가 자기 사람이라 굳게 믿고 있다가 뒤통수를 얻어맞은 셈이었을 테니까. 어사 행세까지 하며 그녀를 구해 주었을 때도 버리고 달아나 버렸으니 더욱 그랬다.

"제가 댁을 나온 건 아버님 때문이었습니다."

그녀가 솔직하게 말을 꺼내자 수겸은 눈을 갸름하게 떴다.

"아버님께서 그러시더군요. 제가 선비님의 소실이 되면 누구나 그게 저인 줄 알 거라구요. 죄인의 딸을 숨겨 놓고 있다고 선비님 댁 전체가 함께 화를 입을 거라구요. 댁에 남고 싶다면 의심받지 않게 아버님의 첩이 되라 하셨습니다. 싫다고 하면 관아에 고변할 수밖에 없으니 관비가 될 거라고 말씀하셨어요."

"그게……, 정말입니까?"

수겸이 섬세한 눈에 놀라움을 가득 담았다.

예하는 씁쓰레하게 웃었다. 제가 뭐하러 거짓말을 하겠습니까.

  그는 한동안 아무 말도 하지 않았다. 예하는 그가 이렇게 동요하는 걸 본 게 처음이라고 생각했다. 입술을 손가락으로 훑으며 생각에 잠긴 수겸은 상당히 짜증스러워 보였다. 그리고 적잖이 고민하는 것 같기도 하였다.

  "그런 일이 있었군요. 혼자 마음고생 하게 해 미안합니다."

  마침내 상황을 받아들인 듯 수겸은 그녀에게 사과했다.

  "아버님은 내가 수하들을 데리고 있는 걸 모르시어 괜한 걱정을 하신 겁니다. 내 힘만으로도 아가씨를 세간의 이목으로부터 지킬 수 있으니 염려치 마십시오. 아버님이 고변할까 염려되신다면 우리 식구들도 아가씨의 존재를 모르게 해 드리지요. 아가씨는 나만 믿으시면 됩니다."

  입가에 억지웃음을 올리며 내놓은 그의 답에 예하는 고개를 저었다.

  "아니요. 저는 돌아가지 않습니다. 당초에 제 아버님으로부터 명을 받은 바가 있었으니 늦게나마 그 뜻에 따르려고 합니다. 그동안 저에게 많은 것을 베풀어 주셔서 참으로 감사했습니다. 기회가 닿아 은혜에 보답할 수 있다면 좋겠습니다."

  흔들림 없는 그녀의 눈동자를 보며 수겸은 미간을 찌푸렸다.

  아버지는 색에 굶주린 사내가 아니었으며 어린 여자를 좋아하지도 않았다. 이만한 일로 가문에 화 운운할 만큼 소심한 사람도 결코 아니었다.

  그렇다면.

푸른빛을 깨치다

'아버님이 뭔가를 알고 계신 거다.'

예하의 말을 앞뒤로 맞춰 보면 의심의 여지가 없었다.

'이 여자가 자기 아버지의 명대로 움직이게 하려고 일부러 그녀를 내쫓으신 거야. 지금쯤 뒤를 쫓고 계신 거겠지. 목적지에 도달하면 그제야 모습을 드러내시겠지.'

장비가 전해 온 집안 소식에 따르면 어머니는 아들의 가출로 몸져누웠고, 아버지는 비공식적인 일을 수행하느라 집을 비우셨다고 했다. 그 '비공식적인 일'이 민예하를 추적하는 일일 거라고 수겸은 확신했다.

다만 그 목적지에 뭐가 있는지는 그로서도 짐작할 수 없었다. 아니, 관심도 없었다. 수겸이 깨달은 것은, 지금 현재 그의 아버지는 아군이 아니며 아버지가 추구하는 무엇인가가 그의 열망을 방해하고 있다는 것뿐이었다.

그는 표정을 바꾸었다. 미려한 얼굴에 우수를 깔고 애틋하게 절절하게 예하를 응시했다. 그녀의 손목을 꼭 잡으며 '냉소적인 사내가 품은 뜨거운 진심'이라는 실패율 낮은 강력한 패를 내보였다.

"그럼 그 명을 받들고 나면 돌아와 주실 겁니까? 기다릴 수 있습니다. 아니, 아예 나와 동행하면 어떻습니까? 그렇게 하면 관군의 눈을 피하여 안전하게 원하는 곳까지 갈 수 있을 겁니다."

자기 매력을 최대한 과시함과 동시에 수겸은 자신이 예하에게 줄 수 있는 것들을 피력했다. 안전, 보호, 이해, 배려. 필요하다면 가족과도 등질 수 있다는 의지.

"내가 견유犬儒라 하여 진심이 없다고는 생각지 말아 주십시오. 스물세 해, 내 피를 끓게 만든 것은 그대가 유일합니다. 부디 나에게 와 주십시오."

설득은 진심으로만 가능한 법이기에 그는 거짓을 말하지 않았다. 수겸이 살아 있다고 실감하기 시작한 건, 그녀를 손에 넣겠다고 결심한 때부터였다. 생전 처음 자신을 수컷이라 느끼며 열에 들떠 여기까지 질주해 왔다. 이건 시시한 분탕질과는 비교할 수 없는 큰 사냥. 마침내 포획이 목전이었다.

그에게 손을 맡긴 채 예하는 상황을 저울질했다.

'지금 단호하게 거절하면 나를 놓아줄까.'

그럴 것 같지 않았다.

'이 사람과 함께 움직이는 게 나을까.'

금과 관련된 일에 타인을 연루시키는 건 너무 위험했다.

'그럼 이 사람의 손을 잡나.'

천부당만부당한 말이었다.

그녀는 고개를 끄덕였다. 의외로 순순한 예하의 태도에 수겸이 의아한 표정을 했다.

"선비님 말씀이 옳습니다. 도와주신다면 한결 수월하게 아버님의 명을 수행할 수 있겠지요. 그러고 나면 선비님께 가도 괜찮을 것 같습니다. 제 인연이 선비님이라면 그 연을 이어 가는 것이 당연하겠지요."

일단은 이 사람을 안심시켜야 도망갈 구멍이 생긴다, 예하의 궁리는 그랬다.

수겸은 그녀의 얼굴을 가만히 쳐다보다가 손으로 턱을 받쳐 들었다.

움찔.

남자의 눈은 그녀를 탐색하고 있었다. 진심인가? 개는 어떡하고? 두 사람은 역시 주인과 충견일 뿐인 건가?

예하는 그에게서 시선을 돌리지 않았다. 눈가가 바르르 떨렸지만 수줍음으로 가장하며 미소를 지었다. 만만찮은 상대인 만큼 이쪽도 최선을 다할 수밖에 없었다.

"선비님만큼 저를 아껴 주는 분은 다시 만날 수 없지 싶습니다. 아직은 제가 경황이 없어 연모의 정까지 품지는 못했으나 부부의 연을 맺고 나면 필히 현처가 될 것이니 기다려 주십시오. 그리고 제가 아버님의 명을 받들기 위해서는 반드시 유안이 필요합니다. 당분간은 그를 참아 주시기 바랍니다."

수겸은 입가를 비스듬하게 올리며 웃었다. 여자의 말을 다 믿을 수는 없었으나 일단 정황이 그에게 유리한 건 확실했다. 물론 무사를 다시 여자의 옆에 데려다 놓을 만큼 멍청이는 아니었지만, 그는 다정하게 고개를 끄덕였다.

"알겠습니다. 그리하지요."

민명하를 찾느라 관군들이 법석을 떤 바람에 그녀의 소재를 확인한 건 행운이었다. 그러나 민씨 댁 도령이 멀리 못 가 관군에게 붙잡혔다는 헛소문을 흘려 유안을 예하로부터 떨어뜨려 놓은 건 자신의 기지였다. 지금쯤 명하가 무사하다는 걸 확인한 유안이 돌아오고 있을 테지만 예하를 찾아낼 공산은 적었다. 이대로 유안과 예하는 갈라서야만 했다. 개는, 아니, 늑대는, 지나치게 위험했고 길들여질 가능성이 전무했다.

수겸은 천천히 고개를 숙였다. 어차피 손에 들어온 여자, 성급하게 취할 생각은 아니었으나 최소한의 표시는 해 둬야겠다는 생각이 들었다. 여자는 신체적 접촉에 큰 의미를 두는 법이다. 부서진 혼약마저 얼마간의 구속력을 갖는데 몸이 닿는 건 부담으로 남을 수밖에 없을 거다. 그는 조심스럽게 여자의 입술에 자기 입술을 갖다 대었다.

예하는 주먹을 꼭 쥐고 남자의 찬 입술을 견뎠다. 유안 아닌 다른 남자의 체취를 참아 낼 자신까지는 없어 숨을 쉬지 않고 버텼다. 다행히 수겸은 무리하지 않고 가볍게 접촉하는 선에서 입맞춤을 끝냈다. 선을 하나 넘었다는 데 의미를 두는 듯했다.

"쉬십시오. 나머지는 내일 얘기하지요. 아가씨의 몸종을 들여보내겠습니다."

평소에 보여 주던 것보다 열 배는 더 화사하게 웃고 바깥으로 나온 수겸은, 검지로 입술을 훑었다. 여자의 입술은 깜짝 놀랄 만큼 따뜻했다. 자신이 가진 차가움을 다 녹여 버릴 만큼 포근한 입술이었다.

"하하."

한 번 웃은 그는 시립하고 선 장비를 손짓으로 불렀다.

"아버님께서 현재 어디 계신지 알아 오도록 해라. 무슨 수를 쓰든지 반드시 정확한 장소를 알아야만 하느니라."

장비가 '에이.' 하고 사라지자 그는 다시 입술을 만지작거렸다. 나쁘지 않았다. 여자가 얼굴을 붉히지 않고 창백하게 변한 게 좀 걸렸지만 시작은 그 정도로 괜찮다고 생각했다.

"아니, 나쁘지 않은 게 다 뭐야."

그는 나지막하게 중얼거렸다.

사실은 아주 좋았다. 이런 감정이 내게도 있었나 싶을 만큼 설레는 기분이었다. 홍안의 순진한 소년처럼 가슴이 두근거리고 뒤쫓던 것을 손에 넣은 희열 이상의 뜨끈한 뭔가가 느껴졌다.

그는 소리를 죽여 웃었다. 역시 저 여자는 대단하다. 나를 이렇게 흔들어 놓을 수 있는 사람은 천지간에 저 여자 하나뿐이다. 그러니 무슨 희생을 치르더라도 가져야겠다.

그는 아름다운 얼굴에 감미로운 웃음을 띠며 달밤을 경쾌하게 걸었다.

그리고 예하의 방에는 향월이 들어섰다.

17

조용히 문을 열고 나섰다. 바깥에서는 인기척이 느껴지지 않았다. 하지만 분명 누군가 지키고 있을 것이므로 예하는 고개를 들지 않았다. 향월의 옷이 조금 커서 걸리적거렸다.

오경쯤 되었을까. 깨이 있는 것의 숨소리가 전혀 들리지 않았다. 예하도 숨을 죽였다. 긴장감에 손에서 땀이 났다.

향월을 설득하는 건 생각보다 쉽지 않았다. 그녀가 유안의 꾐에 빠져 야반도주했다고 믿는 아이는 되레 예하를 붙잡으려 안달이었다. 두려워하면서도 어이없을 만큼 수겸에게 매혹된 계집종은 예하의 행복은 오로지 수겸과 함께여야 가능하다 강변했고, 결국 예하는 수겸 아버지의 이야기를 털어놓아야만 하였다.

세상에.

향월이 마침내 잠잠해졌다. 수겸과 예하가 먼저 예를 올리면 되는 것 아니냐 구시렁거렸지만 '그러다 관비가 될지도 몰라.' 했더니 입을 다물어 버렸다. 향월은 예하보다 노비들의 세계에 대해 아는 게 더 많았다. 귀한 자기 아가씨가 그런 꼴을 당하도록 내버려둘 수는 없는 일이었다.

옷을 바꿔 입으며 향월은 바깥 지리를 일러주었다. 홍자단의 집과 그녀가 갇혀 있는 누군가의 집은 그다지 멀지 않은 모양이었다. 예하는 몇 번이나 방향을 곱씹어 생각하며 헷갈리지 않으려고 애썼다.

"정 선비께 벌을 받지 않으려면 무조건 내가 우겼다고 하여라. 복종치 않으면 치도곤을 하겠노라 으름장을 놓더라고 해. 그래도 난 네가 걱정이다만."

아이는 염려치 마시라고 했다. 네가 아직 정 선비를 잘 몰라 그러지……. 예하는 혀를 찼으나 어쩌면 향월이 맞을지도 모른다 싶었다. 자신을 완전히 포기하지 않는 이상 향월은 수겸에게 효용이 있을 것이니 함부로 대할 수 없을 터였다.

그렇게 나선 길이었다. 향월의 희생을 바탕으로 했으니 반드시 무사히 돌아가야만 했다. 잡힌다고 수겸이 예하를 죽이지야 않겠지만 다시 탈출할 기회는 잡을 수 없을 것이다. 그러면 유안과는 영원히 이별이고 그녀는 수겸의 아내가 되어 살아야만 한다.

'싫어.'

결론은 명징明澄했다.

'이런 식으로 유안과 헤어질 수는 없어. 아니, 헤어지지 않을 거야. 이제는 도망치지 않아.'

예하는 마침내 최후의 한 발을 내디뎠다. 그 기폭제는 역설적이게도, 수겸과의 입맞춤이었다.

절대로 안 되는 거였다. 다른 남자는 죽었다 깨어나도 받아들일 수 없는 것이었다. 몸은 비명을 지르며 수겸을 거부했고 혼은 그리운 사람을 돌려 달라며 아우성쳤다. 도저히 부정할 수도 거역할 수도 없는 천명이었다. 아무리 발버둥 쳐도 저항할 방법이 없었다.

예하는 향월이 가르쳐 준 뒷문을 열고 어둠 속으로 들어섰다. 달이 퍼렜고 달빛은 수풀 위에 희읍스름했다. 머리는 고요했으나 가슴속이 들끓었다. 손끝이 저렸다. 벼랑 끝을 걷고 있는 것처럼 오감이 곤두섰다.

살고자 했던 것은 이별이 두려웠기 때문이었다.

유안도, 그녀도, 살아야만 서로의 곁을 지킬 수 있기 때문이었다.

그런데.

살았어도 두 번 다시 만나지 못한다면.

긴긴 인생 다하도록 그 눈동자를 다시 볼 수 없는 거라면.

무성하게 자란 억새풀을 헤치며 그녀는 필사적으로 도망쳤다. 수겸으로부터, 세상으로부터, 그녀 자신을 옭아매고 있던 '당연한 것들'로부터.

지금껏 남이 시키는 대로만 살아왔다. 그 남이란 아버지이기도 했고 오라버니인 경우도 있었으며 혼약자였던 정수겸이나 그 부친일 수도 있었다. 조선에서 여인의 운명이란 그런 거라며 수긍할 수 없는 일들을 참았고, 나를 위해 최선의 선택을 해 준 거겠지 믿었기에 원하지 않는 것들을 견뎌 왔다. 소중한 사람들을 거슬러 마음 상하게 하고 싶지 않았거니와, 거스르고 거역한다 해도 그녀 자신에게 딱히 원하는 일이나 대안이 있는 것도 아니었다.

'더 이상은 그렇게 살고 싶지 않아. 이제는 내게도 간절히 바라는 게 있어.'

이별이 뒷덜미를 잡아채는 순간, 비로소 예하는 해답을 얻은 것이다.

갖고 싶은 건 지금이었다. 아픔도 그리움도 애틋함도 온전하게 포함한 순간의 행복이었다. 현재로 점점이 이어지는 영원을 꿈꾼 거였지 텅 비어 버린 미래를 기다리고 싶은 게 아니었다.

지금쯤은 유안이 나를 찾아다니고 있겠지, 예하는 생각했다. 그의 근심이 손에 잡히는 것 같아 마음이 아팠다. 그녀의 소중한 남자는 예하의 이름을 소리쳐 부르지도 못한 채 초조하게 숲길을 헤매고 있을 것이다. 지키지 못한 자신을 자책할 테고 흰 얼굴은 핏기가 빠져 더 하얄 게 분명했다.

보고 싶었다.

'이번에 손을 잡으면 놓지 않겠습니다.'

예하는 있는지 없는지 확신할 수 없는 천지신명을 향해 맹세했다.

 '살아도 함께, 죽어도 함께하겠습니다. 거짓 없이 순전한 마음으로 그의 품에 뛰어들겠습니다. 그와 맺어지기 위해 이렇게 뒤틀어진 삶을 겪게 된 거라 알고 감사하겠습니다. 보잘것없고 무기력한 존재일망정, 그에게 짐이 되기만 할지라도, 그 사람에게 기쁨을 줄 수 있는 건 나 하나뿐이라 믿고 부끄러움 없이 매달리겠습니다. 그러니 다시 만나게 해 주세요.'

 땀이 흘렀고 숨이 흐트러졌다. 손등에는 풀독이 오르기 시작했다. 사랑한다는 말 한마디 하지 못한 채 영영 유안을 못 보게 될까 봐 그녀는 조바심이 났.

 유안은 어디 있을까. 홍자단의 집에 가면 바로 그를 만날 수 있을까. 정 선비가 그리로 찾아오면 어떡하나. 홍자단에게 이 이상의 폐를 끼치고 싶지 않은데.

 정신없이 걷다 보니 딱 마주친 것은 낭떠러지였다.

 길을 잘못 든 모양이었다.

 달빛은 괴괴하게 두어 길 아래 거친 풀밭을 비추고 있었다. 돌아가는 건 문제가 아니었지만 방향을 잃은 게 곤란한 일이었다. 어떡하지, 어느 쪽으로 가야 옳지. 난감해하고 있을 때 뒤쪽에서 불빛이 보였다. 활활 타는 횃불이, 대여섯 개나 보였다.

 가슴이 덜컥 내려앉았다.

 횃불은 점차 그녀 쪽으로 다가왔다. 어둠 속에서 멀리 있는 예하가 보이는 건지 망설이는 기미도 없었다. 이 야심한 시각에 무언가를 찾아다니는 사람이라면 유안이 아니면 수겸의 무리일 것이다. 그리고 유안은 절대 다른 사람과 함께 다닐 리 없으므로 저건 수겸과 수하들이 분명했다. 예하는 낭떠러지 쪽으로 주춤거리며 몸을 옮겼다. 입안이 바싹바싹 말랐다.

'어두우니 엎드려 있을까.'

하지만 향월의 흰 치마저고리에 푸르스름하게 달빛이 반사되고 있었다. 아마도 저쪽은 그걸 보고 거리를 좁혀 오는 모양이었다. 숨는 건 불가능해 보였다.

'뛰어내릴까.'

내려다보니 아찔했다. 유안이라면 몰라도 그녀는 분명히 어디 한 군데는 부러질 만한 높이였다. 뭐 붙잡고 내려갈 만한 돌부리라도 없나 이리저리 살피는 중에 예하는 멀리서 말 울음소리를 들었다.

"유……안?"

누군가가 말을 몰고 달려오고 있었다. 낭 아래쪽, 그녀가 마주 선 방향에서였다. 수겸과 마찬가지로 그 사람도 벼랑 위에 새하얗게 서 있는 그녀의 모습을 발견한 모양이었다. 주저 없이 바람처럼 예하를 향해 말달리는 그 사람은 멀리서도 확연히 눈에 띄는 뽀얀 얼굴을 하고 있었다.

"유안! 여기야!"

정신없이 팔을 흔들며 낼 수 있는 가장 큰 소리로 그의 이름을 부르자 말이 속도를 더하는 게 보였다. 동시에 그녀의 뒤쪽에서도 횃불의 움직임이 빨라졌다.

심장이 두근거렸다. 말이 사람보다 먼저 도착할 것 같긴 하지만 이쪽엔 낭떠러지라는 방해물이 있었다. 거칠게 자란 풀숲 사이를 달려오려면 어쩌면 말이 더 불리할지도 몰랐다. 조마조마해서 이마에 땀이 솟았다. 눈이 빠질 듯 아팠다. 점차 선명해지는 그리운 남자의 윤곽에 가슴이 미어지는 것 같았다.

말이 절벽 아래에 도착했다. 등 뒤의 추격자들도 지척에 이르렀다. 횃불 빛에 밤공기가 벌겋게 물들었고 봄 억새가 일렁이며 소리를 냈다. 발밑에서 말이 푸르르 투레질하는 소리가 들렸다. 그리고 유안이 외쳤다.

"뛰어내려요, 아가씨!"

그는 말에서 내려 손을 위로 뻗고 있었다.

너무 멀구나, 생각했지만 무섭지는 않았다. 굉장히 높은데, 깨달았지만 겁이 나지는 않았다. 거기에 유안이 있었고 그가 자신에게 안아 줄 테니 믿고 뛰어내리라고 했다. 그거로 충분했다.

치맛자락을 모아서 둥글게 말고 그녀는 달려 나갔다. 한껏 부푼 치마가 떨어지는 속도를 조금은 늦춰 주지 않을까, 막연한 기대와 함께 몸을 던졌다. 신이시여, 제가 꼭 오늘 죽어야만 한다면 부디 저 사람의 품 안에서 죽게 해 주세요, 그렇게 소원하며 예하는 유안을 향해 뛰어내렸다. 그녀가 아는 단 하나의 바다, 푸르디푸른 그의 눈동자 속으로.

꽃이 떨어진다…….

검푸른 하늘로부터 모란꽃처럼 연꽃처럼 둥실 떨어져 내리는 예하를 보며 유안은 찰나 생각했다.

털썩.

그녀가 그의 팔에 안착했다. 유안은 순간 몸을 낮춰 충격을 줄였고, 예하는 자기가 다치지 않았다는 걸 곧 알았다.

"기다려요, 아가씨!"

한발 늦게 벼랑 끝에 도착한 수겸이 아래를 내려다보며 소리쳤다. 수하 몇이 활을 꺼내 들었지만 그는 손을 들어 제지했다. 그사이 두 사람은 말에 올라타고 있었다.

"가지 마십시오! 약속하지 않았습니까. 왜 나를 이리도 거부하는 겁니까!"

평소의 냉정함을 잃고 그는 외쳤다. 화가 났다. 이번에야말로 그는 정말 화가 났다. 어째서 저 예쁜 여자는 나를 싫다 하는 건가. 왜 저따위 천한 자를 따라 날 버리고 가는 것인가.

예하는 미안한 눈으로 그를 향해 한번 웃고 고개를 돌렸다. 수겸이 싫어서가 아니다. 다른 사람을 사랑하는 것뿐. 그에게 여러 번 신세를 졌지만 그렇다고 유안과 바꿀 수는 없는 거니까.

내 의지대로 인생을 살기로 했다면 가끔은 나쁜 사람이 되기도 해야 하는 거다. 좋은 사람이기만 해서는 원하는 걸 손에 넣을 수 없는 것이다.

절벽 위에 수겸을 남겨 둔 채 유안과 예하는 달렸다. 유안이 자단으로부터 얻어 온 말은 군마라서 굉장히 날래고 용감했다. 바짝 엎드린 유안의 가슴 아래 예하도 납작하게 몸을 숙였다.

가슴이 벅찼다. 숨이 가빴다. 자신을 속이며 살아온 긴 세월이 허물처럼 벗어지고 온전한 새살로 새 공기를 들이마시는 것 같았다. 열두 살 풋사랑이 오랜 잠에서 깨어 세상으로 뛰쳐나온 듯 모든 게 눈부셨다.

불과 며칠 만이건만 그의 체온과 향기가 너무 오랜만인 것처럼 느껴져 눈물이 났다.

말을 멈춘 곳은 개울가였다. 태전으로부터 멀리 떨어졌거니와 숲이 울창해서 안전하다고 여겨지는 장소였다. 실컷 달린 흑마는 달게 물을 들이켰고, 예하는 말고삐를 나무에 묶는 유안 옆에 서서 그가 몸을 돌리길 기다렸다.

"괜찮습……니까?"

걱정을 담은 눈으로 그는 예하에게 물었다. 수겸이 그녀를 다치게 했을 리는 없지만 그래도 많이 놀랐을 거라 생각했다.

"유안."

떨리는 입술로 이름을 부른 그녀는 자신의 양손을 가슴 앞으로 맞잡았다. 눈에 눈물이 맺혀 있어 유안은 당황했다.

"무슨 일을 당한 겁니까. 왜, 왜 웁니까?"

예하는 숨을 한 번 크게 들이켰다. 그녀 안에서 모든 것이 선명해졌다 해도 유안에게 뭐라고 이야기를 꺼내야 할지는 아직 생각하지 못했다. 사실은 내가 너를 사랑한다고, 그러니 우리 죽음을 각오하고 함께 가자고, 비장한 이야기를 담담하게 할 수도 없고 청승떨고 싶지도 않았다. 갑자기 그를 껴안을 자신이 있는 건 아니었지만 목석같이 서서 고백하는 것도 마음에 들지 않았다.

"정 선비가 나한테 입을 맞췄어."

말을 뱉어 놓고 예하도 흠칫 놀랐다. 유안의 얼굴이 딱딱하게 굳어 버린 바람에 더 긴장하고 말았다. 무슨 말을. 난 바보인가.

"거절할 수가 없었어. 안심시켜 놔야 도망칠 수 있을 거 같아서. 그렇지만 정말 조금밖에 안 했어. 미안해."

예하는 입술을 깨물었다. 머저리 천치라도 이런 식으로 사랑을 고백하진 않을 것이다. 유안을 넌더리나게 해서 떨어뜨릴 생각이라면 모를까 이게 대체 뭐란 말인가.

"그런 이야기는 안 하셔도 됩니다."

그가 고개를 돌렸다. 아래로 내리깐 시선에 고통이 서려 있었다. 남자의 마음이 보이는 것 같아 가슴이 지끈했지만 동시에 서운한 기분도 들었다. 수겸과 입 맞춰서 좋았다고 말하는 게 아닌데, 그렇게 해석하고 있는 유안이 야속했다.

"싫었어."

맞잡은 손을 비틀며 예하는 가까스로 입을 떼었다.

"너무너무 싫었어. 정 선비가 나쁜 사람이라서가 아니라, 나한테 억지로 그래서가 아니라, 그냥 네가 아니라 싫었어. 참기 힘들었어. 너 아닌 다른 사람이 만지는 게 기분 나쁘고 역겨웠어."

예하는 더 이상 그를 쳐다보지 못했다. 유안이 어떤 표정을 하고 있을까 무서웠다. 알아들었을까? 내 말이 무슨 뜻인지 이해했을까? 혹시 그사이에 더러워진 너한테 이젠 정떨어졌다고 하는 건 아닐까? 가슴이 쿵쾅거리고 초조해서 짧은 시간이 영원처럼 느껴졌다.

"그렇게 말하면……."

유안의 음성은 밭은 숨과 뒤섞여 매끄럽지 않았다.

"……나는 내가 좋은 대로 멋대로 생각하고 믿어 버릴지도 모릅니다."

예하가 눈을 들었다. 그는 한밤의 하늘같이 검푸른 눈으로 그녀를 바라보고 있었다. 창백한 얼굴이 잔뜩 긴장하고 있는 게 보였다. 믿기 어려운 말을 함부로 믿었다가 더 큰 괴로움을 당할까 봐 마음을 움츠리고 있다는 걸 알 수 있었다.

"네가 생각하는 게 맞아."

마침내 예하가 눈물을 흘렸다.

"지난번엔 상처 주는 말을 해서 미안해. 감당할 수가 없어서, 모든 게 너무 무서워서 그랬어. 나도, 나는, 오래전부터 네가 좋았는데, 좋아하면 안 된다고 해서, 그럼 같이 있을 수 없다고 해서, 널 죽이고 싶지 않으면 그만 좋아하라고 해서. 아아, 난……."

목이 메어 말을 이을 수 없었고 내놓은 것도 무슨 말이었는지 알지 못했다. 그녀는 울었다. 눈물 때문에 유안이 안 보여 속상했지만 손으로 닦아 내도 계속 눈물이 났다.

어린애처럼 선 채 울고 있는 그녀를 우두커니 바라보던 유안이 그녀에게로 한 발짝 다가왔다.

"나를."

그의 커다란 손바닥이 예하의 뺨을 감쌌다. 손가락 사이로 눈물이 흘러내렸다.

"아가씨."

이마가 맞닿자 후끈하니 체온이 전해져 왔다.

그의 머리카락이 그녀의 관자놀이 옆으로 쏟아져 내렸다. 유안은 몇 번이나 무언가 말하려고 입술을 떼었다가 도로 다물었다. 눈을 감기도 하고 다시 뜨기도 했다. 숨이 고르지 않고 힘들어 보였다.

키가 큰 유안과 이마를 대고 있으려니 고개가 뒤로 꺾여 예하는 팔을 뻗어 그의 뒷목을 감았다. 남자의 근육이 바짝 경직되는 게 느껴졌지만 모르는 척하며 그에게 매달렸다. 어렵게 여기까지 왔다. 수줍음 따위로 뒤로 물러설 수는 없었다.

유안이 뺨을 감싸 쥐었던 손을 내려 그녀의 등을 당기더니 목덜미에 얼굴을 묻었다. 두 사람의 몸이 서로에게 달라붙었고 상대를 잡고 있는 손에 힘이 들어갔다. 유안은 몇 번에 나누어 불안한 숨을 내쉬었다. 도리질을 치는 것도 느껴졌다. 그는 아직도 믿지 못하고 있었다.

"나는, 나는 말입니다, 아가씨."

유안의 목소리가 흔들렸다.

예하는 조그마한 손으로 그의 목을 쓰다듬었다.

괜찮아, 믿어도 돼. 그리고 말해도 돼. 화 안 낼 거야. 멋진 말 생각해 낼 필요 없어. 그냥 말해 줘.

"사랑합니다."

아무런 수식 없는 정직한 고백이었다.

사랑해, 사랑해, 사랑해. 응, 나도 너를 사랑해.

심장 한가운데 꽂히는 화살 같은 선언이었다.

"어쩌면 우리는 너무 오래 같이 있어서 서로에게 길이 든 걸지도 몰라."

예하가 가만가만 속삭였다.

"너한테 다른 선택은 없었는지도 몰라. 보이는 게 나뿐이어서."

아니라고 대답할 거라 생각했다. 어떻게 살았더라도 너만 사랑했을 것이라고 말해 주길 기다렸다. 그러나 유안은 그렇게 답하는 대신 으스러지도록 그녀를 껴안았다.

"그게 중요합니까? 어디까지가 운명이고 어디서부터 본인의 선택인지, 그런 게 마음을 규정할 수 있습니까?"

눈물이 맺은 눈을 예하는 꼭 감았다.

유안의 말이 옳았다. 마음이란 어차피 머리로 다스릴 수 없는 것. 얼마만큼이 사랑이고 얼마만큼이 동경인지, 혹은 정인지, 또는 습관인지, 아니면 연민인지, 그런 건 알 수도 없거니와 하나도 중요하지 않았다. 세상 모든 살아 있는 것 중에 유안이 가장 소중하고, 그를 볼 때만 가슴이 두근거리고, 그의 손길만 기쁘게 느껴지는데, 더 이상 무슨 논리나 증명이 필요한 걸까.

유안이 그녀의 머리카락에 손가락을 파묻고 쓸었다. 귓불

푸른빛을 깨치다

을, 어깨를, 애틋하고 간절하게 쓰다듬었다. 욕정이 아닌 감동으로 하염없이 어루만졌다.

예하도 손을 움직여 그의 뺨을 만졌다. 백자처럼 매끄럽고 따뜻한 피부. 벅찬 마음에 입술이 떨렸다. 그녀는 자신을 속인 긴긴 날을 돌아 여기 왔건만, 유안은 올곧은 사랑으로 늘 곁을 지켜 준 거였다.

새벽이 밝아 오고 있었다. 하늘이 말갛게 벗겨지면서 연한 속 빛깔을 드러내듯 긴 시간 두 사람 사이에 드리워져 있던 장막도 벗어져 나갔다.

'마음과 마음이 맞닿는다는 건 기적이구나.'

예하는 생각했다.

미래는 알 수 없고 어쩌면 존재하지 않을지도 모르지만, 오늘 하루 행복하고 혹시 내일까지 행복할 수 있다면 더 바랄 것 없이 충만한 기적이 아닐까 그녀는 생각했다.

그렇게,

두 사람은 생전 처음 맞는 것 같은 아침을 함께 맞이했다.

삶과 맞바꾼 소중한 사람을 펄떡이는 가슴으로 끌어안은 채.

*

"유안은 다른 사람들과 달랐소."

명하의 말에 이 부인이 곁눈질로 그를 보았다.

"눈 색깔이 다르다든가 그런 게 아니야. 처음부터 나 같은 건 안중에도 없는 것처럼 예하만 똑바로 보더군. 누구나 나를 더 귀하게 생각했는데 말이지."

 햇빛 눈부신 풀밭이었다. 조금 더웠지만 워낙 청명한 날이라 기분이 상쾌하고 맑았다. 잠시도 손을 놀리지 않는 이 부인은 바느질감을 잡고 있었고 명하는 팔베개를 한 채 하늘을 보며 누웠다.

 "알잖소? 세상은 남자를 대접해. 더구나 우리 집은 소위 명문가였으니 다들 내 비위를 맞추면서 굽실거렸지. 내가 다칠까 아플까 신경 쓰고, 잘한다 총명하다 칭찬하느라 입이 마를 지경이었다오."

 남자아이는 침상 위에 눕혀 구슬을 갖고 놀게 하고 여자아이는 아래에서 키우며 실패를 만지게 했다. 남자아이는 부름에 빨리 대답하게 가르쳤고 여자아이는 느리게 대답해야 했으며, 남아의 띠는 가죽으로 짓고 여아의 것은 실로 꼬아 만들었다. 글자 그대로, 남지는 하늘이고 여자는 땅인 세상이었다. 민우 상 공은 예외였으나 대부분의 가정에서 딸에게는 기본 교육도 하지 않았다. 그리고 민 공의 집에서도 하늘은 명하였다.

 "오냐오냐 자란 전형적인 도련님이었군요."

 이 부인이 비스듬하게 내려다보며 웃자 명하는 순순히 고개를 끄덕였다.

 "불과 얼마 전까지도 그랬소. 죽음 문턱까지 갔다가 어떤 속없는 여자한테 구해질 때까지 말이오. 나보다 모자란 사람들한테 관심을 기울여 본 일도 없고 내가 누리는 것에 의문을 품어 본 일도 없었다오. 당연히 모든 건 나를 중심으로 돌아가야만 하였소. 그 '당연함'에 해당되지 않았던 단 한 사람이 유안이었던 거요."

예하가 더 어리고 더 손이 가는 건 맞았지만 예하에 대한 유안의 애정은 남달랐다. 한 발짝 걸을 때마다 예하가 잘 따라오고 있는지 확인할 만큼 소년 유안은 누이에게 각별했다. 피붙이인 자신도 때로는 어린 동생이 귀찮고 짜증스러웠건만, 그는 예하가 그저 귀엽기만 한 모양이었다. 가끔은 조금 아니꼬웠다. 그래도 처음엔 괜찮았다. 모두 사이가 좋았었다.

"하루는 우리가 다리에서 놀고 있었소. 유안이 온 지 두 해쯤 지났던 때였나. 낚싯대를 만들어 개울에 드리우고 발을 흔들며 놀았더랬지. 유안은 시골에서 험하게 자라 할 줄 아는 게 많았거든. 같이 놀면 재미났다오."

그날도 굉장히 날씨가 좋았다. 구름 한 점 없는 하늘이 새파랗게 예뻤고 바람이 산뜻한 봄날이었다.

"예하가 나비를 잡아 달라 하는 바람에 내가 뛰어다니다가 둘이 한꺼번에 물에 빠졌소. 뭐 별일 아니었지. 물은 얕았으니까. 그런데 홀딱 젖어 일어서 보니 유안도 뛰어들어 있었던 게요. 예하가 빠지는 걸 본 순간 앞뒤 재지 않고 덤벼든 거지. 그래요. 그건 절대 나 때문이 아니었소."

어린 마음에도 상황은 명확했다. 예하를 안아 들고 개울을 걸어 나가는 유안의 뒷모습에 가슴이 휑했다. 가족, 친척, 집안 일가붙이, 혹은 일하는 아랫것들, 그 누구였대도 명하와 예하가 동시에 위험에 처했다면 명하를 구했을 거였다. 너무나 당연하게 그래야만 했는데, 그런데 유안은 그러지 않았다. 언제나 누구에게나 우선이었던 민명하가 생애 최초로 뒷전으로 밀려났던 날이었다.

어렸기에 더 이해할 수 없었다. 부당한 일을 당한 것 같아 서운했고 유안이 나쁘다는 생각밖에 들지 않았다. 그와 함께 놀기 싫어졌다. 무얼 해도 고까워 좋게 보이질 않았다. 남의 속도 모르고 유안을 졸졸 따라다니는 누이가 얄미웠지만 예하를 미워해서는 안 된다는 막연한 죄의식이 그 미움을 오롯이 유안에게로 돌리게 했다.

"비뚤어진 어린애였네요."

이 부인이 다시 웃었고 명하도 다시 고개를 끄덕였다.

"그렇게 내가 삐딱하게 구니 관계가 나빠지는 건 당연한 일이었지. 더불어 예하와 내 사이도 소원해질 수밖에 없었소. 예하는 언제나 유안 옆에 있었으니까, 나만 빙빙 겉돌며 점차 멀어질밖에. 나이가 들면서 철이 났더라면 좋았겠지만 불행히 그러지도 못했소. 유안이 예하를 아끼는 게 흑심을 품어서가 아닌가 의심하기 시작해서 오히려 악화일로로 치달았지."

"그럼 이젠 오해가 다 풀리고 마음이 누그러진 겁니까?"

여자의 말에 명하는 마른세수를 했다. 세상 밑바닥에 내팽개쳐지고 그녀를 만나 인생을 달리 보게 된 건 사실이었다. 내가 늦되어서, 내가 마음이 좁아서 잘 지낼 수 있는 관계를 망쳤다는 자책이 드는 건 맞았다. 하지만 모든 게 '오해'였다고는 생각되지 않았다.

"유안이 예하를 나보다 더 좋아한 건 확실하오. 물론 지금도 그럴 테고."

손에 잡고 있던 옷감을 바닥에 내려놓고 이 부인은 한참 명하의 얼굴을 내려다보았다. 평소의 퉁명스러운 모습도 가끔 보이는 수줍은 그녀도 아닌, 어머니 같은 표정의 여자가 명하를 쳐다보며 따뜻하게 웃고 있었다.

"무사님을 좋아했던 거로군요."

'네 마음 다 알아.'라고 말하는 것 같은 그녀의 음성에 명하는 무언가가 가슴속에서 치밀어 오르는 걸 느꼈다.

좋아했다. 키가 크고 말수가 적으며 무얼 하든 멋졌던 다섯 살 위의 유안. 사내아이가 동경할 수밖에 없는 상대였다. 천출이라고 홀대했지만 사실 그런 건 조금도 중요하지 않다고 생각했더랬다. 그리고 예하도 좋아했다. 영특하고 어여쁜 누이. 누구한테 내보여도 어깨 으쓱해지는 예하. 그런데 그 두 사람이 서로를 지나치게 좋아하는 통에 명하는 끼어들 틈이 없었던 거였다.

"너무 유난스럽게 굴어서 새암이 났소."

명하 주변에 있는 사람들은 모두 그를 떠받들었지만 그렇게까지 끔찍이 사랑해 주지는 않았다. 공경과 애정은 다르다는 게 자꾸만 느껴졌다. 곁에서 예하와 유안을 보며 늘 무언가가 결핍됐다는 기분이 들었다. 어머니가 계셨더라면 달랐을까, 가끔 그런 생각을 했다.

"아버님께서 그러셨소. 처음에는 유안을 나에게 붙이려 하셨다고. 가문의 막중한 사명을 수행하게 될 건 아들인 나였으니 당연했겠지. 하지만 서로에게 끌리는 두 사람을 어찌할 수 없었다 하셨소."

가슴이 약간 따끔거렸다. 그렇게 생각하고 싶지는 않지만, 결국 아버지도 자신보다 예하를 더 사랑했던 건지도 모른다. 유안이 연약한 딸의 보호자가 되어 준 것을 내심 기꺼워했을 수도 있었다.

"부인과 동행하면서 처음으로 두 사람 사이의 유대가 이해되기 시작했다오. 사람이 사람을 아낀다는 건 이런 거로구나. 나를 위해 줄 사람은 따로 있었던 거구나. 그렇다면 유안과 예하는 둘이 서로 좋아하게 내버려둬도 괜찮은 거 아닐까."

이 부인이 고개를 반대편으로 돌렸다. 보이진 않지만 얼굴을 붉히고 있을 거라고 명하는 생각했다. 여자가 보여 주는 이런 의외성이 신기하고 사랑스러워 가끔 자신도 부끄러울 만큼 솔직하게 말을 하는 거였다.

"하지만 나는 두 사람을 남녀로 축복할 수는 없어. 내가 보지 못하는 곳에서 일어나는 일을 막을 도리는 없지만, 예하와 유안은 안 돼. 심술을 부리는 게 아니라 진심으로 그들이 걱정되어 하는 말이오."

결론처럼 말하며 명하는 일어나 앉았다.

등에 묻은 풀잎을 이 부인이 가벼운 손짓으로 털어 주었다. 이 여자는 왜 나한테 이렇게 잘해 주는 걸까? 틈만 나면 하는 생각을 멈하는 다시 하였다.

어쩌면 여자는 사랑할 누군가가 필요했던 걸지도 모른다. 그리고 내가 운 좋게도 딱 맞춰 그 앞에 나타난 거였을지도 모른다. 꼭 내가 아니어도 별 상관없었을 거다, 사실은.

언제나처럼 이어지는 생각에 가슴 한구석이 아렸다.

'그럼 나는, 이 여자가 아니었어도 나한테 잘해 주기만 하면 누구라도 좋았던 걸까?'

이 역시 되풀이되는 질문이었지만 늘 그랬듯이 답은 나와 주지 않았다. 다른 여자가 자신을 타박하거나 챙겨 주거나 하는 장면은 상상이 되지 않았다. 모르겠다.

그가 아직 욕심 많은 도련님이었다면 두 사람이 엮이지 않았으리라는 사실만은 확실했다. 접점도 없었겠거니와 설령 마주쳤다 해도 진솔한 속내를 드러내는 사이가 되었을 리 만무했다. 두 사람의 관계는, 그 사이의 감정은, 상황이 빚어낸 것이 분명했다.

'그래서 뭐.'

그러니 두 사람 사이의 신뢰는 한시적인 것이라 믿었다. 사내가 계집을 보는 시선으로 보아서는 안 된다고 생각했다. 하지만 이젠 알 수 없어졌다. 과연 그런 걸까. 보은하고 나면 정말로 정이 식을까. 호박꽃이 예쁘다고, 상추가 깨끗하다고 느꼈던 게 언젠가는 착각이 되고 마는 걸까.

이 여자처럼 내 유치하고 나약한 모습을 다 안아 줄 누군가를 살아생전 다시 만날 수 있다는 걸까.

날이 차차 더워지기 시작했다. 햇볕에 나앉아 있는 게 부담되는 기온이었다. 일어나야겠구나, 명하는 생각했다. 지금쯤 예하도 그 기생의 집을 떠나 내려가고 있으려나 궁금했다. 두 사람은 아직도 불편한 상태인 걸까 마음 쓰였다.

어쩌면 예하와 유안을 위해서는 아버님의 명대로 청국으로 가는 편이 나을지도 모른다. 신분을 내려놓아야만 하는 곳에서 사는 쪽이 좋을지도 모른다. 아버님은 거기까지 생각하셨던 건가. 순탄하게 별 탈 없이 살면 예하를 좋은 곳에 시집보내고, 혹 오늘 같은 날이 오면 유안과 맺어져도 괜찮을 거라고 계산하셨던 것일까.

곁에 앉은 여자를 돌아보았다. 날이 갈수록 예뻐진다. 그의 마음이 점점 따끈해지는 걸 여자도 아는 모양이었다.

그렇기 때문에 그는 청국으로 갈 수 없다. 조선에서 임금께 용서받아야 여자에게 무언가를 줄 수 있기 때문에. 이제 와서 입신양명을 꿈꾸지도 않고 설령 그런다 하여 여자가 정경부인이 될 수는 없는 일이었지만, 그래도 사내로서 자신이 여자를 거두려면 임금과 화해해야만 하기에.

명하는 웃었다.

뭐가 알 수 없다는 말인가. 마음은 이미 형태를 갖춰 가고 있는 것을.

동침한 것도 언약을 맺은 사이도 아니건만 여자가 애틋했다. 기댈 수 있는 유일한 존재인 동시에 보듬어 안아 주고픈 안쓰러운 사람이었다. 대접받고도 싶고 호강시켜 주고도 싶었다.

어머니에게 하듯 응석을 피우다가도 나만 믿어라 잘난 척하고 싶기도 하였다.

그녀의 집을 떠날 때만 해도 우선순위는 가문이었고 다음은 예하였다. 그런데 그사이 얼마나 지났다고 이리도 달라진 것인지. 사내란 제 것이 생기면 부모 형제도 임금도 없다더니 그게 자기 꼴일 줄은 상상도 하지 못했다.

"가십시다."

자리에서 일어서며 명하가 손을 내밀었다. 안 하던 행동에 이 부인이 눈을 크게 뜨더니 또 얼굴을 새빨갛게 붉혔다. 그러고는 못 본 척 혼자 주섬주섬 일어났다.

여전히 뻣뻣하다니까. 일부러 들리게 투덜거리며 명하는 앞장서서 걷기 시작했다.

18

마을에 들어섰다. 이제 마을이라고 하면 진저리가 쳐졌지만 하는 수 없는 일이었다. 삿갓으로 눈을 가리고 말고삐를 잡은 유안이 예하를 안아서 내렸다.

명하에게 패물의 일부를 나눠 준 예하는 남은 것으로 행상 흉내를 내기로 했다. 교통의 요충지인 삼례參禮는 보부상을 비롯해 외지인이 많이 드나드는 곳이었기에 숙박 시설이 많고 배타적인 분위기도 아니었다. 여기라면 하룻밤 별 탈 없이 묵고 갈 듯싶었다. 여각旅閣에 짐을 풀며 그들은 안도했다.

"방이 모자라 어쩔 수 없이 섞여 주무셔야 하오. 남녀 갈라 발을 쳐 놓을 테니 하루 참으시구려."

주인은 미안한 기색도 없이 말했다. 드물지 않은 일이었다. 여행자가 많은 지역은 객주에 방이 없게 마련이었고, 장돌뱅이

들은 가족을 다 끌고 다니는 경우가 많아 남녀가 한방에 자는 것도 불가피했다.

유안은 상황이 썩 마음에 들지 않는 눈치였으나 예하는 오히려 다행이라고 생각했다. 여러 사람 사이에 섞여 있으면 이 어색함이 조금은 누그러지지 않을까 싶었다.

어색함.

어색해.

아아, 어색해 죽을 거 같다…….

우물에서 물을 길어 세수하다 말고 예하는 두 손에 얼굴을 파묻었다. 찬물이 닿았는데도 낯이 화끈거렸다. 귓불까지 빨개진 얼굴이 식을 생각을 하지 않았다.

감격적인 사랑 고백이 끝나고 떠오르는 아침 해를 보며 손을 꼭 잡은 것까진 좋았다. 이 아름다운 사람이 이제 내 사람이다 생각하니 가슴이 벅찼고 그의 손에서 전해져 오는 따스한 온기에 심장이 따끈했다. 두 사람을 기다리고 있을 위험과 위협이 무엇이든 서로의 마음만 보기로 했기에 아무것도 두렵지 않았다.

그런데.

같이 말을 타고 움직이기 시작하자 어색하고 불편해 미칠 지경이었다.

등 뒤에 있는 가슴에 머리가 닿을 때마다 움찔거리며 몸을 숙였다. 고삐를 잡은 그의 팔에 닿지 않으려고 어깨를 잔뜩 움츠려야만 했다. 머리나 팔은 그나마 다행이었다. 엉덩이가 유안 몸에 닿잖아. 깨달은 순간 화르륵 얼굴이 불타오르는 것 같았다. 더 문제인 건 그녀 혼자만 어색해하는 게 아니라는 사실이었다. 유안도 그녀가 상당히 의식되는 듯 등을 꼿꼿하게 펴고 팔을 엉거주춤하게 벌린 채 하체를 뒤로 쭉 빼고 있었다. 넓지도 않은 말 잔등에서 그건 이만저만하게 소모적인 일이 아니었다. 배 안 고프세요, 으응 괜찮아. 잠깐 쉴까요, 아아 그럴까…… . 민망함을 덜어 보려고 나누는 대화 역시 부자연스럽기 짝이 없었다.

예하는 찬물을 얼굴에 잔뜩 튕기고는 머리를 힘껏 흔들었다. 아무리 두 사람의 관계가 달라졌다고 해도 그들은 십 년이 넘게 함께 산 데다가 같이 노숙도 할 만큼 스스럼없는 사이였다. 갑자기 이러는 건 너무 이상했다.

하지만 어쩔 것인가. 어색한 것을.

밥상을 받아 든 두 사람은 서로를 향해 상냥하게 미소 지었으나 정작 그 미소를 볼 수는 없었다. 밥이 귀로 들어갔는지 코로 들어갔는지 알 수도 없을 정도로 긴장한 채 식사를 마치고, 사람들이 바글바글 모여 있는 방으로 들어가자 예하는 비로소 마음이 좀 편해졌다. 남자들이 대부분이고 여자는 그녀 자신을 포함해 두 명뿐이었지만 그래도 유안과 둘만 있는 것보다는 훨씬 나은 것 같았다.

"첨 보는 얼굴이네. 여긴 온 일 읎었시우?"

예하 옆에서 짐 보따리를 풀었다가 다시 여미며 행상의 아낙이 곰살궂게 말을 붙였다. 앳된 얼굴이었지만 비녀를 꽂은 걸 보니 남편과 동행인 모양이었다.

"네. 저희는 장사 시작한 지 그리 오래되지 않아서요."

목소리를 낮춰 말했지만 방 안의 남자들이 죄 그녀에게 눈길을 돌렸다. 아직 댕기 머리인 예하에게 사내들이 관심을 갖는 건 당연한 일이었다. 말을 걸었던 아낙이 푸훗 웃었다.

"보소들, '저희'라고 하지 않소. 임자 있는 사람이니 거기들 침 좀 닦으쇼."

아낙과 가까이 앉아 있던 남자가 큰 소리로 외쳤다. 아마 그녀의 남편인 모양이었다. '나 잘했지?' 하는 표정으로 자기 아내를 쳐다보는 모습이 보기 좋았다.

"누가 일행인겨? 저기 구석에 무서운 낯 하고 있는 저 사람?"

여자가 가리킨 곳에 있는 건 유안이 맞았다. 눈동자가 보이지 않게 손으로 얼굴을 반쯤 가린 그는 방 안의 남자들을 잡아먹을 것 같은 표정을 하고 있었다. 예하는 자기도 모르는 사이에 미소를 지었다. 호위가 아가씨를 보호하는 태도가 아닌, 사내가 자기 계집을 지키려는 얼굴. 이제는 그런 자신의 마음을 감추지 않아도 괜찮기에, 노골적으로 송곳니를 드러내는 그녀의 남자. 그 미묘한 차이를 깨닫자 가슴이 간질거렸다.

"우린 말유, 혼인한 지 한 달 됐다우. 신혼인데 이렇게 냄들 사이에 섞여서 잘라니 아주 속이 쓰리지 뭐유."

아낙은 부끄러워하지도 않았다. 옆의 남편과 치맛자락 틈으로 손을 꼭 잡는 게 보였다. 남자의 눈에서는 애정이 철철 흘러 보는 것만으로도 두 사람의 행복이 전염되어 오는 것 같았다.

다들 새벽에 나가야 하는 처지라 일찍들 잠자리에 들었다. 몇몇은 바로 코를 골았고 몇 사람은 한동안 뒤척였지만 오래 깨어 있는 사람은 별로 없었다. 제대로 씻지 못한 사람들에게서 나는 퀴퀴한 냄새와 익숙지 않은 코고는 소리에 예하만 선잠이 들었다 깨었다 할 뿐이었다.

'아, 시끄럽다.'

벽에 바짝 붙어 있던 그녀는 속으로 투덜거리며 돌아누웠다. 예하의 바로 옆에 아낙이 누워 있었고 그녀와 그녀의 서방 사이에 발이 쳐져 있었다. 그 뒤에 유안이 누웠고 다른 사내들이 저쪽 벽까지 널브러져 자는 중이었다.

'어.'

제법 어둠에 눈이 익어 사물을 분간할 수 있게 된 예하는 곁의 아낙이 조금씩 몸을 움직이는 걸 발견했다. 자고 있었던 게 아닌가? 움직이지 않고 가만히 들여다보니, 아낙은 깨어 있었다. 그리고 발 건너 그녀의 서방도 그랬다.

예하는 손으로 입을 틀어막고 눈만 휘둥그렇게 뜬 채 두 사람을 지켜보았다. 발을 아주 조금 걷어 올리고 그들은 입을 맞추는 중이었다. 천둥 같은 크렁크렁 소리 사이로 쪽쪽 다디단 입맞춤 소리가 들렸다.

그뿐이 아니었다. 남자의 손은 아내의 가슴 둔덕을 어루만지느라 바빴다. 아낙은 몸을 뒤틀며 앙탈을 부렸지만 남편의 손을 거둬 내진 않았고, 오히려 손을 들어 얼굴을 쓰다듬으며 바짝 그에게 다가들고 있었다.

푸른빛을 깨치다

'설마 저보다 더한 행동을 하려는 건 아니겠지?'

말릴 수도 없고 그냥 보고 있기도 민망해 눈길을 돌리다가 예하는 그만 유안과 눈이 딱 마주치고 말았다. 발 건너 저편에서 유안 역시 부부의 애정 행각을 보고 있었던 거였다. 두 사람은 찰나 얼어붙은 듯 서로의 눈을 응시했고 다음 순간 약속이나 한 것처럼 돌아누워 버렸다. 큰 소리를 내며 동시에 몸을 돌리는 바람에 가운데 있던 부부가 눈치챈 것 아닐까 걱정이 되었지만 고개 돌려 확인할 수는 없는 일이라, 한 손은 쿵쾅거리는 가슴에 다른 손은 시뻘겋게 달아오른 뺨에 얹은 채 예하는 억지로 잠을 청했다. 타인의 음양지락陰陽之樂을 엿본 것보다 그걸 유안에게 들킨 게 훨씬 더 창피한 일이어서 물론 쉽게 잠이 들 수는 없었다.

다음 날은 비가 왔다. 비의 양이 제법 많았던 탓에 급한 볼일이 있는 상인을 제외하고는 대부분 방에 머물렀다. 하루 공쳤다며 투전으로 소일하는 사람들이 시끌벅적했고, 소란과 사내 냄새가 싫었던 예하는 처마 밑 마루에 앉아 비 뿌리는 하늘을 보고 있었다. 아낙이 슬그머니 그녀 옆에 다가와 앉았다.

"흠."

헛기침 소리에 민망함이 잔뜩 묻어 있어 예하는 고개를 끄덕이며 부러 여상하게 인사했다.

부부 덕분에 잠을 설쳤지만 남녀상열을 처음 본 그녀에게 어젯밤 일은 나름의 신선한 충격이었다. 그렇게도 서로에게 닿고 싶을까 궁금했고, 남들 앞에서 대놓고 애정을 표현할 수 있는 그들이 부럽기도 하였다. 아낙이 어제와는 달리 보였다.

"두 사람은 혼례는 안 올렸는개 벼?"

아낙이 물었다. 예하는 그저 웃기만 하고 대답하지 않았다.

"그랴도 할 건 다 했겠지?"

그건 질문이라기보다 단정이었고 바람같이도 느껴졌다. 우리 서로 아는 사이에 뭐 쑥스러워하고 그러지 말자고……, 이런 분위기였다. 그래서 아낙은 예하가 고개를 젓자 호들갑스럽게 놀라워했다.

"아니, 둘이 행상 댕기믄서 여직 만리장성을 안 쌓은겨? 멀쩡하게 생겼드구만 사내 쪽에 문제가 있는감?"

설마, 그럴 리가 없지, 그럼 같이 다니지도 않을 거야, 아낙은 혼자 이렇게 저렇게 물음과 답을 하며 잔뜩 호기심을 보였다.

"으쨔 샥시가 느무 순진해 보이더만, 쯧쯧. 기집이 숫되면 시내가 괴로운 겨유. 석낭히 궁뎅이도 흔들어 주고 혀야 진도를 나가는 뱁이라우."

노골적인 말인데도 이상하게 천하게 들리지 않아 예하는 멋쩍게 웃었다. 그녀가 질색하지 않자 아낙은 대화가 즐거운지 예하에게 더 바짝 붙어 앉았다.

"내 방중술 좀 전수해 주리까? 혼인한 제는 한 달 밲이 안 댔지만 알 건 다 아는데 말유?"

귓가에 소곤소곤 아낙이 전한 말은 처녀인 예하가 듣기에는 상당히 낯 뜨거운 이야기들이었다. 뱅어회를 먹으면 속살이 하애지니 바닷가에 가거든 꼭 챙겨 먹으라느니, 잎부터 뿌리까지 다섯 가지 색깔을 갖춘 메밀은 젖통과 사타구니 포함 다섯 곳을 예쁘게 만든다느니, 상추가 남자의 정력에 좋은데 그중에서도 고추밭 옆에 심은 게 최고라느니, 키질할 때 쌀을 흘리면 사내가 바람이 나니 조심해야 한다느니.

미신에 가까운 속설에 예하가 얼굴을 붉혔지만 아낙은 이야기를 그치지 않았다. 이러이러한 자세는 계집이 많이 느끼고 저러저러하게 하면 사내가 쾌감을 얻는다는 둥, 교성을 많이 낼수록 사내가 기뻐하니 절대 부끄럽다고 내숭 떨면 안 된다는 둥, 해 주는 대로 목석같이 누워 있지만 말고 여자도 적극적으로 응해야 한다는 둥, 경험을 기반으로 한 구체적인 조언에 현기증이 날 지경이었다.

"그나저나 일단은 그 뻣뻣한 태도부터 고쳐야겠우. 양반 아가씨도 아니구, 워째 여자가 애교라곤 눈곱만큼도 읎는 게유? 눈웃음도 치구 팔짱도 끼구 좀 말랑말랑하게 굴어야 사내가 덤벼 보지, 색시 같애서야 워디 손이라도 한번 잡자 할 수 있겄우?"

타박으로 얘기를 끝맺고는 아낙은 왔던 것처럼 슬그머니 일어나 사라졌다. 어차피 무안한 꼴 보인 거, 같이 민망해지자, 이런 속셈이었던 모양이다.

예하는 벌렁벌렁하는 가슴을 진정하기 어려워 크게 심호흡을 했다.

물론 그녀도 혼인하기 전에 알아야 하는 기본적인 지식은

습득했었다. 하지만 그건 주로, 어느 날에 합방을 해야 천기天氣를 얻어 아들을 낳을 수 있는지 간지干支를 계산해 내는 법이라든가, 합방 후에는 왼쪽으로 누워야 아이가 아들이 되니 유의해야 한다든가, 심지어 부인은 남편이 백만 첩을 얻어도 투기해서는 안 된다든가 하는, 애욕과는 전혀 무관한 내용들이었다. 여자도 정욕을 느끼는 게 당연하고 그걸 최대로 누려야 헛살지 않는 거라는 아낙의 가르침은 그녀에게 생소하고도 충격적인 것이었다.

그렇잖아도 유안과 서먹해 죽을 지경인데 이런 이야기까지 듣고 어떻게 그의 얼굴을 볼 건지 예하는 막막하기만 하였다.

오후가 되어 비가 그치자 사람들이 하나둘 여각을 떠났다. 신혼의 단꿈에 젖은 부부도 화사하게 손을 흔들어 보이곤 총총 길을 나섰다. 유안이 말을 끌고 와서 예하를 앉히고 고삐를 잡았다.

"넌 안 타려고?"

그녀의 물음에 유안은 큰길에서는 어차피 속도를 낼 수 없으니 걷겠다고 대답했다. 예하는 얼굴이 또다시 달아오르는 걸 느꼈다. 너도 어색해 그러지…….

그의 준수한 옆모습을 훔쳐보고 있노라니 자단의 말이 생각났다. 아무리 애원해도 손 한번 잡게 해 준 일이 없었노라 한.

젊은 남자에게 쉽지 않은 일이었을 것이다. 뿐만 아니라 불필요하고 무의미한 금욕이었다. 이렇게 세상이 뒤집히리라고 아무도 예측하지 못했고, 예하가 그의 것이 될 가능성은 조금

푸른빛을 깨치다 357

도 없었으므로.

'그럼……, 이제는?'

사랑을 확인한 지금은?

어젯밤 목격한 성희性戱가 머릿속에 떠올랐다. 이어서 온천에서의 입맞춤이 기억났다. 자단이 시켜서 그려 보았던 환상까지 눈앞에 나타나자 심장이 마구 방망이질을 쳤다. 손등까지 새빨갛게 달아오르는 것 같아 예하는 둥글게 양손을 말았다.

"아가씨."

그가 조금 가라앉은 목소리로 말을 걸어서 예하는 흠칫 놀랐다.

"손잡아도 됩니까?"

아니, 아니었다. 그건 가라앉았다기보다 들뜬 목소리라고 하는 편이 옳았다.

그녀는 대답을 해 주지 못했다. 답을 기다리지 않고 손등을 자근히 덮는 예의 바른 손길에 가슴이 잘게 뛰었다.

"내가……, 불편합니까?"

그의 말씨가 조심스러워 예하는 재빨리 고개를 저었다. 불편한 건 사실이었지만 그건 염려하는 그런 뜻은 아니니까. 아니, 그가 생각하는 게 아마 맞겠지만 그렇다고 싫은 건 절대 아니니까.

가만가만 그녀의 손을 쓰다듬으며 유안은 어린애를 달래듯 찬찬히 말했다.

"나쁜 짓은 하지 않을 테니 너무 긴장하지 마세요. 마음을 허락해 주었다고 대뜸 함부로 굴지 않습니다."

예하는 자기 손을 어루만지는 유안의 커다란 손을 물끄러미 바라보았다.

유안은 신기한 사람이었다. 예하는 그를 볼 때마다 경이로웠다. 흰 범처럼 크고 강한 사내인데 조금의 둔한 느낌도 없이 매끈하고 날렵하게 아름다웠다. 성품은 온유하고 침착하였다. 자상하고 상냥하며 다정한 남자이기도 했다. 하지만 가끔은 정말 이를 드러내는 맹수처럼 무섭게 굴었다. 그리고 지금 그는, 여인의 마음을 섬세하게 읽으며 자신의 열정을 다스려 내는 중이었다.

'네가 뭘 하든 그게 나쁜 짓일 리 없어.'

그렇게 생각했으나 그녀는 입 밖으로 내지 않았다. 그의 손이 닿은 것만으로 가슴이 두근거렸지만 너에게 더 닿고 싶다고는 차마 말하지 못했다. 긴장하는 게 아니라 설레는 거라고, 그래도 배려해 주는 네가 더 멋지나고, 입안에서 맴도는 말들을 아무것도 꺼내 놓지 않았다.

대신 화제를 돌렸다.

"그런데 남원은 내륙이네. 너는 바닷가에 살았다고 그러지 않았던가?"

유안은 고개를 끄덕였다.

"아버지가 본국으로 돌아가고 나서 저와 어머니는 남원과 외갓집이 있는 강진을 오가며 살았습니다. 그래서 제가 더 사람들하고 못 어울렸는지도 모르죠."

푸른빛을 깨치다

그의 어린 시절은 행복하지 않았다. 그건 누구보다도 예하가 잘 알고 있다. 아름답지만 서늘했던 소년의 눈을 기억하면 아직도 가슴이 아려 오기에.

"어머니는……, 너에게 살뜰한 정을 줄 여유가 없으셨니?"

글쎄요.

유안은 눈을 살짝 찌푸렸다.

"자길 버리고 간 남자의 아이 같은 거 예쁘지 않았겠지요. 그래도 나리께 애원하며 절 부탁했던 걸 보면 아끼는 마음은 있었나 봅니다. 어머니는 지병이 있어 살날이 얼마 남지 않았었거든요."

운명이란 인연이란 참으로 알 수 없는 것이다. 머나먼 서쪽 나라로부터 조선까지 흘러 들어온 아버지에게서 자신이 태어난 것도, 반도의 남쪽 끝에서 살다가 민우상 공을 따라 한양으로 올라가게 된 것도, 시퍼런 눈을 가진 천것 주제에 예하를 만나 사랑하고 사랑받게 된 것도, 어느 것 하나 신기하지 않은 일이 없었다.

유안은 고개를 돌려 예하를 마주 보았다. 아직도 뺨이 통통하고 어린애같이 귀여운 예하는, 그러나 이제 여자의 눈으로 그를 보고 있었다. 감히 꿈꿀 수 없었던 사람이었다. 아니, 사실은 지금도 가져서는 안 되는 여자였다. 그저 놓을 수가 없는 것뿐이다. 너무 예뻐서, 사랑스러워서, 이 가슴 찢어지는 행복의 끝을 뻔히 알면서도 마지막 순간까지 붙잡고 싶은 것뿐이다.

"바다를 보러 가시겠습니까?"

의외의 말에 예하가 눈을 동그랗게 떴다.

"명하 도련님의 안전을 확인했으니 조금 천천히 움직여도 되는 것 아닐까 싶습니다. 지금이 아니면 언제 곁길로 빠져 보겠습니까. 군산群山 쪽으로 둘러서 가 볼까요? 그러면 오히려 추적자들을 따돌리기 쉬울지도 모르고."

예하는 반색을 했다. 진짜? 바다라는 거 평생 못 보나 했는데. 그래, 우린 말을 탔으니까 오라버니보다 일찍 도착할 거야. 그건 좀 곤란하지. 바다 보러 가자, 유안.

흥분해서 볼을 붉히는 그녀에게 웃어 주며 유안은 말 머리를 돌렸다.

하루라도 늦게 남원에 도착하고 싶은 그의 마음을 여자는 모를 것이다. 하루만 더, 한 시간만이라도 더 그녀의 남자이고 싶은 유안은 그렇게 예하를 이끌고 푸른 바다를 보러 서쪽으로 향했다.

*

"나야말로 네가 검객들 따위를 끌고 다닐 거라고는 생각도 못 했구나."

왜 예하에 관한 일을 상의 없이 결정했냐고 따져 묻는 아들에게 정원대는 싸늘한 눈을 했다. 수겸은 입술을 깨물며 아버지의 눈을 똑바로 응시하였다. 그간 원만하게 지내 온 아버지

푸른빛을 깨치다

와 아들이었지만 지금 이 순간 그들은 각기 세력을 거느리고 기 싸움을 하는 수컷이었다.

"아버님을 닮아 모사에 뛰어나다 보니 가진 재주를 썩히기 아까워 다소 장난질을 한 것뿐입니다. 말씀드리지 않았던 건 걱정을 끼쳐 드릴까 해서구요. 허나 아버님께선 작정하고 제 여자를 사지로 내모신 것 아닙니까. 자식에게 정이 있다면 이러실 수는 없습니다."

예하가 수중에 있는 동안은 그냥저냥 넘길 수 있을 것 같았지만 다시 그녀를 뺏기고 나니 분이 치밀어 올라, 수겸은 아버지에게 황황히 달려와 원망과 울분을 토로했다. 여자가 많았던 것도 아니고 평생 처음 욕심나는 여자를 찾아내 손에 넣었는데 아버지가 다 망쳐 버린 것이다. 대체 뭐 그리 대단한 게 있기에 자식마저 내팽개친 건지 그는 꼭 알아야겠다고 생각했다.

'그녀를 이대로 놓아줄 수 없다.'

그게 예하가 떠나 버린 후 밤새 이를 갈며 생각한 끝에 수겸이 내린 결론이었다.

벼랑 위에 그를 세워 두고 푸르죽죽한 달빛 속으로 달아나 버리며 예하는 미안한 듯 웃었다. 저 여자가 웃는 걸 처음으로 보는 게 이 와중이라니, 수겸은 갑절로 분노하였다.

그러다 갑자기 기억이 났다.

저 남자한테처럼 나에게도 웃어 주면 좋겠다.

아주 잠깐 그런 생각을 했었던 일이.

처음이 아니었던 것이다. 그가 예하를 먼발치서 본 첫날, 북촌에 걸음 했던 어느 이른 봄날, 소녀는 문득 어딘가를 쳐다보곤 눈이 부실 만큼 깨끗하고 예쁘게 미소 지었다. 이질감과 위화감 사이의 짧고 반짝이는 한순간이었다.

그 소안笑顔에는 정말 많은 애정과 믿음이 담겨 있어서, 수겸은 충격을 받았다. 그가 아는 여인들은 모두, 모친도 그 시앗들도 심지어 웃음을 파는 여자들도, 언제나 가소假笑만을 띠기 때문이었다. 결코 남자에게 순정을 품거나 보여 주는 일이 없었기 때문이었다.

그녀가 남자를 향해 웃었다고 추정할 만한 근거는 희박했다. 시선이 약간 위를 향하고 있었다는 정도. 그러나 수겸은 그렇게 느꼈다. 그리고 질투 또는 선망과 비슷한 낯선 감정을 경험했다. 저 웃음을 내가 뺏었으면 좋겠다고.

설마 정말로 반한 거였나.

믿기 어려운 사실을 직면한 그는 한참 동안 절벽에 서 있었다.

여자를 쫓아다닌 건 그래서였던가. 풋내기처럼 홀딱 반해서.

무언가 뜨거운 것이 그의 심장 속에 있었다. 단지 손에 들어오지 않는 것에 대한 집착과 오기라 치부하고 털어 버릴 수 없는 무언가가 더 있었다. 입술이 한번 닿은 것만으로 소년처럼 가슴이 설레었고 그런 일은 생전 처음이었다.

그러니 가져야만 했다. 설령 그가 쫓아가는 사이에 그녀와 무사 사이에 돌이킬 수 없는 일이 일어난다 하여도. 애증이나 질결嫉結같이 자신과 어울리지 않는 감정에 지저분하게 휘말리게 되더라도.

"금이다."

정원대는 아들의 분노를 마주하며 힘주어 말하였다.

지금이야말로 부자가 가면을 벗고 솔직해질 시점이라고 그는 판단했다. 기대보다 훨씬 영악한 아들과 손을 잡을 수 있다면 더 바랄 게 없을 것이고, 혹 등을 돌려야만 한다면 쌍방이 알고 돌아서는 편이 좋을 터였다. 정원대는 자기가 알고 있는 바를 아들과 공유하기로 했다.

수겸은 입을 꼭 다물고 아버지가 털어놓는 선선왕의 금에 대한 이야기를 들었다. 간혹 눈썹을 치켜 올리기도 하고 때로는 입가에 비웃음을 달기도 하며 아들은 아버지와 비슷한 인생관을 표정으로 드러냈다. 충성이 뭐고 지조는 또 뭐람, 어리석긴. 비웃는 소리가 귀에 들리는 듯해 정원대는 말을 하다 말고 웃었다.

"이만하면 내가 왜 이 일에 직접 나서 손을 더럽히는지 알겠느냐. 북벌 자금으로 쓸 정도의 금이란 말이다. 내가 평생 모은 것보다 더 많은 재물이 거기 썩고 있는데 무슨 희생을 치르더라도 쟁취해야 하지 않겠느냐."

그러나 아버지의 기대와 달리 수겸은 얼굴에 냉소를 띠었다. 그는 부친이 품고 있는 물욕에 대해 경멸을 숨기지 않았다.

"아버님과 제가 정보를 하나씩 주고받았으니 서로에게 빚은 없다고 생각합니다. 저는 그들의 목적지가 무사의 고향임을 말씀드렸고, 아버님께서는 그의 고향이 강진이 아니라 남원이란 걸 알려 주셨으니 말입니다. 함께 거기서 기다리다가 아버님은 민명하를, 저는 민예하를 손에 넣으면 되겠군요. 저는 금 따위에 눈곱만큼도 관심 없으니 각자 자기가 원하는 걸 얻기로 하지요."

대화에 구체적으로 오르지는 않았으나 정원대는 아들이 암시하는 바를 알아들었다. 아버님과 저는 같은 걸 추구하지 않습니다. 그러니 지금은 협력하겠지만 제 목적에 방해가 되면 등을 돌릴지도 모릅니다. 민예하는 건드리지 마십시오.

정원대는 이전에 본 일 없는 여러 가지 모습을 드러내는 아들이 난감해 수염을 쓸었다. 민명하 일행으로부터 문서를 빼앗으려면 상당한 협잡과 줄다리기가 필요할 테고, 그 과정에서 혹 민예하를 미끼로 삼아야만 할 수도 있었다. 아들이 온전히 그의 편이 되어 주지 않고 심지어 억하심정을 품게 된 건 꽤 큰 타격이었다.

어찌 됐든 두 사람은 함께 남하하기로 하였다. 몸을 감추고 민씨 자제들이 방심한 채 다가오기를 기다려 보기로 했다.

덫을 놓고 진중하게.

관군이라는 공통의 적을 향해 신경을 바짝 곤두세우고.

*

"와아……."

예하는 입을 다물지 못한 채 경이에 찬 시선을 파란 바다 끝까지 뻗었다.

"이건 정말……, 이런 게 바다라는 거로구나."

바다는 아름답고 웅장했다. 논밭이나 들판에서는 찾아볼 수 없는 광활함에 가슴이 두근거렸다. 반짝이는 파도 너머로 영원까지 이어질 것 같은 푸른빛에 눈이 시렸다.

유안은 넋을 잃고 있는 예하를 말에서 내려 주고 신을 벗었다. 백사장으로 들어서자 따뜻한 모래가 발에 감겨들었다. 오래간만에 본 바다는 그에게도 감동이었다.

"서해라서 바다 빛깔이 청록색으로 온화하지요. 남해는 좀 더 하늘색에 가깝습니다. 가 본 일 없지만 동해는 검푸른 빛깔이라 들었구요."

그가 살던 쪽 바다는 백사장이 더 하얬던 기억도 났다. 서쪽은 조수 간만의 차가 심하다더니 모래보다 갯벌이 넓은 게 신기했다. 꼬물꼬물 움직이는 생물들이 진흙 아래로 바빠 보였다.

예하는 아무 말 없이 오랫동안 바다를 바라보았다. 해풍에 머리카락이 흐트러지는 것도 아랑곳 않고 하늘과 맞닿은 수평선을 하염없이 보았다.

"나는 있지, 유안."

그녀가 조용히 말을 꺼냈고 유안은 그녀의 곁에 가서 섰다.

"태어나서 처음으로, 내가 자유롭다는 느낌이 들어."

가슴을 가득 채운 감격을 좀 더 간직하고 싶어 그녀는 양팔을 벌리고 바다로부터 불어오는 짠 바람을 들이마셨다. 넓고 깊었지만 바다는 무섭지 않고 다정했다. 해송이 잔잔하게 흔들리는 소리가 파도 소리에 섞여 들려왔다. 물새들이 평화롭게 날고 있었다.

"이런 기분 정말로 처음이야. 내 의지로 사랑을 선택하고 내 발로 걸어와 바다를 보았구나, 앞으로의 인생 역시 내가 결정할 수 있을지도 모르겠구나, 그런 느낌 말이야. 그러다 넘어지고 다치게 되더라도 후회하지 않을 것 같아. 저 바다 건너에 뭐가 있는지 모르지만 기회가 된다면 꼭 건너가서 다른 세상을 보고 싶어."

예하의 목소리가 가늘게 떨렸다. 유안은 그녀의 어깨에 손을 얹었다. 두 사람의 손이 가볍게 맞물렸.

자신이 삶의 이전과 이후를 가르는 분수령에 서 있다는 걸 예하는 알았다. 짧고 비루한 인생 속에서 이런 충만한 순간을 경험하는 사람들이 과연 몇이나 될 것인가. 그러나 그녀를 속박으로부터 풀어 준 건 바다가 아니었다. 바다의 감동은 그저 결과일 뿐, 각성의 원유原由일 수 없었다.

'네 덕분이야, 유안. 네가 이끌어 줘서 가능한 일이었어. 나한테 용기를 줘서 고마워. 나를 사랑해 줘서 정말 고마워.'

예하는 차오르는 감정을 감당할 수 없어 그를 마주 보았다. 유안은 모를 거다. 남들의 규칙에 동조할 수 없으면서도 거기 맞춰 살아야만 했던 그녀에게 그가 어떤 존재였는지. 껍질을 깨고 나와 그를 향한 마음을 인정함으로써 자신은 비로소 한 사람의 인간이 되었다는 걸.

그녀를 내려다보는 유안의 눈동자가 석양빛에 보랏빛으로 일렁였다. 예하는 바로 지금이 자기가 그 말을 할 순간이라는 걸 깨달았다.

"그런데 네 이야긴 틀렸어."

유안이 눈을 크게 떴다.

"바다 빛깔이 네 눈보다 더 아름답다고 말한 건, 틀렸어. 바다도 멋지지만 네 눈이랑은 비교도 안 되는걸. 앞으로 내가 천 년을 더 산다고 해도, 세상 끝까지 다니며 온갖 낯선 것들을 다 본다고 해도, 이보다 더 아름다운 건 절대 찾아낼 수 없을 거야."

그녀의 손가락이 그의 눈가를 쓰다듬었다. 유안은 고개를 돌리지 않았다. 눈꼬리에 가볍게 경련이 일었지만 눈을 깜빡이지도 않은 채 그녀만 쳐다보았다.

예하는 알지 못할 것이다. 어린 그녀가 그에게 열어 준 세상이 어떤 거였는지. 모든 게 칙칙하기만 했던 소년에게 빛이란 눈부신 충격이었고, 늘 자신을 부정할 수밖에 없었던 그에게 타인의 찬사는 개벽과도 같았다는 걸.

두 사람의 입술이 자연스럽게 맞닿았다. 조개 캐던 아낙들도 다 집으로 돌아간 바닷가는 고즈넉했고 아무도 그들을 흉보거나 말리지 못했다. 불그스름하게 저물어 가는 해는 신분의 차이 따위엔 아무 관심도 없어 보였다. 말랑말랑한 바닷바람만 그들에게 속삭이고 있었다. 괜찮아, 마음 가는 대로 해.

유안의 손가락이 그녀의 머리카락 속으로 파고들었다. 두 손으로 작은 머리를 붙잡고 허리를 굽힌 그는 꽃잎을 어루만지는 나비처럼 부드럽게 그녀의 입술을 스쳤다. 꽃은 아찔하도록 달았고 너무 향기로워 숨이 막혔지만 이번에야말로 나비는 꽃을 쥔 손을 놓지 않았다. 그의 것이니까. 명주실 같은 예하의 머리칼도, 할딱이는 숨소리도, 귀여운 콧등도, 사과 같은 뺨도, 달콤한 꿀 냄새도, 무엇하나 남김없이 그에게 속한 것이므로.

혀가 엉킨다. 예하는 정신을 잃을 것 같았다. 황홀하다는 건 이런 거였다. 사랑하는 사람과 마음을 열고 하는 입맞춤은 이런 것이었다. 그가 전해 주는 아슬아슬한 감촉에, 진한 체취에, 닿아 오는 열기에, 다리가 풀리고 심장이 녹아내렸다. 그녀는 유안의 옷자락을 잡고 매달렸다. 조금이라도 더 닿고 싶어서, 그의 상냥한 체온을 더 많이 느끼고 싶어서, 예하는 그에게 몸을 붙였다.

깊고 간절한 입맞춤이 끝나고 힘겹게 입술을 떼었을 때는 바다 위로 붉은 기운만 남아 있을 뿐 해는 넘어간 후였다. 유안은 예하를 무섭게 할까 싶어 숨소리를 고르게 하려고 안간힘을 썼다. 심장 뛰는 소리만으로도 여자가 질리는 것 아닌가 불안했다. 긴 세월 억눌렸다가 터져 나온 남자의 갈망은, 예하가 이해하기에는 너무 버거울 것이었다.

"오늘은……, 바닷가에서 노숙을 해야 할 것 같습니다."

탁하게 속삭이는 그의 말에 예하는 고개만 끄덕였다. 부끄러워서 얼굴도 들 수 없었지만 이제는 어젯밤 여각에서 보았던 부부의 심정을 알 것 같았다. 잠깐도 떨어져 있고 싶지 않다, 그가 나로 인해 이렇게 평상심을 잃은 게 기쁘다, 솟아나는 욕심과 어그러진 희열을 사랑에 빠진 여잔 이런 거라고 용서해 주고 싶었다.

모깃불을 겸해 해송 삭정이를 모아다 불을 피우고 두 사람은 바다를 보며 나란히 앉았다. 어부들도 다 집으로 갔는지 바다는 고요하고 잠잠하기만 했다. 약간 눅눅한 바람에 모래가 들러붙었지만 처음 대하는 세사細沙는 그저 신기로울 뿐 불쾌하지 않았다.

"바다는 살아 있는 모든 생명의 근원입니다."

유안이 그녀의 어깨를 감싸 안고 조곤조곤 속삭였다.

"정말 많은 생명이 저기서 잉태되고 살아 나가죠. 그들을 의지해서 뭍과 하늘의 목숨들이 또 이어지는 거구요. 언제 보아도 신비합니다."

그의 가슴에 얼굴을 파묻은 채로 예하도 조그맣게 속살거렸다.

"굉장히 강한가 보다, 바다는. 비가 와도 넘치지 않고 가물어도 마르지 않고. 우리처럼 내일을 알 수 없는 사람들도 바다에 기대 살 수 있는 걸까."

……그리고 저 바다를 지나면 청국으로 갈 수 있는 것일까.

유안의 손이 그녀의 귓불을 쓸고 머리카락을 쓰다듬었다. 눈물이 날 정도로 다정한 손길이었다. 그녀 마음속의 마지막 망설임마저 흩어 버릴 만큼 따스한 다독임이었다.

'문서를 찾으면 오라버니께 인사하고 우리는 둘이서 청나라로 달아나자.'

예하는 마음속으로 유안을 향해 말했다.

그녀는 모두의 마음을 이해할 수 있을 것 같았다. 선선왕의 유지를 받들기 위해 자식들에게 금을 맡긴 아버지의 마음도, 그걸 거역하더라도 가문을 되살려야겠다는 오라비의 심정도, 다 납득할 수 있었다. 하지만 더 이상은 남들의 의지와 목표에 휘둘리며 살고 싶지 않았다. 고단하고 힘들어도 자신이 원하는 삶을 살고 싶었다.

흑룡강까지 가지 못하더라도 서양 문물이 많이 들어온다는 봉천奉天에 가면 유안의 눈 빛깔이 이목을 끌지 않을 것이다. 그럼 두 사람도 평범한 남자와 여자로 사람들 사이에 묻혀 살 수 있을지 모른다. 세간에는 죽은 것으로 하고 새로운 인생을 살아갈 수 있을지도 모른다.

신분 따위 벗어 버리고.

사랑하는 남녀로 떳떳하게.

그녀가 조그맣게 미소 짓자 유안이 예하의 정수리에 입을 맞추었다.

여자의 작은 행동에도 이렇게 가슴이 저려 온다. 너무 소중해서, 보고 있는 것만으로도 마음이 아프다. 그래서 차마 입 밖으로 말을 내놓을 수가 없다. 명하에게 널 돌려줄 때까지만 내 여자로 있어 달라고, 왕께서 용서하면 넌 다 잊고 다시 아

푸른빛을 깨치다

가씨가 되는 거라고, 그래도 나는 죽을 때까지 네 곁을 맴돌겠노라고.

코끝을 간질이는 향기가 가슴에 사무쳐 그는 예하의 목덜미에 얼굴을 묻었다. 아무것도 생각하지 않고 지금 이 순간만을 누리고 싶은데, 그러기가 쉽지 않았다.

금을 바쳤는데도 임금이 그들을 용납해 주지 않는다면.

성황당 아래를 뒤졌는데 아무것도 없다면.

명하가 마음을 바꿔 아버지의 뜻을 따르기로 한다면.

예하를 위한 길이 아님에도 불구하고 그런 꿈을 꾸게 되는 자신이 역겨웠지만, 손안에 쥔 그녀를 정말로 놓을 수 있을 건지 사실은 자신이 없었다.

밤이 깊어지자 바닷바람이 조금 싸늘해졌다. 두 사람은 어깨를 부둥켜안은 채로 별들이 잘게 흩어져 있는 하늘을 보며 누웠다. 와, 바닷가에는 별이 더 많구나……. 그녀의 탄성에 유안이 웃었다. 바삭바삭 게들이 기어 다니는 소리가 자장가처럼 포근했다.

달콤하고 씁싸래한 밤이었다. 두 사람은 오래도록 잠들지 못했고, 잠든 후에는 가슴이 미어지도록 행복한 꿈을 꾸었다.

평생 지울 수 없을 아름다운 봄밤의 꿈이었다.

19

예하는 자기 모습이 우습고 민망해 견딜 수가 없었다. 하지만 이왕 시작한 일, 중간에 그만두면 더 이상할 테니 계속해야만 했다.

 유안의 팔을 베고 파도 소리를 자장가 삼아 밤을 보낸 그녀는 전에 없이 일찍 잠에서 깨었다. 유안과 여러 번 노숙을 했지만 그녀가 먼저 일어난 일은 없었기에 그의 잠든 얼굴을 보는 건 처음이었다.
 먹으로 그려 놓은 듯 강하고도 섬세한 얼굴을 보고 있노라니, 나는 이 사람한테 이제껏 무얼 해 주었나 하는 생각이 들었다. 여각에서 만난 아낙의 말대로 '양반 아가씨처럼 뻣뻣하게만' 굴었는데 대체 유안은 뭐가 마음에 들어 나를 좋아한다는 걸까, 나긋나긋하고 매혹적인 기생들과 친분을 가졌던 유안의 눈에 과연 내가 여자로 보인단 말인가, 의구심이 일었다.

화려하게 차려입고 지분脂粉 냄새를 풍기는 기녀들은 몸의 굴곡도 관능적이었다. 반면에 양가의 아가씨들은 가슴이 자라지 못하도록 묶어 놓아야 하기에 몸매가 빈약하기 마련이었다. 예악과 웃음을 파는 그녀들은 상냥하고 귀여웠다. 양반 여자들은 아들 낳는 기계였으므로 희로애락을 드러내서는 안 되었다. 기생들은 표정이나 몸짓만으로도 남자의 마음을 끌게 훈련받는 모양이었다. 점잖은 집 규수는 걸레질할 때도 엉덩이를 바닥에서 떼지 못하게 교육받았다.

자라면서도 인간의 본성에 어긋난다는 생각을 안 한 건 아니었으나, 막상 기녀들을 접하고 유안과 사랑하는 사이가 되고 보니 자신에게는 여자로서의 매력이 너무 없는 거였다.

그래서 결심했다. 고쳐 보자. 나도 사근사근하고 애교 많은 여인이 되어 보자. 유안에게 남자로서의 흐뭇함을 맛볼 수 있게 해 주자.

입가에 경련이 이는 걸 꾹 참아 가며 예하는 노력했다. 그의 얼굴을 아래에서부터 들여다보기도 하고, 어깨와 가슴을 유안 쪽으로 한껏 내밀기도 하며, 본래 눈웃음이 없음에도 눈웃음처럼 보이려고 일부러 얼굴을 구겼다. 달콤한 표정을 지어 보려고 애썼다.

유안은 당황한 기색이 역력했다. 그녀가 흉내 내고 싶었던 건 자단의 천박하지 않은 교태였는데, 물론 타고난 매력을 베끼는 건 가능하지 않을 거라 생각했지만, 몸에 배지 않은 행동은 그녀의 예상보다도 더 겉돌고 어색했던 모양이었다.

"아가씨, 오늘 아침에 조금……. 왜……, 갑자기?"

뭐라 물어야 할지 모르는 듯 그가 말을 얼버무렸다. 예하는 어떡할까 하다가 그냥 솔직하게 말하기로 했다.

"음, 실은 내가 너무 매력 없다고 여각에서 만난 아낙이 뭐라 하는 바람에 말이야. 사실인 거 같다는 생각이 들어서. 내가 좀 뻣뻣하긴 하잖아. 그래서 기녀들의 행동 중에서 배울 만한 게 있지 않을까 궁리하는 중이야."

단숨에 내뱉은 말에 유안은 눈을 등잔만 하게 떴다.

"저기, 좀 이상해도 욕하진 말구. 난 그냥, 너한테……."

……더 예뻐 보이고 싶어서.

뒷말은 차마 하지 못한 채 예하가 고개를 숙였다. 역시 안 어울렸나 보다, 기가 팍 꺾였다.

유안은 한참 동안 아무 말도 하지 않았다. 풀죽어 있던 예하가 살짝 눈을 올려 보니, 그는 목덜미까지 새빨갛게 달아올라 어쩔 줄 몰라 하고 있었다.

"전……."

뒷목을 쓰다듬으며 유안이 어렵사리 말을 꺼냈다. 그는 예하의 눈을 쳐다보지도 못했다.

"……기녀들의 교태에 미혹되어 본 일은 없었습니다."

예하는 입술을 깨물었다.

푸른빛을 깨치다

완전히 헛짚었구나. 그런 취향이 아니었던 거구나. 천하게 보였나 보다.

공연한 짓을 했다는 창피함에 어디론가 숨어 버리고 싶었다.

"그런데 아가씨가 그러는 건, 정말……, 예쁩니다."

재빨리 속삭이고 유안은 황급히 저쪽으로 걸어가 버렸다. 이번엔 남겨진 예하의 눈이 접시만큼 커졌다.

그녀가 삐죽삐죽 비어져 나오는 웃음을 수습하는 데는 꽤 시간이 걸렸다. 가슴팍이 간질간질하고 창피함은 저만치 달아나 버렸다. 저렇게 좋아할 줄 알았더라면 더 일찍 해 줄걸, 생각했다가 그게 내가 한 행동이니까 기뻐하는 거지 싶으니 가슴속이 몽글몽글 부대꼈다. 무심한 듯 던지는 솔직한 말이 얼마나 여자를 행복하게 하는지 유안은 짐작도 못 할 것이다.

아마 유안도 벌어지는 입을 제대로 다물게 되기까지 비슷한 시간이 든 모양이었다. 그가 예하 쪽으로 돌아온 건 해가 둥실 뜬 후였다.

"해당화가 피었네요."

진분홍색 꽃다발을 그녀에게 내밀며 유안이 부드럽게 웃었다. 그에게서 여러 번 꽃을 받았지만 해당화는 처음이어서, 예하는 호기심 가득한 눈으로 털이 빽빽하게 난 꽃잎을 만져 보았다.

"가시가 많은 꽃이니 조심해야 합니다."

그의 말과 달리 가시는 하나도 없었다. 유안이 다 떼어 내고 가져온 게 분명했다. 찔레꽃 종류를 그녀에게 줄 때마다 늘 그러했듯이.

"참 곱다. 향기도 좋고."

예하는 꽃다발에 얼굴을 묻었다. 꽃분홍색이 뺨으로 번져 와 붉은 물을 들였다. 향이 달콤해 가슴이 보글보글 끓었다.

"여름이 되면 또 반딧불이를 잡아 줄 테야?"

그녀가 조르듯이 묻자 그는 웃으며 고개를 끄덕였다. 그 웃음을 보며 예하는 문득 깨달았다. 긴 시간 유안이 자신에게 사랑을 고백해 왔었다는 걸.

봄마다 한 아름 꽃을 꺾어다 주었다. 여름이면 반딧불이를 잡아 통에 가득 담아 왔고, 가을엔 색깔 고운 단풍잎을 책갈피에 꽂아 주었다. 겨울이 되면 얼음을 희한한 모양으로 얼려 빙화氷花를 만들어 갖다 주곤 하였다.

왜 몰랐을까.

그게 소년의 수줍은 구애였다는 것을.

"찔레가 지면 나리가 피는 계절이 옵니다. 상사화를······, 꺾어다 드릴게요, 그땐."

끝을 흐리는 유안의 말이 새삼스레 의미심장하여 그녀는 마음이 아팠다.

같은 줄기에서 잎이 다 져야만 꽃이 피기에, 서로를 그리워하면서도 결코 마주 닿지 못해 상사화라 부른다는 꽃.

매해 유안은 어떤 마음으로 그 꽃을 나에게 준 걸까.

한 손에 꽃다발을 들고 예하는 다른 쪽으로 그의 손을 잡앉다. 커다랗고 강하지만 꽃의 가시를 떼어 낼 줄 아는 자상한 손이었다. 굳은살이 박였지만 더없이 상냥하고 푸근한 손이었다.

유안이 잠깐 멈칫하더니 손가락을 벌려 그녀의 손에 얽었다. 따뜻하게 맞잡은 손을 통해 마음이 흘러 들어오는 것 같았다. 주체할 수 없을 만큼의 마음이 파도처럼 넘실거리며 사랑하는 사람들 사이를 오갔다.

두 사람은 손을 꼭 잡은 채로 말없이 이른 아침의 바닷가를 거닐었다.

오늘 아침도 바다는 변함없이 푸르고 너르고 자유롭고 아름다웠다. 붉은 꽃에서는 진한 향기가 풍겼고 갯벌에서는 살아 있는 것들의 냄새가 났다. 예하의 치맛자락이 바람에 나부꼈고 하나로 묶은 유안의 머리카락에 햇살이 아른거렸다.

배가 고팠지만 마음이 가득 채워져 괜찮았다.

행복하고 행복하고 너무나 행복해서,

자꾸만 눈물이 났다.

*

"그간 고생이 많았네."

잔에 넘치도록 술이 따라졌다. 고급술의 은근한 향기가 방 안에 옅게 번졌다. 찌든 생활을 해 온 명하가 오래간만에 맛보는 사치였다.

"이렇게 만나게 되어 천만다행일세. 관군들에게 화라도 당하면 어쩌나 걱정이 많았거든."

마주 앉은 중년 남자는 비반肥胖한 체구에도 불구하고 사람을 압도하는 날카로움을 가지고 있었다. 한 번뿐이지만 예하를 통해 만났던 젊은이와 닮은 듯도 했다. 정수겸의 아버지는, 마치 자신의 친아버지인 양 자애로운 미소를 짓고 있었다.

"이제 다 털어 버리시게. 짐은 모두 나한테 넘겨. 영존께서 나를 믿으시듯 자네도 나를 믿으면 되네."

명하는 대답 없이 술을 들이켰다. 목을 타고 내려가는 감촉이 비단 같았다. 이런 것을 당연하게 누렸던 날이 불과 몇 달 전이었구나 생각하니 새삼스레 비참한 기분이 들었다.

남원으로 들어오자마자 그가 마주친 것은 예하의 시아버지가 될 뻔했던 남자였다. 민우상 공으로부터 간곡한 부탁을 받고 아들을 도우러 왔다고, 내막을 다 알고 있으니 이제 긴장할 것도 두려워할 것도 없다고, 정원대는 호탕하게 그에게 말했다.

선뜻 믿을 수 있는 얘기는 아니었다.

아버지는 아들인 자신에게 모든 걸 건다고 했었다. 가문이 몰락하더라도 금을 지켜야 한다고, 네가 직접 멀고 먼 타국으로 가 찾아내야 한다고, 그게 민씨 가문 외아들인 너의 소임이라고 부친은 말했다. 그런데 이제 와서 정원대에게 죄다 일임하고 사랑하는 아들을 위험에서 빼기로 했다니, 그런 설명을 믿기는 어려웠다. 아무리 옥살이가 사람을 약하게 만들었다 해

푸른빛을 깨치다

도 꼿꼿하기 이를 데 없는 아버지가 그리 쉽게 주저앉을 리 없다고 생각했다.

그러나 명하는 그 말을 믿고 싶었다.

정원대가 내놓은 계획은 솔깃한 것이었다. 지도를 주면 수하를 보내 금을 찾아오게 하겠다. 그 금을 임금께 바칠지 조선 어딘가에 다시 숨겨 놓을지는 네 아버지와 의논해서 결정하겠다. 그때까지 너희들이 조선에 있는 건 위험하니 청이든 왜국이든 수배하여 안전한 곳으로 피신시켜 주겠다. 너와 누이, 무사, 그리고 네가 데리고 온 여인까지 모두.

그가 약속대로 해 준다면 명하는 지금부터 쉴 수 있는 것이다. 더 이상 숨어 다니지 않아도 되고, 지도를 들고 흑룡강까지 갈 필요도 물론 없으며, 위험을 감수하고 임금께 나아가지 않아도 괜찮다는 거다. 만약 두 어른이 금을 임금께 바쳐 가문이 복권되면 돌아와 민씨 가문 외아들로 살 수 있고, 혹 그러지 않는다면 외국에서 살아야 하겠지만 정원대가 마련해 준 재물을 바탕으로 큰 어려움 없이 지낼 수 있다는 것이다.

지나치게 유혹적인 제안이라 명하는 냉정하게 판단하기가 힘들었다.

"어째서 저희를 위해 그렇게까지 해 주시는 겁니까?"

이 의문 하나가 명하의 입에서 대뜸 '좋습니다.'라는 승낙이 나오지 못하게 하는 걸림돌이었다. 당색도 다르고 이미 혼약도 파기한 사돈이 될 뻔했던 집에서 무슨 이익이 있다고 그런 위험을 무릅쓰며 민씨 가문을 돕는단 말인가. 재물을 빼앗으려는 속셈이 아니라면 장사치가 인정이나 의리 따위로 희생을 감수할 리 없지 않은가.

정원대는 수염을 쓰다듬으며 인자하게 웃었다.

"그래, 솔직히 말함세. 일이 성사되면 아버님께 금의 일부를 수고비로 받을 요량이네. 실패하게 된다면 잘못된 투자였다고 생각할밖에. 어찌 됐든 자네같이 학문밖에 모르는 젊은이가 해내기에는 너무 무거운 일 아닌가. 아버님이 차후 금을 어찌 쓰시든 그건 내가 간여할 일이 아니지만, 자네는 빠지는 게 좋다고 생각해서 제안한 게야. 며느리가 될 뻔했던 자네 누이는 말할 것도 없고 말일세."

꽤 그럴듯한 대답이었다. 그의 말대로라면 누구 하나 손해 보는 것 없는 좋은 결말일 터였다.

명하는 일단 생각해 보겠노라 말하고 술을 더 마셨다. 미주美酒는 향긋하게 혀를 감았고 눈을 들어 둘러본 방 안은 호화롭고 고급했다. 정갈하게 준비된 안주도 값비싸 보이는 식기류도 나무랄 데 없었다.

'다시 이렇게 살고 싶다.'

안온한 삶에 대한 열망이 그의 이성을 뒤흔들었다.

방에 돌아올 때쯤 명하는 약간 취기가 올라 있었다. 길고 험난한 도주 생활에 지친 유약한 영혼에게 녹주綠酒와 회무懷撫의 속삭임은 마치 허기진 사람의 식사처럼 몸과 마음을 노곤하게 만들기 충분한 것이었다.

이 부인은 그를 기다리다가 구석에서 앉은 채로 잠이 든 모양이었다. 유경鍮檠촛대에서 번지는 흐린 불빛에 그녀의 이목구비가 깨끗했다.

명하는 여자를 물끄러미 바라보았다.

그사이 그녀도 씻고 좋은 옷으로 갈아입었지만, 처음 마주쳤을 때 정원대는 여자의 남루한 행색에 짧게 경멸의 눈길을 보냈었다. 어쩌면 그가 정원대의 말을 주저 없이 받아들이지 못하는 건 그 이유 때문일 수도 있었다. 상추와 호박꽃의 아름다움을 절대 이해해 주지 않을 것 같은 남자를 온전히 믿을 수가 없어서. 고급주와 사치품에 대한 미련을 뚝뚝 흘릴망정 명하 자신은 다시 텃밭의 소중함을 잊을 수 없을 것 같기에.

"아, 왔어요?"

이 부인이 눈을 비비며 몸을 일으켰다.

"곤할 텐데 제대로 자지 왜 앉아서 기다렸소?"

술이 들어간 탓일까, 평소대로 퉁명스럽게 말하고 싶었는데 어쩐지 목소리가 다정하게 나왔다.

"명색이 부인인데 서방님 들어올 때까진 기다려야 되는 거 아니에요?"

잠이 덜 깬 여자는 배시시 웃으며 농을 던졌다. 이부자리를 꺼내 펴는 뒷모습이 낭창낭창했다.

"내가 서방이오?"

갑작스런 물음에 이 부인이 그를 돌아보았다.

명하는 갓끈을 풀며 농몽朧朧한 눈으로 그녀를 마주 보았다. 그의 억양에서 무언가 다른 걸 느꼈는지 이 부인은 답을 하지 못했다.

"대답해 봐요. 내가 서방이오?"

여자의 눈높이에 맞춰 무릎을 구부려 앉으며 그가 되물었다. 무언가 가슴속에서 자꾸만 목구멍을 치고 올라와 명하에게 쓸데없는 시비를 걸게 하고 있었다. 아니, 그를 불필요하게 솔직하도록 내몰고 있었다. 그는 듣고 싶었다. 여자의 입으로. 두 사람의 관계에 대한 그녀의 생각을. 이미 알고 있는 여자의 감정이 아니라.

그녀가 주춤주춤 뒤로 물러앉았다. 그리고 명하는 그만큼 다가앉았다. 여자는 목덜미를 붉히며 눈을 피했고 그는 손을 들어 그녀의 뒷목을 그러쥐었다.

"전에 '덮칠 기운이나 있겠어.'라고 그쪽이 나한테 말했었소."

처음 여자가 그를 자기 방에 재우며 그렇게 웃었더랬다. '환자 주제에.'라고.

"그럼……, 덮칠 기운이 있는 지금은 덮쳐도 되는 거요?"

그녀는 고개를 돌린 채 가쁜 숨을 몰아쉬었다.

'당신도 언젠가 이런 날이 올 줄 알고 있었잖아.'라고 잠깐 생각했지만 명하는 곧 자기가 틀렸다는 걸 깨달았다. 여자는 아마 이런 날을 감히 꿈꾸지도 못하고 영원히 그림자로 남을 생각이었을 것이다.

목을 손으로 받친 채 그는 조심스레 여자를 이불에 눕혔다. 저고리 깃이 벌어지며 드러난 흰 살갗이 남자의 눈을 사로잡았다.

그런데.

"왜……, 우는 거요?"

방울져 흘러내리는 여자의 눈물을 발견하고 명하는 얼굴을 찌푸렸다. 의외의 행동으로 늘 신선한 그녀였지만 지금은 어쩐지 나쁜 짓으로 여자를 울린 모양새라 마음이 상했다. 이러면 안 되는 거였나, 그동안 내가 착각한 거였나, 그는 삽시간에 아내를 사랑하는 남편에서 과수댁을 희롱하는 무뢰한으로 전락한 기분이 들었다.

"술에 취해 함부로 행동하는 것 같소?"

여자는 고개를 저었다.

"순간의 욕정으로 그쪽을 범하고 내버릴까 두렵소?"

고개를 젓는 속도가 한결 빨라졌다.

"그럼 뭐요. 왜 우는 거냔 말이오. 싫으면 그냥 뿌리치면 되지 않소. 평소의 드센 여자는 어디 간 게요!"

화가 나서 소리 지르자 여자가 두 손으로 얼굴을 덮었다.

아차, 싶었다.

그게 아니로구나…….

끅끅 숨죽여 우는 여자를 내려다보던 명하는 손을 얹어 그녀의 흐트러진 머리카락을 쓰다듬어 주었다.

누군가를 위로하는 건 쉽지 않은 일이었다. 무뚝뚝하게 진심을 툭 내뱉는 것도 아닌, 이렇게 다정한 몸짓을 건네는 일은 누구에게도 해 본 적 없어 계면쩍었다.

"원해도 되오."

여자가 울음을 뚝 멈췄다.

"내가 당신을 원하는 것처럼 당신한테도 그럴 자격이 있소. 더 많이 바란다고 잘못하는 일이 아니오. 그러니 울지 마오."

이놈의 거지같은 세상이 또 이 여자를 울리는구나. 명하는 화가 나 얼굴을 쓸었다.

강한 척해도 상처투성이인 여자였다. 홍자단의 집에서 한 번 기가 죽은 그녀는 정원대를 만난 후 더 끔찍하게 절감했을 것이다. 자기와 함께 다니는 남자가 얼마나 대단한 가문의 사람인지. 돌본다는 명목으로 따라다녔지만 자신은 그저 몸종 정도에 지나지 않는다는 사실에.

그런데도 그사이에 정이 들고 마음이 자라 버려 고통스러웠을 거다.

그녀가 어떻게 명하를 거절하겠는가. 그리고 그를 받아들이는 건 또 얼마나 아픈 일이겠는가.

명하가 그녀의 손 위에 자신의 손을 덮었다. 부드럽게 매만지는 손길에 여자가 턱을 잘게 떨었다. 여린 사람이었다. 세상 모두가 몰라 줘도 그만은 알고 있었다.

"그대의 서방이 되고 싶소."

몸을 숙여 그녀의 귓가에 입술을 대고 명하가 속삭였다.

"응?"

어리광을 부리듯 한 번 더 소곤거렸다.

"내가 지금 무슨 말을 해도 다 허언으로 들릴지 모르지만, 이제는 당신이 내 인생에 가장 소중한 사람이 되었소. 버리지

푸른빛을 깨치다

도 내치지도 않을 거고 내놓을 생각도 없소."

내가 이런 낯간지러운 말도 할 수 있구나. 명하는 여자의 목덜미에 얼굴을 파묻으며 생각했다. 그리고 언어는 마음에 명확한 형태를 부여했다. 여자에게보다 오히려 그 자신에게 더.

언제까지나 미적거리며 여자를 서럽게 하고 싶지 않았다. 아닌 척 거리를 둔다고 부정할 수 있는 감정이 아니었다. 비겁하고 무책임한 사내로 살아온 날에 이제는 종지부를 찍을 때가 된 것이다.

"그러니 당신만 허락한다면 부부의 연을 맺었으면 하오. 오다가다 만난 남녀가 눈 맞고 배 맞는 거 말고, 정말 부부의 연 말이오."

여자가 다시 눈물 흘리기 시작했고 그는 그걸 허락으로 해석했다.

신방에서 청승맞게 울면 안 되지……, 중얼거리며 명하는 아까부터 신경 쓰이던 여자의 흰 가슴팍에 입술을 대었다. 달콤한 피부가 혀끝에서 녹아드는 느낌이 아찔했다. 여자가 허리를 퉁기며 뒤로 몸을 젖혔지만 그건 거부가 아니었기에 명하는 마음이 시키는 대로 몸을 내맡겼다.

그리고 계속 중얼거렸다. 자기 입에서 나올 거라고는 생각해 보지 않은 말들을. 한마디도 거짓이 섞이지 않은, 본능처럼 흘러나오는 사랑의 속삭임을. 예쁘다고, 사랑한다고, 함께 와주어 고맙다고, 당신을 만나게 된 것을 신께 감사한다고, 평생을 같이 지내길 원한다고.

점점 이성이 흐려지고 다른 생각을 할 수 없게 되어서도 그는 속삭임을 멈추지 않았다. 여자의 흐느낌도 거기 대답하듯 작게 이어졌다.

그렇게, 두 사람은 야릇한 동행을 끝내고 마침내 남편과 아내가 되었다.

명하를 내보낸 정원대는 수염을 쓸며 생각에 잠겼다. 백면서생이라 만만할 줄 알았더니 시간이 걸릴 것 같아 초조해졌다.

'지도를 입수하기 전에 민예하가 도착하면 말짱 도루묵인데. 그 애가 오라비한테 내가 한 짓을 불어 버리면 민명하는 바로 등을 돌릴 거다. 그러면 완력을 쓸 수밖에 없는데 그건 그다지 바람직하지도 효과적이지도 않은 방법이란 말이야.'

별채에 있는 아들도 그는 상당히 마음에 걸렸다.

두 사람의 계약은 단순하고 건조했다. 민명하에게서 문서를 받아 낼 때까지는 수겸이 끼어들지 않는다. 그 대신 민예하가 오라비를 찾아오면 수겸이 여자를 차지하고 그는 손을 뗀다.

그렇지만 아들이 약속대로 할지는 매우 의심스러웠다. 정원대 자신이 만약 아들이라면, 절대 그렇게 넋 놓고 앉아 떨어질지 까치가 채 갈지 알 수 없는 감을 기다리고 있진 않을 것이기에.

'내가 수겸이라면……'

그는 자신이 수겸이라면 어떻게 할지 잘 알고 있었다.

하지만 그런 일은 일어나서는 안 된다. 그러면 끝장이다.

유안이 예하를 데려간 해변은 외진 구석이라 한갓졌지만 사실 군산은 전라우수영에 속한 수군진水軍鎭이었다. 수군이 민우상 공의 식솔을 찾고 있지는 않겠으나 그래도 그들과 맞닥뜨리지 않게 조심하며 두 사람은 변산반도邊山半島를 끼고 남하했다.

"경치가 정말 좋구나."

예하는 바다를 내려다보는 반도의 절경에 연신 탄성을 내질렀다.

변산반도로부터 청국으로 이어지는 무역 항로가 있다는 걸 유안은 알고 있었다. 육로가 주로 북경北京, 봉천 같은 북쪽 지역과 연결돼 있다면 삼국시대부터 활용돼 왔다는 뱃길은 산동반도山東半島나 주산군도舟山群島와 조선을 이어 주는 무역로였다. 만약, 정말 그들이 흑룡강으로 떠나는 상황이 벌어진다면, 비록 둘러 가는 길이지만 조선을 빨리 벗어날 수 있는 해로가 육로보다 안전할 것이었다.

'하지만 누군가가 우리를 상단에 끼워 주어야 가능하겠지.'

여행객이 혼자 바다를 건너 외국으로 가는 건 불가능한 일이었다. 뭍길을 이용하지 않고 배를 타려면 규모가 큰 상단에 의지해야만 하였다. 실제로 그런 사람이 꽤 있다고 들었다. 뱃길로 무역에 나서는 상단이 연중 있는 게 아니라는 점과 교섭하는 와중에 정체를 들킬 수도 있다는 게 문제일 뿐이었다.

무역선이 머무는 곳은 부안扶安 쪽인 듯했다. 그는 일부러 그쪽으로 돌며 정세를 살폈다. 그러다가 웃음이 났다. 명하는 임금께 금을 바치러 한양으로 돌아간다 하지 않았던가.

"저기 배를 띄우려는 상단 속에 혹시 우리가 아는 사람은 없을까?"

예하가 심각한 목소리로 물어 오는 바람에 유안은 혼자만의 생각에서 깨어났다.

"흑룡강으로 가려면 말이야, 조선을 종단해서 올라가는 건 너무 위험하니까, 일단 청나라로 가는 게 좋잖아. 어떻게 저기 끼어들어서 갈 수 없을까?"

규중에 갇혀 지낸 여인이라 바깥세상에 대한 통찰이 부족할 수밖에 없음에도, 예하는 유안과 똑같은 생각을 하고 있었다. 게다가 아는 사람을 찾아내겠다며 그보다 한발 앞서 나가고 있었다.

"한번 가 보자. 운이 좋으면 스승님 중에 한 분을 만날지도 모르잖아."

그녀의 말에 유안은 살짝 난색을 표했다.

"그분들은 우리 정체를 알지 않습니까. 너무 위험합니다."

"무슨 이익이 있다고 우리를 고변하겠어. 난 그렇게까지 모두를 의심하고 싶지는 않아. 기회를 다 놓쳐 버리면 아무것도 할 수 없어."

예하는 단호했다. 그녀는 꼭 흑룡강으로 가고 싶었고, 명하가 인정해 주지 않는다면 두 사람만의 힘으로 떠나야 했기에 절박했다.

기웃거리며 들여다본 항구는 무역선의 출항 준비로 분주했다. 짐을 나르고, 선원을 구하고, 배를 수리하고, 여자들과 웃고. 먼 길 떠날 상인들이 왁자하게 떠들며 채비에 한창이었다. 목적지는 산동반도, 출발은 보름 후라고 했다.

유안은 자기도 모르게 숨을 삼켰다. 좋은 시기, 좋은 장소였다. 마치 그더러 예하를 끌어안고 도망치라는 하늘의 계시처럼 알맞았다.

"오라버니가 전하께 투항하겠다는 생각을 바꾸시면 다 함께 이리로 오자. 정히 한양으로 가신다 하면……, 우리만이라도 오자."

예하가 말했다. 여러 번 생각했던 일이라, 예하는 자기가 이 말을 입 밖으로 내서 한 일이 있었다고 생각했다. 그런데 아니었던 모양이었다. 유안이 얼굴을 창백하게 굳히고는 그녀를 뚫어지게 쳐다보고 있었다.

"설마 나더러 오라버니를 따라 한양 가라, 그렇게 말하려는 건 아니지?"

예하의 불신 가득한 질문에 유안은 가만히 고개를 돌렸다.

"아직 닥치지도 않은 일을 미리 근심할 필요는 없겠습니다. 아가씨 말씀대로 도련님이 생각을 바꾸시면 무슨 수를 쓰더라도 이 배를 타도록 하죠."

남원으로 들어가려면 하루 밤낮이 더 필요했다. 유안은 객주에 짐을 풀고 말먹이를 주문했다. 짬짬이 패물을 팔아 마련한 돈이 아직 꽤 있었으나 뱃삯을 남겨 두어야 하는 터라 낭비는 할 수 없었다. 하는 수 없다는 핑계를 대고 방을 하나만 잡았다. 머리를 올리지 않은 예하를 주인이 힐끔 보았다.

무슨 짓을 하려는 건 아니었다. 그저 잠깐이라도 그녀의 곁을 떠나고 싶지 않은 것뿐.

멀건 국밥으로 요기를 하고 푸석해진 머리를 빗는 예하는 이제 이런 생활에 익숙해진 것처럼 보였다. 손은 거칠고 어깨는 앙상하게 말랐다. 더러워진 치마저고리는 군데군데 찢어진 곳도 있었다.

가슴이 미어지는 것 같았다. 저런 모습을 하고서도 내게 예쁘게 보이려고 기녀들의 애교를 흉내 냈구나 생각하니 주체할 수 없을 만큼 애틋했다. 네 말대로 너는 그냥 나한테 길들여진 것뿐일지도 모르는데 진정 나를 선택하고 평생 그런 꼴로 살겠단 말이냐. 차마 묻지 못하고 유안은 마른세수를 했다.

알고 있었는지도 모른다. 예하는 그의 손을 잡는 순간 마음의 결정을 끝낸 것이다. 유안 자신은 아무 각오 없이 그저 감정을 흘려 댔을 뿐이었지만, 예하를 돌려보내야 한다는 막연한 생각을 품고 있으면서도 자제가 안 됐던 거였지만, 그녀는 그렇지 않았다.

너는 아직 잘 몰라. 세상의 바닥에서 살아간다는 게 어떤 건지.

후회하게 될 거야. 하지만 후회할 때면 이미 너무 늦어.

푸른빛을 깨치다

정말로 금이 있어서 금을 기반으로 새 생활을 시작한다면 그건 전혀 다른 이야기일 수 있었다. 하지만 명하를 두고 빈손으로 외국으로 도망가는 건 기약 없는 고생길의 시작이었다. 아무리 유안이 노력해도, 또 능력 있다 하여도, 예하가 지금보다 더 힘든 날들을 아주 오래 견뎌 내야 한다는 건 불을 보듯 뻔했다. 유안이 진정 그녀의 행복을 바란다면 무책임하게 데리고 달아나서는 안 되는 일이었다.

"저기, 나 수틀 끼우는 것 좀 도와줄래?"

머리 손질을 끝낸 예하가 둥근 나무틀을 내밀었다. 그가 틀을 잡자 팽팽하게 천을 잡아당기고 원을 맞물리더니 바늘을 꺼내 들어 자수를 놓기 시작했다.

유안은 벽에 기대앉아 그녀의 움직임을 물끄러미 지켜보았다. 예하는 어디 하나 나무랄 구석 없이 그저 예뻤다. 동그란 정수리도, 부드러운 턱 선도, 야무진 손가락도, 심지어 눈을 깜빡이는 모양까지 참을 수 없을 만큼 사랑스러웠다. 숨 쉬느라 오르락내리락하는 쇄골이나 답답한 듯 꼼지락거리는 발가락에서까지, 저 여자가 살아 있구나, 내 여자구나, 전해져 오는 감동에 가슴이 저릴 정도였다.

'안고 싶다.'

그녀가 움켜쥔 심장이 비명을 지르고 있었다.

안고 싶다. 단 한 번, 단 한 번만이라도.

그에게 허락된 사람이 아니지만 세상이 흔들리는 틈을 타 품고 싶었다. 그러면 그 기억을 안고 평생 살 수 있을 것 같았다. 그러면 예하를 놓아줄 수 있을 것 같았다.

만지고 싶었다. 맛보고 싶었다. 살을 맞대고 싶었다. 그녀의 향기를 가득 들이마시고, 머리부터 발끝까지 그녀를 느끼고, 자신으로 인해 달뜬 그녀의 숨소리를 듣고 싶었다. 온전히 하나가 되어 소유하고 싶었다. 짧은 한순간이라 할지라도.

'하지만, 그러고 나면 예하는 어찌할 것인가.'

평생 떳떳치 못하게 살아야 하는가. 다른 사내의 흔적을 품고. 서방이 행여 눈치챌까 두려워하며.

내 사랑이 그녀에게 올가미가 되어서는 안 되지 않는가.

유안은 쓴웃음을 흘렸다.

'서방이라고.'

잠깐 떠올리는 것만으로도 질투로 미칠 것 같으면서 무슨 소릴 하는 건가.

'그 기억을 안고 평생 산다고.'

저 여자가 다시 아가씨가 되어 다른 남자에게 시집가면, 너는 살아갈 수 있을 것 같은가.

연정이란 아귀 같은 것이었다. 하나를 가지면 둘을 갖고 싶고, 다시 열을 욕심내고, 끝없는 허기에 헐떡이며 상대를 갈구하는 것이다. '여기까지면 됐다.'라고 절대 말하지 못하는 갈증. 사랑하는 이의 손짓 하나 누구와도 공유하고 싶지 않은 탐욕. 그런 게 사내가 여인을 연모하는 마음인 거다.

예하가 피곤한지 눈을 비볐다.

"불도 어두운데 밤늦게까지 뭘 수놓습니까?"

그의 물음에 그녀는 방긋 웃었다.

"이건 팔려는 거 아냐. 너 머리띠 하나 만들어 주려고."

손을 들어 보여 주는 자주색 비단에는 푸른 범이 반쯤 그려져 있었다. 멋지지? 너한테 잘 어울릴 거야. 예하의 얼굴에 자랑스러움이 가득했다.

유안은 이를 물었다.

아아, 그렇구나.

인정하지 않을 수가 없구나.

그녀는 행복해 보였다. 반짝반짝 빛이 났다. 언제나 가라앉아 있었던 정숙한 규수가 아니라, 그를 볼 때마다 애잔하고 슬픈 눈을 했던 예하 아가씨가 아니라, 이제 그녀는 사랑에 들뜬 눈망울로 연인을 똑바로 쳐다보는 당당한 여자가 되어 있었다.

두 사람이 남들을 의식하기 시작하면서부터 예하는 언제나 서글픈 얼굴로 그를 보곤 했다. 마음에 담아 놓은 말을 차마 입 밖으로 내지 못하는 듯 애정과 안타까움을 가득 담은 시선으로 그를 지켜보았다. 그에게 옷을 지어 줄 때면 남들 모르게 밤에만 일했고, 유안은 그런 예하의 그림자를 방 바깥에서 바라보며 뜨겁게 달아오르는 심장을 식혀야만 하였다.

그랬던 그녀가 지금은 거칠 것 없는 얼굴로 그를 향해 웃고 있다. 얼굴은 야위었지만 볼이 복숭아처럼 발그레하고, 입성은 초라하지만 표정에 생기가 넘친다. 인정할 수밖에 없다. 예하는 분명히 지금 행복한 것이다.

'예하가 저런 얼굴을 하게 만들 수 있는 건 세상 천지에 나

하나밖에 없어.'

가슴이 뻐근하고 무언가가 울컥 치밀어 올랐다.

'그럼, 죽을힘을 다해서 예하의 행복을 지켜 주어야만 하는 거 아닐까.'

괜찮을지도 모른다. 할 수 있을지도 모른다. 그는 아는 것도 재주도 많았다. 청국말도 되고 장사도 할 수 있으며, 남의 밑에서 몇 년 일하고 나면 스스로 자본을 융통할 만한 배짱과 요령도 있다고 믿었다. 무예를 가르칠 수도 있고 물건을 고칠 줄도 안다. 신분이 불분명한 외국인이니 학문을 써먹을 기회는 없겠으나 실용적인 분야에 관해서는 누구보다 월등하리라 자신할 수 있었다.

그러니 사랑하는 여자를 호강시켜 줄 수 있을지도 모른다. 신분도 가문도 아닌 그 자신의 힘만으로.

그러면 그녀는 이제까지보다 더 행복해질지도 모른다. 비록 신분이나 가문을 다 잃었다 할지라도.

사고가 자꾸만 유리한 쪽으로 편한 방향으로 흘러가고 있다는 걸 유안은 깨달았다. 궤설詭說이라는 생각도 들었다. 하지만 그는 정말로 알 수가 없었다. 지금 자신에게 필요한 것이 용기인지 아니면 자제력인지.

"만약 정말 우리가 흑룡강변에 가는 날이 온다면……."

수를 놓느라 흘러내린 예하의 머리카락을 쓸어 올려 주며 그는 말을 걸었다. 입술이 살짝 말랐다. 그녀가 바늘을 멈추었다.

"……그때는 저의 것이 되어 주겠습니까?"

예하는 손에 들고 있던 틀과 바늘을 무릎 위에 놓았다. 그러고는 천천히 고개를 들어 그와 눈을 마주쳤다. 흐린 호롱불 빛 속으로 그녀의 눈동자 속 설렘이 선명하게 보였다.

"나는 지금도 너의 것인데, 유안."

수줍지만 망설이지 않는 대답이었다. 떨리지만 따뜻한 음성이었다.

"그리고 우리는 반드시 흑룡강변에 갈 거야. '만약'이 아니야."

고집스럽게 입술을 오므리며 유안의 영원한 주인이 뺨을 붉혔다.

그는 손을 내려 예하의 귓가를 천천히 쓰다듬었다. 잔머리가 가느다랗게 감겼고 귓불은 손가락에 보들보들했다. 따뜻한 목덜미를 지나 손이 턱을 받치자 예하가 파르르 눈을 감았다.

"오라버니가 반대해도요?"

그의 물음에 그녀는 고개를 끄덕였다.

"제가……, 싫다고 해도요?"

갈라지며 나온 목소리에 예하가 눈을 반짝 떴다.

"유안, 너는 무얼 하든 내 행복을 위해서 한다고 했지. 설령 그게 내가 원하지 않는 거라고 해도 말이야."

유안은 대답하지 않고 그녀를 가만히 응시하였다.

"그런데, 뭐가 내 행복인지는 누가 결정하는 거지?"

또박또박 힘주어 묻는 예하의 얼굴이 울음을 터뜨릴 것처럼 진지했다. 유안은 말문이 막혀 멈칫하였다.

"너마저 그러면 안 돼. 내 행복은 아버지나 오라버니나 남편이 결정하는 게 아니라는 걸 너 하나만은 인정해 줘야 해."

이번에는 그녀가 손을 들어 유안의 뺨에 갖다 대었다. 따뜻하고 폭신한 작은 손, 그러나 당차고 힘 있는 손, 그의 심장을 쥐고 있는 여자의 암팡진 손이었다.

"행복이 뭔지 이제 알아 버려서, 아무리 남들이 다른 게 행복이라고 해도 믿을 수 없게 됐어, 난. 그러니 너도 남들 기준으로 내 삶의 가치를 규정짓지 말아 줘. 나는 너를 사랑해서 행복한 거야."

단호하게 말하고 있었지만 그녀의 눈은 젖어 있었다. 진심을 전하기 위해 필사적인 얼굴이었다. 너만은 나를 등 떠밀면 안 돼, 내 손을 놔 버리면 안 돼. 안 그럴 거지, 응?

유안은 예하를 끌어안았다. 사랑하고 사랑해서 몸이 갈가리 찢어지는 것 같았다. 그녀를 보고 있어도 그립고 안고 있어도 목말랐다. 어떻게 해도 채워질 수 없는 열망이 뜨거운 숨으로 터져 나왔다.

'내가 어떻게 너를 놓아. 벌써 아귀가 돼 버렸는데. 울부짖고 있는데. 놓을 수 없다고, 더 갖고 싶다고, 이대로 삼켜 버리고 싶다고, 영원히.'

그러나.

"주무세요……. 내일은 도련님을 만나게 될 테니 건강한 모습을 보여 드려야죠. 지도를 찾은 후에 생각하기로 해요, 나머지는."

푸른빛을 깨치다

나지막하게 속삭이고 그는 예하를 안고 있던 팔을 풀었다.

그녀는 잠깐 그의 옷깃을 붙잡았으나 스르륵 놓고 고개를 끄덕였다. 지도를 찾고 생각해도 결론은 절대 바뀌지 않을 거니까, 그저 조그맣게 속삭였을 뿐이었다.

수틀로 다시 고개를 숙인 예하는 그를 위해 푸른 호랑이를 그려내기 시작했다.

유안은 낮게 숨을 내뱉으며 눈을 감았다.

'예하야, 내가 널 사랑하는 걸 마지막까지 증명하게 해 줘.'

……내가 나 자신보다 너를 더 사랑한다는 걸 믿어 줘.

20

수겸이 사고를 쳤다.

정원대는 관군에게 끌려가는 명하를 보며 치를 떨었다. 아들이 뭐라 말해 놓았는지 관군의 우두머리는 자신에게 고맙다고 하였다.

명하는 원망 섞인 눈길을 던졌을 뿐 말없이 잡혀갔다. 그가 데리고 온 여자가 새파래진 얼굴로 방문 앞에 서 있었지만 군졸들은 그녀에게 관심을 보이지 않았다.

조 행수가 안절부절못하며 상전의 눈치를 살폈으나 정원대는 아무 지시도 내리지 않았다. 수겸을 찾으라고 해 보았자 이미 어디론가 사라지고 없을 터였다. 설마 했건만 아들은 결국 아버지의 뒤통수를 쳤다.

그는 방문을 쾅 닫았다.

네놈이 내게 이럴 수는 없는 것이다.

예하는 유안의 소맷자락을 붙잡았다.
"안 돼. 가지 마."
푸른 눈에 그늘을 담고 유안은 한숨을 삼켰다.
"진심이 아니신 거 압니다. 아가씨의 오라버니이니까요."
두 사람은 마을 입구에서 조금 떨어진 숲 속에서 언쟁 중이었다. 아니, 언쟁이라고 할 수는 없었다. 두 사람 모두 정답을 알고 있으나 예하가 차마 그걸 허락할 수 없는 것뿐이었다.
한양에서 도망쳐 온 역적의 아들이 관아에 하옥되었다는 소문을 들은 게 한 식경 전. 유안은 그를 확인하러 가겠다고 하였다. 하지만 그녀는 유안을 가라 할 수 없었다.
"오라버니는 관군에 협조하실 거야. 그럼 전하께서 용서해 주실 거라고 오라버니가 그랬잖아. 그러니 꼭 네가 가지 않아도 돼. 그 사람들이 오라버니는 함부로 못 해도 너한텐 바로 칼을 겨눌 거야. 가지 마."
오라버니는 슬기롭게 상황에 대처할 거다. 예하는 그렇게 믿고 싶었다. 비록 그가 거칠게 끌려갔다는 말을 들었어도.
"홍자단의 집에서 보지 않으셨습니까. 관군의 우두머리는 잔혹하기 이를 데 없는 자입니다. 만약 도련님이 무사하시면 그냥 올 터이니 나중에 후회하지 마시고 보내 주십시오."
그는 간곡한 목소리로 예하를 설득했다. 유안이라고 그녀를 혼자 남겨 두고 위험에 뛰어들고 싶은 건 아니었다. 하지만 명하와의 사이에도 정이 있어, 위급한 형편인 걸 알면서 그냥 둘 수는 없었다. 그리고 지금은 말릴망정 그녀도 마음속으로는 오라비의 구명求命을 원하고 있을 것이다.

"꼭 무사히 돌아오겠습니다. 그러니 걱정 말고 이곳에서 기다리세요."

손을 토닥이며 달래는 말에 예하는 눈물을 머금었다.

오라버니가 잡혀갔다는 소식을 듣고 눈앞이 새하얘졌던 건 사실이다. 지금도 가슴이 벌렁벌렁하고 행여 험한 꼴을 당했을까 걱정으로 다리가 후들거렸다.

하지만 어떻게 유안을 그리 보낸단 말인가. 그저 검객 한둘을 상대하는 것도 아니고 관군인데, 훈련받은 군졸들인데, 혼자 거기 간다고 어떻게 오라버니를 구해 온단 말일까.

유안은 망설이는 그녀를 끌어안았다. 커다란 남자의 몸에 작은 여자가 폭 파묻혔다. 길게 늘어진 비단 같은 머리카락 사이로 그가 다정하게 속삭였다.

"사랑합니다. 꼭 돌아올게요. 그러니 나를 믿고 기다려 주세요."

몸을 돌린 유안이 나무 그늘로 사라지는 것을 예하는 끝까지 보지 못했다. 눈물이 앞을 가리고 불길한 예감이 몸을 휘감아, 그녀는 사랑하는 남자의 뒷모습을 오랫동안 가슴 시리게 그리워해야 했다.

"숨길 생각은 없다?"

수염이 허연 관군의 우두머리는 입가에 웃음을 걸고 명하를 주시했다. 눈앞의 도령은 깐깐해 보이는 외양과 달리 의외로 융통성이 있는 모양이었다.

"그렇소. 어차피 지도를 찾으면 전하께 바칠 요량이었소이다. 이리 잡힌 마당에 그런 말이 썩 설득력 있진 않겠소만, 지도 하나 들고 이국땅을 헤맬 만큼 어리석은 자는 아니오. 그러니 어서 함께 올라가 전하를 뵙게 해 주시오."

명하는 떨지 않았다. 죄인 취급을 받고 있긴 하지만 이런 하찮은 자를 마주하고 부들부들 떨 만큼 정신력이 형편없진 않았다. 임금이 내려 보낸 자는 그다지 품위 있는 인간으로 보이지 않았고 명하는 그와 길게 이야기할 이유를 찾지 못했다.

그러나 임금으로부터 전권을 위임받은 흰 수염은 다른 생각을 가지고 있었다.

"지도를 이리 주시오."

공격적으로 턱을 치켜 올리며 그가 손을 내밀었다.

명하는 눈살을 찌푸렸다.

"내게 지도를 주지 않는다면 방금 한 말은 다 거짓이라 생각하겠소. 착각하지 마시오. 전하께서는 당신을 만나고 싶으신 게 아니라 지도를 원하시는 게요. 당신은 역적의 일원이며 죄인, 전하께서 선처하신다 하여도 모두 나중 일이오."

우려했던 상황이었다. 지도를 들고 올라가 임금께 자복하며 아뢰었어야 용서를 얻는 건데, 지금은 누가 보아도 붙잡혀서 하는 수 없이 굽히는 꼴이었다. 그렇지만 버티며 지도를 내놓지 않는 것은 훨씬 더 위험했다. 명하는 품 안에서 낡고 변색된 문서를 꺼내 흰 수염에게 내밀었다.

"흠……, 상해라. 금이 묻혀 있는 곳이 여기란 말이지."

입을 비쭉거리며 웃은 흰 수염은 지도를 대충 살펴본 후 다시 접어 옥함에 넣었다. 임금께서 이걸 보고 기뻐하실 생각을 하니 기분이 무척 좋아졌다. 이제 승승장구 내 인생 펴는구나, 절로 웃음이 났다.

옥함을 귀중하게 품은 흰 수염은 뒤도 돌아보지 않고 방을 나섰다. 내가 아니면 누가 이 험한 일을 해냈으랴, 뿌듯한 심정으로 그는 껄껄 웃어 댔다. 그러다 문득 웃음을 멈추고 바깥을 지키던 부관에게 낮은 목소리로 지시했다.

"처리해라."

부관은 망설이는 빛을 했다.

"그래도……, 전하께 데려가야 옳지 않겠습니까?"

흰 수염은 그렇게 생각하지 않았다. 임금께서는 많은 사람이 금에 대해 알기를 원치 않으셨다. 그렇다면 저자의 죽음을 내심 바라시지 않을까, 그는 자의로 해석을 마쳤다. 거칠기로 악명 높은 자신을 굳이 이 일에 붙이신 것도 임금께서 손에 피를 묻히지 않기 위해서라고 믿었다.

그래서 관아로 데려가지 않고 사가에서 대면한 것이었다. 타인의 개입을 최대한 막고 일을 소리 없이 처리하기 위해. 그 누이라는 계집은 어차피 아무 힘 없을 테니 정씨 댁 도령이 데려가든 말든 상관할 바 아니었다.

이제 술이나 마시다가 남원 기생 하나 품고 달게 자면 되겠구나. 껄껄 웃음을 흘리며 흰 수염은 흡족하게 처소로 향했다. 마지막으로 부관을 향해 눈을 부라림으로써 명령의 번복은 없음을 확실히 한 뒤.

지도를 흰 수염에게 뺏긴 명하는 방 안에 허탈하게 앉아 남겨 두고 온 이 부인을 떠올리고 있었다. 처음엔 그녀까지 끌려오지 않은 게 다행이다 싶었지만 다시 생각하니 오히려 더 문제였다. 혼자만 한양으로 압송돼 가면 가진 것 하나 없이 내쳐진 여자는 어찌하나. 부부의 연을 맺자마자 이렇게 어이없이 찢기고 마는가. 임금께 용서를 받는다고 해도 그때 여자를 찾는 게 가능할까. 칼로 베어 낸 것처럼 끊어진 두 사람의 인연을 과연 다시 이을 수 있을지 근심으로 마음이 천근같았다.

그는 얼굴을 쓸며 한숨을 쉬었다. 남원에서 만나기로 한 예하도 걱정이었다.

소문을 듣고 발길을 돌려야 할 터인데. 그 애만은 잡히지 말아야 하는데. 유안이 그 애를 끝까지 지킬 수 있어야 할 텐데.

'유안은……, 나를 구하러 올 수는 없겠지.'

당연한 일인데도 조금 가슴이 쓰라려 명하는 다시 한 번 한숨을 내쉬었다.

다시 누군가가 방으로 들어올 거라곤 생각지 않았던 터, 갑자기 관군이 문을 열고 들어오는 바람에 생각에 잠겨 있던 명하는 벌떡 일어섰다.

"따라 나오시오."

관군, 흰 수염의 부관은 얼굴을 잔뜩 찌푸리고 있었다.

무예에 출중하지는 않았으나 명하도 상대의 기운을 읽을 줄은 알았다. 부관의 전신에서 풍겨 나오는 것은 불쾌감과 혐오감이었고, 그건 자신을 향한 게 아니었다. 개인적인 원한 없는 초면의 관군이 명하에게 그런 감정을 품을 이유가 없었다. 그렇다면 너무나 선명한 저 언짢은 기색은, 상대가 지금부터 해야 할 무엇에 대한 불편한 감정임에 분명했다.

명하는 본능적인 공포감으로 몸을 뻣뻣하게 굳혔다.

'결국은.'

설마설마하면서도 임금을 믿으려고 했던 스스로가 한심스러워 명하는 짧게 헛웃음을 날렸다. 아버지가 옳았던 것이다. 그는 어리석었다. 하지만 길게 한탄하고 있을 상황이 아니었다. 비무장에 무력한 그에 비해 상대는 험한 일로 잔뼈가 굵은 군관이었고 바깥에는 병사들이 즐비했다. 그야말로 목숨이 칼끝에 달려 있는 상황이었다.

명하가 경직하자 군관은 억지로 얼굴을 일그러뜨리며 웃음을 지어냈다. 백주에 빌려 앉은 남의 집에서 살인을 저지를 수는 없는 일인지라 그는 잠깐 확인하고 싶은 일이 있으니 나가자며 명하를 꾀었다.

그러나 명하는 온 힘을 다해 그를 밀치고 마당으로 뛰쳐나갔다. 누군가, 누구든, 관군이 아닌 민간인이 있다면 나를 보아다오! 간절한 바람으로 그는 일부러 문을 쾅 세게 밀치며 버선발로 뛰어내렸다.

푸른빛을 깨치다 405

절망스럽게도, 바깥에 있는 건 군졸들뿐이었다. 어리둥절한 얼굴을 하고 있긴 했지만 그들은 다 부관의, 흰 수염의 수하였다. 부관이 낭패라는 표정으로 고갯짓을 하자 합심하여 일시에 명하를 향해 달려들었다. 눈앞이 캄캄해졌다. 뒤로 한 발짝 물러섰다.

"유……, 유안!"

그 순간에 왜 유안의 이름을 불렀는지는 알 수 없는 일이었다. 하지만 절체절명의 순간, 아무것도 생각나지 않는 그 순간에 명하는 목청껏 유안을 불렀다. 마치 유안이라면 기적이라도 만들어 낼 수 있다는 듯이. 바로 조금 전에 유안이 자신을 구하러 올 수는 없을 거라 단념했었음에도.

그리고.

기적이 일어났다. 새파란 하늘을 등지고 검은 머리카락을 날개처럼 펼치며 거짓말같이 유안이 뜰로, 명하의 바로 앞으로 내려앉았다.

"유안."

명하는 자기도 모르게 그를 다시 불렀다. 믿어지지 않았지만 그는 염원이 만들어 낸 환상이 아니라 실재實在였다. 칼을 뽑아 든 채 팔을 벌려 자신을 뒤에 감춘 유안은 너무나 커서 위압감에 숨이 턱 막힐 지경이었다. 그리고 그런 느낌은 칼을 받아야 하는 상대들에게는 아마 더할 것이다.

"제 뒤에서 떨어지지 마십시오. 절대 지지 않습니다. 저를 믿으세요."

환영幻影이 아닌 유안이 낮고 차분한 목소리로 명하에게 일렀다.

흙 마당에서 가볍게 먼지가 일었다. 유안의 머리칼이 바람의 방향에 따라 흔들렸다. 그러나 그의 몸은 마치 바위처럼 단단히 명하를 엄폐하고 있었다. 두 사람을 둘러싼 군졸들이 대뜸 덤벼들지 못하고 눈치를 살피는 게 명하에게도 느껴졌다.

챙. 콰당. 피직.

칼과 칼이 부딪치는 소리가 귀를 찢을 듯 날카로웠다. 내게도 칼이 있었으면 함께했을 것을, 잠시 생각했으나 명하는 곧 자신의 만용을 부정했다. 눈앞에서 정신을 홀릴 듯 움직이고 있는 사내는 명하가 살면서 한 번도 보지 못한 무엇이었다. 커다란 체격에서 기대할 수 없는 놀라운 유연함, 군더더기 없이 깔끔한 손놀림, 공기를 가르는 칼에 주어지는 짧고 강렬한 힘, 그리고 명하가 노출되지 않게 맞추어 내는 절묘한 균형. 수려한 얼굴이 보이지 않음에도, 뒷모습만으로도 숨이 멎을 것같이 아름다운 맹수의 모습이었다. 감히 누가 끼어들어 망쳐서는 안 되는 그림이었다.

유안은 싸우는 동안 잡생각을 하지 않았다. 예하를 놓고 수겸의 검객들과 대치했던 것과는 완전히 다른 상황이었다. 이들은 자신과 명하의 죽음을 원한다. 그리고 일반 군졸들에 비해 월등하게 훈련이 잘된 자들이다. 명하는 예하처럼 안고 도망칠 수 없는 사람이다. 그러니 모두 쓰러뜨리고 걸어서 이곳을 나가야만 하였다.

피가 허공에 흩뿌려졌다. 살생을 원하지는 않았지만 쫓아올 수 없을 만큼 상처를 입혀야 했기에 유안은 몸을 사리지 않았다. 살점이 튀고 비명이 낭자했다. 칼과 칼이 부딪치는 소리보다 훨씬 끔찍한 것은 칼이 뼈를 부수는 소리였다. 그리고 가장 지독한 건 핏물을 토해 내는 인간의 울부짖음이었다. 그러나 유안은 신경 쓰지 않았다. 명하를 데리고 무사히 예하에게 돌아가는 것. 가급적 빨리. 그것만이 지상명령이었다.

마침내 모두가 발아래 널브러졌다. 잘린 팔다리가 나뒹굴고, 살아 있는 자들의 신음 소리가 마당을 가득 채웠다. 유안은 천천히 몸을 돌려 명하를 마주 보았다.

아.

명하는 전율했다.

피를 뒤집어쓴 유안이 당연히 야차夜叉같은 얼굴을 하고 있을 거라 믿었건만, 그는 여전히 단정하고 침착한 평소의 유안이었다. 어서 가시지요, 재촉하는 목소리에도 감정은 섞여 있지 않았다. 필요에 따라 베었을 뿐 상대를 증오하지도 동정하지도 않는 강한 무사, 여전히 아름답고 한결같이 매혹적인, 어린 명하가 동경했던 커다란 남자가 거기 있었다.

그리고 그는 예하와 관련된 일이 아니면 평상심을 잃지 않는 사람이었다.

달리기 시작했다. 핏물이 눈에 들어와 따가웠고 바람결에 피비린내가 역겨웠다. 명하의 속도에 맞추며 유안은 비로소 자기 꼴이 눈에 들어와 이를 물었다.

'이런 모양이면 예하가 식겁할 텐데.'

그녀의 눈에 공포가 서리는 건 보고 싶지 않았다. 그러나 씻고 갈 여유는 없으니 감수해야 하는 상황. 식인귀 같은 모습을 보이게 될 것에 그는 마음이 무거웠다.

"네 말대로 했다."

유안과 함께 달리던 명하가 한마디 툭 던졌다. 두 사람의 시선이 바람결에 짧게 어긋났다.

"그들에게 가짜 지도를 넘겼다는 뜻이다."

유안은 대답하지 않았다.

상해에 금이 묻혀 있다고 표시된 지도는 홍자단과 명하가 함께 만들어 둔 가짜였다. 홍자단의 집에서 만났을 때 유안이 명하에게 조언했었다. 그럴듯한 가짜를 만들어 가지고 계시라, 의도치 않은 상황에서는 가짜를 쓰시는 편이 안전하다, 많은 사람들의 목숨과 비원이 담긴 소중한 금인만큼 지켜야 하지 않겠는가, 하고.

현명한 행동이었다. 그걸 손에 넣은 흰 수염은 명하를 죽이려 했다. 그러니 임금께 금을 바치고 가문을 구한다는 소망은 헛된 것임이 분명해졌다. 잃은 것 없이 임금의 의중만 확인했으니 성공적이라 할 수 있었다.

그러나 명하는 가슴이 찢어지는 것 같았다. 그의 모든 희망은 산산이 부서져 버리고 말았다.

"진짜 지도는 이 부인이 가지고 있다. 사달이 알려지기 전에 부인을 빼내어야 하지 않겠나."

그녀를 호강시켜 줄 수 없구나. 겨우 목숨을 건지고 나자 명하에게 제일 먼저 떠오른 건 그 생각이었다. 비단옷 입혀 대접받고 살게 해 주고 싶었는데, 부질없는 꿈으로 스러졌다. 하지만 지금 이 순간 더 절실한 건 그녀의 안전이었다. 관군이 그녀에게 분풀이를 할지도 모른다, 나 때문에 여자가 다칠지도 모른다 생각하니 명하는 심장이 조여드는 것 같았다.

"이미 모셔 두었습니다."

유안은 명하를 돌아보지 않고 대답했다.

그를 구하러 가기 전, 먼저 이 부인부터 빼돌려 예하 옆에 데려다 놓았었다. 사태가 파국으로 치닫고 있다는 걸 예감했기에.

쿡.

쓴웃음을 흘리며 명하는 고개를 돌렸다. 너무 완벽해서 화가 난다. 그리고 그런 자신이 유치해서 한 번 더 화가 난다.

이 부인에게 차마 말하지 못했던 한 토막의 진실이 날름거리며 고개를 들었다. 어쩌면 그가 유안에 대해 품어 온 모든 마음의 근원일지도 모를, 열등감. 가슴속에서 똬리를 틀고 있던 묵은 감정이 진저리나도록 생생했다. 지금 그런 걸 깨닫고 지질하게 굴 처지가 아님에도.

무사히 산속까지 도착했을 때는 이미 해가 뉘엿뉘엿 지는 저녁나절이었다. 거미줄처럼 무늬 진 햇빛을 헤치고 두 남자가 여자들이 기다리는 숲 속 공터에 이르렀다. 말라붙은 핏자국을 예하의 눈에 조금이라도 늦게 보이고 싶어 유안은 명하를 앞장

세웠다.

"서방님!"

사색이 되어 공터를 서성이던 이 부인이 명하의 모습을 보자 달려와 손을 잡았다. 차마 껴안고 재회의 기쁨을 표하지 못하는 부끄럼쟁이 부인을 보고 그녀의 서방이 미소를 지었다. 무사하오. 걱정이 많았소. 괜찮아요, 괜찮아.

그러나 그건 명하가 아직 몰라서 한 말이었다. 전혀 괜찮지 않았다. 주위를 둘러보던 유안의 얼굴이 점차 하얗게 질려 갔다. 그리고 이 부인이 명하를 향해 절규했다.

"아가씨가, 아가씨가 잡혀갔습니다!"

명하가 얼어붙었다. 이 부인이 그의 어깨 너머로 유안과 눈을 마주쳤다. 유안의 검푸른 눈이 새카맣게 변했다.

어스름이 깔리기 시작한 공터에는 세 사람과 말 한 마리밖에 아무것도 없었다.

예하가 없었다.

"지겹군요, 이런 구도."

정수겸은 노골적으로 냉랭한 표정을 하고 있었다. 입술에 걸린 비웃음이 날카로웠다.

예하는 할 말이 없어 눈을 내리깔았다. 그의 손에 떨어진 게 벌써 세 번째. 이젠 도망칠 방법조차 생각나지 않는다. 눈속임은 더 이상 통하지 않을 테고 그도 회유하려는 의지를 버린 모양이었다.

푸른빛을 깨치다

수겸이 숲 속 공터에 모습을 드러냈을 때 예하는 기절하는 줄 알았다. 저물어 가는 햇빛 속 그의 모습은 마라魔羅의 현신인 양 섬뜩하도록 기려奇麗하였다. 나무 그늘에 몸을 반쯤 가려 빛과 그림자의 인상印象을 동시에 구현해 낸 수겸은, 아무 말 않고 예하에게 손을 내밀기만 했다. 얼음처럼 차가운 눈을 하고 화사하게 웃음 짓는 그가 너무 무서워 그녀는 도망갈 엄두도 내지 못했다.

예하를 말에 태운 남자는 떨고 있는 이 부인을 향해 감정 없이 말했다.

나는 정수겸이라 하오. 무사가 나에 대해 잘 알 것이오.

그건 분명히 전하라는 의미였다. 왜 이 부인의 입을 막지 않고 과시하듯 직접 나를 납치한 걸까, 예하는 이해할 수 없었다.

가슴속에 서늘하게 바람이 분다. 유안은 괜찮을까, 오라버니는 안전할까, 나는 다시 유안을 만날 수 있는 걸까. 무엇 하나 알 수 없는 막막한 상황에서 아직 절망할 때가 아니라고 다짐하는 건 쉬운 일은 아니었다.

"아가씨는 무엇을 추구하는 겁니까?"

수겸의 목소리는 냉정했다. 비스듬히 보료에 기대앉아 술잔을 들고 있는 그는 더 이상 예하에게 예를 갖추지 않았다. 말만 높이고 있을 뿐이었다.

"아실 겁니다. 임금께서는 아가씨 집안을 버렸습니다. 충이 배반당한 지금, 효를 좇으시려는 겁니까? 아버님의 뜻을 받들어 금을 수호하러 가겠다는 겁니까?"

그는 자기 질문이 우스운 듯 소리 내어 웃었다. 충효라니, 참을 수가 없군. 정치 도구로 전락해 버린 이념에 대한 역겨움을 수겸은 숨기려고 하지 않았다.

그러고는 입술 가에 웃음을 남긴 채 예하를 쳐다보았다.

"아니면, 아가씨는 공의로운 분이니 그 금으로 구휼 사업을 펴시려는 겁니까? 백성에게 베풀기 위해서요?"

그 대목에서 예하는 고개를 들었다. 그리고 진중하게 저었다.

"저는 그런 것을 명분으로 삼을 만큼 뻔뻔한 사람이 아닙니다. 충도, 효도, 안민安民도, 저 따위가 바랄 가치가 아니겠지요. 제가 원하는 것은 저의 행복입니다. 누가 시키는 대로 사는 게 아니라 제가 택해서 사는 인생, 그 속에서 찾는 소소한 기쁨뿐입니다."

수겸은 눈을 가늘게 뜨고 술잔에 붉은 입술을 대었다.

이어진 그의 질문에는 웃음기가 없었다.

"다른 나라에 가면 자유나 행복이 있다고 생각하시는 겁니까? 이 세상에 낙원은 없습니다."

어디에도, 누구의 삶에도, 낙원 같은 건 존재하지 않는다. 인간의 노력은 개선보다 개악으로 이어지는 경우가 많고 한번 손에서 놓은 것은 되찾을 수 없는 법이다. 당신은 왜 그걸 모르는가.

그의 말을 알아들었기에 예하도 진지하게 대답하였다.

푸른빛을 깨치다   413

"저는 이미 낙원을 찾았습니다."

잠시 침묵이 흘렀다. 수겸은 술잔을 소반에 올려놓고 자세를 가다듬더니 애써 만들어 낸 냉소를 섞어 말했다.

"그와 함께하는 곳이면 어디나 낙원이라 하시는 겁니까? 어리석기 짝이 없군요."

예하는 대답하지 않았다.

방 안의 공기가 싸늘하게 식었다. 수겸은 더 이상 비웃음조차 올리지 않았고 예하도 그의 비위를 맞추려고 하지 않았다. 포장되지 않은 날감정이 두 사람 사이에서 서걱거렸다.

"금은 없을지도 모릅니다."

"금을 찾아 가는 것이 아닙니다."

대화는 짧았지만 두 사람의 시각차를 극명하게 보여 주었다.

수겸은 자리에서 일어섰다. 뒷짐 지고 거니는 그의 그림자가 촛불에 일렁거렸다.

아버지를 배신하고 민명하를 밀고한 것은, 그래야만 유안을 여자로부터 떼어 놓을 수 있었기 때문이다. 직접 상대하면 피해가 클 수밖에 없지만 관군 쪽에서 유안을 맡아 준다면 이야기가 간단해진다. 아무리 그가 여자만 아낀다 해도 민명하 역시 그의 상전, 무시할 수 없을 거라 믿었고 그는 예상대로 움직여 주었다. 유안이 옛 주인을 구하러 간 사이 예하는 무방비였다. 이렇게 홀랑 집어 올 수 있을 정도로.

그러나 마음은 따라오지 않았다. 껍데기뿐이다. 각오하고 있었지만 기분이 더럽다. 어떻게 하면 기분이 나아질까.

"내일 올라갑니다."

수겸은 단호하게 내뱉었다.

"한양으로 가지 않습니다. 아가씨와 저는 아무도 모르는 곳에 신접살림을 차릴 겁니다. 원하시는 자유를 드리지 못해 미안합니다만, 제가 가진 것만 드릴밖에요. 언젠가는 아가씨도 그게 더 가치 있는 거란 사실을 아시게 될 겁니다."

외국의 금 따위는 필요 없다. 내 소유만으로도 충분히 여자를 호사스럽게 꾸며 줄 수 있다. 아무것도 부족하지 않도록 쏟아 부으리라. 새롭고 흥미로운 것들로 심심할 겨를이 없게 만들리라. 가진 거라곤 몸뚱아리 하나밖에 없는 거지새끼는 죽었다 깨어나도 줄 수 없는 재물과 유락遊樂을 제공하리라. 애정과 정성을 퍼부어 정신을 못 차리게 하리라.

생활과 몸을 길들이고 나면 결국은 마음이 생겨나게 될 터이다. 계집이란 그런 것이다. 아니, 인간이란 그런 거다. 수겸은 그렇게 믿었다.

"주무십시오. 오라버니 되시는 분은 무사히 피한 모양이니 안심해도 될 것입니다."

예하가 안도의 한숨을 내쉬는 걸 돌아보지 않고 그는 방문을 나섰다.

바깥에서 기다리던 장비가 읍을 하며 다가왔다.

"무사가 이곳을 찾는 것은 시간문제입니다. 어찌하오리까?"

수겸은 석류처럼 붉은 입술을 검지로 훑었다. 민명하가 청국을 가든 말든, 아버지가 금을 뺏든 말든, 임금이 화를 내든 말든, 그로서는 알 바 아니었다. 그에게 남은 문제는 하나였다. 밤이 깊었고 짐승이 달려올 것이다. 시퍼런 눈을 부릅뜨고 갈기를 휘날리며.

  수겸은 표정 없이 명령했다.

  "죽여라."

21

소백산맥小白山脈**과** 진안고원鎭安高原 사이에 끼어 있는 남원은 구릉과 산지로 둘러싸인 분지였다. 비옥한 평야가 기본이었지만 빼빼한 숲이 사방으로 펼쳐져 있어, 누군가가 몸을 감추면 행방을 찾기 쉽지 않았다. 그 숲에 의지해 명하네와 예하네가 남원으로 스며들었고, 이제 다시 그 그늘에 숨어 수겸이 남원을 벗어나는 중이었다. 여름 해도 뜨지 않은, 풀잎의 이슬이 바지 자락을 적실 만큼 이른 시각이었다.

"선발대가 길을 닦고 있으니 곧 속도가 날 겁니다."

장비가 흰빛으로 물들기 시작하는 나뭇가지를 올려다보며 수겸에게 말했다. 거친 가지들은 대체로 잘라 낸 터라 말이 움직이기에 아주 불편한 건 아니었다. 잠시 후면 해가 뜰 테니 한결 운신이 쉬울 것이다.

"그래, 너희들을 믿는다. 내 후히 보상할 것이니 조금만 참아라."

말 위에서 꼿꼿하게 등을 세운 수겸이 미소 지었다. 눈부시게 아름다운 그들의 대장은 영리하고 배포가 클 뿐 아니라 묘하게 사람을 설레게 하는 재주가 있었다. 사내라는 걸 뻔히 알면서도 장비는 뒷목이 뜨끈해져 흠흠 헛기침을 했다.

"그나저나, 어젯밤에 꼭 나타날 줄 알았는데 말입니다."

부하의 불평에 말 위의 수겸이 눈을 갸름하게 떴다.

"그러게 말이다."

말끝을 반쯤 삼키고 그는 입술을 깨물었다.

만반의 준비를 하고 긴장한 채 밤새 기다렸지만 유안은 예하를 구하러 오지 않았다. 그리고 끝끝내 그가 나타나지 않아 맥이 빠진 검객들에게 수겸이 내린 것은 귀경 명령이었다. 그것도 서둘러서 조용히 떠나야 한다는. 사태가 전혀 다른 방향으로 커지고 있었기 때문이다.

부하들을 죄다 잃고 혼자 살아남다시피 한 흰 수염은 눈이 완전히 뒤집혔다. 다 죽여 버리겠노라 발악하며 미친 듯이 날뛰더니 복수를 하겠다고 우레처럼 말발굽을 울리면서 떠났다. 그가 노리는 것은 유안이었지만 명하든 예하든 잡히기만 하면 죽은 목숨이었고 수겸은 그걸 깨닫자마자 소리 없이 남원을 떠났다.

"관군이 설마 나리님의 것을 뺏기야 하겠습니까?"

아무리 눈에 핏발 선 흰 수염이라 해도 양반에다 부호의 아들인 수겸을 함부로 대할 수는 없지 않을까, 장비는 생각했다.

하지만 수겸은 낙관하지 않았다. 지금의 흰 수염에게 이성을 기대하기는 어려웠다. 명하와 유안을 도륙하고 분이 풀린다면 모를까, 다 놓쳐 버리고 온다면 예하를 내버려둘 리 없었다.

"적이 적을 늘려 놓았어."

짜증스럽게 중얼거리며 그는 예하가 탄 가마를 쳐다보았다. 가마를 빙 둘러 검객들이 호위하는 중이었고, 조금 뒤쪽으로는 향월이 어깨를 늘어뜨린 채 걷고 있었다.

네 명의 가마꾼이 짊어진 가마는 굼뜨고 불안정해 마음에 들지 않았다. 하지만 유안과 흰 수염 양쪽을 경계해야 하는 수겸으로서는 최선의 선택이었다. 무예에 약한 그는 유사시에 예하를 지킬 자신이 없었지만 그렇다고 수하의 사내가 그녀를 품에 안고 말을 타게 허락하기는 싫었다.

"그자가 관군들을 죄 작살낼 줄은 몰랐지 뭡니까. 정말 징글징글하도록 센 녀석입니다."

칼 쓰는 자의 오기가 발동하는 듯, 장비는 칼집을 한번 쓰다듬으며 불만을 토했다.

그 말이 맞았다. 유안은 징그럽도록 강했다. 악명 날리던 흰 수염의 관군들이 그렇게 맥 놓고 무너질 거라곤 수겸도 생각하지 못했었다. 그리고 어젯밤 나타나지 않을 거라고도 예상치 못했다. 당연히 혈기가 뻗쳐 덤벼들 줄 알았더니, 그래서 치밀하게 덫을 펼쳐 놓고 기다렸더니, 꾀바른 짐승은 미끼를 물지 않았다. 지금도 가까이에 있을 게 분명한데 기색 하나 없는 걸

푸른빛을 깨치다　419

보면 냉철하게 틈을 노리는 모양이었다.

'설마 나타나지 않을 생각일까.'

그럴 수도 있었다. 자신과 예하가 정착하는 것을 확인하고 기다렸다가 불시에 여자를 빼돌릴 계획일 수도 있었다. 시간이 지나면 경계가 느슨해지기 마련이니, 사실 그쪽이 훨씬 성공 가능성이 높았다.

하지만 그럴 리는 없었다.

'그놈도 사내니까.'

수겸은 혼자 고개를 저었다. 아무리 냉정하고 침착하다 해도 사내는 다 똑같은 법. 자기 여자가 다른 남자의 것이 되는 꼴을 보면서 인내할 수 있는 사내는 없다. 그런다면 그건 수컷도 아니다.

그는 가슴속에 품고 있는 무기를 손으로 천천히 쓸었다. 차가운 금속의 감촉이 선뜩하니 기분 좋았다.

해가 점점 올라오고 있었다. 결전의 순간도 다가온다. 이게 마지막 싸움이 될 테고 이긴 자가 예하를 갖는 것이다.

'오너라. 죽음을 향해. 네 사모하는 여인 앞에서 죽는 것을 허락해 주마.'

이겨야 했고, 이길 자신이 있었다.

수겸은 차게 웃었다.

컴컴한 가마 안에서 흔들리자니 약간 멀미가 나서, 예하는 입을 막고 가마의 휘장을 들어 올렸다. 바깥은 어둡지 않지만 아주 밝지도 않았다. 말의 옆구리가 보이고 그 너머로 물기를 머금은 수풀이 해초처럼 흐느적거렸다.

밤새 유안을 기다린 건 예하가 수겸보다 더 절실했다. 오기를 기다렸고, 오지 않기를 바랐다. 오라버니가 무사하다 했으니 그도 별 탈 없는 거라 믿으며 제발 함정 속으로 걸어 들어오지 않기만을 간절히 기도했다.

그래도, 서운한 마음이 들었다.

'괜찮아. 살아 있기만 하면 반드시 나를 데리러 올 거야.'

불합리한 섭섭함을 한구석으로 밀어내며 그녀는 마음을 굳게 먹으려 애썼다.

'유안은 나를 버리지 않아. 그러니 기다리면 돼. 어딜 가든, 어떻게 살든, 언젠가는 유안이 올 거야. 이제는 다시 아가씨가 되라고 밀어낼 수 없을 테니까.'

두 사람은 재기가 불가능한 바닥으로 떨어졌다. 예하는 평생 죄인의 신분이고 유안은 관군을 죽였으니 잡히면 사형이다. 그러니 그들에게 다른 길은 존재하지 않았다. 무조건 흑룡강으로 가야 하는 거다. 그게 언제가 되었든.

휘장을 내린 좁은 공간은 침침하고 음울했다. 그녀는 눈을 감고 사랑하는 이의 얼굴을 그리는 데 집중하였다. 자기 연민에 휩쓸리는 건 쉬운 일이었지만 지금은 그럴 때가 아니었다. 이제는 강해져야 할 때였다.

'자결 같은 건 절대 하지 않아.'

예하는 입술을 오므리면서 각오를 삼켰다.

푸른빛을 깨치다

어떤 욕을 당하더라도 유안을 기다리며 살아 낼 것이다. 일부러 불행하게 살려고 노력하지는 않겠지만 유안이 없는 편안함에 길들여지지도 않을 거다. 수겸에게 마음을 주는 일도 물론 없을 것이다. 언젠가 사랑하는 사람이 찾아왔을 때 나는 최선을 다해 살았고 한결같은 마음으로 기다렸노라 자신 있게 말하고 싶었다.

"유안, 너를 사랑해."

조그맣게 예하가 속삭였다. 입술을 통해 흘러나온 그의 이름은 달콤하고 애틋했다. 어두운 눈앞을 비춰 주는 촛불처럼 황홀했다.

그를 사랑한다. 그를 기다리면서 살아 낼 거다. 희망이 있는 한 참을 수 있다.

수겸의 여자가 되기 위한 길을 끌려가며, 예하는 입술을 깨물고 다짐했다.

명하와 이 부인은 말을 타고 달렸다. 말에 익숙하지 않은 이 부인은 숨도 못 쉴 정도의 속도였지만 명하는 머릿속이 터질 것 같아 계속해서 박차를 가했다. 자괴감으로 심장이 끊어져 나가는 것 같았다.

'유안은 원망하지 않았어.'

세차게 비껴가는 바람에 얼굴이 얼얼했다. 차라리 말과 함께 굴러 어딘가 부러졌으면 좋겠다고 명하는 생각했다. 여자를 품고 안전을 향해 달려가는 자신의 모습이 역겨워 참을 수가 없었다.

유안은 두 사람더러 부안에 가 있으라 하였다. 말을 타고 가시라고, 아가씨를 구출하려면 어차피 말은 못 쓴다고, 그렇게 말하는 그는 백짓장처럼 창백한 얼굴을 하고 있었다. 명하는 살면서 유안이 그렇게 동요하는 것을 처음 보았다. 그럼에도 그는 상전을 원망하거나 자신의 불운을 불평하지 않았다. 모든 게 명하의 탓이었는데도.

인정하고 싶지 않았지만 인정할 수밖에 없었다. 다 명하의 잘못이었다. 그가 아둔하게도 임금께 지도를 바치려고 했기 때문이었다. 정원대의 감언에 넘어가 경계를 늦추었던 까닭이었다. 상전이 제 몸 하나 건사하지 못하는 바람에 유안은 손에 피를 묻혀야 했고, 사랑하는 여자를 다른 사내에게 빼앗겨야 했다. 결국은 목숨을 걸고 함정으로 뛰어들어야만 하게 되었다.

그러나 유안은 싫은 소리 한마디 하지 않고 두 사람을 배려한 후에 떠났다.

이가 으드득 갈렸다.

유안이 큰 만큼 자신의 바닥은 얕았다. 이제는 열등감 운운할 수도 없었다. 마음속에서 조금씩 허물어지던 아집이 완전히 무너져 가루가 되어 버린 느낌이었다.

"유안은 아무것도 가진 게 없었소."

명하는 자신을 향해 말했다. 말이 무서워 정신없는 이 부인은 그의 말을 알아들을 수도 없을 터였다.

"그렇지만 한순간도 비굴하지 않았지. 피해 의식 같은 걸 보

푸른빛을 깨치다

인 일도 없었소. 언제나 강하고 초연했다오."

자신이 세상 모든 걸 가지고도 불평불만을 일삼았다면 유안은 빈손으로도 너그러웠다. 자신이 어린애였던 동안 그는 멸시를 삭여 내며 성숙했다. 유안은 사랑을 할 줄 알았고 헌신이 무엇인지 몸으로 보여 주었다. 자신이 결코 좋은 상전이 아니었음에도 그는 옛정을 지키기 위해 스스로를 내던졌다.

인생이 쉬운 사람이 누가 있겠는가. 이 부인만 쓸쓸했던 게 아니고 명하만 억울한 것도 아니었다. 유안이야말로 삶이 아팠을 것이다. 의연하게 굴었어도 고통이 없는 건 아니었을 거다.

그걸 위로해 줄 생각은 한 번도 하지 않고 예하에게 정 주는 것만 서운해했다. 너 따위가 내 누이를 넘보느냐고 모욕하고 상처 주었다. 돼먹지 않은 열등감으로 얼굴을 붉혔다. 얼마나 얄팍했는가, 어리석었는가, 잔인했는가.

명하는 미친 듯이 말을 달렸다. 유안이 살아오길 진심으로 간절하게 바랐다. 그래야 미안하다고 말할 수 있으니까. 사실은 너를 무척 좋아했다고, 아니, 좋아한다고 털어놓을 수 있을 테니까.

아침 해를 등지고 바다를 향해 그는 전속력으로 달렸다.

슉. 슉. 슉. 슉.

네 개의 표창이 동시에 날아와 박혔다. 가마꾼 네 사람의 종아리였다. 단말마의 비명과 함께 그들이 무릎을 꿇자 가마가 쿵 소리와 함께 땅에 떨어졌다.

"기습이다!"

가마 가까이 있던 검객이 칼을 뽑으며 소리쳤다. 일행이 일시에 가마를 둘러싸고 표창이 날아온 곳을 찾았다. 수겸은 급히 말에서 내려 가마를 향해 달려갔다.

예하는 바로 알았다. 유안이 왔구나.

그녀는 정신없이 가마에서 기어 나와 수겸의 반대편으로 도망쳤다. 땅에서 솟아난 듯 나타난 유안이 지체 없이 그녀를 끌어당겼다.

"또 당할 줄 아느냐!"

후면에 있던 검객 하나가 호기롭게 유안을 막아섰으나 적수가 되지는 못했다. 가볍게 슥 쳐내는 동작에 칼이 제기처럼 튕겨져 나갔다.

수겸의 부하들은 지난번처럼 한꺼번에 여러 명이 덤벼들었다. 하지만 숲 속이라 인원이 적은 쪽이 유리했다. 유안은 예하를 팔에 안은 채 요리조리 나무 뒤로 몸을 빼며 적과의 거리를 벌렸다. 창창창, 나뭇가지 사이로 작게 휘두르는 칼은 부딪치는 소리마저 경쾌했다.

급박하게 움직이는 중에도 예하는 마음이 놓였다. 의심할 바 없이 유안의 우세였기에, 선발로 앞선 자들이 되돌아오기 전에 도망칠 수 있을 것 같았다. 또 한 번 수겸의 손을 떨치고 날아갈 수 있을 것 같았다.

그래서 수겸이 웃음 띤 목소리로 호령했을 때는 놀라지 않을 수 없었다.

"아가씨를 내놓고 물러서라. 그러면 목숨만은 살려 줄지도 모르지."

수겸의 음성이 금속음 사이로 그보다도 더 냉랭하게 울려 퍼졌다. 검객들은 동작을 줄였고 유안은 예하를 바투 안았다.

"내 말이 아니 들리느냐. 지금이라도 아가씨를 놓고 무릎을 꿇어라."

지고 있는 싸움에서 그의 자신만만한 호통은 상당히 의외의 것이었다. 그런데 놀랍게도 검객들이 좌우로 쫙 갈라서며 수겸과 유안 사이로 길을 트기 시작하는 게 아닌가.

예하는 눈을 크게 떴다. 저자가 가진 게 무엇일까, 유안은 의문을 품었다. 수겸은 아무것도 없이 허세를 부릴 만한 인간은 아니었다.

"아가씨는 내 사람이오. 당신에게는 아무런 권리가 없소."

침착한 유안의 답에 수겸은 계산된 비웃음으로 응대했다.

"외국으로 끌고 가 고생이나 시키는 게 네가 연모하는 여인을 대접하는 방식이냐? 무엇이 아가씨를 위하는 길인지 생각해 보는 게 어떠냐?"

유안은 흔들리지 않았다. 예하의 어깨를 감싼 손에 힘을 준 그는, 낮고 분명한 음성으로 연적을 향해 잘라 말했다.

"아가씨의 행복은 나와 함께 있는 것이오. 당신의 이해나 평가 따윈 바라지 않소."

수겸의 화려한 미소가 칼날처럼 차게 빛났다.

유감이구나.

그렇게 속삭인 그가 눈짓을 하자 검객 하나가 뒤에서 덤벼들었다. 그리고 그걸 막기 위해 유안이 예하의 반대쪽으로 몸을 튼 순간, 수겸이 팔을 앞으로 쭉 뻗었다. 모든 건 순식간이었다.

탕!

엄청난 굉음이 산을 뒤흔들었다.

예하는 순간 자신이 무엇을 보았는지 깨닫지 못했다. 그녀가 본 것은 팔을 직선으로 뻗은 수겸과 그 손에 들려 있던 기다란 물체, 세차게 뒤로 튕겨 나간 유안, 그리고 그녀의 사랑하는 남자에게서 솟아 나온 붉은 피, 그것이 전부였다. 아무것도 이해할 수 없었다.

"유아안!"

찢어지게 비명을 지르며 예하는 넘어지는 유안을 붙안았다. 믿어지지 않았다. 왜 이 사람이 피를 흘리는 거지? 지금 무슨 일이 일어난 거지?

수겸 쪽을 보았다. 그가 들고 있는 금속성 물체에서는 회색 연기가 흘러나왔다. 그제야 예하는 알아보았다.

그건 조총이었다.

유안이 고통스런 신음을 흘리기 시작했다. 총에 맞은 곳은 옆구리였다. 관통은 아닌 모양으로 한쪽으로만 핏줄기가 진하게 흘러내렸다. 삽시간에 혈색이 빠져나갔다.

"어쩌면, 어쩌면 좋아."

머릿속이 새하얘져 부르짖었지만 그것마저 길게 허락되지 않았다. 예하는 거리를 좁히며 다가오는 남자들의 모습에 정신이 번쩍 났다. 유안을 죽이러 온다, 지금이라면 그를 죽일 수 있어, 유안을 죽여, 유안이 죽어.

유안이 죽어.

"살려 줘요, 살려 줘요. 유안을 죽이지 마!"

미친 듯이 그를 거머안으며 예하는 소리 질렀다. 작은 몸으로 유안을 감싸는 건 불가능했고 설령 가능하다 해도 검객들이 들어내면 그만이었다. 그녀는 너무 무력했다. 그래서 울부짖었다. 애원했다. 빌었다. 살려 달라고, 살려 달라고. 내가 사랑하는 사람을 죽이지 말아 달라고.

"부탁이에요. 제발, 제발 유안을 살려 주세요. 시키는 대로 다 할게요. 무슨 짓이든 할게요. 유안을 죽이지 말아 줘요. 제발 부탁이에요!"

피 흘리는 남자 위에 엎드려 눈물을 줄줄 흘리며 간청하는 여자의 모습은 아주 꼴 보기 싫었다. 수겸은 잠시 냉안冷眼으로 그녀를 내려다보고 서 있었다. 극히 짧은 순간, 개를 살려 주고 여자의 영혼을 움켜쥘까 하는 생각을 했다. 그러나 곧 마음을 바꾸어 먹었다.

"두 번은 속지 않습니다."

"아니에요, 아니에요. 약속 지킬게요. 다시는 도망치지 않고 선비님이 하자는 대로 살게요. 평생 유안을 보지 않을게요. 천지신명께 맹세해요. 거짓이면 벼락을 맞아도 좋아요. 제발, 죽이지만 말아 주세요, 제발!"

여자는 필사적이었다. 하지만 수겸은 흔들리지 않았다. 계집의 허튼 약속에 마음이 약해지는 건 이제 사절이다. 지금 무사를 죽이면 영원히 여자의 마음을 돌릴 수 없을지도 모르지만 위험 요소를 살려 두는 것보다 그쪽이 나았다. 미워하더라도 곁에 두겠다, 수겸은 그렇게 결론 내렸다.

"죽여라."

그의 간결한 명령에 검객들이 칼을 들어 올렸다. 예하는 정신없이 비명을 질렀다. 안 돼, 안 돼, 절대 안 돼!

"죽지 않아."

유안이 섬뜩하게 낮은 목소리로 중얼거렸다.

자지러지는 비명 사이로 모두가 그의 음성을 들었다. 수겸이 눈을 크게 떴고 검객들은 발을 멈췄다.

비틀거리며 그가 자리에서 일어섰다. 상처 위로 선혈이 옷을 타고 흘렀지만 눈빛만은 형형하였다. 핏기라곤 하나도 없는 얼굴이었으나 아무도 함부로 덤비지 못했다. 예하는 숨을 멈췄다. 어깨를 감싸 안는 그의 손이 차가웠다.

"갑시다."

그의 속삭임이 마치 신호라도 된 듯 검객들이 다시 한꺼번에 덤벼들었다. 그러나 유안은 그들을 무리 없이 막아내며 예하를 이끌었다. 통증으로 이를 악물고 있었지만 그 모습마저도 사신死神처럼 엄숙하고 아름다웠다.

예하는 의심하지 않았다. 눈물이 앞을 가리고 숨이 멎을 것 같았지만 전심으로 그를 믿었다. 죽지 않는다고 했으니 약속을 지킬 거다. 유안은 살아서 나를 데리고 여길 벗어날 거다.

누구의 것인지 알 수 없는 핏방울이 나뭇가지를 적시며 산발적으로 튀었다. 싸움은 더 이상 경쾌하지 않고 지리멸렬했다. 뒤늦게 정신을 차린 수겸이 다시 발포할 준비를 했고, 예하는 기동력이 없는 자신들의 처지가 불리하다는 걸 깨달았다. 말. 도망치려면 반드시 말이 필요했다. 그리고 그녀가 그렇게 생각함과 동시에 어디선가 말이 달려오기 시작했다.

히히히힝…….

고개를 돌렸다. 수겸이 탔던 말이, 갑자기 누군가 엉덩이라도 한 대 때린 듯 그들 쪽으로 뛰어오고 있었다. 잠깐 넋을 잃었던 예하가 지나쳐 가려는 말의 고삐를 잡아채자 말은 그녀를 질질 끌며 달렸다. 마지막으로 칼을 막아 낸 유안이 그녀를 붙잡은 채 말에 올랐고 두 사람은 있는 힘껏 달아나기 시작했다. 상처가 깊어 속도를 제대로 내기 힘들었지만 추적자들은 총이 아닌 칼로 그들을 해칠 만큼 가까이 따라붙지 못했다.

말이 숲을 벗어났다. 평지에 이르자 아침 햇살이 눈부시게 환한 빛으로 두 사람을 맞이했다. 가슴 벅차도록 빛나는 아침이었다. 서설瑞雪처럼 햇빛이 흩날리고 있었다.

'죽고 싶지 않아. 이 아름다운 아침을 내일도 예하와 함께 보고 싶어.'

유안은 흐려지려는 눈을 억지로 치뜨며 말의 배를 걷어찼다. 뒤에 앉은 예하의 손이 그의 상처를 힘껏 누르고 있었지만 벌써 피는 허벅지와 종아리까지 흥건하게 흘러내린 상태였다. 자꾸만 다리에서 힘이 빠졌다. 얼마나 버텨 줄지 알 수 없었다.

수겸은 뒤늦게 부하의 말을 빼앗아 그들을 쫓는 중이었다. 입에서 절로 욕이 터져 나왔다. 기마騎馬에 능하지 않았지만 자신의 총이 아니면 유안을 저지할 방법이 없기에 그는 죽을힘을 다해 달렸다. 이번이 마지막 싸움이니까, 이렇게 놓칠 수는 없는 거니까.

그런데.

그의 눈에 이상한 것이 들어왔다. 드넓게 펼쳐진 평야로 멀리 달아나는 말 한 마리, 그리고 그들을 쫓는 자신의 부하들, 그것으로 다여야 하는 눈앞에 이질적인 존재가 끼어들어 함께 달리고 있었다. 수겸은 눈이 좋았다. 먼빛으로도 확실히 알 수 있었다. 그건 복수의 광기로 날뛰는 흰 수염이었다.

가슴이 철렁 내려앉았다.

"흰 수염을 막아!"

그가 악을 쓰자 앞서 뛰던 부하들이 뒤를 돌아보았다. 그리고 그제야 다른 인물의 출현을 깨달은 듯 주춤거렸다. 하지만 수겸이 언젠가 예하에게 말했듯이 그의 부하들은 두뇌가 명석하지 못했기에 흰 수염을 막아야 한다는 데까지는 머리가 돌아가지 못했다.

수겸이 이를 갈며 그들에게 외쳤다.

"흰 수염을 상대해! 아가씨를 죽이러 가게 내버려두지 마!"

그리고는 그는 말을 멈춘 채 눈앞에서 벌어지는 활극을 지켜보았다. 빛이 뽀얗게 내리쬐는 벌판에서, 자신의 검객들과 임금의 칼잡이가 맞붙는 장면을. 마른장마에 버석거리는 흙먼지가 시야를 흐렸고 모든 게 비현실적으로 몽롱했다.

마치 서화를 보듯 식어 버린 심정으로 수겸은 그들의 검무를 구경했다. 다대일이었지만 흰 수염이 반쯤 미쳐 있었기 때문에 결판은 쉽게 나지 않았다. 그러나 그의 검객들이 질 리는 없었다. 흰 수염은 유안이 아니었으므로.

결국 관군 흰 수염은 유안이 달아난 쪽과 반대 방향으로 기수를 돌렸고 수겸은 손을 들어 뒤쫓지 말라고 명령했다.

그렇게 정수겸은 또다시 예하를 놓쳤다.

그녀를 가지려면, 죽여도 괜찮다고 생각했어야만 했다. 그러지 못했기 때문에 수겸은 그녀를 손에 넣을 수 없었다.

텅 빈 눈으로, 그는 쏟아지는 흰 햇빛 속에 서 있었다.

이제 그에게 남아 있는 단 하나의 희망은 유안이 죽어 버리는 것뿐이었다.

숲 속에선 혼자 남겨진 향월이 부들부들 떨면서 자신이 목숨을 걸고 보낸 말이 주인을 구했기를 기도하고 있었다.

또 나를 배반하면 혀를 뽑아 버리겠노라 수겸이 윽박질렀음에도 차마 예하의 불행을 지켜보지 못했던 어린 계집종은, 죽을힘을 다하여 남원을 향해 달아났다.

22

어둡다. 뭔가 탁한 것이 시야를 흐려서 잘 보이지 않는다. 공기가 부족한 곳인지 숨도 제대로 쉬어지지 않는다.

그리고.

아프다.

다른 걸 다 잊게 만들 만큼 지독한 통증이 감각을 지배하고 있었다. 지옥 불구덩이에 떨어진 게 분명했다. 죽으면 이렇게 아픈 건가, 죽고 싶지 않았는데, 예하와 함께 아침을 맞고 싶었는데, 길게 이어지지 못하는 사고의 단편이 머릿속에서 나타났다가 사라졌다.

순간 번쩍하며 왜 아픈지가 기억났다.

예하의 얼굴이 보였다. 정말로 보이는 건지 환상인지는 알 수 없었지만 반가웠고, 예하가 가까이 있는 걸 보니 정수겸으로부터 무사히 도망친 모양이다 싶었다.

그런데 눈물이 쏟아질 것 같은 얼굴을 하고도 울지 않는 그녀는 무언가 익숙한 물건을 손에 쥐고 있었다. 새파란 손잡이와 은색 날. 아름답다는 생각은 잠깐이었고 위험하다는 자각이 곧바로 뒤를 이었다. 본능적으로 피하고 싶은 물건이었는데 피할 기력이 없었다. 청옥이 박힌 예하의 아름다운 칼이 예리하게 옆구리를 파고들어 왔다.

아.

더 이상 심해질 수 없다고 믿었던 통증이 극한까지 치달았다. 옆구리를 헤집는 쇠붙이는 동정을 몰랐다. 욕지기가 올라왔고 토할 수 없어 더 괴로웠다. 칼을 집어넣어 돌리는 예하의 뺨을 때리고 싶었다. 후벼 파던 칼날은 덜그덕 소리와 함께 곧 빠져나갔지만 그렇다고 편해진 것은 아니었다.

후우, 후우, 후우.

혈탈血脫이 온 모양이었다. 몸이 떨리고 계속 구토가 났다. 끔찍하게 추웠고 더 이상은 예하의 얼굴을 알아볼 수 없었다. 고통을 멈춰 달라는 절박한 울부짖음 외에 아무것도 떠오르지 않았다. 누구라도 좋으니 나를 죽게 해 줘, 이 아픔으로부터 해방시켜 줘, 꺽꺽 넘어가는 숨을 붙잡는 건 습관이었을 뿐 마음은 죽음을 향한 열망으로 가득했다.

그리고 깊고 깊은 어둠 속으로 잠겨 들어갔다. 의식은 끝없이 가라앉고 통증마저도 무디게 하는 무서운 혼돈이 정신을 잠식해 왔다. 잠들면 안 돼, 잠깐 생각했지만 의지로 극복할 수 있는 문제가 아니었다. 평화라고 불러도 될 만한 무감각은 죽음을 의미했으나 거역할 수 없었다. 예하의 손길이 조금 느껴졌을 뿐이다. 아마 약초를 상처에 붙이는 중이겠지, 이 와중에 그런 건 어디서 구했을까, 추운데 좀 안아 줬으면, 어처구니없게 태평한 생각이 스쳤고 사람은 죽는 순간 극도의 공포와 고통을 이기기 위해 좋은 기억을 떠올리는 법이라고 누가 말했던 게 생각났다.

좋은 기억.

유안은 웃었다. 그것도 나쁘지 않겠다, 예하의 꿈을 꾸며 죽으면 괜찮겠다 싶었다.

몽롱한 무의식 속 예하는 아직 어렸다. 어린애는 아니었지만 소녀의 모습이었다. 저건 언제였나……, 반가운 마음에 기억을 더듬어 봐도 정확히 기억나지는 않았다. 그저 예쁘고 사랑스러웠다. 고개를 갸웃거리며 그의 눈치를 살피는 모습이 수줍고 여렸다. 뒤통수에 그녀의 눈길을 달고 다닌다고 여겼을 만큼 늘 자신을 따르고 있었기에 홱 뒤돌아서 손을 내밀고 싶은 충동을 여러 번 참아야만 했던 시절이었다.

물이 흘러가듯 장면이 바뀌었다. 밤이었다. 좁고 눅눅한 방 안이었다. 냄새나는 이불을 옆으로 밀어 놓은 채 예하가 잠들어 있었고 자신은 그 옆에 앉아서 그녀를 들여다보고 있었다. 엊그제께 여각이구나 깨닫자 타인의 시선으로 보는 자기 모습이 신기했다. 잠든 여자를 내려다보는 사내의 눈은 번민과 갈증으로 탁했다. 몇 번이나 손을 들었다 내렸다 하다가

푸른빛을 깨치다

머리를 쥐어뜯는 품이 우스웠다. 이제는 다 별거 아닌 게 돼 버렸지만 그저께만 해도 너무나 심각한 문제였다. 인간의 본성을 거스르며 스스로를 억제하느라 다 타서 재가 돼 버린 밤이었다.

왜 이젠 문제가 아니지?

아, 그렇구나. 임금이 명하를 버렸어. 우린 어쩔 수 없이 흑룡강으로 가야만 해.

더할 나위 없이 기분이 좋아진다. 웃음이 나온다.

사람을 몇이나 죽였다는 걸 떠올렸지만 곧 잊었다. 민우상공이나 명하의 염원 따윈 기억나지도 않았다. 예하를 가질 거라고 생각하니 견딜 수 없이 유쾌해졌다. 이제 아무한테도 안 준다, 내 것이다, 더 이상은 안 참아도 된다, 내 맘대로 할 거다, 단 한 가지 생각만이 불꽃처럼 혀를 날름거리며 뱃속에서부터 척추를 타고 올라왔다.

'그런데.'

뜨거워졌던 등골에 갑자기 서늘한 기운이 좍 흘러 유안은 경련을 일으켰다.

'난……, 죽는 거잖아.'

갑자기 사위四圍가 어두워졌다. 거울에 비치듯 자신의 모습이 보였다.

아직 죽지는 않은 것 같았다. 인상을 잔뜩 찌푸리고 식은땀을 흘리는 중이었다. 숨이 가쁜 것으로 보아 심하게 고통받고 있는 모양이었다.

아마 죽었으면 좋겠다고 생각하는 중이겠지. 저러다가 곧 죽겠지.

옆에는 예하가 누워 있었다. 자기가 할 수 있는 모든 일을 마친 여자는, 식어 가는 몸을 문질러 체온을 돌리려 애쓰며 유안이 약속을 지키기만 기다리는 중이었다. 옆에는 재와 끓인 물과 약초 나부랭이가 흩어져 있었다.

"약속, 지킬 거잖아. 안 죽는다고 그랬지? 그러니까 돌아와. 죽지 말고 내 곁으로 돌아와."

사랑하는 여자가 괴로워하는 걸 보는 건 아팠다. 자기 자신의 고통은 비현실적으로 느껴지는데 그녀의 눈에 가득한 눈물은 피처럼 생생해서 이상했다.

"사랑해. 날 버리지 마. 사랑한다고 했잖아. 함께 있어 줘."

여자는 끊임없이 그에게 속삭였다. 마치 그 말이 유안의 의식을 붙잡는 마지막 주술이라도 되는 것처럼. 공포로 덜덜 떨면서도 부정하려는 듯 애써 웃으며.

예하를 만지고 싶었다. 아니, 그 이상의 일을 하고 싶었다. 어딘가가 간지러웠고 힘이라곤 하나도 남아 있지 않은 육체에서 무언가가 꿈틀거리는 기분이었다. 뜨겁고 무거운 뭔가가 거세게 핏속을 맴돌았다. 예하를 안고 싶다, 가느다란 목덜미에 이를 박고 숨을 빨아들이고 싶다, 저 몸 안에 고여 있는 생명을 집어삼키고 싶다, 강렬한 욕망으로 정신이 아득해지는 느낌이었다.

망자를 묻고 돌아온 밤, 상여꾼들은 꼭 계집을 품었다. 사람

푸른빛을 깨치다

을 벤 망나니들도 그랬다. 죽음을 대면한 인간은 영원한 삶에 대한 열망으로 달아올랐고 그건 씨를 뿌리는 일로 갈음할 수밖에 없었다. 마찬가지로, 죽어 가는 지금 유안은 그 어느 때보다도 절실하게 예하를 원했다. 그녀가 탐이 나 미칠 것 같았다. 다시 살아나 여자를 안고 싶다는 갈망이 고통과 혼륜渾淪을 압도했다.

'죽고 싶지 않아, 죽으면 예하를 가질 수 없으니까, 겨우 얻어 낸 예하를 지켜야 하니까, 안 돼, 나는, 절대로…….'

죽지 않아!

혈관을 타고 돌던 뜨거운 그 무엇이 마침내 폭발하며 솟구쳐 올랐다. 그의 영혼에 응축돼 있던 모든 정기가 삶과 죽음의 경계를 넘어 일시에 용솟음해 넘쳐 났다. 그건 본능이었다. 목숨이 붙어 있는 것의 생명을 향한 갈구였다. 아름답고 장엄했으며 더없이 찬란하였다. 유안은 눈으로 보이지 않는 그 반짝이는 것들을 설명할 수 없는 모든 감각을 통해 느꼈다.

소용돌이치며 하얀 섬광으로 터져 나간 그의 숨결은 대기를 가득 채우고 희열에 넘쳐 반짝였다. 그리고 차츰차츰 오색 빛깔 꽃잎으로 변하더니 팔랑거리며 주인의 품에 내려앉았다.

고요한 듯도 하고 소란한 것 같기도 한 무의식의 마지막 찰나에 유안은 짧게 생각했다.

'살았구나.'

다음 순간 누워 있던 그의 몸이 반짝 눈을 떴다. 일시에 모든 게 밝아졌다. 둔통이 날카로운 아픔으로 바뀌고 참기 힘든 감각이 한순간에 모두 살아났다. 다시 숨이 턱 막혔고 몸이 깨지는 것처럼 추웠다. 도로 무의식 속으로 침잠하고 싶은 유혹을 견디기 어려웠다.

하지만 그는 이를 악물었다. 죽을 수 없었다. 절대 죽어서는 안 되는 거였다.

"유안, 유안, 내가 보여? 정신이 든 거야?"

유안은 그녀가 어쩔 줄 몰라 허둥대는 모습을 한참 보았다. 초췌한 얼굴이 그 어느 때보다도 예뻤고 눈물 젖은 뺨은 깨물고 싶을 만큼 사랑스러웠다. 고통보다 훨씬 큰 기쁨이 그의 몸과 마음을 뿌듯하게 채웠다. 살아 있다는 감격이 해일처럼 격렬하게 영혼을 휩쓸었다.

손을 들어 머리를 쓰다듬고 싶었지만 아직은 되지 않았다. 미소마저 마음대로 지어지지 않는 지금은 그저 눈을 뜨고 있는 것밖에 아무것도 할 수 없었다.

그러나 그는 실망하지 않았다. 곧 일어날 수 있으리라. 그러면 이 여자를 품에 안고 세상 끝까지 달려가리라. 아무것도 거칠 것 없는 우리가 되어 금보다 훨씬 소중한 것을 누리며 살아가리라.

그는 사랑하는 여자에게 거짓말을 하는 사내가 아니었다.

유안이 짐승 같은 회복력으로 자리를 털고 일어난 것은 그로부터 고작 이레가 지난 후였다.

부안현령을 독대하며 흰 수염은 발톱을 드러내지 않으려고 노력했다. 제아무리 임금으로부터 전권을 부여받았다고 해도 지방의 공권력을 이용하려면 협상은 필수였다.

"민우상의 무사라는 자는 인간이라고 볼 수가 없습니다. 제 밑에 있던 자들이 그리 녹록하지 않다는 것은 나리께서도 잘 아시지 않습니까."

정중하고도 은근한 흰 수염의 말에, 부안현령은 염소수염이 삐죽삐죽하게 난 턱을 쓰다듬으며 입맛을 다셨다.

흰 수염의 악명은 제법 높았다. 그 악명이 상관 못지않게 거친 휘하의 무뢰배 때문이라는 것도 이 바닥에서는 모르는 사람이 없었다. 그런 자들을 죄다 재기불능의 상태로 만들었다는 푸른 눈의 짐승이, 왜 하필이면 내가 다스리는 땅으로 들어와 이리 골치 아픈 상황을 만들어 낸단 말인가. 그는 원망스러웠다. 그리고 배 타고 떠난다는데 그냥 곱게 내버려두면 뭐 어떻단 말인가, 마음속으로는 흰 수염을 더 원망했다.

"그래서, 군산포진에 병기를 부탁해 달라는 거요? 그런 건 사사로이 쓸 수 있는 물건이 아니라는 걸 아시잖소."

미적거리는 대답에 부아가 확 치밀었어도 흰 수염은 눈을 부라리며 참았다. 지금은 틀어져서는 안 되는 때였기에 성격답지 않게 억지로 미소를 올렸다.

"전하께서 전권을 주셨다고 하지 않습니까. 후에 문책을 당하게 되더라도 모두 제가 감당할 터이니 나리께서는 군산포진에 다리만 놓아 주십시오. 설득과 협상은 직접 하겠습니다."

임금으로부터 받아 온 친서, 이 사람에게 편의를 제공하라는 내용의 증빙서류를 본 현령은 탐탁지 않을망정 그의 청을 거절하기 어려웠다. 자신의 땅에서 피를 보는 건 원치 않았지만 직접 손을 더럽히는 게 아니니 그냥저냥 참을 수 있으리라 생각해야만 했다. 그래, 내가 병기를 수배하는 것도 아니고 다리만 놓아 달라는데 그러지 뭐, 그는 찝찝한 표정으로 흰 수염과 눈을 마주쳤다.

"무고한 백성들한테는 절대 피해가 가서는 아니 되오."

부안현령의 당부에 흰 수염은 누런 이를 드러내며 씨익 웃었다.

"걱정 붙들어 매십시오, 나리."

현령에게는 그들이 부안으로 와서 청국행 배를 타리라 확언했지만 사실 가능성은 반반이었다. 아니, 지도를 빼앗겨 버렸으니 다 포기하고 이대로 자취를 감출 확률이 오히려 더 높았다. 자신의 소임 역시 완수되었으니 상경하면 그만이었다.

하지만 그렇게 생각하고 돌아서자니 분이 풀리질 않았다. 임금을 앞질러 금을 찾아 떠날지도 모르는 그들을, 혈육 같은 부하들을 앗아 간 퍼런 눈의 악귀를, 기다렸다가 꼭 잡아 죽이고 싶었다. 그에게 이 싸움은 더 이상 출세나 충성 따위의 문제가 아니었다.

흰 수염은 광기에 사로잡힌 눈으로 상단의 우두머리를 만나기 위해 부안항을 향해 발걸음을 옮겼다.

조선 땅에 아무것도 남은 게 없는 그들이 배를 타러 오기를 진심으로 기원하면서.

*

'묘하게 분위기가 달라졌단 말이야.'

그동안 머물렀던 갈호葛戶를 떠나려 물건을 정리하며 예하는 입술을 뾰족하게 오므렸다.

두 사람이 수검을 피해 도망치던 중 오두막을 발견한 것은 그야말로 천우신조였다. 아마도 사냥꾼들이 임시 거처로 지어 놓은 모양인 이 작은 오막은, 낡았지만 물을 끓일 수 있는 아궁이가 있었고 비바람을 막는 지붕과 벽을 제공해 주었다.

이곳에서 지난 열흘간 예하는 가진 지식과 구할 수 있는 재료를 총동원하여 유안의 치료와 회복을 위해 가능한 모든 일을 했다. 가마솥 바닥을 긁어 재를 모으고 고추나물을 으깨 상처에 붙였다. 맨드라미를 끓여 탕약을 지었고 솔가지를 태운 후 뭉쳐 환을 만들었다. 자란紫蘭을 뽑아다 반은 먹이고 나머지는 상처에 싸맸다. 움직이지 않으면 죽을 것만 같아서 미친 듯이 약을 만들어 먹이고 붙였다.

하지만 그녀는 알고 있었다. 결국 회복은 유안 자신의 몫. 비위생적으로 급조한 약초 따위가 그의 몸을 지탱해 줄 수는 없는 거였다. 혈탈을 이겨 내고 정신을 차린 것도, 피를 다시 만들어 낸 것도, 상처에 새살을 돋게 한 것도, 모두 유안이 자신의 힘으로 해낸 일이었다. 그의 경이로운 체력과 무한한 정신력으로.

'그런데 금방 건강해진 건 좋은데, 살아나고 나서 좀 무서워졌단 말이지.'

예하는 자기도 모르게 몸을 부르르 떨었다.

'무섭다는 표현은 맞지 않아. 여전히 다정하고 친절하긴 하거든. 하지만 거침없어졌다고 할까, 아니면 노골적이 되었다고 할까…….'

얼굴이 붉어진다.

몸을 움직일 수 있게 되면서부터 유안은 애정 표현을 아끼지 않았다. 정확하게 말하자면 계속 그녀를 만지고 싶어 했다. 눈이 마주칠 때마다 얼굴을 만지작거리고 손에 입을 맞추더니 조금 더 기운이 나고서는 아예 그녀를 끼고 앉았다. 숨이 넘어갈 만큼 깊은 입맞춤을 퍼붓고 뜨거운 손으로 허락된 모든 곳을 더듬었다. 일전에 약속한 대로 '함부로 굴지는 않'지만 몸 사리고 절제하지도 않았다.

'죽음의 고비를 넘기고 달라진 건가, 아님 우리가 흑룡강으로 간다는 사실을 인정하게 돼서 그런가.'

싫으냐고 묻는다면 그건 절대 아니었다. 사랑하는 남자의 가쁜 숨소리가 달콤하지 않을 수 없었다. 그의 솔직한 다솜짓은 책임지겠다는 약속 같은 거라 기쁘고 반가웠다.

다만……, 민망한 게 문제일 뿐이었다. 아무래도 여자니까 대놓고 좋은 티를 내선 안 될 것 같은데, 유안의 집요한 접촉에 자꾸만 할딱거리게 되니 부끄러워 죽을 지경인 거였다.

"아우, 아우, 어떻게 해."

푸른빛을 깨치다

"뭘 어떻게 해요?"

두 손으로 얼굴을 가리고 도리질을 치는데 유안이 칡으로 얽은 문을 들어서며 웃었다. 환한 얼굴 곁으로 흘러내린 검은 머리에 볕살이 만들어 낸 윤광이 고여 반짝였다. 약간 말랐고 아직 상처가 덜 아물어 걷는 게 조금 어색한 그는, 여전히 눈을 뗄 수 없을 만큼 아름다웠다.

"뭐 하셨어요? 짐 싸는 건가요, 우리 아가씨?"

십수 년을 아가씨라고 불리었음에도 '우리 아가씨'라는 호칭은 전혀 다른 느낌이라 손바닥이 간질거렸다. 예하는 고개를 끄덕이고 유안에게 물었다. 넌 뭐 하고 들어온 거야?

그는 대답 대신 그녀에게 입을 맞췄다. 쪽.

예하가 볼을 붉히자 다시 입을 맞췄다. 쪽.

그러고는 뒷목을 붙잡고 그녀를 마루 위로 넘어뜨린 유안은, 한참 동안 얼굴 이곳저곳을 모이를 쪼듯 쪽쪽거리다가 제대로 입술을 핥기 시작했다. 수줍게 벌린 입술을 파고들어 오는 혀가 너무 뜨거워서 예하는 정신이 나가 버릴 것 같았다.

몸이 단단하다. 어깨가 강철 같다. 그런데 뺨을 쓰다듬는 손은 깃털처럼 부드럽고 조심스럽다. 나는 절대로 욕망의 노예가 되어 너한테 발정하는 게 아니라고, 오로지 너를 사랑하기 때문에 마음을 전하는 거라고, 그의 몸짓 하나하나가 그렇게 말하는 것 같았다. 눈물이 날 만큼 다정하고 친절하고 그만큼 더 간절한 손길이었다. 부끄러움 같은 건 다 잊게 만드는 진실한 고백이었다.

유안은 속삭였다. 사랑한다고, 사랑한다고. 내가 전에 아가씨를 사랑한다고 말한 일 있었던가요? 터무니없는 물음을 귓속에 흘려 넣었더니 그녀가 약하게 고개를 저으며 그런 일 없었으니 말해 달라고 했다. 그래서 소곤거렸다. 아가씨를 사랑한다고.

예하가 웃었다. 다시 물어보았다. 아가씨를 사랑하는 거 아세요? 여자는 가늘게 한숨을 내쉬며 나는 모른다고 했다. 귀를 깨물며 사랑한다고 말했다. 여자가 또 웃었다. 그리고 들릴락 말락 작은 소리로 떠듬떠듬 속삭였다. 나도 너를 사랑해.

유안은 그녀의 등을 쓸어내리고 목덜미에 얼굴을 묻었다. 입술을 빨아도 갈증이 채워지긴 고사하고 더 심해지기만 했다. 한 손에 들어올 만큼 가느다란 허리를 움켜쥐고 숨을 들이켜자 달착지근한 향기에 몸이 녹아 버리는 것 같았다. 품 안의 여자는 보드랍고 상냥했고 마주 닿아 오는 손길은 수삽羞澁히여 더욱 자극적이었다.

"후우."

맞닿은 몸을 떼 놓는 건 힘겨운 일이었지만 유안은 해냈다. 코앞에서 올려다보고 있는 여자의 얼굴은 백일홍보다 더 발갰고, 눈이 촉촉하니 젖어 있어 말할 수 없이 유혹적이었다. 그래도 유안은 그녀로부터 일어섰다. 더 많이 더 깊이 만지고 싶었지만, 유감스럽게도, 그는 어디서 멈춰야 하는지 잘 알고 있었다. 머리가 확 나가 버릴 것 같은 와중에도 한계에 다다르기 직전에 꺾어야 한다는 걸 잊지는 않았다.

푸른빛을 깨치다

"과일을, 좀 따 왔습니다."

여름이라 산에는 먹을 수 있는 실과가 천지였다.

"아가씨가 잡아다 준 토끼만큼 맛있진 않겠지만 나쁘지 않을 거예요."

그의 웃음 섞인 말에 예하도 멋쩍게 웃으며 몸을 일으켰다.

유안이 누워 있는 동안 예하는 필사적으로 사냥을 다녔다. 피를 잃었으니 동물의 피를 먹어야 한다는 단순한 생각으로 머릿속이 가득해서, 유안에게 물어 가며 서툴게 덫을 놓고 토끼나 작은 동물을 잡아다 그에게 먹였다.

그는 놀라지 않을 수 없었다. 생선 한 마리 토막 쳐 본 일 없는 예하가 아니었던가. 살아 있는 짐승을 사냥해 와 조리하는 과정에서 얼마나 여러 번 구역질을 했을까. 저렇게까지 강한 여자였단 말인가, 정말로?

"오늘로 이 생활도 끝이네."

예하의 말에 그도 시원섭섭한 기분으로 고개를 끄덕였다.

모든 게 유예돼 있던 열흘이었다. 미래에 대한 설계도 불안도 근심도 다 미뤄 놓고 그저 초막에 들어앉아 꿀처럼 달콤한 나날을 보냈다. 몸의 아픔과 맞바꿔 얻은 사치요 향락이었다.

하지만 언제까지나 눈을 감고 지낼 수는 없는 것이다. 산동반도로 떠나는 배가 출항하는 건 이틀 후. 그러니 부안에 가서 그 배를 타야만 했다.

"내일 아침 일찍 출발하지요. 옷도 먹을 것도 마련해 두었으니 이제 배짱만 챙기면 됩니다. 아가씨를 전면에 내세워서 죄송합니다만. 역시 제 눈은 주목받을 수밖에 없어서 말입니다."

두 사람은 양반 행색으로 부안에 들어갈 예정이었다. 예하는 마지막까지 남아 있던 비단옷을 입고, 유안은 마을에서 훔쳐 온 두루마기와 갓을 걸치고, 당당히 상단의 우두머리를 만나러 가기로 했다.

유안이 명하에게서 들은 바로는 정원대가 네 사람의 밀항을 미리 준비해 놓았다고 하였다. 아마도 정원대가 그들을 외국으로 빼돌려 주겠다고 한 말은 진심이었던 모양이다. 명하네는 먼저 부안으로 떠났으니, 모든 게 제대로 된다면 거기서 네 사람이 함께 배를 탈 수 있을 것이다.

그들은 알고 있었다. '모든 게 제대로 되어 주지' 않을 수도 있다는 것을. 상단에서 오리발을 내밀지도 모르고, 흰 수염이 그들을 찾아낼 가능성도 있었다. 관련된 모두가 이 근처 어딘가에 있다는 건 상당한 위협이었다.

두 사람은 지난 며칠간 머리를 맞대고 의논하였다. 배를 타러 가는 게 과연 최선인가 하고.

그러나 결국 위험을 무릅쓰기로 결정 내렸다.

초조하게 두 사람을 기다릴 명하를 부안에 내팽개쳐 둔 채 도망칠 수는 없었다. 흰 수염이 대책 없이 청나라까지 따라올 리는 없으니 일단 출항만 하면 안심해도 될 것이다. 무엇보다도, 기다렸다가 언제가 될지 모르는 다음 배를 타기에는 두 사람이 조선 땅에서 감내해야 하는 부담이 너무 컸다. 지도가 임금에게 넘어갔다고 믿는 정원대 한 사람을 빼면 정수겸도 흰

푸른빛을 깨치다

수염도 여전히 눈에 불을 켜고 그들을 찾아 전국을 뒤질 것이기에. 그리고 다음에는 아무도 밀항을 미리 수배해 주지 않을 것이므로.

"가는 거군요, 흑룡강으로. 드디어."

유안이 온화하게 웃었다.

예하는 그의 얼굴을 보며 속삭였다.

"유안, 금은 없을지도 몰라."

그는 대답 없이 그냥 웃고만 있었다. 예하가 하소연하듯 다시 말했다.

"나는 정말 모르겠다. 왜 있는지 없는지도 모르는 금을 찾아 누구는 목숨을 걸고 도망치고, 또 누구는 죽을힘을 다해 뒤쫓아야 하는 건지. 이게 그럴 만한 가치가 있는 일일까, 진짜?"

유안은 팔을 뻗어 그녀의 머리를 자기 가슴에 기대게 했다.

그거야 저도 모르지요, 하지만…….

"인생이라는 게 다 그렇지 아니합니까? 보답해 주지 않는 상대를 향해 연모의 정을 품고, 자식들한테 인생을 걸지만 좌절하고, 입신양명을 꿈꾸었다가 낙망하고, 그럼에도 바라는 것을 멈출 수 없는 게 어리석은 우리네들인 거겠죠."

그는 예하의 정수리를 상냥하게 토닥이며 나지막하게 힘주어 말하였다.

"금은, 만들어 가면 되는 겁니다."

금은 없을 수도 있다. 이미 다른 자가 차지했을지도 모르고 당초에 존재하지 않았을 가능성도 있다. 하지만 다 상관없었다. 죽었다 살아난 유안과 토끼의 목을 딸 수 있는 예하라면 어 딜 가든 천하무적일 것이다. 설령 끝내 흑룡강까지 가지 못한 다 해도, 두 사람의 발이 닿는 곳마다 샘처럼 방울방울 금이 솟 아날 거니까 그걸로 충분했다.

"그건 그렇고."

유안은 미소를 지우고 자못 심각한 표정을 지었다.

"제가 전에 아가씨를 사랑한다고 말한 일이 있었습니까?"

뜬금없이 다시 시작된 그의 장난에 예하는 웃음이 나려는 걸 억지로 참고 눈을 동그랗게 떴다.

"아니, 그런 일 없었는데. 네가 나를 사랑해? 정말?"

한참 동안 그녀를 응시하던 그는 긴 속눈썹을 내리깔고 예 하의 손바닥에 입을 맞추며 의식을 치르듯 고백했다.

"아가씨를 사랑합니다. 이 세상 무엇보다 더, 저 자신보다 더. 처음 아가씨를 본 순간부터 제 목숨이 끝날 때까지. 그러니 제 마음을 받아 주세요."

웃자고 시작한 일이었을 텐데 그가 너무 진지한 얼굴을 하 자 예하는 기분이 이상해졌다. 숙인 이마 위로 쏟아져 내린 머 리칼을 쓸어 올려 주며 그녀는 대답을 망설였다. 무언가 굉장 히 멋진 말을 해야만 할 것 같은데 생각나지 않아 속상했다.

"나는, 음······."

유안이 다시 웃음기를 입가에 올리더니 그녀의 손을 잡아끌 어 자기 가슴에 얹었다.

"괜찮아요. 아무 말 해 주시지 않아도 여기서 다 알고 있기 때문에 괜찮습니다. 아가씨는 그저 매번 제 고백을 들어 주시기만 하면 돼요."

그런 게 어딨어? 예하는 웃으며 그의 가슴을 주먹으로 쳤다. 쑥스러워 웃었을 뿐 사실은 심장이 뻐근하고 그가 진지하게 고백했을 때보다 더 거세게 뛰었다.

오늘 하루 행복하고 혹시 내일까지 행복할 수 있다면 더 바랄 게 없겠지, 그의 품에 안겨 눈을 감으며 예하는 생각했다. 누구에게나 내일은 보장돼 있지 않는 거지만 그래도 꿈꿀 수 있기에 오늘 더 행복할 수 있는 거라고 믿었다.

그 내일이 지나고 나면, 모레는, 산동반도로 향하는 배가 출항하는 날이었다.

23

"정쟁에 휘말리신 것은 알고 있었습니다. 도움이 되지 못해 안타까웠는데 이렇게라도 길이 생겨 참으로 기쁩니다. 정 주부께서 미리 후한 뱃삯을 지불하셨으니 아가씨는 조금도 부담 갖지 마십시오. 제 재량으로 아가씨께서 불편하시지 않도록 최선을 다하겠습니다."

예하는 장옷을 내리고 눈물겨운 시선으로 눈앞의 익숙한 사람을 쳐다보았다. 혹시나 했던 일이 이렇게도 반가운 현실로 나타나 줄 줄은 몰랐다. 흑룡강까지 다녀왔다던 모험가, 주판을 사용하라며 산술뿐 아니라 장사에 대해서도 가르쳐 주던 상인. 상단 속에는 놀랍게도 그녀와 유안의 옛 스승이 있었다.

"정원대 주부로부터 말씀 듣고 얼마나 놀랐었는지 모릅니다. 사돈 될 뻔했던 인연을 이리 살뜰히 챙기시다니, 정 주부께서도 어지간히 정이 많은 분이더군요."

"감사합니다. 이 은혜 어찌 갚아야 할지 모르겠습니다."

예하는 눈물을 누르며 상인에게 감사하였다. 죽으란 법은 없구나 싶은 생각에 가슴이 뜨끈했다.

"아시겠지만 출항은 내일입니다. 임시 거처를 마련해 두었으니 배가 떠날 때까지 거기 머무시면 안전하겠습니다. 생필품 등속은 이미 실어 놓았습니다만 더 필요한 게 있으면 말씀하십시오."

상인은 처음부터 끝까지 삽삽한 얼굴로 두 사람을 대했다. 본시 예하와 유안에게 잘해 주었던 사람이었으나, 이렇게까지 진심으로 기쁜 빛을 보이는 게 유안은 다소 의아했다. 아무리 뱃삯을 받았다 해도 혹은 인연이 있는 사이라 해도 죄인을 국경 밖으로 빼돌리는 위험한 일이 흔쾌할 리 없지 않은가.

정원대로부터 부탁을 받고 우리를 붙잡으려는 걸까, 생각해 보았다. 그러나 지도가 왕의 손에 넘어간 것으로 되어 있는 이상 정원대는 미련을 버렸다고 보아야 했다. 그가 어떤 일을 획책하였든 임금과 정면 승부를 할 만큼 무모할 리는 없었다.

'아들만 제대로 건사했다면 원하는 바를 이룰 만한 인물이었지.'

그는 움직임이 크지 않았으나 놀라울 만큼 치밀한 자였다. 상인의 말에 따르면 정원대가 상단을 다 훑어 자신과 민씨 가문의 인연을 찾아낸 후 은밀히 접촉해 왔다는 거였다.

'그 아들은 우리 거취를 찾는 데 시간이 좀 걸릴 테고.'

집요하고 수단 방법 가리지 않는 정수겸이지만 지금 이 시점에서 그의 위협은 현저히 줄어든 게 사실이었다. 아들의 돌출 행동에 심하게 덴 정원대가 더 이상은 그와 정보를 공유하지 않을 것이므로, 그는 추적자들 중 예하의 행방을 알아낼 가능성이 제일 적은 사람이었다.

그렇다면 불안 요소는 자신들이 청국을 목표한다는 사실을 알고 있으면서 임금을 등에 업을 수 있는 사람, 흰 수염 하나였다.

과연 그는 상단에 물밑 작업을 해 놓을 만큼 머리가 돌아가는 자일까? 그는 저만한 크기의 상단에 영향을 미칠 만큼 권력을 쥐고 있는 걸까?

……상인의 저울은 어느 쪽으로 기울었을까.

'설령 속에 딴 맘을 품고 있다 하여도, 지금은 저 사람을 믿고 의지하는 것밖에 다른 길이 없겠지.'

유안은 바랐다. 옆에서 하늘을 나는 듯 기뻐하는 예하를 위해, 부디 모든 게 예정대로 순탄하게 진행되기를. 그녀가 믿었던 사람에게 배신당하는 일 없기를. 모두가 조선을 떠나 미지의 어딘가를 향해 무사히 나아갈 수 있기를.

안내인을 따라 그들이 향한 곳은 갯벌 끝자락에 있는 돌집이었다. 그리고 허름한 창고 같은 건물 안에서 두 사람을 기다리고 있던 건 명하와 이 부인이었다. 상인으로부터 미리 이야기를 들었음에도 예하는 그들을 보자마자 울음을 터뜨렸다. 오라버니, 오라버니, 오라버니…….

그러나 죽었다 살아온 사람을 본 듯 잠시 얼어붙었던 명하가 달려와 부둥켜안은 것은 그의 누이가 아니었다. 유안은 생각지도 못한 그의 행동에 어깨를 뻣뻣하게 굳혔다.

"유……안."

목소리가 떨리고 있었다. 깐깐한 얼굴을 찌푸리고 늘 속 뒤집는 말만 내뱉던 도련님이, 그의 등을 어색하게 껴안고 이름을 부르고 있었다.

"도련님, 건강하셔서 다행입……."

어정쩡하게 인사말을 하는 유안의 멱살을 명하가 왈칵 움켜쥐었다. 생각보다 강한 악력에 그가 멈칫하자 명하는 화를 내는 건지 웃는 건지 알 수 없는 오묘한 표정으로 알아듣기 힘든 말들을 내뱉었다.

"살아왔구나. 나는, 나는 정말, 네가……."

살았다고 시비인가, 아주 짧은 순간 그런 생각이 스쳤지만 명하의 얼굴은 결코 그런 게 아니었다.

"……죽어 버렸으면 용서하지 않으려고 했다."

무뚝뚝하게 중얼거리며 미간을 찡그린 명하는 더 이상의 말 없이 그의 멱살을 놓고 밖으로 나가 버렸다.

유안은 제자리에 우두커니 서 있었고, 예하는 자기한테 말도 걸지 않고 나가 버린 오라버니가 어이없어 멍하니 유안만 쳐다보았다.

그러자 이 부인이 그들에게 조용히 다가왔다.

"서방님 탓이라고 자책을 많이 하셨답니다."

그녀는 어색하게 미소 지으며 예하 쪽을 향해 고개를 끄덕였다.

"아가씨가 혹 못 돌아오실까 봐, 무사님이 행여 변을 당하셨을까 봐, 얼마나 노심초사하셨는지 모릅니다."

감정 표현이 서툰 분이라 저렇게밖에 못 하는 거죠……. 본인도 살가운 대화에 익숙하지 않은 이 부인은 명하를 대신해 상황을 대충 설명하고 휙 그를 따라 나가 버렸다.

유안은 예상치 못했던 환대에 적응하지 못하여 난처한 얼굴로 문 쪽만 바라보았다.

"오라버니가 겉모습만큼 강하지 않은 분이란 건 알았지만, 정말 맘고생 많이 하셨나 보다. 눈 밑이 퀭하던데."

예하가 말했다. 그러고 보니 명하는 그새 얼굴이 반쪽이 돼 있었다.

"오라버니야말로 여러 가지로 얼마나 힘드셨겠어. 책임져야 되는 것투성인데 마음대로 되는 건 하나도 없었으니."

앞으로도 첩첩산중이겠지. 어깨가 무거우실 거야……. 조그맣게 한숨을 내쉬며 그녀는 들고 있던 짐 보퉁이를 구석에 내려놓고는 집 안을 둘러보았다.

그들에게 주어진 하룻밤의 은신처는 상당히 특이한 곳이었다. 보기 드물게 돌로 지었다든가 장식이나 가구가 하나도 없다든가 하는 문제가 아니었다. 벽에 뚫려 있는 봉창을 통해 바깥을 내다보면, 사방이 온통 바다였다.

"여긴 썰물 때만 출입할 수 있는 곳이로구나. 밀물이면 섬이 되는 데야."

그 말인즉슨 하루 중 절반만 접근이 가능한 장소라는 의미였다. 뿐만 아니라 항구와 꽤 떨어져 있고 절벽 그늘 아래 들어 있어 은신처로서는 최적의 장소였다.

안내인은 이 집의 용도가 날씨 계측을 위한 것이라 했지만, 예하는 어쩐지 자기들 같은 사람이 많았던 거 아닐까 하는 생각이 들었다. 돌집의 본래 쓰임새는 어쩌면 밀항자들을 남의 눈으로부터 숨겨 주는 숙박지인지도 모른다. 이전에도 수많은 사람들이 목숨을 걸고 조선을 떠나 남의 땅으로 향했을지도 모른다.

유안이 그녀에게 다가가 가만히 어깨를 안았다.

"두렵습니까?"

나지막한 속삭임에 예하는 고개를 저었다. 하지만 그게 거짓말이란 건 그도 알고 있었다. 예하는 두려웠다. 그리고 사실 유안도 두려웠다. 여기까지 오는 과정은 험난하고 다사多事했지만 고비는 지금부터였다. 두 사람은, 아니, 네 사람에게는, 이제까지보다 더 많은 용기가 필요했다.

날씨가 좋았다. 하늘이 파랗고 바닷물도 해를 받아 푸르렀다. 아침이 갓 지나고 물이 들어오기 시작하는 시점이었으니 오후 늦게까지는 바다가 그들의 안전을 보장해 줄 것이다. 그리고 하룻밤만 버티면 새벽에 배를 탈 수 있는 거였다. 수심이 얕은 서해인지라 배는 만조에 떠난다. 해가 나기 시작하면 바로 출항의 깃발을 올릴 것이다.

이제 모든 게 코앞이었다.

유안은 살며시 예하의 정수리에 입을 맞추었다.

시간은 더디 가고 갇혀 있는 오후는 무료하였다.

집은 물에 떠 있는 형태는 아니었다. 작은 섬처럼 물 위로 봉긋하게 솟아오른 둔덕에 네모나게 돌집이 자리한 모양이었다. 따라서 마음만 먹으면 주변을 산책하거나 바닷물에 발을 담글 수도 있었다. 하지만 아무도 그렇게 하지 않았다. 사람들의 눈을 피해 집 안에 꼭꼭 숨어 있는 네 사람은 긴장감으로 자꾸만 입이 말랐다. 쓸데없는 상상으로 머리가 복잡해지는 걸 내색하지 않느라 더 힘들었다. 저녁 식후 상인이 보낸 심부름꾼이 도착했을 때는 반가워 자리에서 벌떡 일어섰을 정도였다.

"서방님 내외분만 뵙자고 하십니다."

심부름꾼은 거두절미 용건만 전했다.

"청국에 도착한 이후에 대해 미리 말씀 나누고자 하시니, 저와 함께 가시지요."

"잠깐."

유안이 안색을 바꾸며 명하의 앞을 가로막고 나섰다.

"이해가 되지 않는군요. 도련님만 뵙자 하는 것도 아니고 남자들을 보자 하는 것도 아니고, 내외 두 분만이라니요. 이상하지 않습니까. 우리를 갈라놓으려는 의중 같아 마음에 걸립니다."

그의 말에 명하도 잠시 멈칫했다.

푸른빛을 깨치다

하지만 곧 표정을 풀고 유안의 팔을 밀어냈다.

"갈라놓으려면 당초에 우리를 만나게 하지도 않았겠지. 무언가 긴히 의논할 말이 있는 모양이다. 호의를 의심하고 싶지 않구나."

살얼음판을 걷는 것처럼 깔깔하고 조심스러운 하루였다. 언제 쨍 소리를 내며 깨질지 모르는 긴장에 모두가 날카로워져 있었다. 유안의 경계가 그른 말은 아니었지만 지금 같은 때는 조금 무심한 편이 차라리 나을 수도 있다고 명하는 생각했다.

가십시다, 그는 이 부인에게 손을 내밀었고 늘 그렇듯 이 부인은 손을 잡지 않은 채 그냥 일어섰다. 오라비의 뒷모습에서 구시렁거리는 소리가 들리는 것 같아 예하는 불안한 와중에도 웃음 지었다.

술시戌時. 아직 어둡지 않았지만 저녁이었다. 물이 완전히 빠져 오전에 들어올 때와 똑같은 모습을 한 갯벌로 명하와 이 부인이 걸어 나갔다. 지금부터는 물이 빠른 속도로 차오르기 시작할 것이다. '내가 굳이 다시 돌아올 필요는 없지 싶다. 해시亥時가 되기 전에 너도 여길 떠라. 배에서 만나자.' 명하는 예하에게 그렇게 말하고 젖은 땅을 지르밟으며 사라졌다.

네 사람이었다가 두 사람이 되고 나니 방 안이 휑하게 느껴졌다. 눈치 볼 필요 없이 누울 수도 있고 서로의 손을 잡을 수도 있어 몸은 편했지만 마음은 더 불편하였다. 예하는 유안의 무릎을 벤 채로 말없이 천장만 쳐다보았다.

시간은 거북이처럼 달팽이처럼 느리게 지나갔다. 지렁이처림 뭉그적거리며 피를 말렸다. 하지夏至 지난 지 며칠 되지 않아 밤 같지도 않았다.

"뭔가 재미있는 얘기 해 줘."

유안의 손을 만지작거리며 예하가 어리광을 부렸다. 그는 아이를 내려다보듯 웃었다.

"재밌는 얘기라……. 옛날 얘기 들으실 나이는 아니구요."

"그런 거 말구. 네 얘기."

손바닥을 쓰다듬는 느낌이 간질거려 유안은 잠깐 몸을 움츠렸다. 여자가 원하는 내 얘기가 뭐 있을까 생각해 보았지만 딱히 떠오르는 게 없었다. 언제나 그녀 옆에 있었는데 무슨 새로운 이야기가 있겠는가.

그러나 예하는 단념하지 않았다. 몸을 뒤집어 턱을 괴더니 그를 빤히 올려다보며 생글생글 웃었다.

"홍자단이랑은 어쩌다가 친구가 된 거야?"

유안은 눈을 크게 떴다. 새삼 홍자단이 왜 궁금한 겁니까?

"자단이 사실은 너 좋아했었다고 나한테 다 말해 줬어. 그런데 넌 정말 한 번도 마음 흔들린 일 없었어?"

여자들끼리는 그런 이야기까지 하는 건가.

유안은 이마를 살짝 찌푸리고는 예하의 머리칼을 쓰다듬으며 말을 골랐다.

"없었습니다. 자단은 현명한 사람이라 제 처지나 마음을 잘 이해해 줬습니다만 그뿐이었죠. 저 역시 자단의 인생이 안쓰러웠지만, 연민이나 이해나 공감을 사모의 정으로 착각하기엔 제 마음의 색깔이 분명했으니까요."

그의 단호한 말에 예하는 눈을 내리깔며 혼잣말처럼 중얼거렸다.

"우리 사이는 뭐가 많이 다른 건가? 우리도 연민이나 이해나 공감이 기본 아닌가……."

그러면서 유안의 눈치를 슬쩍 보고는 덧붙였다.

"뭐, 어떤 거든 상관없다고 지난번에 얘기하긴 했었지만."

유안은 예하의 겨드랑이 사이에 두 손을 쑥 넣더니 번쩍 들어서 자기 무릎에 앉혔다. 약간 버둥거리는 그녀를 꼭 안아 꼼짝 못하게 만들고는, 그가 낮은 목소리로 속삭였다.

"다릅니다."

음성이 너무 진지해서 얼굴이 달아올랐다. 아니, 음성이라기보다 억양이랄까, 정확히 이름 붙일 수 없는 무엇이 묘하게 신경을 건드렸다. 예하는 부르르 진저리를 쳤다.

"아가씨를 연모하고 있지 않았더라면 자단을 생각하는 마음을 사랑이라 착각했을지도 모르지요. 하지만 잘못 알 수가 없었습니다. 전혀 달랐으니까요."

어, 어떻게 다른데……. 움찔거리며 그녀가 묻자 유안은 그녀의 어깨에 턱을 얹었다.

"자단과는 함께 있으면 마음이 편했습니다. 하지만 같이 있지 않을 때 생각나지는 않았어요. 아가씨는 가까이서 뵙고 있으면 가슴이 아팠습니다. 그러나 잠시라도 눈에서 벗어나면 다른 일을 할 수가 없었지요."

작정한 듯, 그는 예하를 더 힘주어 안았다.

"아침부터 밤까지 아가씨만 보았습니다. 웃게 해 드리길 바랐고 아가씨가 신뢰하는 사람이 되길 원했습니다. 강해지고 싶었습니다. 너른 사내가 되고 싶었습니다. 그 누구보다도 아가씨가 필요로 하는 사람이고 싶었습니다. 그러니 지금의 저는 전부 아가씨가 모르는 사이에 만들어 내신 겁니다. 그러니까 저는 아가씨 것이죠."

예하는 붉어진 뺨을 몰래 한 손으로 쓸었다. 유안은 어떻게 저런 말을 눈 하나 깜짝 안 하고 하나, 생각했다. 나 같으면 창피해서 죽어 버렸겠다, 입술을 오므리며 생각했다. 하지만 듣는 그녀도 죽을 것 같았다. 창피해서가 아니라 좋아서.

"우리 흑룡강 가면 행복하게 살 수 있겠지?"

그의 등을 조심스럽게 쓸며 묻자 유안이 얼굴에 미소를 올렸다.

"흑룡강변은 추울 테니 아가씨가 배자나 토시를 많이 만들어 주셔야 할 겁니다. 두꺼운 슬갑膝甲도 부탁드려요."

얼음으로 뒤덮인 북쪽 나라. 얼굴색도 눈 빛깔도 다른 사람들이 왕래하는 곳. 미지의 세상에 대한 두려움과 기대는 가슴을 두근거리게 했다.

"처음엔 좀 고생을 할 테고."

금이 있든 없든 초반부에는 이런저런 어려움을 겪을 것이다.

"아이는 널 닮은 푸른 눈이어도 괜찮을 거고."

유안은 그녀의 이마에 살며시 입을 맞추었다.

푸른빛을 깨치다

"그래도 아이들은 아가씨를 닮으면 더 좋겠는데요."

예하는 가슴팍이 간질거려 손가락을 꼼지락댔다. 살갗이 아니라 몸 안쪽 어디선가부터 시작된 간지럼증이 입가를 실룩이게 만들었다. 유안과 나의 아이. 유안의 사랑을 받아 내 뱃속에서 키운 아이. 생각만 해도 아랫배가 보글보글 부풀어 오르는 것 같았다.

"내가 늙고 볼품없어져도 매년 꽃을 꺾어다 줄 거니?"

미래를 생각하면 처음엔 아이, 그다음엔 변치 않는 사랑. 여자의 머릿속에 떠오르는 수순은 그랬다. 당연한 대답을 기대하며 애교 섞어 던진 질문이었다. 그런데 유안은 의외의 답을 그녀에게 돌려주었다.

"꽃밖에 드릴 게 없었던 겁니다. 저도 금은보화를 드리고 싶었지요. 비단옷에 꽃신을 바치고 싶었습니다. 반딧불이보다 더 빛나는 보석을 손에 쥐여 드리고 싶었습니다."

사내란 그런 것이었다. 고운 여인에게 줄 수 있는 게 아무것도 없어 많이 괴로웠다. 단풍잎 따위가 아니라 오색 노리개를 선물할 수 있다면, 금방 녹아 버리는 빙화 대신 금강석을 건넬 수 있다면, 하찮은 물건에 기뻐하는 예하의 얼굴을 보며 늘 생각했었다. 세상 누구보다 어여쁜 여자를 한껏 치장해 주고 맘껏 허세 부리고 싶었던 게 그의 진실한 속마음이었다.

"호강시켜 드릴 겁니다. 금을 찾아내든 못 찾든 제 손으로 꼭 아가씨를 행복하게 해 드릴게요. 조선이 그립지 않도록 해 드릴 테니 조금만 견뎌 주세요."

아무런 근거도 없는 약속이었지만 예하는 믿었다. 북국北國의 차가운 강은 광대하고 무정하겠지만 그 속에 많은 생명을 품고 있을 것이다. 말이 달리는 초원에, 늑대가 사는 자작나무 숲에, 유안과 예하가 몸 붙이고 살아갈 작은 공간 정도는 틀림없이 있을 거다.

"흑룡강을 나선인들은 아무르 강이라고 한다는군요. 아무르는 그 나라 말로 '사랑의 신'이라는 뜻이라고 합니다. 그런 신이라면 우리처럼 세상으로부터 도망친 연인들을 모른 척하진 않겠지요. 자비에 기대 볼 만하지 않습니까?"

만주족은 흑룡강을 '하라무렌'이라 부른다고 했다. 검은 강. 그만큼 유량이 풍부하고 주변이 비옥하다는 뜻일 터였다. 그래서 유안은 굳게 믿었다. 강을 따라 두 사람의 운명도 순리대로 굽이쳐 흐를 거라고. 금보다 더 귀한 곡식과 짐승이 자라는 곳에서 두 사람의 새로운 인생이 펼쳐질 거라고.

넌 별걸 다 안다……. 예하는 웃으며 그의 가슴에 얼굴을 비볐다. 잘난 척하는 게 사내들의 공통적인 속성이라지만 그녀의 남자는 드러내지 않아도 눈에 띄게 잘나서 숨겨지질 않았다. 그 나라 여자들은 안 예뻐야 할 텐데 큰일이야……. 그녀가 푸념하자 유안도 웃었다.

"근데 우리 이제 가야 하는 거 아니니? 물이 더 깊어지기 전에 나가야 될 텐데, 안내해 주는 사람이 오는 거 아니었나."

유안의 무릎에서 일어난 예하가 창밖을 내다보며 말했다. 바닷물이 그새 제법 들어와 지금 떠나도 하반신 전체가 물에 잠길 것 같았다.

올 거라 생각했던 안내인의 모습은 아직 보이지 않았다. 우리끼리 찾아가려면 밤엔 좀 위험한데, 더 기다리기도 곤란한데, 그녀가 고개를 갸웃하며 중얼거리고 있을 때 유안이 벌떡 일어나더니 황급히 그녀를 잡아당겼다.

휙.

탕.

허공을 가르고 지나간 물체의 섬뜩함에 숨이 탁 막혔다. 눈을 커다랗게 뜨고 창틀을 쳐다보자 거기에는 화살이 한 대 박혀 있었다. 새빨간 화살 끝에는 접혀서 매달린 종이쪽지 하나. 유안이 손을 뻗어 화살을 뽑았다.

"뭐, 뭐라고 쓴 거야? 우리 편이야, 적이야?"

목소리가 후들거리는 걸 애써 누르며 예하가 그에게 물었다.

유안은 창백하게 굳은 얼굴로 예하에게 쪽지를 건네고 창 옆에 몸을 붙인 채 바깥을 주시하였다.

"이럴 수가."

그의 악다문 잇새로 신음이 비어져 나왔다.

어둠이 내려앉은 바닷가에, 반월 모양으로 진지가 구축되어 있었다. 횃불이 비쳐 일렁이는 바닷물은 늪처럼 음산하게 그들을 가두었고, 마른땅에 진치고 있는 것은 승자총勝字銃을 잔뜩 실은 화차火車였다.

"간조가 될 때까지 항복하지 않으면 반역으로 간주하여 목숨을 거두겠노라. 너무 늦기 전에 자비를 구하⋯⋯라?"

예하는 글을 읽는 자기 목소리가 도무지 자기 목소리 같지 않았다. 눈으로 보고 있는 글자는 환상이 분명했다. 하룻밤인데, 오늘 밤만 버티면 되는데, 이건 현실일 수가 없었다.

유안은 이마를 짚고 정신을 차리려고 애썼다. 머리가 핑핑 돈다. 저들은 어떻게 알고 왔지? 여기는 안전한 곳 아니었나? 어떻게 빠져나가지? 빠져나갈 방법이 있긴 한 건가?

불현듯 그는 깨달았다. 명하가 지금 여기 없는 건 결코 우연이 아니었다. 상인 박씨가 아까 명하를 불러낸 것은 이 상황에서 빼돌리기 위해서였다. 그러니까, 그자는 다 알고 있었다.

왜 명하를? 명하가 가문의 계승자라서? 그런데 왜 다 구해주지 않고 명하만? 불빛과 인기척이 있어야 하니까? 다 빼내고 빈집만 남겨 놓으면 반역에 가담한 꼴이 되니까? 아니, 흰 수염이 혈안이 돼서 찾고 있는 게 사실은 나 하나이기 때문에?

그는 두려움에 새파랗게 질려 있는 에히 쪽으로 고개를 돌렸다.

이가 갈리고 눈에서 불꽃이 튀었다.

예하는 왜 구출되지 못하는가. 너는 결정적인 순간에 여자라고 버려진 건가. 나를 사랑하는 바람에 죽음을 강요당하는가. 명하는 금을 찾으러 가고 너는 나와 함께 죽는가. 투항하면 관비가 되는가. 나도 없이 치욕적인 삶을 살아야 하는 건가.

"왜……, 왜 이제야 온 거지? 아까 왔으면 기다릴 필요 없이 바로 잡아갈 수 있었던 거 아냐. 지금은 총을 쏠 만큼 가까이 못 오니까 간조까지 기다린다는 거지?"

푸른빛을 깨치다　　465

예하가 횡설수설했다. 그녀도 자기가 하는 말이 의미 없다는 건 알고 있었다. 하지만 스승이 처음부터 자신들을 넘길 생각이었던 건 아니라 믿고 싶었다. 어떡하다 중간에 들킨 거라고, 그래서 관군이 지금에야 온 거라 생각하고 싶었다. 그것마저 믿지 못하면 너무 비참해서, 아무 소용없는 일이란 걸 알면서도 예하는 작은 것에 집착하며 매달렸다.

그녀의 말에 유안의 머리가 약간 식었다. 그 해석은 맞는 것 같았다. 이제야 알았든 아까는 총이 준비되지 않았던 거든 당장 여기까지 올 수 없기에 저들은 자비 운운하며 간조를 기다리고 있는 것이다. 화차를 밀며 안전하게 걸어올 수 있을 때까지. 일단은 시간이 있었다.

삐걱.

문을 열고 뒤쪽으로 나가 보았다. 앞쪽 해안가가 빼곡하게 횃불과 조총으로 둘러싸인 반면 후면 깊은 바다 쪽은 적막했다. 누구의 눈에도 들키지 않고 도망칠 수 있을 만했다. 나룻배 한 척만 있다면.

제길.

주먹을 부르쥐고 유안은 이를 물었다. 절대 이쪽으로 달아날 수 없다는 걸 알기에 흰 수염은 앞에만 화기를 집중시킨 것이었다.

눈을 번들거리며 먹잇감의 공포를 즐기고 있을 흰 수염의 모습이 선했다. 어쩌면 흰 수염이 그들에게 시간을 준 건 두려움을 극대화시키고 싶어서였을지도 모른다. 공포로 이성을 잃은 그들이 자중지란을 일으키고 오랫동안 고통받는 게 그의 잔인한 목적이었을지도 모른다.

집 그림자에 몸을 숨기고 유안은 앞쪽으로 돌아가 보았다.

군사가 많은 건 아니었다. 많은 인원이 필요할 리 없었다. 제아무리 유안이라도 총에는 배겨 날 수 없는 게 자명했으니 정수겸이 한 것처럼 무기만 조달하면 되는 거였다. 아니, 상인도 구워삶아야 했겠지. 관아의 협조도 약속받아 놓은 거겠지. 그가 초막에 누워 상처를 핑계 대고 단꿈에 젖어 있는 동안 복수의 화신 흰 수염은 만반의 준비를 해 놓은 것이다.

해시. 태양은 완전히 떨어졌다. 새벽이 오고 만조가 되면 배는 떠난다. 여기서 내가 그걸 탈 수만 있다면 영원히 안녕이다. 하지만 그걸 못 타면, 다시 간조가 되면, 그들이 걸어서 이리로 온다. 그럼 끝장이다.

바다는 잔잔했다 그 위로 희끄무레하게 떠 있는 달이 청승스러워 보였다. 빛이 약해 제대로 은물결을 만들어 내지도 못하는 초승달은 궁상맞아 싫었다. 그래도 마지막으로 보는 건 아침 해일 테니 다행이다 싶었다.

유안은 헛웃음을 흘렸다.

머리도 가슴도 텅 비어 버렸나 보다. 이런 쓸데없는 생각을 하는 걸 보니.

이상하게 마음이 가라앉았다. 실감이 나지 않아서일 수도, 아니면 마음 한구석에서 오래전부터 각오하고 있었던 일이라 그런 걸 수도 있었다.

푸른빛을 깨치다

예하를 지키다가 죽는 것.

그녀의 운명에 뛰어들어 산화하는 것.

그게 유안의 삶의 목적이었을 테니까. 그것이 민우상 공이 유안을 딸 곁에서 키운 까닭이었을 테니까.

유안은 뚜벅뚜벅 걸어 들어가 문을 닫았다.

"유……안?"

예하가 막연한 기대와 불안한 체념이 뒤섞인 얼굴로 그를 기다리고 있었다.

그는 대답하지 않았다.

대신, 유안은 부서뜨릴 듯이 거세게 그녀를 부둥켜안았다.

24

파도 소리가 들린다.

착각일지도 모른다. 바다는 거울처럼 잔잔했으니까.

송뢰松籟가 향기롭다.

물 한가운데 뜬 이 외딴 섬에는 소나무가 없는데.

감각이 이지러진다. 마음이 떠다닌다. 보고 싶은 것만 보고 듣고 싶은 것만 듣기로 했다. 느낄 수 있는 시간을 전부 바쳐 내가 좋아하는 것만 품기로 했다.

그래도 아무도 나무랄 수 없다.

어차피 나는 곧 죽을 거니까.

예하는 허리를 똑바로 펴고 앉아 죽음을 선언했다. 결곡한 자태에 타협의 여지는 조금도 보이지 않았다.

침묵이 방 안에 가득했다. 유안은 아주 오랫동안 그녀를 바라보았다. 머리부터 발끝까지, 눈 속에 예하의 모든 것을 담듯 집중하여 응시했다. 그도, 예하도, 누르스름한 빛으로 방을 물들이고 있는 촛불도, 깜빡거림 하나 없이 정적의 무게를 견뎠다.

"우리는 최선을 다했다. 그러니 괜찮아. 이제 단념해도 돼."

목소리가 떨리지 않기를 예하는 진심으로 바랐다. 유안이 상황을 인정하게 하려면 그녀가 강해지는 수밖에 없었다. 지금은 흔들리거나 후회하면서 시간을 낭비할 때가 아니었다. 그러니 최후의 일각을 허투루 쓰지 않도록 어서 마음을 추슬러야 하는 것이다.

유안이 손을 들어 얼굴 옆으로 흘러내린 머리칼을 쓸어 올렸다. 익숙한 동작. 다신 못 본다고 생각하니 가슴이 찢어진다. 그러나 예하는 표정에 드러내지 않았다.

"나는, 뭐라고 말해야 할지 모르겠습니다."

알 수 없었다. 뭐라고 해야 할까. 함께 죽겠다는 여자에게 너만이라도 살아남으라고 말하고 싶지만 말이 나와 주지 않았다.

투항하면, 예하는 죽임을 당하지 않을 것이다. 잠시 험한 꼴을 겪더라도 결국은 누군가에게 귐을 받을 거고, 운이 좋으면 풍족하게 살 기회도 되찾을지 모른다. 그토록 집요하던 정수겸이 그녀를 찾아내 편안한 생활을 제공해 줄지도 모른다.

아니, 아닐 수도 있었다. 지도가 가짜란 걸 안 임금이 뒤늦게 진노해 민우상 공에게 사약을 내리고 예하를 변방의 관비로 보내 버릴 수도 있다. 그러면 예하는 하급 관리들의 밤 시중을 전전하다 아비도 모르는 자식을 키우며 비참하게 늙어 가고 말 것이다. 의지가지없이 부초처럼 흐르다가 져 버리는 인생이 될 거다.

"아무것도 중요하지 않아."

예하는 담담하게 말했다.

"너 없이는 안 살아. 그것뿐이야."

유안은 이를 물었다. 그가 예하에게 살아남아 달라고 말할 수 없는 건, 무엇이 예하에게 유익한지 결정할 수 없기 때문이 아니었다. 예하가 꿋꿋한 눈빛으로 내 인생은 내가 선택하겠노라 한 소이所以였다. 이제껏 남의 뜻에 휘둘리며 살아온 그녀가 겨우 얻어 낸 자유와 본인의 의지로 결정한 행복을, 사랑하는 남자라도 함부로 해서는 안 된다고 생각하는 까닭이었다.

"네가 오라버니를 구하러 간 동안 이 부인이랑 긴 이야기를 나눴어."

예하는 가만히 고개를 숙이고 지나간 생각들을 더듬었다.

"질곡이 많은 삶이었더라."

그래서 그녀는 진심으로 기뻤다. 이 부인이 오라버니와 함께 무사히 탈출했다는 사실이. 그 두 사람만이라도 미래를 만들어 나갈 수 있게 되어서.

산다는 건 누군가를 사랑한다는 거였습니다.

이 부인은 그날 그렇게 말했다. 죽고 싶지 않아 숨어 살았는데 지금 생각해 보면 명하를 만나기 전에는 살아 있던 게 아니었다고. 그를 만나 정을 붓고 온기를 나누며 비로소 삶이 의미

있게 느껴졌다고. 인생에 빛깔이 있다는 걸 처음으로 알았다고.

"네가 죽어 버리면 내 인생엔 불이 꺼지는 거야. 캄캄해도 살아 낼 수는 있겠지만 그러고 싶지 않아. 그러니 함께 가자."

유안은 다시 머리카락을 쓸었다. 모든 게 비현실적이었다. 이렇게 조용히 마주 앉아 곧 닥칠 죽음에 대해 의논하는 건 우습고도 무의미한 일이었다.

"나 때문에 죽는 거로군요, 아가씨는."

그녀는 고개를 저었다.

"네가 나 때문에 죽는 거지. 당초에 모든 일의 시발은 나야."

예하의 따뜻한 손이 부드럽게 그의 뺨에 닿았다.

후회해?

작은 손을 자기 손으로 덮어 입술로 끌어당기며 유안은 머리를 숙였다.

아니.

후회할 리가 없잖아…….

방 안이 컴컴했다. 그래도 여자는 예뻤다. 죽음이 문 앞에서 기다리고 있는데도 아무것도 생각나지 않을 만큼 사랑스러웠다.

차갑고 축축한 돌바닥에 고운 여자를 눕히고 싶지 않았다. 지저분한 오두막도 싫었더랬다. 대궐 같진 않아도 아늑하고 훈훈한 보금자리에 신방을 차리고 싶었다. 시퍼런 눈에는 사모관대가 어울리지 않겠지만 예하만은 빛깔 고운 활옷 입혀 밤새 쳐다보고 싶었다.

그다지 큰 욕심이 아니었는데, 소박한 꿈이었는데, 그것마저도 이제는 이룰 수 없게 되고 말았다.

"내가 아가씨를 사랑하는 걸 압니까?"

목덜미 안쪽 깊숙이 입술을 문지르며 묻자 예하가 그의 목에 팔을 둘렀다.

"알아. 아는데, 또 얘기해 줘."

손가락을 벌려 그녀의 머리카락에 감았다.

사랑합니다.

"내가, 내가 널 사랑하는 건 알아?"

그럼요, 알고 있습니다.

커다란 손이 저고리 깃 사이를 헤쳐 들어갔다. 쇄골을 핥았더니 여자가 부르르 몸을 떨었다. 숨소리의 흐름이 달라졌.

유안은 서두르지 않았다. 예하가 긴장할 때마다 입을 맞추고 그녀가 누그러지면 천천히 몸을 만졌다. 그녀의 작은 동작, 살갗의 온기, 솜털의 흔들림까지 전부 눈에 담고 손으로 기억했다. 입술로 느끼고 혀로 받아들였다. 죽어도 잊지 않으려고, 다시 태어나면 꼭 알아봐야 하니까, 조심조심 애지중지 어루만지고 보듬었다.

"눈이……, 밤바다 같아."

두 손으로 그의 얼굴을 감싼 채 예하가 속삭였다. 별이 비치는 밤바다처럼 깊디깊은 대색黛色 눈에, 금방이라도 빠져들 것 같았다. 이왕 죽을 거면 네 눈에 빠져 죽으면 좋을 텐데. 한숨처럼 속삭이며 그녀는 그의 뺨을 쓰다듬었다.

푸른빛을 깨치다

얼마나 사랑하는지, 이 매혹적인 사람을. 칠흑같이 검은 머리칼도, 다정한 말을 속삭여 주는 입술도, 강한 팔과 다부진 몸도, 얼마나 얼마나 사랑하는지.

얇은 여름옷 안으로 굴곡진 등의 선이 만져졌다. 정말 많은 근육으로 이루어져 있구나, 이 남자의 섬세한 몸은……, 감탄했다. 손가락을 미끄러뜨렸더니 옆구리의 상처에 닿았다. 유안의 몸이 순간 바짝 긴장했다.

"아파?"

분명히 헛하고 밭은 숨을 내쉬었는데 그는 아니라고 고개를 저었다. 손바닥 아래쪽으로 허리를 스르르 쓸다가 예하는 얼굴을 내렸다. 나를 지키느라 입은 상처. 죽었다가 살아난 흔적. 너는 그다지도 강한 사람이었는데 이제 결국 나 때문에 죽는구나. 눈물을 감추려 그녀는 몸을 낮추고 가만히 상처에 입술을 가져다 대었다. 상처는 부다듯했고 마치 심장이 거기 있는 것처럼 펄떡거리면서 요동쳤다.

"아가씨."

그의 손가락이 머리카락을 움켜쥐었다. 예하는 상처에서 얼굴을 들지 않은 채 손을 뻗어 그의 가슴팍을 문질렀다. 유안의 목소리가 갈라지며 터졌다. 예하……, 하고. 마치 몸속 깊은 어딘가에서 끓고 있던 용암이 솟아난 것처럼 열기 가득한 음성이었다.

유안이 팔을 젖혀 자기 저고리를 벗었다. 그 움직임마저 우아하고 수려해 눈을 돌릴 수가 없었다. 대리석같이 흰 피부가 어둠 속에서 매끄럽게 빛났다.

저고리가 돌바닥에 펼쳐졌다. 유안은 그녀를 그 위에 눕혔다. 방금과는 또 다른, 온도가 올라간 입맞춤이 그녀에게 퍼부어졌다. 굽어보는 눈길에 매만지는 손길에 어디 하나 사랑이 묻어나지 않는 곳 없어 더 애달프고 안타깝고 절실했다.

"나는, 너무 오래전부터, 그래서……."

차마 말을 잇지 못한 채 그는 예하의 애련哀憐한 얼굴을 내려다보았다.

소중하게 가꿔 온 사람이었다. 어떻게든 지키고픈 여자였다. 지금이라도 혼을 팔아서 가능하다면 그리하련만.

왜 이다지도 예쁜 네가 죽어야 하나. 무얼 잘못했다고. 금이 무엇이관대 너의 목숨을 앗아 간다는 말인가. 나는 평생 네 곁에 있었으면서 결국 너를 지키지 못하는 건가.

"그래도……, 살아 줄 수 없습니까?"

바다같이 푸른 눈에서 물방울이 투두둑 떨어졌다.

"너 없는 세상에 말이냐?"

예하는 그의 젖은 속눈썹을 쓸었다.

파도 소리는 이제 들리지 않는다. 솔향기도 사라진 지 오래였다. 그녀의 모든 감각은 오로지 유안만을 향해 열렸다. 촛불에 금빛 그림자를 드리운 흰 살결이 손끝에서 꿀처럼 녹아내렸다. 강한 남자 본연의 향기가 너무나 진해 숨이 막힐 것 같았다.

'아름다운 사람. 짧은 인생 온 영혼을 다 바쳐 사랑한 아름다운 남자. 아프게 내쳐서라도 네 목숨 지켜 주고 싶었건만 결국

푸른빛을 깨치다

나는 너를 끌어안은 채 파멸로 떨어지고 마는구나.'

가슴 위에서 느껴지는 묵직한 온기에 매달려 예하는 탄식했다.

'우리가 가는 곳은 어디일까. 나는 지옥의 푸른 불꽃에라도 기꺼이 몸을 던질 수 있지만, 너는 좋은 곳 마다하고 나와 함께 있어 줄까. 우리가 언젠가 다시 태어날 수 있다면, 너는 나를 기억해 줄까.'

두 사람의 입술이 맞닿았다. 호흡이 서로에게로 이어지고 손가락이 얽혔다. 입맞춤은 서러웠지만 달콤했다. 상대를 쓰다듬는 손길은 떨리고 있었지만 말할 수 없이 다정했다. 애틋해 미칠 것 같았다. 애끓는 사랑으로 심장이 바스러지는 것 같았다.

"예하야, 예하야, 예하야……."

태어나 처음으로 유안은 그녀의 이름을 입 밖으로 내어 불렀다.

이 밤, 허락되지 않는 것은 아무것도 없었다. 예하는 부끄러움을 버렸고 유안은 그녀가 두려워할까 절제하지 않았다. 두 사람 사이에 마지막까지 남아 있던 벽의 잔해는 파도에 밀려 어둠 속으로 사라졌다. 사랑하는 이를 갈구하는 손끝이 뜨거웠고 살이 만나는 곳마다 불이 일었다. 흘러넘치는 눈물에 정염情炎이 사그라지면 몸 속 깊은 곳에서 다시 불길이 치밀어 타올랐다. 생의 마지막 순간을 공유하고자 하는 갈망은, 괴로움과 비탄을 다 극복할 만큼 강했다. 죽기 전에 너를 소유하고 싶어, 단 한 가지 염원으로 두 사람은 미친 듯이 서로를 탐닉했다.

"어째서 이다지도 행복한 걸까."

쌔근거리며 흘러나온 예하의 속삭임에, 유안이 어깨를 굳혔다.

"행복……합니까?"

그가 신음처럼 물었고 그녀는 유안의 턱에 맺힌 뜨거운 물방울을 입술로 머금었다.

"아프지 않으면 하나가 될 수 없어. 끝이 없으면 완성되지 않아. 오늘 우리는 하나를 이루고 비로소 완성되는 거야. 그렇지 않니?"

유안은 그녀를 껴안았다. 가슴이 미어졌으나 진심으로 웃을 수 있었다. 꽃은 꺾였어도 처연히 우미優美하였고 그런 꽃의 주인으로 맺는 인생은 감히 꿈꿀 수도 없었던 복된 것이었기에.

후회하지 않는다. 절대 후회하지 않아.

짧은 삶, 널 사랑하고 너를 가져서 빛으로 가득했어. 아무것도 후회하지 않아.

예하는 눈을 감지 않았다. 마지막 순간까지 이 그리운 사람을 보고 싶어, 그녀는 아득하게 정신이 넘어가려고 할 때마다 그를 붙잡았다. 단단히 조여 오는 팔에 매달렸다. 따듯한 살갗에 뺨을 비볐다. 피톨 하나에까지 그를 새기기 위해 두 눈을 치떴다.

유안은 강하고 아름다웠다. 생명력으로 가득 차 있었다. 굳세었으나 사납지 않았고 세심했지만 거침없었다.

깊은 바다에서 물결이 흔들리고 뒤섞이듯, 살아 있는 것들

푸른빛을 깨치다

이 춤추며 흩어졌다 모이듯, 두 사람의 몸과 마음이 흘러 하나가 되고 포말을 일으키며 부서졌다. 서로를 온전히 품었으므로, 남김없이 가지고 떠날 수 있으므로, 죽음 같은 것은 더 이상 그들에게 이별의 의미가 되지 못했다.

유안은 끝까지 예하를 숭배했으며 마침내 그녀를 온전히 지배하였다.

하늘도 바다도 모두 검푸르게 잠겨 들었다.

세상은 온통 불꽃처럼 뜨거운 푸른빛으로 채워졌다.

새벽이 밝았다. 해가 뜨기를 기다리던 무역선이 바람에 돛을 한껏 부풀리고 출항했다. 갯벌에는 썰물이 나기 시작했다.

밤새 모래톱에서 졸던 병사들이 깨어나고 흰 수염은 얼굴의 개기름을 문지르며 화기를 점검했다. 협상 과정을 직접 보겠노라 한 부안현령은 아직 도착하지 않았다.

그 모든 것을 미동도 하지 않고 지켜보는 사람이 있었다.

정수겸이었다.

장비가 땅딸막한 몸을 말 위로 굽히며 물었다.

"어찌하실 생각입니까?"

어찌하다니.

어찌할 수 있단 말인가.

제아무리 공권력과 제도에 반항하는 검계의 수괴라 해도, 대놓고 임금의 군사들과 맞싸울 수는 없는 일이었다. 하물며 수겸처럼 신분을 감추고 있는 경우에는 더 그랬다.

게다가 저들은 수십 자루의 조총을 장전해 두지 않았는가. 승산은 눈곱만큼도 없었다.

 "천우신조를……."

 ……바랄 수밖에.

 갇힌 자들이 투항을 한다면 민예하는 천인이 된다. 그때 손을 써서 그녀를 빼내는 건 불가능하지 않을 것이다. 문제는 저 안에서 끝내 아무도 나오지 않고 자멸하는 경우. 천하의 정수겸이라 해도 죽은 여자를 살려 낼 재간은 없었다.

 그가 상황을 전해 듣고 온 건 만조로 물이 꽉 찬 한밤중이었다. 바다 한가운데 신기루처럼 떠 있는 오두막의 흐린 불빛을 보며 그는, 나는 대체 왜 이렇게까지 저 여자한테 집착하는 걸까 밤새 생각하고 또 생각했다.

 이제 여자가 예쁘다는 생각 같은 건 들지 않았다. 그녀와 함께 사는 인생이 즐거운 거란 기대도 버린 지 오래였다. 설령 이금而今에 예하를 차지한다 해도 매순간 그 마음 속 다른 사내를 질시하며 자신과 여자를 들볶을 게 자명하였다.

 그런데 놓아지지 않았다. 어울리지 않는 애집愛執으로 자신을 탕진하며 여기까지 오고 말았다. 여자의 시체를 눈으로 보지 않고서는 내려놓을 수 없을 것 같았다.

 '차라리 죽어 버렸으면.'

 손끝이 저릴 정도의 긴장감 속에서 수겸은 진심인지 아닌지 알 수 없는 자신의 독백을 들었다.

 물이 빠지는 속도가 점차 빨라졌다. 이제 모습을 완전히 드

푸른빛을 깨치다

러낸 오두막에서는 아직 항복의 기색이 보이지 않았다. 흰 수염은 쪽지를 매단 화살을 한 발 더 쏘았다. 창틀에 박힌 붉은 화살은 잠시 후 안에서 나온 손에 잡혀 사라졌지만, 투항을 권하는 의례적인 문구에 죄인들은 아무런 반응도 보이지 않았다.

"무사더러 두 손을 들고 나오라고 했습니다."

뒤늦게 도착한 부안현령을 향해 흰 수염은 설명했다.

"무사가 살인자에다 가장 위험한 놈이니까요. 그놈만 결박하고 나면 나머지는 허수아비나 다름없지요. 무사가 나오지 않는다면 집이 박살날 때까지 공격을 멈추지 않겠노라 하였습니다."

목숨 걸고 구한 상전이 등 떼밀어 죽으러 나오는 심정은 좋지 아니할 것이다, 흰 수염은 흡족한 표정으로 웃었다.

물론 무사가 두 손 들고 나온다고 해서 공격을 중단할 생각 같은 건 없었다. 공연히 임금께 데리고 가 보았자 일만 시끄러워질 따름이므로 그는 죄인들의 생존을 원하지 않았다. 지도의 출처인 민명하가 사람들의 이목을 끄는 건 곤란했고, 그들의 일이 공론화되면 민우상 공의 죄가 무어냐 트집 잡는 자들만 늘어날 게 뻔했다.

게다가 그 바람에 행여 무사가 참형을 면하기라도 하면 복수극은 끝을 망치는 셈이었다. 조선에서 모든 사형은 임금의 허락 하에만 집행되었다. 그리고 흰 수염이 알고 있는 바 금상은 상당히 변덕스러운 사람이었다.

물이 발목에 자박자박할 정도로 빠졌다. 이 정도면 수레를 밀고 오두막으로 접근할 만했다. 흰 수염은 현령에게 눈짓으로 허락을 구한 후 진격 명령을 내렸다.

수레의 위용은 대단하였다. 조총이 촘촘히 박힌 거대한 물체는 백성들이 평생 한 번 보기 어려운 무서운 무기였다. 비록 그걸 미는 군졸들은 다 농민 출신이라 누구 하나 유안의 대적이 될 수 없었으나, 흰 수염은 그의 옆구리에 구멍을 내놓았던 총의 위력을 믿었다.

"나오지 아니하면 발포하겠다!"

육성이 들릴 만큼 가까이 도착하여 흰 수염은 고함을 질렀다.

수겸은 멀찌감치 선 채 그들을 보고 있었다. 저만치 서쪽 바다로 청국을 향해 출발한 무역선의 모습이 보였다.

'저걸 타게 놔두었더라면 좋았을걸.'

태어나서 처음으로, 수겸은 자신의 행동을 후회했다.

'그래도 살아 주는 편이 나았을 것을. 내가 집요하게 물고 늘어지지 않았다면 저들은 별 말썽 없이 배를 탈 수 있었을 텐데. 아버님이 뒤를 보아 주신다 했으니 먼 나라에서 잘살았을지도 모르는데.'

갖고 싶었지만, 찢겨진 시체로 곁에 두길 원했던 건 아니었다. 웃는 얼굴이 사랑스러웠던 거였다. 또랑또랑한 눈을 내리깔고 더없이 순종적인 체하는 그녀가 신기하고 재미났다. 곱게 자란 주제에 자신을 속여먹고 빠져나가는 당돌한 여자가, 다른 사내에게 진심으로 의지하는 모습에 부아가 나고 속이 뒤집혔지만, 죽기를 바란 건 아니었다. 절대로.

수겸은 손을 들어 자기 뺨에 흘러내리는 생소한 액체를 문질렀다. 빗물도 이슬도 바닷물도 아닌 그것은 차가운 뺨을 뜨끈하게 데우고 손을 적시더니 마음 어딘가로 스며들어 축축한 웅덩이를 만들어 냈다.

"생전 처음이야."

그의 중얼거림에 장비가 고개를 돌렸다가 화들짝 놀라 시선을 비켰다.

처음이었다. 여자로 인해 느꼈던 다양한 감정은, 수겸에게는 모두 처음인 것들이었다. 설렘도 불안도 흐뭇함도 오기도, 분노와 좌절도, 이렇게 가슴을 후비는 것 같은 아픔도.

삶이 지루하다며 고통일망정 궁금하다 뇌까렸지만 그건 죄다 헛소리였다. 바란 건 결코 이런 게 아니었다. 후회라는 낯선 감정을 견디기가 어려웠다.

하지만 이젠 다 소용없는 일이었다.

후회란 본디 그런 것이니.

수겸이 표정 없이 지켜보는 가운데 흰 수염의 군인들은 착실하게 목표물에 접근했다. 아침 햇살이 총신에 부딪쳐 무지갯빛으로 갈라지고 죽음은 검은 그림자 하나 없이 무심하게 희생자들을 압박해 들어갔다.

이제 곧. 오래 걸리지는 않을 것이다.

탕.

타탕.

위협사격이 시작되었다. 총알은 대부분 돌벽에 맞고 튕겨 나갔지만 몇 개는 뚫린 창문을 통해 안으로 들이박혔다.

흰 수염은 잠깐 기다렸다. 육탄전이 가능할 만큼 가까이 가려면 전열의 재배치가 필요했다.

탕.

타타탕.

타타타탕.

이어지는 총소리가 대기를 흔들었다. 칼을 뽑은 군사들이 화차 주변을 에워싸며 천천히 무리 지어 전진하기 시작했다.

"쯧, 총통銃筒이 있었으면 단숨에 끝나는 건데."

구경 나온 백성들은 총격을 보는 것만으로도 얼이 빠졌지만, 과시를 좋아하는 흰 수염은 만족하지 못하고 투덜거렸다. 포탄을 쏘았다면 단 한 발로 극적인 효과와 함께 쥐구멍을 폭파시킬 수 있었으련만, 이런 소규모 작전에까지 사용할 만큼 흔한 물건이 아니니 아쉬운 일이었다. 물속의 돌집이라 불을 붙일 수도 없어서 욕심만큼 화려하게 마무리할 수가 없었다.

죽은 부하들이 생각났다. 집에서 남편의 환향을 기다리고 있을 마누라도 떠올랐다. 무지막지하다 악명을 날리며 살아온 흰 수염이지만 그에게도 소중한 사람들이 있었다.

'내 것을 해친 너희, 목숨으로 갚으라.'

그는 마지막 명령을 내렸다.

"일제히……."

아니, 내리려고 했다.

돌연 문이 열리고 자욱한 포연砲煙 사이로 검고 기다란 인영이 나타났다. 두 손을 양옆으로 치켜들고 저벅저벅 걸어 나온 그는 긴 머리를 바닷바람에 날리며 유연한 걸음걸이로 망설임 없이 화차를 향했다.

"쏘지 마라! 죄인들이 투항했다!"

피비린내를 원하지 않던 부안현령이 잽싸게 소리를 질렀고 군사들은 그에 복종해 동작을 멈췄다. 칼을 든 자들만 경계를 늦추지 않고 다가오는 무사를 에워싸며 눈을 부릅떴다.

"제길."

흰 수염이 현령을 향해 눈을 부라리며 이를 깨물었다.

수겸은 얼음같이 굳은 채로 그 장면을 지켜보고 있었다. 기실 그는 투항의 가능성이 거의 없다고 믿었다. 무사만 참형당하는 길을, 나머지는 목숨을 건지는 길을, 예하가 그걸 허락했단 말인가?

모두의 기대를 깨고 항복 의사를 밝힌 무사는 양팔을 든 채 제자리에 섰다. 임전 의지나 반항의 기미 같은 건 조금도 느껴지지 않았다. 수겸의 눈에 남자는 이전보다 선이 가늘어진 듯했고 무武보다는 오히려 문文의 냄새를 짙게 풍겼다. 얼굴을 가리며 흩날리는 머리카락이 적자색 무복을 스치는 모습도 묘하게 위화감이 들면서 이상하게 낯설었다.

수겸은 눈을 가늘게 떴다.

"집 안에 아무도 없습니다!"

그사이 돌집을 뒤진 군사들의 외침이 수겸에게까지 들려왔다. 가슴이 철렁 내려앉아 그는 옷깃을 움켜쥐었다. 아무도 없다니? 미리 자결이라도 했다는 건가? 하지만 그건 아닌 모양이었다. 흰 수염이 사색이 돼 연기 속을 뚫고 들어가더니 곧 빈손으로 나와 무사의 멱살을 그러잡았다.

"너 이 자식, 대체 어떻게 나머지를 빼돌린 거냐! 너만 죽으면 끝나는 건 줄 알아?"

그악스럽게 흔들어 대는 서슬에 무사의 머리카락이 한꺼번에 뒤로 날렸다. 그의 하얀 얼굴이 아침 빛에 드러났다.

정수겸은 들고 있던 합죽선을 땅바닥에 떨어뜨렸다.

이럴 수가.

"아니, 아무도 없다니 무슨 소린가. 분명히 넷이 다 거기 있다고 해서 이 난리를 친 것 아닌가!"

사람 하나 잡자고 중화기를 동원한 거냐며 부안현령이 분기탱천했지만 흰 수염의 귀에 들릴 리 만무했다. 그는 경악한 얼굴로 무사의 얼굴을 들여다보고 있었다.

마침내 그도 깨달은 것이다.

자신의 손아귀 속에서 턱을 치켜들고 미간을 잔뜩 찌푸린 깐깐한 얼굴은 유안의 것이 아니었다.

아무도 없는 돌집에 남아 있었던 단 한 사람.

무복을 했지만 결코 무사가 아닌 사내.

그건,

민명하였다.

25

나는 네게 목숨을 빚진 바 있다.
명하는 내 어깨를 두드렸다.
자존심을 지킨 선비로 나를 기억해 다오.
언제나 퉁명스러웠던 명하가 나를 향해 웃은 건 정말 오래간만이었다.
……가라.
나는, 거절할 수 없었다.

정신을 차린 예하는 멍하니 유안을 쳐다보았다.
"여긴 어디?"
더 이상 밤이 아니었다. 바깥이었다. 눈앞에 유안이 있었고 그들은 묶여 있지 않았다. 바닷바람에 머리카락이 휘날렸다.

거긴 갑판이었다. 유안은 물음에 대답 없이 그녀의 머리를 쓰다듬고만 있었다.

"오라버니, 오라버니는?"

잠시 상황을 이해하지 못하고 주변을 돌아보던 그녀는, 의식을 잃기 전 일을 기억해 내고는 벌떡 일어나 뱃전에 매달렸다. 배는 새벽바람을 타고 이미 부두로부터 상당히 멀어진 상태였다. 멀리 얕은 물 사이로 돌집이 있는 해안이 보였다.

예하가 유안을 돌아보았다.

"오라버니는……, 설마 저기 있는 거야?"

해가 제법 밝았지만 해변에는 여전히 무시무시하게 횃불이 타오르고 있었다. 총칼로 무장한 군사들의 모습은 마치 저승사자인 양 불길했다. 조금 전까지 그들이 있던 집, 이제는 명하 혼자 지키고 앉아 있을 돌집이 햇빛 속에 폐가廢家처럼 음산했다.

그는 대답하지 못했다. 내가 네 오라비를 사지死地에 남겨두고 너만 빼왔노라, 그런 말은 도저히 입에서 나와 주지 않았다.

"왜? 왜 우리랑 같이 가지 않는데?"

그녀가 믿을 수 없다는 표정으로 울음을 터뜨렸다.

"우릴 구하러 왔으면서 어째서 같이 떠나지 않고 혼자 남은 거야? 왜? 응, 유안, 왜……?"

난간에 얼굴을 묻고 그녀는 서럽게 울었다.

유안은 그녀에게 손을 대지 못하고 묵묵히 서서 그저 곁을 지켰다.

    명하의 결정도 예하의 절망도 이 부인의 용기도, 감히 자신의 의견 같은 것으로 평가할 수는 없는 일들이었기에.

    명하가 돌아온 건 자시子時 무렵이었다. 만조를 향해 한껏 부풀어 오른 바다를 타고, 이 부인 없이 혼자, 나룻배를 저어 후면으로, 그가 고요히 나타났다. 생각지도 못했던 일이었다.

    그는 오랫동안 예하를 안고 다독였다. 오라버니, 우리를 구하러 오신 거군요, 이제 다 같이 떠날 수 있는 거로군요, 흐느끼며 어쩔 줄 몰라 하는 누이에게 평소 하지 않던 다정한 말들을 건네기도 하면서. 예하야, 내가 너를 무척이나 아낀단다, 그건 꼭 기억해 주었으면 좋겠다……, 하고.

    그러고는 별안간 예하의 목 뒤를 가격해 그녀를 혼절시켰다. 기함하는 유안에게 예하를 넘기며 명하는 '나와 이야기 좀 하자.'라고 말했다.

    "걱정할 것 없다. 무예가 뛰어나지는 않으나 혈 자리는 짚을 줄 안다. 머지않아 깨어날 것이야."

    그는 지친 것 같았지만 짜증스러워 보이지는 않았다.

    열어 놓은 뒷문으로 그가 타고 온 조각배가 보였다. 한참 동안 배를 지켜보던 명하는 유안을 향해 눈을 돌리더니 천천히 힘주어 말하였다.

    "나는 가지 않고 남는다. 그러니 네가 내 몫만큼 예하를 행복하게 해 다오."

유안은 그의 말을 이해할 수 없었다. 세 사람이 함께 배를 타고 돌아가면 감쪽같이 탈출할 수 있었다. 네가 가면 내가 못 간다거나 그런 식의 희생이 요구되는 상황이 아니었다, 지금은.

"그런 게 아니야. 내가 안 가니 네가 가라는 이야기다. 나는 조선을 떠날 생각이 없기 때문이다."

명하는, 피로해 보였으나 체념한 것 같은 표정은 아니었다.

왜 명하와 이 부인만 불려 갔는가에 대한 유안과 예하의 추리는 대충 맞은 모양이었다. 상인 박씨는 네 사람의 거취를 놓고 심하게 갈등하였다. 정원대의 부탁 같은 건 중요하지 않았지만 나름대로 존경하던 민우상 공에 대한 신의는 지키고 싶었다. 그러나 공권력을 등에 업은 흰 수염의 협박은 중인 따위가 함부로 무시할 수 있는 성격이 아니었다. 은신처를 가르쳐 줍네 해 놓고 빈집을 발견하게 할 용기는 없었다.

궁여지책 끝에 그가 생각해 낸 절충안이 가문을 이을 명하만 빼돌리는 것이었다. 그는 유안이 살인을 저지른 것을 몰랐기에 따님과 아랫것은 잡히더라도 죽음을 당하지는 않으리라 믿었다. 저들끼리 궁리하여 도련님만 탈출시킨 모양이다 발뺌할 요량을 했다.

"물론 나와 이 부인은 너희만 버리고 갈 수는 없었다. 그리고 우리에게 호의를 베푼 상인이 곤욕을 치르기도 원치 않았지."

그럼 결국 저희 때문에 남으신다는 거 아닙니까, 유안이 말하려 하자 명하가 손을 들어 막았다.

"전하께 사면받겠다는 희망이 사라진 후, 쭉 고민해 왔다. 나는 어찌해야 하는가."

목숨을 건졌으니 되었다 하고 쉽게 수긍할 수 있는 문제가 아니었다. 산동반도로부터 흑룡강은 조선 전체를 열 번 종단하는 것보다 더 먼 길이었다. 거기까지 가는 여정은 그야말로 맨손으로 버텨 내야 하는 가시밭길일 게 분명했고, 그렇게 찾아갔다고 정말 금이 있을 거라고는 아무도 보장할 수 없었다.

고난이 겁나는 게 아니었다. 고난이 그저 헛수고로 끝날 것이, 그리하여 타국에서 방랑자로 일생을 마칠 것이, 뼛속들이 선비인 민명하는 참을 수 없이 두려웠다.

"너는 조선 땅에서 살 수 없게 된 사람이다. 예하가 너를 택한 이상 이 아이도 마찬가지지. 그러니 너희는 떠나야 해."

유안은 조용히 그의 말을 들었다.

"그리고 너희에게는 꼭 금을 찾아야 할 의무가 없다. 청국 어딘가에 그냥 뿌리내리고 살면 그만이지. 헛고생에 인생을 낭비할 까닭도, 그러지 않았다고 죄책감을 느낄 이유도 없어. 유안, 너에게 조선에 대한 충성심이나 예하와 바꿀 만한 대의명분 같은 게 있느냐?"

없었다. 유안은 대답하지 않았고 명하도 굳이 그의 답을 들을 필요가 없었다.

"나는 너와 다르다. 아버님을 떠나고 가문을 버리고 청국에 간다면 나는 금을 찾아야만 해. 하지만 그러고 싶지 않다. 사약을 받더라도 조선 땅에서 죽고 싶어. 그게 내가 최종적으로 내린 결론이다."

타인이 왈가왈부할 일은 아니었다. 명하의 인생이고 그의 지조였으며 선택인 것이므로.

유안은 그러나 묻지 않을 수 없었다.

"이 부인은 어찌 되는 겁니까."

짧고 격렬한 고통의 빛이 명하의 얼굴을 스쳤다.

그는 한동안 말을 잇지 못하다가 힘겹게 입을 열었다.

"너희와 함께 보내고 싶었다. 허나 가지 않겠다고 하는구나. 다시 혼자되는 것은 싫다고, 죽어도 함께 있겠다고 한다."

자신의 눈을 바라보는 명하의 시선에 자책이 가득해, 유안은 눈을 피하고 싶었지만 그러지 못했다.

"너는 여인을 위해 모든 걸 버릴 수 있는 사내지. 가진 게 없어서라고 생각해 왔다만 그게 아니라는 걸 최근에야 깨달았다. 그건 네 단호한 성품에서 기인하는 거였어. 살인을 할 때도 죽음에 직면해서도 너는 흔들리지 않았다. 반면에, 너와 달리, 나는……."

그는 미간을 찌푸리며 얼굴을 쓸었다.

"나는 자존심을 위해 여인을 희생시키는 유형의 남자인 게지. 아니라고, 이 부인이 세상 무엇보다 소중하다고 스스로 믿고 부인에게도 그리 말했었다만 선택의 순간이 오니 어쩔 수 없더구나. 그래서 나는 이 부인을 위해 청국으로 떠나지 않고, 나를 위해 남는다."

고백처럼 뱉어 낸 위악적인 말로 명하는 스스로를 상처 입히고 있었다. 유안은 묵묵히 그를 바라보았다.

"여기 계시다가 총에 맞아 화를 당하면 어쩌시려구요."

그의 염려에 명하는 작게 웃음을 올렸다.

"적당한 때 투항하면 되지. 그 정도 요령은 있으니 걱정하지 마라."

하기 힘든 말을 마쳐서인지, 그는 여유를 찾은 듯했다. 유안의 품에 늘어져 있는 예하를 지그시 바라보다가 애틋한 목소리로 당부하였다.

"네가 악역을 맡아 다오. 예하에게 오라비를 버리게 할 수는 없지 않느냐. 너는 어차피 이 애를 위해서라면 혼이라도 팔 사내이니, 그런 것으로 하자."

유안은 눈을 내렸다.

그래. 그런 것으로 하자.

그게 사실이니까.

"필요하면 네 흉내를 내고 시간을 벌 테니 안전하게 떠나라. 마지막으로 멋을 부리려 하니 양해해 주려무나."

명하는 조금 웃었다.

미안하다, 명하야.

나는 너를 만류하지 못하겠구나.

명하는 두어 번 유안의 어깨를 툭툭 치고는 그를 밀어냈다. 악수도 살가운 인사도 없는 사내들끼리의 작별은 길 것도 없었다.

유안은 돌아보지 않고 노를 저어 섬을 떠났다. 흰 수염이 절대 안전하다고 믿고 있는 깊은 바다를 지나 절벽 아래를 돌아서, 무역선이 정박되어 있는 항구로 향했다.

달빛에 파리한 예하를 단단히 가슴에 품고.

사선을 넘어 새벽을 향해.

"공격하나 봐."

울음을 뚝 그친 예하가 난간에 달라붙어 눈을 크게 떴다.

조총을 가득 실은 화차가 돌집을 향해 움직이고 있었다. 흰 수염이 손을 높이 올렸다가 내리자 흉측한 붉은빛이 산발적으로 터졌다. 총알은 돌을 뚫을 수 없고, 오라비는 아직 무사하며, 저건 항복을 권유하는 위협사격이라는 걸 잘 아는데도 예하는 심장이 다 녹아 없어지는 것 같았다.

"늦지 않게 투항하신다고 했습니다. 도련님은 현명하신 분이니 믿으세요. 아무리 흰 수염이라도 저렇게 많은 사람들 앞에서 도련님께 위해를 가할 수는 없을 겁니다."

"너는."

그녀를 위로하는 건 조심스러운 일이었다. 돌아보는 예하의 젖은 시선에 유안은 가슴이 지끈했다. 명하가 무어라 포장했든 그의 안위와 자신들의 목숨을 맞바꾼 건 사실이었다. 그러니 예하가 유안을 비난하는 건 당연했다. 변명 따위 할 수 없고 해서도 안 되는 일이었다.

탕탕탕탕.

이어지는 사격 소리에 예하는 몸서리치며 귀를 막았다. 가슴 뛰는 소리가 총소리보다 더 지독했다. 뛰어내려 오라비에게 갈 수도 험한 자들을 물리쳐 줄 수도 없는 어린 누이는 절망으로 몸부림쳤다.

날은 점점 환해지고 배는 꾸준히 명하로부터 멀어지고 있었다. 가물가물 모든 게 개미처럼 작게 보일 때쯤, 마침내 투항 의사를 드러내며 명하가 나타났다. 긴 머리를 늘어뜨린, 꼭 유안처럼 차린 그의 모습에 예하는 기절할 것 같았다.

"쏘지 마! 저 사람은 싸울 줄 몰라. 그냥 선비야. 제발 죽이지 마, 제발!"

아무에게도 닿지 않음에도 예하는 바락바락 악을 썼다.

유안도 총을 맞으면 죽는다. 하지만 명하는 훨씬 열없이 당할 것만 같았다. 팔을 높이 든 오라비는 너무나 무력한 모습이었고 세상 모든 억울함을 혼자 뒤집어쓰고 죽으러 가는 것처럼 보였다.

예하는 그의 죽음을 용납할 수 없었다. 아무리 누구의 잘못도 아니라고 원망하지 않으려고 해 왔어도, 명하가 죽는다면 아무도 용서할 수 없을 것 같았다. 임금도 아버지도 정수겸도 정원대도 흰 수염도, 그녀의 운명을 뒤튼 모두와, 유안도, 그녀 자신도, 그리고 명하도, 다들 나름대로 최선을 다한 것뿐이라고, 서로가 바라는 게 달라 부딪칠 수밖에 없었던 거라고, 더 이상은 도저히 그렇게 생각할 수 없을 것 같았다.

그가 걸어 나오는 짧은 시간은 영원만큼 길었다. 초조함으로 피가 말랐지만 사실은 오래 걸리지 않았다. 그저 연기가 가라앉을 정도의 시간일 뿐이었다.

총격이 멈추고 군사들이 칼을 내렸다. 분명히 그랬다. 예하는 손으로 눈물을 씻어 내고 명하를 뚫어지게 쳐다보았다. 오라비는 죽지 않았다. 흰 수염이 가까이 다가갔지만 그를 쓰러뜨리거나 하지 않고 다만 멱살을 잡았을 뿐이다. 명하는 여전히 팔을 올린 채였고 군사들은 무기를 뒤로 물렸다. 포승줄을 든 두 사람이 그를 향해 다가가고 있었다.

"……!"

분명히 명하의 이름이 불렸겠지만 듣지 못했다. 그러나 예하는 보았다. 칼과 총과 밧줄을 든 군사들 사이로 화살처럼 총알처럼 달려가는 여자를. 죽음을 각오한 오라비의 가슴에 전속력으로 달려들어 매달린 이 부인을.

"이 부인, 이 부인이네……."

눈물이 비 오듯 흘러내려 그녀는 두 손에 얼굴을 파묻었다. 어차피 이제는 아무것도 보이지 않을 만큼 모든 게 멀었다. 돌이킬 수 없을 만큼 저들과 그들의 사이가 벌어졌다. 배는, 아침 바람을 받으며 서쪽으로 유유히 흐르고 있었다.

유안은 그녀의 머리를 감싸 안았다. 배를 타기 직전 마지막 순간에, 그는 부두에서 이 부인을 만나 확인했었다. 정말 명하와 함께 남겠느냐고. 부인은 울 것 같은 얼굴로 웃으며 대답하였다. 그 사람은 저 없으면 아무것도 못 한답니다…….

"도련님은 당신을 선비로 기억해 달라고 했습니다."

가만가만 그녀의 머리를 쓰다듬으며 유안이 말했다. 예하는 정신없이 고개를 끄덕였다.

"나는 한 번도 선비였던 적이 없어서 모릅니다만……."

선비가 되고 싶다고 생각한 일이 있었던가. 잘 모르겠다. 명하나 정수겸이 그리 대단하다고 평가해 본 일은 없었던 것 같다. 부러웠던 건 신분뿐이었다.

지금은, 절대 선비가 되고 싶지 않다고 생각한다. 상전의 위기를 모른 체하고 주인집 따님을 빼앗아 달아나는 파렴치한 아랫것으로 족했다.

그러나 가슴이 뻐근한 건 부인할 수 없었다. 명하의 용기에 감동한 건 사실이었다.

"……도련님이 저다지도 큰 남자였던가 싶습니다."

그의 기억 속에 어린 날 총명하고 지기 싫어했던 작은 명하가 지나갔다. 좀 더 잘 지낼 수도 있었으련만, 예하만 쳐다보느라 명하는 자주 보지 못했다. 왜 그렇게 성마르게 구는지 알지 못했고 알아보려는 노력도 하지 않았다.

'미안하다고는 말하고 싶지 않다. 고맙다고도 하지 않을 거다. 네 누이 내가 아끼며 사는 거로 보답하마. 네가 준 인생 헛되이 하지 않으마. 만약에 금을 찾으면 꼭 너희 아버지의 뜻을 받들겠다고 약속한다. 그러니 너도 부디 행복해 다오. 네가 행복해지지 않으면 내 여자가 슬퍼하니까 부탁한다.'

품 안에서 흐느끼던 예하가 드디어 눈물을 닦고 머리를 들었다. 유안은 그녀와 눈높이를 맞추며 얼굴을 들여다보았다.

붓고 빨개진 눈마저 사랑스러워 저절로 한숨이 나왔다.

'내가 너를 결국 손에 넣은 거구나.'

가슴을 후려치듯 갑자기 실감이 들었다.

'같이 죽는 게 아니라 이제부터 함께 살아가는 거로구나.'

죄의식과 부담감에 눌려 있던 진심이 치솟아 올라 그는 눈을 감았다.

'네가 내 아내가 되어 주는 거구나.'

기쁘다. 기뻐하고 싶다. 그리고 이제는 예하도 기뻐해 주었으면……, 좋겠다.

유안은 오랫동안 그녀의 어깨를 쓰다듬다가 조심스럽게 물었다.

"후회하는 건, 아니지요?"

그녀는 고개를 저었다.

"아니. 후회하지 않아."

후회하지 않아. 대체 무얼 후회한단 말이야. 사랑한 것을? 널 갖기 위해 다른 걸 놓아 버린 것? 내가 가진 게 뭐가 있었는데. 다 잃어버리고 내쳐진 나를 네가 지키고 거두어 준 건데.

후회하지 않아. 너를 사랑한 것. 운명이든 선택이었든 너라는 사람을 가슴에 담고 살아온 것, 살아가기로 한 것. 너에게 짐이 되고 폐를 끼칠지언정 뻔뻔하게 들러붙어 있기로 한 것. 다 잊고 앞만 보고 걸어가려는 마음. 그 무엇도 후회하지 않아. 그러니 절대 나를 놓지 마.

유안은 가슴에 안겨 드는 여자를 쓰다듬었다.

푸른빛을 깨치다

단 하나의 진실만 붙잡고 갈 것이다. 그 무엇도, 그 누구도, 두 사람을 갈라놓지 못하였다는 것.

심지어 죽음조차도.

혹은 운명마저도.

"이거."

그때 예하가 몸을 떼더니 문득 생각난 듯 주섬주섬 보퉁이를 뒤졌다.

그녀가 찾아낸 것은 어머니께 물려받았다던 은비녀였다. 칠보 상감에 원앙이 돋을새김되어 있는, 새색시를 위한 물건이었다.

예하는 그것을 유안의 손에 쥐여 주었다.

"다른 건 다 팔더라도 이것만은 지니고 싶었어. 언젠가 꼭 네 손으로 꽂아 주었으면 했거든."

커다란 그의 손안에서 가느다란 비녀가 은옥색隱玉色으로 빛났다.

유안은 그게 무얼 의미하는지 잘 알았다. 그건 약속을 뜻했다. 미래를 상징했다. 그녀가 언제나 그를 마음에 담고 있었다는 징표였고 이제는 당신의 아내라는 맹세의 말이었다.

두 사람의 사랑이 비로소 현실이 되었다는 매듭이었다.

사람을 벨 때도 흔들리지 않던 손이 떨리는 데 당황하며 유안은 예하의 까맣고 작은 뒤통수에 비녀를 꽂았다. 댕기 머리를 틀어 올려 쪽을 찐 그녀가 갑자기 어른스러워 보여 눈이 부셨다. 드러난 목덜미가 백설같이 깨끗했다.

"족두리를 썼으면 정말 예뻤을 텐데."

제 여인을 바라보는 그의 탄식에 예하가 옅게 웃음을 지었다. 그런 건, 조금도 중요하지 않았다.

해가 높아지면서 바람이 차차 세어졌다. 유안의 머리카락이 해풍을 받아 부풀어 올랐다. 바다 빛깔의 눈동자가 햇빛을 반사하여 영채映彩를 띠었다. 예하는 손을 들어 그의 머리를 쓸어내렸다.

"내가, 너를 사랑한다고 말한 일 있던가?"

예하가 작게 속삭였다. 유안의 아름다운 눈에 따스하게 웃음이 걸렸.

"그럼요. 언제나 듣고 있는걸요."

예하도 웃었다. 넌 왜 장단을 안 맞춰 주는 거야. 재미없잖아.

웃고 있는데도 자꾸 눈물이 나서 그녀는 고개를 숙였다. 장난을 쳐도 가슴이 아팠다. 예하가 눈두덩을 문지르자 유안이 가만가만 입을 맞춰 주었다.

"괜찮아요. 울어도 되고 웃어도 괜찮아요. 왜 우는지 왜 웃는지, 말하지 않아도 내가 다 알고 있으니 괜찮아요."

언젠가는 이 사랑이 식는 날이 올까. 함께 있는 게 지겹다고 느껴지는 일이 있을까. 네가 왜 우는지 왜 웃는지 알고 싶지 않다고 생각하게 될까.

사람 일은 모르는 거라지만, 그런 날은 상상이 되지 않았다. 백만 년을 살고 천만 년을 함께 있어도, 죽었다가 다시 태어나도, 그런 일은 없을 것 같았다.

바람과 함께 배가 속도를 높였다. 유안은 수평선을 바라보았다. 멀고도 멀었다. 눈앞의 바다는 잔잔했지만 언제 폭풍이 휘몰아치고 산더미 같은 파도가 배를 덮칠지 아무도 알 수 없는 일이었다.

곡절 많은 인생이었다. 아마 남은 날들은 훨씬 더 파란만장할 것이다. 하지만 괜찮다고 생각했다. 신분의 족쇄를 벗고, 세간의 시선을 떨치고, 맨손으로 시작하는 새날은 힘들겠지만 그만큼 자유로울 것이다. 아니, 자유롭지 못해도 상관없다. 예하가 함께 있으니 그것으로 충분하지 않은가. 세상 무엇과도 바꿀 수 없는 하나를 가졌다면 다른 건 다 버려도 되는 것 아닐까.

유안은 바닷바람에 날리는 잔머리를 귀 뒤로 넘겨 주며 부드럽게 예하의 어깨를 안았다.

물빛 눈동자를 한 남자와 그의 아내를 실은 배는 하늘을 바라고 파도를 가르며 서쪽으로 경쾌하게 전진했다.

이 세상에는 없는 낙원을 향해,

푸른빛을 깨치고 떠났다.

맺는 글

조용한 것을 좋아한다고 생각해 왔다.

호박꽃 꽃잎 위에 빗방울 떨어지는 소리라든가, 혼자 남겨진 오두막을 스치는 파도 소리라든가, 강하게 뇌리에 새겨져 있는 장면 속 울림은 모두 소란스럽지 않고 부드러운 반복음이었다.

그런데 꼭 그런 건 아닌 모양이었다. 뜰에서 아이들이 깔깔거리는 소리가 듣기 좋았다. 아버님 글 읽으시는 데 방해된다며 작게 꾸짖는 여자의 목소리도 방울처럼 낭랑하게만 느껴졌다.

명하는 장지문을 열고 바깥을 내다보았다.

해가 좋아 봄볕 훈훈한 오전이었다. 이제 막 두 돌 지난 사내아이 둘이 흙바닥에 뒹구는 모습이 익숙했다. 아이들의 입성

같은 건 포기한 지 오래인 엄마가 연신 조용히 하라며 아이들을 만류하는 중이었다.

"괜찮아요. 사내놈들이 얌전하면 건강하지 않은 거지. 다치지만 않으면 됩니다."

그의 말에 다소 안심한 표정으로 돌아보는 이 부인은 뺨이 불그레했다. 좋은 것을 먹고 마음 편히 지내기 시작하면서부터 그녀는 눈에 띄게 생기가 돌고 고와졌다. 쌍생아를 낳고 키우느라 몸이 고단할 텐데도 언제나 건강해 보여 명하는 그저 기쁘고 고마울 따름이었다.

예하와 유안이 청국으로 떠난 지 이제 여덟 해가 되었다. 명하가 이 부인과 혼례를 올린 것은 세 해쯤 전, 임금이 다시 변덕을 부려 남인을 죄 내쫓고 서인으로 조정을 갈아 채운 갑술년甲戌年의 환국換局으로 그가 떳떳한 신분이 된 이후였다. 그 사이의 오 년은 결코 쉽지 않았다. 고문을 당하고 옥살이를 하고 목숨을 위협받고, 풀려난 후에도 죄인의 처지로 궁핍하게 살아야만 했다. 그 기약 없는 시간을 여자는 불평 한마디 없이 함께해 주었다. 한결같은 애정으로 희생하며 명하가 무너지지 않도록 지탱하여 주었다.

"이리 오십시오."

명하가 부르자 이 부인은 빤히 그를 보더니 마루로 올라앉았다.

"손 줘 봐요."

함께 산 지 벌써 몇 년이나 되었고 자식도 있건만 여자는 여전히 뻣뻣했다. 못 들은 척 딴청을 피우는 게 귀여워 명하는 그녀의 뺨을 손등으로 쓸었다.

"이, 이러지 마십시오, 아이들이 봅니다."

"뭐 어떻습니까. 부모가 금슬 좋으면 애들도 기껍겠지요."

웃으며 손을 당겨 쥐었더니 이 부인은 목덜미를 빨갛게 붉혔다.

보고 있노라면 절로 웃음이 나는 사람이었다. 내가 무슨 복이 있어 이 여자를 만났을까 매일 생각했다. 여자가 아니었으면 진즉에 객사했을 테고 만약 다른 이에게 구해졌다 하더라도 옥고를 견뎌 낼 수 없었을 것이다. 철이 들지 못해 지금껏 유안을 원망하고 있었을지도 모르고 소중한 누이의 사랑을 망쳤을 수도 있었다.

상황이 만들어 낸 관계라 혹여 애정이 식는 날이 올까 염려하기도 했었다. 하지만 그렇지 않았다. 여자는 날이 갈수록 예뻐졌고 아끼는 마음도 새록새록 커져만 갔다.

"아침에 죽을 너무 많이 먹었나 봅니다."

비어 있는 손으로 배를 두들기며 투덜거리자 이 부인이 눈을 동그랗게 떴다.

"부인이 해 주시는 음식이 너무 맛있어 내가 식탐이 생겼으니 어쩌렵니까."

트집 아닌 트집을 잡았더니 여자는 푸훗 낮게 웃었다.

"산해진미 드시던 분한테 제가 해 드리는 시골 음식이 뭐 맛나겠습니까."

푸른빛을 깨치다

대답은 그렇게 했으나 좋아하는 눈치였다.

명하가 투정을 빙자해 달콤한 말을 하면 그녀는 매번 지금처럼 어수룩하게 즐거워하곤 했다. 그게 정말 사랑스러웠다. 이 부인 본인은 애교 같은 것 부릴 줄 몰랐으나 아무 상관없었다. 덕분에 명하 자신의 어리광이 느는 게 쑥스러울 뿐이었다.

처가 고우면 남자의 삶에 반은 이룬 것이지, 그는 가끔 생각했다. 아이들은 무럭무럭 자라 주었고 재물도 먹고사는 데 부족하지 않을 만큼 있었다. 고문의 후유증으로 가끔 다리가 저렸으나 견디지 못할 정도는 아니었다. 이웃과 화목했으며 하는 일도 보람 있으니 아쉬울 게 없었다. 그렇게 명하의 일상은 만족스러웠다.

단 하나, 누이의 생사를 알지 못한다는 것만 빼면.

유안과 예하는 조선을 떠난 후 한 번도 소식을 전해 오지 않았다. 물론 들려오는 풍문 따위도 없었다. 누구도 아무것도 듣지 못하였다. 그렇게 팔 년이었다.

명하는 습관처럼 하늘을 올려다보았다.

마당의 감나무 가지에 앉은 까치가 매일 아침 그랬듯이 우짖고 있었다. 아이들의 지저귐과 섞여 더할 나위 없이 정겨운 소리가 마당을 가득 메웠다. 근심 대신 희망을 품게 하는 기쁜 노랫소리였다. 새로운 기다림에 힘을 실어 주는 풀무질이었다.

"오늘은 반가운 손님이 오려나 봅니다."

그리고 곁에서는 아내가 밝은 표정으로, 역시 하루도 빠짐없이 되풀이하는 진심 어린 격려를 그에게 전해 주었다.

"그러게요. 꼭 그랬으면 좋겠습니다."

그도 아내의 손등을 두들기며 맞장구쳤다. 언제나처럼.

기다림은 여러 해 약속 없이 계속되었지만 그는 희망을 버리지 않았다. 살아 있다면 언젠가는 소식을 들으리라 믿기에, 매일매일 성실히 살며 부끄러움 없는 재회를 꿈꾸었다.

유난히 날이 화창하니 오늘이야말로 정말 좋은 소식이 들려올지도 모르는 일 아닌가.

오후가 지나 학동學童들이 모두 돌아간 집에는 밥 짓는 냄새가 은은했다. 이 부인을 돕는 계집아이가 종종거리며 찬간과 장독대를 오갔고, 명하는 사랑에서 낮잠 든 아들들이 깨지 않게 조심조심 이불을 덮어 주었다. 진이 다 빠지도록 놀고 난 아이들은 색색 콧소리를 내며 깊은 잠에 빠져 있었다.

평소와 다를 것 없는 평화로운 저녁이었다.

노을이 부드러운 탓인지 조금 가슴이 설레었을 뿐이었다.

명하는 창호지를 통해 들어오는 저녁볕을 즐기며 오늘도 까치가 좋은 소식을 물고 오지 않은 건가 친숙한 아쉬움에 젖었다. 문득, 방문 밖에서 남자의 기척이 느껴진 건 의외였다. 그는 아이들을 보던 고개를 볕 쪽으로 돌렸다.

"계십니까?"

이상하게 익숙한 목소리였다.

덜컹.

대답 없이 문을 열고 툇마루로 나서니 뜰에 키 큰 남자가 청나라식 옷을 입고 서 있었다. 큰 삿갓을 써서 얼굴은 보이지 않았다.

명하는 그 자리에 얼어붙어 버렸다.

설마.

너무나 눈에 익은 윤곽이었다. 직각으로 벌어진 어깨, 그림자 아래로 희게 빛나는 피부, 길게 드리운 검은 머리카락.

가슴이 두근거리기 시작했다. 백일몽인가, 아주 짧은 순간 의심했으나 심장 박동이 빨라지는 게 꿈이라기엔 너무 선명하였다.

남자가 삿갓을 벗었다. 명하에게 목례하는 그는, 기억보다 조금 더 성숙해진 그 얼굴에는, 온화하고 밝은 웃음이 떠올라 있었다.

"오랜만에 뵙습니다. 유안입니다."

명하는 외마디소리를 지르며 버선발로 마루를 뛰어 내려갔다.

잘못 보았을 리가 없었다. 착각일 수가 없었다. 저런 외모를 가진 사람이 이 세상에 둘 있을 수는 없는 것이다.

"너는, 너는!"

말을 잇지 못하고 명하는 남자를 끌어안았다.

마당에는 명하가 그렇게도 기다리던 사람, 그의 하나뿐인 매제가 태산처럼 서 있었다.

유안이 조선을 오가는 상인들을 통해 명하의 행방을 수소문한 지는 꽤 되었다. 살아 있는 건 확실했고 다소간 고초를 당한 것 같다는 정보까지는 수월히 입수했으나 그 후의 소식이 묘연하였다. 거처가 확인되기까지는 상당한 노력이 필요했는데, 의외로 그는 의주義州에 살고 있다고 했다.

만약 명하가 낙향하여 경기도 어딘가에 있었다면 유안의 조선 길은 훨씬 더 길고 위험한 여행이 되었을 것이다. 그가 굳이 연고도 없는 조선 북단에, 그것도 무역의 요충지에 자리 잡은 건 혹 예하의 소식을 들을까 기대한 게 분명하다고 유안은 믿었다. 그러니 주저할 수 없었다. 상단에 섞여 남하한 그는 곧바로 명하부터 찾기로 하였다.

예하의 오라비는 호화롭지도 초라하지도 않은 깨끗한 집에서 후학들을 가르치며 지내고 있었다. 뜻밖에 들이닥친 유안을 보고 넋을 잃은 얼굴을 했다가, 울음을 삼켰다가, 손을 떨었다가 했지만 그런 감정의 동요 속에서도 그가 얼마나 안정된 삶을 영위하고 있는지 느껴질 만큼 좋아 보였다.

"잘, 잘 있는 거지? 그러니 여기까지 올 여유가 있었던 거지? 복색도 좋고 건강해 보이니, 예하도 행복한 것이지?"

유안의 손을 잡으며 명하는 감정을 가감 없이 내보였다. 목숨을 맞바꾸었던 두 사람 사이에 더 이상 앙금 따위 남아 있을 리 없었고, 시공간을 뛰어넘어 다시 만난 벗이자 가족인 서로에 대한 반가움으로 가슴이 뛰었다. 유안도 진심으로 웃으며 그에게 인사했다. 물론입니다, 얼마나 행복한지 말씀드리러 온 것입니다, 하고.

명하는 여전히 선이 날카로운 미남이었으나 표정은 이전과 비교할 수 없이 온유했다. 미간의 세로 주름에 익숙했던 유안에게 그의 편안한 웃음은 솔직히 낯설었다. 모두가 곁에 있는 일견 평범해 보이는 여인의 영향일 것이다. 유안은 확신할 수 있었다.

"살아서 다시 뵙게 되다니 꿈만 같습니다."

이 부인의 말은 짧았지만 아주 많은 울림을 담고 있었다.

유안은 마지막으로 그녀를 보았던 부둣가를 기억했다. 보기 드문 여인이었다. 강하고 헌신적이며 순정純正한 사람. 부유하는 남자의 뿌리가 되어 주는 여자. 그녀는 지순한 사랑으로 명하의 신산한 날들을 버텨 주었을 것이다. 오늘의 그는 이 부인으로 인해 존재하는 게 분명했다.

"주상께서 지도에 표시된 곳이 상해라는 걸 알고는 노발대발하셨지."

술상이 나왔다. 살아생전 명하와 대작하는 날이 올 거라고는 생각도 해 보지 못하였기에 유안은 조금 감상적인 기분이 들었다. 그리고 명하의 옛이야기에는 감구感舊할 수밖에 없었다.

"그랬을 테지요."

흰 수염이야 아무것도 모르니 주는 대로 가짜 지도를 넙죽 받았지만, 임금은 그럴 수 없었다. 나선정벌의 격전지는 청에서도 북동쪽 오지인 악래목鄂來木성. 거기서 인계받은 금을 수만 리나 떨어진 상해에 숨겨 놓았다는 건 말도 안 되는 소리였다.

"나도 꽤나 혼이 났지만 흰 수염은 더 재미없었을 거야. 안 된 일이지만 나를 죽이려고 했으니 동정하진 않아."

아무렇지도 않은 듯 웃는 명하는 유쾌해 보였다.

그는 왕으로부터 협박과 회유와 고신拷訊을 당했다. 그러나 고개를 빳빳이 든 채 모르쇠로 일관했다. 민우상 공이 유안을 팔아 아들을 구할 때까지 군신 간의 피 말리는 신경전은 계속되었다.

"미안하다. 너는 주인을 부추겨 군왕을 기만한 파렴치한이 되고 말았어. 아버님께서 네가 있지도 않은 지도를 제작한 모양이라고 주장하셨거든."

명하의 설명에 유안은 탄복했다. 지혜로운 장인어른은 값없는 아랫것의 명예를 바쳐 귀한 아들의 생명을 구한 것이다. 얼마니 다행스런 일인가.

서인의 재집권과 무관하게 민씨 부자는 임금의 재산을 가로챈 역도로 중벌을 받아 마땅했다. 그러나 두 사람은 끝까지 버텼다. 우리는 금 같은 것 모른다, 하도 집요하게 쫓는 바람에 잠시 시간을 벌려고 가짜 지도를 들이민 것뿐이다, 억울하다, 하고.

왕은 믿지 않았지만 결국 그들을 용납했다. 두 사람을 죽인다 해도 소용없다는 걸 알았기에, 환국 이후 중전 및 서인들과의 관계 개선이 필요했던 임금은 길고도 무익하며 지루한 대치를 스스로 접었다.

"공께서는 어디에 계십니까?"

그의 질문에 명하가 술을 들이켰다.

"아버님께서는 종가가 있는 여흥驪興에 머무신다. 곁을 지켜야 마땅하나 너희 가까운 곳에 있고 싶더구나. 이리 너를 보게 되었으니 아버님께 면面이 서게 되었다."

금과 관련하여 무거운 짐을 벗은 민우상 공은 편안한 전원생활을 누리고 있다고 했다. 그리고 명하 역시 자유롭게 살도록 내버려둔 모양이었다.

"주상께서 나를 쓰겠다는 의사를 잠시 보이셨었으나, 뭐, 빈말이었지. 나도 조정에 뜻이 있을 리 없고. 다른 인생을 알고 나니 옛날에 아등바등 원했던 게 다 부질없이 느껴지더구나. 정중히 거절했지."

그리고 이 부인을 불편하게 만들고 싶지 않았겠지요. 유안은 생각했다.

그녀는 명문가의 안주인으로 살게 되면 짓눌려 죽어 버릴 여자였다. 명하가 아버지와 함께 고향으로 가지 않고 타지로 나온 것 역시 절반은 그런 이유였을 거다. 이 부인을 맘 편히 살게 해 주려고.

들어오면서 둘러본 그들의 집은 부인의 성품대로 정갈하고 소박했다. 모르긴 해도 뒤뜰에는 푸성귀 가득한 텃밭이 있을 테고 명하의 의복은 이 부인이 한 땀 한 땀 손수 지었을 것이다. 부와 권세 대신 평화와 화목으로 채워진 가정이었다.

유안은 안심했다. 허튼 욕망에 부대끼지 않는 그들은 정말로 다복해 보였다. 맑고 잡념 없는 안색이 무척이나 건강하게 느껴졌다.

"금은 있었습니다."

유안이 꺼낸 말에 명하는 담담히 고개를 끄덕였다.

"그래. 그러니 네가 이리 짧은 시간에 자리 잡을 수 있었던 거겠지. 천만다행이다."

금에 관한 모든 권리가 유안에게 있음을 분명히 하듯, 그는 더 이상 아무런 관심도 보이지 않았다.

"그래서 저희는 봉천에 살고 있습니다. 금을 기반으로 상업에 종사하기에는 아무래도 큰 도시가 유리하다 여겼지요."

유안은 술을 들이켜며 짧게 회상에 잠겼다. 명하에게 구구절절이 읊고 싶지는 않았지만 그와 예하도 죽도록 고생하여 지금에 이르렀다.

산동반도에서 일단 발걸음을 멈춘 두 사람은 그대로 주저앉고 싶은 유혹을 강하게 느꼈다. 국적과 신분을 사는 데 성공했고 일자리도 구했다. 이제 아이 낳고 재산 불리면서 평탄하게 살아가고 싶었다.

그러나 차마 그럴 수가 없었다. 얼마나 많은 사람들의 운명을 바꾼 금이던가. 최소한 정말 있는지 없는지 정도는 확인해야만 죽어서도 그들 보기 부끄럽지 않을 것 같았다.

그렇게 지도를 들고 척박한 북쪽 땅을 헤매어 금을 찾기까지 다시 길고도 험난한 세월이 필요했다. 거기서 끝이 아니었다. 숲과 들짐승만 있는 땅에서 금이란 아무짝에도 쓸모없는 물건이었기에 결국 정착은 도시에 할 수밖에 없었다. 천우신조로 찾아낸 금을 몇 차례에 걸쳐 운반하는 데는 많은 노력과 시간이 요구되었고, 큰 재산이 남의 눈에 띄지 않도록 노심초사하는 것 역시 보통 일은 아니었다.

"자칫 사기를 당할 뻔한 일도 여러 번 있었지요. 도둑과 강도의 위협도 계속되었구요. 허나 결국엔 재산을 불리는 데 성공하였습니다. 반드시 본래의 금이 온전히 보존되도록 할 겁니다. 언젠가 꼭 국가를 위해 사용되도록 자식들을 가르치겠습니다. 그러니 염려치 않으셔도 될 겁니다."

유안의 말에 명하는 빙긋이 웃었다. 염려라니, 무슨 그런 말을. 그의 표정은 그렇게 말하고 있었다.

"에잉, 으아앙, 아버니임……."

자던 아이들 중 하나가 깨어 칭얼거리기 시작했다. 방 안의 어른들이 모두 그쪽으로 시선을 돌렸다. 얼굴을 활짝 펴며 명하가 아이를 안아 들었다.

"저런. 늦은 낮잠이라 기분이 안 좋구나, 우리 아가가."

마른 울음을 터뜨렸던 아이는 아버지의 품이 편안한 듯 길게 하품을 하며 눈을 깜빡거렸다. 낯선 사람을 경계하는 기색도 없었다.

"아드님들이 아버님을 많이 닮았습니다."

유안이 웃으며 말을 건네자 명하가 기쁜 얼굴을 했다. 그렇지?

"네. 아주 미장부로 자라날 것 같습니다. 언젠가 꼭 저희 아이들과 만날 기회가 있었으면 합니다."

그러면서 유안도 자기 아이들 이야기를 했다. 아들 하나 딸 하나를 두었다고. 아들은 자신을 많이 닮고 딸은 어머니를 더 닮았노라고. 둘 다 피부가 하얗고 눈과 머리카락은 까만 애들이라고.

두 사람의 대화에 이 부인이 부드럽게 미소 짓고 있었다.

그 모습을 쳐다본 명하가 낮게 웃음을 터뜨렸다.

세상일은 새옹지마라더니, 이런 날이 올 거라고는 꿈에도 생각지 못했었다. 유안을 매제와 처남으로 만나 술잔을 기울이고, 아이들의 이야기를 하고, 옆에서 여자가 웃는, 이렇게 그림같이 아름답고 행복한 날이 올 거라고는.

가문이 영화를 누리지는 못할지언정 이게 사람 사는 거 아닌가 싶어 명하는 가슴이 뜨끈하였다.

"다음에는 예하와 함께 오너라. 이제 조선 땅에 온다고 위험하지는 않을 게야. 아니, 우리가 한번 가마. 너희들 사는 것도 보고 싶구나."

그는 유안더러 도로 조선으로 넘어와 살라고는 말하지 않았다.

"네가 거하는 곳에는 머리 색과 눈빛이 다른 여러 나라 사람들이 섞여 살겠지. 거기에도 부조리와 편견은 있겠지만 이제는 네게 힘이 있으니 다 이겨 내라. 나는 안분安分하며 지내는 길을 택했다만 너는 그동안 부당하게 억눌렸던 재능을 펼치며 빛

푸른빛을 깨치다   513

나게 살아라. 너희 아이들이 아버지를 자랑스러워하도록 그리 살아가려무나."

 행복은 어느 한 길로만 찾아갈 수 있는 게 아니다. 어떤 사람은 숲길을 따라, 또 다른 사람은 자갈길을 따라 자신의 행복을 좇아갈 것이다. 어느 길도 낙원으로 연결돼 있지는 않겠지만, 누구나 자기 길을 선택할 수 있다면 그에 따르는 고통도 반드시 불행만은 아닐 거다. 명하는 그렇게 믿었다.

 두 사람은 밤이 깊도록 술을 마시며 이야기를 나누었다. 옛일을 허심탄회하게 나누다가 문득 그간의 고생을 겸연쩍이 털어놓기도 하였다. 아내 자랑은 조금씩, 아이들 자랑은 많이 했다. 유안은 명하의 학문적 성취와 개혁적인 교육관에 깊은 관심을 보였으며, 명하는 유안의 상업적 감각과 추진력에 찬탄했다. 본디 말수가 많지 않은 두 남자였지만 속내를 다 드러내고 보니 할 수 있는 이야기가 제법 많았다.

 그리고 두 사람보다 더 말이 적은 이 부인이 끝까지 자리를 지키며 유례없는 회동의 산증인이 되어 주었다.

 그렇게 밤이 지나고, 유안은 아침에 떠났다.

 명하가 마지막으로 예하에게 전언을 남겼다. 전답은 거의 잃었지만 노비들은 아버님께서 다 거두셨노라고. 행방불명되었던 예하의 계집종까지 찾아내셨으니 혹시라도 염려했거든 마음 놓아도 된다고.

 유안은 감사하다 답하며 웃었다. 신분이 낮은 자들에까지 일일이 마음 쓰는 게 명하의 달라진 모습을 단적으로 보여 주는 것 같아 느껴웠다.

봄이었다.

*

초여름이 되었다.

내륙의 여름은 혹독하지만 아직 계절이 본격적으로 무르익기 전이라 상쾌했다.

대문 밖에서 언덕 아래를 내려다보며 예하는 초조하게 입술을 깨물고 있었다. 상단이 무사 귀환하여 짐을 부렸다고 들은 터라 이제나저제나 목이 빠지게 기다리는 중이었다.

아.

두근두근.

오고 있다. 멀리서도 알아볼 수 있을 만큼 크고 하얗고 아름다운 사람이, 달리듯이 빠른 걸음으로 이리 향하고 있다. 절대로 헷갈리지 않는다. 저 사람이 바로 나의 소중한 사람이다.

저절로 발이 앞으로 나갔다. 치맛자락에 매달린 아이의 손목을 꼭 쥐고 예하는 구르듯 뛰기 시작했다. 유모의 품에 안긴 어린것이 엄마에게 손을 뻗었지만 돌아볼 겨를이 없었다.

"아버님!"

깡충깡충 따라오며 아이가 엄마를 대신해 목청을 높였다. 손도 흔들었다. 저쪽에서도 팔을 크게 휘두르며 소리치고 있었다.

푸른빛을 깨치다

"다녀왔습니다!"

유월의 산들바람에 긴 머리가 나부끼고 하늘보다 더 파란 눈동자가 기쁨으로 환하게 빛났다. 긴 여행으로 지쳤으련만 벌어진 어깨 위엔 한 점 피곤도 걸려 있지 않았다. 유안은, 길 떠날 때와 똑같이 건강하고 반듯하고 믿음직스러웠다.

"수고하셨습니다. 무사히 다녀오셔서 정말 다행입니다."

예하는 떨리는 입술 끝을 애써 당기며 인사말을 건넸다. 그를 향해 정신없이 내달렸지만 막상 마주하고서는 어색하게밖에 반가움을 표현할 수 없는 게 속상했다. 주변에 지켜보는 눈이 너무 많았다.

"혼자 집안 건사하느라 애쓰셨습니다. 너무 오래 집을 비워 미안합니다."

유안이 다정하게 웃으며 그녀의 옆머리를 쓰다듬었다. 커다란 손은 변함없이 따뜻하고 푸근해서 예하는 눈물이 날 것 같았다.

먼 길 보내는 게 예사로웠던 일이야 없지만, 이번 정행征行은 목적지가 조선이었던 탓에 특히 걱정스러웠다. 아무리 청나라 사람의 신분으로 간다 하여도 목숨 걸고 도망쳐 나온 조선행이 맘 편할 리 없었다. 눈앞에 무사히 돌아와 있는 걸 보면서도 다리가 후들거릴 정도였다.

"좋은 소식을 가져왔으니 용서하세요."

가지 말라고 말렸었다. 그러나 유안은 그녀가 오라비를 얼마나 염려하는지 알고 있다며 기어이 떠나고 말았다. 예하는 비로소 웃음 지으며 고개를 끄덕였다. 좋은 소식이라니 물론 반가웠고 그가 다시 위험을 무릅쓸 필요가 없어 다행이라는 생각도 들었다.

"아버님, 저는 그사이에 글자를 많이 익혔습니다."

곁에서 동동거리던 아이가 아버지의 관심을 끌려고 발돋움을 하며 상기된 뺨으로 말했다.

"그랬구나, 우리 맏아들. 아버지가 없는 사이에 어머니와 동생을 지켜 주어 기특하다."

유안은 아이를 번쩍 들어 올려 목말을 태웠다. 자랑스러움과 약간의 무서움이 섞인 환호성을 지르며 아이가 아버지의 머리를 꼭 껴안았다. 밤처럼 새카만 눈과 머리카락을 지닌 아이는, 아버지의 골격을 물려받아 또래보다 다부졌다.

"바바바."

예하가 유모 품에서 받아 든 아기를 아빠에게 내밀자 아기도 방긋방긋 웃으며 아버지를 환영했다. 평소에도 낯을 가리지 않는 아기지만 제 아버지를 대할 때의 시늉은 분명히 알아보는 기색이었다. 계집애에 막내라 아버지의 사랑을 듬뿍 받아 그런 모양이었다. 아버지가 먼지를 많이 탔으니까 이따가 씻고 안아 주마. 유안은 상냥한 목소리로 아기에게 속삭였다.

집으로 들어서는 가장을 따라 그 가족과 일꾼들은 부산히 짐을 나르며 움직였다. 버들잎 난분분하게 날리는 오후가 분주함으로 가득 채워졌다. 얼마 전까지 청나라의 수도였던 봉천, 활기차고 소란한 도심으로부터 조금 떨어진 예쁜 마을이

푸른빛을 깨치다

었다.

그날 저녁, 동네잔치가 벌어졌다. 평소 호젓하던 마을은 고기 굽는 냄새와 흥분으로 들뜨고 술잔과 선물이 축복을 대신하여 바삐 오갔다.

유안과 예하는 큰살림을 하고 있었다. 그들에 기대어 생계를 유지하는 이웃이 많았기에 유안의 귀가는 그냥 개인의 일이 아니었다. 대大상인이 많은 재물을 취해 그들의 곁으로 돌아온 것을 모두들 한마음으로 기뻐했다.

"조선은 어떠합니까? 인삼 가격이 폭등했다는 소문이 있던데요."

"비단은 제값을 받을 수 있으셨습니까?"

"서양에서 들어온 물건은 역시 조선에 들이기 무리였습지요?"

수많은 질문이 쏟아졌고 유안은 그들 모두에 성실히 응대해 주었다.

사람들이 그를 존경하고 좋아하는 이유 중 하나는, 그가 어떤 사람도 결코 함부로 대하지 않는다는 점이었다. 물건을 나르는 짐꾼부터 부엌의 찬모에 이르기까지 유안은 누구에게나 정중했다. 그리고 여전히 예하에게는 깍듯이 공대하였다. 물론, 이제는 그녀도 그에게 지아비 대하는 예를 온전히 갖추었지만.

잔치가 무르익으면서 분위기가 한껏 풀어졌다. 웃고 떠드는 사람들 사이에서 유안은 예하에게 조곤조곤 명하의 소식을 전해 주었다. 그녀는 울며 웃으며 그의 이야기를 들었다.

"오라버니께 화적 떼 만났던 이야기도 해 드렸어요?"

예하가 물었고 유안은 웃으면서 고개를 저었다. 그건 화려한 무용담이었지만 걱정을 끼칠 만한 이야기이기도 했다. 멀리 살면서 굳이 근심을 공유할 필요는 없지 않은가.

"그럼 나선에 다녀왔던 얘긴?"

"그 이야기는 했습니다. 니포초(尼布楚;네르친스크)를 거쳐 차茶 무역을 할 거라고도 말씀드렸지요."

유안의 꿈은 원대했다. 서양인과 동양인의 특질을 함께 가진 자신에게 최적最適한 일이 있을 거라고 그는 믿었다. 지금은 투자자의 형태로 남의 상단에 참여하고 있지만 종국에는 자신만의 상단을 꾸릴 것이었고, 그때는 동서양을 오가며 교역의 규모를 키울 계획이었다. 다만, 그렇게 되면 예하의 곁을 떠나 있는 시간이 길어질 게 걱정이었다.

"다른 여인에게 한눈파시면 저는 죽어 버릴 거여요."

뾰로통한 예하의 표정에 유안이 파안대소했다.

"농담 아니에요. 아이들 얼른 키워 놓고 저도 따라다닐까 봐요."

그녀의 어깨를 감싸 안으며 유안은 다정하게 대답했다.

"환영입니다. 함께 많은 것을 볼 수 있으면 좋겠지요. 다른 이 같으면 부인의 안전을 염려해 안 된다고 하겠지만, 저는 누구라도 무찌를 자신이 있으니 다행입니다."

푸른빛을 깨치다

아이들이 태어나기 전처럼 예하가 같이 다닌다면 물론 도움이 되고도 넘칠 것이다. 재주 많고 지혜로운 아내는 남편의 자랑이자 재산인 법. 그러니 다른 사내들도 그렇게 그녀를 탐내었던 것 아닌가. 그러나 누구보다도 강한 자신이 그녀를 지켜 내어 결국 손에 넣은 것 아닌가.

말하다 보니 불현듯 생각나는 게 있었다. 유안은 다른 이의 소식 하나를 더 예하에게 전했다.

"만나거나 하지는 않았습니다만, 조선에 있는 동안 정수겸의 안부를 들었습니다."

예하가 눈을 동그랗게 떴다.

"저와는 악연이나 부인께는 나름대로 각별하지 않았습니까. 어찌 지내는지 궁금하여 알아보았지요."

세상에 냉소적이고 모든 게 지루하다고만 했던 정수겸은, 예전에도 그랬듯 잘살고 있는 것처럼 보였다.

"여전히 과거는 보지 않았지만 왈자曰者로 행세하는 것 역시 그만둔 것 같더군요. 은광에 손을 대어 막대한 재산을 모았다 들었습니다."

그는 독특한 사람이기는 했다. 요사이 돈 좀 있는 사람들에게 유행처럼 번지는 기화이훼奇花異卉와 서화 수집에 취미를 붙인 모양이었는데, 취향이 고급하고 투자 금액의 규모가 여느 한량들과 달라 선망의 대상이라고 하였다. 게다가 미모까지 여전해 여인들의 흠모를 한 몸에 받는다는 것이었다.

"혼인도 안 하고 말이지요."

유안이 덧붙이는 목소리에 어쩐지 빠득하고 이를 가는 소리가 섞여 든 듯해 예하는 웃고 말았다.

"설마 저를 못 잊어서 여태 혼자라고 생각하시는 건 아니겠지요?"

달리 이유가 있을까요……. 유안은 속으로 중얼거렸지만 입 밖으로는 내지 않았다.

민우상 공이 예견하였듯 정권이 어디로 넘어가든 정원대는 흔들리지 않고 세를 유지하고 있었다. 다만, 그가 아들과 화해하였는지는 알 길 없는 일이었다. 수겸이 혼인하지 않고 버티는 것을 보면 그다지 순종적인 아들은 아니려니 추측할 뿐이었다.

"오랜만에 소식을 들으니 반갑네요. 정 선비답다고나 할까. 그렇게 고생을 시켰는데도 온전히 믿기만 하지 않으니 조금 우습기도 합니다."

시간이 지나고 지금 행복하면 옛 고난은 웃으며 추억할 수 있을 만큼 빛이 옅어지는 것이었다.

신기하게도.

다행스럽게도.

예하가 유안의 어깨에 머리를 기댔다.

"사냥꾼 여인이 서방님 좋다고 달려들었던 이야기는 오라버니께 하셨습니까?"

유안은 하하하 크게 웃으며 아니라고 말 안 했다고 하였다.

다음에 만나면 꼭 오라버니께 일러야지, 그 여인이 얼마나 드세었는지, 내가 얼마나 고생했는지 다 얘기해야지……. 예하가 입술을 뾰족하게 내밀자 유안이 귓속말로 덧붙였다.

"하지만 옆집 어린 총각이 부인 때문에 상사병 걸린 이야기는 전했답니다."

아이 참, 부끄럽게.

그녀는 얼굴을 살짝 붉히며 그의 어깨를 작은 주먹으로 토닥거렸다.

두 사람에겐 자랑하고 투정하고 함께 웃을 얘기가 정말 많았다. 의주에서든 봉천에서든 명하를 다시 만나는 날이 오면 꼭 이야기보따리를 풀어놓을 것이다. 흑룡강은 무섭도록 깊고 검었다고, 자작나무 껍질은 종이처럼 희게 벗겨지더라고, 만주 숲의 주인은 은빛 늑대였다고, 나선인들은 눈만 파란 게 아니라 머리카락도 여름날의 햇살 같더라고.

그리고 꼭 말해 줄 거다. 오라버니와 새언니를, 아버님을, 얼마나 걱정했는지. 하루도 그리워하지 않은 날이 없었노라고. 이제 비로소 마음 편히 행복해질 수 있게 되었다고.

"선물을 준비했습니다."

유안이 몸을 일으키더니 커다란 손을 예하에게 내밀었다. 손바닥에는 비단 주머니가 하나 얹혀 있었다.

어머나.

볼을 다홍빛으로 물들이며 그녀는 주머니를 받아 열었다. 안에서 나온 것은 새빨간 홍옥이 박힌 뒤꽂이였다. 정교하게 세공된 것이 이만저만 값지고 화려한 물건이 아니었다.

"계절마다 선물을 드린다 했지요. 여름이 되었으니 홍옥이 어울릴 듯합니다."

사랑하는 여인에게 귀한 것을 주는 사내의 얼굴은 흐뭇함으로 빛났다. 예하는 입술을 부드럽게 말아 올리며 뒤꽂이를 머리에 꽂았다.

예쁩니까?

예쁩니다.

검소하고 실용적인 유안이었으나 아내에게 바치는 물건만은 하나같이 비싸고 호화로운 사치품이었다. 봄이 되자 내륙에서는 구경도 하기 힘든 진주를 구해 오더니, 이제는 이름도 낯선 면전(緬甸;미얀마)에서 난다는 홍옥을 내놓은 것이다. 나선의 금은 초기에 장사 밑천으로 일부 활용했을 뿐 도로 고스란히 묻어 두었고, 패물은 전부 그가 직접 번 돈으로 사 온 떳떳한 선물이었다. 유안은 뿌듯한 표정을 지을 자격이 있었다.

그 마음을 알기에 예하는 과한 물질일망정 늘 기쁘고 고맙게 받아 자신을 꾸몄다. '이 값이면 쌀이 서 말' 같은 이야기는 절대 입에 담지 않았다.

예하가 일어서며 손을 내밀었다. 유안이 그 손을 잡고 몸을 일으키자 주변에서 두 사람을 쳐다보았으나 술과 풍악의 기운에 휩싸여 금세 관심을 옮겨 버렸다. 아이들이 같이 일어서려는 것을 유모가 달래어 앉혔다.

"뒷동산에 찔레가 지천이에요. 꺾어 주세요."

달콤하게 예하가 소곤거렸다.

동산에 오르자 소음이 거짓말처럼 사라지고 사위가 고요하였다. 해질녘의 하늘과 맞닿은 언덕배기에 밤 장미가 주단처럼 펼쳐져 있었다. 공기는 꽃향내를 품어 새콤하고 달착지근하고 시원했다.

"강이가 아버님 오시면 저랑 같이 못 잔다고 불평한답니다."

손가락을 만지작거리며 예하가 소곤대자 유안이 짐짓 괘씸하다는 표정을 지었다.

"그리 나를 따르는 척하더니 강샘을 부린단 말입니까?"

아이는 이제 다섯 살. 아버지가 세상에서 제일 커 보이면서 동시에 어머니가 누구보다도 좋을 나이였다.

"크면 아버님처럼 파란 눈을 갖게 되냐고 물어보더라구요."

그 나이 때 유안에게 천형으로 여겨지던 푸른 눈이, 아이에게는 상처럼 느껴지는 모양이었다.

유안은 미소를 머금은 채 팔을 뻗어 장미를 땄다. 하나씩 가시를 제거하고 매끈한 줄기만 모아 다발을 만들자 예하가 어린애처럼 좋아하며 받아 들였다. 꽃다발째 안고 그녀에게 입을 맞추었다. 꽃이 살짝 뭉개졌지만 예하는 개의하지 않았다.

보석을 안기는 것은 사내의 허영일 뿐, 여자가 원하는 건 언제나 꽃과 단풍잎 같은 소소한 것이었다. 상냥한 말과 다정한 눈길이었다. 그저 유안과 함께 있고 싶어 할 뿐 예하는 다른 아무것도 요구하는 법이 없었다.

실은 함께하는 시간도 짧았다. 그러나 일 년의 반을 그와 떨어져 지내야 하면서도 그녀는 불평하지 않았다. 아이들에 살림에 몸이 묶여 있음에도 마음이 누구보다 자유로워 행복하다며 늘 화사하게 웃었다.

그런 그녀가 어떻게 사랑스럽지 않을 수 있을까.

해가 갈수록 마음이 깊어졌다. 떨어져 있는 날만큼 더 애틋하고 간절한 사람이었다. 함께 보내는 시간만큼 정이 무르익고 고마운 마음이 솟아났다. 변함없이 소중하고 귀하였다.

머나먼 서쪽 나라에서 온 사람이 그에게 말했다. 그네들은 무지개의 끝에 묻혀 있는 황금 단지를 찾아 동방으로 향했노라고.

홍예虹霓의 발치에는 정말로 금이 있을까?

그렇다면 그건 꽃무지개보다 더 찬란할까.

나도 그들처럼 금을 찾아 여기까지 온 건가, 꿈을 꾸려 온 걸까.

혹은 무지개를 잡으러 온 것일까.

유안은 이제 많은 것을 가지고 있었다. 정수겸이 비웃었던 바, 아무것도 없는 빈털터리 천출이 아니었다. 재력도 권력도 쥐었고 심지어 포부나 야망까지도 품을 수 있을 만큼 모든 게 달라졌다. 하지만 그런 건 그저 도구이며 과정일 뿐 삶의 목적이 될 수 없는 것이었다. 손에 잡아 보니 더 확실히 알 수 있었다.

그의 인생에 소중한 건 하나뿐이었다. 살포시 솟아올라 비 갠 하늘을 뒤덮은 빛고리처럼 색동옷 너울거리던 작은 아이. 손에 잡히지 않을 것을 알면서도 바라볼 수밖에 없었던 채홍彩虹.

푸른빛을 깨치다

그에게 의미 있는 건 지금도 그 영롱한 빛깔 하나뿐이었다. 그의 존재의 이유, 힘의 원천, 앞으로 나아갈 수 있게 해 주는 동인動因, 그리고 모든 수고를 보람되게 만들어 주는 유일한 보상.

"꽃비가 내립니다."

그녀가 유안의 어깨 너머를 쳐다보며 조그맣게 감탄했다. 바람이 불면서 장미 꽃잎을 비처럼 뿌리고 있었다.

그도 나지막하게 탄성을 토했다.

금빛 해와 은색 달이 공존하는 시각, 검푸르게 변해 가는 하늘을 바탕으로 새빨간 꽃잎이 초록 이파리와 어우러지며 흩날렸다. 지평선 위로는 주황색 구름이, 능선 아래로는 적자색 모닥불 빛이 아른거렸다. 품 안에서는 예하가 양젖처럼 뽀얀 뺨에 연분홍 입술로 웃고 있었다.

가슴이 뜨거웠다.

세상이 너무도 아름다워 눈이 부셨다.

세상엔 이다지도 많은 빛깔이 있었다.

그건 모두, 사랑하는 사람으로부터 나오는 것이었다.

"아름다워요."

이제는 여자가 된 그의 소중한 아이가 조그맣게 속살거렸다.

"이렇게 아름다운 것은 죽었다 다시 깨어나도 볼 수 없을 겁니다."

그녀는 풍경을 보고 있지 않았다. 예하는 사랑하는 사람의 눈을 들여다보며 눈가를 쓰다듬고 있었다. 그녀가 전해 준 빛이 유안의 눈동자에서 별처럼 흘러넘치는 걸 보고 있었다.

유안은 예하를 꼭 안았다.

그의 마음에도 꽃비가 내린다. 무지갯빛 소맷자락이 꽃바람이 되어 반짝반짝 날리며 세상을 흐드러지게 덮는다. 따뜻한 황금 햇살이 대기에 농롱瓏朧하고 천지에 새싹이 돋아나 다시 꽃으로 피어나고 있었다.

나는 이렇게 사로잡혀 영원히 꽃비 속에 머무는구나. 나는 이렇게 너에게 휘감겨 달콤한 숨을 들이쉬는구나.

나에게 네가 와 주었으므로.

'예하야.'

그가 하지 못한 말을 아는 듯 예하가 작은 손으로 커다란 등을 토닥였다.

세상은 평화로운 어둠에 잠겨 가고 있었지만, 사랑하는 두 사람의 세계는 빛으로만 가득했다.

언제까지나.

향기롭고 푸른 여름밤이었다.

충만했다.

덧붙이는 글

 젖혀 놓은 커튼 사이로 들어온 흐린 저녁 빛에 남자의 그림자가 길었다. 격자창 바깥으로는 겨울 하늘이 짧은 해를 곧 집어삼킬 듯 가라앉고 있었다. 찻잔을 들고 창에 느긋하게 기댄 남자는 눈웃음을 뿌리며 그의 청중을 둘러보는 중이었다.

 "그런데……, 왜 다시 러시아로 이주한 겁니까? 청나라에서 잘살았으면서요."

 사무실 안에는 그 외에 세 사람이 더 있었다. 머리가 벗겨진 중년의 사무관, 턱이 뾰족한 젊은 남자, 그리고 검정 치마저고리를 입은 여자. 질문을 던진 건 젊은 남자였다.

 "당대에는 청국을 기반으로 움직였습니다. 이주를 결정한 건 후대였죠."

 그의 대답에 다시 질문한 사람은 여자였다.

"러시아가 더 살기 좋았나요?"

남자는 어깨를 으쓱했다.

"18세기는 중국도 러시아도 번영기였습니다. 매매성(買賣城; 알탄불라크)이라는 도시를 세울 정도였으니 양국 간 무역의 규모를 짐작할 만하죠. 많은 것을 보고 시야를 넓힌 유안과 그 자손들이 구라파 쪽까지 진출하고 싶어진 건 당연한 일이라 하겠습니다."

남자가 부드러운 미소를 띠며 여자와 눈을 맞추자 그녀는 '그렇군요.' 하고 작게 헛기침을 했다.

"금을 반납할 시기는 계속 저울질했던 것으로 알고 있습니다. 핑계 같지만, 서양인을 배척하던 시대에는 여러 가지로 쉽지 않았던 모양입니다. 러시아 주류 사회로 진입하다 보니 조선과의 접점도 적을 수밖에 없었구요. 결국 이렇게 나라가 망한 후에야 기회를 얻게 되었군요."

남자의 말이 끊어지자 잠시 침묵이 흘렀다. 대륙의 겨울은 을씨년스러웠고 실내에 온기라곤 장작을 집어넣은 난로의 훈김뿐이었다. 여자가 난로에서 주전자를 들어 식어 버린 찻잔에 끓는 물을 부었다.

네 사람 사이에 있는 탁자에는 갱지로 만든 문서 한 장이 놓여 있었다. 접수증, 혹은 영수증. 익명의 기부자가 의연義捐한 것으로 표기되어 있는 금액은 상당히 컸다.

"그래서 선생님 성함이……."

말없이 듣고만 있던 중년의 사무관이 말을 끌자 남자는 고개를 끄덕이며 대답했다.

"민인 거죠. 유안의 자손들은 민씨 성을 썼거든요. 러시아식 작명법을 따른 제 풀네임은 드미트리 유아노비치 민입니다."

전형적인 러시아 이름을 갖고 있는 남자는 금발에 푸른 눈은 아니었다. 새카만 흑발에 오닉스처럼 까만 눈동자가 오히려 동양인 같지 않은, 신비한 분위기의 사람이었다. 그건 그의 피부가 북국의 눈처럼 새하얗기 때문일지도 몰랐다.

"유안으로 인해 민씨 가문의 명맥이 이어지리라는 예언은 결국 들어맞았던 건가요."

턱이 뾰족한 남자의 말에 드미트리는 찻잔을 빙그르르 돌렸다.

"민명하가 자손을 남겼으니 정통은 그쪽이지요. 저야 뭐, 딱히 조선 사람이라는 자각을 갖고 있는 것도 아니구요. 민씨 가문이라고 해 봤자 그다지 절절하지는 않네요."

그러나 그의 조선어는 물 흐르듯 유창했다.

"하지만 조상의 뜻을 이어 이렇게 성금을 기탁해 주시지 않았습니까. 쉽지는 않았을 거라고 생각합니다. 거듭 감사드립니다."

사무관이 정중하게 고개를 숙였다. 드미트리는 다시 어깨를 으쓱했다.

"제 돈도 아닌 것에 인사를 받자니 민망합니다. 저 금액은 본래 있었던 금에 이자를 계산해 나온 것으로 시종 따로 관리돼 왔던 겁니다. 저는 그냥 운반책에 불과했다고 보시면 됩니다."

 그 말을 듣는 누구도 '아, 그렇군.' 하고 생각하지는 않았다. 아무도 모르는 돈, 그대로 묻어 두어도 상관없을 거액을, 그는 굳이 여기까지 가져다 바친 것이었으므로.

 "오로지 국가의 수호를 위해서만 써 달라 임금이 유언했다고 하셨지요. 지금보다 국가의 안위가 더 절실한 상황이 있겠습니까. 말씀을 겸손하게 하십니다만, 저희는 지금 헌납하신 재물의 가치를 너무나 잘 알고 있습니다."

 여전히 심각한 얼굴을 하고 있는 사무관의 모습에 남자는 결국 빙긋 웃었다.

 기부 절차는 완료되었다. 드미트리가 몸을 일으켰다. 그는 키가 컸고, 맵시 있게 차려 입은 양복이 날렵한 몸태를 잘 드러내 주어 무척 세련돼 보였다. 깔끔하게 뒤로 넘긴 머리나 주머니에 꽂혀 있는 회중시계에서는 생활의 윤기와 여유가 묻어났다. 민예하와 유안의 자손은, 아름다움과 부와 지식을 모두 향유해 온 듯했다.

 옷걸이에 걸린 외투를 집는 그에게 여자가 다급하게 마지막 질문을 던졌다.

 "저기, 두 사람은 끝까지 행복했나요?"

 그는 예상치 못했던 물음이라는 듯 동작을 멈추었다. 그리고 천천히 몸을 돌리더니 여자를 향해 화사하게 미소 지었다.

 "그 정도 시련을 겪고 맺어졌으면 오기로라도 잘살아야 하지 않겠습니까?"

푸른빛을 깨치다

모든 동화의 끝은 '그리하여 그들은 영원히 행복하게 살았습니다.'인 거니까요…….

여자의 안심한 얼굴을 쳐다보는 드미트리의 표정이 따뜻했다.

창밖에는 눈이 내리기 시작한 모양이었다. 저런, 눈이 오네. 흔치 않은 일인데……. 혼잣말을 중얼거린 그는 외투를 입고 우아한 동작으로 모자를 머리에 얹으며 사람들에게 목례했다. 층계를 내려가는 그에게 '인력거라도 불러 드릴까요?' 사무관이 물었으나 밖에서 만나기로 한 사람이 있다며 정중히 사양했다.

바깥은 제법 추웠다.

철문을 열고 길로 나서자 그를 기다리고 있던 여자가 반갑게 다가와 팔짱을 끼었다.

"드미트리."

흰 양장에 망토를 두르고 장갑을 낀 그녀는 한 손에 커다란 가방을 들고 있었다. 내리는 하얀 눈과 어울리는 아름다운 여성이었다. 드미트리가 다정하게 웃으며 그녀로부터 가방을 받아 들었다. 여자는 양산을 펼쳤다.

"기다리게 해서 미안하오. 갑시다."

여자에게 짧게 키스한 드미트리는 그녀와 함께 눈 내리는 상해의 겨울 거리 인파 속으로 사라졌다.

효종 임금의 금이 길고 지난至難한 세월을 거쳐 마침내 대한 민국임시정부大韓民國臨時政府에 전달된 것은, 1922년 12월 어느 오후의 일이었다.

『푸른빛을 깨치다』 끝

작가 후기

'왜 호위 무사나 보디가드는 늘 바라보는 사랑만 하고 끝내야 하는가.'

저는 그게 항상 불만이었습니다.

오랫동안 곁을 지키며 인내하고 절제해 온 마음이야말로 진정한 남자의 사랑 아닐까 생각했습니다.

신분과 무관하게 지고지순한 사랑을 할 줄 아는 남자를 주연으로 격상시켜 주고 싶었습니다.

발상은 그랬습니다.

네덜란드인 하멜에 관한 비공식적인 기록에 따르면, 하멜 일행이 본국으로 돌아갈 때 따라가지 않고 남은 사람이 하나 있었다고 합니다. 처자식과 함께 조선에서 살겠다고 말이지요.

그렇다면 그들 대부분이 이 땅에서 지내는 동안 가족이 있지 않았을까, 저는 생각했습니다.
이야기는 거기서부터 시작되었습니다.

하고 싶었던 말은,
'사람은 누구나 자신이 추구하는 가치를 위해 살아간다.'였습니다.

그 지향하는 바와 나아가는 형태는 다를 수밖에 없고,
혹자는 그런 게 없다고 믿을 수도 있겠으며,
과정 중에 고의로 또는 모르는 사이에 남들을 상처 입히기도 하겠지만,

누구나 나름대로 자기가 원하는 걸 향하여 최선을 다해 살아가는 거라고,
그러므로 혹 슬프고 아플지라도 인생은 아름답고 의미 있는 것이라고,
그렇게 말하고 싶었습니다.

제 사고와 가치를 사 주신 '파란미디어'에 감사드립니다.
놀라울 만큼, 때로는 불편할 만큼 많이 저와 감수성을 공유하는 동생 원종우에게 출간 소식 전합니다.
저희 남매에게 같은 것을 물려주신 부모님, 사랑합니다.

좋은 글, 재미있는 글을 잘 쓰는 사람이었으면 좋겠습니다.

2013년 봄

원성혜

※ 푸른 눈과 검은 눈이 만나면 검은 눈이 태어납니다. 원칙적으로는 그렇습니다. 하지만 삼국시대부터 서양과 직간접적인 교류가 있었던 만큼 어딘가에 푸른 눈의 유전자가 떠돌고 있지 않았을까 상상해 볼 수 있을 것 같습니다. 실제로 실학자 박제가가 푸른 눈이었다는 기록이 있네요. 부모 모두 검은 눈의 조선 사람이었음에도 불구하고 말입니다.